HEYNE BÜCHER

Das Buch

Eine Liebe, die den Krieg besiegt

Amerika zur Zeit des Bürgerkriegs. Auch in Florida liefern sich die konföderierten Südstaatler erbitterte und grausame Schlachten mit den Unionstruppen der Nordstaaten. Julian McKenzie, Sanitätsoffizier der Konföderierten, tut alles, um die verletzten Soldaten, die ihm anvertraut sind, zu versorgen. Eines Tages ist er so verzweifelt, daß er sich als Yankee ausgibt und im Haus der Nordstaatensympathisantin Rhiannon Tremaine um Hilfe bittet. Rhiannon allerdings durchschaut sein falsches Spiel und verrät ihn und seine Männer an die Unionstruppen. Dennoch verbringt sie in berauschtem Zustand die Nacht vor seiner geplanten Festnahme mit Julian – ein Vorfall, an den sie sich später nicht mehr erinnern kann. Nachdem Julian die Flucht vor den Unionstruppen geglückt ist, entführt er Rhiannon, denn sie soll ihre heilerische Begabung nicht den Nordstaatentruppen, sondern seinen eigenen Männern zur Verfügung stellen. Doch bald ahnen beide, daß sich ihre Feindschaft in Liebe verwandeln könnte …

Die Autorin

Heather Graham hat viele erfolgreiche romantische Liebesromane verfaßt. Sie lebt mit ihrem Mann und fünf Kindern in Florida.

HEATHER GRAHAM

SIEG DES HERZENS

Roman

Aus dem Amerikanischen
von Marion Koppelmann

WILHELM HEYNE VERLAG
MÜNCHEN

HEYNE ALLGEMEINE REIHE
Nr. 01/13103

Titel der Originalausgabe
GLORY

Umwelthinweis:
Das Buch wurde auf
chlor- und säurefreiem Papier gedruckt.

Deutsche Erstausgabe 2/2000

Printed in Danmark 2000
Umschlagillustration: Pino Daeni/Agentur Schlück
Umschlaggestaltung: Nele Schütz Design, München
Satz: Pinkuin Satz und Datentechnik, Berlin
Druck und Bindung: Nørhaven, Viborg

ISBN 3-453-16288-9

http://www.heyne.de

Für Leland Burbank und Leslie Metcalf, zwei meiner besten Freunde, in Liebe und mit den besten Wünschen anläßlich ihrer Verlobung. Ein Leben voller Glück und Zufriedenheit für diese beiden wunderbaren Menschen.

DANKSAGUNG

Mein aufrichtiger Dank gilt den Mitarbeitern von Penguin Putnam, die mir bei der Entstehung dieses Buches hilfreich zur Seite standen.

Zunächst meiner Lektorin, Audrey LaFehr. Vielen Dank für die konstruktive Kritik und Fairneß, mit der sie sowohl viel verlangt als auch viel gegeben hat – eben alles getan hat, was eine Lektorin tun sollte. Besonderen Dank auch dafür, daß sie mir Fehler und inhaltliche Schwächen aufgezeigt hat und trotzdem immer soviel Vertrauen zu mir hatte, mir selbst die Korrektur meines Manuskripts zu überlassen.

Ich danke auch Marianne Patala, daß sie immer für mich da war und auch noch für vieles andere mehr.

Vielen Dank Genny Ostertag, für all die kleinen Details.

Und ich danke Louise Burke, der Verlegerin, für ihre unglaubliche Unterstützung, Aufrichtigkeit und ihre Ermutigungen.

PROLOG

Träume ...

Ihr war bewußt, daß sie nicht wirklich am Kampfgeschehen teilnahm, sondern träumte. Beunruhigt war sie nur darüber, daß sie diesen Traum schon einmal gehabt hatte und daß er immer wiederkam.

Obgleich weit weg von den Kämpfenden, sah sie trotzdem das Gemetzel, hatte den Geruch von Schwarzpulver in der Nase und hörte die Schreie der Männer, als stünde sie auf einem Hügel in sicherer Entfernung. Sie fühlte, wie die sengende Sonne auf sie herniederbrannte und ein leichter Windhauch mit ihrem Haar spielte, während sie ihren Blick über das Schlachtfeld schweifen ließ.

Einst waren dort Maisfelder mit hohen, grüngoldenen Stauden gewesen, die sich sacht im Sommerwind wiegten. Aber nun sahen sie verwüstet aus, waren in den Schmutz getreten, zerstört von Gewehrsalven und Tritten kämpfender, stolpernder, blutender und sterbender Soldaten. Brüder und Nachbarn, Väter und Söhne, die alle an den gleichen Gott glaubten und dieselbe Sprache sprachen. Blau und Grau vereint im Tod – so sollte man meinen –, aber für die Gefallenen blieb nur noch das Schwarz der Ewigkeit.

Sie wollte den Männern etwas zurufen, sie vom Sterben abhalten, aber sie brachte kein Wort heraus.

Dann sah sie eine lange, staubige Straße, auf der Soldaten verzweifelt versuchten, ihre Reihen aufrechtzuerhalten. Auf einer kleinen Bergkuppe stand eine winzige Kirche. Die Männer rückten näher, um sie zu verteidigen. Ein Offizier, der die Abzeichen eines Hauptmanns trug, führte den Trupp an. Sie sah ihn nur von hinten. Sein blondes Haar war staubverschmiert und schweißnaß. Er rief seinen Leuten mit lauter, tiefer Stimme etwas zu und bedeutete ihnen, ihm zu folgen, während er als erster aufs Schlachtfeld hinausrannte. Kugeln flogen, und die Männer suchten Schutz hinter einer Steinmauer, die ehemals einen Acker umfriedet hatte. Dem Hauptmann, der ihr immer noch den Rücken zukehrte, gelang es trotz des Kugelhagels, seine Truppe aufs Schlachtfeld hinauszuführen. Die Luft war derart von Rauch erfüllt, daß sie sein Gesicht nicht erkennen konnte, als er sich zu einem Mann umdrehte, der gestürzt war – ein Verletzter, der ihn um Hilfe anflehte.

Sie kannte den Hauptmann, obwohl sie sich von Herzen wünschte, es wäre anders, und wieder fühlte sie diesen Schmerz im ganzen Körper.

Er rief seinen Männern etwas zu und kehrte um.

Sie wollte ihn warnen, ihn zurückhalten – und für einen Augenblick, einen winzigen Augenblick, hielt er inne, als ob er ihre Stimme aus weiter Ferne hörte und sie sein Herz berührte. Aber das änderte nichts. Auch wenn er gewußt hätte, daß das seinen Tod bedeutete, wäre er doch zurückgegangen. Ein Leben lang war er seinen Grundsätzen treu geblieben. Mut und Mitgefühl waren göttliche Tugenden, und deshalb konnte er einen Verletzten nicht einfach seinem Schicksal überlassen. Für ihn gab es kein Leben ohne Ehre und Nächstenliebe.

Tief gebückt eilte er den Weg zurück über das Schlachtfeld und kam immer näher an den Verletzten heran, bis auch ihn eine Kugel traf, direkt im Nacken, am Schädelansatz. Es war ein tödlicher Treffer.

Für einen Augenblick schien die Zeit stillzustehen. Der Wunsch, weiterzuleben, war ihm ins Gesicht geschrieben. Seine Augen drückten Bedauern und Schmerz darüber aus, daß er all die Dinge, die das Leben ausmachten, nun nie mehr würde sehen oder berühren können. Seine Lippen formten ihren Namen. Er sah den Himmel, die rotglühende, untergehende Sonne, das Feld und die reglosen Körper der Gefallenen, die sich mit der Erde zu verbinden schienen. Dann ging alles in ein sanftes Grün über, das friedlich und beruhigend wirkte, und er roch die warme Erde und den Duft der sommerlichen Ernte …

Er fiel vornüber, und das Licht in seinen Augen erlosch wie auch das Licht dieses Tages.

Sie versuchte verzweifelt aufzuwachen. Diesen Traum hatte sie schon einmal gehabt, hatte die grausamen Auswirkungen seiner Realität erfahren und den Schmerz durchlitten. Im Schlaf kämpfte sie dagegen an und fragte sich, warum dieser Traum immer wiederkam und sie zu verfolgen schien, obwohl das alles doch schon der Vergangenheit angehörte. Aber nachdem das Lebenslicht aus den Augen des Mannes gewichen war und sich der Himmel verdunkelt hatte, wurde es wieder hell, strahlend hell, und der Traum begann erneut.

Diesmal stand sie auf einem anderen Hügel und beobachtete andere Soldaten.

Sie marschierten Reihe an Reihe. Abermals stand Rauch über dem Feld, und Kanonendonner und der Lärm von Gewehrsalven erfüllte die Luft. Ein Schrei war zu hören – ein herausfordernder, stolzer und entschlossener Ruf, der dem Tod trotzen wollte: der Schlachtruf der Rebellen. Dennoch konnte sie sich des Gedankens nicht erwehren, daß hier, vor ihren Augen, der Süden im Sterben lag.

Sie war verwirrt darüber, daß sich ein neuer Traum mit dem alten zu vermischen schien. Sie sah Richard, ihren Ehemann, und mußte wieder miterleben, wie er starb ... Aber dann rollte er herum und war plötzlich nicht mehr ihr Richard.

Dieser Soldat hatte dunkles Haar. Er lag am Boden. Kanonenbeschuß hatte ihn vom Pferd geworfen, und er war weit entfernt von seinem Tier aufgekommen. Jetzt erhob er sich und rief denen, die ihm nachfolgten, etwas zu. Er befahl, die Toten vom Feld zu bringen und den Sterbenden zu helfen. Er duckte sich unter den schwarzen Erdklumpen, die von den Explosionen aufgeworfen zu Boden hagelten. Es schien nicht aufhören zu wollen. Er rannte durch die Sperrfeuer um sich herum, legte einem Verletzten eine Aderpresse an, befahl, daß man einen anderen aus der Schußlinie brachte – und stellte den Tod eines dritten fest. So viele Männer waren verletzt!

Er kam der Front immer näher, und plötzlich sirrten auch um ihn Kugeln herum. Man hörte das Klirren von Metall, als die Fußsoldaten, die die Sperrfeuer überlebt hatten, die feindlichen Reihen erreichten und ein Kampf Mann gegen Mann entbrannte.

Genau in diesem Augenblick wurde auch er getroffen …

Es war wie beim ersten Mal. Sie beobachtete, wie sich die Kugel in seinen Körper bohrte, und sah den Ausdruck in seinen Augen. Als Arzt war ihm augenblicklich klar, daß er tödlich getroffen war, und dann sank auch er zu Boden …

Plötzlich wurde das Feld von farbigem Licht überflutet, das sich gegen den dunklen Rauch abhob. Goldene Sonnenstrahlen, die leicht verschwommen ins Violette und Dunkelrote spielten, beherrschten jetzt die Szenerie: Farben der untergehenden Sonne – eines Tages, der sich dem Ende zuneigt. Vielleicht konnte man das Leben mit einem Tagesverlauf vergleichen, an dessen Ende die untergehende Sonne noch einmal all die Pracht der vergangenen Stunden hervorbringt, um dann ins Dunkel der Nacht überzugehen.

Erschrocken wachte sie auf. Die Sonne versank nicht hinter blutgetränkten Hügeln und Feldern, sondern erhob sich am östlichen Horizont. Die ersten Strahlen erreichten bereits die weißen Linnen ihres Feldbetts, spielten auf ihrem Nachthemd und der leinenen Zeltplane und überzogen alles mit einem blaßrosa Schimmer … dem Widerschein eines blutigen Todes.

Sie hatte schon einmal im Traum einen Mann – ihren Mann! – sterben sehen, und dann hatte sich dieser schreckliche Traum bewahrheitet. Richard war gefallen, und der Tod würde abermals zuschlagen, wenn sie es nicht verhinderte.

Aber wie? Wie sollte sie diese riesige, tödliche Woge stoppen, mit der der Krieg alles unter sich zu begraben drohte? Sie konnte nichts dagegen tun. Es war unmöglich und lag außerhalb ihrer Macht …

Aber sie mußte wenigstens *seinen* Tod verhindern. Vielleicht konnte sie ihn warnen, ihn zurückhalten. Julian? Mit seinem Stolz, seiner Loyalität und seiner Entschiedenheit – seinem Starrsinn? *Es mußte ihr einfach gelingen! Noch einmal würde sie diesen Schmerz nicht ertragen können.*

Schnell stand sie auf, wusch sich, kleidete sich an und trat dann aus ihrem Zelt, das in der Nähe des Feldlazaretts des Yankee-Camps gelegen war, hinaus ins Freie. Corporal Watkins, den man im Augenblick zu ihrem Schutz abgestellt hatte, goß sich gerade einen Becher Kaffee ein.

»Warum sind Sie schon so früh auf, Mrs. Rhiannon? Es dauert bestimmt noch ein paar Stunden, bis wieder geschossen wird, schätze ich.« Mit diesen Worten reichte er ihr den Kaffeebecher, den er sich gerade eingeschenkt hatte, und fuhr kopfschüttelnd fort: »Das muß für Sie ganz schön hart sein, und nicht nur für Sie, könnte ich mir vorstellen. Ich meine, einige von uns aus dem Norden denken, nur ein toter Rebell sei ein guter Rebell. Aber ihr aus dem Süden, die ihr gegen die Sezession seid, wißt doch ganz genau, daß auch ein paar gute Menschen in dieser haselnußbraunen und grauen Rebellenkluft stecken. Und Kanonenkugeln machen nun einmal keinen Unterschied zwischen einem guten und einem schlechten Menschen. Nicht wahr, Ma'am?«

Ihre Hand zitterte, als sie den Becher entgegennahm, den er ihr hinhielt. »Ich muß General Magee sprechen, Corporal Watkins.«

»Warum denn, Ma'am, er ist bestimmt ganz furchtbar beschäftigt und plant eine neue Strategie ...«

»Es muß sein, Corporal. Sagen Sie ihm, daß ich ihn sofort sprechen muß. Er wird mich empfangen, das weiß ich genau.«

Ja, General Magee hielt große Stücke auf sie, und er würde ihr diesen Wunsch nicht abschlagen. Aber was, wenn sie Julian McKenzie erst einmal angelockt, überlistet und verraten hatte?

Dann würde Julian sie sicher verabscheuen. Aber dazu wäre er dann immerhin noch in der Lage, und vielleicht hätte dann in ferner Zukunft das Kind auch einen Vater.

Julian lag auf seinem Feldbett und versuchte, wieder einzuschlafen. Es gab so viele Verletzte, daß er erst zu Bett gegangen war, als es absolut nicht mehr anders ging. Und doch war er schon wieder so früh wach. Der neue Tag war noch nicht richtig angebrochen, aber über dem Horizont wurde es langsam hell.

Da er wohl doch keinen Schlaf mehr finden würde, setzte er sich schließlich hinaus ins Freie. Er mußte sich wenigstens noch ein bißchen ausruhen, bevor er sich wieder ans Operieren machte.

Er war froh, daß die Nacht ein wenig Abkühlung gebracht hatte. Die Luft war ganz klar und rein und roch süßlich. Er brauchte diese Frische. Sie schien dem Krieg ein wenig den Schrecken zu nehmen – zumindest während der Nachtstunden. Tagsüber mußte es mit dem Operieren so schnell gehen, und es war fraglich, ob er die Männer heilte oder wieder gesund machte. Er konnte nur an ihnen herumschneiden und -sägen, und das alles auch noch mit rasender Geschwindigkeit. Aber jetzt wollte er nicht weiter darüber nachdenken. Er durfte kein Mitgefühl zeigen, sich keine Fragen stellen oder gar Sorgen machen ...

Und doch konnte er das nicht verhindern. In den wenigen friedlichen Augenblicken, die ihm blieben, dachte er an Rhiannon. Verdammt sollte sie sein, aber er konnte sie einfach nicht vergessen. In dem Moment, als er sie zum ersten Mal gesehen hatte, wie sie da auf der Treppe stand, hatte sie ihn tief in seinem Inneren berührt. Aber er war der Feind und sie eine raffinierte Hexe, zudem hochnäsig, stur, viel zu stolz und lächerlich streitsüchtig. Und doch ...

Gott, wie er sie vermißte! Er kam einfach nicht von ihr los.

Diese Frau war Magie, ihre Hände konnten heilen, und er hatte Angst um sie, weil sie sich nun abermals – auf eigenen Wunsch – bei den Yankees aufhielt. Der Ort, zu dem er sie gebracht hatte, war noch einigermaßen sicher gewesen, aber jetzt befand sie sich ganz nah am Kampfgeschehen, vielleicht sogar auf dem Schlachtfeld – begierig, das Leben ihrer Landsleute zu retten.

»Captain! Captain McKenzie!«

Von dem dringend klingenden Rufen aufgeschreckt, stieß er sich vom Stamm des Baumes ab, an dem er gelehnt hatte, und kam schnell auf die Beine. Dabney Crane, einer der zivilen Späher, ritt auf ihn zu und saß rasch ab.

»Was ist denn los, Dabney?« fragte ihn Julian stirnrunzelnd.

»Eine Nachricht von den feindlichen Linien, Sir. Einer ihrer Reiter ist zu mir gekommen.«

Am Tag tobte der Kampf, aber in der Gefechtspause der Nacht wurden häufig Nachrichten zwischen den Linien ausgetauscht. Niemand hielt die Kuriere auf, denn jeder wußte, daß die Zeit kommen konnte, da die eigenen Angehörigen versuchen würden, einen zu erreichen – und das dann vielleicht zum letzten Mal.

»Ist etwas mit meinem Bruder ...«, setzte Julian an, konnte aber nicht weitersprechen, da ihm die Kehle plötzlich wie zugeschnürt war. Befand sich Ian etwa hinter den feindlichen Linien? Julian wußte nie genau, wo sein Bruder sich gerade aufhielt.

»Nein, Sir, ich bringe keine schlechten Nachrichten von Ihrem Bruder drüben bei den Yankees. Es hat mit einer Dame zu tun.«

»Ist etwas mit meiner Schwester, meiner Cousine ...«

»Nein, Sir, die Nachricht kommt von einer anderen Dame. Einer Mrs. Tremaine. Sie arbeitet als Krankenschwester in den feindlichen Reihen, Sir. Der Reiter, mit dem ich mich hin und wieder treffe, um persönliche Nachrichten zwischen den Truppen auszutauschen, hat mir diesen Umschlag und strikte Anweisung gegeben, ihn direkt an Sie weiterzureichen. Und er hat gesagt, daß alles streng vertraulich bleiben muß. Aber ich soll Sie jetzt gleich mitnehmen, bevor das Kämpfen wieder losgeht. Die Lady muß unbedingt mit Ihnen sprechen, Sir, und zwar in der alten Episkopalkirche unten am Hügel.«

»Sie will mich sprechen?« fragte Julian verwundert und fühlte, wie sich sein Magen zusammenkrampfte. Bestimmt wollte sie ihn warnen, oder es war ein Trick. Er beabsichtigte nicht, den Umschlag zu öffnen und gedachte, ihn Dabney zurückzugeben. »Teilen Sie ihr mit, daß ich nicht kommen kann«, erwiderte er.

»Sie hat aber gesagt, es sei dringend, und Sie müßten unbedingt erscheinen, Sir.«

»Wie kommt diese Dame eigentlich dazu, mich zu sich zu beordern, wo ich anderswo viel dringender gebraucht werde?«

»Sir, das weiß ich wirklich nicht. Vielleicht sollten Sie den Umschlag doch öffnen.«

Das hatte er ja gerade vermeiden wollen! Zähneknirschend blickte er auf das elfenbeinfarbene Pergament in seiner Hand. Aber schließlich brach er das Siegel und begann zu lesen:

»Captain McKenzie, ich weiß, wie ungern Sie meiner Aufforderung nachkommen werden, aber ich muß Sie unbedingt sprechen. Ich verlasse mich darauf, daß Sie sich wie ein Gentleman verhalten und mich nicht einem schambeladenen Schicksal überlassen; selbst wenn wir in Zeiten leben, da der Tod an jeder Ecke lauert. Sicher wollen Sie auch nicht, daß einem unschuldigen Wesen die Zukunft verbaut wird. Deshalb flehe ich Sie an, sich mit mir zu treffen. Unten bei dem Hügel steht eine kleine Episkopalkirche. Bitte kommen Sie sofort dorthin. Ich werde Sie auch bestimmt nicht lange von Ihren Kriegspflichten abhalten.«

Dabney Crane sagte kein Wort, betrachtete Julian aber mit unverhohlener Neugier.

Julian blickte, fest entschlossen, Desinteresse zu bekunden, von dem Brief auf und zu Dabney. Dennoch raste ihm plötzlich der Puls, während er noch überlegte, was er von der Mitteilung halten sollte: Stritt sie nun endlich nicht mehr ab, was zwischen ihnen vorgefallen war?

»Captain«, sagte Dabney unruhig.

»Ich kann nur ein paar Minuten opfern. Hier sterben Männer.«

Dabney schüttelte traurig den Kopf. »Das ist wohl richtig, Sir. Ich will mir gar nicht vorstellen, wie viele heute wieder zum letzten Mal in die Schlacht ziehen werden. Aber ich schlage vor, Sir, daß Sie sich – falls Sie diese Dame überhaupt sehen wollen –, jetzt sofort ein paar Minuten freinehmen. Colonel Joe Clinton aus Georgia hatte sich auch einverstanden erklärt, letzte Nacht seinen Neffen Captain Zach Clinton aus Maine am Fluß zu treffen. Captain Zach ist auch erschienen, aber Colonel Joe war während des Tages gefallen.«

In Julian McKenzie spannte sich jeder Muskel. *Was, wenn er sich weigerte, sie zu sehen, und er im Laufe des Tages starb? Und was, wenn sie tatsächlich ein Kind von ihm erwartete? Würde sie es dann mit dem Erbe und der Erinnerung an einen anderen Mann großziehen – und auch mit dessen Namen?*

»Sir?«

»Ich brauche mein Pferd ...«

Was Stolz doch aus einem Mann machen konnte!

»Nehmen Sie den alten Ben, Sir. Er ist ein gesundes Tier und schnell wie der Wind. Aber, Sir, Sie müssen jetzt sofort losreiten, bevor die Truppen aufwachen.«

Und ehe ich mich's versehe, bin ich ein Deserteur, dachte Julian und verzog das Gesicht.

»Sir, es ist jetzt wirklich höchste Zeit«, trieb Dabney ihn zur Eile.

Julian zögerte noch. Er traute Rhiannon nicht. Aber wenn es ein Trick sein sollte, dachte er grimmig, dann würde sie schon sehen, was sie davon hatte. »Ich gehe sofort«, sagte er zu Dabney. »Wecken Sie schnell Pater Vickery und sagen Sie ihm, er soll mir nachkommen, und zwar schleunigst.«

»Ja, Sir.« Dabney lächelte, entzückt darüber, dazu beigetragen zu haben, eine heimliche Romanze voranzubringen.

Julian nutzte Dabneys Angebot, dessen Pferd zu nehmen, und gab sich den Wachen des Rebellenlagers zu erkennen, als er auf sie zuritt. Dann durchbrach er die eigenen Linien und lenkte das Tier ins Niemandsland zwischen Rebellen- und Yankee-Lager. Als er die Kirche fast erreicht hatte, hielt er das Pferd an und wartete auf einer Anhöhe, auf der nur noch ein paar wenige Bäume standen – die Überbleibsel eines kleinen Wäldchens, das vom Kanonenfeuer vernichtet worden war. Aufmerksam beobachtete er die Umgebung.

Die Kirche selbst befand sich jetzt mehr oder weniger auf freier Flur. Die Bäume und Büsche und die bewachsenen Äcker, die sie einst umgeben hatten, waren fast ausnahmslos während der Kämpfe niedergemäht worden. Hätten Yankees die Kirche umstellt, hätte er sie sehen müssen. Im Schutz der Bäume stieg er vom Pferd und beobachtete die ehemaligen Felder um die Kirche herum noch einen Augenblick länger. Dann kauerte er nieder und arbeitete sich mit den Ellbogen Zentimeter für Zentimeter voran, bis er die Freifläche zwischen der Anhöhe und der kleinen Kirche hinter sich gebracht hatte. Als er das Portal erreichte, schob er die Tür einen Spalt weit auf und schlüpfte hinein.

Rhiannon stand mit dem Rücken zu ihm und mit gebeugtem Kopf, vor dem Altar – immer noch ganz in Schwarz. Ein Jahr war die übliche Trauerzeit – und Gott wußte, wie sehr sie den Tod ihres Richard beweint hatte! Aber für eine Heirat mit einem anderen Mann war diese Bekleidung wohl kaum angemessen. Wenn sie wirklich mit ihm die Ehe eingehen wollte, dann doch nur, weil es die Umstände erforderten. Für sie bedeuteten es nur Worte und der Anstand, den er ihr schuldete. Innerlich trug sie noch immer Trauer. Ein schwarzer Schleier hatte sich um ihr Herz gelegt, und er hatte nicht die Kraft, ihn zu lüften.

Immerhin schien sie allein gekommen zu sein. Julian ließ sich Zeit, beobachtete sie, wartete und war auf der Hut. Da er ihr nicht zeigen wollte, wie aufgewühlt er innerlich war, lehnte er sich lässig an den Türrahmen und verschränkte die Arme vor der Brust.

»Sie haben mich herkommen lassen?« fragte er dann unvermittelt, so daß sie erschrocken herumwirbelte und sich mit der Hand an den Hals fuhr.

Einen winzigen Moment lang vermeinte er im flackernden Schein der Kerzen so etwas wie eine Gefühlsregung in ihren teuflisch grünen Augen zu erkennen. Aber dann gewann sie wieder die Kontrolle über sich und verbarg, was auch immer sie quälen mochte.

»Sie sind also gekommen!« sagte sie schließlich.

Er zuckte die Achseln, rührte sich aber nicht vom Fleck.

Erstaunlich, aber sie schien alles tragen zu können. Ihr Trauergewand war einfach und der Arbeit in den Feldlazaretten der Union angemessen. Sie war noch schlanker als sonst, schien übermüdet und erschöpft, wirkte aber immer noch majestätisch, würdevoll und wunderschön. Ihr Haar hatte sie sorgsam zurückgekämmt und in einem Knoten im

Nacken zusammengenommen, es schimmerte blauschwarz im sanften Licht der Kerzen. Ihr Hals war lang und schön geschwungen, genauso wie die grazilen Finger ihrer Hand, die immer noch an ihrem Hals lagen.

»Ich wiederhole, Sie haben mich hierherbestellt.«

Sie nickte und blickte dann zu Boden. »Ich habe Sie nicht kommen hören«, murmelte sie. »Sind Sie schon lange da?«

»Lang genug. Hatten Sie eine Unterredung mit Gott oder mit Richard?«

Ruckartig hob sie den Kopf und sah ihn wutentbrannt an. Sein sarkastischer Ton verletzte sie. »Diese Situation ist äußerst unangenehm für mich«, sagte sie dann mit schmerzerfüllter Stimme.

»Das kann ich mir vorstellen. Immerhin müssen Sie sich nun eingestehen, daß doch etwas zwischen uns vorgefallen ist, sonst würden Sie mich wohl kaum bitten, mich wie ein Gentleman zu verhalten.«

»Ich befürchte leider ... daß das nötig sein wird!« flüsterte sie.

»Und Richard ist wohl gerade ein bißchen zu lange tot, mh?«

»Wie können Sie es wagen, sich über ihn lustig zu machen?«

»Ich mache mich nicht über Tote lustig, Rhiannon, ich zähle nur eins und eins zusammen.«

»Wie gemein!«

»Wir haben Krieg, Rhiannon. Ich schätze, daß einige der Höflichkeitsfloskeln des normalen gesellschaftlichen Lebens nun nicht mehr angebracht sind. Sie haben mich hierherbeordert, weil Sie etwas von mir wollen. Also bitte, reden Sie.«

»Was wollen Sie denn hören?« entgegnete sie aufgebracht.

»Nun, sagen wir ein Eingeständnis, daß doch etwas passiert ist.«

Sie biß die Zähne zusammen, und ihre Augen funkelten ihn wütend an, als sie mit gepreßter Stimme sagte: »O mein Gott, können Sie das denn nicht verstehen? Ich wollte es nicht wahrhaben, daß irgend etwas zwischen uns gewesen ist. Ich kann es immer noch nicht fassen, daß ich … daß ich …«

»Daß Sie einen Mann aus Fleisch und Blut für Richards Geist gehalten haben?«

Noch immer standen sie sich an den Enden des Ganges gegenüber, der von der Tür zum Altar führte. Julian war überzeugt davon, daß sie ihn ansonsten geohrfeigt hätte. Vielleicht hatte er das auch verdient. Aber er konnte sich einfach nur schwer damit abfinden, erst als Ersatz mißbraucht und dann aus gesellschaftlicher Gepflogenheit einbestellt zu werden. Aber wenn sie wirklich schwanger war …

Er hob abwehrend die Hand und sagte: »Vergessen Sie's. Wie Sie schon in Ihrem Brief erwähnten, ist dies ein blutiger Krieg. Ich will, daß mein Kind auch mit meinem Namen geboren wird. Es ist doch mein Kind? Oder haben Sie auch noch andere Männer in Ihrem von Drogen umnebelten Zustand verführt?«

Jetzt sah sie ihn mit offener Verachtung an und kam erhobenen Hauptes den Gang entlang, um die Kirche zu verlassen. Im Vorbeigehen sagte sie: »Machen Sie sich keine Sorgen. Ich nehme, was die Zukunft mir bringt. Nichts kann so erbärmlich sein, wie Sie …«

Aber er wollte sie nicht vorbeilassen, sondern hielt sie am Arm fest und zwang sie, ihm in die Augen zu sehen. »Wo ist der Priester, Rhiannon?«

»Was?«

»Du hast mich doch herbestellt, damit ich dich heirate. Also, wo ist der Priester?«

Sie bekam große Augen. »Er ist … er ist unterwegs. Ich … ich wollte ein bißchen Zeit, um mit dir allein zu sprechen. Natürlich wollte ich dich erst einmal fragen, ob …«

»Ob ich dich heiraten will; während du mich gleichzeitig so wütend machst, daß ich gar nicht daran denke?« warf er ihr sanft vor.

»Nein! Ich … ich …«, stammelte sie, senkte den Blick und sagte dann: »Verdammt noch mal, du mußt mich heiraten!« Dann sah sie ihn wieder mit feurigen Augen an. »Willst du nun, oder nicht?«

Er zögerte, und ein Lächeln begann sich auf seinem Gesicht auszubreiten.

»Wenn du nur gekommen bist, um mich zu quälen, dann laß mich bitte los ...«

»Ich soll dich also heiraten? Natürlich, mit dem größten Vergnügen. Wie könnte ich dir einen solchen Herzenswunsch abschlagen?«

Ein Geräusch an der Tür ließ ihn herumfahren. Verdammt sollte sie sein! So einfach hatte sie ihn alle Vorsicht vergessen lassen. Aber es war nur Pater Vickery, der junge Episkopalpriester aus Georgia.

»Es tut mir leid, daß ich so lange gebraucht habe«, sagte er entschuldigend und strich sich nervös das strohblonde Haar zurück, während er sich beeilte, ins Innere der Kirche zu gelangen. »Ich wollte nur sichergehen, daß ich den Spruch für die Heirat auch richtig aufsagen kann, damit alles legal ist.«

»Natürlich!« sagte Rhiannon freundlich. »Man hat Sie bestimmt hergeschickt, damit Sie uns helfen, nicht wahr?« erkundigte sie sich dann.

Julian beobachtete sie. Hatte sie damit gerechnet, daß ein Priester auftauchen würde? Oder nahm sie an, daß Vickery von ihren Yankee-Kohorten geschickt worden war?

Der junge Priester räusperte sich und sagte dann: »Wir brauchen auch Trauzeugen.« Mit diesen Worten öffnete er die Tür noch ein paar Zentimeter weiter und ließ zwei junge Frauen herein. »Ich habe mir wirklich Mühe gegeben, diese beiden Damen so schnell wie möglich aufzutreiben!« Die Mädchen lächelten.

»Das ist alles so romantisch!« sagte die etwas Rundlichere von beiden. »Ich bin Emma Darrow, und das ist meine Schwester Lucy.«

»Es ist einfach wunderbar, so wunderbar!« pflichtete ihr die andere bei.

»Danke, daß Sie gekommen sind«, murmelte Rhiannon.

»Wir fühlen uns geehrt«, warf Emma ein und kicherte.

»Es ist einfach wunderbar!« sagte Lucy wieder.

»Wir müssen uns beeilen, damit wir schleunigst zurückkönnen. Die Sonne geht bald auf, und nur Gott weiß, welche Schrecken dieser Tag wieder bringen wird!« stieß Pater Vickery hervor, während er Rhiannon bei der Hand faßte und mit ihr in Richtung Altar hastete. »Sie stellen sich dorthin. Ich werde Sie selbst zum Altar geleiten. Sie sind doch die Dame, die sich trauen lassen will, oder?«

»Ja, das muß sie wohl sein, Pater«, entgegnete Julian trocken, da Rhiannon neben den Trauzeuginnen doch die einzige Frau war, die sich noch in der Kirche befand. Wenn das Ganze nicht so traurig gewesen wäre, hätte ihn der Pater wirklich amüsiert.

Vickery, der ziemlich nervös zu sein schien, hatte sich schließlich so weit gesammelt, daß er mit dem Zeremoniell beginnen konnte. Er redete sehr schnell, aber deutlich.

Als Rhiannon an der Reihe war, Julian ihr Jawort zu geben, starrte sie ihn bloß an und sagte nichts. Julian drückte ihre Hand so fest, daß ihr ein Schrei entfuhr, aber dann sprach sie die Worte, die ihr zuvor im Halse steckengeblieben waren, laut und deutlich aus. Julian, der ihre Hand weiterhin fest umklammert hielt, versprach seinerseits, sie zu lieben und zu ehren, solange sie beide lebten. Dann steckte er ihr seinen Siegelring mit dem Familienwappen als Trauring an den Finger.

»Hiermit erkläre ich euch zu Mann und Frau. Küssen Sie Ihre Braut, und dann nichts wie raus hier und zurück zum Camp!« sagte Pater Vickery und machte sich eiligst auf den Weg zur Kirchentür. »Emma, Lucy, kommt schon. Julian muß sich beeilen. Küssen Sie jetzt endlich Ihre Frau, und kommen Sie mit uns!« Das war seine letzte Warnung, bevor er mit den beiden Trauzeuginnen aus der Kirche stürmte. Aber Julian stand immer noch wie angewurzelt da und wagte nicht einmal, den Arm um seine Braut zu legen.

»Das wolltest du doch, oder nicht?« fragte er Rhiannon, die aussah, als ob sie jeden Moment ohnmächtig würde. »So oder so ist nun nichts mehr daran zu ändern«, fügte er kurz angebunden hinzu. »Trotzdem mußt du mich jetzt entschuldigen, Rhiannon, ich kann mich hier wirklich nicht noch länger aufhalten. Aber ich warne dich und bete zu Gott, daß du vernünftig genug bist, dich nicht in Gefahr zu bringen. Ich mag mich auf feindlichem Gebiet befinden, aber ich habe doch Mittel und Wege, um sicherzustellen, daß du nicht das Leben unseres Kindes aufs Spiel setzt, so wie bisher dein eigenes.«

Dann wandte er sich von ihr ab.

»Warte!« rief sie ihm nach, und er drehte sich noch einmal zu ihr um.

»Bitte, bleib! Nur noch eine Minute …«, flüsterte sie.

Er schüttelte den Kopf. »Ich kann nicht.«

Unvermittelt warf sie sich ihm in die Arme, und er roch wieder ihren verführerischen Rosenduft und spürte ihre Finger an seinem Haaransatz im Nacken. Dann stellte sie sich auf die Zehenspitzen und ihr Mund berührte seine Lippen, während ihre Zunge sich gegen seine Zähne drängte, bis er sich ihr schließlich öffnete. Erstaunt registrierte er noch, wie bereitwillig sie plötzlich auf ihn zukam. Aber all die Wochen der Enthaltsamkeit hatten seiner Beherrschung derart zugesetzt, daß ihn der Hunger nach ihr jetzt zu zerreißen drohte und sein Herz und seinen Verstand völlig vereinnahmte. Leidenschaftlich erwiderte er ihren Kuß, wobei er sie fest an sich gedrückt hielt und begierig ihren lieblichen Duft in sich aufsog, jede Sekunde genießend …

Dann drangen allmählich Geräusche zu ihm durch, die jenseits der Kirchenmauern näher zu kommen schienen, und er realisierte, daß Rhiannon sich ihm gleichzeitig zu entziehen begann. Ihre Lippen waren nur einen Zentimeter von seinen entfernt und immer noch feucht von der Leidenschaft ihres Kusses, als sie ihm zuraunte: »Es tut mir leid, Julian. Aber du wärst sonst gestorben.«

Ihre plötzliche Hingabe – alles nur ein *Trick*! Er hatte doch recht behalten und sich zum größten Trottel der gesamten Südstaaten gemacht. Sie hatte ihn hierhergelockt, genau den richtigen Zeitpunkt abgepaßt und die Yankees zunächst auf Distanz gehalten, da sie wußte, daß er mit einer Falle rechnen würde. Aber jetzt war es zu spät. Still und leise waren sie herangerückt und standen nun draußen vor der Kirche, bereit hereinzustürmen, um ihn zu ergreifen, wenn er sich zu sehr zu seiner Braut hingezogen fühlen sollte.

Er trug einen Colt am Gürtel, obwohl er eigentlich keine Waffe brauchte, denn er war Arzt – Chirurg –, kein Stratege und damit nicht die übliche Yankee-Beute. Auch wenn einige Nordstaatler sicher lieber sterben würden, als einen Chirurgen der Rebellen an sich heranzulassen, respektierten die gegnerischen Soldaten seinen Berufsstand, und die meisten hätten sich bestimmt auch von ihm behandeln lassen, wenn dadurch ein Arm, ein Bein oder gar ihr Leben gerettet werden konnte.

Es war sinnlos, den Colt gegen die Männer zu ziehen, die ihn ergreifen sollten, dachte er verbittert. Bevor er damit hätte etwas ausrichten können, wäre er selbst in einem Kugelhagel ums Leben gekommen. Sie würden ihn niederschießen, bevor er die Tür erreicht hätte. Und er wollte leben! Außerdem ergab sich vielleicht später – wenn er wieder bei klarem Verstand war – eine Gelegenheit, um auszubrechen, ohne dabei sein Leben aufs Spiel zu setzen.

Er machte sich von Rhiannon los und starrte ihr in die Augen. Da stand die ganze Wahrheit geschrieben. Jede kleine Kleinigkeit. Sie hatte das alles geplant, damit er gefangengenommen wurde. Und als höchsten Trumpf hatte sie in allerletzter Minute den Kuß eingebracht, damit er die Kirche nicht zu schnell verließ.

»Du Schlange!« zischte er ihr zu.

»Ich hab' doch gesagt, daß es mir leid tut!«

Noch einmal nahm er sie bei der Taille und sah sie mit eisigem Blick an. Dabei hielt er sie so fest an sich gedrückt, daß ihr der Rücken weh tat und ihr der Kopf nach hinten fiel. Dann preßte er zwischen den Zähnen hervor: »Mein geliebtes Eheweib, eins kann ich dir versprechen: Ich sorge dafür, daß dir das noch einmal sehr, sehr leid tun wird.«

Sie schüttelte den Kopf, aufgebracht darüber, daß er sie so grob festhielt und sie nicht stark genug war, sich von ihm loszumachen. »Du willst es einfach nicht verstehen, du Rebell! Ich bin nicht deine Frau, und du wirst mich nicht dazu bringen, daß es mir leid tut! Dieser Priester war genausowenig real wie meine Geschichte.«

Auch wenn sie ihn überlistet hatte, hatte sie sich in einem Punkt geirrt. Er lachte höhnisch, als er sagte: »Verzeihung, da bin ich anderer Ansicht, meine Liebe. Das war Pater Vickery von Atlanta, der seinen Jungs aus Georgia im Feld zur Seite steht. Unsere Nachbarn springen gern ein, wenn in Florida Not am Mann ist, und der gute Pater Vickery war nun einmal der einzige Priester, den ich auftreiben konnte, als ich mich fertigmachte, um hierher zu reiten. Du magst vielleicht nicht mein Kind unter dem Herzen tragen, aber ich fürchte, du bist meine Frau.«

Ungläubig starrte sie ihn an, als die Tür zur Kirche aufgestoßen wurde.

»Captain McKenzie! Julian McKenzie!«

Julian erkannte die Stimme wieder und war nicht überrascht, abgesehen vielleicht von der Tatsache, daß sich ein General so kurz vor einer Schlacht erlauben konnte, bei einer Verhaftung zugegen zu sein. Vor einiger Zeit hatte Julian den Fuß von General Angus Magee gerettet, nachdem dieser zuvor die Verletzung so lange nicht hatte behandeln lassen, daß ihn eigentlich nur noch eine Amputation vor dem sicheren Tod bewahren konnte.

»General Magee, Sir!« erwiderte Julian beinah erfreut, taxierte dabei aber immer noch Rhiannon.

»Julian, entfernen Sie sich von Mrs. Tremaine, und werfen Sie Ihre Waffe auf den Boden, Sir!«

Julian trat ein paar Schritte von Rhiannon zurück, ohne sie jedoch aus den Augen zu lassen. Dann lächelte er ihr zu, griff nach dem Colt und ließ ihn fallen. Starr hielt er weiter seinen Blick auf sie gerichtet und zuckte auch mit keiner Wimper, als die Soldaten hereingestürmt kamen, um ihn zu ergreifen. Schon beinah bei ihm angekommen, wagten sie allerdings nicht, ihn anzufassen, sondern blieben in einem gewissen Abstand von ihm stehen.

Schließlich wandte Julian den Blick von Rhiannons grünen Augen und sagte: »Guten Abend, meine Herren. Nein, ich fürchte, es ist mittlerweile Morgen. Wo ist nur die Zeit geblieben? Sie scheint nur so dahinzufliegen, wenn so viele Menschen sterben müssen!«

Einer der Männer räusperte sich und wollte auf ihn zugehen. Aber Julian schüttelte den Kopf und fügte lächelnd hinzu: »Es gibt überhaupt keinen Grund, handgreiflich oder gewalttätig zu werden, mein Lieber. Zeigen Sie mir, wohin ich gehen soll, und ich folge Ihrer Anweisung.«

»Kommen Sie einfach mit, Julian«, entgegnete General Magee, der unter dem Torbogen zur Kirche stehengeblieben war. Seine vom Alter gezeichneten Züge hatten einen stolzen Ausdruck und zeugten von Charakterstärke. Der General war immer noch eine stattliche Erscheinung und faszinierend anzusehen. Allerdings lag an diesem Morgen ein Bedauern in seinem Ausdruck.

»Sehr wohl, Sir, wenn Sie es wünschen, Sir«, sagte Julian höflich. »Aber bitte sagen Sie mir doch – wo uns das Schicksal hier schon einmal zusammengeführt hat –, ob es meinem Bruder gutgeht.«

»Ja, Julian, Ian geht es gut. Aber er hat nichts damit zu tun. Er weiß überhaupt nichts davon ...«

»Nein, Sir, mein Bruder würde sich an einer solch heimtückischen List niemals beteiligen.«

Magee erstarrte und sah zu Rhiannon hinüber, um festzustellen, wie sie Julians Bemerkung aufgenommen hatte, bereit, ihre Ehre zu verteidigen und sie zu beschützen.

»Mrs. Tremaine?«

»Lassen Sie nur, General!«

Julian war mittlerweile bei Magee, der immer noch im Eingang stand, angelangt. Er wußte Rhiannon, die ihm gefolgt war, direkt hinter sich. Dann trat er allein hinaus auf die Lichtung. Zehn Meter von ihm entfernt standen berittene Yankees und bildeten eine Art Mauer. Er drehte sich um. Auch Magee hatte unterdessen die Kirche verlassen, Rhiannon am Arm.

Julian lächelte den beiden zu und sagte: »Ach, übrigens, General Magee – wenn Sie gestatten –, aber Mrs. Tremaine heißt nun Mrs. McKenzie.« Und beinah entschuldigend fügte er noch hinzu: »Ich fürchte, Sie und Ihre Männer sind ein bißchen zu spät gekommen.«

Magee blickte erstaunt zu Rhiannon und fragte: »Mein liebes Kind, ist das wahr?«

»Nein!« flüsterte sie erschrocken.

»General, ich schwöre Ihnen, daß das die Wahrheit ist.

Pater Vickery wird es Ihnen vor Gott bezeugen. Die junge Dame hier ist über einundzwanzig und ich auch. Damit ist die Ehe legal und bindend, in Anwesenheit von Zeugen geschlossen. Ach, ja! Und unter uns, Sir!« sagte Julian laut und deutlich, senkte dann aber die Stimme, so daß nur der General und Rhiannon ihn noch verstehen konnten. »Da ich nur getan habe, was man von einem Gentleman erwarten kann, und hier auf Wunsch der Dame erschienen bin – was mich zu Ihrem Gefangenen macht, Herr General –, bitte ich Sie um einen Gefallen, als Offizier und Gentleman. Rhiannon ist doch in Ihrem medizinischen Corps beschäftigt«, fuhr er freundlich fort, »bitte seien Sie so gut und haben ein Auge auf sie. Sie neigt dazu, von ihrem geliebten, aber leider verschiedenen Ehemann Richard zu träumen, um sich dann dem Nächstbesten an den Hals zu werfen ...«

Weiter kam er nicht, denn Rhiannon hatte einen raschen Schritt auf ihn zu getan und ihm eine so schallende Ohrfeige verpaßt, daß es richtig weh tat. Sich die Wange haltend, verneigte er sich tief vor ihr, drehte sich dann um und ging auf das Pferd zu, das die Yankees für ihn bereithielten. Das Tier war wohlgenährt und hervorragend in Form. Schnell saß er auf, da er die Gelegenheit gekommen sah, auf die er gewartet hatte: eine Lücke in den Linien der Yankees. Er drückte sich mit dem Oberkörper flach an den Hals des Tieres und gab ihm die Sporen. Das Pferd reagierte augenblicklich und preschte auf die Lücke zu.

»Haltet ihn!« befahl Magee. »Wir machen uns ja zum Gespött der Leute, wenn wir nicht einmal einen unbewaffneten Arzt gefangennehmen können! Los, Männer!«

Zwei Reitern gelang es, die Lücke zu schließen. Es machte keinen Unterschied. Julian brauchte nur sein Pferd herumzureißen und auf direktem Weg zurück und dann nach links zu reiten, um ihnen zu entkommen. Aber als er sein Pferd gewendet hatte, verstellte *sie* ihm den Weg und sah ihn herausfordernd an. Groß, aufrecht und unbeweglich wie eine Statue stand sie da.

Aber es war kein wirkliches Risiko für Rhiannon, da sie ganz genau wußte, daß er anhalten würde.

Er nahm die Zügel kurz, und sofort waren die Soldaten bei ihm, um ihn vom Pferd zu reißen. Einer der Männer hieb mit seinem Gewehrkolben auf ihn ein. Ein harter Schlag traf Julian am Hinterkopf, so daß er glaubte, der Schädel würde ihm zerspringen. Er flehte zu Gott, daß der Mann ihm nicht wirklich den Schädel gespalten hatte. Sein Kopf dröhnte, und ihm begannen die Sinne zu schwinden. Im Fallen sah er noch Rhiannons wunderschöne grüne Augen auf sich gerichtet, und er streckte eine Hand nach ihr aus. Entsetzt schrie sie auf, konnte sich ihm aber nicht schnell genug entziehen, und so riß er sie mit sich zu Boden, während die Welt um ihn herum immer mehr verschwamm. Egal! Mit letzter Kraft gelang ihm ein Lächeln und er raunte ihr zu: »Ich schwöre dir, mein geliebtes *Weib*, das wird dir noch leid tun.«

»Er ist ohnmächtig, Ma'am. Wenn ich Ihnen die Hand reichen darf ...«, bot ihr einer der jungen Reiter an.

Rhiannon sah zu dem Mann hoch und nickte. Dann blickte sie noch einmal zu Julian, der mit geschlossenen Augen neben ihr lag. Die schwarze Locke über seiner Stirn hätte sie ihm am liebsten zurückgestrichen. Statt dessen flüsterte sie ihm zärtlich zu: »Du wirst nie erfahren, mir niemals glauben, daß ich das alles nur getan habe, weil ... weil ich dich liebe!« Dabei wußte sie genau, daß weder er noch sonst irgend jemand sie würde verstehen können. Dann ließ sie sich von dem Soldaten aufhelfen.

Plötzlich hörten sie Kanonenfeuer, das in unmittelbarer Nähe zu sein schien. »Hebt den Gefangenen hoch und bringt ihn ins Feldlazarett!« befahl Magee. »Der Tag hat begonnen, meine Herren, und ich darf Sie daran erinnern, daß hier und heute das Schicksal einer Nation entschieden werden könnte!«

Das Schicksal einer Nation! Was würde mit den vielen *Menschen* hier geschehen, überlegte Rhiannon. Ob es ihr wohl gelungen war, Julians Schicksal eine andere Wendung zu geben? Sie hatte alles riskiert, um den Ausgang ihres Traumes zu verändern, hatte Julian überlistet und verraten.

Aber auch er hatte ihr eine Falle gestellt. Und jetzt waren sie noch heilloser in einem undurchdringlichen Netz verstrickt als zuvor.

Schicksal! War das etwa alles vorherbestimmt gewesen, von diesem ersten Abend an, da er durch die Wildnis zu ihrem abgelegenen Haus geritten und in ihr Leben getreten war?

1.

Paddy MacDougall hatte es übel erwischt.

Auf einem mageren, grauen Klepper ritt Julian McKenzie mit seinem tapferen alten Freund vor sich im Sattel und hielt ihn mit einem Arm fest. Er sprach Paddy Mut zu, obwohl ihm selbst das Herz schwer war. Wenn es ihm nicht bald gelingen würde, den Sergeant zu einem ordentlichen Versteck zu bringen, um ihm die Kugel aus dem Bein zu nehmen und die Blutung zu stoppen, würde der Mann mit ziemlicher Sicherheit sterben. Ihr kleiner, abgerissener Trupp – mit ihm, dem Chirurgen, der sich standhaft weigerte, am Kampfgeschehen teilzunehmen, alles in allem elf Männer – hatte einen scharfen Ritt hinter sich, immer im Zickzack und von ihrem Basislager fortführend, damit die Yankees, die ihnen auf den Fersen waren, es nicht entdeckten. Nun waren sie weit weg von zu Hause, aber wenigstens schienen sie den Feind abgehängt zu haben.

»Sehen Sie nur, Sir, dort hinten«, rief Gefreiter Jim Jones, »ein Haus!«

Vor ein paar Minuten hatte die Abenddämmerung eingesetzt. Dieser Umstand, verbunden mit dem leichten Sommernebel, der nun vom Boden aufstieg, gab der Szenerie mit dem Tannenwald, in dem sie sich noch befanden, und dem Pfad vor ihnen, der zum Herrenhaus einer Plantage führte, einen fast unwirklichen Charakter. Im klassizistischen Stil erbaut, verfügte das Haus über eine große Veranda mit sechs massiven Säulen. Es war sicher einmal weiß gewesen, aber die Zeit und die Witterungseinflüsse hatten ihre Spuren hinterlassen und die einstmals edle Farbe der Fassade in ein schmutziges Grau verwandelt. Die Bäume und Büsche, die das Haus umgaben, waren schon seit langem nicht mehr beschnitten worden, und das ganze Anwesen schien verlassen.

»Gott sei Dank!« seufzte Julian, dessen blaue Augen aufmerksam die Front des Hauses musterten. »Laßt uns Paddy hier in Sicherheit bringen, Männer. Es scheint niemand da zu sein, und wenn wir Glück haben, finden wir ein Plätzchen, wo wir Paddy ordentlich betten können.«

»Bitte warten Sie noch, Colonel, Sir!«

Julian hielt inne und sah sich um. Liam Murphy, gerade erst achtzehn Jahre alt und der jüngste Rekrut in ihren Reihen, hatte ihm ängstlich diese Worte zugerufen. Julian mußte leider feststellen, daß auch die anderen Männer ihn zögernd ansahen und gleichzeitig auf seine Entscheidung zu warten schienen; als sei er ein Militär und in strategischen Dingen bewandert. Sein älterer Bruder – der alte Yankee! – war doch derjenige von ihnen beiden, der die Militärakademie von West Point besucht hatte. Er selbst hatte *nur* Medizin studiert.

Starke Nerven unter feindlichem Beschuß und die Fähigkeit, die Führung zu übernehmen, wenn alle Offiziere tot im Feld geblieben waren, hatten ihn erst kürzlich zum Colonel ihrer kleinen militärischen Einheit gemacht; dadurch war er nun häufig der befehlshabende Offizier. Aufgrund der merkwürdigen Bedingungen, unter denen sie kämpfen mußten – es waren nur noch wenige Männer in Florida zurückgeblieben, da man den Großteil der Truppen abgezogen hatte –, fand er sich häufig in Kampfsituationen wieder, obwohl er einen Eid geschworen hatte, Leben zu retten, anstatt zu zerstören. Nachts plagten ihn deshalb oft Schuldgefühle, aber am Tag ließ ihn sein Überlebenswille das Feuer erwidern.

»Gefreiter Murphy, ich habe hier einen Mann, der im Sterben liegt«, sagte Julian.

»Ich glaube, es wäre besser, wenn wir nicht dorthin gingen, Sir«, entgegnete Liam. Er war ein hagerer Jüngling mit ernsten Augen, die so grün waren wie die Felder der Grafschaft Cork in Irland, aus der seine Familie stammte. Sein Vater war bei der zweiten Schlacht von Manassas, Virginia, ums Leben gekommen und seine Mutter an Fieber und gebrochenem Herzen gestorben. Daraufhin hatte man seine drei jüngeren Schwestern bei verschiedenen Verwandten im Süden untergebracht, und er war den Rebellen beigetreten. Nicht aus Verbitterung oder Rache, sondern um der Gerechtigkeit willen. Für sein Alter war der Junge ziemlich besonnen, und so zog Julian eine Augenbraue hoch und wartete, was Liam ihm zu sagen hatte.

»Ich glaube nicht, daß das Haus verlassen ist, Sir.«

»Kennen Sie denn dieses Anwesen?« wollte Julian wissen.

Liam lenkte sein Pferd näher an Julians heran. Der Junge ritt einen uralten Wallach, der aussah, als würde ein kräftiger Windzug ihn umwerfen können.

»Ich habe Leute von diesem Ort reden hören, Sir. Man erzählt sich, daß die ehemaligen Bewohner mit den Nordstaatlern sympathisiert haben – wir reiten vielleicht direkt in eine Falle.«

Julian starrte auf das Haus. Es war nicht wichtig, wem es einmal gehört hatte, solange es nur leer stand. Und wenn dem nicht so sein sollte, hatte man vielleicht nur ein altes Muttchen und eine Amme dort zurückgelassen. So klein ihr Trupp auch sein mochte, mit ein paar Frauen würden sie es schon noch aufnehmen.

»Gefreiter Murphy, ich verstehe Ihre Besorgnis, aber ich muß einen Platz finden, an dem ich in Ruhe operieren kann.«

»Colonel, wir könnten auch ganz gut ein paar Minuten Ruhe gebrauchen«, schaltete sich nun Corporal Henry Lyle in ihr Gespräch ein und trieb sein Pferd näher an die beiden heran. Dann sagte er zu dem jungen Gefreiten: »Liam, mein Junge, wir werden vorsichtig sein. Aber vergiß nicht, daß wir nun schon seit zwei Tagen unterwegs sind, um dieses Yankee-Depot zu finden, und letzte Nacht sind wir durchgeritten.«

Lyle, ein grauhaariger Mann von unbestimmbarem Alter, aber zäh und zuverlässig wie ein Fels in der Brandung, blickte Julian über den Kopf des Jungen hinweg an. Sie waren alle völlig erschöpft, und der lang ersehnte Rastplatz lag zum Greifen nah.

»Da ist noch mehr«, beharrte Liam.

»Und das wäre?« wollte Julian wissen.

»Dort wohnt eine Hexe, oder besser gesagt *wohnte*.«

Henry Lyle und die anderen Männer brachen in schallendes Gelächter aus.

»Liam, wenn da eine Hexe drin ist, dann verbrennen wir sie einfach«, sagte Thad, der zu dem jungen Mann geritten war und ihm nun jovial das Haar raufte. »Gütiger Gott!« fügte er dann hinzu. »Wenn es hier irgendwo eine Hexe gibt, dann bete ich zu Gott, daß sie ein Hühnchen oder ein Schwein herbeizaubern kann. Ich bin nämlich hungrig wie ein Wolf.«

»Vergiß den Schweinebraten«, sagte sein Vetter Ben, als er an ihm vorbeiritt, um mit Julian aufzuschließen. »Wir können von Glück reden, wenn wir ein paar Wurzeln oder alte Konserven auftreiben. Was meinen Sie, Doc, Colonel, Sir?«

Julian blickte zum Haus und dann wieder zu Liam, der rot angelaufen war wie ein Puter, ihn aber immer noch mit unbewegtem Gesichtsausdruck ansah. Julian schüttelte den Kopf über Liams Halsstarrigkeit und sagte: »Mein Junge, ich habe keine andere Wahl. Wenn es dort Hexen gibt, müssen wir uns irgendwie mit ihnen arrangieren. Paddy stirbt uns sonst. Seine Wunde blutet immer noch.«

»Und wenn da Yankee-Sympathisanten drin sind, ist das auch egal«, warf Kyle Waverly ein. »Wir tragen ja keine echten Uniformen.« Vor dem Krieg war er ein junger Dorfschullehrer gewesen, aber nach zwei Jahren beständiger Scharmützel begann sein Haar bereits zu ergrauen und gab ihm den Anschein eines alternden Professors. Er sah Julian mit hochgezogener Augenbraue an und kratzte sich bedächtig am stoppeligen Kinn, bevor er fortfuhr: »Wenn es dort irgendwelche Yankees gibt, können wir einfach sagen, daß wir uns den Unionstruppen in St. Augustine anschließen wollen. Keiner kann uns das Gegenteil beweisen.«

Damit hatte er recht. Als eine der wenigen verbliebenen Einheiten, die versuchen sollten, Florida zu halten, waren sie ursprünglich mit selbstgemachten Uniformen in den Landesfarben losgezogen. Aber die Zeit hatte ihrer Kleidung derart zugesetzt, daß man überhaupt nicht mehr erkennen konnte, daß die Fetzen, die sie noch am Leib trugen, einmal Uniformen darstellen sollten. In der Sommerhitze hatten sie meist ohnehin nur Baumwollhemden und ziemlich durchgesessene Reithosen an, und was das Schuhwerk betraf, waren sie froh, wenn sie nicht barfuß gehen mußten.

»Wir besetzen das Haus. Ich rede, wenn es nötig sein sollte«, sagte Julian zu den Männern und trieb sein Pferd, den anderen voran, den halb überwucherten Reitpfad zum Haus entlang. Dort angekommen, saß er ab und zog seinen Colt, bevor er den mittlerweile bewußtlosen Paddy über die Kruppe des Pferdes auf seine Schultern hievte. Er machte Jim, den Henlys und den Andersons ein Zeichen, die Rückseite des Hauses zu umstellen, und bedeutete den anderen, ihm zu folgen. Vorsichtig ging er die Stufen zu der breiten Veranda hinauf. Eine Schaukel stand dort, und man konnte sich leicht vorstellen, daß sie auch schon einmal angenehmere Zeiten gesehen hatte, wenn beispielsweise das Mondlicht durch die Zweige der nahe stehenden Magnolien schien und die Tautropfen auf dem Moos darunter zum Glitzern brachte, während ein leichtes Lüftchen ging. Die Schaukel bewegte sich immer noch sacht im Wind, aber die Zweige der umstehenden Bäume und Büsche ragten bereits auf die Veranda, und zwischen den Säulen hatten Spinnen ihre Netze gewoben.

Mit großen Schritten ging Julian auf die Eingangstür zu. Er wollte unbedingt so schnell wie möglich Paddys verletzten Oberschenkel behandeln. Überrascht stellte er fest, daß die große zweiteilige Mahagonitür verschlossen war. Er legte Paddy vorsichtig ab und warf sich dann mit Gewalt gegen den linken Türflügel, so daß das Holz krachte. Dann trat er mit dem Fuß gegen das Schloß, und kleine Holzsplitter fielen zu Boden. Ein zweiter Tritt, und die Tür sprang auf.

Als er mit Paddy auf der Schulter den Windfang betrat, stellte er erstaunt fest, daß in der eleganten Eingangshalle Kerzen brannten, deren Schein vom Lack der auf Hochglanz polierten Tische zurückgeworfen wurde. Wie bei alten Plantagenhäusern üblich, war auch dieses Haus symmetrisch angeordnet: von jeder Seite der großen Eingangshalle ging ein Trakt ab.

Nachdem Julian mit gezücktem Colt und Paddy auf der Schulter weitergegangen war, blieb er jetzt stehen und sah sich erst einmal besorgt um. Sogar der Fußboden aus Hartholz glänzte. An den Wänden standen üppig gepolsterte Stühle und hier und da ein Beistelltischchen. Auf jeder Seite der großen Halle befand sich eine hohe Kommode; ein Orientteppich in Form eines Läufers lag im Durchgangsbereich, und das Mitternachtsblau seiner Ornamente fand sich in der Bespannung der Treppenstufen wieder, die zum zweiten Stock hinaufführten.

Und auf dieser Treppe stand eine junge Frau.

Sie schien gänzlich unbeeindruckt von seinem rüden Eindringen in ihr Haus, trug ein elegantes schwarzes Kleid – ein Trauerkleid – und rührte sich nicht von der Stelle, so daß man sie durchaus für eine Hexe hätte halten können – allerdings für eine äußerst attraktive. Sie war ziemlich groß, hielt sich sehr gerade und war unbeschreiblich schön. Für ihr Alter strahlte sie eine erstaunliche Würde aus, und ihre grazile und wohlproportionierte Figur wirkte trotz oder gerade wegen der düsteren Kleidung noch zerbrechlicher. Ihr Haar, das sie zu einem Knoten im Nacken zusammengenommen hatte, schimmerte mit den Moirés ihres ebenholzfarbenen Organzakleides um die Wette, spielte aber im Schein der Kerzen und Petroleumlampen mehr ins Blauschwarze. Ihr Teint war elfenbeinfarben und ihre Gesichtszüge klassisch zu nennen. Mit hellgrünen wachen Augen sah sie zu ihm hinunter.

Julian wußte nicht, wie lang sie sich schon so angestarrt hatten. Er hatte Zeit und Ort vergessen, ja sogar den schweren Mann auf seiner Schulter. Als er schließlich seine Sprache wiederfand, gelang ihm lediglich ein »Madam«.

Sie entgegnete mit indigniert hochgezogener Oberlippe, aber in ruhigem Tonfall: »Sie hätten wenigstens anklopfen können, Sir.«

Er war mit den im Süden üblichen Umgangsformen der feinen Gesellschaft groß geworden und merkte jetzt, wie ihm, trotz der Jahre, die er nun schon unter widrigsten Umständen verbracht hatte, bei ihrem verächtlichen Blick die Schamröte ins Gesicht stieg.

»Sir?« hörte er da Liam hinter sich sagen, und gab sich einen Ruck, um so den Zauber zu brechen, den sie über ihn gelegt zu haben schien. Das ist kein Zauber, versuchte er sich einzureden, ich war einfach nur überrascht. Dann sagte er zu ihr: »Entschuldigen Sie vielmals, Madam. Aber mein … mein Freund hier braucht Hilfe, und wir dachten, Ihr Haus sei unbewohnt.«

Sie zog eine Augenbraue hoch und blickte auf den Mann, der Julian auf den Schultern lastete. Einen Augenblick lang trat ein trauriger Ausdruck in ihre Augen und veränderte ihren abweisenden Gesichtsausdruck. Aber er war nur ein huschender Schatten und so schnell verschwunden, wie er gekommen war.

»Wie Sie sehen, steht mein Haus nicht leer.«

»Dann, Madam, bitte ich Sie um Ihre Gastfreundschaft.«

»Etwa für einen Betrunkenen?« entgegnete sie ruhig.

Zähneknirschend erwiderte Julian: »Nein, Madam, er ist verletzt.« Und da er allmählich die Geduld verlor, fügte er noch hinzu: »Ma'am, ich fürchte, daß wir uns Ihre Gastfreundschaft erzwingen müssen, wenn Sie sie uns nicht freiwillig gewähren.«

»Und was werden Sie sich dann noch alles nehmen?« entgegnete sie trocken. »Wir haben keine Rinder mehr, kein Federvieh und auch keine Baumwolle. Selbst das Familiensilber ist weg.«

»Ma'am!« schaltete sich nun Kyle Waverly, der neben Julian in die große Halle getreten war, in ihr Gespräch ein. »Wir sind auf dem Weg nach St. Augustine, zu den Unionstruppen. Paddy hier hat sich beim Gewehrputzen selbst ins Bein geschossen. Dumm wie Stroh, kann ich Ihnen sagen, aber ein netter Kerl, das schwöre ich. Und Julian – er ist Arzt, müssen Sie wissen – will nur sein Leben retten. Bitte, Ma'am!«

»Rhiannon«, hörten sie plötzlich jemanden über sich flüstern, »es ist alles in Ordnung. Sie sind doch Yankees!«

Julian sah die Treppe hinauf. Auf dem Absatz des zweiten Stocks stand noch eine Frau, die ein paar Jahre jünger zu sein schien als ihre elegante Gastgeberin – vielleicht sechzehn im Vergleich zu der Frau, die das junge Mädchen Rhiannon genannt hatte. Julian schätzte ihre unfreiwillige Gastgeberin, die sehr viel ruhiger und gelassener wirkte als das junge Mädchen, auf Anfang Zwanzig.

Rhiannon. Der Name erinnerte ihn an eine alte britische Sagengestalt. Rhiannon ... war ein walisischer Name, eigentlich ein Männername, den mehrere Prinzen des alten Königreichs getragen hatten; aber auch ein Frauenname, den das einfache Volk einer schönen Meerhexe gegeben hatte. Irgendwie paßte dieser Name zu ihrer unwilligen Gastgeberin.

»Das Blut meines Freundes tropft auf Ihren wunderschönen Teppich, Gnädigste«, sagte er dann höflich. »Ich brauche einen Platz, wo ich mich um ihn kümmern kann.«

»Es gibt ein Schlafzimmer im Erdgeschoß, Sie brauchen ihn nicht nach oben zu bringen«, entgegnete die Frau – Rhiannon – und rührte sich endlich vom Fleck.

Geschmeidig wie eine Katze kam sie die Treppe hinunter. Sie nickte Kyle, River Montdale und Liam, die hinter Julian standen, zur Begrüßung zu. Dann ging sie an Julian vorbei, durch die große Halle, einen dezenten Rosengeruch hinter sich herziehend. Er folgte ihr, sah sich aber noch einmal um und stellte fest, daß das junge Mädchen, das auf dem Treppenabsatz des zweiten Stocks gestanden hatte, eiligst hinter ihnen herkam.

»Gott sei Dank seid ihr Yankees!« sagte sie. »Mein Gott, was ich für eine Angst ausgestanden habe. Es gibt so viele verzweifelte Leute hier in der Gegend, wissen Sie. Leute, die glauben, daß es Richard ganz recht geschehen ist, daß er sterben mußte, weil er für den Norden gekämpft hat. Dabei hat er doch nur getan, was er für richtig hielt. Und haben Sie gehört, was einige Rebellensoldaten mit Yankee-Frauen machen, wenn sie feststellen, daß sie auf sich allein gestellt sind? Sirs, das kann einem wirklich furchtbare Angst machen!«

»Rachel!«

Die Frau, die vor Julian herging, hatte sich ruckartig zu dem jungen Mädchen umgedreht und schien es jetzt mit Blicken durchbohren zu wollen.

»Aber, Rhiannon …«

»Rachel, geh in die Küche und setz Wasser auf«, antwortete Rhiannon bestimmt. Dann blickte sie unverwandt zu Julian, als sie bemerkte, daß er sie beobachtete.

»Ich bring' dann gleich das Wasser. Und machen Sie sich keine Sorgen, Rhiannon versteht mehr von Medizin als so mancher Arzt. Oh, es tut mir leid, ich wollte Sie nicht beleidigen, Sir. Ich bin sicher, daß Sie ein sehr guter Arzt …« Das Mädchen hielt inne, weil Rhiannon sie wieder anstarrte, und die Kleine hauchte schuldbewußt: »Ich hol' dann mal das Wasser.«

Daraufhin nahm Rhiannon eine Lampe von einem der Tische und öffnete die letzte Tür auf der rechten Seite der großen Halle. Sie betraten ein spärlich möbliertes, aber peinlich sauberes Schlafzimmer. Auf dem Bett lag eine Patchworkdecke, die die Hausherrin schnell herunternahm. Darunter kamen blütenweiße Laken zum Vorschein.

Julian ließ Paddy von der Schulter aufs Bett gleiten. Er war noch immer bewußtlos, und Julian vergewisserte sich rasch, ob sein Freund überhaupt noch atmete und sein Puls noch ging.

»Liam, meine Tasche«, rief er dann. »Und schnell eine Schere, und wir brauchen noch …«

Er wandte sich um und wollte einen der Männer bestimmen, der ihm assistieren sollte. Aber da stand Rhiannon schon, eine Schere in der Hand, bereit, den behelfsmäßigen Verband herunterzuschneiden, den er Paddy angelegt hatte, bevor sie hatten fliehen müssen.

Julian wußte nicht, inwieweit sie geschult war und woher ihre Kenntnisse und ihre Erfahrung rührten. Aber das junge Mädchen – diese Rachel – hatte recht gehabt: Ihre Gastgeberin war wirklich sehr erfahren, mehr als einige der Ärzte, mit denen er unglücklicherweise schon hatte zusammenarbeiten müssen. Schnell schnitt sie den Verband und die Überbleibsel von Paddys Hose herunter. Sie zuckte nicht einmal mit der Wimper oder wechselte gar die Gesichtsfarbe, als sie die schreckliche Wunde an Paddys halbzerfetztem Oberschenkel sah. Noch bevor sie fertig war, erschien Rachel mit dem heißen Wasser und bat die Männer, die unbeholfen unter der Tür standen, ihr Platz zu machen.

»Jungs, kümmert euch um die Pferde und seht euch hier ein wenig um«, befahl Julian, während er Rhiannon beobachtete, die, den Kopf geneigt, gerade die letzten Reste des Verbandes von Paddys Oberschenkel zupfte. »Wie viele Leute sind noch im Haus – oder auf dem Grundstück?« wollte er dann von ihr wissen.

Mit ihren unergründlichen grünen Augen sah sie zu ihm auf und antwortete: »Mammy Nor und Angus, mehr nicht.«

»Und das sind Ihre ...?«

»Unsere Hausangestellten«, sagte sie einfach und wandte ihre Aufmerksamkeit wieder dem Verletzten zu.

Hausangestellte also, dachte Julian. Sie hatte nicht Nigger, Neger oder Sklaven gesagt, sondern *Hausangestellte*. Das war mit Sicherheit ein Yankee-Haushalt. Damit hätte er rechnen sollen. Florida war in sich heillos zerstritten. Obwohl es der dritte Staat gewesen war, der sich von der Union losgesagt hatte, lebten dort immer noch eine Menge Menschen, die der alten Regierung treu ergeben waren. Sein Vater gehörte dazu und auch sein Bruder. Bei ihnen auf Cimarron, der Plantage ihrer Familie außerhalb von Tampa, arbeiteten viele Schwarze. Aber es waren keine Sklaven. Auch sie waren *Angestellte* – freie Männer und Frauen, die für ihre Arbeit entlohnt wurden. Sein Vater war schon immer ein vehementer Gegner der Sklaverei gewesen. Auch Julian lehnte sie ab. Es schien ihm unmöglich, daß ein Geschöpf Gottes, das eine Seele besaß, einem anderen gehören sollte – aber er wußte auch, daß die gesamte Wirtschaft des Landes auf Sklavenarbeit aufbaute. Natürlich rechtfertigte dieses Argument die Sklaverei selbst nicht; aber auf einen Schlag alle in Unfreiheit lebenden Männer und Frauen freizusetzen, um sie dann verhungern zu lassen, löste das Problem genausowenig.

»Sir!« sagte Liam, der mittlerweile zurückgekommen war, während er Julians Arztkoffer neben ihn auf dem Nachttisch abstellte.

»Danke«, murmelte Julian, öffnete die Tasche und wollte sich gerade daranmachen, Paddys Wunde auszuwaschen, als er sah, daß Rhiannon schon dabei war.

»Soldat«, sagte sie zu Liam, »nehmen Sie seine Schuhe und seine Hose, besser gesagt, was davon noch übrig ist. Ich sorge dafür, daß die Wunde gesäubert wird.«

Liam tat wie ihm geheißen war, und Rhiannon kümmerte sich weiter um den Verwundeten, wobei ihr das junge Mädchen zur Hand ging. Julian hatte die Kugel bisher nicht entfernt, da er nicht hatte riskieren wollen, das konisch zulaufende Geschoß herauszuziehen, bevor er sich sicher war, daß er die dann noch heftiger auftretenden Blutungen auch stillen konnte. Es war besser gewesen, die Kugel drinzulassen, damit Paddy auf der Flucht nicht verblutete.

Aber nun war es soweit. Mit einer Pinzette in der Hand drehte sich Julian zu Paddy und Rhiannon um, die soeben dabei war, die Wunde reichlich mit Whiskey zu übergießen. Erstaunt sah er sie an.

»Das ist gegen Infektionen«, erklärte sie.

»Ich weiß«, murmelte er trocken.

Daraufhin warf sie einen Blick in seinen Arztkoffer, und an ihrem Gesichtsausdruck konnte er ablesen, daß sie sofort erkannt hatte, daß fast alles unbedingt Notwendige fehlte. Aber immerhin verfügte er noch über Nadel und Faden, um die Wunde zu vernähen – auch wenn man in diesen Zeiten mit Pferdehaar vorliebnehmen mußte, das aber durchaus seinen Zweck erfüllte. Und seine medizinischen Instrumente zum Herausnehmen von Kugeln waren äußerst fein gearbeitet – ein Geschenk seines Vaters, anläßlich seines Examens.

Julian setzte sich nun so aufs Bett, daß er bequem an die Wunde herankam, und tastete sie erst einmal ab. Dabei überprüfte er den Verlauf der Venen und Arterien, um sicherzugehen, daß er beim Herausziehen der Kugel nicht noch mehr Schaden anrichtete. Schließlich fühlte er, wo die Kugel saß.

Rhiannon stand dicht neben ihm und tupfte das Blut ab, sobald es aus der Wunde trat.

Es gelang ihm, die Kugel mit der Pinzette zu ergreifen.

In wenigen Minuten hatte er sie herausgezogen und dabei glücklicherweise kein größeres Blutgefäß verletzt. Paddy war ein alter irischer Haudegen und wollte bestimmt kein Bein verlieren.

Julian fädelte das desinfizierte Pferdehaar in seine Chirurgennadel und stellte dabei fest, daß Rhiannon abermals ihren Whiskey benutzte, um die Wunde noch einmal zu desinfizieren. Dann machte er sich daran, das zerfetzte Fleisch wieder zusammenzuflicken. Dabei kam Paddy vor Schmerz stöhnend zu sich und fluchte dann: »Heilige Maria, Mutter Gottes, Colonel, das tut wirklich höllisch weh ...«, wobei sein irischer Akzent nicht zu überhören war.

»Nehmen Sie ein paar Schlucke davon«, sagte Rhiannon und legte Paddy die Whiskeyflasche an die Lippen. »Dann halten Sie es besser aus.«

»Ah, Sie sind wirklich ein Engel, mein Kind, ein wahrer Engel«, sagte Paddy und tat einen kräftigen Zug aus der Flasche, während er sie unablässig anstarrte. »Ich weiß zwar nicht, wer, zum Teufel, Sie sind ... Um Gottes willen! Colonel!« schrie er dann und nahm noch einmal einen großen Schluck von dem Whiskey. »Werde ich mein Bein verlieren?«

»Nein, das glaube ich nicht«, sagte Julian.

»Gott segne Sie.«

»Aber ich kann für nichts garantieren«, dämpfte Julian seine Euphorie. Derartige Wunden waren immer mit Vorsicht zu genießen. Wenn sich eine Infektion breitmachte, verlor man entweder die Gliedmaße oder das Leben, und manchmal auch beides.

»Gott segne Sie trotzdem, aber es tut so weh ...«, sagte Paddy.

»Trinken Sie noch mehr davon«, riet ihm Rhiannon, wobei sie Paddy freundlich ansah und dabei beinah lächelte. Da nun der Ernst aus ihren Zügen gewichen war, wirkte sie ganz sanft und sah noch atemberaubender aus. »Später habe ich für Sie noch etwas Morphium ...«

»Morphium?« fragte Julian und sah sie erstaunt an. Genau das fehlte ihm am nötigsten in seinem Arztkoffer.

»Ich baue Schlafmohn in meinem Garten an«, erklärte sie.

»Wer ist dieser Engel, Colonel?« wollte Paddy wissen.

»Eine freundliche Witwe eines Nordstaatlers, die Mitleid mit unserem kleinen Trupp hatte und sich unserer angenommen hat«, sagte Julian fest und wünschte, daß Paddy ohnmächtig geblieben wäre.

Aber Paddy war nicht blöd. »Aha«, sagte er und fügte dann inbrünstig hinzu, »wir sind Ihnen sehr dankbar, Ma'am. Aber, haben Sie auch einen Namen, mein Engel?«

»Sie heißt Rhiannon«, sagte Julian, nachdem er das Ende des Fadens mit den Zähnen durchgebissen hatte und ihre Gastgeberin nun über das Bett hinweg ansah.

»Engel!« ließ sich plötzlich Rachels Stimmchen vernehmen, die die ganze Zeit hinter Rhiannon gestanden hatte. »Das ist mal eine nette Bezeichnung. Hier in der Gegend neigt man eher dazu, sie *Hexe* zu nennen!«

»Rachel«, versuchte Rhiannon ihr Einhalt zu gebieten.

»Hexe?« vergewisserte sich Julian, ob er auch richtig gehört hatte, und mußte sich dabei ein Lächeln verbeißen.

Rhiannon zuckte mit den Schultern und sagte: »Ich habe Ihnen doch gesagt, daß ich Schlafmohn in meinem Garten anbaue. Daneben kultiviere ich auch noch ein paar andere Heilpflanzen. Einige Leute halten mich deshalb für eine Hexe.«

»Ah«, sagte er, »ich verstehe.«

»Engel paßt besser«, beharrte Paddy.

»Das kommt ganz darauf an, wie man es sieht, nicht wahr?« entgegnete Julian leichthin.

Rhiannon gab darauf keine Antwort, sondern wischte den Schweiß von Paddys Stirn. Dann nahm sie die Schüssel mit dem blutverfärbten Wasser und verließ den Raum. Rachel folgte ihr auf dem Fuße.

»Ich habe deine Wunde vernäht, Paddy. Aber du hast viel Blut verloren und bist noch sehr schwach.«

»Ich schaffe es schon, Colonel. Sie haben mich hierhergebracht und zusammengeflickt. Ich schaff' das schon«, wiederholte er glücklich. Dann verzog er das Gesicht und nahm noch einmal einen Schluck aus der Flasche. »Sie ist ein Engel – ein Engel mit Whiskey. Sie muß ein irischer Engel sein!«

»Ruh dich jetzt aus«, sagte Julian und klopfte ihm auf die Schulter. »Wir bleiben bis zum Morgengrauen hier. Dann müssen wir uns leider wieder auf den Weg machen. Wir können nichts daran ändern, Paddy. Wir sind völlig vom Rest der Truppe abgeschnitten.«

»Die Lady glaubt, daß wir Nordstaatler sind, mh?«

»Eine Notlüge, die Kyle ihr erzählt hat«, sagte Julian knapp.

»Aha, ich verstehe. Ich werde mich ein bißchen ausruhen, damit ich für Sie nicht eine zu große Last bin, wenn wir morgen weiterreiten«, sagte Paddy.

Julian klopfte ihm noch einmal auf die Schulter.

»Ich bleibe bei ihm«, bot sich Liam an.

Julian nickte zustimmend, hob seinen Hut auf und verließ den Raum. In der Halle hörte er von irgendwoher die Stimmen der anderen Männer, die sich unterhielten, und ließ sich von dem Geräusch leiten. Corporal Lyle und Keith und Daniel Anderson saßen am Eßzimmertisch und aßen Brot, Käse und Rauchfleisch. Als Lyle Julian kommen sah, erhob er sich augenblicklich und stand stramm. »Sir, Jim, Kyle, Thad, River und Ben halten Wache. Sie haben schon gegessen, deshalb haben wir ...«

»Habt ihr euch selbstverständlich auch erlaubt, zu Abend zu essen«, vollendete Julian seinen Satz.

Das Fleisch war zwar kalt, aber es roch so lecker, daß Julian sich am liebsten darauf gestürzt hätte. Rasch schnitt er sich eine Scheibe ab, und es schmeckte einfach köstlich. Dann schnitt er noch eine ab und verschlang sie gierig. Erst danach sah er wieder auf. Rhiannon stand im Durchgang zur Halle und blickte ins Eßzimmer. Mit einem Schlag wurde ihm sein unmögliches Benehmen bewußt. Aber kurz darauf kam Ärger in ihm hoch: Diese Frau wußte bestimmt nicht, was es hieß, kämpfen zu müssen und nie genug zu essen zu haben. Und dann schnitt er sich noch ein Stück von dem Fleisch ab und verschlang es genauso gierig wie die ersten Scheiben, obwohl ihm bewußt war, daß sie ihn beobachtete.

»Ma'am«, sagte er schließlich, »haben Sie vielen Dank für Ihre Gastfreundschaft.«

Ohne ein Wort darauf zu erwidern, drehte sie sich um und ließ ihn stehen. Julian stand auf, um ihr zu folgen. Aber als er in der Halle anlangte, war sie schon nicht mehr da. Er durchquerte die Halle und stellte fest, daß seine Gastgeberin durch den Windfang hinaus auf die Veranda getreten war. Dort stand sie nun im Mondlicht, mit dem Rücken zu ihm, und er wurde sich wieder ihrer Anmut, ihrer Gemütsruhe und der unverhohlenen Verachtung bewußt, die sie ihren ungebetenen Gästen entgegenbrachte. Obwohl sie ihn gehört haben mußte, drehte sie sich nicht zu ihm um.

Schließlich fragte sie, wobei sie ihm nach wie vor den Rücken zukehrte: »Was gibt's – Colonel?«

»Wir sind Ihnen für Ihre Gastfreundschaft wirklich sehr dankbar, Ma'am.« Und damit er ihr ins Gesicht sehen konnte, während er sich bei ihr bedankte, ging er um sie herum.

Wutentbrannt sah sie ihn an, entgegnete dann aber kalt lächelnd: »Colonel, Sir« – so abfällig hatte er diese Anrede noch nie vernommen –, »erinnern Sie sich denn gar nicht daran, daß Sie mich vorher darüber informiert haben, daß Sie sich meine Gastfreundschaft notfalls auch nehmen würden, wenn ich nicht bereit wäre, sie Ihnen aus freien Stükken zu gewähren?«

»Das geschah alles nur des Krieges wegen«, antwortete er sanft.

Forschend sah sie ihn an, wobei ihr Gesichtsausdruck noch mehr Verachtung zeigte als zuvor: »Ah! Es ist also alles nur wegen des Krieges.«

»Es tut mir leid. Ich nehme an, daß Sie Ihren Vater verloren haben? Oder Ihren Ehemann?« fragte er, auf ihre Kleidung anspielend.

»Meinen Ehemann.«

»Wo?«

»Bei Antietam.«

»Letztes Jahr … das tut mir leid.«

»Mir auch.«

»Waren Sie …«, hob er an und hielt dann inne, während er sich überlegte, warum er sie das alles fragte. »Der Krieg ist für uns alle brutal. Haben Sie ihn noch einmal gesehen, nachdem er eingezogen wurde?«

»Nein, ich …«, sie zögerte und biß sich auf die Unterlippe. Scheinbar tat ihr zu weh, was sie sagen wollte. Dann schüttelte sie den Kopf. Als sie schließlich antwortete, schien sich ihre abwehrende Haltung ein wenig gelegt zu haben: »Nein, ich hatte ihn schon monatelang nicht mehr gesehen. Erst wieder als …«

»Als?«

»Als er starb.« Sie sagte das auf eine Weise, als ob sie selbst auf dem Schlachtfeld gewesen sei, als es geschah.

»Das tut mir sehr leid«, sagte Julian.

»Ja, das erwähnten Sie bereits. Ich glaube Ihnen. Gibt es sonst noch etwas, was Sie wissen möchten, Colonel?«

Er verschränkte die Arme vor der Brust, ein wenig verärgert darüber, daß sie ihn so schnell loswerden wollte. Aber da wurde ihm plötzlich bewußt, welchen Eindruck er wohl auf sie machen mußte. Er war zwar ein großer, kräftig gebauter Mann mit breiten Schultern – der in letzter Zeit vielleicht ein bißchen wenig zu essen bekommen hatte –, aber unrasiert und von oben bis unten mit Schmutz, Blut und Matsch beschmiert.

Nun, es war eben Krieg. Sie befanden sich hier schließlich nicht auf irgendeinem gesellschaftlichen Ereignis. Außerdem war sie Witwe, und dazu noch die eines Nordstaatlers, die ihm sicher liebend gern die Kehle durchgeschnitten hätte, hätte sie gewußt, daß er ein Rebell war. Trotzdem war sie sehr schön und roch so verdammt gut. Er konnte nichts daran ändern, daß er sich so zu ihr hingezogen fühlte.

Dann erinnerte er sich an seine gute Erziehung, verneigte sich tief vor ihr, wie man es den wohlerzogenen jungen Männern aus dem Süden beizubringen pflegte – auch wenn das bei ihm nun schon etwas länger zurücklag –, und sagte: »Entschuldigen Sie, Ma'am, ich wollte Ihnen nicht zu nahe treten.«

»Dann werde ich Ihnen das auch nicht weiter gestatten«, entgegnete sie höflich und ließ ihn stehen.

Aber er drehte sich um und rief ihr nach: »Wenn ich ehrlich bin, Ma'am, würde mich Ihr Garten interessieren.«

Sie hielt inne. Der Haltung ihres Rückens war zu entnehmen, daß es ihr nicht paßte, daß er ihr nachgerufen hatte. Einen Augenblick zögerte sie noch, bevor sie sich zu ihm umdrehte und wider Erwarten ganz freundlich fragte: »Und warum?«

»Warum?« wiederholte er und zog eine Augenbraue hoch, da der Grund für sein Interesse seines Erachtens nach doch auf der Hand lag. »Ich möchte mir einfach gerne ansehen, was Sie da angepflanzt haben und wie sie das machen. Sie haben gesagt, daß es in Ihrem Garten auch Schlafmohn gibt, den Sie zu Morphium verarbeiten ...«

»Ah, aber Sir! Was sollte es Ihnen denn bringen, wenn Sie mehr über *meinen* Garten wissen? Werden Sie denn nah genug sein, um meine Kräuter zu plündern?«

»Plündern?«

Sie antwortete nicht gleich, sagte dann aber: »Ob nun Nord- oder Südstaatler, Sir, die Truppen nehmen von den Bürgern, was sie kriegen können und unter welchem Vorwand auch immer.«

»*Ich* plündere nicht, Ma'am.« Dann kam er auf sie zu und baute sich noch einmal vor ihr auf, bevor er fortfuhr: »Ich vergewaltige nicht, ich stehle nicht, und ich würde auch nicht morden oder plündern.«

»Was tun Sie denn dann, Colonel?« entgegnete sie spitz, während ihre Augen ihn wütend anfunkelten.

»Ich versuche, zu überleben«, sagte er nur, und diesmal wollte er das letzte Wort haben. Auch wenn es nur einen einzigen Weg gab, das zu erreichen. Entschlossen wandte er sich von ihr ab und ging mit weit ausholenden Schritten zurück zum Haus.

Das sollte Paddys Engel sein? Bestimmt hatten die Leute doch recht, und sie war eine Hexe. Bei diesem Gedanken lief es ihm eiskalt über den Rücken. Er war einfach nur müde – hundemüde. Der Ritt, das Scharmützel, die Tatsache, daß er Paddy vom Schlachtfeld getragen hatte und dann noch im forschen Galopp mit ihm auf einem Pferd geritten war, das alles hatte ihn doch sehr mitgenommen.

Er mußte sich unbedingt ausruhen, und das würde er jetzt verdammt noch mal auch tun.

Und doch … Er spürte ihren Blick im Rücken und sah sie im Geiste vor sich. Rhiannon! Eine Hexe oder Nixe mit heilenden Händen? Möglicherweise auch beides – aber bestimmt mit der Gabe, einen zu verfolgen.

2.

Rhiannon Tremaine blickte dem Mann nach, der in ihr Haus zurückging. Innerlich war sie vollkommen aufgewühlt von den widerstreitenden Gefühlen, die sie bestürmten.

Er war ein Lügner. Das hatte sie von Anfang an gewußt. Doch war sie sich noch im unklaren, ob es mit ihren hellseherischen Fähigkeiten zu tun hatte, daß sie sich dessen so sicher war, oder mit etwas anderem. Bestimmt war er ein Soldat, aber wohl kaum ein Nordstaatler. Trotz seines unordentlichen, abgerissenen Äußeren war er ein großer, gutaussehender Mann. Mächtig stark und bestimmt außerordentlich fähig. Und das, obwohl er für seine Größe ein wenig zu dünn war und etwas schlaksig wirkte.

Er war charmant – sehr sogar –, auch wenn er log. Und er war definitiv ein Lügner. Seine eingefallenen Wangen verrieten ihn. Er bewegte sich erschreckend geschmeidig und hatte fast fließende Bewegungen. Aber er bewegte sich auch wie ein Mann, der es gewohnt war, risikoreiche Entscheidungen zu treffen; einer, der mit Soldaten unterwegs war, die schnell zuschlagen und sich genauso schnell zurückziehen mußten. Er war sicherlich immer auf der Hut.

So wie er aussah, hatte er in letzter Zeit viel durchmachen müssen. Auch wenn der Krieg bei allen Menschen seine Spuren hinterließ, war sie sich doch sicher, daß es sich bei ihm um einen Rebellen handelte. Sein Freund war bestimmt während eines Kampfes gegen die Nordstaatler verletzt worden. Von wegen, sich selbst ins Bein zu schießen! Vielleicht handelte es sich bei ihnen sogar um Rebellen, die es aufgrund von den Kämpfen weiter oben im Norden Floridas hierher verschlagen hatte.

Nachdenklich senkte sie den Kopf und kam zu dem Schluß, daß es wohl doch recht unwahrscheinlich war, daß die Männer hier auf ihr Haus gestoßen wären, wenn sie tatsächlich an den Kämpfen im Norden des Staates beteiligt gewesen wären. Und dennoch waren es Rebellen, und sie waren davon ausgegangen, daß sie mit den Nordstaaten sympathisierte, und deshalb hatten sie sie angelogen.

Rhiannon überlegte, ob sie wohl gefährlich waren. Natürlich waren sie gefährlich. Völlig ausgelaugt und vom Krieg gebeutelt, verletzt und halb verhungert. Solche Männer waren immer gefährlich. Trotz der hochgesteckten Ideale vieler Soldaten auf beiden Seiten gab es doch solche, die nach zwei Jahren Krieg jeden Moral- oder Ehrbegriff verloren hatten. Rhiannon hatte schon zahlreiche Horrorgeschichten von Deserteuren gehört, die auf Plantagen einfielen, das Eigentum anderer stahlen, zerstörten und die Frauen, die ohne männlichen Schutz zurückgeblieben waren, vergewaltigten.

Schon als Richard noch lebte, hatte sie es zugelassen, daß die Natur sich allmählich wieder des Rasenplatzes vor ihrem Haus bemächtigte, und auch sonst ihr möglichstes getan, damit das Haus aussah, als stünde es leer.

Stirnrunzelnd dachte sie, daß es ihr beinah recht wäre, wenn ihr jetzt jemand eine Kugel in den Kopf jagte. Sie hatte schon lange bevor der offizielle Brief von Richards Colonel sie erreicht hatte, gewußt, daß ihr Ehemann tot war. Seitdem schwankte sie zwischen Apathie und Verzweiflung, und der Schmerz über den Verlust ihres Mannes schnitt ihr wie ein Messer ins Herz. Sie wollte kein Feigling sein, aber manchmal tat es so weh, daß sie dachte, daß der Tod eine willkommene Erlösung wäre. Aber sie war für Rachel verantwortlich, die Cousine ihres Mannes, und für Mammy Nor und Angus. Und dann war da noch ihr Garten.

Sollten ihre Nachbarn sie doch für eine Hexe halten. Sie war einfach fasziniert von Kräutern und Heilpflanzen und den einfachen Kräften der Natur, daß es ihr nichts ausmachte, wenn die anderen sie Kräuterfrau oder Hexe nannten. Ohnehin sprachen die meisten diesen Begriff mit ehrlicher Dankbarkeit aus, und sie half gerne kranken Menschen.

Egal, ob an Leib oder Seele krank! dachte sie fast zynisch. Es tat niemandem weh, daß sie in der Lage war, das schmerzlindernde Morphium herzustellen – ganz im Gegenteil.

»Misses Rhiannon!«

Als sie ihren Namen hörte, fuhr sie beinah erschrocken herum. Angus, der ehemalige Kammerdiener ihres Mannes, der nun ihre rechte Hand geworden war, bog gerade um die Hausecke.

»Angus, ich muß mit dir reden.«

»Das habe ich mir schon gedacht, Misses Rhiannon. Miß Rachel hat bereits allen Soldaten ihre Unterkunft zugewiesen. Diesen Colonel hat sie oben im Gästezimmer einquartiert. Mammy Nor hat dafür gesorgt, daß die Soldaten genug zu essen haben. Ich glaube, daß sie zufrieden sind und wir sie ordentlich untergebracht haben.«

Sie nickte. »Gut, dann werden wir sie jetzt melden.«

»Was?« fragte Angus erstaunt und stemmte die Hände in die Seite. Er war ein großer, breitschultriger Mann mit der Kraft eines Stieres. Wie er da so vor ihr stand, sah er richtig furchteinflößend aus, und Rhiannon mußte unwillkürlich lächeln. Sie liebte es, wenn jemand Eindruck machte, solange er auf ihrer Seite war.

»Angus, diese Kerle sind Lügner. Wenn der Colonel zu Bett gegangen ist, möchte ich, daß du dich auf den Weg nach St. Augustine machst. Frag dich nach einem Hauptmann Cline durch. Er ist ein guter alter Freund. Sag ihm, daß ich glaube, hier bei mir ein paar unverbesserliche Rebellen zu haben.«

Angus bekam große Augen. »Rebellen! Hier im Haus! Aber wieso denn, Ma'am, die Jungs waren doch höflich, anständig und offen.«

»Angus, man muß nicht ungezogen sein, um ein Rebell zu sein. Glaub mir, ich weiß, was diese Männer sind.«

»Ich glaube Ihnen ja, Ma'am. Ich kenne Sie gut genug, um Ihrem Urteil zu vertrauen! Aber sind Sie sicher, daß ich sie wirklich melden soll?«

Rhiannon zögerte, überrascht, sich eingestehen zu müssen, daß sie eigentlich gar nicht wollte, daß ihren Gästen Böses widerfuhr. Aber sie war sich ziemlich sicher, Männer zu beherbergen, die den Truppen um St. Augustine beständig das Leben schwermachten – Männer, für die das Leben eines Nordstaatlers keinen Pfifferling wert war.

»Miß Rachel hat gesagt, daß der Colonel ein guter Doktor ist ...«, versuchte Angus noch einmal, Rhiannon umzustimmen.

»Er mag ja ein guter Arzt sein, Angus, aber er trägt auch einen Colt«, entgegnete Rhiannon und biß sich auf die Unterlippe, weil sie sich tatsächlich nicht mehr so sicher war, ob sie die Männer wirklich verraten sollte. Besonders jetzt, wo Angus den Colonel erwähnt hatte.

Eigentlich gehörte es zu Rhiannons Fähigkeiten, verborgene Dinge wahrzunehmen, aber im Augenblick sah es so aus, als ob der Colonel viel mehr in ihr lesen konnte, als gut für sie war. Vielleicht war sie auch nur unsicher, weil er in ihr ein so merkwürdiges Gefühl hervorrief – eine Art inneren Konflikt. Sie hatte schon so lange überhaupt nichts mehr gefühlt, daß ...

Sie mußte schlucken und senkte nachdenklich den Kopf. Sie war hin- und hergerissen und kam schließlich zu dem Schluß, daß er ein sehr beunruhigender Mann war. Natürlich, dachte sie dann, er spielt ja auch Katz und Maus mit mir, weil er ein unaufrichtiger Rebellenanführer ist. Aber da war etwas in seiner Stimme, in seinen Augen, der Art, wie er sie ansah ... Er brachte sie dazu, daß sie sich tief im Inneren verunsichert fühlte.

Man brauchte ihn doch einfach nur in ein Kriegsgefangenenlager zu bringen, versuchte sie sich einzureden. Sie wollte nicht, daß er starb. Sie wollte, daß man ihn gefangennahm, damit seine Truppe nicht länger Unheil anrichten konnte – zu seiner eigenen Sicherheit und auch, um andere vor ihm zu schützen.

Mit einemmal wurde ihr ganz schwindelig. Sie schloß die Augen und umfaßte mit den Armen ganz eng ihren Oberkörper. Sie hatte wieder dieses Bild vor Augen: Sie sah Richard in dem Moment, da ihn die Kugel traf, sah den Ausdruck in seinen Augen, hörte ihn ihren Namen rufen ... Dann war Richard verschwunden, und sie sah den Rebellencolonel, wie er einen Befehl rief, mit dem verwundeten Freund auf der Schulter taumelnd zu seinem Pferd rannte und mit seinem Colt auf die ihn verfolgenden Unionssoldaten zielte ...

Da riß sie die Augen auf und sagte entschieden zu Angus: »Wir müssen sie melden!« Der Colonel, der glaubte, sie an der Nase herumführen zu können, war ein Rebell – so einfach war das. »Angus, es ist ganz wichtig, daß du Hauptmann Cline aufsuchst. Er ist ein guter Freund, und er wird vorsichtig sein. Ich will nicht, daß jemand in meinem Haus oder später meinetwegen getötet wird. Die Rebellen sollen gefangengenommen werden und sonst nichts.«

Angus kratzte sich verlegen am Kopf, bevor er ihr zu bedenken gab: »Wir leben nach wie vor in einem der Südstaaten, Misses Rhiannon.«

»Das hier war das Haus meines Vaters, Angus. Er hat es erbaut und mir hinterlassen. Und Florida ist genauso mein Staat, wie es ihrer ist. Ich glaube aber nun einmal zufällig, daß dieser Staat sich der Union wieder anschließen sollte, und diese Rebellen wollen, daß er Teil der Konföderation bleibt.«

»Immerhin ist Florida einer der Gründungsstaaten der Konföderation!« beharrte Angus, der immer noch nicht einsehen wollte, daß er sie von ihrer Entscheidung nicht mehr abbringen konnte.

Er war niemals ein Sklave gewesen, war einige Jahre zur Schule gegangen und wie Richard in Vermont geboren. Richard hatte sich gerne über alles mögliche mit ihm unterhalten, um Dinge auch einmal von einer anderen Warte aus zu betrachten. Richard war nun nicht mehr da, aber Angus liebte es immer noch, sich zu streiten.

»Angus, bitte, ich habe gehört, daß die meisten Leute in St. Augustine die Truppen der Union mit offenen Armen empfangen haben – sie könnten ohne Yankee-Dollars gar nicht leben. Es gibt auch noch viele andere Unionsgetreue in Florida, das kann ich dir versichern. Nun geh bitte endlich! Sieh noch einmal nach, ob unsere Gäste auch alles haben, und dann reitest du zu Hauptmann Cline, um ihn darüber zu informieren, daß sie hier sind.«

»Ich habe einfach das Gefühl, daß das nicht richtig ist, Ma'am«, entgegnete Angus.

Sie zögerte. Er hatte recht. Vom Gefühl her schien es nicht richtig zu sein, was sie da vorhatte. Sie wartete und hoffte auf eine Eingebung oder rettende Idee. Aber sie spürte nur die Brise der Nacht.

»Angus ...«

»Ma'am, es ist Ihr Haus«, entgegnete er ihr, »ich hoffe nur, daß man es nicht niederbrennen wird!« sagte er dann unheilverkündend.

»Sie ... sie werden doch mein Haus nicht niederbrennen!«

»Auch andere Unionsgetreue hat man schon aus ihren Häusern gezerrt und sie dann gezwungen, mit anzusehen, wie sie in Flammen aufgingen.«

»Das kommt nur ganz selten vor, Angus.«

»Vielleicht, aber in diesem Krieg erhitzen sich die Gemüter schnell, Misses Rhiannon.«

»Sie werden mich schon nicht aus meinem Haus vertreiben, Angus«, murmelte sie und schien selbst nicht so recht überzeugt von dem, was sie sagte. »Die meisten Leute haben Angst vor mir, weil sie glauben, daß ich eine Hexe bin«, fügte sie dann bekräftigend hinzu. Doch als sie das gesagt hatte, wurde ihr gleichzeitig bewußt, daß diese Tatsache eher dafür sprach, daß man ihr das Haus über dem Kopf anzündete. Aber sie lebten schließlich nicht mehr im Mittelalter.

Kopfschüttelnd versuchte es Angus jetzt mit einem anderen Grund, an den sie zwar auch schon gedacht, aber weit von sich geschoben hatte. »Misses Rhiannon, Sie haben diese Kerle im Haus, und ich werde ganz schön lange brauchen, um diesen Hauptmann Cline in St. Augustine zu finden, und dann dauert es auch noch einmal ziemlich lang, bis die Soldaten hier sind.«

»Wir werden die Rebellen ordentlich behandeln, Angus. Sie werden überhaupt nicht merken, was ihnen blüht, bis es soweit ist.«

»Es könnte morgen früh werden, bis die Unionssoldaten hier sind.«

Rhiannon schluckte. Plötzlich hatte sie doch tatsächlich Angst. Es war ein ganz merkwürdiges Gefühl. Sie hatte sich schon sehr lange keine Sorgen mehr um sich selbst gemacht. Trotzdem sagte sie dann mit fester Stimme: »Tu es, Angus, bitte.«

Er nickte und ließ sie zurück. Sie sah ihm nach. Als er wieder hinter dem Haus verschwunden war, blickte sie zu Boden und stellte dabei fest, daß sie ihre Hände zu Fäusten geballt hatte. Sie streckte ihre Arme vor sich aus, und ihre Hände zitterten. Sie brauchte einen Drink. Das war natürlich überhaupt nicht ladylike, aber sie mußte jetzt unbedingt etwas Alkoholisches zu sich nehmen. Nein, mehr als das. Viel mehr! Sie würde sich nun in ihr Zimmer zurückziehen – weg von diesen Soldaten. Sie wollte sie nicht mehr sehen. Angus würde Hilfe holen. Sie brauchte sich nur einzuschließen und das alles hinter sich zu lassen: diese Männer, den Krieg und das, was mit Richard geschehen war.

Sie hatte da so ihre Möglichkeiten.

Julian hatte gedacht, daß seine Gastgeberin ihm vielleicht wider Willen ins Haus folgen würde, um sich noch ein bißchen mit ihm zu streiten. Aber da hatte er sich geirrt.

So war er denn zum Eßzimmer zurückgekehrt, wo sich mittlerweile River Montdale und Thad und Ben Henly hungrig über das Abendessen hermachten. Julian schloß sich ihnen an und nahm sich diesmal auch von dem Brot, dem Käse und dem hausgemachten Wein, während er die Männer fragte: »Habt ihr euch hinterm Haus auch gründlich umgesehen, Jungs?«

Vor dem Krieg hatten die Henlys ihren Lebensunterhalt als Trapper und Fallensteller verdient. Wenn er irgend jemandem zutraute, sich in den Wäldern hier auszukennen, dann den beiden.

Ben, ein kecker, gutaussehender dunkelhaariger junger Mann mit Grübchen in den Wangen, grinste und sagte: »Colonel, dieser Ort liegt so weit ab von allem wie nur irgend möglich.«

Sein Cousin Thad, der ein bißchen älter war als er, stimmte ihm zu. »Wir haben die Scheune, die Ställe, das Räucherhaus, die Quartiere der Dienstboten, einfach alles

Mammy Nor warf lachend den Kopf zurück. »Gott ist mein Zeuge, daß ich das nicht getan habe! Und wissen Sie warum, Colonel? Wenn ich einen Mann umbringen wollte, dann würde ich ihm eine Kugel zwischen die Augen setzen.«

»Nun«, sagte er lächelnd, »das glaube ich Ihnen aufs Wort.«

»Soll das heißen, daß Sie überzeugt davon sind, daß der Wein nicht vergiftet ist, nur weil ich es Ihnen sage?«

»Ja«, erwiderte er.

»Ich mag Sie«, sagte Mammy Nor und studierte mit ernster Miene sein Gesicht, bevor sie fortfuhr: »Aber da ich Sie nun einmal mag, muß ich Sie warnen: Trinken Sie nicht zuviel davon, denn entweder schlafen Sie dann sehr gut oder ... überhaupt nicht. Der Wein belebt die Sinne, behebt die kleinen Zipperlein im Körper und umnebelt einen dabei nur ein ganz klein wenig. Vielleicht werden Sie auch gleich einschlafen und schön träumen. Denn in diesen Tagen, Sir, sind die Träume besser als die Wirklichkeit. Der Wein hat eine sehr starke Wirkung, mehr kann ich dazu nicht sagen. Probieren Sie ihn doch mal!«

Das tat er denn auch. Es war ein ausgezeichneter Wein, mit viel Körper, fast schon ein Portwein. Er war trocken, ohne säuerlich zu schmecken, und fruchtig, ohne zu süß zu sein.

»Und, Colonel, wie ist er?«

»Sie machen einen wunderbaren Wein, Mammy Nor!«

»Wie wunderbar er wirklich ist, werden Sie erst später erleben, Colonel!«

»Da bin ich ja mal gespannt.«

»Gute Nacht dann, Sir. Schlafen Sie gut und träumen Sie etwas Schönes.«

»Ihnen auch ein gute Nacht, Mammy Nor.«

Sie blinzelte ihm verschwörerisch zu und ließ ihn dann allein, während Julian nicht umhinkonnte, zu denken, daß dies ein merkwürdiger Haushalt war.

Der Wein schmeckte wirklich ausgezeichnet. Er schien sich in seinem ganzen Körper auszubreiten und – so wie sie gesagt hatte – all die kleinen Wehwehchen zu kurieren.

Obwohl Julian sich sicher war, daß der Wein nicht vergiftet war, trank er ihn doch langsam und in kleinen Schlukken. Die Erdhexe, der das Anwesen gehörte, war eine Unionsgetreue, und allein deshalb mußte er schon vorsichtig sein. Aber die behagliche Wärme, die sich in seinem Körper ausbreitete, ließ ihn noch mehr trinken. Ein zweites Glas würde er ja wohl noch vertragen. Dieser Wein war wirklich sehr stark und ganz besonders gut. Davon einmal abgesehen, hatte er immer einen ordentlichen Schluck Brandy vertragen, so daß ihm auch ein paar Glas Wein nichts ausmachen würden.

Als er sich gerade den Rest aus der Karaffe einschenkte, kam Rachel ins Zimmer.

»Oh, Sir, da sind Sie ja!« sagte sie erfreut.

»Hallo, Rachel.«

»Haben Sie schon gegessen?« wollte sie wissen.

Sie war jung, bezaubernd, überschwenglich und aufrichtig. Freundlich erwiderte er ihr Lächeln und wünschte sich plötzlich, seinen Aufenthalt hier nicht einer Lüge verdanken zu müssen, weil sie so offensichtlich erfreut darüber war, ihn bei sich zu haben.

»Ja, danke, es war hervorragend.«

»Sehr schön, wenn Sie dann bitte mit mir nach oben kommen wollen.«

»Nach oben? Wohin?«

»Ich habe Ihre Leute schon untergebracht, aber da Sie der ranghöchste Offizier sind ...« Plötzlich hielt sie inne und fragte ihn dann stirnrunzelnd: »Das stimmt doch, oder etwa nicht?«

»Äh ..., ja, im Augenblick schon.«

»Sie haben ein Zimmer für sich allein, die Treppe rauf. Die anderen werden sich ein Zimmer teilen, da sie ohnehin vorhaben, sich beim Wacheschieben abzuwechseln. Das ist doch richtig?«

»Ich fürchte ja.«

»Wenn Sie mir jetzt bitte folgen würden.«

»In Ordnung, ich will nur noch mal schnell nach meinem Patienten sehen.«

Als Julian den Raum betrat, in dem er Paddy verarztet

hatte, schlief der Ire so friedlich, daß Julian erschrocken sein Herz abhörte und seinen Puls fühlte.

»Machen Sie sich keine Sorgen«, sagte Rachel, Julian sacht auf den Arm klopfend. »Rhiannon hat ihm ein bißchen Morphium gegeben. Er schläft jetzt wie ein Baby. Diese Wunde muß ja furchtbar weh getan haben.«

Julian hatte nichts dagegen, daß man einem Verletzten ein schmerzstillendes Mittel verabreichte – es störte ihn nur, daß Rhiannon das einfach so getan hatte, ohne ihn zu fragen. Aber wenn er sich's recht überlegte, galt Morphium als Allheilmittel gegen alle möglichen Wehwehchen und war besonders bei den Damen sehr beliebt – ob sie nun jung oder alt waren, im Süden oder im Norden lebten.

»Ich glaube, ich muß mich mal mit Rhiannon unterhalten«, sagte er dann nur.

»Sie ist schon zu Bett gegangen«, klärte ihn Rachel auf. »Sie müssen schon bis morgen früh warten. Aber bitte schreien Sie sie nicht an.«

»Ich kann wohl kaum unsere Gastgeberin anbrüllen.«

»Sie hat es nur gut gemeint.«

»Glauben Sie?«

»Natürlich, sie würde niemandem etwas Böses tun. Ich habe es Ihnen doch schon gesagt: Sie kennt sich besser aus als die meisten Ärzte. Sie war eine Zeitlang in Washington und hat versucht, eine Stelle als Krankenschwester zu bekommen, damit sie Richards Regiment folgen konnte. Aber man hat ihr keine Erlaubnis dazu erteilt, und deshalb hat sie dort in einem Krankenhaus gearbeitet. Sie kann zaubern.«

Julian erwiderte skeptisch: »So, kann sie das?«

»Ja, ehrlich, und sie kann auch Dinge sehen, müssen Sie wissen.«

»Kann *was* sehen?«

»Nun, sie sieht, was die meisten anderen nicht sehen.«

Er neigte den Kopf, um ein Lächeln zu verbergen, und fragte dann: »Ist sie eine Prophetin?«

»O nein, und sie wäre bestimmt wütend, wenn sie wüßte, daß ich Ihnen davon erzählt habe. Manchmal ... weiß sie einfach nur Dinge, bevor sie geschehen. Und sie kann

Sachen und Leute wiederfinden ... Sie hat eben magische Kräfte, das ist alles.«

»Und in welchem Verhältnis stehen Sie zu Rhiannon? Sind Sie verwandt? Sehen Sie auch *Dinge*?«

Rachel mußte lachen. »Nein, ich fürchte, daß ich häufig noch nicht einmal das sehe, was direkt vor meiner Nase liegt. Richard – ihr Ehemann – war mein Vetter. Rhiannon kümmert sich um mich ... Kommen Sie jetzt bitte mit, Sir. Sie sehen wirklich erledigt aus.«

Erstaunt zog Julian eine Augenbraue hoch.

»Oh, es tut mir leid«, beeilte sie sich zu sagen. »Ich wollte nicht unhöflich sein – Sie sehen nicht *schlecht* aus, oder so. Im Gegenteil, Sie sind sehr attraktiv. O mein Gott, ich glaube, es ist ziemlich unverschämt von mir, solche Sachen zu sagen ...«

Jetzt mußte er wirklich lachen. »Ich bin nicht beleidigt, sondern fühle mich vielmehr sehr geschmeichelt, Miß Rachel. Außerdem bin ich tatsächlich ganz schön erledigt. Danke für Ihre Freundlichkeit, und wenn Sie jetzt bitte vorangehen würden.«

Sie führte ihn nach oben in einen großen freundlichen Raum mit einem Doppelbett, französischen Türen, die auf einen Balkon gingen, und einer mit dampfendem Wasser gefüllten Sitzbadewanne – eine echte Seltenheit im rauhen Kriegsalltag.

»Gefällt es Ihnen?« fragte Rachel, als sie seine Begeisterung sah.

Er nahm ihre Hand, gab ihr einen galanten Handkuß und bedankte sich mit den Worten. »Das ist wohl das schönste Geschenk, das ich seit Jahren bekommen habe.«

Sie errötete und erwiderte darauf etwas verlegen: »Ich werde Sie dann mal allein lassen. Dort auf dem Stuhl liegen Handtücher, und hier ist Seife. Wir haben immer noch ganz gute Seife im Haus – aus Frankreich. Aber sie ist kaum parfümiert – es ist nicht dieses schreckliche Zeug, das in letzter Zeit alle zu benutzen scheinen. Ich versichere Ihnen, daß Sie morgen nicht irgendwie komisch riechen.«

»Gut, es wäre nämlich schrecklich, wenn meine Männer

glaubten, ich würde zu gut riechen«, entgegnete ihr Julian mit gespielt ernster Miene.

Rachel mußte lachen. »Bis morgen früh dann also, Colonel.«

»Es ist ein wunderbares Zimmer, Rachel. Vielen Dank.«

Sie zuckte abwehrend mit den Achseln und sagte: »Ich glaube, es war früher einmal das Kinderzimmer, es grenzt direkt an die Räumlichkeiten der Hausherren. Aber ich bin nicht sicher. Rhiannon hat dieses Anwesen von ihren Eltern geerbt, deshalb gab es hier schon lange keine kleinen Kinder mehr. Schlafen Sie gut, Sir. Bis morgen früh, dann also.« Mit diesen Worten verließ sie das Zimmer.

Nachdem sie die Tür hinter sich geschlossen hatte, konnte er gar nicht schnell genug aus seinen Kleidern kommen. Ein heißes Bad und frische Wäsche waren wirklich zum reinsten Luxus geworden. In seinem Basislager hatten sie zwar gewissermaßen noch Glück gehabt, denn es war direkt an einem klaren, kühlen und gemächlich dahinplätschernden Bach aufgeschlagen worden; und da es ständig so heiß war, verbrachten die Männer viel Zeit am Wasser und schwammen fast täglich ein paar Runden.

Freudig stieg Julian in die Wanne, und als das angenehm warme Wasser seinen Körper umspülte, fühlte er sich augenblicklich wunderbar geborgen. Bevor er zu müde werden sollte, griff er lieber gleich nach der Seife – wobei es ihm völlig egal war, wie sie roch – und rieb sich energisch von Kopf bis Fuß damit ein. Er hatte schon zweimal während des Krieges Läuse gehabt, und deshalb wusch er sich ausgiebigst, wann immer sich ihm Gelegenheit dazu bot. Nachdem er sich gründlich abgeschrubbt hatte, lehnte er sich in der Wanne zurück, um seit langem einmal wieder richtig zu entspannen.

Was für ein wunderbares Gefühl es doch war, so im heißen Wasser zu liegen. Er wurde ganz träge und genoß es, gut zu riechen. Der Wein war wirklich ziemlich stark gewesen – genau wie Mammy Nor gesagt hatte. In Kombination mit der Wärme des Wassers schien er sich jetzt erst richtig in seinem Körper zu entfalten, wärmte ihn von innen und gab ihm die Möglichkeit, den Kriegsalltag ein wenig zu vergessen. Sogar die Schreckensbilder kranker und verwundeter Soldaten – die mit Granatsplitter- oder Bajonettstichverletzungen zu ihm gebracht wurden oder darniederlagen und vor Schmerz und Angst schrien, weil ihnen eine Gliedmaße amputiert werden mußte – begannen zu verblassen, obwohl sie sich fast unauslöschlich in sein Gedächtnis eingegraben hatten.

Während er so in der Wanne lag, lauschte er dem beruhigenden Rascheln der Blätter vor dem Haus, die das leichte Lüftchen, das mittlerweile aufgekommen war, aneinanderrieb. Er hatte das Gefühl, als habe er eine Reise in vergangene Zeiten gemacht und wäre wieder auf Cimarron, wo er häufig bei offenem Fenster in der Wanne gelegen und den Geräuschen der Nacht gelauscht hatte. Es war herrlich, wenn nach der Hitze des Tages eine kühle Brise aufkam, und er hatte sich schon lange nicht mehr so wohl gefühlt.

Nach einer Weile vernahm er neben den typischen Lauten der Nacht noch etwas anderes. Ganz leise drang ein unterdrücktes, herzzerreißendes Schluchzen an sein Ohr.

Er befand sich in dem alten Kinderzimmer, direkt neben den Zimmern der Herrschaft. Das bedeutete, daß das Schlafzimmer seiner Gastgeberin direkt neben seinem lag.

Es war furchtbar, ihren Kummer mitanhören zu müssen. Im Laufe des Krieges hatte er schon so viele Männer sterben sehen und sich doch nie an den Tod gewöhnt. Er wußte, daß jeder Mann, den er verlor, eine trauernde Witwe, eine weinende Mutter oder ein Kind, das nun ohne Vater durchs Leben kommen mußte, zurückließ. Ganz besonders schlimm war es, wenn ihm ein junger Mann während der Operation unter den Händen wegstarb. Aber er hatte gelernt, damit zu leben, indem er sich nicht zu lange damit aufhielt und einfach weitermachte. Wenn er stur seine Arbeit tat, gelang es ihm, die Einzelschicksale zu vergessen. Der Krieg war brutal und grausam, und er kannte das Leid, das der Krieg den Menschen zufügte, denn er mußte Tag für Tag dagegen ankämpfen.

Und doch …

Ihr leises, unterdrücktes Schluchzen schlich sich in sein Herz. Er versuchte, nicht hinzuhören und ihre Privatsphäre zu respektieren, in der sie sich ihrer Trauer hingab. Aber dann, mittendrin, hörte er einen Aufschrei.

»Nein, nein, neiiiiin!«

Dann fiel etwas zu Boden, und er sprang auf, wobei das Wasser von seinem Körper zurück in die Wanne lief. Einen Augenblick lang hatte er das Gefühl, zu schwanken – das kam sicher von dem Wein. Fluchend griff er nach einem Handtuch, wickelte sich darin ein und stieg aus der Wanne, bemüht, sein Gleichgewicht wiederzufinden. Er nahm seinen Colt vom Stuhl, den er beim Ausziehen dort abgelegt hatte.

Den Colt in der einen, einen Zipfel des Handtuchs in der anderen Hand, war er schon drauf und dran, über den Flur zu rennen, um nachzusehen, wer oder was seine Gastgeberin angegriffen hatte, als ihm bewußt wurde, daß es zwischen den Räumen eine Verbindungstür gab. Hastig stürzte er dorthin, drehte den Knauf, mußte aber feststellen, daß die Tür verschlossen war. Aus Angst, daß sich Mrs. Tremaine wirklich in Gefahr befand, rammte er mit der Schulter dagegen, und die Tür, viel weniger stabil als die zur Eingangshalle, gab sofort nach: Das Schloß brach einfach aus dem Türblatt. Er hatte noch soviel Schwung, daß er erst mitten im Zimmer zum Stehen kam – das Handtuch um die Hüften, die Waffe in der Hand.

Aber es war niemand da. Zumindest nicht im Zimmer. Mrs. Tremaine saß auf einer weißgetünchten Holzschaukel auf dem Balkon. Wenn der Mond nicht geschienen hätte, hätte er sie überhaupt nicht bemerkt. Barfüßig in einem langen Baumwollnachthemd saß sie mit angewinkelten Beinen in der Schaukel und ließ sich hin- und herwiegen. Ihr ebenholzfarbenes Haar hatte sie gelöst, so daß es ihr nun wie ein dunkler schwarzer Seidenschal über den Rücken fiel. Sie wirkte sehr jung, fast wie ein verlassenes Kind, das sanft vom Mondlicht beschienen wurde.

Eigentlich hätte sie hören müssen, daß die Tür aufgebrochen wurde. Aber er hatte den Eindruck, als habe sie sein Kommen überhaupt nicht bemerkt. Verwundert darüber wollte er gerade zu ihr auf den Balkon gehen, als sein Fuß in etwas Nasses trat und er innehielt. Er sah auf dem

Boden und stellte fest, daß er in einer Weinlache stand, daneben die Scherben eines zerbrochenen Glases.

Vorsichtig ging er um die Scherben herum und dann weiter auf den Balkon zu. Erst als er schon fast bei seiner Gastgeberin angelangt war, wurde sie auf ihn aufmerksam, sprang erschrocken auf und stieß hervor: »Wie können Sie es wagen, sich so an mich heranzuschleichen?«

»Man kann wohl kaum behaupten, daß ich mich an Sie herangeschlichen hätte, wenn man in Betracht zieht, daß ich vorher eine Tür einrennen mußte, um zu Ihnen zu gelangen.«

»Was in Gottes Namen machen Sie hier?«

»Ich wollte Sie retten.«

»Mich retten?«

Sie ließ ihren Blick über seinen Körper gleiten und stellte erstaunt fest, daß er nur mit einem Badehandtuch bekleidet war und in einer Hand seinen Colt hielt. Vor Schreck bekam sie ganz große Augen und sagte empört: »Sie wollen mich retten und kommen halbnackt hier rein? Dann schien ihr ein anderer Gedanke zu kommen. »Werden Sie mich erschießen?« fragte sie ein wenig atemlos, als ob es einen Grund geben könnte, sie zu töten.

»Warum sollte ich das tun?« fragte er.

»Weil ...«, hob sie an, brach dann aber mitten im Satz ab. »Sie ... Sie halten eine Waffe auf mich gerichtet.«

»Ich dachte, daß Sie jemand angegriffen hätte. Und außerdem ziele ich gar nicht auf Sie.«

»Wer sollte mich denn angreifen? Einer Ihrer Männer vielleicht?« fragte sie herausfordernd.

Er biß die Zähne zusammen: Sein Kopf dröhnte, und ihm war immer noch schwindelig. Da stand er nun bei ihr im Zimmer, nur mit einem Handtuch bekleidet, eine Waffe in der Hand, und kam sich vor wie ein Idiot.

»Sie haben geweint ... und dann geschrien«, versuchte er die Situation zu erklären.

»Machen Sie sich doch nicht lächerlich. Ich habe überhaupt nicht geschrien.«

»Doch!« Verdammt, so viel Wein hatte er nun auch wieder nicht getrunken.

Plötzlich wandte sie den Blick ab, und ihr Tonfall änderte sich. »Es ... Es tut mir leid. Ich habe wohl geträumt. Es war ... Vielleicht war es ein Alptraum ...«

Irgend etwas war mit ihr nicht in Ordnung. Als sie ihn wieder ansah, stellte er fest, daß ihre Pupillen trotz des hellen Mondscheins unnatürlich geweitet waren. Eine Hand hielt sie hinter dem Rücken, wie ein Kind, das versuchte, ein Spielzeug zu verstecken, mit dem man ihm verboten hatte zu spielen. Stirnrunzelnd tat er einen Schritt auf sie zu. »Was haben Sie da?«

»Nichts«, stieß sie hastig hervor und wich so erschrokken vor ihm zurück, daß er nun fest entschlossen war, zu erfahren, was sie da vor ihm verbarg.

Er warf seinen Colt ans Fußende des Bettes und streckte den Arm nach ihr aus, um sie zu sich zu ziehen. Bei seiner Berührung wurde sie stocksteif und fing an zu zittern. Sie versuchte vergeblich, sich loszumachen. Er hielt sie am Handgelenk fest und fragte sich, was sie da wohl so verzweifelt hinter ihrem Rücken verbarg. Eine Waffe? Vielleicht ein Messer? Hatte sie etwa vorgehabt, in sein Zimmer einzudringen und ihn im Schlaf zu meucheln?

»Geben Sie es her!« befahl er in forschem Ton.

Während er den rechten Arm um ihre Taille legte und sie fest an sich drückte, umklammerte er mit der linken jetzt so grob ihr Handgelenk, daß sie schließlich würde fallen lassen müssen, was sie da festhielt.

»Lassen Sie mich los!« bettelte sie, da sie nicht die Kraft hatte, ihn davon abzubringen, ihr die Hand zu öffnen.

Dann fiel etwas zu Boden. Als er sich bückte, um es aufzuheben, sah er erstaunt zu ihr hoch. Es war ein kleines, mit einem Korken verschlossenes Fläschchen. Morphium? Oder eine noch reinere Form der Droge – gar Opium. Jetzt verstand er, warum sie ihn so merkwürdig angesehen hatte.

Er richtete sich wieder auf und fragte forschend: »Morphium oder reines Opium?«

»Das geht Sie gar nichts an!«

»Sie sind abhängig.«

»Nein!« prostestierte sie. »Geben Sie es mir zurück ...

Ich bin nicht abhängig, ich ... Manchmal ... Bitte ... Ich brauche es!«

Zähneknirschend konstatierte er, daß Morphium eine gesetzlich zugelassene Arznei und in Friedenszeiten im Überfluß vorhanden war. Es heilte Kopfschmerzen und Frauenleiden und war natürlich auch gut gegen Schmerzen aller Art. Und es half zu vergessen. Im Operationssaal war es ein elementares Mittel; das war ihm erst richtig bewußt geworden, seitdem er es so oft hatte entbehren müssen. Wenn sein Vetter Jerome kein Schmuggler gewesen wäre, der ihm manchmal Arzneien beschaffte, die er dringend brauchte, an die aber auf normalem Weg nicht mehr ranzukommen war, hätte er wahrscheinlich gänzlich ohne sie auskommen müssen; zumal die ernsthaften Kämpfe nun so weit entfernt stattfanden, daß die Armee sämtliche Morphiumbestände nach Norden bringen ließ. Von dieser Droge konnte man nie genug haben.

Allerdings wurde man davon ziemlich schnell abhängig. Er würde nie den Leichnam einer jungen Frau vergessen, an dem er im Pathologieunterricht zu Studienzeiten hatte arbeiten müssen. Als sie noch lebte, war sie bestimmt ein wunderschönes Mädchen gewesen, mit goldblondem Haar und hellblauen Augen. Aber im Tod lag sie aschfahl und splitterfasernackt vor ihm, um von ihm seziert zu werden, nachdem sie ihrer Sucht zum Opfer gefallen war. Man hatte sie irgendwo auf einem Feld gefunden, und da keiner wußte, wer sie war oder woher sie kam, hatte man ihre sterblichen Überreste für die Pathologie freigegeben. Später stellte sich dann heraus, daß sie aus einer reichen und angesehenen Familie stammte und von zu Hause weggelaufen war, nachdem sie einen unstillbaren, tödlichen Hunger nach Morphium entwickelt hatte, das sie schließlich umbrachte.

»Colonel, bitte ...«, flüsterte Rhiannon.

Ihre Stimme klang heiser und flehend, aber er schüttelte den Kopf, wütend über ihr unvernünftiges Verhalten. Es gab doch auch so schon genügend Tod und Verderben in diesem Krieg! Wie konnte sie bloß so sorglos mit ihrem Leben umgehen? Rhiannon nahm nicht nur dieses Zeug, nein, sie trank auch noch Wein dazu. Wirklich eine verdammt wirkungsvolle Mischung.

Aufgebracht faßte er sie bei den Schultern, schüttelte sie und fuhr sie dann an: »Was ist eigentlich mit Ihnen los?«

Wieder erstarrte sie unter seiner Berührung und stieß ärgerlich hervor: »Das verstehen Sie sowieso nicht ...«

»Natürlich.«

»Lassen Sie mich endlich in Ruhe. Ich muß ...«

»Sie brauchen das Zeug nicht.«

»Doch. Nur heute nacht!«

»Ich sage Ihnen, lassen Sie die Finger davon!«

»Zum Teufel mit Ihnen! Was nehmen Sie sich überhaupt heraus, mir so etwas zu sagen?«

Schließlich gelang es ihr doch, sich von ihm loszumachen, und sie trat rasch ein paar Schritte zurück, wobei sie ihn herausfordernd ansah.

»Jetzt haben Sie sich zwar von mir befreit«, sagte er, »aber glauben Sie wirklich, daß ich Sie nicht davon abhalten kann, mehr davon zu nehmen?«

Erschrocken stellte sie fest, wie entschlossen seine Stimme klang. »Es kann Ihnen doch völlig egal sein, was ich mit meinem Leben anstelle!«

»Sie werden kein anständiges Leben mehr führen können, wenn Sie damit weitermachen!« versicherte er ihr.

»Ich weiß, was ich tue ...«

»So, tatsächlich? Sie belügen sich doch nur selbst. Opium und Wein. In großen Mengen. Glauben Sie denn nicht, daß es schon genügend Tod und Unglück in dieser Welt gibt?«

»Ich will nicht darüber nachdenken! Und jetzt geben Sie mir bitte das Fläschchen ...«

»Sie haben ohnehin schon genug davon.«

Als ihr bewußt wurde, daß er bemerkt hatte, daß sie die Droge bereits genommen hatte, wurde sie für einen Augenblick ganz still. Dann sah sie ihn mit hocherhobenem Kinn und abfälligem Gesichtsausdruck an und entgegnete: »Nein, Colonel, da irren Sie sich. Ich kann nie genug davon bekommen, und das geht Sie überhaupt nichts an.«

Er ging wieder auf sie zu und packte sie erneut bei den Schultern. Erschrocken schrie sie auf, aber er zog sie nur noch näher zu sich heran, fest entschlossen, ihr seinen Standpunkt klarzumachen. »Ich bin Arzt und wenn ich Ihnen sage, daß es gefährlich ist, können Sie sich darauf verlassen. Hören Sie mir jetzt einmal gut zu ...«

»Zum Teufel mit Ihnen! Lassen Sie mich jetzt endlich in Ruhe! Was glauben Sie denn eigentlich, wer Sie sind«, fragte sie hitzig. »Sie platzen hier einfach so herein und wollen mir sagen, was ich zu tun und zu lassen habe?«

Immer noch stand sie stocksteif da und versuchte schließlich, sich aus seiner Umklammerung zu befreien. Als er ihr auch nicht einen Zentimeter nachgeben wollte, trommelte sie mit voller Kraft mit ihren kleinen Fäusten auf seinen nackten Oberkörper. Er hielt sie nicht davon ab, sondern kam einfach noch dichter an sie heran und zog sie diesmal so eng an sich, daß sie nicht mehr weit genug ausholen konnte.

»Glauben Sie etwa, Sie tun mir damit weh?« fragte er dann. »Die Droge hat Sie geschwächt, und Sie können einem nur leid tun.«

»Oh, ich tue Ihnen also leid! Aber Sie werden gleich sehen, wie weh ich Ihnen tun kann ...«, schrie sie aufgebracht und verdoppelte ihre Anstrengungen. Als er sie an den Handgelenken zu fassen bekam, warf sie den Kopf in den Nacken und starrte ihn an.

»Los, dann tun Sie mal was dagegen!« spottete er. »Versuchen Sie doch, gegen mich anzukommen!«

Wieder bemühte sie sich, sich aus seinem Griff zu befreien, mußte aber bald feststellen, daß ihr das nicht gelingen würde. Mit einem Ruck zog er sie wieder zu sich heran, während sie ihn haßerfüllt ansah.

»Sie brauchen das Zeug nicht, und Sie werden mir jetzt gut zuhören«, sagte er dann ganz ruhig zu ihr. »Sie können sterben, wenn Sie zuviel Opium erwischen. Das wissen Sie auch, nicht wahr? Ist das etwa Ihr Ziel? Wollen Sie sich so aus der Verantwortung stehlen? Sind Sie wirklich so ein Feigling?«

Sie atmete tief durch, und als sie ihm entgegnete: »Ich

bin kein Feigling«, wußte er, daß es ihm endlich gelungen war, sie aufzurütteln.

»Doch, einer von der übelsten Sorte«, beharrte er.

»Sie verstehen wirklich überhaupt nichts. Es tut so furchtbar weh. Ich habe ihn gesehen. Ich habe gesehen, wie er starb. Ich habe ihn meinen Namen rufen hören. Ich sah all das Blut, den Ausdruck in seinen Augen. Ich kann es einfach nicht vergessen. Ich kriege diese Bilder nicht mehr aus dem Kopf. Nachts liege ich stundenlang wach im Bett und höre ihn wieder und wieder meinen Namen rufen. Immer wieder, bis ich es einfach nicht länger ertragen kann …«

»Sie können ihn doch überhaupt nicht hören.«

»Ich habe ihn gesehen!«

»Sie waren doch gar nicht auf dem Schlachtfeld, als es geschah.«

Kopfschüttelnd sah sie ihm in die Augen, als suche sie dort nach ein bißchen Verständnis für ihre Lage. Dann senkte sie den Kopf, zu erschöpft, um weiter gegen ihn anzukämpfen. Sie tat ihm auf einmal sehr leid. Am liebsten hätte er sie in die Arme genommen, ganz fest gehalten und getröstet. Aber sie würde sicher keinen Trost von einem Fremden wollen. Das einzige, was er tun konnte, war, ihr begreiflich zu machen, was sie sich mit dem Morphium antat.

»Nehmen Sie das nicht wieder«, sagte er beschwichtigend. »Tun Sie sich das nicht an.«

»Bitte lassen Sie mich doch endlich in Ruhe!« flehte sie, und ihre Stimme klang mit einemmal sehr weiblich, schutzbedürftig und schwach.

»Ich lasse nicht zu, daß Sie dieses Zeug weiterhin nehmen«, sagte er dann fest entschlossen.

Aber so erschöpft war sie nun auch wieder nicht. Empört hob sie das Kinn, und ihr Blick bohrte sich in seine Augen. Dann schlug sie wieder wie eine Verrückte um sich und versuchte, ihn zu kratzen, zu beißen und zu treten. Sie wußte ganz genau, wohin sie zielen mußte, und diesmal mußte er sich ganz schön anstrengen, um sie davon abzuhalten, ihm weh zu tun. Ihr Fuß verhedderte sich in seinem Handtuch, das ihm daraufhin von den Hüften zu rutschen begann. Fluchend versuchte er das Handtuch an Ort und Stelle zu halten, während er sie gleichzeitig daran hindern mußte, ihm ein blaues Auge zu verpassen.

Kurz entschlossen hob er sie hoch, trug sie durch den Raum und ließ sie aufs Bett fallen. Dann warf er sich auf sie und drückte sie mit seinem Oberkörper gegen die Kissen. Ein paar Sekunden lang versuchte sie noch, sich zu befreien – wehrte sich dann aber nicht mehr, sondern starrte ihn einfach nur mit angehaltenem Atem entsetzt an, während sich ihre Fingernägel in seine Oberarme krallten. Erst in diesem Augenblick ging ihm auf, daß er unterwegs sein Handtuch verloren hatte und ihr das baumwollene Nachthemd fast bis zur Taille hochgerutscht war.

»So benimmt sich wohl kaum ein Gentleman aus dem Süden«, sagte sie schließlich, und ihr Gesichtsausdruck verhärtete sich, während sie ihn mit ihren grünen Augen weiterhin anstarrte.

»Ich werde mich bald mit den Unionstruppen aus dem Norden treffen. Das habe ich Ihnen doch schon gesagt.«

Einen Moment lang schloß sie die Augen, dann sah sie ihn wieder kopfschüttelnd an. »Ihr Akzent, Sir, stammt aus dem Süden. Es gibt ein paar sehr kluge Jungs aus Florida, die auf seiten der Union kämpfen, aber die wurden zur Höflichkeit erzogen.«

»Männer aus dem Norden wohl nicht?«

»Schon, aber nicht mit dem gleichen Enthusiasmus. Da wir nun geklärt haben, wo Sie herkommen, wäre es jetzt bestimmt an der Zeit, sich als echter Gentleman zu erweisen, der Ehre im Leib hat und ritterlich genug ist, um sich zu erheben und mich in Ruhe zu lassen.«

Er dachte einen Moment darüber nach und schüttelte dann den Kopf. »Nein, ich denke, das ist keine gute Idee.«

»Verdammt noch mal, wo bleibt Ihr Anstand? Hat sich Ihre Mutter denn gar nicht um Sie gekümmert, als Sie erwachsen wurden?« fragte sie herausfordernd und wild entschlossen, ihn dazu zu bringen, sich für sein Verhalten zu schämen.

Halb amüsiert, halb verärgert über ihre Bemühungen, gab er ihr ein wenig nach. »Nun, Ma'am, meine Mutter hat mir beigebracht, daß ich einer richtigen Dame Respekt zu zollen habe. Aber danach habe ich Medizin studiert. Und auf der Universität brachte man uns bei, uns um Drogenabhängige zu kümmern, bevor sie sich selbst etwas antun oder andere verletzen.«

»Ich bin nicht drogenabhängig!« stieß sie wutentbrannt hervor.

»Ich wünschte, Sie hätten recht.«

»Ich bin *nicht* abhängig. Ich bin nur …« Sie brachte den Satz nicht zu Ende, sondern schloß die Augen, viel zu müde, noch weiter gegen ihn anzukämpfen. »Würden Sie mich jetzt bitte allein lassen? Das kann Ihnen doch wirklich egal sein!«

Die Wut war von ihr gewichen, und ihre Worte klangen wie eine flehentliche Bitte. Als er ganz sacht ihre Wange berührte, sah sie ihn erschrocken an.

»Ich bin Arzt«, versuchte er, sie zu beruhigen. »Ich kann es nicht zulassen, daß Sie sich selbst zerstören.« Er zögerte, bevor er weitersprach: »Und ich bin auch nur ein Mann, der die Vorstellung einfach nicht ertragen kann, daß eine so schöne junge Frau ihr Leben aufs Spiel setzt, nur um für ein paar Augenblicke Trost zu finden.«

Er fühlte, wie ihr schlanker Körper unter seinem zu zittern begann. Ihre Brauen zogen sich zusammen, und sie stammelte: »Ich glaube … ich glaube, daß ich es brauche.«

»Nein.«

»Ich ertrage die Nacht sonst nicht. Ich kann nicht schlafen.«

»Ich werde mich zu Ihnen legen.«

Sie schüttelte den Kopf. »Nein, nein … Männer glauben immer, daß Witwen … ach, Sie verstehen das nicht. Ich habe meinen Ehemann sehr geliebt.«

»Natürlich verstehe ich das. Ich habe viel zu viele Männer sterben sehen.«

»Er hat meinen Namen gerufen!« flüsterte sie.

»Er hat Sie auch geliebt.«

Sie verstummte und schloß die Augen. Dabei berührten ihre langen Wimpern den Ansatz ihrer Wangen. Lange Zeit betrachtete er so ihr Gesicht. Sie sagte nichts mehr und wehrte sich auch nicht mehr. Schließlich erhob er sich vorsichtig von ihr und zog ihr das Nachthemd herunter. Dann griff er nach seinem Handtuch, das am Fußende des Bettes lag, wickelte sich darin ein und legte sich auf einem Ellbogen abgestützt neben sie. Er überlegte noch, ob sie wohl eingeschlafen war, als er sie mit einemmal tief und regelmäßig ein- und ausatmen hörte. Er zögerte einen Augenblick, bevor er ihr eine Locke ihres schwarzen Haares aus der Stirn strich. Sie hatte so feine, zerbrechliche Züge – wie aus Porzellan – und eine makellose Haut.

Plötzlich kuschelte sie sich vertrauensvoll an ihn, und er strich ihr sacht übers Haar und dachte, daß sie einfach nur Schlaf brauchte und keine Drogen.

Er wagte kaum zu atmen. Ihr Kopf lag an seiner Brust, ihr Haar kitzelte seinen nackten Oberkörper, und er roch ihr betörendes Rosenparfüm. Sanft spürte er ihren Atem auf der Haut und die leichte Berührung ihrer Hand unter seiner Armbeuge. Er konnte im Schein der flackernden Kerze ganz gut sehen. Das goldgelbe Licht spielte auf ihrem weißen Nachthemd und brachte die Konturen ihres Körpers besonders gut zur Geltung, ihre wohlgeformten Brüste, ihren leicht gewölbten Oberbauch und die schön geschwungenen Hüften. Er berührte abermals ihr Haar, und sie rückte noch näher an ihn heran. Jetzt schlief sie so ruhig und vertrauensselig an seiner Brust wie ein Kätzchen. Noch näher durfte sie ihm allerdings nicht mehr kommen, dachte er bei sich, sonst würde sie einen Teil seines Körpers berühren, der schon so willig war, daß sie bestimmt entsetzt zurückgewichen wäre.

Im Schlaf stöhnte sie auf, und ihre Fingerknöchel bewegten sich über sein Brustbein. Er biß die Zähne zusammen, entschlossen, ein wenig von ihr abzurücken. Ansonsten wäre er bald nur allzu bereit, ihren Schmerz und ihren Zustand auszunutzen. Aber sie kam nun noch näher an ihn heran, als ob sie mit ihm verschmelzen wollte. Sie berührte ihn überall, immer noch schlafend, jetzt aber ganz friedlich und sich in Sicherheit wiegend.

Sie hat Drogen genommen, versuchte er sich in Erinnerung zu rufen. Wieviel, konnte er allerdings nicht sagen.

Bestimmt eine ganze Menge. Sie hatte gewußt, was sie tat, und sie hatte noch mehr nehmen, sich bis zur Besinnungslosigkeit berauschen wollen. Vielleicht nutzte sie seine Anwesenheit hier nur aus.

Langsam rückte er von ihr ab. Aber ganz instinktiv folgte sie wieder seiner Bewegung.

Was war denn nun eigentlich mit der Kraft dieses Weines? Sollte er davon nicht auch schlafen können? Er hatte ein bißchen Ruhe bitter nötig. Morgen würden sie weiterreiten, und er wußte nicht, ob sie vielleicht auf Yankee-Patrouillen stießen. Er konnte doch nicht die ganze Nacht hier wach liegen. Er dachte, daß er sich irgendwie etwas bequemer hinlegen müßte, und ließ den Kopf auf die Kissen sinken.

O Gott, hier neben ihr würde er niemals Schlaf finden. Sie lag so dicht bei ihm, daß er spürte, wie sich ihre Brust beim Atmen hob und senkte, und ihre Weiblichkeit nahm ihn so gefangen, daß er fast das Gefühl hatte, als ob die Körperhälfte, mit der er sie berührte, in Flammen stand. Sein Puls pochte ihm in den Schläfen, das Blut pulsierte in seinen Adern, und das Herz schlug ihm bis zum Hals. Er fühlte sich so sehr zu ihr hingezogen, und sein ganzer Körper war so angespannt, daß es beinah weh tat …

Verzweifelt stöhnte er auf, aber sie rührte sich nicht. Wieder versuchte er, von ihr abzurücken, aber sie schmiegte sich nur noch enger an ihn und umfaßte mit dem Arm seinen Oberkörper. Wieder versuchte er, sich von ihr loszumachen.

»Nein …«, flüsterte sie da, »verlaß mich nicht.«

Er schloß die Augen und dachte: Wo ist der Schlaf, den du mir versprochen hast, Mammy Nor?

Das Gefühl der Ruhe und Geborgenheit, die ihm der Wein gebracht hatte, war verschwunden. Ob es sich wohl wieder einstellen würde? Er atmete tief durch und besann sich darauf, wie der Wein seinen Körper erwärmt und die Anspannung seiner Glieder gelockert hatte … Er wollte wieder diese sanfte Brise spüren, sich an Zeiten vor dem Krieg erinnern – an den Frieden …

Er betete um Schlaf.

3

Rhiannon war in Richard Tremaine verliebt gewesen, solange sie zurückdenken konnte. Er stammte aus Virginia, ganz in der Nähe von Washington. Sie war in Nordflorida geboren und aufgewachsen. Aber ihre Väter kannten sich schon eine Ewigkeit. Beide stammten aus einem kleinen walisischen Städtchen. Richards Vater war im Norden Amerikas Journalist geworden und ihr Vater schließlich in Florida gelandet, um Salz zu fördern.

Obwohl sich die Stimmung im Land allmählich veränderte, waren die Männer über all die Jahre Freunde geblieben. Sicher hatte dazu beigetragen, daß Rhiannons Vater immer zur Union gestanden und gänzlich gegen die Sezession gewesen war, egal, wie groß der Druck von außen auch wurde. Im Jahre 1860, als das Damoklesschwert eines bevorstehenden Krieges bereits über ihnen schwebte, hatte Rhiannon während einer Feier im kleinsten Kreise in Washington ihrem Richard überglücklich das Jawort gegeben.

Aber in der ersten Nacht, die sie als Eheleute verbrachten, war sie schreiend von einem Alptraum aufgewacht, und die Eindrücke dieses furchtbaren Traumes setzten ihr auch später noch zu. Sie hatte ein Schlachtfeld gesehen, das von Toten nur so übersät war – so viele blutüberströmte, verstümmelte und verbrannte Leichen, mit im Tod weit aufgerissenen Augen – und zwischen den Gefallenen liefen überall Soldaten beider Lager umher, die sich gegenseitig lauthals verspotteten: »In ein paar Wochen haben wir euch Nordstaatler alle niedergemacht …« – »Wenn wir euch Rebellen erst einmal eine richtige Abreibung verpaßt haben, wird es euch noch leid tun, daß ihr euch gegen uns aufgelehnt habt …«

Sie hatte Richard zuerst nichts davon erzählen wollen. Aber er wußte von ihren Träumen und daß sie manchmal einfach Dinge voraussah, und deshalb hatte er ihr zugehört und sie getröstet. Sie hatte solche Angst gehabt, und dann hatte er zu ihr gesagt, daß er schon einen Weg wüßte, um sie von den Erinne-

rungen an ihren Alptraum abzulenken. Und das war ihm auch gelungen. Sie hatten sich geliebt, hatten danach im Bett gesessen und Wein getrunken, er hatte sie zum Lachen gebracht, und dann hatten sie sich noch einmal geliebt ...

Aber in ihrem Traum hatte sie tatsächlich einen Teil dessen gesehen, was ihnen bevorstand. Als Richard seinen Einberufungsbescheid erhielt, hatte sie diesen furchtbaren Traum noch einmal. Sie hatte ihn angefleht, nicht in den Kampf zu ziehen, aber er hatte ihr erklärt, daß er gar keine andere Wahl hätte. Und als sich dann Florida auch noch in aller Eile von der Union losgesagt hatte, war sie wie benommen gewesen.

Schon wieder diese Träume. Sie betete darum, daß sie sie nicht derart verfolgen würden. Richard hatte ihr immer gesagt, daß sie an das Gute denken und alles, was ihr Angst und Schmerz bereitete, vergessen, ja, ignorieren solle. Was ihr wirklich angst machte, war die Tatsache, daß Träume für sie eine Warnung darstellten, sozusagen eine letzte Chance, bevorstehendes Unheil zu verhindern ...

Richard!

Nun lag er wieder neben ihr.

Sie wußte natürlich, daß das nicht sein konnte. Er war ja tot, und sie hatte ihn selbst begraben. Es war sicher nur ein Traum, aber diesmal ein schöner. Sie konnte ihn wieder berühren, seine nackte Haut fühlen und die Körperwärme, die von ihm ausging – dieses wunderbar elektrisierende Gefühl von Leben in der Dunkelheit der Nacht ...

›Erinnere dich an das Gute‹, hatte er immer zu ihr gesagt, und er war das Gute gewesen. ›Träume können Freud und Leid bringen‹, hatte er ihr versichert. Aber nun lag er wieder neben ihr. Vielleicht hatte sie alles andere – seinen Tod und was danach kam – nur geträumt, und das hier war die Wirklichkeit. Der Traum war vielleicht nur eine Warnung gewesen, und jetzt hatte sie die Chance, ihn bei sich zu behalten und davon abzuhalten, wieder in den Krieg zu ziehen.

Sie berührte ihn und fühlte seinen muskulösen Oberkörper, seine weiche Haut. Sanft streichelte sie ihn und brachte sein Blut in Wallung ... Bestimmt könnte sie ihn dazu bringen, daß er bei ihr blieb.

Sie liebkoste seine Schultern, seinen Hals und strich langsam an seinem Körper hinunter. Ihre Finger waren überall, streichelten und erregten ihn immer mehr …

Aber er rührte sich nicht, als wäre er tot …

Nein, er war nicht tot, denn jetzt stöhnte er wollüstig in die Dunkelheit der Nacht hinein – in diesem schönen, lebendigen Traum.

Und dann berührte er ihr Gesicht, ließ seine Handfläche eine Zeitlang sanft auf ihrer Wange ruhen und strich ihr dabei mit dem Daumen über die Lippen. Augenblicklich fühlte sie die Erregung in ihrem Inneren, den Hunger – ein Verlangen nach ihm, das intensiver und verzweifelter war als jemals zuvor. Vielleicht verstärkte sich jedes Gefühl, weil das alles nur ein Traum war: der sanfte Druck seines Daumens auf ihren Lippen, die glühende Hitze seines Körpers, der sich an ihrem rieb, das Ausmaß seiner Erregung …

Er küßte sie. Zunächst spürte sie kaum, daß seine Lippen die ihren berührten, aber dann preßte er sie auf ihren Mund, als wolle er sie verschlingen. Seine Zunge drang in sie ein, und sie schmeckte ihn, wollte ihn und erwiderte den Kuß mit süßer Gier. Halb wahnsinnig vor Leidenschaft, konnte sie gar nicht genug davon kriegen. Dann bewegte sich seine Hand von ihrer Wange über ihren Hals zu ihren Brüsten. Unter dem zarten Baumwollmusselin des Nachthemds begannen sich ihre Brustwarzen unter den kreisenden Berührungen seiner Handfläche aufzurichten. Wilde Leidenschaft durchlief ihren Körper – wie ein heißer Sonnenstrahl.

Sie ließ ihre Finger an seinem glatten, schlanken Körper hinuntergleiten, bis sie sein erigiertes Glied zu fassen bekam und ihn mit ihrer Hand beinah zur Ekstase brachte. Sein schneller Atem an ihrem Ohr zeigte ihr, daß ihre Berührungen Wunder wirkten – oder Hexenzauber. Und sie zitterte vor Verlangen und Lust, als seine Hand unter ihr Nachthemd und zwischen ihre Schenkel fuhr.

Wie merkwürdig … In ihrer Hochzeitsnacht war sie so unsicher gewesen, beinah ängstlich, ihm zu zeigen, was sie fühlte, als er sie berührte und sie sich liebten. Aber er hatte ihr beigebracht, daß die Liebe allein die Grenzen zog, und er wollte alles von ihr, wenn sie mit ihm im Bett lag: den Engel, die Hexe, die Verführerin … Lachen, Leidenschaft, Verlangen – all das gehörte zu ihr, und er wollte eine Frau, die ihn wollte. Sie hatte gar nicht gewußt, wie sehr sie das alles vermißt hatte ... Hatte nicht daran denken wollen ... nicht, seitdem ...

O Gott, nun führte er seinen Daumen in sie ein ... zog ihn dann zurück, lies ihn kreisen und erregte sie dadurch noch mehr, bis auch sie sich ihm entgegenbrachte, und gar nicht genug bekommen konnte ... Wieder preßte er seine Lippen auf die ihren, glitt liebkosend an ihrem Hals hinab zu ihrem Schlüsselbein. Dann schob er ihr Nachthemd ganz hoch, und sein Mund spielte nun mit ihren Brüsten, ihrem Bauch und bewegte sich mit kreisenden, saugenden Bewegungen noch tiefer – bis sie beinah besinnungslos war vor Erregung ...

Im Liebesrausch biß sie ihm in die Schulter und zog an seinen Haaren. Und er kam im Schein des Mondes über sie: feucht, biegsam und mächtig drang er so tief in sie ein, daß er sie ganz ausfüllte und vor Wollust erzittern ließ. Begierig, seine Männlichkeit in sich aufzunehmen, nach der sie sich solange verzehrt hatte, hoffte sie verzweifelt, daß es nie aufhören würde – bereit, dafür zu sterben.

Verschwommen begannen sich Schreckensbilder vor ihrem geistigen Auge zu formen. Aber sie kämpfte dagegen an, indem sie sich ihm hingab, seine Berührungen und Bewegungen in sich aufnahm und sich auf den Teil von ihm konzentrierte, der sich nun rhythmisch in ihr bewegte ... und so steif, leidenschaftlich, fordernd und gut anfühlte.

Noch einmal drang er ganz tief in sie ein, langsamer jetzt, und als sie schon dachte, verrückt zu werden, bewegte er sich immer schneller. Wieder und wieder spürte sie seine fordernde Lust tief in sich, bis sie schließlich zum Höhepunkt kam ... der ihr über die Angst und die Alpträume und die Visionen von Schlachtfeldern und Tod hinweghalf ...

»Ja, ja, ja!« stöhnte sie und spürte nur die Hitze ihrer Leidenschaft, die sie – zumindest für diesen Moment – blind machte. Keine Schreckensbilder verfolgten sie mehr, wenn sie diesen ach so flüchtigen Augenblick höchster Leidenschaft in seinen Armen erleben durfte. Kein Schmerz ... nur dieses süße Gefühl der Erhabenheit, das sie überkam und sich in ihrem Körper ausbreitete wie die Ausläufer honigsüßer Wellen, die an ihren Lenden leckten ...

Erschöpft ließ er sich auf sie fallen, und sie flüsterte zärtlich: »Richard.«

Überglücklich, selbst ein wenig erschöpft und noch ganz unter dem Eindruck des Liebestaumels, bemerkte sie gar nicht, wie er erstarrte und daß er keine Antwort gab.

Das energische Klopfen an die Tür des Gästezimmers, begleitet von einem dringend klingenden »Colonel!«, ließ Julian schließlich aus seinem außergewöhnlich tiefen Schlaf erwachen. Normalerweise war er beim leisesten Pfeifen des Windes sofort hellwach. Das war der Wein, dachte er. Er war so stark gewesen, daß er geschlafen hatte wie ein Toter …

»Colonel!«

Er wollte eigentlich schnell aus dem Bett springen, aber es kam ihm so vor, als tauche er ganz langsam aus einem dichten Nebel auf, in dem er sich verirrt zu haben schien, denn er wußte erst gar nicht, wo er sich befand. Erschrokken fuhr er zusammen, als ihm bewußt wurde, daß er neben seiner Gastgeberin im Bett lag, auf irgendeiner Plantage, irgendwo nordwestlich von St. Augustine und nicht sehr weit entfernt von der Stadt.

Wieder klopfte es an der Tür.

Träume! Mammy Nor hatte ihm ja prophezeit, daß er süße Träume haben würde. Aber …

Er mußte dieses matte Gefühl loswerden, das ihn immer noch lähmte. Mit einem Satz war er auf den Beinen und griff nach dem Handtuch, das er um die Hüften gehabt hatte, als er vergangene Nacht in den Raum gestürmt war. Schnell lief er in das Zimmer hinüber, in dem er eigentlich hätte die Nacht verbringen sollen, und zog vorsichtig die Tür mit dem herausgebrochenen Schloß hinter sich zu.

»Colonel!«

Da es so dringend klang, nahm er sich nicht mehr die Zeit, in seine Hosen zu schlüpfen, sondern eilte direkt zur Tür, die auf den Flur ging, um sie aufzureißen. Corporal Lyle stand dort, froh, daß er endlich öffnete.

»Pferde, Sir, und Reiter, ungefähr fünfzehn, sie kommen die Straße entlang, die von Osten her zum Anwesen führt.«

»Nordstaatler?«

»Ja, Sir.«

»Und sie kommen direkt auf das Haus zu?« stieß Julian scharf hervor.

»Ja, Sir, ich fürchte schon.«

Sie hatte es gewußt. Diese Hexe – oder war sie eine Frau mit einer außergewöhnlichen Intuition? Sie hatte gewußt, daß sie Rebellen waren. Und doch hatte sie ihnen zähneknirschend ihre Gastfreundschaft gewährt – zumindest, was sie darunter verstand. Vielleicht hatte sie auch vorgehabt, sie glauben zu machen, daß sie hier in Sicherheit waren, während sie sie verriet.

»Wieviel Zeit haben wir noch?«

»Zehn, vielleicht fünfzehn Minuten, schätze ich. Dann stehen die Yankees vor der Tür.«

»Wie geht es unserem Patienten?« fragte Julian schnell.

»Paddy ist wohlauf, Sir.«

»Ich werde rasch noch einmal nach ihm sehen.«

Er ließ das Handtuch fallen, griff zu seiner Hose und schlüpfte hinein. Ohne Schuhe und Hemd eilte er dann die Stufen hinunter und in den Raum hinein, wo er Paddy behandelt hatte.

Der Ire war schon wach. Man hatte ihm ein frisches weißes Hemd gegeben und ein altes Paar sauberer Hosen zum Überziehen. Rachel war gerade dabei, seinen Oberschenkel neu zu verbinden.

»Ich werde mir das mal kurz ansehen«, sagte Julian bärbeißig, und Rachel trat augenblicklich zur Seite.

Die Wunde war sauber und blutete nicht mehr. Er sah die kleinen engen Stiche, mit denen er sie am Abend zuvor vernäht hatte. Paddy würde schon wieder auf die Beine kommen; das mußte er wohl oder übel auch.

»Ich reite wie der Wind, und Sie wissen, daß das die Wahrheit ist, Sir«, sagte Paddy.

»Du mußt noch vorsichtig sein …«

»Das werde ich. Und River kann mir dabei helfen und mich mit seinem Seminolenzauber wieder zusammenzuflicken, falls es noch mal anfangen sollte zu bluten.«

»Sieh zu, daß du zum Lager kommst, und leg dich dort

um Gottes willen ins Bett und bleib da«, befahl Julian, der dabei war, die Wunde ganz fest zu umwickeln, damit die Naht nicht wieder aufreißen konnte.

»Jawohl, Sir.«

»Ich mache weiter mit der Bandage, Sir«, sagte Rachel. »Die Wunde wird sehr gut verheilen. Sie können besser mit Nadel und Faden umgehen als jede Näherin.«

»Danke, Rachel«, entgegnete ihr Julian, dem es jetzt leid tat, daß er sie so angefahren hatte, »das ist sehr nett von Ihnen. Sie wissen, daß wir ...«

»Rebellen sind. Ja, Sir. Sie sollten besser zusehen, daß Sie hier wegkommen.«

Corporal Lyle war hinter ihm ins Zimmer getreten, und Julian gab ihm schnell ein paar Befehle: »Sag River, Thad und Ben, daß sie Paddy mitnehmen und erst einmal landeinwärts reiten sollen, bevor sie sich nach Süden wenden. River kennt die alten Seminolenpfade, und ich wette, daß die Yankees, die uns hier einen Besuch abstatten wollen, aus Ohio, Michigan oder sonstwoher kommen und keine Ahnung von der Gegend haben. Der Rest von uns wird versuchen, in südöstlicher Richtung zu fliehen, um sie dazu zu bringen, uns zu verfolgen, so daß die Gruppe mit Paddy nicht allzu schnell reiten muß.«

»Jawohl, Sir.«

»Dann mal los!«

Auch Julian verließ den Raum und eilte die Treppe hinauf, dabei spähte er noch einmal schnell durch das große Erkerfenster oberhalb des ersten Treppenabsatzes, um festzustellen, wie weit die Yankees sich dem Haus schon genähert hatten. Es blieben ihnen bestenfalls noch zehn Minuten. Er rannte weiter nach oben zum Schlafzimmer, um sich fertig anzuziehen. Als er dort angelangt war, griff er nach seinen restlichen Kleidern und schlüpfte in sein Hemd. Dabei starrte er auf die Verbindungstür zwischen den beiden Zimmern. Sein Colt war immer noch in ihrem Schlafzimmer und lag wohl nach wie vor am Fußende des Bettes, wo er ihn letzte Nacht hingeworfen hatte. Im Gehen zog er sich die Stiefel an und bewegte sich dabei auf die Verbindungstür zu. Da das Schloß herausgebrochen war, brauchte er der Tür nur noch einen leichten Schubs zu geben, damit sie leise aufging. Vielleicht würde Rhiannon ja gar nicht aufwachen, dann könnte er sich wahrscheinlich eher zurückhalten, ihr den Hals umzudrehen.

Aber sie schlief nicht mehr, sondern war gerade aufgestanden. Wahrscheinlich hatte sie das Hufgetrappel der herannahenden Pferde geweckt. Groß und grazil stand sie neben dem Bett, mit offenem Haar, das ihr wild zerzaust um die Schultern hing und sie so überirdisch und atemberaubend schön aussehen ließ, daß er innehalten mußte.

Sie war aschfahl im Gesicht und noch verwirrter, als er beim Aufwachen gewesen war. Trotzdem starrte sie nun wie gebannt auf die Stelle, an der er seinen Colt am Abend zuvor hatte fallen lassen, und schien abzuwägen, wie groß ihre Chancen waren, die Waffe vor ihm zu fassen zu kriegen.

Um sie gegen ihn zu richten?

Abermals regte er sich darüber auf, wie sorglos sie mit ihrem Leben umging. Sie hatte ihn und seine Männer verraten – und sich dadurch selbst in Gefahr gebracht, falls es zu einem Kampf in ihrem Haus kommen sollte. Aber anscheinend war sie sich so sicher gewesen, daß die Yankees ihn und seine Männer ohne weiteres überrumpeln würden, daß sie es riskiert hatte, sich mit Drogen und Alkohol außer Gefecht zu setzen.

War sie sogar bereit, selbst eine Waffe gegen ihn zu richten, damit die Gefangennahme nicht durch eine Flucht vereitelt wurde – weil sie so überzeugt davon war, daß sie richtig gehandelt hatte? Er hatte keine Lust auszuprobieren, wie hartnäckig sie tatsächlich die Sache der Nordstaatler vertrat, und durchmaß schnell das Zimmer.

An seinem Gesichtsausdruck hatte sie wohl erkannt, was er vorhatte, und bückte sich plötzlich nach dem Colt. Ihre Finger wollten schon danach greifen, aber Julian war schneller und erwischte sie an den Haaren. Sie schrie auf, fiel zurück, aber er ließ sie sogleich wieder los, griff nach der Waffe und steckte sie in den Halfter an seinem Gürtel.

»Ein Doktor mit einem Colt!« rief sie aus. »Was für ein

erstaunlicher Arzt, der sich so um das Leben anderer kümmert!«

»Stimmt, Leben zu erhalten ist mir wichtig. Aber im Augenblick geht es vor allem um mein Leben.«

»Niemand will Sie töten …«

»Was hatten Sie dann mit dem Colt vor?«

»Sie … aufhalten.«

»Warum? Weil Truppen hierher unterwegs sind, um uns gefangenzunehmen?«

Einen Moment lang rührte sie sich nicht vom Fleck, stand kerzengerade da und versuchte, Haltung zu wahren. Ihr Gesicht hob sich in Kombination mit ihrem weißen Nachthemd kraß gegen das ebenholzfarbene Haar ab, das nach Julians rüdem Übergriff noch zerzauster war. Sie sah elend aus und blickte ihn mit ihren grünen Augen so entnervt an, als ob sie sich in keinster Weise an die vergangenen Stunden erinnern könnte.

Ob sie überhaupt weiß, was passiert ist? überlegte Julian in dem Augenblick, als wieder etwas Leben in ihr Gesicht kam und sie ihn anherrschte: »Wenn Sie wirklich ein Nordstaatler wären, Sir, so wie Sie behauptet haben, würden Ihnen jetzt nur Ihre Landsleute zu Hilfe kommen.«

»Ich habe niemals selbst behauptet, ein Yankee zu sein, Ma'am«, erwiderte er höflich. »Trotzdem danke ich Ihnen natürlich für Ihre Gastfreundschaft, egal, was ich auch sein mag. Allerdings werden wir Sie nun verlassen müssen.«

Böse starrte sie ihn an und hob trotzig das Kinn, als sie ihm entgegnete: »Die werden Sie bestimmt kriegen!«

»Nun, das war ja Ihre Absicht, nicht wahr? Aber ich bezweifle, daß es ihnen gelingen wird. Ich bin nämlich aus der Gegend. Ich weiß, wohin ich gehe – sie nicht. Aber danke, daß Sie sich so um uns sorgen.«

Sie erwiderte nichts, sondern schlug die Augen nieder, und so drehte er sich auf dem Absatz um, um hinunter in die Halle zu gehen. Um so erstaunter war er, als er sie rufen hörte: »Colonel?« Er hielt inne und wandte sich noch einmal zu ihr um.

Er sah ihr an, daß sie sich nichts mehr wünschte, als kühl und uninteressiert zu wirken und ihn einfach hinausgehen zu lassen, ohne ein weiteres Wort zu ihm zu sagen! Aber das wollte ihr wohl nicht gelingen.

Nun stellte sie die Frage, die ihr scheinbar schon die ganze Zeit auf den Nägeln brannte: »Sie haben doch in Ihrem eigenen Zimmer geschlafen, oder nicht?« Es war fast nur ein Flüstern, so daß er sie kaum verstehen konnte.

Er zögerte mit der Antwort und musterte sie nachdenklich. Der Wein war wirklich stark und er sehr erschöpft gewesen. Vielleicht hatte er das alles nur geträumt ... und war dann im Traum erwacht, nur um daraufhin in einen noch tieferen Schlaf zu fallen? Die Nacht war so schnell vergangen. Er könnte den perfekten Gentleman mimen und ihr sagen, was sie hören wollte. Aber warum um alles in der Welt sollte er das tun?

»Ob ich in meinem eigenen Zimmer geschlafen habe, Ma'am?« sagte er schließlich ihre Frage aufgreifend und dachte dabei, daß sie wirklich sehr blaß aussah. »Ma'am, mein eigenes Zimmer ist weit weg, es liegt im Süden dieses Staates, und um dorthin zu gelangen, müßte man auf die andere Seite von Florida reisen.«

»Ich erinnere mich nicht ... nicht an sehr viel ... Ich meine ... ich erinnere mich daran, daß Sie hier hereingekommen sind und mir das Opium weggenommen haben ... aber an nichts weiter.«

»An nichts sonst? Nun, das Opium haben Sie wirklich nicht gebraucht. Noch eine weitere Dosis, und Sie wären womöglich nie wieder aufgewacht.«

»Manchmal ist es einfacher, zu schlafen.«

»Ma'am, so würde sich nur ein Feigling verhalten. Sie brauchen mit Sicherheit kein Opium, aber Tausende von sterbenden Soldaten da draußen schon.«

»Colonel, warum wollen Sie denn nicht verstehen, daß mein Leben Sie überhaupt nichts angeht?«

»Ich gehe jetzt lieber.«

»Aber Sie müssen ... mir noch sagen ... Ich meine, ich weiß nicht mehr ... Ich fürchte, ich war ziemlich verwirrt ...«

»Schön, dann werden Sie mal etwas konkreter. Was genau wollen Sie denn nun von mir wissen?«

Er war nicht bereit, ihr irgendwie entgegenzukommen, auch wenn das seinen Aufenthalt in ihrem Haus deutlich verkürzt hätte. Selbst jetzt, da er hier stand und ganz genau wußte, daß er eigentlich fliehen sollte, wollte er bleiben.

Er konnte nicht zulassen, daß jemand sein Leben einfach so wegwarf. Und ganz besonders sie nicht! Er mußte bei ihr bleiben, um ihr klarzumachen, daß sie abhängig war ...

Aber er durfte nicht bleiben; und noch weniger konnte er sie die ganze Zeit beobachten und sie vor den Gefahren beschützen, denen sie sich selbst aussetzte. Er mußte grob und grausam sein. Und vielleicht würde sie aus einer bitteren Lektion lernen. Deshalb lächelte er ihr schließlich freundlich zu und sagte: »Versuchen Sie immer noch, mich davon abzuhalten, zu gehen, Ma'am, in der Hoffnung, daß Ihre Yankee-Freunde mich kriegen?«

»Nein ... ja ... nein, ich ...«

»Haben Sie etwa nicht nach ihnen geschickt?«

»Doch, natürlich ...«

»Weil Sie wußten, daß wir Rebellen sind?«

»Ja.«

Sein Lächeln wurde noch breiter. »Aber Sie wissen nicht, was letzte Nacht passiert ist?« Seine Stimme hatte freundlich geklungen, aber ihre Gesichtsfarbe wechselte von Aschfahl in Dunkelrot, als sie hervorstieß: »Letzte Nacht ist überhaupt nichts passiert, Colonel ...«

»Wie Sie meinen. Guten Tag, Ma'am.« Er nahm noch einmal den Hut ab, verneigte sich leicht vor ihr und verließ dann bestimmten Schrittes ihr Schlafzimmer.

Rachel stand im Durchgang, als er die Treppen hinuntergeeilt war. Er sah sie an und entschuldigte sich. »Es tut mir leid. Ich bedauere aufrichtig, daß wir nicht die waren, für die Sie uns anfänglich gehalten haben.«

»Paddy ist schon mit den anderen Männern mitgegangen, so wie Sie es befohlen haben. Der Rest wartet draußen auf Sie, Sir. Die Yankees werden gleich hier sein.«

»Danke, Rachel«, sagte er schnell und eilte dann an ihr vorbei zur Tür.

»Colonel, warten Sie bitte, Sir ...«

»Sie wissen doch, daß ich nicht länger warten kann, Rachel.«

»Ja, das ist mir klar, aber ich will doch nur, daß Sie wissen, daß Sie zurückkommen können, wenn Sie ... Kräuter brauchen. Es ist unwichtig, auf welcher Seite Sie kämpfen. Sie helfen allen Menschen, das sehe ich Ihnen an«, sagte sie.

Er hielt inne und drehte sich zu ihr um. So jung, wie sie war, stand sie doch ganz ernst da und blickte ihn an, blaß im Gesicht zwar, aber standhaft, und an ihren Augen konnte er sehen, daß sie es ernst meinte.

»Ich danke Ihnen.«

»Gott sei mit Ihnen, Sir, auch wenn Sie ein Rebell sind.«

»Gott mit Ihnen, Rachel.«

Mit diesen Worten ging er noch einmal zu ihr, nahm ihr Gesicht in beide Hände, beugte ihren Kopf ein wenig nach vorn und gab ihr einen Kuß aufs Haar. Dann drehte er sich um und rannte hinaus.

Liam Murphy hielt die Zügel seines Pferdes und sah ihn mit hochgezogener Augenbraue an. Auch Corporal Lyle, Kyle, Keith, Daniel und Jim warteten schon ungeduldig auf ihn. Schnell saß er auf und nickte Liam zu, um ihm zu verstehen zu geben, daß er seinen stummen Hinweis, die Yankees seien schon fast bei ihnen, verstanden hatte. Er wies auf einen Seitenpfad, der vom Vorplatz wegführte, und trieb sein Pferd an. Die andern folgten ihm. Bald erreichten sie einen dicht stehenden Kiefernwald, der östlich des Anwesens lag. Als sie weit genug vom Haus entfernt waren, zog er seinem Pferd die Zügel an und sagte: »Corporal Lyle, sehen Sie zu, daß alle zum Camp zurückkommen, und zwar auf direktem Wege. Keine Eskapaden unterwegs!«

»Und Sie, Sir?«

»Ich werde mich mal umsehen, wo die Yankees überall sind. Und wenn möglich, kehre ich noch einmal um, um mich mit Mrs. Tremaines Vorrat an Arzneien einzudecken. Ich werde im besten Fall nur wenige Stunden nach euch im Lager ankommen.«

»Jawohl, Sir«, entgegnete Corporal Lyle, wendete sein Pferd und bedeutete Liam, voranzureiten.

Julian blickte ihnen noch nach, bis sie zwischen den Büschen und Kiefern verschwunden waren, und machte dann kehrt. Er hielt sich im Schutz der Bäume und konnte von dort aus sehen, daß die Yankee-Kavalleristen mittlerweile das Haus erreicht hatten und gerade absaßen. Ein großer dunkelhaariger Colonel gab den Männern Anweisungen. Erstaunlich, dachte Julian, daß ein Offizier mit einem so hohen Dienstgrad einen so kleinen Trupp befehligt.

»Colonel, sollen wir ausschwärmen?« fragte einer der Männer.

Der Colonel, der auf die Freitreppe zugegangen war, drehte sich daraufhin um und nahm die wild wuchernden Büsche und Bäume in der Nähe des Hauses etwas genauer in Augenschein. Dann schüttelte er den Kopf und sagte: »Diese Rebellen kennen sich hier aus, Shelby. Sie könnten von jetzt ab an bis zum Jüngsten Tag nach ihnen suchen lassen, und sie wären Ihnen doch immer noch einen Schritt voraus.«

Mit einemmal war Julian sich sicher, daß der Yankee-Colonel ihn direkt ansah, denn auch er blickte aus dem Schutz der Büsche zu ihm hinüber. Wenn die anderen nach uns ausschwärmten, würde das nichts bringen, aber du könntest uns wohl finden, dachte er, duckte sich dann und verschwand hinter den Bäumen.

Wieder und wieder tauchte Rhiannon ihr Gesicht ins eiskalte Wasser. Ihr Kopf dröhnte immer noch, sogar schlimmer als zuvor. Sie konnte die Erinnerung an den Traum der letzten Nacht einfach nicht abschütteln. Er schien sie regelrecht zu verfolgen, und sie hatte solche Angst.

Er war von seinem Zimmer aus in ihr Zimmer gekommen – völlig bekleidet! Dann hatte er sie wieder verlassen. – Genau! Sie war ohnmächtig geworden, und dann hatte er das Zimmer wieder verlassen. Und was sie geträumt hatte, waren wirklich nur Träume gewesen. Aber, o Gott, wie lebensecht er sich angefühlt hatte. Aber sie hatte doch wohl nicht … Nein, es war unmöglich, daß sie …

Das kleine Fläschchen Opium, dessen Inhalt sie vergangene Nacht unbedingt noch hatte trinken wollen, stand auf ihrem Nachttisch. Wie hypnotisiert starrte sie es an und fühlte sich dabei noch schlechter. Wieviel hatte sie wohl davon genommen? Auf jeden Fall genug. Wohl eher zuviel. Und dann hatte sie ja auch noch den Wein getrunken und ... auf dem Balkon gesessen und sich bedauert.

Das war *seine* Schuld. Sonst ging es ihr einigermaßen gut. Immerhin hatte sie bisher noch jeden Tag rumgekriegt. Aber dann mußte er herkommen und sie anlügen, obwohl sie sofort gewußt hatte, daß er ein Rebell war, wie er da in der Tür stand, mit seinem Freund auf der Schulter. Und doch war er ihr irgendwie sympathisch gewesen. Da war etwas in seinen Augen, in diesen wunderschönen Augen, und im Klang seiner Stimme und an den Bewegungen seiner Hände. Sie hatte ihm sogar gerne zugesehen, als er die Kugel geschickt entfernt hatte.

Sie hatte Richard geliebt und vermißte ihn sehr. Dieser Schmerz würde sie wahrscheinlich ihr ganzes Leben begleiten. Aber die Liebe zu ihm und der Verlust hatte sie irgendwie verletzlich gemacht.

Das war nur seine Schuld. Dieser Rebell war schuld.

Nein, eigentlich nicht. Sie hatte vorher Morphium genommen ... und dann reines Opium. Wenn sie ehrlich war, wußte sie, daß sie in letzter Zeit viel zu oft etwas davon genommen hatte. Es ist ja nur ein bißchen, hatte sie sich immer einzureden versucht. Aber es war so weit gekommen, daß sie dieses bißchen jeden Tag brauchte, obwohl sie es doch eigentlich hätte besser wissen müssen.

Und letzte Nacht ... hatte sie zuviel genommen. In dieser ganz speziellen Nacht, in der sie eigentlich nicht einmal einen Schluck Wein hätte anrühren sollen, als sie hätte vorsichtig sein müssen – wach und aufmerksam. Was, wenn die Yankees früher gekommen wären? Was, wenn geschossen worden wäre? Sie hatte angenommen, daß sie in ihrem Zimmer in Sicherheit sei, weil sie die Tür abgeschlossen hatte. Aber sie hatte gar nicht an Rachel gedacht. O Gott, wie hatte sie nur so sorglos und unverantwortlich handeln können!

Es war alles nur seinetwegen geschehen. Irgendwie hatte er es fertiggebracht, daß sie sich noch ängstlicher fühlte und noch einsamer und verlorener als sonst ... Sie hatte gedacht, daß das kleine bißchen Opium sie beruhigen würde. Aber dann hatte sie mehr als nur ein bißchen genommen. Aber wann war das nur gewesen? Sie konnte sich nicht mehr erinnern und hatte solche Angst, daß ...

Es war ein sehr schöner Traum gewesen. Sie hatte wieder mit Richard zusammensein können, und die Zeit war nur so dahingeflogen. Aber Richard war tot. Obwohl ihr alles so realistisch vorgekommen war ...

Mammy Nors Wein! Natürlich, es mußte an Mammy Nors Wein gelegen haben. Am Wein und an ihrer Fantasie und der Erleichterung, die ihr der Extrakt aus dem Schlafmohnfeld geschenkt hatte. Ruckartig drehte sie sich um und betrachtete ihr Bett. Die Kissen waren zerdrückt, die Laken zerwühlt. Aber manchmal neigte sie dazu, sich des Nachts hin und her zu wälzen.

Zitternd verschränkte sie die Arme vor der Brust. Sie trug immer noch ihr dünnes Nachthemd. Selbst in der Luft lag noch ein Hauch von ... ihm – der Duft des Rebellen. Ein männlich herber Geruch, kaum merklich und vielleicht gar nicht wirklich existent. Trotzdem trug er dazu bei, daß sie den Eindruck hatte, als sei der Rebell immer noch da, berühre sie und dringe in sie ein ...

Sie stöhnte laut auf, und im selben Augenblick klopfte es an die Zimmertür, und Rachel rief ihren Namen.

»Rhiannon!«

»Ich komm' schon.«

»*Deine* Yankees sind da«, hörte Rhiannon das Mädchen in vorwurfsvollem Ton sagen.

Rachel wußte also, daß sie nach dem Suchtrupp der Yankees geschickt hatte, damit sie die Rebellen gefangennähmen. Sie wußte auch, daß die Gäste der letzten Nacht keine Unionsgetreuen gewesen waren. Aber das war ihr wohl egal.

»Ich komme gleich runter«, entgegnete Rhiannon schnell und hörte, wie sich Rachel von der Tür entfernte.

Nachdem sie gegangen war, zog Rhiannon ihr Nachthemd über den Kopf und wusch sich eiligst mit einem Schwamm. Ihre Haut fühlte sich irgendwie leicht irritiert an und war besonders an Kinn und Halsansatz merkwürdig empfindlich. Bestimmt war das nur Einbildung. Sie konnte sich wirklich an nichts Zusammenhängendes erinnern. Die vergangene Nacht lag wie im Nebel. Es war, als ob man im Traum durch Wolken wandelte, und doch gab es Augenblicke, an die sie sich so genau erinnern konnte, als seien sie gerade erst passiert – als sei Richard zurückgekehrt und wäre wieder bei ihr gewesen ...

Hastig zog sie sich an und wünschte, daß die Corsage ihres schwarzen Kleides nicht gar so viele Knöpfchen hätte. Jede Bewegung bereitete ihr Schwierigkeiten. Obwohl es doch relativ einfach war, sich anzuziehen, wußte sie kaum, was sie zuerst und zuletzt machen sollte, weil ihre Gedanken immer wieder abschweiften, während sie versuchte, zu ergründen, was in der vergangenen Nacht geschehen war. Sie hatte eine seherische Gabe und konnte normalerweise alle möglichen Dinge sehen, die sie gar nicht wissen wollte – furchtbare Dinge, die sich dann auch noch bewahrheiteten. Aber im Augenblick schien es ihr, als sei sie mit Blindheit geschlagen ...

Denk nicht mehr darüber nach! befahl sie sich.

Die Yankee-Patrouille, die sie Angus hatte holen lassen, stand nun unten in der Halle. Lang genug hatten sie ja gebraucht! Wieso waren sie eigentlich in der Halle und jagten nicht hinter den Rebellen her? So weit konnten die doch noch gar nicht sein.

Rhiannon wollte gerade ihr Schlafzimmer verlassen, als ihr Blick wieder auf das Fläschchen mit Opium fiel, das er ihr vorenthalten hatte. Sie erschauerte. Wieviel hatte sie letzte Nacht wohl davon genommen, und dann auch noch zusammen mit dem Wein? Wieviel mehr hätte es gebraucht, um sie zu töten und ihrem Kummer ein für allemal ein Ende zu machen? Zitternd wurde sie sich plötzlich bewußt, daß sie gar nicht sterben wollte. Sie konnte es zwar kaum ertragen, daß Richard tot war, aber sie selbst wollte nicht sterben. Und sie wollte auch nie, *nie* wieder einen Morgen wie diesen erleben müssen, bei dem sie nicht sicher war, was nun der Realität entsprach und was ihrer Fantasie entsprungen war. Bestimmt nicht ...

»Nie wieder nehme ich dieses Zeug!« schwor sie sich und nahm das Fläschchen in die Hand. »Nie wieder, das schwöre ich bei Gott!«

Gerade wollte sie es in den Kamin werfen, als ihr einfiel, wie dringend Schmerzmittel im ganzen Süden gebraucht wurden. Sie wollte zwar, daß die Union diesen Krieg gewann, und vielleicht war sie auch verbittert, aber sie hatte genug gesehen, um nicht einmal ihrem ärgsten Feind zu wünschen, ohne Narkotika dem Skalpell eines Chirurgen ausgesetzt zu werden, wo doch dieses bißchen Opium seine Schmerzen hätte lindern können. Deshalb stellte sie das Fläschchen wieder hin. Sie selbst würde ihre Medikamente nicht mehr anrühren, aber sie wollte auch nicht vernichten, was andere so dringend brauchten.

Nun endlich verließ sie den Raum. Ihr war schwindelig und sie fühlte sich elend. Rachel wartete schon auf dem Treppenabsatz auf sie. So hatte ihr Mündel sie noch nie angesehen. Rhiannon versuchte ein Lächeln, obwohl sie ganz genau wußte, daß Rachel böse mit ihr war, auch wenn nur der liebe Gott wußte, warum. Rachel war im Norden geboren und aufgezogen worden. Die Rebellen hatten auch sie angelogen. Rachel hatte ihren Vetter Richard verehrt, aber trotzdem war sie jetzt nicht böse auf die Rebellen, sondern auf sie.

»Rachel, du hättest dich doch schon einmal um die Unionssoldaten kümmern und dafür sorgen können, daß Angus und Mammy Nor ihnen etwas zu trinken bringen.«

»Oh, ich habe sie schon begrüßt«, antwortete Rachel feierlich, »ich war nur neugierig ...«

»Worauf?«

Rachel lächelte unschuldig wie ein Lämmchen, als sie antwortete: »Wie du wohl auf die Männer reagieren würdest.«

Rhiannon seufzte. »Rachel, ich wußte, daß die Männer, die letzte Nacht hier waren, den feindlichen Reihen angehörten, und es ist auch richtig, daß ich nach der Patrouille geschickt habe. Hast du ganz vergessen, daß Richard im Kampf gegen die Südstaatler den Tod fand? Rebellen haben ihn getötet, Rachel.«

»Der Krieg ist schuld an seinem Tod. Richard ist wahrscheinlich von irgendeinem armen Kerl erschossen worden, der selbst auch nur versucht hat, sein Leben zu retten«, entgegnete das junge Mädchen.

»Aber, Rachel, dann sei bitte nicht böse auf mich, daß ich nach der Unionspatrouille geschickt habe.«

»Ich bin nicht böse auf dich.«

»Was ist es dann ...«

Rachel zuckte mit den Schultern. »Komm jetzt mit zu den Soldaten. Du wirst schon sehen.«

Rhiannon seufzte und hob die Hände, als wolle sie ausdrücken: *Dann sagst du es mir eben nicht!* Sogar diese Bewegung bereitete ihr Schwierigkeiten. Sie fühlte sich so schwach. Ihr Kopf dröhnte immer noch, und die Welt schien vor ihren Augen zu verschwimmen, als ob die Luft ein Ozean wäre, dessen Oberfläche von einem unsichtbaren Wind gepeitscht wurde.

»Ist alles in Ordnung mit dir, Rhiannon? Du siehst ganz furchtbar aus«, sagte Rachel.

»Oh, vielen Dank.«

»Du bist wachsweiß im Gesicht«, beharrte Rachel und sah sie besorgt an.

»Ich bin müde. Ich hatte eine furchtbare Nacht.«

Ihr war jetzt richtig schlecht, und sie hoffte, daß sie wenigstens normal die Treppe würde hinuntergehen können. Aber als sie fast die unterste Stufe erreicht hatte, begann ihr Herz mit einemmal wie wild zu schlagen, und sie erschauderte vor Entsetzen: Im Eingang zur Halle stand nur ein einziger Soldat.

Er!

Er war zurückgekehrt.

Groß, dunkelhaarig, mit stechendblauen Augen stand er da und trug jetzt eine neue, saubere Yankee-Kavallerieuniform. Den federbuschbesetzten Hut in der Hand, sah er sie fragend an.

Bestimmt hatte sie wieder eine Vision.

Nein, er war tatsächlich zurückgekehrt.

Er war überall. Er war zurückgekommen, um sie zu verfolgen, um ihr das Leben zur Hölle zu machen, um ihre

Gefühle wiederzuerwecken, da sie doch gerade einen Weg gefunden hatte, Erlösung im Vergessen zu finden …

Erschrocken sah sie ihn an und merkte, wie sich alles um sie herum zu drehen begann. Sie versuchte den Mund zu öffnen, um etwas zu sagen, aber er war schneller: »Ah, Mrs. Tremaine, es tut mir leid, daß ich Sie stören muß, aber ich habe noch ein paar Fragen, Ihre Gäste betreffend, die wohl vor nicht allzu langer Zeit das Haus verlassen haben, und ob Sie meinen …«

Sie litt normalerweise nicht unter Wahnvorstellungen, und sie war noch nie in ihrem Leben ohnmächtig geworden. Aber plötzlich war die Welt um sie herum dunkel und kalt, und sie hatte das Gefühl, jetzt endgültig den Boden unter den Füßen zu verlieren.

»… Bruder gesehen haben, Mrs. Tremaine.«

Rhiannon bekam noch ganz am Rande mit, was der Yankee-Colonel gesagt hatte – aber es war zu spät: Sie glitt immer tiefer in die Dunkelheit.

4.

Mrs. Tremaine!«

Als Rhiannon die Augen öffnete, lag sie auf der Chaiselongue im Salon, und er war immer noch da, saß neben ihr und sah sie besorgt an. Er war das genaue Ebenbild des Rebellendoktors, der so plötzlich in ihr Leben getreten war.

»Sein Bruder ...«, stieß sie heiser hervor.

Er nickte lächelnd. »Geht es Ihnen jetzt wieder besser, Mrs. Tremaine? Ich bin Colonel Ian McKenzie, U. S. Kavallerie, und es tut mir sehr leid, daß ich Sie so erschreckt habe. Als Ihr Bediensteter in St. Augustine ankam, bin ich so schnell wie möglich mit meinen Männern hergeritten ... Ich hatte ohnehin vor, einmal während meines Aufenthalts hier vorbeizuschauen, schon bevor ich Ihre Nachricht erhielt.«

Sie versuchte, sich aufzusetzen, und drückte die Handballen gegen die Schläfen.

»Mrs. Tremaine?«

Sogar seine Stimme klang wie die des Arztes, angenehm tief und mit einem leichten Südstaatenakzent.

»Es geht mir gut«, beeilte sie sich zu sagen. »Sind Sie Zwillinge?«

»Nein, wir sind keine Zwillinge, obwohl man mir schon öfter gesagt hat, daß wir uns ein bißchen ähnlich sehen«, entgegnete er höflich und beobachtete genau ihr Gesicht, bevor er weitersprach: »Aber ich gebe zu, daß noch keiner von Julians Bekannten so auf mich reagiert hat ...«

»Sie sehen genauso aus wie er«, flüsterte sie beinah. »Die gleichen Augen, das gleiche Haar, die gleichen Gesichtszüge ...«

»Nein«, unterbrach Ian McKenzie sie mit einem subtilen Lächeln, »er sieht so aus wie ich. Ich bin älter, um ein Jahr.«

»Und außerdem ... tragen Sie eine richtige Uniform und sind nicht annähernd so hager ...«

»Ich bin auf der Seite, die häufiger etwas zu essen bekommt«, entgegnete Ian McKenzie trocken. »Und machen Sie sich keine Sorgen um Julian – man sollte ihn nicht unterschätzen. Er mag schlank sein, Ma'am, aber das sind alles Muskeln, und er ist klug genug, um auf sich achtzugeben.«

»Ich mache mir keine Sorgen um ihn«, murmelte sie.

»Ach ja, natürlich nicht, er ist ja ein Rebell – der Feind«, sagte Ian McKenzie.

Aber Rhiannon hatte das Gefühl, als ob er sie dabei merkwürdig ansah, und sie spürte, wie ihr das Blut in die Wangen stieg. Was mochte er wohl an ihrem Gesicht ablesen?

»McKenzie ...«, wiederholte sie nachdenklich seinen Nachnamen und nickte dann mit dem Kopf. »Jetzt fällt es mir wieder ein: Mein Vater hat manchmal von Ihrer Familie gesprochen! Sie haben ein Haus in der Nähe von Tampa Bay. Ihr Vater hat sich dort angesiedelt, bevor meiner hierherkam.«

»Unsere Familie wohnt wirklich schon lange dort, und wir haben Sie oft nach Cimarron eingeladen, Mrs. Tremaine. Aber Sie und Ihr Vater waren meistens geschäftlich im Norden, wenn wir ein Fest gaben.«

»Ja, ich denke, wir waren ziemlich oft verreist«, bestätigte Rhiannon und kam sich plötzlich ziemlich albern vor. Immerhin war sie ohnmächtig geworden, nur weil sie ihn gesehen hatte. Verlegen strich sie ihr Haar zurück. »Sie und Ihre Männer haben die Rebellen also verpaßt?«

»Ich fürchte, wir kamen ein paar Minuten zu spät, Ma'am«, erwiderte er. »Sind Sie sicher, daß mit Ihnen alles in Ordnung ist? Sie sehen immer noch sehr blaß aus.«

»Sie hat schlecht geschlafen.«

Diese beinah spöttisch klingenden Worte kamen von Rachel, die, wie Rhiannon jetzt erst bemerkte, die ganze Zeit hinter dem Yankee-Colonel gestanden hatte.

»Ich habe Angus zu Hauptmann Cline geschickt. War denn der Hauptmann verhindert?«

»Der Hauptmann ist in einem Scharmützel verwundet worden.«

»O mein Gott, ist er ...«

»Nein, nein, er ist nicht tot. Die Wunde verheilt ganz gut.«

»Gott sei Dank.«

»Ja, und da bin ich nun also an seiner Statt gekommen. Und dann waren wir auch noch zu spät. Ich muß mich entschuldigen. Wir sind so schnell geritten, wie wir konnten, nachdem wir Ihre Nachricht erhalten hatten. Ich entschuldige mich noch einmal dafür, daß ich Ihnen solche Unannehmlichkeiten bereitet habe. Vielleicht sollte ich Ihnen ein wenig Brandy bringen oder ein Glas Wein ...«, bot sich Ian an.

»Nein, bloß nicht!« stieß sie hervor und bemerkte erst danach, wie unhöflich das klingen mußte. »Ich ... ich hätte gerne einen Schluck Wasser, wenn es Ihnen nicht zuviel Umstände macht«, sagte sie dann.

Rachel starrte sie an, als ob sie es verdient hätte, daß es ihr richtig schlechtging, während Ian McKenzie ihr ein Glas Wasser von der Anrichte holte. Rhiannon setzte sich ein wenig auf, nahm das Glas dankbar entgegen und leerte es in einem Zug. Danach fühlte sie sich ein wenig besser, und es gelang ihr sogar, sich aufrecht hinzusetzen.

»Rachel, würdest du Mammy Nor bitte Bescheid sagen, daß sie uns Kaffee kocht und ihn hier serviert?«

»Natürlich«, sagte Rachel.

Als das junge Mädchen den Raum verlassen hatte, strich Rhiannon mit gesenktem Blick ihr Kleid glatt und versuchte, das Zittern ihrer Hände unter Kontrolle zu bringen. Der Colonel stand immer noch neben ihr und beobachtete sie.

»Sind Ihre Männer draußen, um sie zu finden?« wollte sie dann von ihm wissen.

»Nein.«

Erstaunt sah sie zu ihm hoch. »Und warum nicht ...?«

»Sie könnten hier stundenlang das Gelände absuchen. Dabei würden sie wahrscheinlich nur in einen Hinterhalt geraten und abgeknallt. Das wäre ziemlich überflüssig.«

»Wie können Sie sich da so sicher sein?«

»Ich kenne doch meinen Bruder, und der kennt die Gegend hier wie seine Westentasche: jede Straße, jeden Strauch und jedes Rinnsal. Seine Männer sind alle aus Florida. Sie sind wie vom Erdboden verschluckt, und wir bräuchten mehr als ein paar unerfahrene Jungs aus Michigan, um sie hier zu finden.«

Jetzt blickte sie ihn unverwandt an und sagte: »Mal ehrlich, Colonel McKenzie, da Sie nun zufällig in dem Basislager in St. Augustine waren und zufällig auch die Patrouille hierher anführten, könnte es da nicht sein, daß Sie Ihren Bruder absichtlich verpaßt haben?«

Er schüttelte den Kopf. »Nein, Mrs. Tremaine, das habe ich nicht.«

Sie runzelte die Stirn und erinnerte sich daran, daß er gesagt hatte, er hätte die Absicht gehabt, ohnehin einmal vorbeizukommen. Als sie ihn danach fragte, zögerte er einen Augenblick mit der Antwort, griff dann in die Tasche seiner Uniformjacke und holte einen Umschlag heraus.

»Es hat ein bißchen gedauert, bis der Brief hier ankam, da der befehlshabende Offizier Ihres verstorbenen Gatten ihn nur jemandem geben wollte, der ihn Ihnen persönlich überreichen würde.«

Wie gebannt starrte sie auf den Umschlag in seiner Hand, und dabei überkam sie wieder dieser Schmerz, der sich in ihrem ganzen Körper ausbreitete und sie zu lähmen schien, als sei sie von einem Giftpfeil getroffen worden.

»Ich verstehe das nicht. Man hat mir Richards Leichnam fast unmittelbar nach der Schlacht mit der Eisenbahn hergeschickt und mir gesagt, daß ich mich glücklich schätzen könne ... weil nur sehr wenige Tote zu ihren Familien überführt würden«, sagte sie.

»Die Armee versucht ihr Bestes, Mrs. Tremaine ...«

»Aber es gibt einfach zu viele Tote, nicht wahr?« Rhiannons Stimme war nur noch ein Flüstern.

»Der Leichnam Ihres Mannes konnte problemlos identifiziert werden, und man hat ihn dann direkt nach der Schlacht hierhergeschickt, Ma'am. Den Brief hier hat man erst später zwischen seinen persönlichen Sachen gefunden. Ihr Mann genoß hohes Ansehen bei den Soldaten, Mrs. Tremaine, und wie ich bereits erwähnt habe, wollte der ihm vorgesetzte Offizier unbedingt, daß der an Sie adressierte Brief Ihnen auch persönlich übergeben wird, um sicherzugehen, daß er Sie erreicht.«

»Und da Sie einmal in Florida zu Hause waren ...«

»Es ist immer noch mein Zuhause, Mrs. Tremaine. Ich wohne auf einem wunderbaren Anwesen, das gerade außerhalb des Stadtbezirks von Tampa liegt. Meine Eltern leben noch dort, und mein Bruder und meine Schwester halten sich ebenfalls in Florida auf – übrigens ganz in der Nähe Ihres Anwesens. Ich glaube fest, daß das Land eines Tages wieder vereint sein wird und ich hier wieder leben kann. Ich habe immer noch meine Wurzeln hier. Meine Frau, meine Kinder und die Frau eines Vetters mit ihrem Baby leben in St. Augustine.«

»Ich verstehe«, sagte sie und befeuchtete nervös ihre Lippen. Einerseits hätte sie ihm den Umschlag am liebsten entrissen, andererseits wollte sie ihn auch wieder überhaupt nicht haben – sie hatte Angst davor. Wieder sah sie zu Colonel McKenzie hinüber. »Ihre Frau ist also noch hier, ihre Familie und auch einige Anverwandte.«

»Ja.«

Sie wußte genau, was er ihr soeben erzählt hatte, aber sie konnte nicht aufhören nachzufragen.

»Ihre Kinder, Nichten und Neffen?«

»Nicht ganz. Mein Bruder und meine Schwester haben noch keine Kinder.«

»Aber das wird sich sicher bald ändern, nehme ich an.«

Sie war sich bewußt, daß sie ohne Veranlassung ihre Nase in anderer Leute Angelegenheiten steckte, nur um nicht nach dem Umschlag greifen zu müssen, den sie jetzt um alles in der Welt haben wollte.

»Nun, ich denke, einer der beiden wird wohl irgendwann als erster heiraten«, murmelte er.

»Sie sind also noch nicht verheiratet«, stellte Rhiannon scheinbar erstaunt fest.

Aber nun kam Ian McKenzie, der begriffen hatte, daß sie all diese Fragen nur stellte, um von dem Brief abzulenken, zu ihr an die Chaiselongue, kniete sich vor sie hin und gab ihr den Umschlag mit den Worten: »Ich wollte Ihnen nicht noch mehr Kummer bereiten. Ich dachte nur, daß Sie den Brief vielleicht gerne hätten«, erklärte er.

Er war erstaunlich gutaussehend, charmant und nett,

und das Mitgefühl in seinen Augen war fast zuviel für Rhiannon. Bevor sie noch ganz die Fassung verlor, flüsterte sie: »Ja, ich möchte ihn gerne haben – unbedingt sogar.«

Tränen traten ihr in die Augen, und sie blinzelte sie weg, bevor sie ihr die Wangen hinunterliefen. Dann nahm sie mit zitternden Händen den Brief.

»Ich lasse Sie in Ruhe lesen und komme später wieder«, sagte Ian McKenzie.

Nachdem er den Raum verlassen hatte, öffnete Rhiannon den Umschlag, erstaunt, daß er nach dieser langen Reise bis zu ihr immer noch so weiß und unbefleckt war. Und während sie den Brief las, ließ sie ihren Tränen freien Lauf.

Mein geliebter Schatz,

wenn Du diesen Brief in Händen hältst, heißt das, daß ich bei dem Kampf um die Wahrung der Menschenrechte und der Einheit der Union gefallen bin. Gott weiß, daß wir für eine gerechte Sache kämpfen, und deshalb habe ich keine Angst zu sterben. Ich bedauere nur, daß ich Dich verlassen muß, wo wir doch für immer zusammenbleiben wollten und nur so wenig Zeit miteinander verbringen durften. Ich schreibe diese Zeilen nicht, um Dich noch trauriger zu machen und noch mehr zu belasten, sondern um Dir zu sagen, daß Du immer mein ganzes Lebensglück ausgemacht hast. Du warst immer so entschlossen und tapfer, so unternehmungs- und lebenslustig. (Ja, mein Schatz, natürlich auch starrköpfig, eigensinnig und so weiter!) Aber genau deshalb wirst Du diese furchtbaren Zeiten überstehen, die eine ganze Nation ins Verderben gestürzt haben, und Gott gebe, daß ich Dich vom Himmel aus beobachten und für Dich beten darf, damit Du wieder glücklich wirst. Gedenke meiner, aber lebe Dein Leben und genieße alles, was es zu bieten hat. Es könnte kein größeres Verbrechen geben, als wenn Du um meinetwillen auf Dein Lebensglück verzichtetest. Finde Dein Glück! Ich weiß, wie schnell alles zu Ende sein kann. Nimm die schönen Seiten des Lebens wieder an, behalte mich in lieber Erinnerung, aber hör auf, um mich zu trauern.

In Ewigkeit Dein!
Dein Dich liebender Ehemann Richard

Die letzten Worte verschwammen ihr vor den Augen, während sie laut anfing zu schluchzen und das Gefühl hatte, daß ihr der Schmerz das Herz zerriß. Der Brief glitt ihr aus der Hand, während sie sich weinend gegen die Rückenlehne der Chaiselongue schmiegte. Am ganzen Körper zitternd, fragte sie sich nicht zum ersten Mal, was sie bloß falsch gemacht hatte, daß dieser feine Mann sterben mußte.

Julian blieb auf Distanz, beobachtete aber aufmerksam das Haus. Er sah, wie sein Bruder seinen Männern befahl, Wache zu halten, und dann davonritt.

Nachdem Julian sich vergewissert hatte, daß Ian allein unterwegs war, zog er sich wieder in den Kiefernwald zurück, bis er an eine Stelle kam, wo die Bäume so dicht standen, daß es nicht weiterging. Dort stieg er vom Pferd und wartete. Schon bald hörte er einen Reiter näher kommen, der sein Pferd langsam und vorsichtig durch den Wald lenkte. Sein Bruder würde niemals in einen Hinterhalt geraten; dazu wußte er viel zu gut, worauf er achten mußte. Das hatte er nicht nur beim Militär gelernt, sondern auch von ihrem Vater und ihrem Onkel James. James, ein Halbblut, hatte häufig am eigenen Leibe erfahren müssen, wie lebenswichtig es sein konnte, schnell ein gutes Versteck zu finden.

»Hier bin ich, großer Bruder«, rief Julian ihm schließlich zu.

Nur Ians Augen folgten der Richtung, aus der die Stimme gekommen war. Obwohl er sie sofort als die seines Bruders erkannt hatte, riskierte er nichts: Die Mündung seines Colts war direkt auf Julians Herz gerichtet.

»Ich bin allein.«

»Das sehe ich.«

Ian steckte die Waffe wieder in den Halfter, saß ab und ging auf Julian zu, der ihm zulächelte. Sie begrüßten sich mit einer besonders herzlichen Umarmung, da sie sich in letzter Zeit immer seltener trafen. Dann trat Julian einen Schritt zurück und sah Ian forschend an, bevor er fragte: »Ist etwas nicht in Ordnung? Warum bist du hier? Solltest du nicht eher irgendwo auf einem Feldzug der Nordstaatler sein? Das letzte, was ich von dir hörte, war, daß du eine vertrauliche Nachricht von Lincoln an einen General überbringen solltest, der im Osten einen Feldzug gegen den Südstaatengeneral Lee anführte.«

»Jemand mußte Befehle nach St. Augustine bringen, und ich bat darum, daß man mir diese Aufgabe übertrug.«

»Das ist ganz schön nett von deinen Vorgesetzten, daß sie dir so häufig erlauben, deine Frau zu besuchen«, bemerkte Julian.

Ian zog eine Augenbraue hoch und sagte mit gespielter Empörung: »Ich bin schon mehrmals hierher beordert worden, aber nicht zum Wohle meiner Familie, sondern weil man glaubt, daß ich viel eher etwas gegen Rebellen wie dich ausrichten kann, weil ich mich hier auskenne.«

»Ich bin Arzt, Ian.«

»Und ich habe gehört, daß du in eine Schießerei verwikkelt worden bist.«

»Man hat auf mich geschossen, und ich habe mich verteidigt.«

»Dadurch wirst du zu Freiwild, Julian. Der Feind ist jetzt berechtigt, auf dich zu schießen. Es sind auch schon andere Ärzte in diesem Krieg getötet worden ...«

»In diesem Krieg haben auch schon Zivilisten den Tod gefunden, Ian. Was erwartest du denn von mir, daß ich einfach stehenbleibe und abwarte, bis mich die Kugel trifft?«

»Nein, ich fand einfach nur den Gedanken beruhigend, daß du und Brent diesen Krieg überleben würdet, weil ihr als Ärzte eine Sonderstellung genießt. Das ist alles.«

»Wir alle werden ihn überleben«, sagte Julian forsch, den plötzlich ein ganz ungutes Gefühl beschlich. Krieg war etwas Furchtbares, und es konnte einem dabei wirklich angst und bange werden; deshalb war es besser, nicht darüber nachzudenken. Vorher waren sie eine Familie gewesen, die wie Pech und Schwefel zusammenhielt – nicht nur was ihn und seine Geschwister Ian und Tia anging, sondern auch was ihre Vettern und Cousinen Jerome, Brent, Jennifer und Sydney betraf.

Wie Julian die Situation auch betrachtete: Die Bundesregierung hatte dem Volk der Seminolen, dem die Mutter seines Onkels James angehörte, nur Schmerz und Leid, das Exil und schließlich den Tod gebracht. Deshalb kämpften er und die meisten anderen McKenzies für den Süden. Jerome, James' ältester Sohn, schmuggelte für die Konföderierten. Entschlossen für ein freies Florida zu kämpfen, tat er sein Bestes, um Julian mit den notwendigen Schmerzmitteln und Medikamenten zu versorgen. Dessen jüngerer Bruder Brent war Chirurg in der Armee von Nordvirginia, und Julian und er standen in regem Briefkontakt. Julians Cousine Jennifer hatte eine Zeitlang für die Konföderierten spioniert, nachdem man ihren Mann Lawrence getötet hatte; aber dabei wäre sie beinah selbst umgekommen. Julians Cousine Sydney hatte in verschiedenen Krankenhäusern im Süden gearbeitet und war nun in Washington, um sich um konföderierte Kriegsgefangene zu kümmern.

Julians Schwester Tia arbeitete mit Julian zusammen in der Miliz von Florida. Aber ihr Vater Jarret McKenzie war nach wie vor ein Anhänger der Union, und auch Ian hatte sich für den Norden entschieden, obwohl er ganz genau wußte, daß er damit bei den meisten Familienmitgliedern auf Unverständnis stoßen würde.

Durch diesen Krieg war ihre Familie zerrissen worden, zumal der Vater von Jeromes Frau auch noch ein Nordstaatengeneral war, während Ians Frau im Herzen eine überzeugte Konföderierte geblieben war. Zu allem Überfluß wohnten die beiden Frauen auch noch zusammen in dem von Yankees besetzten St. Augustine. Aber auch wenn jeder von ihnen überzeugt war, die richtige Wahl getroffen zu haben, und sich ihre unterschiedlichen Auffassungen nicht vereinbaren ließen, hatten sie alle schon oft die feindlichen Linien überquert, entschlossen, einander auch in Zeiten der Gefahr beizustehen – koste es, was es wolle; denn Blut war eben dicker als die Treue zu irgendeiner Organisation.

Julian sah seinen Vetter Jerome alle paar Monate einmal, wenn der ihm wieder Versorgungsmaterial brachte. Viel schwieriger war es da für ihn, seinen Bruder zu treffen, weil sie auf verschiedenen Seiten kämpften.

»Wie geht es Alaina, Risa und den Kindern?« fragte Julian hastig.

Ian schien mit der Antwort zu zögern, sagte dann aber:

»Es geht ihnen allen gut, danke der Nachfrage. Hast du Vater und Mutter in letzter Zeit mal wieder gesehen?«

»Nein, leider schon seit Monaten nicht mehr. Aber Tia war vor ein paar Wochen zu Hause und sagte, sie seien wohlauf.«

»Ich vermisse sie«, sagte Ian seufzend, nahm seinen Kavalleriehut vom Kopf und klopfte den Staub ab, während er sehnsüchtig nach Westen blickte. »Ich würde so gerne mal wieder nach Hause gehen. Mir fehlen unsere Unterhaltungen, unsere kleinen Auseinandersetzungen und Cimarron.«

»Glaubst du, daß dieser Krieg jemals eine Ende nimmt?« wollte Julian von ihm wissen.

Daraufhin sah Ian ihn nachdenklich an und erwiderte schließlich: »Ja, das wird er. Am Ende wird der Norden siegen, weil er über mehr Soldaten und Material verfügt. Die Konföderierten werden sich irgendwann geschlagen geben müssen.«

»Vielleicht«, entgegnete Julian, der dem Blick seines Bruders ungerührt standhielt, »aber vielleicht wird sich auch Europa einschalten, die Konföderation anerkennen und soviel Druck auf die Union ausüben, daß die Bundesregierung schließlich froh ist, wenn sie die Südstaaten loshat, und ihnen die Freiheit schenkt. Da bald Wahlen anstehen, gewinnt vielleicht auch der Kandidat, der gegen den Krieg ist.«

Ian lehnte sich gegen den Stamm einer Eiche, verschränkte die Arme vor der Brust und grinste. »Schade, daß wir den Streit nicht gleich hier und jetzt beilegen können.«

»Du meinst, daß wir ihn ausfechten, so wie damals, als wir noch klein waren? Weil du denkst, daß du mir überlegen bist?«

»Immerhin bin ich der Ältere.«

»Ich glaube, ich bin ein bißchen größer.«

»Ich bin besser in Form.«

»Das nehme ich dir übel«, sagte Julian im Scherz.

»Ich wiege jetzt bestimmt zehn Kilo mehr als du.«

»Paßt bloß auf, daß ihr Yankees bei all dem guten Essen nicht zu fett werdet.«

Ian lachte und setzte den Hut wieder auf. »Ich glaube, daß es dir gestern abend auch nicht schlechtging. Mrs. Tremaine scheint einen sehr gut organisierten Haushalt zu führen.«

»O ja, erst die Rebellen verköstigen und dann die Yankees holen!« erwiderte er stirnrunzelnd. »Wie kommt es eigentlich, daß man dich hier herausgeschickt hat, Ian?«

»Nun, ich hab' mir schon gedacht, daß du irgend etwas damit zu tun hast, und gehofft, dich hier zu treffen. Und wenn wir schon ein paar abgerissene Milizangehörige gefangennehmen sollen, die man auch für Spione halten könnte, wollte ich sichergehen, daß sich jemand darum kümmert, der in der Stimmung ist, Gefangene zu machen – und nicht so verbittert ist, daß er lieber gleich alle erschießen läßt.«

»Da hast du gut daran getan, großer Bruder. Aber wie du siehst, ist die ganze abgerissene Bande verschwunden.«

»Du weißt, daß ich immer eine hohe Meinung von diesen Miliztruppen hatte, Julian. Und das gilt auch für die Mächtigen, die in der Regierung sitzen. Die Politiker wissen, daß eure Männer schnell, diszipliniert und in der Lage sind, ruck, zuck alles ins Chaos zu stürzen. Das macht die Miliz so gefährlich, egal, wie klein so ein Trupp auch sein mag.«

Julian nickte. »Wir sind so wenige, daß wir unser Bestes geben müssen, und das weißt du auch, Ian. Du bist der Meinung, daß es richtig ist, für den Norden zu kämpfen, und du weißt, daß diese Jungs genauso davon überzeugt sind, richtig zu handeln, wenn sie ihren Staat, Florida, verteidigen.«

»Ich bin nicht nur euretwegen gekommen, ich hatte auch eine Nachricht für Rhiannon Tremaine. Ich sollte ihr einen Brief überbringen, den man bei den Sachen ihres Mannes gefunden hat. Ihr Mann war mit Colonel Egan in Antietam. Egan ist ein Freund von mir und bat mich, ihr den Umschlag persönlich zu übergeben. Was ich auch getan habe, da ich die Dame ohnehin einmal kennenlernen wollte.«

»Oh, wie darf ich denn das verstehen?« fragte Julian erstaunt.

»Man sagt, sie sei eine Hexe«, entgegnete Ian achselzuckend.

»Das kann ich mir vorstellen«, war Julians knappe Antwort.

Verwundert zog Ian eine Augenbraue hoch und ergänzte: »Eine interessante Hexe, eine weiße Hexe. Man sagt, daß sie Kräuterumschläge machen kann, die die tiefsten Wunden heilen, das Wetter vorhersagt und verlorengegangene Kinder wiederfindet.«

»Wirklich äußerst seltene Gaben«, murmelte Julian.

»Glaubst du, daß das stimmt?« wollte Ian wissen. »Sie ist doch noch ziemlich jung für eine weise Frau.«

Julian hob zweifelnd die Hand. »Ich habe sie nur kurz kennengelernt. Wie kann ich sie da beurteilen?«

»Du bist doch Arzt. Tante Teela hatte auch immer so ein Händchen mit all unseren Schürfwunden, Schnittverletzungen, blauen Flecken und Wehwehchen, weißt du noch? Vielleicht ist es bei dieser Rhiannon genauso.«

»Sie ist ziemlich erfahren, was den Umgang mit Verletzten angeht«, entgegnete Julian unverbindlich.

»Das heißt, sie hat dir dabei geholfen, einen Rebellen wieder zusammenzuflicken!« sagte Ian erstaunt.

»Man hatte ihr erzählt, daß es sich bei ihm um einen Yankee handele.«

»Ah, aber sie hat euch durchschaut, nicht wahr?« Ian war sichtlich amüsiert. »Das würde bedeuten, daß sie hellsehen kann. Immerhin hat sie den Truppen in St. Augustine eine Meldung zukommen lassen ...«

»Sie wußte, daß wir sie angelogen haben, und hat uns etwas vorgespielt. Was hätte sie denn sonst tun sollen?« entgegnete Julian aufgebracht darüber, daß sein Bruder so neugierig war und alles ganz genau wissen wollte. Ian kannte ihn einfach zu gut.

»Sie scheint mir eine ganz außerordentliche Frau zu sein. Willst du mir etwa weismachen, daß du nicht von ihr beeindruckt warst?«

»Ian, du bist verheiratet!«

»Das stimmt, aber du nicht!«

»Ja, sie ist außergewöhnlich«, sagte Julian etwas ungehalten, »und unvernünftig.«

»Wie kommst du darauf?«

»Sie nimmt Morphium ... und andere Drogen.«

Wieder zog Ian fragend eine Augenbraue hoch und versuchte am Gesicht seines Bruders abzulesen, was er ihm wohl vorenthielt, bevor er sagte: »Sie ist in Trauer. Es tat mir leid, daß ich ihr mit diesem Brief noch mehr Kummer gemacht habe, aber ich mußte ihn ihr ja wohl geben.«

»Auch andere Frauen haben ihre Ehemänner verloren und Mütter ihre Söhne. Unsere Cousine Jennifer hat ihren Mann verloren und ...«

»Wurde Spionin, ließ in ihrem Kummer alle Vorsicht außer acht und wäre beinah gehängt worden«, fiel ihm Ian ins Wort. »Wir vergessen nur allzu leicht, daß dies auch ein Krieg der Frauen ist. Oftmals ist es schlimmer, abwarten zu müssen, um dann zu erfahren, daß dem Partner etwas zugestoßen ist, als sich jeden Tag der Gefahr zu stellen. Die Frauen müssen dann mit dem Wissen weitermachen, daß ihr Mann nie wiederkommt. Das ist sicher nur schwer zu ertragen.«

»Das hört sich ja an wie eine Rede.«

»Alaina hat mir die Augen geöffnet«, sagte Ian lächelnd und fuhr achselzuckend fort: »Ich bin schon zu oft in Washington gewesen, als nach einer Schlacht die Listen der Toten veröffentlicht wurden. Ich habe gesehen, wie die Frauen warten und hoffen, und wie enttäuscht und verzweifelt sie sind, wenn ihr Hoffen vergebens war. Und ich habe ihre Tränen gesehen, Julian. Bei Mrs. Tremaine ist es nicht anders. Es tut verteufelt weh, einen geliebten Menschen zu verlieren. Natürlich heilt die Zeit viele Wunden. Aber Rhiannon hat noch nicht genügend Zeit gehabt, um den Schmerz über den Verlust ihres Mannes zu überwinden. Dieser Krieg wird ein ganzes Meer von Witwen hinterlassen, und viele von ihnen werden trauern, bis sie alt und grau sind, und dann selbst sterben.«

»Wenn sie nicht aufpaßt, muß sie darauf nicht mehr lange warten«, entgegnete Julian trocken.

»Das wäre aber schade, sie ist wirklich hinreißend.«

»Deine Frau auch«, erinnerte ihn Julian.

Ian quittierte diese Bemerkung mit einem wissenden Lächeln und entgegnete: »Niemand braucht mich daran zu erinnern. Alaina ist zauberhaft und vor allem großherzig. Ich denke, ich sollte Mrs. Tremaine dazu überreden, nach St. Augustine zu ziehen, wo sie vor euch Rebellenpack sicher ist. Es gibt nämlich einige, die glauben, daß sie ihnen ganz nützlich sein könnte.«

»Mit Sicherheit wäre sie das«, sagte Julian.

»Ich wünschte, sie würde sich einverstanden erklären, mit mir zu kommen, aber ich bezweifle, daß sie das tun wird. Aber wenn sie in ihrem Haus bleibt, wird sie vielleicht noch große Schwierigkeiten bekommen, da die Armee sicher feststellen möchte, was es mit ihrem sogenannten zweiten Gesicht auf sich hat. Ich denke, sie hat erstaunliche Talente, und dann ist sie auch noch eine Yankee.«

»Soll heißen?«

»Wer weiß, ob man ihre einzigartigen Fähigkeiten eines Tages nicht mal braucht?« erklärte Ian.

Hatte sie wirklich die Gabe, Dinge vorherzusehen? Wenn dem so sein sollte, könnte sie sicherlich auch den Rebellen sehr nützlich sein. Aber sie würde den Miliztruppen bestimmt niemals helfen; und so hörte Julian sich zu seinem Bruder sagen: »Bring sie dazu, daß sie mit dir kommt. Versuch, auf sie einzuwirken. Sie sollte nicht in diesem Haus bleiben.«

»Das werde ich auf jeden Fall tun.« Ians Stimme bebte, als er fortfuhr: »Es war schön, dich zu sehen, kleiner Bruder. Aber ich muß jetzt los. Sie werden mich bestimmt bald vermissen. Ich kann nicht riskieren, daß die Truppen mitbekommen, daß ich mit dem Feind fraternisiere, und ich will auch nicht, daß die Lady dahinterkommt. Sie glaubt nämlich schon, daß ich dich absichtlich verpaßt habe.«

»Und, hast du?«

Ian zögerte. »Nein«, sagte er dann.

Julian lächelte, überzeugt davon, daß sein Bruder log. »Ich danke dir.«

»Ich bin nach wie vor der Ansicht, daß du mehr Leben gerettet als zerstört hast«, erwiderte Ian, als wolle er sich für sein Tun rechtfertigen. »Aber …«

»Du bist derjenige, Ian, der zu viele Risiken eingeht«,

fiel ihm Julian hastig ins Wort und fuhr dann kopfschüttelnd fort: »Das solltest du nicht tun.«

»Ich kalkuliere immer ganz genau, wie weit ich gehen kann, das weißt du doch«, antwortete Ian. »Und wie ich dir schon sagte, habe ich gehofft, dich wiederzusehen – natürlich ohne daß wir gezwungen wären, aufeinander zu schießen. Allerdings hätte ich nicht gedacht, daß Mrs. Tremaine bei meinem Anblick so überrascht sein würde – oder sollte ich sagen, schockiert? Jedenfalls war es eine interessante Erfahrung.«

»Warum? Wovon redest du überhaupt?«

»Ich kam rein, und sie wurde ohnmächtig.«

»Was?«

»Sie sah mir ins Gesicht und dachte anscheinend, du wärst ich.«

»So ähnlich siehst du mir?«

Ian seufzte in gespielter Ungeduld und sagte: »Julian, ich bin der Ältere. *Du* siehst *mir* ähnlich.«

»Ich habe sie zuerst getroffen, deshalb siehst du mir ähnlich.«

»Ob so oder anders. Ist ja auch egal. Aber sag mir doch, Julian, was du getan hast, um einer Witwe soviel Kummer zu bereiten.«

»Ich habe sie davon abgehalten, sich das Leben zu nehmen.«

»Oh, mir kam sie nicht so vor, als beabsichtige sie, sich umzubringen!«

»Ich habe ihr das Morphium weggenommen.«

»Sonst nichts?«

Julian zögerte, als überlege er, welche seiner Erinnerungen der Realität entsprachen und was er seinem Bruder davon erzählen konnte. »Ich habe es ihr mit Gewalt entrissen«, sagte er schließlich. »Wir haben uns deshalb gestritten, und sie stand zu diesem Zeitpunkt schon ein wenig unter dem Einfluß der Droge.«

»Früher hattest du mehr Geduld mit deinen Patienten, Julian.«

»Früher hatte ich auch nicht so viel mit zerfetzten und sterbenden Männern zu tun und konnte deshalb mehr Geduld für Menschen aufbringen, die sich aufgegeben hatten. Und außerdem ...«, fuhr er fort, brach dann aber mitten im Satz ab und zuckte mit den Schultern.

»Und außerdem ...?«

»... macht sie mich wütend. Vielleicht, weil sie eine Hexe ist, eine Frau, die andere in ihren Bann schlägt und mehr weiß, als ihr guttut.«

»Vielleicht müßte man sie einfach nur beschäftigen. Sie würde sicher eine wunderbare Krankenschwester abgeben.«

»Mit Sicherheit.«

»Ich werde ihr das vorschlagen.«

»Ja, tu das«, murmelte Julian, erstaunt darüber, daß es ihn störte, daß Ian vorhatte, ihr etwas Derartiges vorzuschlagen und ihm die Witwe dadurch womöglich abspenstig zu machen. Aber Julian wußte auch, daß das genau das richtige für sie wäre. Sie mußte wieder unter Menschen und selbst erleben, wie sehr einen der Wunsch beseelen konnte, Leben zu retten. Wenn sie erst einmal erkannte, daß manch einer die Chance hatte zu überleben, weil sie ihm half, würde sie von ihren Selbstmordgedanken abkommen.

»Ich muß jetzt wirklich zurück, Julian«, riß Ian ihn aus seinen Überlegungen. »Aber ich wollte dich noch wegen einer anderen Sache sprechen, und zwar geht es da um etwas, das uns beiden am Herzen liegt.«

»Ist irgendwas nicht in Ordnung?« fragte Julian.

»Ob *irgend etwas* nicht in Ordnung ist? Du meinst, abgesehen davon, daß wir Krieg haben und auf entgegengesetzten Seiten kämpfen?«

»Was ist passiert?« fragte Julian ungeduldig.

»Zwei Dinge. Zunächst ...«, fuhr Ian fort, zögerte dann aber, und Julian stellte fest, daß sein Bruder sehr besorgt aussah, obwohl er so leichthin gesprochen hatte. »Zunächst habe ich gehört, daß Jerome angegriffen wurde, als er auf Kanonenboote der Yankees stieß; gleich hier an der Küste. Er ist ihnen entwischt, und die Yankees sind der Meinung, daß er irgendwo südlich von hier untergetaucht sein muß. Sie glauben, daß er verletzt wurde. Wenn dem so sein sollte ... wird man ihn zu dir bringen.«

Julian seufzte. Jerome war für seine enorme Risikobereitschaft bekannt. Er traf rasche Entscheidungen und bewegte sich so schnell wie der Blitz. General Lee hätte einen Mann wie ihn sicherlich gern in seinen Reihen in Nordvirginia gesehen.

»Wie schwer ist er verletzt?«

»›Er konnte noch stehen‹, sagten die Matrosen von dem Yankee-Beiboot. Ich habe Risa nichts davon erzählt, aber sie wird es auch so bald erfahren.«

»Jerome wird mich schon finden. Seine Männer wissen ziemlich genau, wo unser Lager ist.«

»Ich schätze, sie werden irgendwann morgen dort auftauchen. Du kannst dir sicher denken, daß ihm die Yankees auf den Fersen sind, und Jeromes Männer kommen vielleicht nicht so schnell voran, weil er verletzt ist.«

»Unser Lager ist gut bewacht, und ich werde auf jeden Fall auf ihn warten. Mach dir keine Sorgen, Ian. Du weißt, daß ich für Jerome alles tue, was in meiner Macht liegt.«

»Ja, ich weiß, und auch, daß du der beste Chirurg bist, den sich Jerome wünschen kann, und daß er zäh ist wie ein Alligator. Aber mir ist auch bewußt, daß Wunden eitern und Menschen nur allzu schnell an Infektionen sterben. Ich mache mir einfach furchtbare Sorgen, Julian, und will nur hoffen, daß er morgen oder spätestens übermorgen bei dir ankommt.«

»Warum? Er hat einen Schiffsarzt an Bord, der schon dafür sorgt, daß sich seine Wunde nicht entzündet, und ich bin auch in ein paar Tagen noch im Camp.«

»Nun, das ist die zweite Sache, die ich dir erzählen wollte. Ich habe läuten hören, daß man beabsichtigt, noch mehr Jungs aus der Miliz abzuziehen, um sie nach Norden zu schicken, damit sie an den großen Feldzügen teilnehmen können. Auf beiden Seiten der Front redet man auch ziemlich häufig von dir. Immerhin hast du dafür gesorgt, daß General Magee seinen Fuß behalten hat. Der General hat nach wie vor großes Interesse an dir, und er hat mir erzählt – woher ein Nordstaatengeneral solche Informationen bekommt, weiß ich nicht –, ihm sei zu Ohren gekommen, daß auch die Konföderierten darüber nachdenken, dich von der

Miliz abzuziehen, um dir einen regulären Armeeposten zu geben.«

Entsetzt starrte Julian ihn an. Das paßte ihm überhaupt nicht. Einfach so weggehen? Schon jetzt gab es in Florida kaum noch Männer, die kämpften, geschweige denn, genügend Ärzte, um die, die vor Ort für ihren Staat ihr Leben riskierten, medizinisch zu versorgen. Und jetzt hatten sie tatsächlich vor, noch mehr Männer aus diesem Staat abzuziehen?

»Ich dachte, das solltest du wissen«, sagte Ian ruhig.

Julian nickte und schnitt eine Grimasse, bevor er ihm entgegnete: »Das ist doch wirklich amüsant! Mein Nordstaatenbruder kommt zu mir, um mir mitzuteilen, was der Süden mit mir vorhat.«

»Ich hab' dir schon gesagt, Julian, daß wir diese Sache gewinnen werden – vielleicht auch, weil wir die besseren Informanten haben.«

Julian wußte, daß Ian eigentlich genausoviel Angst hatte wie er und daß sie beide den Wunsch hegten, daß der Krieg so schnell wie möglich zu Ende sein möge; deshalb nahm er ihm die Bemerkung nicht übel und sagte nur: »Deine Grünschnäbel aus Michigan und Ohio warten auf dich, Ian. Sag mal, können diese Jungs überhaupt Englisch? Oder hat man dir eine Gruppe von Immigranten zugeteilt, die gerade erst mit dem Boot von Europa herübergekommen sind?«

Ian grinste kopfschüttelnd und drehte sich um, um zu seinem Pferd zu gehen. »Sie können Englisch«, rief er ihm dann über die Schulter zu.

»Richtig so«, sagte Julian, der ihm gefolgt war. »Warum sollte man den Fremden auch einen Posten im friedlichen Florida geben? Besser man schickt sie gleich in die Höhle des Löwen, damit sie draufgehen, bevor sie noch zuviel Begeisterung für das Land entwickeln, für das sie sterben.«

Ian stieg aufs Pferd und sagte beschwichtigend: »Ich bestimme nicht, wie dieser Krieg geführt wird, Julian.«

»Ja, ich weiß«, entgegnete Julian und tätschelte dem hellbraunen Pferd seines Bruders den Hals. Das Tier war gut genährt und hatte ein seidiges Fell. Im Vergleich dazu schien seine graue Mähre nur noch aus Haut und Knochen zu bestehen. Aber Julian tröstete sich mit dem Gedanken, daß er und sein Pferd ganz gut zusammenpaßten. Dann blickte er zu Ian hoch und gab ihm die Hand. »Danke, Bruder. Es hat gutgetan, dich mal wiederzusehen. Paß auf dich auf!«

»Und du, Julian, bleib um Gottes willen aus der Schußlinie!« Ian zögerte, bevor er noch hinzufügte: »Wenn Jerome bei dir ist, laß Risa irgendwie eine Nachricht zukommen. Sie möchte bestimmt bei ihm sein.«

»Natürlich, ich werde seiner Frau Bescheid geben und dir auch – über Alaina. Halt die Ohren steif, Ian!«

Ian nickte, wendete seinen Falben und ritt zurück zu dem Herrenhaus jenseits des Kiefernwäldchens.

Julian lehnte sich jetzt seinerseits gegen den Stamm der Eiche und blickte seinem Bruder nach, bevor auch er sich auf den Weg zurück zu dem Haus mit den großen weißen Säulen machte, das die wuchernde Natur sich schon bald zurückzuerobern schien.

Vielleicht war Rhiannon Tremaine ja wirklich eine Hexe – eine weiße Hexe mit heilenden Kräften. Möglicherweise hatte sie tatsächlich die Fähigkeiten einer Heilerin und konnte sich dazu durchringen, Ian zu begleiten und ihre Talente dazu zu verwenden, verwundeten Unionssoldaten zu helfen. Aber vielleicht auch nicht. Sie war eigensinnig. Ein echter Dickschädel. Daher war es durchaus möglich, daß sie Ians Angebot ausschlug, um in ihrem Haus zu bleiben.

Als Julian auf Rhiannons Anwesen angekommen war, versteckte er sich wieder hinter dem Baum, von dem aus er schon die Ankunft der Patrouille seines Bruders verfolgt hatte. Auch jetzt beobachtete er aufmerksam das Haus …

Ob es Ian wohl gelingen würde, Rhiannon zu überreden? Vielleicht … Vielleicht brauchte Julian sie aber auch selbst. Nun hielt sie allein das Schicksal in Händen: Sie hatte die Wahl, mit Ian zu gehen oder …

Julian hätte sie verdammt gern selbst mitgenommen.

5.

Als Ian McKenzie zurück ins Haus kam, hatte sich Rhiannon wieder einigermaßen gefangen. Nun war sie auch darauf vorbereitet, daß er dem Rebellenanführer, der ihr vergangene Nacht einen Besuch abgestattet hatte, sehr ähnlich sah, obwohl sie es nach wie vor unheimlich fand und es sie irgendwie nervös machte.

Mammy Nor hatte Kaffee und süße Stückchen serviert, und Rhiannon saß mit Colonel Ian McKenzie im Salon und hörte sich seine Vorschläge an, entweder mit ihm nach St. Augustine zu kommen, bis der Krieg zu Ende war, oder in einem der Unionskrankenhäuser zu arbeiten.

»Ich wollte schon mal Krankenschwester werden, gleich nachdem Richard seinen Einberufungsbescheid bekommen hat«, erklärte sie Ian. »Aber man wollte mich nicht haben.«

Ian verzog das Gesicht. »Ja, ich weiß, am Anfang wurden Krankenschwestern nur genommen, wenn sie alt und grau waren. Aber ich kann Ihnen versichern, daß sich die Dinge geändert haben. Die riesige Zahl der Verwundeten dieses Krieges hat, was das anbelangt, eine Änderung im Denken geradezu erzwungen. Wenn Sie sich dafür entscheiden sollten, in einem Krankenhaus arbeiten zu wollen – selbst in einem Feldlazarett –, bin ich sicher, daß ich das für Sie arrangieren kann.«

Sie nickte, blickte von ihrer Kaffeetasse auf und sagte: »Wenn ich Rachel irgendwo unterbringen könnte, würde ich sehr gerne etwas für die Soldaten tun.«

»Ich werde meine Frau fragen, ob sie Rachel bei sich aufnimmt. Aber es ist Ihnen doch klar, Mrs. Tremaine, daß die Arbeit mit den verwundeten Soldaten sehr hart und oft auch sehr grausam ist? Aber manchmal schafft es einer, weil er richtig gepflegt wird.«

»Auch wenn durch meinen Einsatz nur ein einziges Leben gerettet werden könnte, wäre es die Mühe wert«, überlegte Rhiannon laut.

»Werden Sie dann gleich heute mit mir nach St. Augustine kommen?«

»Ich …«, stammelte sie erschrocken. Sie konnte unmöglich sofort gehen. »Sie müssen doch noch Ihre Frau fragen, und ich brauche ein bißchen mehr Zeit«, sagte sie dann.

»Das mit meiner Frau geht sicher klar. Aber wofür brauchen Sie denn noch Zeit?« fragte Ian verwundert.

»Oh, hm, ich …«, stotterte sie beinah und machte eine hilflose Geste. Es schien ihr alles so überstürzt. Schließlich sagte sie ausweichend: »Zum einen muß ich noch packen. Außerdem muß ich Angus und Mammy Nor ein paar Anweisungen geben und mich darum kümmern, daß das Haus so gut wie möglich abgesichert ist, wenn ich so lange weg bin.«

»Das klingt vernünftig. Aber Sie werden es sich doch nicht anders überlegen?« forschte er nach.

»Ich denke nicht.«

»Gut. In ein paar Tagen komme ich wieder«, sagte er dann. »Sie müssen dann aber wirklich mit mir kommen. Ich glaube, Mrs. Tremaine, daß Sie dieses Haus so bald wie möglich verlassen sollten. Zumindest eine Zeitlang, bis Gras über die Sache gewachsen ist. Denken Sie daran, daß es für Sie gefährlich werden könnte, wenn Sie hierbleiben.«

»Warum?«

»Die Rebellen werden Sie als Verräterin ansehen.«

»Das waren keine brutalen Männer.«

»Nein, aber es könnten andere kommen.«

Rhiannon überlegte einen Augenblick. Daß es für sie gefährlich werden könnte, hatte sie auch schon gewußt, bevor sie die Rebellen verraten hatte. Aber irgend etwas hielt sie doch noch hier.

»Ich werde gründlich über Ihre Vorschläge nachdenken, Sir«, versicherte sie ihm dann. »Und wahrscheinlich gehe ich mit, wenn Sie wieder herkommen. Ich stimme Ihnen zu, daß das bestimmt vernünftiger ist.«

»Ich wünschte, Sie würden jetzt gleich mitkommen.«

Rhiannon lächelte und sagte: »Ganz ehrlich, ich brauche

noch ein bißchen Zeit. Das ist alles, und ... vielen Dank, Colonel McKenzie.«

Ian drängte nicht weiter, bat sie aber, ganz besonders vorsichtig zu sein, bis er zurückkomme.

Als die Yankees kurz darauf Rhiannons Anwesen verließen, blickte sie ihnen noch einen Augenblick gedankenverloren nach und eilte dann in ihr Zimmer, um noch einmal Richards Brief zu lesen. Sie hätte einfach noch nicht gehen können. Absolut nicht. Nicht, nachdem ihr Ian McKenzie diese letzten Worte von Richard überbracht hatte. Aber während sie den Brief ein drittes Mal las, überkam sie plötzlich wieder die Verzweiflung darüber, daß sie nicht genau wußte, was letzte Nacht geschehen war.

Sie mußte wirklich etwas ändern. Es konnte nicht so weitergehen. Wenn man ihr jetzt gestattete, als Krankenschwester in einem Unionshospital zu arbeiten, dann wollte sie es tun. Wenn sie dazu beitragen konnte, das Leben eines Soldaten zu retten und einer anderen Frau zu ersparen, was sie durchmachte, dann würde dadurch auch ihr eigenes Leben wieder einen Sinn bekommen.

Sie wollte gleich damit anfangen, legte den Brief auf den Kaminsims und stürzte sich in die Arbeit. Es war ein perfekter Nachmittag, um mal wieder gründlich sauberzumachen. Sie zog selbst das Bett ab und sagte sich, daß die Laken unbedingt eine Wäsche nötig hätten, genauso wie sie selbst, ihr Nachthemd und ihre Trauerkleidung ...

Alles sollte frisch sein, wenn sie neu anfing.

Julian arbeitete sich vorsichtig an das Haus heran, blieb aber doch in sicherer Entfernung. Er beobachtete, wie die Yankees davonritten – sein Bruder vorweg –, und wartete dann noch etwas länger, um sicherzugehen, daß auch wirklich alle verschwunden waren. Rhiannon Tremaine war nicht mit ihnen geritten.

Er sah, wie Angus hinter dem Haus eine Wanne aufbaute, und sich der ganze Haushalt für einen Waschtag zu rüsten schien – vor allem Laken und Kleider. Julian überlegte, ob Rhiannon sich wohl damit einverstanden erklärt hatte, zu einem späteren Zeitpunkt mit den Yankees mitzukommen.

Er wollte bis zum Einbruch der Dunkelheit warten, bevor er sich dem Haus noch weiter näherte. Eigentlich lag es ihm fern, sie zu bestehlen, aber er brauchte unbedingt den Schlafmohn, den sie in ihrem Garten anbaute, und so viel von den fertigen Arzneien, wie er nur kriegen konnte. Außerdem war er mittlerweile zu dem Schluß gekommen, daß sie ihm gegebenenfalls eine große Hilfe sein könnte. Er überlegte, ob er sie nicht einfach mit sanfter Gewalt zwingen könnte, mit ihm zu gehen. Wenn das jemand als Entführung bezeichnete, hatte er immer noch das Argument, daß es zu ihrem eigenen Schutz geschehen war – sie war einfach zu wertvoll, um sie hier draußen sich selbst zu überlassen. Aber der gute Angus war ein verdammt großer Kerl, und so hielt Julian es für angebracht, sich ganz vorsichtig auf ihrem Gelände zu bewegen, denn er wollte nicht erwischt werden.

Den Rest des Nachmittags verbrachte er im Schatten einer großen Kiefer. Etwas mitgenommen von den Ereignissen der vergangenen Stunden, hatte er die Augen nur für einen kurzen Moment schließen wollen und fuhr erschrokken hoch, als er bemerkte, daß er eingenickt war und jemand ganz in der Nähe zu sein schien. Ein Geräusch hatte ihn geweckt. Angus traf, etwa fünfzehn Meter von Julians Plätzchen am Baum entfernt, Vorbereitungen zum Holzhacken.

Mit einem Satz war Julian auf den Beinen und schalt sich, so unvorsichtig gewesen zu sein. Er hatte verdammtes Glück gehabt, daß Rhiannons Bediensteter ihn nicht früher entdeckt hatte. Als sich der riesige, muskelbepackte, schwarze Mann zu ihm umdrehte, war Julian nicht überrascht. Allerdings hatte er seine Waffe nicht gezogen, da er Angus nicht erschießen wollte und der auch keine Schußwaffe bei sich hatte.

Angus blieb wie angewurzelt stehen, starrte ihn erstaunt an und fragte schließlich: »Wollen Sie mich etwa erschießen, Rebell?«

»Haben *Sie* denn vor, *mich* zu töten?«

Angus schüttelte langsam den Kopf und fragte grinsend: »Was wollen Sie denn dann, Doktor, Sir?«

»Ich brauche Medizin«, entgegnete Julian prompt, wobei er ihm direkt in die dunklen Augen sah. »Und eine Medizinfrau.«

Angus blickte genauso unverwandt zurück und sagte nur: »Oh?«

»Was halten Sie davon?«

Angus beugte seinen Oberkörper ein wenig nach hinten und musterte Julian forschend, bevor er antwortete: »Ich glaube, daß es Misses Rhiannon in letzter Zeit nicht besonders gutging. Sie hing sehr an ihrem Mann, müssen Sie wissen.«

»Ich dachte, daß sie vielleicht mit den Yankees mitgehen würde. Hat Sie Ihnen etwas davon gesagt?«

»Nein, Sir«, entgegnete Angus kopfschüttelnd.

»Bei all der Wäsche dachte ich, daß sie sich vielleicht auf eine lange Reise vorbereitet.«

Abermals schüttelte Angus den Kopf und sagte: »Sie wäscht Laken und immer wieder Laken, ihre Kleider, ihr Schlafzimmer und sich selbst. Sie hat sogar die Wände ihres Badezimmers abgeschrubbt, bevor sie wenigstens eine Stunde in der Wanne lag.«

»Angus, ich weiß, daß Sie denken, daß ich in diesem Krieg auf der falschen Seite kämpfe, aber ich muß Mrs. Tremaine mitnehmen. Ich werde gut auf sie aufpassen, und es wird ihr nichts geschehen, darauf gebe ich mein Wort. Wenn sie mir mit meinem verwundeten Vetter geholfen hat, schwöre ich, daß ich ihr freies Geleit nach St. Augustine gewähre.«

Angus starrte ihn daraufhin so lange schweigend an, daß Julian schon dachte, er müsse sein Vorhaben aufgeben und davonreiten – oder den unschuldigen Mann niederschießen, um sein Ziel zu erreichen.

»Was soll ich dabei tun?« fragte Angus schließlich, nachdem fast eine Minute verstrichen war.

Julian, der die ganze Zeit unbewußt die Luft angehalten hatte, atmete jetzt erleichtert aus und sagte: »Vielleicht könnten Sie ihr ein wenig zureden? Ich will hier wegreiten, wenn es dunkel ist, aber nicht zu spät, damit ich eine gute Strecke des Weges zurücklegen kann, bevor der Morgen graut.«

»Wie ich sehe, steht Ihr Plan schon«, sagte Angus. »Aber Sie haben noch ein ganz großes Stück Überzeugungsarbeit vor sich, Doktor.«

»Ich bin sicher, daß ich sie überreden kann, wenn Sie mir den Rücken stärken.«

»Und was, wenn sie doch nicht mitgehen will?«

»Dann trag' ich sie.«

Rhiannon hatte den Nachmittag geradezu arbeitswütig verbracht, und am frühen Abend waren die Laken, die sie gewaschen hatte, von der Sonne getrocknet und die Betten frisch bezogen. Ihre Kleidung und Unterwäsche war ebenfalls sauber und gebügelt. Sie hatte ihr Haar gewaschen und roch selbst leicht nach Rosen.

Mit neuem Mut nahm sie noch einmal Richards Brief zur Hand, entschlossen, ihr Leben wieder in Ordnung zu bringen. Sie würde lernen, damit umzugehen, daß Richard von ihr gegangen war. Diesmal aber auf eine verantwortungsvolle und erwachsene Art, egal, wie weh es auch tat.

Keine Drogen mehr. Nie mehr.

Schnell verließ sie ihr Schlafzimmer, um noch ein paar Stunden für sich zu haben und von Richard Abschied zu nehmen. Er war in einem kleinen Familiengrab beigesetzt worden, das man jenseits des Rasenvorplatzes oben auf einem sanften Hügel – wie sie für Florida so typisch waren – angelegt hatte.

Rhiannon liebte diesen Staat und verließ ihn nur ungern, auch wenn es nicht lange dauern sollte. Im Süden Floridas gab es vor allem flache Sumpfgebiete, aber hier im Norden war die Landschaft leicht hügelig mit wundervollen Kiefernwäldern und dazwischen riesigen Feldern mit blutroter Tonerde. Im Sommer war es in der Gegend um St. Augustine etwas kühler als in den Regionen unten im Süden. Aber ein Zuhause war kein Platz, um sich dort vor der Welt zu verstecken. Es war ein Ort, den man lieben und in Ehren halten sollte, und das würde sie auch immer tun ... egal, was der Krieg noch bringen mochte.

Die Sonne senkte sich schon über dem Horizont, als sie das Haus verließ und zum Friedhof hinüberging, der von einem schmiedeeisernen Zaun umgeben war. Mit einem leichten Quietschen öffnete sie die besonders hübsch ausgearbeitete Pforte, als die letzten Sonnenstrahlen gerade golden durch das Grün der Kiefern und Eichen fielen, die zwischen den Gräbern standen. Ein leichter Dunstschleier lag über dem Land, und im Schatten der Bäume war es gerade noch hell genug, daß Rhiannon die Inschriften auf den Grabsteinen lesen konnte. Zur Rechten lagen ihre Eltern, deren Grabsteine aus einem erlesenen Granit gefertigt waren, den man extra aus Philadelphia hatte kommen lassen. Neben ihnen befand sich das Grab ihres kleinen Bruders, der bei der Geburt gestorben war. Hampton, einen Vetter ihres Vaters, hatte man ein paar Schritte von ihren Eltern entfernt zur letzten Ruhe gebettet, und hinter seinem Grab lagen einige der Männer begraben, die in den Salzgewinnungsanlagen gearbeitet hatten – wie auch Jimmy Lake, der fahrende Lehrer, der im April 1862 in der Schlacht von Shiloh ums Leben gekommen war. Richards Grab befand sich links neben einer großen Eiche.

Rhiannon zog seinen Brief aus den Falten ihres Rockes, und als sie auf seinem Grab niederkniete, stiegen ihr wieder Tränen in die Augen. Mit einemmal frischte der Wind auf und berührte, erstaunlich kalt für einen Sommerabend, ihr Gesicht und spielte mit ihrem Haar. Es würde bald regnen, dachte sie geistesabwesend. Egal. Mit den Fingern fuhr sie über die eingravierten Buchstaben, die seinen Vornamen bildeten, und konnte fast Richards Gesicht und sein Lächeln sehen und seine Stimme hören. Auch als er den Tod vor Augen hatte, wollte er nur, daß sie lebte. Sie beugte sich vornüber, mit den Händen ihr Gesicht bedeckend, während der Wind noch stärker wurde. Bald würde es ganz dunkel sein und Regen geben. Fast konnte man meinen, die Natur wollte ihren Gemütszustand widerspiegeln.

Plötzlich überkam sie ein merkwürdiges Gefühl. Sie hob den Kopf und rieb sich die Augen. Dann sah sie sich ängstlich um und erstarrte vor Schreck: Colonel McKenzie war zurückgekehrt. Nicht der Nordstaaten-Kavallerist, sondern der Rebellenanführer. Er lehnte an einer nahe stehenden knorrigen Eiche und hatte die Arme vor der Brust verschränkt, als ob er sie schon eine ganze Weile so beobachtete. Jetzt schienen seine kühlen, blauen Augen sie sowohl verächtlich als auch ungeduldig zu mustern.

Sie war zunächst erschauert, sah nun aber zähneknirschend zu ihm hinüber. Eigentlich war sie davon ausgegangen, daß das Opium sie alle Träume, Ängste und Erinnerungen hatte vergessen lassen. Aber nun erinnerte sie sich vage an einen Traum – einen schönen Traum! –, in dem Richard vorgekommen war. Oder war es vielleicht gar nicht Richard und womöglich überhaupt kein Traum gewesen?

Wenn sie bloß wüßte, was letzte Nacht geschehen war!

Zu Julian gewandt, sagte sie dann: »Was machen Sie denn schon wieder hier, Colonel?«

Anstatt auf ihre Frage zu antworten, entgegnete er: »Sie sind nicht mit den Yankees mitgegangen.«

»Wieso? Hätte ich das tun sollen?«

»Ja.«

»Warum?« wollte sie wissen, erinnerte sich dann aber, daß Ian McKenzie quasi darauf bestanden hatte, sie gleich mitzunehmen. Nun dachte sie, daß es wohl ein Fehler gewesen sei, seinem Rat nicht zu folgen. Die beiden McKenzies hatten sich bestimmt getroffen, egal, welche Lügen sie ihr auch aufgetischt hatten. Jetzt fiel ihr auch wieder ein, daß Ian sie gewarnt hatte, daß die Rebellen sich rächen könnten.

»Sind Sie etwa zurückgekommen, um mein Haus niederzubrennen?«

Julian zog verwundert eine Augenbraue in die Höhe und blickte an ihr vorbei zum Haus. »Es ist ein schönes Haus, solide gebaut und doch sehr ansprechend. Warum sollte ich es anzünden?«

»Weil wir in einem Staat der Konföderierten leben und ich eine Verräterin bin. Entspricht das nicht Ihrer Meinung?«

»Ja, aber ich bin nicht des Hauses wegen zurückgekehrt.«

»Warum denn sonst?«

»Ihretwegen, Mrs. Tremaine«, sagte er leichthin.

»Meinetwegen?« wiederholte sie erschrocken, taxierte ihn dann aber eingehend und überlegte, ob er sich wohl über sie lustig machte.

»Ja, Mrs. Tremaine. Sie hätten mit den Yankees gehen sollen, denn jetzt müssen Sie mit mir kommen.«

Unwillkürlich schüttelte sie den Kopf und sah ihn verunsichert an. Während sie sich langsam erhob, überlegte sie, ob er tatsächlich so wütend war, weil sie die Yankees informiert hatte, so daß er ihr nun etwas antun wollte, um so zu strafen, was in seinen Augen wie Verrat aussehen mußte.

»Ich gehe nirgendwo mit Ihnen hin«, flüsterte sie dann.

»Doch, das werden Sie«, entgegnete er und kam auf sie zu.

Blitzartig drehte sie sich um und lief davon. Er mochte zwar abgemagert und müde aussehen, war aber immer noch flink wie ein Wiesel und hatte sie in wenigen Sekunden eingeholt. Er packte sie so unvermittelt bei den Schultern, daß sie sich erschrocken umdrehte und dabei über eine Wurzel stolperte. Sie fiel, und er ging mit ihr zu Boden, wobei er sie immer noch festhielt. Durch den Aufprall war ihr die Luft aus den Lungen gewichen, und sie mußte erst einmal wieder tief durchatmen, bevor sie reagieren konnte. Er besann sich viel schneller, rollte blitzschnell zu ihr hinüber, setzte sich rittlings auf sie und preßte ihr die Arme zu Boden.

Dann sagte er: »Jetzt stellen Sie sich mal nicht so an, Mrs. Tremaine! So viel Angst können Sie vor mir doch gar nicht haben – nach all dem, was letzte Nacht passiert ist ...«

»Letzte Nacht ist überhaupt nichts passiert!« schrie sie zornig.

»Streiten Sie ruhig alles ab, darum geht es jetzt sowieso nicht.«

»Darum geht es nicht? Ich werde Ihnen mal sagen, worum es hier geht! Sie sind ein Rebell, ich nicht. Sie waren nicht willkommen und sind einfach so in mein Haus eingedrungen; aber ich habe Ihnen trotzdem geholfen, Ihrem

Freund das Leben zu retten. Und dann haben Sie auch noch meine Schlafzimmertür demoliert und mir brutal meine Medizin entrissen.«

»Medizin?« wiederholte Julian spöttisch.

»Medizin hilft gegen Schmerzen, oder etwa nicht?«

Wütend starrte er nun auf sie hinunter. »Ich habe Ihnen Ihr Opium weggenommen, das stimmt. Daß ich es Ihnen mit Gewalt wegnehmen mußte, daran erinnern Sie sich ja immerhin. Schade, daß Sie nicht mehr wissen, was danach passierte.«

»Ich ... bin eingeschlafen.«

»Ja, zunächst schon.«

»Und ich habe nach den Yankees geschickt und würde es wieder tun! Nun, hätten wir's dann? In Ihren Augen bin ich eine Verräterin und gehöre eingesperrt, ist es nicht so? Aber ich werde trotzdem nicht mit Ihnen gehen. Hängen oder erschießen Sie mich, hier und jetzt!«

»Das würde Ihnen so passen. Ein wunderbarer Ausweg. Die unmöglichen Rebellen haben Ihren Ehemann getötet und sich dann mal eben umgedreht, um auch Ihnen das Lebenslicht auszublasen. Sie würden verdammt gerne sterben, nicht wahr?«

»Machen Sie sich doch nicht lächerlich ...«

»Dann bräuchten Sie sich nicht selbst umzubringen.«

»Ich habe nicht versucht, mich umzubringen!« schrie sie wütend.

»Schön, dann können Sie sich ja auf etwas besinnen, das man gemeinhin Courage nennt, und anderen Menschen helfen.«

»Was?«

»Wir werden uns jetzt einmal ansehen, Mrs. Tremaine, was Sie alles in Ihrer Hausapotheke haben. Danach gehen wir in Ihren Kräutergarten, und dann kommen Sie mit mir.«

»Sie können meinetwegen jede einzelne Pflanze, jeden Strauch, jedes Fläschchen und den letzten Tropfen Medizin mitnehmen, den Sie hier finden, aber ich werde bestimmt nicht mit Ihnen kommen, Colonel McKenzie.«

»Weil Sie hierbleiben wollen, um sich täglich einmal auf Richards Grab zu werfen?« stieß er zynisch hervor.

Sie holte tief Luft und fühlte dabei die Festigkeit der Muskeln seiner Oberschenkel gegen ihren Brustkorb drükken. Dann starrte sie ihn an und wurde sich dem wild entschlossenen, feurigen Ausdruck in seinen Augen bewußt.

»Wenn ich das machen will ...«, hob sie an, hielt dann aber inne, da er sich nun dicht über ihr Gesicht beugte, wobei er sie mit dem Blick seiner stahlblauen Augen durchbohren zu wollen schien.

»Richard ist tot, Mrs. Tremaine, tot und begraben, und er befindet sich nun vielleicht im Himmel – wie manche glauben. Aber hier auf Erden gibt es Menschen, die kämpfen und verbluten. Leute, die auf Sie angewiesen sind, Mrs. Tremaine. Ich schwöre Ihnen, ich habe Rebellen und Yankees operiert. Wenn Sie der Tatsache gegenüber die Augen verschließen wollen, daß Sie diesen verzweifelten Menschen eine große Hilfe wären, dann werde ich Ihnen die Augen öffnen.«

»Sie werden mich nicht dazu bekommen, daß ich mit Ihnen gehe ...«

»Ach, tatsächlich? Ich glaube schon, daß ich dazu in der Lage bin.«

»Das soll doch wohl nicht heißen, daß Sie mich dazu zwingen wollen?« stieß sie verächtlich hervor.

»Doch.«

Verwundert starrte sie ihn an und entgegnete: »Das wäre ja Kidnapping.«

»Es ist mir völlig egal, wie man das nennt.«

»Das ... das können Sie doch nicht machen!« stammelte sie jetzt. »Wo sind Sie denn erzogen worden? Ein Gentleman aus dem Süden würde sich niemals so verhalten. Ich verbiete Ihnen ...«

»Oh, was wollen Sie denn dagegen tun? Mich erschießen? Oder sich das Leben nehmen – mit einer Überdosis Opium kombiniert mit zuviel Wein –, weil Ihre Südstaatenideale leider nicht der Realität entsprechen?«

Sein Gesichtsausdruck unterstrich die Härte und Unerbittlichkeit seiner Worte, so daß sie eine Gänsehaut bekam. Ihr Inneres krampfte sich zusammen, und ihr wurde heiß und kalt bei der Vorstellung, daß er seine Drohung wahr machen könnte. Sie wollte sich aus seinem Griff befreien … Aber er hatte sie schon einmal einen Feigling genannt. Er sollte nicht erfahren, daß sie Angst vor ihm und vor sich selbst hatte, und vor dem, was womöglich in der vergangenen Nacht passiert war – woran sie sich aber nicht mehr erinnern konnte.

Deshalb hob sie hochmütig das Kinn und sah ihn eiskalt an, als sie ihm entgegnete: »Ich habe nicht versucht, mir das Leben zu nehmen! Was glauben Sie eigentlich, wer Sie sind, Colonel McKenzie? Ich muß nirgendwo mit Ihnen hingehen. Sie sind derjenige, der sich hier in Gefahr befindet, derjenige, der besser tun sollte, was ich ihm sage. Angus wird Sie erschießen, wenn ich es ihm befehle.«

»Das glaube ich nicht.«

»Sie unterschätzen Angus.«

»Ich habe Angus gesehen. Er sieht mir nicht aus wie ein kaltblütiger Killer.«

»Er würde sie sofort umbringen, wenn er das Gefühl hätte, daß Sie mein Leben bedrohen.«

»Nun, ich könnte wetten, daß er weiß, daß ich nur versuche, Ihr Leben zu retten.«

»Würden Sie jetzt endlich damit aufhören? Ich bin nicht selbstmordgefährdet …«

»Nur manchmal nicht weit davon entfernt.«

Wütend biß sie die Zähne zusammen und starrte ihn an. Sie erinnerte sich daran, wie er mitten in ihrem Schlafzimmer gestanden hatte, als sie … auf dem Balkon gesessen hatte, oder? Er hatte ein Handtuch um die Hüften gehabt und eine Waffe in der Hand, ansonsten war er nackt gewesen. Und was war dann passiert? Ja, dann hatte er versucht, ihr das Fläschchen mit Opium wegzunehmen, und sie hatten sich gestritten. Außerdem glaubte sie sich nun daran zu erinnern, daß sie schließlich nachgegeben und zu weinen angefangen hatte …

Und dann? Hatte sie geschlafen und geträumt.

»Ich habe Ihnen doch schon gesagt, daß ich kein Opium nehme …«

»Gut so, denn wenn Sie mit mir kommen, müssen Sie Ihre sieben Sinne beisammen haben.«

Wütend kniff sie die Augenbrauen zusammen, als sie ihm daraufhin entgegnete: »Verstehen Sie denn nicht? Ich werde nicht mit Ihnen kommen ...«

»Doch.«

»Etwa um Ihnen dabei zu helfen, noch mehr Rebellen zu verarzten?«

»Ja, natürlich. Ganz besonders einen. Einen Schmuggler. Einen Mann, der ein verzweifeltes Volk mit dem Überlebensnotwendigen versorgt.«

»Ich dachte, Sie sind der große Arzt und Lebensretter!«

»Ja, ich bin Arzt, und ich weiß ganz genau, daß all mein Können nichts gegen eine Infektion ausrichten kann, die auf den ganzen Körper übergreift.«

»Wieso glauben Sie, daß ich daran etwas ändern könnte?«

»Es gibt da so Gerüchte«, sagte er trocken, »und außerdem habe ich gesehen, wie Sie mit Paddys Wunde umgegangen sind.«

»Ich habe ihm einfach nur die Hose heruntergeschnitten.«

»Sie wissen, wie man eine Wunde saubermacht und verbindet.«

»Das können viele andere Leute auch.«

»Aber wohl kaum so gut.«

»Ich werde keine Rebellen mehr ...«, flüsterte sie eigensinnig, aber er ließ sie nicht ausreden.

»Diesen einen werden Sie noch retten.«

»Warum? Weil er seine Feinde im Norden mit so viel Geschick und Talent hereinlegt?«

Daraufhin starrte er sie eine ganze Zeitlang an, so daß ihr schon angst und bange wurde, bevor er antwortete: »Nein, weil er mein Vetter ist.«

Dazu sagte sie nichts mehr, und nach einer Weile erhob er sich und hielt ihr dann eine Hand hin, um ihr aufzuhelfen. Sie blickte erst auf seine Hand, dann wieder in seine Augen und sagte kopfschüttelnd: »Ich ... ich kann nicht mit Ihnen kommen.«

»Ich bestehe darauf.«

»Und wenn ich nicht ...«

»Ich bringe Sie von hier weg, und wenn ich Sie tragen muß. Da können Sie schreien und um sich schlagen, so viel Sie wollen.«

Sie lächelte. »Dann wäre ich aber ganz nutzlos für Sie, und Ihre Vorgesetzten würden Sie schon dazu bringen, daß Sie mich gehenlassen.«

Wieder beugte er sich zu ihr hinunter und sagte: »Meine liebe Mrs. Tremaine, meistens bin ich der ranghöchste Offizier hier in der Gegend. Sie hätten mit meinem Bruder gehen sollen. Aber da Sie das nicht getan haben, können Sie jetzt genausogut mit mir kommen.«

»Ich wollte ja mit Ian gehen, aber erst in ein paar Tagen. Er kommt bald wieder, und ich habe vor …«

»Auch diese Lüge wird Sie jetzt nicht retten.«

»Jetzt lassen Sie mich doch einmal ausreden! Ich sage die Wahrheit. Ich wollte wirklich gehen, aber erst in ein paar Tagen. Ich hatte hier noch ein paar Dinge zu erledigen …«

»Sie meinen, noch ein paar Eimer Tränen auf Richards Grab zu vergießen.«

Wütend sprang sie auf und ging erst einmal auf Distanz, bevor sie Julian anschrie: »Wie können Sie es wagen, ihn beim Vornamen zu nennen? Sie haben ihn nicht gekannt, Sie wissen überhaupt nicht, was er für ein Mensch war, wie mutig er war und wie er sein Leben für andere aufs Spiel gesetzt …«

»So wie er auch von Ihnen verlangt hat, daß Sie den Rest Ihres Lebens an seinem Grab verbringen, bis auch Sie das gleiche Schicksal ereilt wie ihn? Meinen Sie das?«

»Ich wollte mich nur von ihm verabschieden.«

»Sehr gut, das hätten Sie ja nun getan. Meinetwegen können wir los.«

»Dann gehen Sie doch!«

»Sie werden mit mir kommen. Aber wir haben noch allerhand zu erledigen, bevor wir uns auf den Weg machen können.«

Sie war drauf und dran, ihm wieder davonzurennen, weil sie das Gefühl hatte, daß er sie jeden Moment am Arm packen und mit sich schleifen würde. Aber dann ließ er sie einfach stehen und ging in Richtung Haus, und ihr wurde bewußt, daß er tatsächlich vorhatte, ihre Vorräte an Arzneimitteln allein in Augenschein zu nehmen.

»Warten Sie!« schrie sie und kam hinter ihm her. »Sie haben vielleicht Nerven! Erst erzählen Sie mir großspurig, daß Sie weder rauben, vergewaltigen noch plündern oder ähnliches tun, und dann gehen Sie einfach her und stehlen ...«

»Ich *stehle* überhaupt nichts. Sie werden mir geben, was ich brauche. Damit versorgen Sie nur die Söhne dieses Staates – der auch Ihr Staat ist – mit der Medizin, die sie brauchen, um zu überleben.«

Er strebte mit großen Schritten auf das Haus zu, und Rhiannon stellte erstaunt fest, daß sie neben ihm herlief. »Oh, Sie sind wirklich ein ganz gerissener Schweinehund, der einem leid tun kann, McKenzie. Doktor! Ja, so ist es. Sie verdrehen die Tatsachen und legen sich immer alles so zurecht, daß es Ihnen in den Kram paßt. Sie sind ein ...« Mitten im Satz hielt sie inne, da ihr bewußt geworden war, daß sie bereits tat, was er wollte. Da blieb sie stehen und rief ihm nach: »Gut, Sir, Sie wollen also meinen Garten und meine Arzneimittelvorräte plündern? Sie tragen eine Waffe – ich nicht! Ich kann Sie nicht aufhalten. Also dann mal los, sehen Sie zu, daß Sie allein zurechtkommen!«

Daraufhin wirbelte sie herum und eilte zurück zum Friedhof. Direkt dahinter lag ein dichter Kiefernwald. Sie würde sich einfach darin verstecken und warten, bis er gezwungen war, ihr Anwesen zu verlassen. Sie hörte ihn nicht und rechnete auch nicht damit, daß er ihr nachkommen würde. Aber er war so schnell hinter ihr, packte sie am Arm und riß sie herum, daß es zu spät war, sich noch groß zu wehren; denn da hatte er sie schon hochgehoben und lief wieder mit ihr in Richtung Haus. Mit ihren kleinen Fäusten trommelte sie gegen seine breite Brust, wohlwissend, daß das nun auch nichts mehr änderte.

»Lassen Sie mich sofort herunter!« schrie sie.

»Nein.«

»Verdammt noch mal. Lassen Sie mich runter!«

»Das tue ich mit Freuden, ich werde geradezu entzückt

sein. Aber erst wenn ich etwas gefunden habe, um Sie zu fesseln und zu knebeln.«

»Wollen Sie es nicht verstehen oder können Sie es nicht?« fragte sie, während sie immer noch versuchte, sich aus seinem Griff zu befreien. »Sie sind ein Rebell, und ich verachte Sie!«

»Das ist ja interessant. Letzte Nacht haben Sie mich nicht verachtet«, warf er wie beiläufig ein.

Überrascht von seiner plötzlichen Attacke, hielt sie die Luft an, brachte dann aber doch heraus: »Doch, das habe ich, das tue ich noch. Ich verachte alle Rebellen und ich ertrage es nicht, daß Sie mich festhalten, daß Sie mich überhaupt anfassen.«

»Auch was das anging, haben Sie sich letzte Nacht nicht so angestellt.«

»Ich habe letzte Nacht gegen Sie gekämpft.«

»Und mir dabei das Handtuch heruntergerissen.«

Empört stieß sie die Luft aus und fing wieder an, ihn wütend mit ihren Fäusten zu traktieren. »Das habe ich nicht! So etwas würde ich niemals tun!«

Er zuckte gelassen mit den Achseln und entgegnete: »Vielleicht nicht absichtlich, aber Sie haben es getan.«

Bestimmt machte er sich nur über sie lustig. Da! Er mußte sich ja fast ein Lachen verbeißen.

»Da war nichts zwischen uns!« schrie sie, wobei sich ihre Stimme zu überschlagen drohte. »Letzte Nacht ist überhaupt nichts passiert.« In ihren Worten schwang die Verzweiflung mit, daß doch etwas geschehen sein könnte.

Er sagte nichts mehr dazu, sondern ging weiter mit großen Schritten auf das Haus zu, ihre kleinen, trommelnden Fäuste ignorierend. Als sie am Hintereingang angelangt waren, trug er sie auch noch über die Schwelle.

Sobald sie im Haus waren, rief Rhiannon verzweifelt nach Angus. Aber im Herrenhaus war kein Mensch. Niemand reagierte auf ihr Rufen. Sie wußte nicht, wo sich die anderen befanden, aber sie spürte, daß sie ganz allein mit diesem Rebellen war. Genau in dem Augenblick, da sie das Gefühl hatte, vor Wut explodieren zu müssen, ließ er sie in einem der hinteren Wirtschaftsräume – zwischen Speisekammer und Küche – herunter und fragte: »Wo sind nun also Ihre Arzneien, Mrs. Tremaine?«

Mit geballten Fäusten starrte sie zu ihm hoch und zischte: »Wenn Angus zurückkommt, wird er Sie erschießen.«

Aber Julian entgegnete nur seelenruhig: »Angus sattelt gerade Ihr Pferd, Mrs. Tremaine.«

Verwundert starrte sie ihn an. »Das glaube ich nicht. Angus kommt aus Vermont. Er ist ein freier Mann. Er ist mir sowohl ein Freund als auch ein Diener. Er verabscheut Sklaverei ...«

»Ich habe keine Sklaven, Mrs. Tremaine. Wenn Sie wollen, können Sie sich noch ein paar Sachen zum Wechseln und ein paar persönliche Dinge mitnehmen. Gehen Sie ruhig nach oben, ich werde mich bei Ihren Flaschen und Ampullen schon zurechtfinden und sie so verpacken, daß sie unterwegs nicht kaputtgehen.«

Immer noch ungläubig beobachtete sie ihn dabei, wie er sich ihren Vorrat an Salben, Cremes, Breiumschlägen und Opiumderivaten näher ansah. Er wußte ganz genau, was er wollte, und stellte die entsprechenden Flaschen und Tiegel zur Seite.

Völlig verblüfft über die Selbstverständlichkeit seiner Annahme, daß sie ihn begleiten würde, zog sie sich zurück, rannte die Treppe hinauf und stürzte in Rachels Zimmer, um sie um Hilfe zu bitten. Aber Rachel war nicht da. Verwundert und gleichzeitig wütend ging sie in ihr eigenes Zimmer, wobei sie leise vor sich hin fluchend überlegte, wohin die anderen alle nur so schnell entschwunden waren und was in Gottes Namen hier eigentlich vor sich ging.

Während sie sich immer noch darüber ereiferte, wie unmöglich sie das Verhalten des Rebellen fand, stellte sie fest, daß sie gerade dabei war, eine kleine Tasche aus Leinentuch zu packen, als ob sie wirklich vorhätte, einige Tage woanders zu verbringen. Wenn er sie schon dazu zwang, mit ihm zu kommen, wollte sie wenigstens ein paar persönliche Sachen mitnehmen. Sie öffnete den Schrank und holte einen Umhang heraus. Es war zwar Sommer und meistens ziemlich heiß, aber wenn es nachts regnete, was durchaus öfter vorkam, kühlte es immer erheblich ab. Aber der Schrank war voll von Richards Zivilkleidung.

Wie hatte sie das nur vergessen können? Einen Moment lang war der Schmerz über seinen Tod wieder so gegenwärtig, als sei es gerade eben passiert. Es war so schlimm, daß sie unfähig war, weiterzupacken. Aber nach einer Weile stellte sich wieder dieses Gefühl der Benommenheit ein, und sie zwang sich, der Realität ins Auge zu sehen. Richard war nicht mehr da. Und so schrecklich es auch sein mochte, mußte sie sich doch eingestehen, daß ihr das Gesicht des Rebellendoktors im Augenblick viel deutlicher vor Augen stand als Richards. Es war viel präsenter, als es ihr lieb war. Es schien sie zu verfolgen und ängstigte sie ...

Überleg nicht soviel! Hab keine Angst! Du mußt mit beiden Beinen auf der Erde stehen! Behalte einen kühlen Kopf, sei nüchtern und sieh den Tatsachen ins Auge!

Tatsache war, daß sich die Kleider des Rebellendoktors in einem bedauernswerten Zustand befanden. Mit zitternden Händen nahm Rhiannon ein Hemd und ein paar Reithosen von Richard aus dem Schrank. Sie biß die Zähne zusammen, als sie merkte, daß ihr ein Migräneanfall drohte, und hätte gern ein wenig Morphium genommen, wirbelte aber plötzlich herum, da sie das Gefühl hatte, beobachtet zu werden.

Da stand er in der Tür und sah sie mit seinen blauen, unnachgiebigen Augen durchdringend an. Das schöne Gesicht wirkte angespannt, und in seinen Augen lag ein spöttischer Ausdruck, als habe er ihre Gedanken gelesen.

»Sind Sie fertig«, fragte er dann nur.

Sie gab ihm keine Antwort, wies aber auf die Kleider, die sie ihm herausgelegt hatte.

»Das da sind Richards Sachen, nehme ich an.«

»Ja.«

»Nein, danke.«

Da hatte sie sich nun erniedrigt und ihm das größte Opfer gemacht, daß sie sich vorstellen konnte, indem sie ihm Richards Kleider anbot, und er wies sie ab. Am liebsten hätte sie ihn geohrfeigt, aber dann sagte sie statt dessen verärgert: »Stellen Sie sich doch nicht so an. Ihre Kleider sind so verschlissen, daß sie jeden Augenblick auseinanderfallen.«

»Ich will Sie nicht an Richard erinnern«, sagte er tonlos, »und ich will auch nicht, daß Sie mich für ihn halten oder mich mit seinem Vornamen anreden.«

Verständnislos schüttelte sie den Kopf und sagte: »Sie haben überhaupt nichts mit Richard gemein. Er war nett und höflich.«

»Und ein Yankee«, fügte er trocken hinzu. »Der gute, heilige Richard. Ich bin sicher, daß ich nichts mit ihm gemein habe.«

»Sie können ruhig seine Sachen nehmen, ich werde Sie bestimmt niemals für meinem Mann halten.«

»Tatsächlich?« sagte er spöttisch und zog eine Augenbraue hoch, während er auf sie zukam.

Dabei wurde ihr ganz heiß, weil ihr etwas zu dämmern begann. Jetzt stand er direkt vor ihr, so daß sie den Puls an seinem Hals schlagen sehen konnte, und sagte: »Sie haben mich also nie für Richard gehalten? Wirklich nicht?«

Dabei hatte er einen ganz merkwürdigen Ausdruck in den Augen, so daß ihr mit einemmal der Atem stockte und sie plötzlich merkte, wie ihr Herz schneller zu schlagen begann.

»Colonel, Sir, ich flehe Sie an, hören Sie damit auf, ständig diese unverschämten Anspielungen ...«

»Ich mache keine Anspielungen, ich versuche nur, ein paar Dinge klarzustellen.«

»McKenzie, Sie sind ein Schwein ...«

Völlig unbeeindruckt ging er zu ihrem Sekretär aus Rosenholz und nahm eines der Hefte mit ihren Aufzeichnungen zur Hand, die dort aufgestapelt lagen.

»Ich habe mir ein paar Klammern, Samen und Wurzeln genommen«, sagte er dann, während er die Auflistungen und Beschreibungen ihrer Pflanzen durchblätterte. »Sie haben sorgfältig Buch geführt, wie ich sehe.«

Dann nahm er eines ihrer Bücher über Blumen, Kräuter und deren heilende Wirkung vom Schreibtisch und sah es ebenfalls durch. »Das hier ist besser als die meisten medizinischen Zeitschriften, die ich bisher gelesen habe«, bemerkte er anerkennend, setzte sich auf ihren Schreibtischstuhl und begann zu lesen.

»Sie können Richards Sachen haben«, wiederholte sie eigensinnig.

»Nein, danke«, erwiderte Julian höflich, aber bestimmt, ohne dabei aufzusehen.

»Gut, dann verlassen Sie mein Zimmer.«

Jetzt sah er erstaunt zu ihr hoch, und wieder hatte sie ein ganz merkwürdiges Gefühl, als er sie so mit seinen stahlblauen Augen neugierig von Kopf bis Fuß musterte. Dann zuckte er mit den Schultern, verschränkte die Arme vor der Brust und sagte: »Erinnern Sie sich an letzte Nacht, und daß Sie es da gar nicht eilig hatten, mich loszuwerden?«

»Sie sind hier einfach so hereingeplatzt.«

»Ja, das stimmt. Daran erinnern Sie sich also. Und an was noch?«

»Da war sonst nichts!« beharrte sie.

Er sah sie noch einen Augenblick nachdenklich an und wandte seine Aufmerksamkeit dann wieder dem Buch zu.

Wütend baute sie sich neben ihm auf. Als er nicht reagierte, stützte sie sich mit den Händen auf die Schreibtischplatte, starrte ihn mit zusammengekniffen Augen an und zischte: »Ich erinnere mich daran, daß Sie mich daran gehindert haben, das Opium zu nehmen.«

Höflich sah er zu ihr hoch, und sie flüsterte verzweifelt: »Bitte tun Sie das nicht, bitte nicht!«

»Ich mache doch gar nichts«, entgegnete er verwundert.

»Doch, das tun Sie! Die ganze Zeit sagen Sie diese Dinge … und machen diese Anspielungen … auf letzte Nacht.«

»Und, was war letzte Nacht, Rhiannon? Na los, erzählen Sie's mir.«

»Nichts. Nichts ist passiert.«

Daraufhin sah er sie lange an, bevor es sich abrupt erhob: »Wie Sie wollen, Rhiannon, ich überlasse es Ihnen zu entscheiden, was letzte Nacht gewesen ist.«

Aber dann griff er plötzlich nach ihrer Hand und hielt sie fest, obwohl sie versuchte, sich ihm zu entziehen. Immer noch blickte er sie mit diesem durchdringenden Blick aus blauen Augen an. »Sie zittern ja. Sehen Sie sich bloß Ihre Hände an, und Sie sollten mal Ihre Augen sehen! Sie erinnern sich nicht an letzte Nacht, weil Sie sich nicht daran erinnern wollen. Und Sie behaupten, Sie sind nicht abhängig! Da hätten wir's doch wieder einmal! Letzte Nacht hatten Sie keine Beschwerden, bis die Zweifel aufkamen und Sie Angst vor der Wahrheit bekamen! Aber diese Nacht wird nicht so einfach sein. Es wird eine sehr lange, harte Nacht für Sie werden, Mrs. Tremaine. Sehr lang. Und lassen Sie sich's gesagt sein, ich werde nicht nachgeben – ich bin stärker als Sie und Ihre Sucht.«

Mit diesen Worten wandte er sich endgültig von ihr ab und verließ das Zimmer.

6.

Julian war überrascht gewesen, daß sowohl Angus als auch Mammy Nor ihm geholfen hatten, Rhiannon dazu zu bewegen, mit ihm zu kommen. Obwohl sich Rhiannon zunächst Sorgen um ihre beiden Dienstboten gemacht hatte, die sie zurücklassen mußte, hatten die beiden sie schließlich davon überzeugt, daß sie eigentlich nicht in Gefahr seien. »Sie sind der Yankee, der mitten im Feindesland lebt«, hatte Angus augenzwinkernd zu ihr gesagt. »Und mit all den Bäumen und Büschen, die schon seit Jahren nicht mehr geschnitten wurden, werden wir wahrscheinlich den Rest des Krieges hier verbringen, ohne daß eine Menschenseele vorbeikommt.«

Daraufhin war Rhiannon nach oben gerannt, um sich zu vergewissern, ob Rachel auch schon reisefertig war. Das junge Mädchen hatte fast fertig gepackt und war sehr froh gewesen, daß sie das Haus verließen; selbst wenn das zunächst bedeutete, daß sie in ein Rebellenlager gingen.

Angus und Mammy Nor waren unterdessen unten bei Julian geblieben, und der hatte die Gelegenheit ergriffen, sie zu fragen: »Meinen Sie wirklich, daß Sie hier in Sicherheit sind?« Angus hatte gelacht und Julian versichert, daß sie alles hätten, was sie brauchten. Außerdem wollten sie sich um das Haus und das Grundstück kümmern. Sie hatten ihm hoch und heilig versprechen müssen, sich im Wald zu verstecken, falls sich Truppen nähern sollten – egal, ob Süd- oder Nordstaatler –, und erst wieder herauszukommen, wenn die Soldaten abgezogen waren.

»Machen Sie sich um uns mal keine Sorgen, junger Mann«, hatte Mammy Nor noch hinzugefügt. »Außerdem wird es höchste Zeit, daß Misses Tremaine hier rauskommt, und wenn Sie auch nicht ganz genau der Mann sind, den wir uns vorgestellt haben, weiß ich doch, daß die Wege des Herrn unergründlich sind. Sie werden sich schon um Misses Rhiannon kümmern. Aber sorgen Sie auch dafür, daß

Ihnen selbst nichts passiert, Doktor. Sie sollten gut auf sich achtgeben.«

Als sie schließlich zu dritt das Haus verließen, hatten ihnen Mammy Nor und Angus noch lange nachgewunken.

Am Anfang kamen sie sehr schnell voran, weil sie sich den Mondschein zunutze machten und sich, ohne ein Wort zu wechseln, über sonst dunkle, verwachsene Trampelpfade bewegten. Da Julian einen Großteil seines Lebens in Florida verbracht hatte, kannte er sich in diesem Staat gut aus, und was die alten Indianerpfade anging, konnte er wahrscheinlich sogar noch manch altem Indianer etwas vormachen. Er ritt nun ein anderes Pferd – ein rotbraunes Tier, das viel gesünder war als sein treuer alter Klepper, den er bei Angus gelassen hatte. Angus hatte ihm versprochen, sich um ihn zu kümmern und ihn wieder aufzupäppeln.

Während er so dahinritt und darüber nachdachte, was sein Bruder ihm erzählt hatte, stellte er fest, daß er Florida nicht gerne verließe, wenn man ihn tatsächlich schon bald in den Norden versetzen sollte. In letzter Zeit war er ohnehin nicht mehr so sicher, was er von diesem Krieg halten sollte. Er befürwortete die Sklaverei nicht, war aber auch nicht der Meinung, daß es der Bundesregierung zukam, selbstherrlich zu bestimmen, was die Leute in Florida zu tun und zu lassen hatten. Freunde hatten ihm erzählt, daß General Robert E. Lee – der oberste Kriegsherr der Armee der Konföderierten – schon einen Plan ausgearbeitet hatte, seinen Sklaven die Freiheit zu schenken, bevor der Krieg ausbrach. Lee war vehement gegen die Sezession eingetreten, aber als sich auch Virginia von der Union lossagte, hatte Lee zu seinem Staat gehalten.

Es war schon seltsam, dachte Julian. Am Anfang war auch für ihn die Entscheidung so einfach gewesen: Florida hatte sich von der Union getrennt, seine Landsleute waren verletzt und getötet worden, und als Arzt mußte er seinen Mitmenschen helfen. Aber jetzt stand die Zerstörung seines Heimatstaates, seiner Familie und all dessen, was er liebte, im Vordergrund.

Diese Gedanken gingen ihm durch den Kopf und belasteten ihn, so daß es eine ganze Weile dauerte, bis ihm bewußt wurde, daß er schon ziemlich lange so gedankenverloren dahingeritten war. Die beiden Frauen hinter sich hatte er beinah vergessen, da auch sie kein Wort miteinander sprachen. Es war schon bald Mitternacht, als er sich endlich zu ihnen umdrehte.

Rachel konnte sich kaum noch im Sattel halten, und Rhiannon sah besorgt zu ihrem Mündel hinüber. Sie selbst saß ganz aufrecht auf ihrem Pferd und versuchte, sich nicht anmerken zu lassen, wie schlecht es ihr ging. Das Mondlicht fiel auf ihre bleichen, wunderschönen Züge. Sie zitterte am ganzen Körper und hatte die Zähne zusammengebissen. Das sind die Entzugserscheinungen, dachte Julian.

Allein wäre er wahrscheinlich noch weiter geritten, aber so sagte er: »Wir machen gleich Rast. Da vorne gibt es einen Fluß und die Überbleibsel eines alten Indianerdorfes.«

Als er sie einen steilen, halb zugewachsenen Pfad hinunterführte, zog Rhiannon entrüstet eine Augenbraue hoch.

Aber er kannte sich hier aus. Nur den Abhang hinunter und dann noch ein Stück einen verschlungenen Weg entlang, und sie würden zu einem kleinen, dichten Wald gelangen. Sein Onkel war vor Jahren einmal mit ihm hierhergekommen. In dem Wald befand sich das ehemalige Indianerlager, das die Seminolen benutzt hatten, bevor ihr vom Pech verfolgter Häuptling Osceola von General Jesup in einen Hinterhalt gelockt worden war.

Obwohl das Unterholz seit Jahren nicht mehr als dauerhafter Aufenthaltsort genutzt wurde, kamen doch hin und wieder Reisende dorthin, die das Versteck kannten. Aus diesem Grund waren die mit Palmwedeln gedeckten Dächer noch einigermaßen erhalten und die Böden der Pfahlbauten immerhin ab und zu einmal saubergemacht worden, so daß man sie nun recht schnell vom Staub der Zeit befreien konnte, um das Nachtlager dort aufzuschlagen. Ein kleiner Fluß, der in den St. Johns mündete, schlängelte sich direkt vor den ehemaligen Indianer-Chickees.

Nachdem Julian den beiden Frauen vom Pferd geholfen hatte, zeigte er ihnen eine Stelle, von der sie gut ans Wasser herankamen. Dann band er die Pferde fest und nahm Satteltaschen und Decken herunter, um für Rhiannon und Rachel hoch oben in einem der Pfahlbauten eine Schlafstatt zu errichten. Nachdem er sich vergewissert hatte, daß sie hier einigermaßen sicher waren und wirklich nur der eine Pfad am Fluß entlang, den auch sie gekommen waren, zu dem Indianerlager führte, ging er selbst zum Wasser, um sich etwas zu erfrischen. Die beiden Frauen hatten ihren Durst bereits gestillt, und Rachel war scheinbar so erledigt, daß sie gar nicht bemerkte, wie still und blaß Rhiannon war.

»Ob wir hier wohl auch in Ruhe schlafen können«, war das einzige, was Rachel noch interessierte.

»Wir werden es ganz bequem haben.«

»Hier gibt es doch bestimmt Schlangen, oder etwa nicht?«

»Deshalb haben die Seminolen ihre Hütten ja auch auf Pfählen errichtet, Rachel.«

»Warum haben sie gegen die Schlangen keine Mauern gebaut?«

»Weil sie zu oft vor den Soldaten fliehen mußten«, erklärte ihr Julian geduldig. »Am Anfang haben sie in Blockhütten gelebt. Aber die Soldaten kamen immer wieder, um sie niederzubrennen. Und so haben die Indianer aus der Not eine Tugend gemacht und gelernt, Unterkünfte zu bauen, die man schnell und vor allem überall aufschlagen konnte: die Chickees. Man schläft gut darin. Sie werden es mögen. So hoch oben über dem Boden … und es ist immer schön luftig.«

»Haben Sie hier schon einmal übernachtet?«

»Ich habe einen Onkel und einen Vetter, die beide indianisches Blut in sich haben. Sie leben unten in Florida in den Everglades. Ich selbst habe schon in vielen Chickees geschlafen. Es wird Ihnen gefallen, ehrlich. Ich passe schon auf, daß niemand kommt. Ihre Decke habe ich auch schon oben hingelegt.«

Schließlich lächelte Rachel und mußte gähnen, als sie zu Julian sagte: »Wissen Sie, ich glaube, ich schlafe gleich im Stehen ein, und wickle mich nun besser in meine Decke.«

Sie wünschte ihm noch eine gute Nacht und ging zu Rhiannon hinüber – die am Wasser stand, jetzt ganz weiß im Gesicht war und immer noch kein Wort gesprochen hatte –, um ihr einen Gutenachtkuß zu geben.

Nachdem das junge Mädchen sich schlafen gelegt hatte, ging Julian nun ebenfalls zu Rhiannon und kniete sich neben sie am Ufer hin, um noch einmal Wasser zu schöpfen. Es war frisch und klar und schmeckte köstlich. Nachdem er seinen Durst gestillt hatte, stellte er fest, daß sie immer noch neben ihm stand. Als er sich erhoben und den Schmutz von den Knien gewischt hatte, sagte er zu ihr: »Sie sollten sich besser auch etwas hinlegen, so wie Rachel.«

Sie nickte, taumelte dann plötzlich zur Seite und stolperte gegen einen Baum. Mit dem Arm stützte sie sich am Stamm ab, versuchte das Gleichgewicht wiederzufinden und beugte sich dann nach vorn, um sich zu übergeben.

»Rhiannon ...«

»Kommen Sie mir bloß nicht zu nahe«, sagte sie und versuchte, sich ins Unterholz zurückzuziehen.

»Rhiannon, ich will Ihnen doch nur helfen ...«

»Nein!«

Aber er ging ihr trotzdem nach, und als sie sich zum zweiten Mal übergeben hatte und danach vergebens würgte, legte er einen Arm um sie, um ihr zu helfen. Sie entzog sich ihm und stolperte zurück ans Wasser. Dort ließ sie sich auf die Knie fallen und benetzte Gesicht, Hals und Hände. Immer noch in dieser Haltung, begann sie furchtbar zu zittern. Es war tatsächlich so, wie Julian vermutet hatte: In dieser Nacht ging es ihr richtig schlecht.

»Ich bin gleich wieder da«, sagte er mit belegter Stimme, rannte zu dem Chickee, in das er ihre Decken gelegt hatte, und zog sich hoch. Rachel war schon eingeschlafen. Schnell nahm er Rhiannons Decke an sich und eilte zurück zum Fluß. Dort angekommen, legte er ihr die Decke um die Schultern, hob sie hoch und trug sie vom Fluß zum Chickee. Sie hatte nicht mehr die Kraft, ihn davon abzuhalten. Als sie fast bei dem Pfahlbau angelangt waren, hob sie beschwörend die Hand und sagte: »Nein!«

»Ich will Sie doch nur zu Bett bringen ...«

»Nein, bitte nicht zu Rachel.«

Er hielt inne. Sie wollte also nicht, daß Rachel sie in diesem Zustand sah. Er respektierte ihren Wunsch, kehrte um und trug Rhiannon zu einer mit Kiefernnadeln übersäten Lichtung, die nur ein paar Schritte vom Ufer entfernt lag. Dort lehnte er sich an einen Baum und ließ sich mit ihr im Arm langsam den Stamm hinunter auf den Boden gleiten. Dann überprüfte er noch einmal, ob sie auch gut zugedeckt war.

Es war eine wunderschöne Nacht – nicht zu heiß und nicht zu kalt –, und es ging ein angenehmes Lüftchen, das einem sanft über die Haut strich. Aber Rhiannon war es so kalt, daß sie mit den Zähnen klapperte. Sie sah zu ihm auf und versuchte schwach, sich aus seiner Umarmung zu befreien.

»Sie … müssen mich loslassen«, jammerte sie leise.

»Ich versuche, Sie zu wärmen.«

»Es … geht mir gut.«

»Von wegen!«

»Vielleicht wird mir wieder schlecht.«

»Das macht mir nichts aus.«

»Ich will nicht, daß … Sie mich so sehen.«

»Ich bin Arzt; Ihr Zustand ist nichts Neues für mich.«

»Mein Zustand?«

»Das sind Entzugserscheinungen, Rhiannon. Von den Opiaten.«

»Ich habe keine Entzugserscheinungen … wovon auch!«

»Sie wissen ganz genau, daß das Entzugserscheinungen sind.«

»Wenn das so ist …«, fing sie an, zögerte aber, bevor sie weitersprach, und preßte dann zwischen zusammengebissenen Zähnen hervor: »Bitte geben Sie mir ein bißchen, nur ein bißchen Morphium.«

»Nein.«

»Ich halte das nicht aus.«

»Es wird Ihnen wohl nichts anderes übrigbleiben.«

»Mein Magen revoltiert. Sie müssen sich nicht für mich verantwortlich fühlen … Ich weiß, was ich tue.«

»O ja, bestimmt.«

»Bitte ... ich muß mich gleich wieder übergeben, und Sie kriegen alles ab.«

»Das wäre nicht das erste Mal, daß mir so etwas passiert.«

Abermals bekam sie Schüttelfrost. »Das ist f-f-furchtbar ...«

»Ja, da haben Sie recht, und diese Nacht wird sehr schwer für Sie sein. Das habe ich Ihnen schon prophezeit. Aber ich habe Ihnen auch gesagt, daß ich Ihnen beistehen werde. Ich habe das schon einmal mit jemandem mitgemacht.«

»Aber nicht mit mir!« flüsterte sie und sah ihn verzweifelt an. Sie hatte so wunderschöne, strahlende Augen, deren lebendiges Grün sich scharf von ihrer geisterhaften Blässe abhob. Er sah ihr an, wie gerne sie vor ihm davongerannt wäre, aber im Augenblick war sie so schwach wie ein Kätzchen. Erschöpft schloß sie die Augen, und er nahm sie noch fester in die Arme und drückte ihren zitternden Leib an sich.

»Ich halte das nicht aus«, flüsterte sie wieder.

»Doch, das können Sie.«

»Mir ist so kalt.«

»Ich halte Sie warm.«

»Nein, Sie sind der Feind, bitte ...«

»Da haben Sie verdammt recht. Und was für ein Feind ich für Sie bin!«

»Bitte, geben Sie mir etwas, lassen Sie mich den Entzug allmählich machen. Bestimmt ist ...«

»Rhiannon, diese Nacht ist furchtbar. Auch danach wird es Ihnen noch oft sehr schlechtgehen; aber aller Anfang ist schwer. Ich helfe Ihnen, ich bringe Sie da durch.«

»Ich glaube, ich muß sterben«, sagte sie und schloß die Augen.

»Nein, das glaube ich nicht, und das würde ich auch nicht zulassen.«

»Bitte ...«

Er war sich nicht ganz sicher, was sie mit ihrem »bitte« gemeint hatte – daß er sie sterben lassen oder ihr etwas geben sollte, damit die Schmerzen nachließen. Aber das würde er nicht tun. Er konnte ihr nur dabei helfen, diese Nacht so gut wie möglich zu überstehen. Als ihr Zittern immer schlimmer wurde, drückte er sie noch fester an sich, barg ihren Kopf an seiner Brust und sagte ihr wieder und wieder, daß sie es schaffen würde; daß sie stark genug sei, sie es aushalten könne und würde ... Irgendwann schlief sie dann für einen Moment ein, bis ein neuer Anfall sie überkam. Wieder wiegte er sie in den Armen wie ein kleines Kind und sprach beruhigend auf sie ein. Schließlich hörte das Zittern auf. Er strich ihr mit dem Handrücken über die Wange, und es schien ihm, als käme schon wieder etwas Farbe in ihr Gesicht. Sie bewegte sich ein wenig in seinen Armen, und es sah tatsächlich so aus, als hätte sie das Schlimmste überstanden.

Langsam öffnete sie die Augen und sah zu ihm hoch, bevor sie leise fragte: »Warum ... tun Sie das ... für mich?«

»Für Sie?«

Sie sah ihn eine Zeitlang unverwandt an, um dann zu bestätigen: »Ja, für mich.«

Er lächelte ein wenig unentschlossen, da er sich selbst nicht sicher war, warum er das tat. Immerhin war sie der Feind. Aber sie war etwas Besonderes – eine Hexe! Und sie hatte eine Gabe, die ihm sehr nützlich sein konnte. Aber da war noch mehr.

Er wollte gerade zu einer Antwort ansetzen, zögerte dann aber, während ein winziges Lächeln um seinen Mund spielte. Er hätte ihr sagen können, daß sie einfach zu schön war, um sie sterben zu lassen, und daß er ihr schon zu nah gekommen war, um sie einfach wieder so gehen zu lassen. Aber dann besann er sich eines Besseren. Sie durchlebte jetzt eine schwere Zeit. Es hätte im Augenblick zu nichts geführt, sie mit der Wahrheit zu konfrontieren.

»Warum?« wiederholte sie leise ihre Frage.

Er verbot sich jedwede spitze Bemerkung und sagte nur: »Weil ich Arzt bin. Ich kann nicht zulassen, daß irgend jemand, ob nun Mann oder Frau, Soldat oder Zivilist, sein Leben einfach so wegwirft.«

»Aber, ich lag doch nicht im Sterben ...«

»Doch, Sie waren auf dem besten Weg dahin.«

Sie schloß die Augen und fügte in sanftem Ton hinzu: »Wissen Sie, ich hasse euch Rebellen!«

»Nun, ich denke, da sind Sie nicht die einzige«, entgegnete er ihr, »obwohl ich im Augenblick …«

»Was?«

»Ich hasse diesen Krieg.«

Sie biß die Zähne zusammen und jammerte: »Es fängt schon wieder an. Dieses Zittern, die Kälte …«

»Es geht gleich vorüber. Ich bleibe die ganze Nacht bei Ihnen und halte Sie warm. Versprochen!«

Er sah, wie unter ihren geschlossenen Lidern Tränen hervortraten, und dann sagte sie schluchzend: »Ich will nicht, daß du mich so siehst … Ich ertrage nicht, daß irgend jemand mich so sieht. Wenn du mir doch nur ein bißchen Morphium geben würdest …«

»Nein.«

»Ich halte es ohne nicht aus.«

»Das mußt du aber.«

Er blieb hart, so leid sie ihm tat. Dann nahm er sie wieder fest in den Arm, wiegte sie wie ein kleines Kind und sprach ihr Mut zu. Als es schon sehr spät in der Nacht war, schlief sie endlich ein. Am Anfang zitterte sie sogar noch im Schlaf, aber als der Morgen graute, ging ihr Atem ruhig und regelmäßig, und ein zartes Rosa überzog ihre Wangen. Sie schlief ganz friedlich, den Kopf an seiner Schulter und eine Hand auf seiner Brust.

Trotzdem war es noch nicht überstanden. Sie würde noch viele schlechte Tage haben, aber das Schlimmste lag hinter ihr.

»Was ist denn mit Rhiannon?«

Julian, der ebenfalls eingenickt war, fuhr entsetzt hoch. Rachel hatte ihn ganz sacht angesprochen, aber es erschreckte ihn zutiefst, daß er schon wieder einmal tief geschlafen hatte und Rachel sich ihm hatte nähern können, ohne daß er etwas bemerkt hatte.

Er war nie wie sein Onkel gezwungen gewesen, allzeit bereit zu sein, um davonzurennen; auch hatte er kein Indianerblut in den Adern wie seine Vettern. Aber er hatte genügend Sommer mit ihnen verbracht, um zu wissen, wie unverantwortlich es war, einzuschlafen, wo man doch eigentlich Wache halten sollte. Normalerweise passierte ihm das nicht. Außerdem befand er sich verdammt noch mal lange genug in diesem Krieg, um beim leisesten Rascheln der Blätter oder dem winzigsten Windhauch zu erwachen; und wenn sich ihm jemand zu Fuß näherte, hätte ihn das Geräusch der Schritte sofort wecken müssen. Aber das war nicht der Fall gewesen. Er hatte geschlafen wie schon seit Ausbruch des Krieges nicht mehr.

Rachel sah ihn mit weit aufgerissenen Augen erschrokken an. Als er sich streckte, bewegte sich Rhiannon in seinen Armen ebenfalls und wachte auf. Nun sah auch sie ihn mit großen, grünen Augen an – nicht erschrocken zwar, aber verwundert, da sie nicht gleich wußte, wo sie sich befand.

»Rhiannon, was ist den los?« fragte Rachel ängstlich.

»Es geht ihr wieder gut«, entgegnete Julian rasch, erhob sich und reichte Rhiannon eine Hand, damit sie ebenfalls auf die Beine kam.

»Rhiannon war letzte Nacht ein wenig fiebrig«, log er. »Es ist noch nicht ganz vorbei, aber nun wird es ihr bald wieder bessergehen.«

Rhiannon sah ihn wortlos an. Sie schien ihm zwar nicht gerade dankbar dafür zu sein, daß er Rachel diese Notlüge aufgetischt hatte, aber sie stritt sie auch nicht ab.

»Gott sei Dank haben wir einen Arzt bei uns!« entgegnete Rachel, als sie sich wieder gefaßt hatte. »Besonders, da wir uns sonst immer darauf verlassen können, daß Rhiannon alle Wehwehchen kuriert. Es ist ein echtes Problem, wenn sie selbst einmal krank wird. Ist auch wirklich alles in Ordnung, Rhiannon? Du siehst immer noch ziemlich blaß aus.«

»Ja, Gott sei Dank haben wir einen Arzt bei uns«, wiederholte Rhiannon trocken, und um Rachel zu beruhigen, fügte sie noch hinzu: »Es geht mir gut, das heißt, es wird mir bald bessergehen.« Dabei strich sie sich eine widerspenstige Strähne aus der Stirn. »Ich brauche Wasser zum Kaffeekochen …«, versuchte sie dann vom Thema abzulenken. »Wir haben doch Kaffee dabei, Rachel, nicht wahr? Mammy Nor hat uns doch Kaffee eingepackt?«

Rachel nickte, blickte glücklich lächelnd zu Julian und erklärte ihm: »Es ist richtiger Kaffee, wissen Sie!«

Das war wirklich etwas Besonderes, da es im Süden immer schwieriger wurde, an echten Kaffee heranzukommen. Meistens begnügten sich die Leute mit Schwarzbeerenblättern, um Tee davon aufzubrühen, und wenn tatsächlich einmal so etwas Ähnliches wie Kaffee zu haben war, handelte es sich in der Regel um ein Gebräu aus geröstetem Korn.

»Echter Kaffee!« rief Julian begeistert aus. »Das hört sich ja wunderbar an. Ich kümmere mich um die Pferde und überlasse die Damen ihrer Morgentoilette.« Mit diesen Worten wandte er sich zum Gehen.

»Es gibt auch Frühstück!« rief Rachel ihm nach. »Wir machen Ihnen auch etwas.«

»Danke sehr«, sagte er.

»Wir werden Sie ein bißchen aufpäppeln, bis Sie so kräftig sind wie Ihr Bruder«, fügte sie noch hinzu.

Bei ihrer letzten Bemerkung war Julian noch einmal stehengeblieben und hatte sich umgedreht. Nun fragte er, den Entrüsteten spielend: »Soll das etwa heißen, mein Bruder sieht kräftiger aus als ich?«

Rachel schlug die Hand vor den Mund und mußte sich ein Lachen verbeißen. »Es tut mir leid, ich meinte nicht, daß er stärker ist als sie ... Er sieht irgendwie nur gesünder aus!«

Schulmeisterlich erhob er einen Finger und entgegnete: »Lassen Sie sich da mal nicht täuschen, junge Dame. Der Schein trügt oft!«

»Das stimmt«, pflichtete ihm Rhiannon gelassen bei. Ihn von oben bis unten musternd, fuhr sie fort, wobei ihre Worte Rachel galten: »Rebellen neigen dazu, mager, hungrig – und sehr gefährlich zu sein. Du scheinst mir das nur allzu leicht zu vergessen.«

Julian hielt ihrem abweisenden Blick stand und entgegnete freundlich: »Die Gefahr kommt häufig in allen möglichen Verkleidungen, nicht war?« Dann fügte er zu Rachel gewandt hinzu: »Was immer Sie auch fürs Frühstück mitgebracht haben, ich werde es mir schmecken lassen. Echter Kaffee ist in letzter Zeit immer etwas Besonderes. Vielen Dank.«

Entschieden drehte er sich um und bahnte sich einen Weg durch das Unterholz, um zu den angebundenen Pferden zu gelangen. Er war froh, daß die Tiere an ihrem Platz so viel frisches Gras hatten. Der heutige Tag würde noch einmal eine Menge von ihnen abverlangen. Um den beiden jungen Frauen Zeit zu geben, sich fertigzumachen, führte Julian die Pferde einen schmalen Pfad entlang, der in einem großen Bogen um ihr Nachtlager und erst etwas später wieder zum Fluß führte. Erneut am Wasser angelangt, zog er sich die Stiefel aus und ließ die Tiere trinken, wobei er selbst bis zu den Waden im erfrischenden Naß stand. Während er darauf wartete, daß die Pferde ihren Durst stillten, stellte er erstaunt fest, daß er Rhiannon und Rachel miteinander sprechen hören konnte, obwohl er sich viel weiter flußabwärts befand.

Eigentlich gehörte es sich ja nicht, ein Gespräch zu belauschen, und er wollte die Pferde schon an eine andere Stelle führen, als er es sich anders überlegte. Lächelnd und neugierig, was sich Rhiannon und Rachel zu erzählen hatten, blieb er stehen.

»Trödel nicht rum, Rachel«, hörte er Rhiannon sagen, »wir müssen uns beeilen und Frühstück machen ...«

»Du meine Güte!« entgegnete Rachel aufgeräumt, »das hört sich ja fast so an, als ob du es kaum erwarten kannst, das Rebellenlager zu erreichen.«

»Sei nicht albern, ich will nur nicht ... hierbleiben. Ich bin wohl einfach nur unruhig.«

»Du siehst mir heute überhaupt nicht gut aus.«

»Es geht mir aber gut.«

»Nein, das glaube ich nicht. Du bist ganz blaß und zitterst, und schwach bist du ...«

»Glaub mir, Rachel«, entgegnete Rhiannon ungeduldig, »ich bin nicht schwach.«

»Gut, daß wir einen Arzt bei uns haben!«

»Einen Rebellenarzt.«

»Das ist mir egal. Ich finde ihn toll.«

Julian tätschelte einem der Pferde den Kopf und lächelte zufrieden. Er hatte Rachel von Anfang an gemocht.

»Er ist ein Rebell, Rachel.«

Als Julian Rhiannon das sagen hörte und sich des scharfen Untertons in ihrer Stimme bewußt wurde, verschwand sein Lächeln.

»Er gehört zu der Armee, die meinen Ehemann – deinen Vetter – getötet hat und außerdem noch Abertausende anderer guter Männer.«

»Aber er muß ein anständiger Kerl sein. Sieh dir doch nur einmal an, wie er sich um uns kümmert. Ich bin ehrlich froh, daß er nicht gefangengenommen oder verletzt wurde, als du die Yankees hast kommen lassen, um die Rebellen abzumetzeln.«

»Rachel! Ich wollte nicht, daß irgend jemand dabei umkommt. Ich wollte, daß man sie gefangennimmt ...«

»Er war gut zu dir. Er hat sich letzte Nacht um dich gekümmert, als du krank warst.«

Es folgte eine lange Pause, bevor Rhiannon erwiderte: »Er ist Arzt, er hat einen Eid geleistet, kranken Menschen zu helfen.«

»Er hat sich um dich gekümmert«, beharrte Rachel stur.

»Er ist der Feind.«

»Alle um uns herum sind Feinde! Erinnerst du dich nicht daran, daß man uns hier für Verräter hält?«

»Nur weil so viele Menschen sich irren oder in die Irre geleitet wurden, heißt das noch lange nicht, daß wir es ihnen gleichtun müssen. Die Sklaverei ist falsch. Es ist Unrecht, andere Menschen zu besitzen ...«

»Aber viele Südstaatler haben gar keine Sklaven. Ich habe gehört, daß General Lee schon Pläne gemacht hat, um seinen Sklaven die Freiheit zu geben, bevor der Krieg begann.«

»Es ist falsch, sich von der Union loszusagen ...«

»Das wird nur dann ein Fehler gewesen sein, wenn der Süden diesen Krieg verliert«, konterte Rachel. »Es gab auch Leute, die dachten, es sei falsch, daß sich die Kolonien an der Ostküste von Großbritannien lossagten! Und danach hatten die Gründerväter der Vereinigten Staaten ein echtes Problem: Dreizehn Uhren mußten im Gleichklang ticken, dreizehn Staaten! Jeder war anders, jeder wollte das Recht in Anspruch nahmen, seine eigenen Gesetze machen zu können, selbst zu bestimmen, was für die Menschen, die in dem Staat lebten, Recht und Ordnung war ...«

»Rachel!«

»Nun, das ist unsere Geschichte ...«

»Und die Geschichte wird üblicherweise vom Sieger geschrieben. Und was das angeht, kannst du mir glauben, daß die Union die Oberhand behalten wird.«

»Rhiannon, du mußt die Dinge von beiden Seiten sehen. Normalerweise tust du das doch auch, du bist doch sonst so tolerant ...«

»Es tut mir leid. Aber seit Richard getötet wurde, kann ich einfach keine Toleranz mehr aufbringen ...«

»Na, Gott sei Dank ist wenigstens unser Doktor dazu in der Lage.«

»Er ist ein Rebell«, sagte Rhiannon aufgebracht, »und wenn sich die Gelegenheit wieder bietet, werde ich den Yankees noch einmal eine Mitteilung zukommen lassen, damit sie ihn fassen – tot oder lebendig.«

Julian hörte Wasser platschen und ging davon aus, daß sich Rhiannon von Rachel abgewandt und weiter ins Wasser hineingegangen war, wo es tiefer war.

»Ich glaube, daß du ganz schrecklich rachsüchtig bist!«

»Rachel ...«

»Da ist etwas, Rhiannon, das du nicht sehen kannst, weil du es nicht sehen willst. Er ist nicht schrecklich, er hilft dir ... Ich glaube vielmehr, daß du Angst vor ihm hast, weil du weißt, daß er ein Rebell ist und du doch nicht in der Lage bist, ihn richtig zu hassen. Oder vielleicht siehst du ja etwas, was die Zukunft euch beiden bringt, und hast davor so viel Angst, daß ...«

»Rachel, ich sehe überhaupt nichts. Nichts, außer vielleicht ...«

»Außer was?«

»Blut. Immer noch mehr Blutvergießen«, sagte Rhiannon müde. »Und nun laß mich bitte damit in Ruhe. Ist dein Kaffee schon fertig? Ich könnte jetzt gut eine Tasse gebrauchen. Und der Schinken riecht ganz wunderbar.« Rhiannon schien zu zögern, bevor sie mit ganz sanfter Stimme weitersprach: »Deinem Rebellen-Colonel wird gefallen, was für ein schönes Mahl du ihm bereitet hast.«

Auch Julian konnte jetzt den angebratenen Schinkenspeck riechen. Er hatte schon so lange nichts mehr gegessen, daß sein Magen nun augenblicklich zu knurren begann und ihm beinah weh tat. Schinken und Kaffee – leckeres selbstgemachtes Frühstück …

Aber eigentlich war es nicht der Schinken, dessentwegen sich sein Magen zusammenkrampfte. Es war die Kälte in Rhiannons Stimme gewesen, und ihr Hinweis darauf, daß sie sich immer noch in diesem wohl niemals enden wollenden Krieg befanden – und zwar auf unterschiedlichen Seiten.

Wie seltsam, er war so weit weg von ihnen, daß er nur ihre Stimmen hören konnte, aber trotzdem hatte er das Gefühl, als ob er Rhiannons Gesichtsausdruck gesehen hätte, als sie das sagte. Als ob er den eisigen Blick ihrer wunderschönen Augen gespürt hätte. Wie anders sich manche Dinge doch am Tag verhielten. Er wußte noch gut, wie elend ihr letzte Nacht gewesen war, und sah jetzt wieder ihren gequälten Ausdruck und die ungewöhnlich zarte, ja geradezu *zerbrechliche* Schönheit ihres Gesichts.

Sie hatte so verletzlich ausgesehen, und in ihren Augen hatte so viel *Vertrauen* zu ihm gelegen, auch wenn es nur ein paar Minuten angedauert hatte. Und er erinnerte sich an den sanften Klang ihrer Stimme, als sie zu ihm gesagt hatte: *Ich will nicht, daß du mich so siehst …* Aber das war vergangene Nacht gewesen, und nun war es wieder helllichter Tag.

Sie würde ihn also abermals verraten, wenn sich ihr die Möglichkeit bot. Nun, er wollte schon dafür sorgen, daß sie die Gelegenheit dazu nicht bekam.

7.

Captain McKenzie?«

Brent McKenzie – seines Zeichens Militärarzt bei der Division von General Longstreets Kompanie in der Armee von Nordvirginia – saß über seinen Schreibtisch gebeugt und ging die Liste der Männer durch, die er im Feld behandelt hatte, wobei er entsprechende Vermerke machte, ob sie ihren Dienst wieder antreten konnten, in ein Lazarett verlegt werden mußten – oder ob man ihre sterblichen Überreste am Rande des Lagers verbrannt oder in billigen Nadelholzsärgen zu ihren Familien geschickt hatte.

Als er seinen Namen hörte, sah er auf: Colonel Samuel Wager, einer der Adjutanten von Stabsarzt L. Guild – ebenfalls der Longstreet-Division angehörig und Brents Vorgesetzter –, stand dort unter den zurückgeschlagenen Eingangsplanen des Zelts, das ihm gleichzeitig als Büro und Schlafstätte diente. Brent wollte sich gerade erheben, aber da hob Wager abwehrend die Hand, kam herein und nahm in einem mit Leinen bespannten Klappstuhl vor Brents Schreibtisch Platz.

»Führen Sie Buch?« fragte er dann.

»Das ist vorgeschrieben«, entgegnete Brent.

»Als ob man hier nicht genug zu tun hätte. Ich habe übrigens kürzlich eine medizinische Abhandlung von Ihnen gelesen. Sie war hervorragend.«

Brent lächelte höflich, konnte sich aber nicht daran erinnern, daß er in letzter Zeit irgendeinen Aufsatz über seine Tätigkeit verfaßt hätte. Briefe, ja, er schrieb regelmäßig Briefe.

Die Hauptursache für das Sterben der Männer im Feld waren nicht die Kugeln der Yankees. Die meisten konföderierten Soldaten starben an ganz gewöhnlichen Krankheiten. Deshalb schrieb er häufig an die Behörden, den Kongreß, an Jeff Davis – den oberkommandierenden Arzt – und an alle möglichen Leute; die ihm eventuell Gehör schenkten. Man konnte eine Menge Leben retten, indem man einfach nur die Verpflegung und die Trinkwasserqualität verbesserte.

Brent führte auch einen regen Briefwechsel mit seinem Vetter Julian, der seine Ansicht teilte, daß die Sterblichkeitsrate dramatisch reduziert werden könnte, wenn man die hygienischen Verhältnisse in den Armeelagern verbesserte. Julian war in der Miliz von Florida geblieben, während Brent, der sich gerade in Charleston befunden hatte, als sich Südkarolina von der Union lossagte, der regulären Armee der Konföderierten als Chirurg beigetreten war.

Auch wenn sie nur Vettern und keine Brüder waren, hatten sie sich doch immer sehr nahegestanden und von Jugend an ihre Begeisterung für die Medizin geteilt. Beide hatten viel Zeit bei den Medizinmännern der Seminolen verbracht und dabei gelernt, wie man mit den in Floridas Sümpfen wachsenden Pflanzen Krankheiten wie Malaria und Ruhr, die man sich dort ebenfalls leicht zuziehen konnte, behandelte. Sein Vetter Julian hatte sich niemals über die Herangehensweise der Indianer an Krankheiten lustig gemacht oder ihr Wissen als Humbug abgetan; und es wäre ihm auch nie in den Sinn gekommen, sie als Wilde oder geistig Minderbemittelte anzusehen. Wenn eine Behandlung anschlug, wollte er natürlich wissen, warum. Aber selbst wenn er nicht dahinterkam, glaubte er dennoch an die Ergebnisse.

Deshalb saß Brent häufig Abende lang an seinem Schreibtisch, um die Briefe seines Vetters zu beantworten oder ihm von seinen Erfahrungen zu berichten – egal, wie müde er auch sein mochte oder wie schwierig es manchmal war, Post aus dem Lager hinauszubekommen.

Sie waren beide überzeugt davon, daß es an der miserablen Verpflegung der Soldaten lag, daß so häufig Durchfallerkrankungen auftraten, die nur allzuoft zum Tode führten. Sie setzten sich dafür ein, den Soldaten begreiflich zu machen, daß es eminent wichtig war, Tierdung und menschliche Exkremente außerhalb des Lagers zu halten, und sie drängten die militärischen Verantwortlichen, ihren

Untergebenen klarzumachen, wie wichtig frisches Trinkwasser für die Gesundheit der Männer war.

Julian hatte Brent von einem Trainingslager im Süden Georgias berichtet, in dem sich die Soldaten über »Lebewesen im Wasser« beschwert hatten, »die groß genug waren, daß man das Ungeziefer mit bloßem Auge erkennen konnte«. Nachdem man die Männer gezwungen hatte, dieses Wasser zu trinken, war fast die Hälfte der Truppe an Salz- und Wasserverlust aufgrund von besonders schwerem Durchfall gestorben.

Allerdings hatten es die Ärzte im Feld auch noch mit ganz anderen Krankheiten zu tun, wie zum Beispiel Masern, Malaria, Typhus, Windpocken und Mumps. Wer als Mediziner in der Armee diente, mußte quasi mit jeder Krankheit vertraut sein, die den Menschen befallen konnte, und zudem mit jeder Form des Unwohlseins und – nicht zu vergessen – mit allen möglichen Verletzungen.

Dabei kamen Bajonettverletzungen nicht so häufig vor wie Schußverletzungen; auch Wunden, die von Schrapnellsplittern, Kanonenkugelexplosionen und anderen Sprengstoffen herrührten, waren nicht so häufig wie Schußverletzungen. Meistens mußten im Lazarettzelt Einschüsse in den Gliedmaßen behandelt werden, da die Männer, die im Brust- oder Bauchbereich getroffen waren, in der Regel bereits auf dem Schlachtfeld verstarben. Und viele, die man hätte retten können, erlagen ihren Verletzungen, weil weitergekämpft wurde und sie nicht rechtzeitig in Sicherheit gebracht und verarztet werden konnten.

Brent hatte sich daran gewöhnt, im Lazarettzelt unter Artilleriebeschuß und erbärmlichsten Bedingungen zu arbeiten. Oft kam er sich eher vor wie ein Metzger, auch wenn er sich redlich bemühte, als Chirurg sein Bestes zu geben. Aber nach einer Schlacht blieb ihm meist nur, so schnell wie möglich die betroffene Gliedmaße zu amputieren. Eine nach der anderen. Und mit jedem Schnitt seines Skalpells und mit jedem Zentimeter, den seine Chirurgensäge tiefer in den Knochen eines Mannes drang, hatte er das Gefühl, daß er ihm gleichzeitig seine Hoffnung auf ein würdevolles Leben herausschnitt. Manchmal, egal, wie schnell und perfekt eine Amputation auch vorgenommen wurde, setzte später Wundbrand ein, und der Soldat starb trotzdem. Unermüdlich kämpfte Brent inmitten all des Blutes um das Überleben der Verwundeten, und doch schien es ihm manchmal so sinnlos.

Dann wieder gab es Augenblicke, in denen er sich bewußt wurde, daß sein Können tatsächlich Gliedmaßen erhalten und Leben gerettet hatte; oder daß seine Beharrlichkeit und Vorsichtsmaßnahmen dazu beigetragen hatten, eine ganze Kompanie vor dem Dahinsiechen zu bewahren, weil es ihm gelungen war, einen Fall von Fieber rechtzeitig unter Quarantäne zu stellen, bevor sich die Krankheit wie ein Lauffeuer ausbreitete. Dann hatte er das Gefühl, daß er helfen konnte, und das lohnte die Mühen und die eigene Angst.

Im allgemeinen war er froh, in der Armee von Nordvirginia dienen zu dürfen, um so wenigstens einigen Männern das Leben zu retten. Natürlich vermißte er sein Zuhause, seine Familie und, wenn der Winter in den nördlichen Breiten hereinbrach, die Wärme seines Heimatstaates.

Erst jetzt erinnerte er sich wieder daran, daß Wager immer noch da war. Es war ein langer Tag gewesen, und da konnte es schon mal vorkommen, daß man mit den Gedanken abschweifte.

»Sie haben etwas von mir gelesen?« fragte er Wager und lehnte sich in seinem Stuhl zurück, wobei er das Gefühl hatte, auf der Hut sein zu müssen: »Was für einen Aufsatz denn?«

»Nun ja, es war eigentlich kein Aufsatz. Es war eher ein Brief – ein exzellenter Brief übrigens –, den Sie an General Lee geschickt haben.«

»Ah«, sagte Brent, hin- und hergerissen, ob er nun froh darüber sein sollte, daß sein Brief überhaupt gelesen worden war, oder ungehalten, daß ihn jemand gelesen hatte, an den er gar nicht adressiert gewesen war.

»Ja, ich habe eine ganze Abhandlung von Ihnen darüber gelesen, wie man diese Krankheit vermeiden kann … und auch eine Passage von Ihrem Verwandten, dem anderen Dr. McKenzie, der bei der Miliz in Florida ist.«

»Meinen Sie Julians Theorie über die Eindämmung von Infektionen, indem man während der Operation bei jedem Verletzten einen neuen Schwamm zum Blutaufsaugen verwendet?« fragte Brent.

»Ja, genau. Soviel ich weiß, ist er darauf gekommen, weil er – sofern möglich – sämtliche Einzelheiten einer Operation festhält. Sie führen beide ausgezeichnet Buch.«

»Wie ich Ihnen schon sagte, ich mache das so gut ich kann, da der Oberstabsarzt es von mir erwartet.«

Samuel Wager lehnte sich plötzlich in seinem Stuhl nach vorn und sagte: »Sie sind ein sehr beeindruckender junger Mann, Captain McKenzie, so wie Ihr Vetter auch – jeder auf seine Weise und mit ganz speziellen Fähigkeiten.«

Fragend zog Brent eine Augenbraue hoch. Was meinte Wager wohl mit speziellen Fähigkeiten?

Wager musterte ihn und sagte dann: »Irgendeiner ihrer Vorfahren war doch Indianer, oder nicht, McKenzie?«

Ja, er hatte indianisches Blut in den Adern, und Wager wußte das. Brent hatte zwar die grünen Augen seiner Mutter geerbt, aber daß sein Vater ein halber Indianer war, sah man an Brents blauschwarzen, extrem glatten Haaren. Auch seine hohen breiten Wangenknochen und sein goldener Teint ließen darauf schließen.

»Meines Vaters Familie mütterlicherseits, Sir«, sagte er schließlich zu Wager.

»Seminolen, nicht wahr?«

Brent nickte und fragte sich, worauf Wager wohl hinauswollte.

Der lehnte sich nun wieder in seinem Stuhl zurück, hob eine Hand und sagte: »Das erklärt einiges.«

Nun legte Brent endgültig seinen Federhalter zur Seite, da es brenzlig zu werden schien. Er kannte Wager schon ziemlich lange. Er hatte sich noch nie über Brents indianische Ursprünge ausgelassen oder ihn deswegen anders behandelt oder darauf angespielt, daß seine Herkunft irgend etwas erklären könnte.

Deshalb fragte Brent ihn nun erstaunt: »Erklärt was, Sir?«

»Daß Sie ein Experte in Sachen Infektionskrankheiten sind.«

»Bitte?« entfuhr es Brent, wobei er die Augenbrauen zusammenzog.

»Mit diesen Sachen, die Männer und Frauen sich zuziehen … und dann weiterverbreiten.«

»Sie meinen, ich weiß das, weil ich indianisches Blut in mir habe?« Brent war verärgert.

Wager lächelte beschwichtigend. »Jetzt seien Sie mal nicht gleich beleidigt. Ich meine doch nur, daß Sie sich deshalb bewußter darüber sind, wie sich in unserer Gesellschaft Krankheiten ausbreiten. Das heißt doch nur, daß Sie wahrscheinlich einige Zeit lang mit Leuten zusammen waren, die wußten, wie man die Natur dazu verwendet, Menschen zu heilen. Mehr als wir – nun ja, äh – Weißen das normalerweise wissen. Ich meine, Sie waren mit sehr intelligenten Leuten zusammen. Nehmen Sie doch nur einmal die Tatsache, daß so viele Indianer, natürlich auch die Seminolen, immer halbnackt gekämpft haben, weil sie wußten, daß Kleidungsfetzen – und seien es auch nur Fusseln –, die in die Wunde geraten, die Verletzung nur noch schlimmer machen und das Risiko steigt, sich eine Infektion zuzuziehen. Ich will doch nur damit sagen, daß Sie ein verdammt guter, umsichtiger Arzt sind, Captain. Und Ihre Abstammung hat sicher dazu beigetragen, daß Sie so erfolgreich wurden.«

»Mh, vielleicht«, murmelte Brent, der sein ungutes Gefühl bestätigt sah, mit dem er Wager begegnet war. Aber jetzt war er richtiggehend beunruhigt. Da Wager scheinbar Probleme hatte, mit der Sprache herauszurücken, entschloß sich Brent für den direkten Weg und sagte: »Ich glaube nicht, Sir, daß es eines Genies bedarf, um die Verbindung zwischen besseren hygienischen Verhältnissen und der Eindämmung von Infektionskrankheiten herzustellen. Colonel, bitte sagen Sie mir doch, um was es hier eigentlich geht.«

»Nun«, entgegnete Wager und lehnte sich zurück.

Wenn Brent ihn nicht so gut gekannt hätte, um zu wissen, daß das eigentlich unmöglich war, hätte er gesagt, daß Wager rot wurde.

»Es gab schon wieder einen Ausbruch einer dieser

Krankheiten, Sir. Und zwar einer, die die Moral der Truppe zerstört.«

»Um was für eine Krankheit handelt es sich denn, Colonel?«

»Um eine Geschlechtskrankheit, Captain. Ganz einfach.«

Brent runzelte die Stirn. Geschlechtskrankheiten setzten Armeen schon von jeher zu. Man brauchte nur genug heimwehkranke Männer und Jungs täglich mit dem Tod zu konfrontieren, und schon hatten sie ihre Ehefrauen und Verlobten vergessen und suchten die Gesellschaft des ältesten Gewerbes der Welt. Ja, er kannte die Gefahr der Übertragung von Krankheiten beim Geschlechtsverkehr. Er hatte sein Möglichstes für die Männer getan, die sich mit Syphilis angesteckt hatten und nur noch behandelt, aber nicht mehr geheilt werden konnten. In anderen Fällen hatte er Medikamente gegen quälenden Juckreiz und Ausfluß ausgegeben und mit allen Männern gesprochen – ob jung oder alt, krank oder gesund – und ihnen Ratschläge gegeben, wie eine Ansteckung oder Weiterverbreitung zu vermeiden war.

»Ja, Geschlechtskrankheiten stellen sicherlich ein Problem dar, Colonel«, sagte er schließlich.

»Und Sie, Sir, sind genau der richtige Mann, um damit umzugehen.«

»Wie bitte?« fragte Brent völlig entgeistert.

»General Robert E. Lee höchstpersönlich hat sich mit dem Problem befaßt und sah sich in einer unangenehmen Zwickmühle. Ich darf Ihnen sagen, daß Master Robert Ihnen die größte Achtung entgegenbringt, Sir ...«

»Wir haben kaum miteinander gesprochen ...«, warf Brent ein.

»Sie irren sich, Sir, wenn Sie glauben, daß der General Ihre hervorragende Arbeit hier nicht zu schätzen wüßte. Sie können sich überhaupt nicht vorstellen, wieviel Hoffnung und Vertrauen er in Ihre Fähigkeiten setzt. Deshalb wird er auch gerade Sie mit dieser schwierigen Aufgabe betrauen, um zu retten, was noch zu retten ist.«

Während Wager noch sprach, war Brent vom Stuhl aufgesprungen und schrie jetzt beinah: »Moment mal! Ich habe keine speziellen Fähigkeiten, was …«

»Captain, Sir, überlegen Sie doch mal, Sie sind dann für die nächsten Monate aus der Schußlinie, um einen Kampf zu führen, mit dem Sie unseren Soldaten einen ganz besonderen Dienst erweisen …«

»Einen *ganz besonderen Dienst* nennen Sie das, sich um Geschlechtskrankheiten zu kümmern?«

»Genau, Captain McKenzie, das meinte ich, Sir! Ihre neue Aufgabe wird es sein, die Behandlung und Erforschung dieser verheerenden Krankheiten zu überwachen. Dazu wurde eine Spezialeinheit zusammengestellt – nicht weit von Richmond entfernt –, bei der Sie die Möglichkeit haben werden, die Krankheiten und ihre Verläufe zu studieren. Es handelt sich um eine Einheit von äh, Prostituierten …«

»Prostituierte!«

»Ja, Sir, Captain McKenzie, Sir, und Sie machen sich ja überhaupt keine Vorstellung davon, welchen großen Gefallen Sie Ihren Mitmenschen damit tun!«

Brent sah auf seine gefalteten Hände, um seinen Zorn im Zaum zu halten. Er hatte also hervorragende Arbeit geleistet, und als Belohnung kommandierte man ihn in eine Stadt ab, die voll von dahinsiechenden Prostituierten steckte? Verdammt noch mal, er hatte wirklich allen Grund gehabt, auf der Hut zu sein. Aber damit hätte er nun wirklich nicht gerechnet.

»Colonel Wager, Sir, ich muß dagegen protestieren. Ich glaube, daß meine Arbeit hier draußen bei den Männern viel wichtiger …«

»Der Oberstabsarzt höchstpersönlich hat Sie für diesen Posten vorgeschlagen, Captain, weil er dachte, daß es eine Ehre sei, mit einer derart wichtigen Studie betraut zu werden. Sie erhalten diesen Befehl mit dem größten Respekt vor Ihrem Können und mit der Zuversicht, daß Sie der richtige Mann sind, um dem Problem beizukommen.«

»Aber die Männer, mit denen ich gearbeitet habe …«

»Wir brauchen *Sie*, Sir.«

»Ich dachte eigentlich eher, daß ich hier gebraucht würde.«

Wager lehnte sich wieder zurück, bevor er fortfuhr: »Sie sind ein hervorragender Mediziner und ein ausgezeichneter Chirurg, McKenzie. Aber, mal ganz ehrlich, Sir, inmitten eines Gefechts kann ein Metzger manchmal genauso gute Arbeit leisten wie ein Chirurg. Seien Sie nicht besorgt, auch andere Mediziner werden wegen dieser Aufgabe abkommandiert.«

»Von wo?«

»Einige von ihnen kommen aus dem gleichen Staat wie Sie, aus Florida.«

Obwohl Brent nun schon sehr lange bei der Armee von Nordvirginia war, fühlte er plötzlich ein großes Heimweh, und er fragte Wager: »Die Armee der Konföderierten entzieht Florida die Miliz?«

»Nun, ja, nicht alle. Vielleicht könnte man sagen, daß nur noch die absolut notwendigsten Einheiten vor Ort bleiben. Die wichtigsten Schlachten werden nördlich von Florida gefochten. Das ist nun einmal eine Tatsache.«

»Aber sämtliche Küstenstriche von Florida sind dann ohne Bewachung, einmal abgesehen von den wenigen Angehörigen der Miliz, die noch vor Ort bleiben werden, und den gelegentlich durchziehenden konföderierten Truppen ...«

»Ich mache die Politik nicht, Captain McKenzie. Es ist kein Geheimnis mehr, daß General Lee verzweifelt versucht, diesen Krieg auf dem Boden der Nordstaaten auszutragen, und deshalb werden wir alle nach Norden ziehen müssen. Aber Sie brauchen sich keine Sorgen um das Wohl der Männer hier zu machen. Ihr Vetter wird in den regulären Armeedienst übernommen. Longstreet hat sich zwar dafür eingesetzt, Sie hierzubehalten, aber die medizinischen Experten waren davon überzeugt, daß man Sie unbedingt woanders braucht. Deshalb holen wir Colonel McKenzie hierher, damit er sich um unsere Streitkräfte kümmert.«

Brent starrte Wager an, ohne ein Wort zu sagen. Wenn das nicht allem noch die Krone aufsetzte: Julian würde also seine Stelle übernehmen, während man ihn zu den Prostituierten schickte.

Sicher würde auch Julian empört über diese Entscheidung sein. Er war ohnehin schon jetzt der Meinung, daß man Florida bisher nur dazu benutzt hatte, um der Konföderation Männer, Nahrungsmittel und Material zuzuführen. Und aus lauter Dankbarkeit dafür, daß sich Florida der gemeinsamen Sache so hilfreich erwiesen hatte, überließ man den Staat jetzt quasi seinem Schicksal. Immer mehr Männer wurden so wie er nach Norden abgezogen.

»Vielleicht«, suchte Brent hoffnungsvoll nach einem Ausweg, obwohl er sich bewußt war, daß er damit seinen Vetter den Löwen zum Fraß vorwarf – aber Julian würde sowieso sauer sein, egal, wohin er schließlich versetzt wurde, »vielleicht sollte man meinem Vetter die Chance geben – und das Privileg –, diese Studie zu führen und sich darum zu kümmern, wie man den Ausbruch dieser furchtbaren Geschlechtskrankheiten verhindern kann. Er ist ein Experte, was Infektionskrankheiten angeht.«

»Die Befehle liegen bereits vor, Captain McKenzie. Ich bin sicher, daß Sie beide hervorragend mit Infektionskrankheiten – und Prostituierten – umgehen können. Wir rechnen mit Ihnen, Captain. Sie können sich gar nicht vorstellen, wie sehr. Sie bekommen in den nächsten Tagen alles auch noch einmal schriftlich vom Oberstabsarzt. Sie können sich natürlich Ihren Mitarbeiterstamm selbst auswählen.«

Wager hatte sich von seinem Stuhl erhoben, und Brent, der ohnehin stehengeblieben war, versuchte es noch einmal: »Ich muß trotzdem dagegen protestieren …«

»Das können Sie gerne tun, Sir. Es ist Ihr gottgegebenes Recht, frei Ihre Meinung zu äußern! Aber Sie haben auch die Pflicht, als Offizier der Armee der Konföderierten Staaten von Amerika Ihrem Land dort zu dienen, wo Sie am dringendsten gebraucht werden.«

»Ich werde dort gebraucht, wo die Gefahr am größten ist …«

»Guten Abend, Sir, und die besten Wünsche bei Ihren Bemühungen.«

Mit diesen Worten verließ Wager das Zelt, und Brent starrte ihm bestimmt noch eine Minute lang nach, bevor er sich wieder in seinen Stuhl fallen ließ – setzen konnte man das wohl kaum nennen. Dann hob er die Hände, als wolle er beten, und sagte kopfschüttelnd: »Blut, Eingeweide und Tausende von zerfetzten Leibern waren wohl noch nicht genug, was? Jetzt kriege ich es auch noch mit Prostituierten zu tun!«

Dann ließ er seinen Kopf auf die Schreibtischplatte sinken. Prostituierte ... Ja, bei Gott, das war wirklich ein teuflischer Krieg.

Anständig. Nett. Schneidig.

Rhiannon, die hinter Julian McKenzie herritt, schnaubte verächtlich. So also sah Rachel diesen Mann. Er hatte kaum ein Wort mit ihr gewechselt; und wenn er doch einmal etwas zu ihr gesagt hatte, dann war er so barsch gewesen, daß es schon an Unhöflichkeit grenzte. Wenn er sie ansah, fühlte sie ein merkwürdiges Kribbeln, als ob sie verabscheuungswürdig sei. Was hatte er in der Nacht zu ihr gesagt? *Ich halte dich fest und warm, ich helfe dir, die Nacht zu überstehen ...*

Er hatte sie durch die Nacht gebracht, ja, aber sie fühlte sich jetzt nicht unbedingt besser. Sie war immer noch so müde, als ob ihr Körper einen Kampf geführt hätte, während sie schlief. Der einzige Unterschied heute war, daß sie sich an die vergangene Nacht erinnern konnte.

Sie mußte sich wohl oder übel eingestehen, daß sie abhängig war, wies aber entschieden zurück, daß sie versucht haben sollte, sich umzubringen. Sie hatte nur den Schmerz stillen wollen und dabei mit dem Feuer gespielt, indem sie so sorglos ihre selbstgebrauten Opiumderivate einnahm. Jetzt erkannte sie ihren Fehler, denn sie fühlte sich furchtbar. Aber es ging ihr irgendwie auch allmählich besser, und wenn dieser Rebell sich nicht so unmöglich benehmen würde, hätte sie ihm tatsächlich für seine Bemühungen gedankt!

Abrupt zog Julian nun seinem Pferd die Zügel an, so daß Rhiannon, die hinter ihm ritt, nichts anderes übrigblieb, als es ihm gleichzutun, und Rachel hinter ihr ebenso. Dann saß er ganz gelassen da und lauschte. Rhiannon hörte nur den Wind in den Bäumen, der auch keine Erfrischung brachte, da es trotz allem ein gnadenlos heißer Sommertag war. Sie hatte absolut keine Vorstellung, warum er so plötzlich angehalten hatte.

»Colonel, sind Sie's?«

Die Stimme schien aus dem Nichts zu kommen oder vom Himmel oder von überallher. Schließlich entschied sich Rhiannon dafür, daß die plausibelste Lösung wohl war, das sie aus den Ästen der Bäume über ihnen kam.

»Ja, Digby, ich bin's«, antwortete Julian der Stimme.

»Außer den Damen ist keiner bei Ihnen?«

»Das will ich hoffen.«

Sie hörten ein Rascheln, und dann ließ sich ein Mann aus den Bäumen über ihnen fallen und kam direkt vor ihnen auf den Boden. Er war jung, schlank und sehr gelenkig, mit strohblondem Haar und einem gefälligen Lächeln. Er grinste Rhiannon an, nickte ihr zu und tippte sich zur Begrüßung gegen eine imaginäre Hutkrempe.

»Ich hörte schon, daß Sie kommen, Sir, und natürlich auch von den beiden Damen«, sagte er dann zu Julian.

»Ich habe damit gerechnet, daß hier jemand auf mich wartet«, entgegnete ihm dieser.

Rhiannon starrte verwundert auf Julians Rücken, aber als er sich zu ihr umdrehte, verstand sie. Seine Männer waren vor ihnen im Camp angekommen und hatten die anderen vorgewarnt, daß er eine Yankee-Sympathisantin mitbringen würde.

Der junge Mann stieß einen Pfiff aus, und es kamen noch drei andere Männer aus den Bäumen: ein älterer mit weißem Backenbart und zwei mittleren Alters. Sie sahen alle ziemlich hager aus, und Rhiannon erinnerte sich nun wieder daran, daß sie gelesen hatte, daß Florida einen Großteil des produzierten Fleisches und anderer Nahrungsmittel an die Truppen im Norden schickte. Aber wenn man sich die Männer hier so ansah, konnte man meinen, daß sämtliche Lebensmittel außer Landes gebracht wurden. Jedenfalls hatte es nicht den Anschein, als ob die Jungs und Männer, die in Florida geblieben waren, viel davon abbekamen.

Der Mann mit dem Backenbart kam auf sie zu. Er schwenkte zwei bereits getragene Halstücher, die aber immer noch relativ sauber aussahen, und sagte: »Entschuldigen Sie bitte, meine Damen. Ich bin Leutnant George Smith, Angehöriger der Miliz von Florida, und ich fürchte, daß wir Sie von hier ab an eskortieren müssen.«

»Sollen wir absteigen?« fragte Rachel ganz ernst.

Rhiannon blickte sich zu ihrem Mündel um, und Groll stieg in ihr auf. Das dumme Ding schien das alles hier richtig zu genießen. Wahrscheinlich dachte sie, daß sie an einer wichtigen Spionageaktion teilnahm.

»Aber nein, Miß, das wird nicht nötig sein«, entgegnete jetzt Digby, der junge Mann, der zuerst aufgetaucht war. »Aber Sie können Ihr Pferd wohl kaum mit verbundenen Augen lenken. Deshalb reite ich bei Ihnen mit und werde Ihnen die Augen verbinden, wenn ich hinter Ihnen sitze.«

»Warten Sie einen Moment«, protestierte Rhiannon. »Das ist wirklich nicht nötig. Wir könnten doch schwören, daß wir keinerlei Informationen darüber preisgeben, wo sich Ihr Lager ...«

»Ihnen würden wir bestimmt keine Sekunde glauben«, unterbrach Julian sie gelassen, saß ab, nahm eines der Halstücher und kam auf Rhiannons Pferd zu. An dem Ausdruck seiner blauen Augen erkannte sie, daß er ebenfalls vorhatte, sich hinter sie aufs Pferd zu schwingen.

»Ich gebe Ihnen mein Ehrenwort«, kreischte sie beinah.

»Ihr Ehrenwort, mh?« entgegnete Julian seelenruhig.

»Ma'am, natürlich würden wir uns gern darauf verlassen, aber in diesen Zeiten müssen Sie schon verstehen ...«, murmelte Leutnant Smith entschuldigend.

Schon hatte Julian eine Hand auf den Sattel ihres Pferdes gelegt, und als er sich behende hinter sie schwang, rutschte sie soweit wie möglich nach vorn, um ihn nicht berühren zu müssen – was natürlich trotzdem unvermeidbar war.

»Augen zu«, zischte er.

»Das ist wirklich nicht nötig ...«

»Gerade bei Ihnen ist es nötig«, sagte er, und schon fühlte sie das Halstuch auf den Augen, das er nicht gerade sanft festband.

»Sind Sie okay?« hörte Rhiannon Digby Rachel fragen,

und da ihr Mündel prompt reagierte, wußte sie, daß Digby bereits hinter Rachel saß, und diese es einfach wunderbar fand.

Jetzt wurde Rhiannon erst recht wütend, aber ihr waren ja die Hände *ge-*, besser gesagt die Augen *ver*bunden. Da sie noch nie so auf einem Pferd gesessen hatte, wurde ihre ganze Aufmerksamkeit bald von dieser neuen Erfahrung eingenommen. Irgendwie war es richtig anstrengend. Da sie nun nichts mehr sehen konnte, hörte und fühlte sie viel mehr als sonst und wurde sich beinah schmerzlich ihres Tast-, Hör- und Geruchssinns bewußt.

Zum erstenmal realisierte sie, wie es wohl einem Blinden erging, der sich ausschließlich auf diese Sinne verlassen mußte. Jeder Windhauch erschien ihr laut; sie vermeinte die Sonnenstrahlen einzeln zu spüren und hätte sogar fast sagen können, in welchem Winkel sie auf ihrem Gesicht auftrafen. Da die Sonne besonders ihre rechte Gesichtshälfte erwärmte und sie die ganze Zeit in nördlicher Richtung geritten waren, mußte der Sonnenuntergang kurz bevorstehen – und damit Linderung, die nur die Kühle der Nacht bringen konnte. Allmählich wurde die Brise stärker, sie spürte, wie die Luft ein wenig feucht wurde und …

Es roch nach ihm. Immer noch haftete diesem Rebellen das Parfüm der Seife an, mit der er sich vorletzte Nacht gewaschen hatte. Und dann war da noch ein anderer Geruch, kaum wahrnehmbar, ein ihm ganz eigener Duft, den sie unwillkürlich begierig einatmete, was in ihr gewisse Erinnerungen an seine Männlichkeit und Einzigartigkeit hervorrief. Schnell versuchte sie sich einzureden, daß sie sich das alles nur einbildete, während die Bewegung des Pferdes unter ihr gleichzeitig ein Gefühl verstärkte, das begonnen hatte, sich in ihren Lenden auszubreiten. Sie fühlte jeden Stoß, wenn einer der Hufe den Boden berührte.

Dann war da noch die sanfte feuchte Wärme der Luft, die sowohl auf baldigen Regen schließen ließ, als auch ein Gefühl auf ihrer Haut hervorrief, das an eine Liebesnacht erinnerte. Rhiannon spürte regelrecht, wie es dunkel wurde und schmeckte die Feuchtigkeit der Luft, konnte jede Bewegung hören und fühlte … Julian, der die Innenseite seiner Schenkel gegen ihre preßte und einen Arm um sie geschlungen hatte, während er mit dem anderen ihr Pferd lenkte. Ihr Rücken lag an seinem breiten Oberkörper. Er wirkte sonst so schlank, beinah hager, aber jetzt fühlte sie jede einzelne Bewegung seiner Muskeln.

Obwohl ihre Augen verbunden waren, schloß sie sie jetzt ganz und wünschte, daß sie die Verwirrung und Angst endlich loswürde, die immer noch an ihrem Herzen nagten und von der Nacht herrührten, die sie und Julian wohl gemeinsam verbracht hatten. Warum konnte sie nicht sehen, was da passiert war, wo sie doch sonst ständig mit Bildern der Vergangenheit gequält wurde? Was hatte sie bloß getan? Wieso war die verschwommene Erinnerung daran, sowohl schmerzhaft … als auch angenehm?

Sie wünschte verzweifelt, daß sie allein auf dem Pferd säße, um endlich wieder einen klaren Gedanken fassen zu können. Die innere Unruhe, die sie jetzt spürte, hatte nichts mit ihrer Abhängigkeit zu tun, aber um so mehr mit dem herzlosen, wütenden Mann, der da hinter ihr saß, sie letzte Nacht so liebevoll im Arm gehalten hatte und jetzt doch wieder so kalt und abweisend war.

Sie wollte etwas sagen, befeuchtete ihre Lippen, brachte aber keinen Ton heraus. Als sie ihre Stimme endlich wiedergefunden hatte, fragte sie sanft: »Sind wir bald da?«

»Fast.«

»Es kommt mir vor, als wären wir ziemlich lang so geritten.«

»Etwas mehr als eine Stunde.«

»Mir kommt es länger vor.«

»Wir hätten auch noch länger so reiten sollen.«

»Haben Sie etwa Angst, daß wir Ihr Lager trotzdem verraten könnten? Es gibt so unendlich viele Pfade hier, die total überwuchert sind und teilweise durch den Sumpf führen. Ich glaube beim besten Willen nicht, daß wir irgend jemandem erklären könnten, wie man hierherkommt …«

»Die Yankees wissen, daß wir in der Nähe des Flusses sind. Das müssen wir ja auch. Noch ein paar Informationen mehr, und sie haben uns. Wir mußten das Camp schon ein paarmal verlegen, aber ein Basislager mit vernünftiger

Lazarettausstattung mal eben woanders aufzubauen ist nicht so einfach.«

»Aber wenn wir doch fast da sind …«

»Rhiannon, Sie würden uns doch ohne mit der Wimper zu zucken verraten.«

Seine Stimme klang ganz besonders kalt, als er das sagte, aber irgendwie auch persönlich, weil er sie mit ihrem Vornamen angesprochen hatte. Dann fühlte sie in einer beinah vertraulichen Geste seinen Mund ganz nah an ihrem Ohr, und er raunte ihr zu: »Du wirst es wohl noch ein wenig mit mir aushalten müssen, was dir manchmal ja gar nicht so unangenehm ist. Aber das kommt immer darauf an, in welcher Stimmung du gerade bist, nicht wahr?«

»Warum spielen Sie ständig auf etwas an, das nicht stattgefunden hat.«

»Weil *Sie* ein doppeltes Spiel spielen.«

»Das ist überhaupt nicht wahr!«

»Nun, ich denke, für eine Hexe, die angeblich hellsehen kann, sind Sie manchmal regelrecht mit Blindheit geschlagen. Da sehen andere mit diesem Tuch vor Augen mehr.«

»Vielleicht ist es, wie Sie sagen«, entgegnete Sie sanft, »vielleicht verschließe ich meine Augen manchmal absichtlich vor der Wahrheit.«

»Aber wir leben in einer gefährlichen Welt, da sollte man lieber die Augen offenhalten.«

»Meine Welt war nicht gefährlich«, entgegnete sie, »nicht, bis Sie und Ihre Männer auftauchten.«

»Das war doch unvermeidlich. Irgendwann wäre ohnehin jemand auf Ihr Anwesen gestoßen, und es hätte noch viel schlimmer kommen können.«

»Tatsächlich? Möglicherweise wäre sogar der *Feind* aufgetaucht!«

Sie fühlte seine Verärgerung über ihre zynische Bemerkung, bevor er ihr entgegnete: »Deserteure, meine ich, sowohl aus dem Norden als auch aus dem Süden. Männer ohne jede Moral, die keinerlei Skrupel mehr haben …«

»Und Sie glauben, man hätte uns kompromittiert?« flüsterte sie erschrocken.

»Man hätte Sie umbringen können«, entgegnete er trokken.

»Uns ermorden? Jetzt übertreiben Sie aber, Sir!«

»Nein, bestimmt nicht. Das ist ein ganz merkwürdiger Krieg, Rhiannon. Sicher, er wird vorwiegend von Kavalieren und Gentlemen geführt, und zwar unter ganz außergewöhnlichen Bedingungen: Gefreite, Sergeanten, Hauptmänner und Generäle beider Seiten waren Freunde oder Verwandte, bevor der erste Schuß fiel. Alle Generäle kennen sich von früher; die meisten waren gute Freunde – oft ein Jahrgang in West Point –, die auch schon früher Seite an Seite gekämpft haben. Wir schreiben den Ehefrauen unserer ehemaligen Freunde zur Geburt ihrer Kinder und schicken zu diesem Anlaß Geschenke über die feindlichen Linien. Aber wenn es zum Kampf kommt, steht jeder für seine Seite ein.

Daher ist es auch ein höllisch furchtbarer Krieg. Zwar können Sie normalerweise davon ausgehen, daß sich hinter fast jedem Uniformrock ein guter Mensch und Familienvater verbirgt, aber es gibt eben auch ein paar Ausnahmen. Manchmal steckt auch nur Abschaum in der Uniform: Männer, die Ihnen die Kehle durchschneiden, meine Liebe, nur weil sie scharf auf Ihr silbernes Teeservice sind. Und dann gibt es natürlich auch noch ein paar Südstaatler, die Sie möglicherweise für eine Verräterin halten – oder für eine Hexe –, die man lieber verbrennen sollte.«

»Soll das etwa heißen, daß ich Ihnen und Ihren verlogenen Männern auch noch dankbar sein soll, daß Sie bei mir eingedrungen sind, mein Essen weggeputzt und bei mir übernachtet haben, und auch dafür, daß Sie mich jetzt zwingen, mit Ihnen in ein Rebellenlager zu kommen?«

»Genau«, sagte er nur und fuhr leise fort: »Und Sie sollten mir natürlich auch noch für einiges andere mehr dankbar sein.«

Sie zuckte zusammen und überlegte, was er wohl damit meinen könnte.

»Sie hätten doch wissen müssen, daß man davon abhängig wird.«

Erleichtert atmete sie auf, lehnte sich unwillkürlich gegen ihn und sagte mechanisch: »Ich bin nicht abhängig«.

Worauf er nichts erwiderte.

»Na ja, vielleicht ein bißchen«, gestand sie leise ein, und dann wurde ihr erst bewußt, daß sie sich in ihrer dunklen Abgeschiedenheit beinah an ihn gekuschelt hatte. Unter der Augenbinde war es jetzt stockdunkel, kein Sonnenstrahl erwärmte mehr ihr Gesicht, und sie ging davon aus, daß es mittlerweile Nacht geworden war. Am liebsten hätte sie sich umgedreht, um sein Gesicht zu sehen, aber sie wagte nicht, die Augenbinde abzunehmen.

»Wie lange noch?« fragte sie statt dessen.

»Bis wir beim Lager sind? Das dauert nicht mehr lang.«

»Bis ... das Zittern aufhört und die Kälte, meine ich.«

»Ah, jeden Tag wird es ein bißchen besser.«

»O Gott ...«

»Die letzte Nacht war die schlimmste. Mal im Ernst, fühlen Sie sich jetzt nicht schon ein wenig besser?«

»Nein.«

»Sie sind ein Lügnerin.«

»Ich fühle mich furchtbar.«

»Aber in gewisser Weise auch besser, oder nicht?«

Erstaunt stellte sie fest, daß sie lächelte, als sie ihm antwortete: »Nun, wenn ich daran denke, daß es mir bald bessergeht, vielleicht schon. Aber ich bin so müde.«

»Dann ruhen Sie sich doch ein wenig aus.«

»Das geht nicht. Ich sehe nichts und bewege mich mit verbundenen Augen durch einen Kiefernwald, der in einem Sumpfgebiet liegt.«

»Ich bin ein ausgezeichneter Reiter«, erinnerte er sie. »Wie alle galanten, schneidigen, jungen Kavalleristen.«

Sie glaubte einen bitteren Unterton in seiner Stimme vernommen zu haben, und fragte sich, ob er nicht schon mehr von diesem Krieg gesehen hatte, als er zugeben wollte. Sie war jetzt wirklich müde. So müde! Und plötzlich hatte sie das Gefühl, als sei es ein wahrer Luxus, hier mit ihm zusammen reiten zu dürfen, ihn atmen zu spüren und seine Arme um sich zu wissen: zwei Eindrücke, die ihr nur allzu bekannt vorkamen ...

Was war bloß vorgestern nacht passiert?

Sie konnte sich immer noch nicht richtig erinnern, aber

wie sie so an ihm lehnte, fühlte sie sich regelrecht geborgen. Er war wie ein Fels … so standhaft. Aber viel zu direkt, unhöflich und arrogant … Er wußte, was vorgefallen war, und hatte alles mitbekommen. Er war wirklich ein ganz ungewöhnlicher Arzt, einer, der mit dem Gewehr genausogut umgehen konnte wie mit dem Skalpell. Seine Worte konnten ebenso schneidend sein wie die Klinge seines Messers, aber auch heilend wirken wie die Berührung seiner Hände …

Aber was änderte das schon? Sie konnte nicht für immer bei den Rebellen bleiben. Sie würden ihr bald wieder die Augen verbinden und sie zu den Yankees nach St. Augustine schicken. Was auch immer zwischen ihr und Julian vorgefallen war, zählte nicht. Es war vorbei, denn der Krieg ging weiter, und jeder mußte seinen Weg gehen.

8.

Rhiannon erwachte, als Julian dem Pferd die Zügel anzog. Sie mußte wohl eingedöst sein. Von überall her schrien ihnen jetzt Männer zur Begrüßung etwas zu.

»Doktor, Colonel, Sir!« hörte sie einen Mann rufen.

Dann die Stimme einer Frau: »Julian!«

Julian nahm Rhiannon die Binde ab, und sie zwinkerte ein wenig, bis sich ihre Augen an den schwachen Lichtschein im Lager gewöhnt hatten. Sie befanden sich inmitten eines dichten Sumpfkiefernwaldes, zwischen dessen Stämmen – überall, wo Platz genug dafür war – Zelte standen. Die Szenerie wurde nur von ein paar ganz kleinen Lagerfeuern erhellt, und hier und da brannte eine Fackel. Bei diesem schummrigen Licht fiel ein rotgoldener Schimmer auf die helle Leinenbespannung der Zelte. Es lag immer noch Regen in der Luft, und für die Jahreszeit war es erstaunlich kühl.

Um sie herum befanden sich noch viel mehr Männer zu Pferd als nur die paar, die sie am späten Nachmittag getroffen hatten. Unterwegs mußte sich wohl eine zweite Eskorte zu ihnen gesellt haben. Keiner der Männer trug eine Uniform. Sie sahen alle ähnlich abgerissen aus wie der Trupp, der in ihr Haus gekommen war. Hier und da hatte einer eine typisch haselnußbraune Uniformhose oder graue Uniformjacke der Konföderierten an. Manche trugen sogar Jacke oder Hose im Blau der Union. Aber keines der Kleidungsstücke ließ auf einen Rang schließen.

»Julian!« hörte Rhiannon da wieder die Stimme dieser Frau, und dann sah sie eine erstaunlich junge Frau mit fast kohlrabenschwarzem Haar, ganz dunklen Augen und einer so zarten, reinen Haut, die aussah, als wäre sie aus Marmor, auf sie zukommen. Die Frau war gertenschlank und mittelgroß, und die Männer machten ihr bereitwillig Platz.

Augenblicklich war es Rhiannon unangenehm, so eng bei Julian auf dem Pferd zu sitzen, und sie wäre am liebsten abgestiegen, was allerdings kaum möglich war, solange er hinter ihr saß. Glücklicherweise war er gerade selbst dabei, abzusitzen. Als er unten war, faßte er sie um die Taille und hob sie vom Pferd – und zwar genau in dem Augenblick, als die dunkelhaarige Frau bei ihnen ankam.

Rhiannon war froh, daß der junge Digby Rachel auch schon ganz galant vom Pferd geholfen hatte und ihr Mündel auf sie zukam. Erleichtert ging sie ihr entgegen, und gemeinsam beobachteten sie, wie sich die Rebellen weiter begrüßten, glücklich darüber, daß alle unversehrt ins Lager zurückgekehrt waren.

»Julian! Gott sei Dank bist du endlich da! Wir hatten solche Angst ...«, fing die dunkelhaarige Schönheit an, kam aber nicht weiter, da Julian sie wie wild umarmte, hochhob, herumwirbelte und erst nach einer Weile wieder auf die Füße stellte.

Rhiannon fühlte sich überhaupt nicht gut, noch viel schlechter als die letzten beiden Tage. *Wer war dieses liederliche Frauenzimmer mit diesen unverschämt dunklen Augen?*

»Warum hattet ihr denn Angst, Tia?« hörte sie da Julian die junge Frau fragen. »Du hättest dir keine Sorgen machen sollen. Die Männer sind doch vor mir hier angekommen, oder nicht? Du wußtest doch, daß ich bald zurückkommen würde«, sagte er lächelnd zu ihr.

»Jawohl, Sir, wir haben Miß Tia gesagt, daß Sie bald nachkommen würden!« entgegnete Liam, der Jüngste der Männer, die Julian begleitet hatten.

»Ich hatte trotzdem Angst, Julian«, sagte die Frau. »Wir haben von dem Scharmützel gehört und der Verfolgungsjagd ...«

»Wie geht es Paddy?« unterbrach Julian sie da besorgt.

»Es geht ihm gut.«

»Ich werde ihn mir gleich mal ansehen!«

»Und dann haben wir natürlich auch gehört, daß ...«, die Frau hielt inne, und Rhiannon stellte fest, daß sie sie taxierte, bevor sie fortfuhr: »Wir haben gehört, daß du eine Yankee-Hexe getroffen hast.«

Die umstehenden Männer lachten, und Rhiannon errötete.

»Aber ich dachte nicht, daß du sie mit herbringen würdest«, fügte die Frau schnippisch hinzu.

»Rhiannon ist keine Hexe!« fuhr Rachel sie da böse an.

Beruhigend legte Rhiannon ihrem jungen Mündel einen Arm um die Schultern und sagte: »Rachel, meine Liebe, ich bin durchaus in der Lage, mich selbst zu verteidigen – egal, in welcher Gestalt mir diese unerzogenen Rebellen auch gegenübertreten mögen.«

Mit einem eisigen Blick maß sie die Umstehenden, woraufhin das Gelächter versiegte. In diesem Augenblick war Rhiannon froh, daß sie so groß war, denn das verlieh ihr jetzt eine Würde, die sie bitter nötig hatte.

»Tia, wo bleiben deine Manieren?« sagte Julian gedehnt.

»Ich fürchte, ich habe sie zu Hause gelassen, kurz nachdem der Krieg ausbrach«, entgegnete die junge Frau ungerührt, die Rhiannon nun direkt in die Augen sah und dann fortfuhr: »Ich entschuldige mich dafür, daß ich Sie eine Hexe genannt habe, Mrs. Tremaine – obwohl die Leute Sie so nennen, ohne es böse zu meinen. Man erzählt sich, daß Sie eine gute Hexe sind. Aber Sie sind auch eine Yankee, und deshalb verstehe ich nicht, warum mein Bruder Sie hergebracht hat.«

Ihr Bruder! Das war also die Schwester, von der Ian McKenzie ihr erzählt hatte. Rhiannon wurde ganz schwindlig: Wie viele von diesen McKenzies gab es eigentlich noch?

»Ist einer von Ihnen ein ranghöherer Offizier?« fragte Rhiannon dann in die Runde.

»Nun, da Julian jetzt wieder da ist«, entgegnete Tia achselzuckend, »ist es Julian.«

Rhiannon hatte das Gefühl, als sei sie gerade von Robin Hood und seinen Mannen gefangengenommen worden. Auf Hilfe konnte sie hier wohl kaum hoffen, das war offensichtlich.

»Das stimmt«, sagte Julian, »wie ich Ihnen schon früher gesagt habe, Mrs. Tremaine, bin ich hier der ranghöchste Offizier, und Sie befinden sich in einem Basislager der Miliz von Florida.« Zu seinen Männern gewandt fuhr er fort: »Jungs, alle die ihr nicht eingeteilt seid, solltet zusehen, daß ihr ein bißchen Schlaf kriegt, und die anderen gehen bitte wieder auf ihren Posten. Digby, würden Sie sich um unsere Gäste kümmern?«

»Selbstverständlich, Sir. Bitte hier entlang, Ladys. Wir haben noch ein leerstehendes Zelt, und so abgerissen wir auch aussehen mögen, können wir Ihnen doch ein paar Annehmlichkeiten bieten. Wenn Sie mir jetzt bitte folgen wollen.«

Da Rhiannon nichts anderes übrigblieb, entschloß sie sich, Digby zu folgen, den Arm immer noch um Rachel gelegt, die bereitwillig mitkam. Dabei spürte sie, daß ihnen die Rebellen nachstarrten. Wie merkwürdig – es war so still, daß man eine Stecknadel hätte fallen hören. Aller Augen waren auf sie gerichtet, und doch hatte sie das Gefühl, als ob sie Julians Blick von den anderen unterscheiden und genau die Stelle auf ihrem Rücken ausmachen könnte, an der sich sein Blick aus blauen Augen allmählich hineinbrannte.

Paddy ging es tatsächlich sehr gut, und er war nur widerwillig im Lazarettzelt geblieben. Als er Julian und Tia kommen sah, stützte er sich auf die Ellbogen und sagte: »Es geht mir ausgezeichnet, Doc, Colonel, Sir, das schwöre ich. Dieser Yankee-Engel versteht sein Handwerk, nicht wahr?«

»Hm«, murmelte Julian, während er den Verband von Paddys Bein nahm, wobei ihm seine Schwester zur Hand ging.

»Engel?« fragte Tia verächtlich. »Da hab' ich aber was ganz anderes gehört!«

»Aber, Miß Tia, natürlich kann keine Frau Ihnen den Platz in unseren Herzen streitig machen, da brauchen Sie gar nicht eifersüchtig zu werden.«

Daraufhin lächelte Tia ihm freundlich zu und sagte: »Ich bin nicht eifersüchtig, Paddy. Ich bin besorgt.« Und zu Julian gewandt, fuhr sie fort: »Vater kannte ihre Familie, weißt du das? Sie besaßen eine der reichsten Salzgewinnungsanlagen in ganz Florida. Ihr Vater war der Union stets treu ergeben und ihr Ehemann ebenfalls ...«

Immer noch über Paddys Wunde gebeugt, sah Julian aus den Augenwinkeln zu seiner Schwester hinüber. »Unser Vater ist ebenfalls ein treuer Unionsanhänger, und unser Bruder ist Offizier in der Kavallerie der Union!«

»Ich weiß, aber wir laden die beiden auch nicht in unser Lager ein!« rief Tia aus.

»Er konnte sie nicht allein dort lassen, Miß Tia«, schaltete sich nun Paddy ein. Schnell bedeutete ihm Julian, nicht weiterzusprechen, aber Paddy fuhr trotzdem fort: »Es gibt ein paar Leute dort, die vielleicht herauskriegen, daß sie uns an die Yankees in St. Augustine verraten hat. Ich denke, Miß Tia, daß Ihr Bruder Angst hatte, daß ein zu eifriger Bürger auf die Idee kommen könnte, das Recht in die eigenen Hände zu nehmen, um das Haus der Dame niederzubrennen – mit ihr drin!«

»Vielleicht hat sie das ja auch verdient.«

»Tia!« versuchte Julian seiner Schwester Einhalt zu gebieten.

Aber sie ließ sich nicht beirren und entgegnete: »Die Unionsgetreuen haben unsere Cousine Jennifer beinah gehängt, nur weil sie für die Rebellen spioniert hat. Wenn Ian nicht zufällig dagewesen wäre, wäre sie bestimmt ...« Tia hielt inne – sie wußten alle, was sonst geschehen wäre. Deshalb sagte sie statt dessen: »Und sie hängen Männer, egal von welcher Seite, wegen Spionage!«

»Sie ist keine Spionin«, entgegnete Julian.

»Sie hätte zugelassen, daß man dich tötet.«

»Tia, können wir uns später darüber unterhalten?« fragte Julian angestrengt.

»Aber wenn ich dir doch sage ...«

»Tia?«

Zwischen zusammengebissenen Zähnen preßte sie dann noch hervor: »Du bist wie unser Vater ...«

»Vater ist nicht hier, und ich bin dein älterer Bruder und außerdem der ranghöchste Offizier hier.«

Daraufhin schwieg Tia, und Julian untersuchte weiter Paddys Wunde, die erstaunlich gut zu verheilen schien. Zu Paddy gewandt, sagte er dann, daß es gleich weh tun würde, weil er vorhabe, etwas Brandy über die Wunde zu gießen. Danach verband er sie erneut mit der kundigen Hilfe seiner Schwester, wünschte Paddy eine gute Nacht und bat Tia, ihm zu folgen.

Nebeneinander gingen sie ein paar Schritte vom Lager weg, bis sie zu einer Stelle kamen, an der ein schmales Rinnsal entsprang, das bald zu einem plätschernden Bach wurde, der schließlich den St. Johns speiste. In Friedenszeiten war dies ein wunderbarer Ort, ganz ruhig, schattig und mit vielen Schichten von Kiefernnadeln, die den idealen Untergrund für ein Picknick bildeten.

»Julian«, fing Tia an, »es ist immer gefährlich, Gefangene hierherzubringen. Die Yankees wissen, daß wir irgendwo in der Nähe des Flusses sind. Eines Tages werden sie genügend Männer hier unten im Süden haben und auch mutig genug sein, um nach uns zu suchen. Und dann wird jeder, der einmal hier war, zur potentiellen Gefahr für uns!«

Die Gedanken an ein Picknick in Friedenszeiten verscheuchend, entgegnete Julian: »Tia, so wie es aussieht, werden wir ohnehin nicht mehr lange hierbleiben.«

Erschrocken sah sie ihn an und fragte dann stirnrunzelnd: »Woher willst du das wissen?«

»Ich habe Ian getroffen.«

»Ian?«

Julian sah, wie sich die Augen seiner Schwester weiteten, als der Name des gemeinsamen Bruders fiel.

»O Gott, Julian, wie geht es ihm? Wie hast du es überhaupt hingekriegt, ihn zu treffen? Hat er Alaina, Risa und die Kinder gesehen …?«

»Ian geht es gut, viel besser als uns, und er sieht auch viel kräftiger aus. Man hat mir gesagt, er hätte viel mehr auf den Rippen.«

»Kräftiger …«

»Ian geht es gut«, wiederholte Julian noch einmal. »Anscheinend ist Mrs. Tremaine ganz gut mit einem Offizier in St. Augustine bekannt, der aber gerade verhindert war, als sie nach ihm schicken ließ. Und Ian war nun einmal zufällig dort, als Mrs. Tremaines Diener Angus dort eintraf und um Hilfe bat. Ian hat dafür gesorgt, daß er selbst den Trupp anführte, den man zu Mrs. Tremaines Haus schickte. Er hatte von dem Scharmützel gehört und sich schon gedacht, daß wir damit zu tun hatten.«

Tia lächelte. »Hätte er deine Männer kriegen können?«

»Nicht ohne größeres Blutvergießen. Das wußte er genauso gut wie ich. Also habe ich auf ihn gewartet, und er kam später zu mir.«

»Eines Tages wird man euch beide noch mal hängen, wegen gemeinsamer Sache mit dem Feind.«

»Glaubst du etwa, daß Ian und ich die einzigen sind, die auf verschiedenen Seiten kämpfen und sich in diesem Krieg hin und wieder treffen?«

»Nein, wohl nicht. Wir tauschen ja auch oft genug Salz und Tabak gegen Kaffee und ein paar andere Dinge, unten am Fluß. Aber so wie ihr beide das macht, ist es doch ziemlich gefährlich.«

»Wir sind vorsichtig.«

»Ich habe ihn schon so lange nicht mehr gesehen«, sagte Tia leise.

»Du könntest doch mal nach St. Augustine reiten. Mich hat man sogar regelrecht dazu eingeladen, als General Magee seinen Fuß behandeln lassen mußte!«

Bei dieser Aussicht hellte sich Tias Gesicht zusehends auf, und freudestrahlend sagte sie schließlich: »Ich würde auch so gern die Kinder mal wiedersehen. Da haben wir nun einen Neffen und eine Nichte, und unsere Cousine hat ihr zweites Kind bekommen, und ich kriege sie nie zu Gesicht. Bald bin ich nur noch die alte, närrische Tante, die keinen mehr abgekriegt hat, weil alle guten Männer im Krieg gefallen sind.«

Julian verschränkte die Arme vor der Brust und entgegnete neckend: »Gott weiß, daß dich sowieso keiner will.«

Daraufhin gab sie ihm einen freundschaftlichen Knuff und sagte: »Mal ehrlich, Julian, es dauert doch bestimmt noch Jahre, bis der Krieg vorüber ist.«

»Wer weiß, vielleicht heiratest du ja mal einen Yankee.«

»Nie, nie im Leben! Alles, bloß das nicht!« Es klang, als ob es ihr verdammt ernst damit wäre, und um ihre Aussage zu unterstreichen, fügte sie noch hinzu: »Auch wenn ich einen irregeleiteten Bruder habe, der bei den Yankees ein Held der Kavallerie ist.«

»Viel schlimmer ist, Tia, daß er als Yankee viel mehr über die Bewegungen der Rebelleneinheiten weiß als wir. Er glaubt, daß die meisten von uns in die reguläre Armee übernommen werden sollen und daß der Miliz hier dann noch weniger Männer bleiben, als sie ohnehin schon hat.«

»Soll das heißen ... daß du weggehst?«

»So hat es Ian gehört.«

»O mein Gott!«

»Und da ist noch etwas.«

»Was denn noch?« fragte sie ganz aufgelöst.

»Jerome wurde verletzt.«

Erschrocken hielt sie den Atem an, und Julian konnte den Puls an ihrem Hals schlagen sehen, als sie fragte: »Ist er schwer verletzt?«

»Ian wußte es auch nur vom Hörensagen, so kann ich nichts Genaues dazu sagen.« Um sie ein wenig zu beruhigen, fügte er noch hinzu: »Jerome ist schon öfter mal verletzt worden. Ein Kratzer hier, ein Kratzer da.«

»Ich will bloß hoffen, daß es nichts Ernstes ist. Glaubst du, daß sie ihn hierherbringen werden?« fragte Tia genauso ängstlich wie zuvor, und dann fiel ihr ein: »Aber an Bord ist doch ein Schiffsarzt ...«

»Ja, das stimmt, und David Stewart ist ein ausgezeichneter Chirurg, er wird ihn schon wieder zusammenflicken, aber er will bestimmt, daß Jeromes Familie ihn gesundpflegt ... falls die Verletzung überhaupt so schlimm sein sollte.«

»Wenn Jerome was Schlimmes passiert ...«

»Wäre das furchtbar«, sagte Julian nur.

Tia sah ihn an, und aus ihren Augen sprach die nackte Angst um das Leben ihres Vetters. Sie war nun schon lange genug als Krankenschwester bei den Rebellen, um zu wissen, daß die Infektionen, die sich nach einer Operation einstellen konnten, häufig noch gefährlicher waren als die Verletzung selbst – und meist tödlich endeten.

Schließlich schwand die Angst aus ihrem Ausdruck, und sie taxierte ihren Bruder lediglich, bevor sie ihn fragte:

»Nun, was glaubst du? Hat deine Hexe wirklich heilende Hände, wie die Leute behaupten?«

Er zögerte kaum merklich, bevor er ihr zur Antwort gab: »Ja, ich denke, das hat sie.«

»Wenn sie dazu beitragen kann, Jerome zu helfen, dann bin ich bereit, sie hier zu akzeptieren.« Wieder sah Tia ihren Bruder mit forschendem Blick an. »Da ist doch noch etwas anderes! Es gibt doch noch einen anderen Grund, warum du sie hergebracht hast, mh?«

Achselzuckend entgegnete er: »Sie war gerade dabei, von ihren eigenen schmerzstillenden Mitteln abhängig zu werden.«

Erstaunt zog Tia eine Augenbraue hoch, da sie nicht glauben konnte, daß das der wahre Grund sein sollte.

»Immerhin ist ihr Mann getötet worden, Tia!« versuchte Julian seiner Schwester Rhiannons Drogensucht zu erklären und dabei von dem anderen Grund abzulenken, der ihn auch noch bewogen hatte, sie mitzubringen.

»Fast jeder hat in diesem Krieg einen Angehörigen verloren, ohne gleich Vergessen in Alkohol oder Drogen zu suchen.«

»Unsere Cousine Jennifer ist Spionin geworden, nachdem Lawrence gefallen ist. Ihr Leben war ihr in diesem Zeitpunkt völlig egal. Der eine reagiert so auf die Trauer, der andere eben anders.«

»Da magst du wohl recht haben, Julian. Aber du willst mir doch nicht weismachen, daß diese Rhiannon so vom Schmerz überwältigt war und derart unter Drogen stand, daß du um ihre Gesundheit fürchten mußtest, sie aber dennoch in der Lage war, die Yankees zu holen, damit sie dich in deinem unverantwortlich blöden Versteck aufstöbern? Tut mir leid, Bruderherz, aber das glaubt dir kein Mensch!«

»Ich habe schon früher mit Leuten zu tun gehabt, die abhängig waren. Oft merkt man ihnen überhaupt nicht an, daß sie etwas genommen haben«, entgegnete er ruhig und fügte erklärend hinzu: »Man wird sehr leicht abhängig, kann dann aber kaum noch die Hände davon lassen.«

»Dann hast du hier unsere Stellung in Gefahr gebracht, nur damit diese Dame wieder von der Droge loskommt?«

»Sie weiß doch überhaupt nicht, wo wir sind. Und wir hatten hier auch schon einmal einen anderen Yankee zu Gast, wenn du dich daran erinnern willst. Hast du vergessen, daß Jeromes Frau die Tochter eines Yankee-Generals ist?«

»Aber sie ist mit Jerome verheiratet.«

»Das war sie aber nicht immer.«

»Willst du diese Mrs. Tremaine etwa heiraten, damit sie den Mund hält? Würde das bei so einer Hexe überhaupt funktionieren?«

»Jetzt wollen wir erst mal sehen, was mit Jerome überhaupt los ist. Ich will nur, daß er lebt und daß es ihm gutgeht und daß er bald wieder auf See ist.«

»Und dafür, daß deine bezaubernde Hexe eventuell verhindern kann, daß er sich eine gefährliche Infektion zuzieht, gehst du wohl jedes Risiko ein?«

»Schwesterchen, man sieht schon deine Krallen!«

»Tatsächlich?«

»Paß nur auf, du zeigst jetzt schon deutliche Tendenzen, eine alte vergrämte Jungfer zu werden.«

»Mein lieber Bruder, ich denke es ist an dir, ein bißchen besser aufzupassen!«

»So, meinst du. Warum?«

Tia lächelte jetzt ganz süß und sagte: »Du scheinst mit dem falschen Körperteil zu denken, mein Lieber.«

»Und das von einer Südstaaten-Lady!«

Sie ignorierte seinen Einwurf und sagte nur: »Sie ist ziemlich attraktiv, groß, elegant und mehr.«

»Was meinst du mit *mehr*?«

»Sie hat etwas Geheimnisvolles.«

»Nicht, wenn man sie erst einmal kennt.«

»Das glaubst du!«

»Ich bin kein Idiot, Tia.«

»Das hab' ich auch nicht behauptet. Ich zähle nur die Vorzüge dieser Dame auf. Sie ist nicht nur höchst interessant und attraktiv, da ist noch mehr. Sie hat Grazie ... Sie bewegt sich wie eine Katze, sinnlich und verführerisch ... beinah wie eine Schwarze Witwe.«

»Spinnen bewegen sich also wie Katzen, mh?«

»Du willst mich nicht verstehen, Julian. Sie muß für einen Mann doch geradezu unwiderstehlich sein – könnte ich mir vorstellen –, aber sie ist eine Yankee, und zwar eine überzeugte, und das kann gefährlich werden. Sie spinnt unsichtbare Fäden, um die Unvorsichtigen einzufangen. Hast du etwa schon mal eine Frau gesehen, der Schwarz so gut steht?«

»Tia, sie ist in Trauer!«

»Sind wir das nicht alle?«

»Nicht so wie Mrs. Tremaine.«

»Trotzdem, Julian, sei vorsichtig!« entgegnete sie ihm und fuhr halb im Ernst, halb im Scherz fort: »Wenn sie wirklich eine Hexe ist – wie so viele behaupten –, dann kann sie genausogut einen Sirenenzauber über die Männer legen, die um sie herum sind. Sei gewarnt! Unser aller Schicksal liegt in deinen Händen!«

»Ich bin mir nicht mehr so sicher, ob heutzutage überhaupt noch irgend jemand sein Schicksal in der Hand hat«, entgegnete Julian trocken.

»Du verstehst immer noch nicht, was ich sagen will. Natürlich sehe ich all das von der Warte einer Frau aus«, sagte Tia seufzend und warnte ihn dann noch einmal mit erhobenem Finger: »Sei vorsichtig! Du darfst ihr nicht vertrauen. Und wenn Jerome hergebracht wird, paß genau auf, was sie mit ihm macht. Und paß auch auf dich selbst auf. Und sieh zu, daß sie nicht rauskriegt, wie man aus dem Camp flieht und zu den Yankees kommt.«

»Nun gut, ich nehme mir deine Sicht der Dinge – die einer Frau! – zu Herzen und werde auf der Hut sein, das schwöre ich.«

Tia lächelte und sagte: »Mach dich nur über mich lustig! Wenn du mir jetzt nicht glaubst, wirst du es eines Tages bitter bereuen!«

Die Beleidigte spielend, warf sie den Kopf in den Nakken und ließ ihn stehen. Während er ihr nachsah, mußte er unwillkürlich lächeln. Er war froh, daß sie sich bereit erklärt hatte, mit ihm zu arbeiten. Sie hatten zusammen schon eine Menge Hürden genommen. Dann versiegte sein Lächeln, und er überlegte, ob Tia wohl recht hatte mit dem, was Rhiannon betraf. Dachte er wirklich mit dem falschen Körperteil? Er schüttelte den Kopf, als könne er dadurch auch diesen Gedanken von sich abschütteln.

Dann registrierte er zum erstenmal an diesem Abend die kühle Brise, die ihn umgab – das sanfte Streicheln der Nacht. Was war das hier nur für ein friedliches Plätzchen in all dem Chaos! Sacht hörte er das Wasser plätschern, und ihm wurde bewußt, daß er in dieser Nacht wieder Herr seiner Sinne war. Er würde alles hören, fühlen und wahrnehmen können. Es war alles so klar. Alles!

Und Tia hatte unrecht. Er wußte genau, was er tat. Ihm war durchaus bewußt, daß Rhiannon der Feind war, und er würde vorsichtig sein, so wie er sich auch schon zuvor zur Vorsicht gemahnt hatte. Er hatte nie daran gezweifelt, daß ihm Rhiannon auch weiterhin feindlich gesonnen bleiben würde.

Und trotzdem ...

Gerade jetzt hatte er ein ganz merkwürdiges Gefühl. Er hatte sie gezwungen, mit ihm zu kommen, weil er um ihr Leben fürchtete. In gewisser Weise lag Tia da wohl doch nicht so falsch: Rhiannon faszinierte ihn irgendwie. Als ob sie tatsächlich ganz feine Fäden gesponnen hätte, um ihm dann ein undurchdringliches Netz überzuwerfen. Nein, das stimmte nicht. Sie hatte einfach nur Hilfe gebraucht. Aber er hatte nun plötzlich auch den Eindruck, daß er sie brauchte und hier bei sich haben wollte. Er hatte gesehen, wie sie mit Paddys Verletzung umgegangen war. Nur ganz wenige Frauen und Männer konnten so geschickt eine Wunde säubern und kannten sich so gut mit Verletzungen und Medizin aus.

Ob sie wohl tatsächlich eine Hexe war? Wie er so dastand und dem Rauschen des Wassers lauschte und den angenehm frischen Windhauch auf der Haut spürte, kam es ihm beinah so vor, als sei das alles Vorsehung gewesen ...

Dann schnaubte er verächtlich in die Dunkelheit hinein und machte sich darüber lustig, daß er sich zu derartigen Gedanken hatte hinreißen lassen. Verwundert über sich selbst schüttelte er den Kopf und verließ dann die friedliche Stille der Wiese am Bach. Er brauchte unbedingt ein bißchen Schlaf. Jetzt war er wieder in seinem Camp und in Sicherheit. Diese Nacht würde er schlafen können.

Aber konnte er das wirklich? Er würde niemals Schlaf finden, bevor er sie nicht noch einmal gesehen hatte. Aber die Nacht war ja noch jung.

9.

Digby war ein netter junger Mann und offensichtlich ganz entzückt von Rachel, die von ihm wiederum geradezu hingerissen schien. So hielt ihr Mündel es also mit seiner Loyalität zu den Unionstruppen, dachte Rhiannon. Aber sie waren nun einmal hier, in diesem Rebellencamp, und im Augenblick blieb ihnen kaum etwas anderes übrig, als das Beste daraus zu machen.

Rhiannon ging davon aus, daß nicht mehr als fünfzig Mann zu der Einheit gehörten. Viele von ihnen waren schon sehr alt, aber manche beinah noch kleine Jungs. Einige von den Männern, die sie in ihrem Haus beherbergt hatte, hatten sich Digby angeschlossen, um ihm dabei zu helfen, den beiden Neuankömmlingen das Zelt herzurichten. Der grauhaarige alte Henry Lyle hatte ihr sogar einen Strauß wildwachsender Blumen gebracht; Thad und Benjamin Henly, die beiden Männer von Tallahassee, hatten ihnen einen kleinen Tisch aus Palmwedeln geflochten; und Kyle Waverly, der Mann, der vor dem Krieg Lehrer gewesen war, hatte ihnen ein Aquarell geschenkt – eine Ansicht des Hafens von St. Augustine –, das er selbst gemalt hatte. Es war ganz klein, steckte in einem Kiefernholzrahmen und machte sich ganz gut auf dem Tischchen. Rhiannon war erstaunt darüber, daß diese Männer so höflich waren und mit keinem Wort erwähnt hatten, was sie getan hatte. Scheinbar respektierten sie, daß sie anderer Ansicht war.

Allerdings mußte Rhiannon, als es schon spät in der Nacht war und sie sich noch ein wenig die Beine hatte vertreten wollen, feststellen, daß sie unter Bewachung stand. Der alte Corporal Lyle versah seinen Dienst vor ihrem Zelt.

»'n Abend, Mrs. Tremaine«, hatte er freundlich gesagt, als ob nichts Ungewöhnliches dabei wäre, daß sie so lange nach Mitternacht noch auf war.

»'n Abend, Corporal«, hatte sie ihm geantwortet.

»Kann ich etwas für Sie tun?«

»Ich wollte nur ein bißchen frische Luft schnappen.«

»Es wird bald regnen.«

»Ich denke, dann hätte es schon längst angefangen.«

»Es wird ein peitschender Wind aufkommen, wenn es so weit ist, und den Regen mitbringen, der dann naß wie eine Hexentitte – o Ma'am, es tut mir leid! –, ich bin es nicht mehr gewöhnt, mit Damen zu sprechen.«

Sie lächelte und senkte den Kopf, wobei sie sich fragte, ob er sich damit wohl für den Ausdruck *Titte* oder *Hexe* hatte entschuldigen wollen.

»Nun, da es bisher noch nicht angefangen hat, wollte ich noch ein bißchen spazieren ...«

»Ich fürchte, das wird leider nicht möglich sein, Mrs. Tremaine.«

»Ich verstehe.«

»Es tut mir leid.«

»Das muß Ihnen nicht leid tun. Wir haben Krieg, nicht wahr?«

Mit diesen Worten schlüpfte sie zurück ins Zelt, wo Rachel schon selig in ihrem Feldbett schlummerte, und setzte sich zitternd auf ihr eigenes Bett. Eigentlich war sie hundemüde. Als sie auf dem Pferd, mit dem sie hergekommen war, an Julian gelehnt, gedöst hatte, hatte sie sich seit langer Zeit das erstemal wieder richtig entspannen können. Aber das war viel zu kurz gewesen.

Nun stand sie auf und durchwühlte ihre Habseligkeiten, bis sie ein einfaches baumwollenes Nachthemd gefunden hatte. Es bereitete ihr einige Schwierigkeiten, aus ihrem schwarzen Trauerkleid und dem Unterkleid herauszukommen, bevor sie das Nachthemd überstreifen konnte. Als sie sich hingelegt hatte, versuchte sie sich einzureden, daß sie es mit dem Nachthemd auch viel bequemer hätte und vielleicht auch ein bißchen Schlaf finden würde. Sie hörte noch, wie der Wind gegen die Zeltplane peitschte, und dann schlief sie tatsächlich ein.

Als sie erwachte, hatte sie das Gefühl, als umgebe sie eine undurchdringliche Dunkelheit. Am ganzen Körper zitternd, setzte sie sich auf. Ihr war furchtbar schlecht. Nein, nicht schon wieder ... Sie wollte sich nicht übergeben müssen. Als das Gefühl der Übelkeit ein wenig nachließ, legte sie sich zurück auf ihr Feldbett. Aber schon nach wenigen Sekunden krampfte sich ihr Magen erneut zusammen. Sie drehte sich auf die Seite, zog die Beine an und fühlte, wie der Schüttelfrost sie in Wellen überlief. Abermals setzte sie sich auf – mittlerweile schweißnaß, obwohl draußen ein frisches Lüftchen ging –, blieb einfach so sitzen, biß die Zähne zusammen und wünschte, sie könnte sterben.

Durch die Zeltplane fiel kein Lichtschein mehr, deshalb war es ihr auch so dunkel vorgekommen. Es mußte zwischendurch geregnet haben, wodurch die wenigen Feuer verlöscht waren, die noch brannten, als sie sich hingelegt hatte. Die Wolken verdeckten wohl immer noch den Mond, und Rhiannon hörte den Wind leise heulen, wie etwas ... wie jemand, der sich ans Leben klammert.

Nein, nein, nein ...

»Rhiannon ...«

Hatte sie etwa so laut gestöhnt? Und wer hatte sie da im Dunkeln beim Namen genannt? Bestimmt hatte sie sich das nur eingebildet. Nein, da war jemand: Julian saß an ihrem Bett, zog sie hoch und nahm sie in die Arme.

»Es wird alles gut.«

»Nein!« sagte sie laut, und da es so dunkel war, daß sie ihn nicht sehen konnte, fragte sie sich, ob sie sich das alles nicht nur einbildete. Ob sie sich nicht einfach so sehr gewünscht hatte, daß er herkam, weil sie nicht den Mut hatte, der Nacht allein entgegenzutreten. Aber, nein ... sie träumte nicht, er war tatsächlich da. Nach dem Regen war er herübergekommen, weil er sich wohl schon gedacht hatte, daß sie noch wach lag ... und von ihren Entzugserscheinungen gepeinigt wurde.

»Es wird bald vorbei sein.«

Mit Tränen in den Augen stammelte sie: »Aber du hast doch gesagt, daß es schon heute nacht nicht mehr so schlimm sein wird ...«

»Es ist auch besser geworden. Das weißt du nur jetzt noch nicht.«

»Es ist alles so dunkel.«

»Es ist eine dunkle Nacht.«

»Rachel ...«

»Rachel geht es gut, sie schläft.«

»Ich kann es nicht aushalten.«

»Doch, das kannst du, du mußt, und bald wird es dir auch bessergehen ...«

Er hielt sie fest, wiegte sie eine Weile in den Armen, bevor er sie dann sacht wieder aufs Bett legte.

»Mein Magen, mir ... ich muß mich gleich übergeben.«

»Versuch, tief zu atmen. Ganz tief.«

Langsam beruhigte sich ihr Magen, und sie mußte sich nicht übergeben. Sanft strich er ihr die Haare aus der Stirn. Die Nacht kam wieder über sie; aber die Dunkelheit schien jetzt nicht mehr bedrohlich, sondern wie eine weiche Zudecke. Während der Wind leise über das Zelt strich und ihre heiße Stirn kühlte, schloß sie ganz entspannt die Augen und glitt sogleich in einen leichten Schlaf. Als sie spürte, wie er sich bewegte, stellte sie fest, daß sie seinen Arm die ganze Zeit festgehalten hatte, und lockerte ihren Griff.

»Bitte laß mich nicht allein!«

Sie wußte nicht, ob sie die Worte tatsächlich ausgesprochen hatte oder ob der Wunsch nur in ihren Gedanken existierte. Julian erstarrte in der Bewegung, legte sich dann aber zu ihr aufs Feldbett, wobei er sie eng an sich zog. Sie spürte sein Baumwollhemd an ihren bloßen Armen, während er sie fest umschlungen hielt, und genoß seine wunderbare Nähe und die Wärme und Lebendigkeit, die von seinem Körper ausging. Wieder überlief sie dieses Zittern, und er umfaßte sie noch ein wenig fester, während sie sich dankbar an ihn kuschelte.

»Denk daran, Yankee, wenn du es morgen wieder nicht erwarten kannst, mir eine Abfuhr zu erteilen.«

»Du hast es eben selbst gesagt ...«, murmelte sie.

»Was?«

»Yankee. Ich bin eine Yankee. Und wenn der Morgen kommt, bist du der Feind.«

»Aber jetzt ist es Nacht, nicht wahr, und im Dunkeln sind wohl alle Katzen grau?«

»Bin ich die Katze oder du?« fragte sie schläfrig.

»Das ist manchmal nur schwer zu sagen«, murmelte er leise.

Um nicht laut sagen zu müssen, was ihr auf der Zunge lag, biß sie sich auf die Unterlippe. Denn ihrer Meinung nach war es überhaupt nicht schwer zu entscheiden, wer die Katze war. Sie lernte ihn von Tag zu Tag besser kennen und stellte langsam fest, daß sie ihn brauchte und sich nach seiner Stimme sehnte ... wie ein Kätzchen nach seinem Herrn.

»Es hat wohl wirklich etwas mit der Dunkelheit zu tun«, sagte sie dann nur, obwohl sie unbedingt wollte, daß er bei ihr blieb, und große Angst davor hatte, allein gelassen zu werden. Er war es, der stark genug war, sie durch diese Dunkelheit zu führen – er war alles, was sie hatte. Sacht legte sie die Finger über seine Hände und drückte sie, als ob sie ihn dadurch zurückhalten könnte, falls er tatsächlich vorhaben sollte zu gehen.

Ob die Wache noch draußen stand, überlegte sie dann. Was mochte Corporal Lyle wohl gedacht haben, falls er noch dagewesen sein sollte, um zu beobachten, wie sein Colonel in ihr Zelt schlüpfte ... Aber eigentlich war es ihr ganz egal – wenn Julian nur neben ihr lag. Es ging ihr schon wieder ein wenig besser – genau wie er gesagt hatte. Beruhigt schloß sie die Augen und entspannte sich. Sie war bald wieder eingeschlafen ... und träumte.

Da war ein Schiff, das auf den Wogen des Meeres hin- und hergeschaukelt wurde und auf das der Regen herniederprasselte. Eine Flußmündung bot ein wenig Schutz, aber selbst dort wurde das stolze Schiff schwer gebeutelt. Dann sah sie ein Gesicht, das sich schemenhaft gegen weiße Laken abhob und von Schweiß glänzte. Dunkles Haar umrahmte es, und der Kopf rollte hin und her. Es war sein Gesicht – Julians ...

Nein, nicht Julians ...

Ein Blitz zuckte über den Himmel, und Rhiannon konnte den Raum erkennen, in dem der Mann lag. Es war eine Schiffskabine. Er versuchte, vom Bett aufzustehen; aber ein anderer, der sich um ihn zu kümmern schien, drückte ihn wieder in die Kissen. Sein Kopf fiel zurück, und jetzt sah sie den Verband an seinem Arm, der immer blutiger wurde, je mehr der Mann sich hin- und herwälzte …

Das Schiff segelte durch die Nacht und kam immer näher. Der Mann öffnete die Augen, und sie hatte das Gefühl, als ob er sehen könnte, daß sie ihn beobachtete. Aber es war alles nur ein Traum. Und dann begann der Traum zu verblassen, und sie schlief ganz tief ein.

Rhiannon erwachte vom Vogelgezwitscher. Im Sonnenlicht, das durch die Zeltplane ins Innere fiel, tanzten Staubpartikel, und sie spürte, wie sich das Zelt allmählich aufheizte. Sie reckte und streckte sich, um sich dann erschrocken zur Seite zu drehen. Aber Julian war nicht mehr da. Sie sah hinüber zu Rachels Bett und stellte fest, daß auch ihr Mündel schon aufgestanden war. Sie war allein.

Vorsichtig setzte sie sich auf. Zu ihrer großen Verwunderung fühlte sie sich richtig ausgeruht, erstaunlich klar im Kopf und körperlich ziemlich wohl. Rasch zog sie sich an, da sie das Gefühl hatte, daß jeden Augenblick jemand ins Zelt kommen könnte. Da es sicher wieder ein heißer Tag werden würde, verzichtete sie auf das Korsett und die langen Spitzenunterhosen und begnügte sich mit einem leichten Baumwolleibchen unter ihrem schwarzen Kleid. Dann trat sie hinaus ins Freie.

Ein anderer Mann bewachte nun das Zelt. Er lehnte auf seinem Gewehr und nippte an einem Becher Kaffee. Auch er gehörte zu den Männern, die in ihr Haus gekommen waren.

»Daniel Anderson aus Jacksonville, stimmt's?« fragte sie, und er nickte, erfreut darüber, daß sie sich an seinen Namen erinnerte. Dann hielt er den Becher hoch und sagte: »Vielen Dank für den Kaffee, Ma'am.«

Wie meinte er denn das? Sie hätte ihm vielleicht sagen sollen, daß er lieber Mammy Nor oder Rachel danken sollte. Aber sie gönnte ihm den Kaffee, der ihm wirklich ausgezeichnet zu schmecken schien, und wollte ihm die Freude daran nicht verderben.

»Gibt es noch mehr davon?« fragte sie dann.

»Natürlich, ich hole ihnen auch einen.«

Er entfernte sich ein paar Schritte vom Zelt und ging zu einer kleinen Feuerstelle, die gerade dabei war, auszugehen. Eine verbeulte Blechkanne stand noch in der Glut, und er schenkte ihr einen Becher voll ein und brachte ihn zum Zelt. Dankend nahm sie den Kaffee entgegen und blickte sich dann suchend um. Im Lager unter den Bäumen war es ziemlich still.

»Wo sind denn alle?«

»Sie sind schon lange wach und … unterwegs. Ja, unterwegs.«

»Und mein Mündel? Rachel?«

»Das weiß ich nicht genau, Mrs. Tremaine. Sie ist ganz früh aufgestanden und zum Bach hinuntergegangen. Danach hat sie, glaube ich, ein paar Sachen sortiert, die Sie in Ihren Satteltaschen mitgebracht hatten.«

»Aha … Es gibt hier in der Nähe also einen Bach, sagen Sie?«

»Ja, da entlang, Mrs. Tremaine.«

Erstaunt zog sie eine Augenbraue hoch und fragte: »Darf ich denn überhaupt allein dahin gehen?«

»Natürlich, Ma'am.« Er zögerte und räusperte sich, bevor er weitersprach: »Zu dieser Tageszeit haben Sie den Bach ganz für sich allein, Ma'am. Es ist ein schönes Plätzchen. Die Soldaten lieben es. Es gibt viele Bäume, die Schatten spenden, und kühles Wasser. Das nimmt dem Krieg ein wenig die Hitze und läßt einen Mann eine Zeitlang vergessen, daß er sonst immer nur kämpfen muß. Ein wirklich nettes Plätzchen. Schade, daß wir dort nicht auf die Yankees treffen können. Das würde die Gemüter abkühlen und vielleicht sogar dem Kämpfen ein Ende machen – wie von Zauberhand.«

»Ist es wirklich so schön dort?« wollte Rhiannon wissen, die bei seiner überschwenglichen Beschreibung unwillkürlich lächeln mußte. Er schien tatsächlich überzeugt von dem zu sein, was er sagte.

»Das ist es, Ma'am, und es gehört Ihnen ganz allein. Ich sorge schon dafür.«

»Und es geht auch wirklich in Ordnung, daß ich ohne Aufpasser dahin gehe?«

»Natürlich.«

Sie mußte wohl sehr skeptisch dreingesehen haben, denn nun fügte er grinsend hinzu: »Falls Sie sich hier noch nicht so richtig auskennen, Ma'am: Es gibt nur diesen einen Pfad, der zum Bach und wieder zurück führt. Auf der anderen Seite ist nichts als Kiefernwald, ganz dicht und schwarz wie die Nacht.«

»Schön, vielen Dank, Sie haben mich überredet. Ich werde also baden gehen, und danach, Mr. Anderson, würde ich Sie bitten, daß Sie mir dabei helfen, Dr. McKenzie zu finden.«

»Wie Sie wünschen, Ma'am.«

Als sie den schmalen Weg entlangging, der zum Bach führte, rechnete sie eigentlich nur mit einem kleinen Rinnsal, obwohl Anderson alles so begeistert beschrieben hatte. Aber er hatte nicht übertrieben: Der Bach war breit, und das Wasser wurde von den Felsen, die in seinem Bett lagen, derart in Wallung gebracht, daß es nur so spritzte. Es war herrlich klar und schien an manchen Stellen auch ziemlich tief zu sein.

Rhiannon kniete sich erst einmal am Ufer hin und schöpfte mit der hohlen Hand von dem Wasser, um zu trinken und sich damit das Gesicht zu benetzen. Es schmeckte wunderbar und war ganz kühl und erfrischend. Es war ein herrliches Gefühl, das Wasser auf der Haut zu spüren, und am liebsten wäre sie sofort baden gegangen. Aber sie zögerte noch. Andererseits hatte Anderson ihr versprochen, daß er schon dafür sorgen würde, daß sie keiner störte.

Sie knöpfte ihr Mieder auf und spritzte sich ein wenig Wasser an Brust und Hals, konnte es dann aber kaum noch erwarten, ganz hineinzusteigen. Sie vergewisserte sich noch einmal, daß auch niemand da war, bevor sie auch die restlichen Knöpfchen ihres Mieders öffnete. Dann zog sie ihr Oberkleid aus und stieg, jetzt nur noch mit dem Leibchen bekleidet, in das erfrischende Naß.

Sie tauchte so weit unter, daß nur noch ihr Kopf herausschaute, legte sich dann auf den Rücken und ließ sich in die tieferen Bereiche des Baches treiben. Bald drehte sie sich aber wieder um, da sie sich an die Felsen erinnerte, schwamm vorsichtig um sie herum und ließ sich wieder ein Stück treiben. Es war herrlich, das Wasser am ganzen Körper zu spüren. Trotz der Hitze war es so schön kühl geblieben, weil die umstehenden Eichen den ganzen Tag Schatten spendeten. Von den Ästen der Bäume hingen wehende grüne Moosschleier, und die wenigen Sonnenstrahlen, die hier und da ihren Weg durch die Blätter fanden, warfen ein hübsches Licht-und-Schatten-Muster auf die Wasseroberfläche.

Rhiannon konnte sich nun gut vorstellen, was Anderson gemeint hatte, als er ihr sagte, daß dieser Ort geeignet sei, erhitzte Gemüter abzukühlen. Es war einfach herrlich hier! Das Wasser schien ihr den Kopf klarzumachen, die Staubschicht von ihr abzuwaschen und auch den klebrigen naßkalten Schweiß, der sie des Nachts hatte erzittern lassen …

Der Bach sprang zwar hier und da über kleine Gesteinsbrocken, war an vielen Stellen aber doch über einen Meter tief, und in einer Ausbuchtung konnte man sogar richtig schwimmen. Dahinter schien sich der Bachlauf zu teilen, wobei der eine Arm zu einer Art natürlichem Becken führte, wo das Wasser, seiner viel dunkleren Oberfläche nach zu urteilen, ganz tief zu sein schien. Als Rhiannon dorthin geschwommen war, stellte sie fest, daß der Bach am Ende des Beckens in einen kleinen Fluß mündete. Sie brauchte nur dieses Bassin zu durchqueren, um zum Fluß zu gelangen …

Sie drehte sich wieder auf den Rücken und ließ sich von der leichten Strömung des Flußzulaufs treiben. Dann drehte sie sich noch einmal um, tauchte tief unter und stieß mit dem Kopf gegen etwas Festes. Ein Mensch!

Erschrocken kam sie an die Wasseroberfläche und hätte beinah geschrien, als sie zwei blaue Augen nicht gerade freundlich auf sich gerichtet sah. Es war Julian, der sie auch sogleich bei den Armen packte, als wolle er ihr das Blut abschnüren. Und Corporal Anderson hatte ihr versprochen, den Bach für sich allein zu haben!

»Was hatten Sie denn vor, Mrs. Tremaine? Wollten Sie etwa nach St. Augustine schwimmen, um den Feind darauf aufmerksam zu machen, daß wir hier sind?«

Sie spürte, wie der schlammige Untergrund zwischen ihren Zehen hindurchquoll. Das Wasser war an dieser Stelle nur etwa einen Meter tief, so daß sie stehen konnte und ihr Oberkörper aus dem Wasser ragte. Das dünne Leibchen klebte an ihren Brüsten, und ihre Brustwarzen begannen bereits, sich abzuzeichnen. Sie kam sich vor, als sei sie nackt und als gelangten Julians Blicke direkt auf ihre Haut ...

»Was für ein Blödsinn!« entgegnete sie ihm aufgebracht, während sie versuchte, sich aus seinem Griff zu befreien. »Wir waren gestern den ganzen Tag unterwegs«, sagte sie dann entschuldigend, »ich fühlte mich schmutzig, und mir war heiß, und das Wasser sah so einladend aus ...«

»So daß Sie vom Ufer weggeschwommen sind und Rachel einfach allein gelassen hätten? Aber das wäre ja jetzt nicht mehr so schlimm gewesen, nicht wahr? Sie wußten ja, daß ihr hier nichts passiert«, sagte er mit schneidender Stimme, während seine Augen sie eiskalt anblickten.

War das wirklich derselbe Mann, der letzte Nacht im Dunkeln zu ihr gekommen war und sie im Arm gehalten hatte, als sie durch die Hölle ging? Jetzt sah er sie mit einem so gestrengen Blick an, als habe sie ein schweres Verbrechen begannen.

»Das ist doch wohl nicht Ihr Ernst ...«, versuchte sie sich zu verteidigen, wurde aber von ihm unterbrochen.

»Doch, es ist mir todernst damit. Schauen Sie sich doch mal um, wo Sie hier sind.«

Rhiannon blickte sich um und stellte fest, daß sie wirklich schon ziemlich weit von der Stelle entfernt war, an der ihr Kleid lag. Es sah tatsächlich so aus, als ob sie vorgehabt hätte, direkt zum Fluß zu schwimmen.

»Sie müssen mich ja für eine ziemlich gute Schwimmerin halten.«

»Ich hätte nie gedacht, daß Sie bis hierher kommen würden. Aber ich sollte eigentlich wissen, daß man Sie nicht unterschätzen darf.«

Als ihr plötzlich durch den Kopf ging, daß er womöglich ganz nackt war, befeuchtete sie nervös ihre Lippen. Sein Oberkörper war es zumindest, und sie stellte fest, daß er gar nicht so hager war, wie sie vermutet hatte. Seine

Brustmuskulatur war sehr gut ausgeprägt, und seine Bauchmuskulatur ebenso. Ihr Blick folgte den sich deutlich abzeichnenden Muskeln, blieb kurz an seinem Nabel hängen, und unwillkürlich versuchte sie zu ergründen, was sich unterhalb der Wasseroberfläche befand …

Nein, er war nicht nackt, sondern trug lange Unterhosen. Unbewußt hatte sie den Atem angehalten, bis sie sich davon überzeugt hatte, daß er nicht im Adamskostüm vor ihr stand. Erleichtert atmete sie aus, und als sie wieder zu ihm hochblickte, stellte sie fest, daß er wohl ihre Gedanken gelesen hatte. Um die Situation zu retten, wiederholte sie noch einmal, was sie zuvor gesagt hatte: »Sie haben doch nicht wirklich gedacht, daß ich vorhatte, nach St. Augustine zu schwimmen?«

»Nur Gott weiß, was Sie noch alles versuchen werden. Aber Sie hätten ja nicht den ganzen Weg bis dorthin schwimmen brauchen, sondern bloß das andere Ufer erreichen müssen.«

»Wenn Sie so viel Angst davor haben, was ich womöglich tun könnte, warum haben Sie mich dann unbedingt …«

»Was habe ich?« fragte er in scharfem Ton, als sie nicht weitersprach.

Sie hob das Kinn und antwortete: »Am Leben halten wollen?«

Er nahm sich Zeit mit der Antwort, wobei sie das Gefühl hatte, als wolle er sie mit seinem Blick durchbohren.

Schließlich sagte er: »Ich habe genug Tod und Zerstörung gesehen. Kugeln reißen den Menschen Löcher ins Fleisch, und der Tod eines geliebten Menschen hinterläßt eine Lücke im Leben der Hinterbliebenen. Jede Verschwendung von Leben ist Sünde.«

Spöttisch lächelnd sah sie ihn an. »Wie tiefsinnig, Colonel! Sagen Sie das jeder Frau, die zu Ihnen in die Praxis kommt?«

»Nein. Und verlieren Sie immer das Gedächtnis, nachdem Sie einen Mann verführt haben, weil Sie unter Drogen standen?«

Wütend trat sie einen Schritt auf ihn zu, um ihn zu ohrfeigen, aber er hatte ihre Reaktion vorausgesehen, packte sogleich ihren Arm und zog sie an sich, bevor sie noch zuschlagen konnte. Beide waren sie klatschnaß, sein Oberkörper war frei, und auch sie hatte fast nichts an. Als ihre Körper sich berührten, wurde sie sich beinah schmerzlich seiner Vitalität bewußt: Die Wärme, die von ihm ausging und die Kraft seiner Muskeln schienen sie zu verbrennen. Sie spürte seinen Atem an ihrem Hals und das Heben und Senken seines Brustkorbs. Am liebsten hätte sie ihm über die Schultern und seine starken Arme gestreichelt.

Richard! Abgesehen von der immer wieder geträumten Szene seines Todes war es nun schon so lange her, daß sie ihn gesehen, gespürt und seine Zärtlichkeiten genossen hatte, daß sie sich kaum noch daran erinnern konnte, wie sie sich geliebt hatten …

Julian hielt sie immer noch grob fest. Er schien ungehalten, aber auch ungeduldig. Sein Blick aus kobaltblauen Augen war starr auf sie gerichtet, und sie sah, wie das Wassers sich darin spiegelte. Dann glitten seine Finger plötzlich zu ihrem Kinn und hoben es zu sich hoch. Sein Blick brannte sich nun regelrecht in ihren, während er sich immer weiter zu ihr hinunterbeugte. Nervös befeuchtete sie ihre Lippen und versuchte verzweifelt, ihren Kopf zur Seite zu drehen und sich von ihm loszumachen. Sie hätte am liebsten laut geschrien, da sie ganz genau wußte, was er vorhatte – aber es kam kein Laut über ihre Lippen. Es gelang ihr auch nicht, ihm zu entkommen. Das lag nur daran, daß er sie viel zu fest hielt, versuchte sie sich einzureden.

Schon preßten sich seine Lippen hart auf ihre, und beinah mit Gewalt verschaffte sich seine Zunge Zugang zum warmen Inneren ihrer Mundhöhle, bewegte sich hin und her, verkostete sie regelrecht und wurde immer fordernder, als wolle er sie verschlingen. Seine rechte Hand lag oberhalb ihrer Hüften an ihrem Rücken und drückte sie immer noch fest an sich, während seine Linke nun zärtlich über ihre Wangen und ihren Hals strich und sich dann langsam zu ihren Brüsten vorarbeitete. Durch das Nichts an dünnem Baumwollmusselin rieb sein Daumen an ihren Brustwarzen, und sie erfaßte plötzlich eine derartige Lust, daß sie zu verglühen glaubte.

Die Erregung breitete sich in ihrem ganzen Körper aus, durchflutete ihre Adern und schien sich dann an ihrer intimsten Stelle zwischen ihren Schenkeln zu konzentrieren, während er sie immer noch mit einer solchen Leidenschaft küßte, daß sie keinen Gedanken mehr daran verschwendete, daß es doch hellichter Tag war und sie womöglich beobachtet wurden.

Schon lange mußte er sie nicht mehr mit Gewalt festhalten oder ihren Kopf zu sich drehen. Seine Lippen lagen immer noch auf ihren, während eine Hand ihren Busen wiegte und die andere langsam über ihren Körper glitt, dabei der Linie ihrer Taille folgte und sich schließlich sanft gegen ihren Unterleib preßte. Dann wurde seine Berührung fordernder und erregte sie nur noch mehr …

»Du Mistkerl!« stieß sie plötzlich hervor, riß sich von ihm los und stolperte ein paar Schritte im Wasser zurück, daß es nur so platschte. »Was machst du denn da? Warum tust du das? Wie konntest du es wagen … wo du doch ganz genau weißt …«

Er stand ganz still und hatte die Arme vor der Brust verschränkt. Dabei sah er sie mit zusammengezogenen Brauen halb verärgert, halb verwundert an und fragte schließlich: »Wo ich doch was weiß?«

Angewidert wischte sie sich mit dem Handrücken über den Mund, als ob sie so seine Küsse und Berührungen ungeschehen machen könnte, und starrte ihn dann, am ganzen Körper zitternd, an. Sie war außer sich und äußerst beschämt, denn nun stellte sich nicht mehr die Frage, *was sie getan*, sondern vielmehr *was sie da gerade vorgehabt hatte.*

»Wo du doch ganz genau weißt, wie ich mich fühle. Daß er tot ist, tot! O Gott, verstehst du das denn nicht?«

»Er mag tot sein, aber du bist immer noch sehr lebendig, ob dir das nun paßt oder nicht«, entgegnete Julian und ging wieder auf sie zu, wobei das Wasser gurgelnd seine Taille umfloß. Direkt vor ihr stehenbleibend, fuhr er fort: »Was ist bloß mit dir los? Glaubst du etwa, daß man von dir erwartet, dich so zu verhalten, als seist du auch schon tot?«

»Man erwartet von mir, daß ich trauere. Das sollten wir alle!«

Er nickte und sagte: »Ja, trauern schon, aber keiner verlangt von uns, daß wir uns selbst kasteien.«

»Das habe ich auch nicht getan.«

»Ach, nein? Du willst einfach nur nicht wahrhaben, daß du auch noch Gefühle hast.«

»Das stimmt gar nicht. Nur weil ich nichts von dir wissen will ...«

»Mit mir hat das überhaupt nichts zu tun. Aber du bildest dir ein, daß du einfach so tun könntest, als ob Dinge, die du getan hast, nicht passiert wären ... Was, wenn es Folgen hatte?«

»Verdammt noch mal, es ist überhaupt nichts passiert, und es wird auch keine Folgen haben!« schrie sie wütend. »Und was machst du hier überhaupt? Ist das eine neue Foltermethode, mitten im Wasser? Gibt es keine verletzten Männer, um die du dich kümmern mußt?«

Mit einemmal hielt sie inne, da sie sich nun wieder an den Traum der vergangenen Nacht erinnerte. Mit unsicherer, etwas entrückter Stimme sagte sie dann: »Dein Vetter ist unterwegs hierher.«

»Wie bitte?« fragte er erstaunt.

»Sein Schiff ist schon fast hier.«

Völlig entgeistert starrte er sie an, und seine Augenbrauen zogen sich wieder zusammen, als er sie fragte: »Woher willst du das wissen? Woher weißt du überhaupt, daß er sich auf einem Schiff befindet?«

»Ich habe es gesehen.«

»Wann?«

Ungeduldig schüttelte sie den Kopf und erwiderte: »In meinem Traum. Ich sage dir, dein Vetter kommt, und er ...«

»Was ist mit ihm?«

»Er braucht dringend Hilfe.«

Nun zögerte er nur noch einen winzigen Augenblick, bevor er an ihr vorbeiging, mit dem Oberkörper wieder ins Wasser tauchte und mit weit ausholenden Zügen in Richtung Ufer schwamm. Er war ein ausgezeichneter Schwimmer – nichts Ungewöhnliches für einen Mann, der in einem Staat aufgewachsen war, in dem die Tage häufig sehr lang und unerträglich heiß waren und es an jeder Wegbiegung Wasser gab. Er gehörte in dieses Land, das er so liebte – so wie sie auch.

Rhiannon folgte ihm ein wenig langsamer, sich nur allzu bewußt, daß sie kaum etwas anhatte. Als sie schließlich das Ufer erreichte und aus dem Wasser stieg, war sie peinlich berührt davon, wie ihr das nasse Unterhemd am Körper klebte. Aber er hatte ihr den Rücken zugekehrt und beachtete sie überhaupt nicht; sie ihn hingegen schon. Seine baumwollenen, langen Unterhosen waren ganz schön abgetragen, an einigen Stellen geradezu fadenscheinig. Und sie ertappte sich dabei, wie sie zur Kenntnis nahm, daß ihm die triefnassen Hosenbeine eng an den Schenkeln und am Gesäß anlagen, wodurch sich jeder Muskel einzeln abzeichnete.

Aber es blieb ihr nicht viel Zeit, sich noch eingehender damit zu beschäftigen, da er sogleich – tropfnaß, wie er war –, in seine Hosen stieg und sich sein Hemd über die Schultern warf. Immer noch barfuß, drehte er sich nun zu ihr um und hielt ihr eine Hand hin, um ihr aus dem Wasser zu helfen.

»Ich kann das schon allein«, protestierte sie mit den Armen vor der Brust, den Blick verschämt aufs Wasser gerichtet. Aber als er ungeduldig schnaubte, sah sie auf und bemerkte, daß er sie dabei überhaupt nicht ansah. Trotzdem wiederholte sie: »Ich kann das schon allein ...«

»Komm jetzt da raus! Es gibt wirklich nichts, das du vor mir verbergen müßtest, weil ich es noch nicht gesehen hätte.«

»Du bist bestimmt kein Südstaaten-Gentleman ...«

»Willst du, daß ich mich noch schlechter benehmen muß?«

Zähneknirschend ergriff sie schließlich seine Hand, und er zog sie ans Ufer. Dann nahm er ihr schwarzes Trauerkleid vom Boden auf und reichte es ihr. Zitternd streifte sie das Kleid über ihr nasses Unterhemd und versuchte dann, ihre Strümpfe über die nassen Beine zu ziehen. Sie wünschte sich nichts sehnlicher, als ein weiches, sauberes Handtuch. Leider hatte sie keins. Das wäre hier draußen wohl auch der reinste Luxus gewesen, dachte sie. Schließlich gab sie auf, rollte die Strümpfe zusammen und schlüpfte mit bloßen Füßen in die Schuhe.

»Gehen wir!« sagte er ungeduldig.

»Wohin denn? Wir sind doch schon am Fluß ...«, entgegnete sie. Aber wohl nicht ganz an der Stelle, wo ich zu sein glaube, dachte sie bei sich.

Julian wollte ihr eigentlich nicht mehr Informationen über ihre genaue Position geben als unbedingt notwendig, aber da er sich nun richtig Sorgen um Jerome machte, entschied er sich schließlich doch dazu, ihr zu sagen, wo genau sie sich befanden.

»Der Bach fließt hier um eine Art Halbinsel, und erst auf der anderen Seite wird das Wasser so tief, daß auch ein Schiff landen kann.«

Dann faßte er sie bei der Hand und zog sie mit sich. Schnell kamen sie zurück zu der Stelle, an der die Zelte verstreut im Kiefernwald standen. Sie ließen sie hinter sich und folgten einem anderen Pfad, der diesmal direkt zum Fluß zu führen schien. Schon bald konnte Rhiannon von weitem ein Segel erkennen. Nach ein paar weiteren Schritten sah sie, daß mitten im Fluß bereits ein Schiff vor Anker lag und kleinere Boote sich gerade in Richtung Ufer bewegten.

Julian drehte sich zu ihr um und sagte: »Du hattest recht, da *ist* er!«

Julians Schwester stand bereits wartend mit ein paar anderen Angehörigen der Florida-Miliz, die Rhiannon schon im Lager gesehen hatte, an der Anlegestelle. Sie schien große Angst zu haben.

»Du solltest allein weitergehen. Deine Schwester wird bestimmt nicht wollen, daß ich dir assistiere, wenn du einen eurer Verwandten behandelst«, sagte Rhiannon.

Aber er ließ sie nicht los, sondern erwiderte statt dessen: »Das wird sie wohl müssen, denn sie möchte ja, daß er am Leben bleibt. Und ich übrigens auch.«

Am Ufer angekommen, gab er ihre Hand dann doch frei und ging ein paar Schritte ins Wasser, um dabei zu helfen, ein kleines Boot an Land zu ziehen, in dem sich drei Männer befanden. Einer ruderte, und ein anderer hielt den Kopf des dritten Mannes, den man in eine Decke gehüllt hatte. Der Ruderer sprang kurz vor der Uferbefestigung behende ins Wasser und half Julian, das Boot zu vertäuen.

Der Mann mit der Decke legte nun einen Arm um die Schultern des Mannes, der ihm zuvor den Kopf gehalten hatte, stieg aus dem kleinen Boot und kam mit leicht wankendem Schritt auf die Gruppe der Wartenden am Steg zu. Rhiannon sah sein Gesicht, und obwohl er ihr fremd war, wußte sie sofort, daß es Jerome sein mußte und wie er sich fühlte, während sie gleichzeitig ein merkwürdiges Zittern überkam. In ihrem Traum hatte sie ihn zunächst für Julian – oder Ian – gehalten, weil er ihnen so ähnlich sah; abgesehen davon, daß Jeromes Wangenknochen etwas höher lagen und sein Haar extrem glatt war und einen blauschwarzen Schimmer hatte.

Jerome McKenzie bemerkte trotz seiner offensichtlichen Benommenheit, daß sie ihn eingehend und besorgt musterte. Wahrscheinlich hatte er ziemlich viel Rum oder Whiskey intus, denn nun fing er auch noch lallend an zu singen: »Wir lagen vor Madagaskar und hatten die Pest an Bord. In den Kesseln da faulte das Wasser, und täglich ging einer über Bord. Ahoi! Kameraden! Ahoi, ahoi!«

»Schnell! Bringen wir ihn ins Lazarettzelt«, befahl Julian.

Rhiannon war einfach am Ufer stehengeblieben, aber Julian kam zurück, um sie wieder bei der Hand zu nehmen. Gemeinsam hasteten sie zu einem Zelt, wo man Jerome auf eine provisorische Krankenbahre gebettet hatte.

»Guter Gott, David«, murmelte Julian zu dem Mann gewandt, der seinen Vetter vom Boot bis zum Zelt halb gestützt und halb getragen hatte.

»Er hat Fieber bekommen«, entgegnete David, der wohl der Schiffsarzt sein mußte. »Die Kugel sitzt ganz nah am Schulterblatt.«

»Julian, Julian«, ließ sich da Jerome vernehmen, »dieser Kerl hat mir wirklich die Hölle heiß gemacht und darauf bestanden, daß meine Überlebenschancen viel größer wären, wenn er mir sofort den Arm amputierte!«

»Jerome, häufig ist es wirklich so, daß ein rascher chirurgischer Eingriff Leben rettet ...«

»Aber *du* kannst mir helfen, ohne daß ich meinen Arm verliere.«

»David ist genauso gut wie ich, und das weißt du auch, sonst wäre er nicht dein Schiffsarzt!«

»Ich mußte einfach herkommen«, beharrte Jerome lächelnd. Obwohl er betrunken war und ziemlich mitgenommen aussah, hatte er ein charmantes Lächeln. Auch darin ähnelten sich die McKenzies sehr; wenn sich Julian mal dazu entschloß, einem dieses Lächeln zu schenken, war er unwiderstehlich.

Abrupt versuchte Jerome nun, sich aufzusetzen, deutete dann mit einer Hand auf Rhiannon und sagte: »Du da!«

Rhiannon erstarrte.

»Ich kenne dich«, fuhr Jerome fort und runzelte verwirrt die Stirn. »Ich habe dich in meinen Träumen gesehen.«

»Deine Frau wird sich freuen, das zu hören, Jerome«, sagte Tia streng, die vorher nur ganz verängstigt neben dem Bett gestanden hatte.

Empört sah Jerome zu ihr hinüber und fuhr dann fort: »Man trifft in diesem Job nicht viele Frauen, aber hier und da habe ich schon mal ein gute Ärztin kennengelernt. Sie sind doch Ärztin?«

Rhiannon schüttelte vehement den Kopf und entgegnete: »Nein, nein, ich …«

»Sie sind eine Naturheilerin – eine weise Frau«, sagte Jerome nun mit Bestimmtheit, und so wie er sie dabei ansah, dachte Rhiannon, daß er gar nicht so betrunken war, wie er sie glauben machen wollte, und vielleicht jemanden kannte, der ihr ziemlich ähnlich sah oder ähnliche Fähigkeiten wie sie besaß. Jedenfalls schien er sich irgendwie mit ihr verbunden zu fühlen … und ihr zu vertrauen.

Rhiannon bemerkte, wie Tia sie anstarrte, und erwiderte deren Blick. Am Anfang hatte sie gedacht, daß die junge Miß McKenzie sie haßte, aber nun wurde ihr klar, daß Tia wohl noch abwartete, bevor sie sich ein Urteil über sie bildete.

Dann sah Rhiannon von ihr zu Jerome und sagte mit einem wehmütigen Lächeln: »Ich bin die ortsansässige Hexe.«

»Eine Yankee-Hexe, nehme ich an.«

»Ich fürchte, ja. Woher wissen Sie das?«

Anstatt ihre Frage zu beantworten, sagte Jerome: »Und mein unmöglicher Vetter hat Sie bestimmt hierher verschleppt, stimmt's?«

»So in etwa«, entgegnete ihm Julian, bevor Rhiannon noch etwas dazu sagen konnte. »Und jetzt leg dich wieder hin, Jerome. Du magst ja der Herr der sieben Meere sein, aber wir wollen jetzt dafür sorgen, daß du das auch bleibst.«

Jerome tat tatsächlich wie ihn geheißen, sah aber wieder zu Rhiannon hinüber und sagte: »Bitte sorgen Sie dafür, daß Julian mir nicht den Arm abnimmt, nur weil er Angst hat, daß ich ihm sonst wegsterbe. Wir stehen uns sehr nahe, müssen Sie wissen, und er liebt mich wie einen Bruder. Womöglich fängt er an, mir den Arm abzunehmen, nur weil er Angst hat, so zu arbeiten wie sonst, weil ich ein Angehöriger bin. Ich habe Frau und Kind, und er glaubt vielleicht, daß er es ihnen schuldig ist, eine Amputation vorzunehmen, damit ich auch garantiert überlebe. Aber ich werde nicht sterben!«

»Den Arm hätte man gleich abnehmen sollen«, sagte Julian. »David hatte da völlig recht.«

»Du hast noch nicht gesehen, wo die Kugel steckt«, entgegnete David. »Ich konnte nicht an sie rankommen, und er hat mit einer solchen Vehemenz darauf bestanden herzusegeln, daß ich dachte, ich sollte ihm den Willen lassen.« Er zögerte, bevor er weitersprach. »Ist Risa wenigstens hier in der Nähe?«

Julian nickte und wandte sich zu einem Gefreiten, der sich draußen am Eingang des Zeltes aufgehalten hatte. »Wir müssen jemanden zu ihr schicken.«

»Liam wäre der Richtige«, entgegnete der Mann. »Er beherrscht es perfekt, sich wie ein Schatten in die Stadt zu stehlen und genauso unbemerkt wieder zu verschwinden.«

Julian nickte und sah wieder zu seinem Patienten.

»Bitte nehmt mir nicht den Arm ab«, bettelte Jerome jetzt regelrecht. »Ich werde schon durchkommen, nicht wahr, Yankee-Hexe?«

Rhiannon nickte und erschrak, als die Finger seines gesunden Armes nach ihrer Hand griffen, bevor er die Augen schloß.

»Jerome, Jerome ...«, flüsterte Tia, während sie ihrem Vetter das blauschwarze Haar aus der Stirn strich. Zu Julian gewandt, sagte sie dann mit angsterfüllter Stimme: »Er antwortet nicht mehr!«

»Seitdem er fiebrig ist, ist er immer mal wieder bei Bewußtsein, aber auch genauso schnell wieder weggetreten«, versuchte David Stewart sie zu beruhigen.

Aber das hatte bei ihr den gegenteiligen Effekt, denn nun entfuhr ihr nur ein: »O mein Gott ...«

»Wir sollten anfangen«, sagte Julian.

»Sind Sie sicher, daß Sie mich dabeihaben wollen?« fragte ihn Rhiannon. »Es gibt genug Leute, die Ihnen hier zur Hand gehen können ...«

»Ich will Ihre Hände«, unterbrach er sie forsch.

Sollte das etwa ein Test sein? Nein, dachte sie dann. Er würde nicht das Leben seines Vetters aufs Spiel setzen, nur um sich ihrer Loyalität zu vergewissern. Er glaubte tatsächlich daran, daß sie gewisse Befähigungen hatte, die ihm von Nutzen sein konnten. Plötzlich zitterte sie. *Sie war keine Hexe und verfügte auch nicht über Zauberkräfte. Sie hatte nur eine Menge über Schlafmohn, Opium und dessen Derivate gelesen und wurde manchmal von der Fähigkeit verfolgt, von Dingen zu träumen, die sich dann später bewahrheiteten ...*

»Mrs. Tremaine?« riß Tia sie aus ihren Gedanken, und die dunklen Augen der jungen Frau waren flehentlich auf sie gerichtet.

Der Verletzte stellte für alle hier eine große Herausforderung dar. *Denn er war von ihrem Blut, aber er unterstützte auch die Konföderierten und sorgte dafür, daß die Rebellen Waffen hatten, Nahrungsmittel bekamen und mit Medizin versorgt wurden.*

»Mrs. Tremaine, mein Vetter wußte, daß Sie hier sind, und er möchte, daß Sie jetzt bei ihm bleiben. Nur Gott weiß, warum, aber ...«

Rhiannon spürte, wie ihre Handflächen feucht wurden. »Ich bleibe hier, aber ich habe noch nie bei einer Operation assistiert, will es aber versuchen ... Ich habe keine speziellen Fähigkeiten, müssen Sie wissen. Ich bin keine Hexe mit magischen Kräften.«

»Medizin ist doch Magie, oder nicht? Helfen Sie meinem Bruder, meinen Vetter zu retten! Zu viele Leute sind der Ansicht, daß Sie ein außerordentliches Talent im Umgang mit Kranken besitzen, als daß nicht etwas Wahres daran sein wird. Jerome ist ein guter Mensch. Er hat uns mit seinen Lieferungen geholfen, Kinder zu retten und auch immer wieder Verletzte. Er ist unser Lebenselixier, wenn Sie so wollen.«

Rhiannon senkte die Augen und spielte mit dem Gedanken, Tia McKenzie daran zu erinnern, daß durch Jeromes Dienste die Sache des Südens vorangetrieben worden war, die aber überhaupt nicht ihren eigenen Vorstellungen entsprach. Aber als sie ihren Blick wieder hob, sah sie, daß Tia sich dessen durchaus bewußt war. Sie schien dafür zu beten, daß Rhiannon dabei helfen konnte, das Leben ihres Vetters zu retten – und auch seinen Arm. Auch Julian beobachtete sie und wartete auf eine Antwort.

Rhiannon war nur ehrlich, als sie schließlich leise vor sich hin murmelte: »Natürlich will ich dabei helfen, Leben zu retten – egal wessen Leben.«

David Stewart und ein anderer Rebell – ein großer Kerl, dessen sich Julian anscheinend regelmäßig bediente, damit er die Patienten festhielt – waren im Zelt geblieben. In der kurzen Zeit, die sie um Jeromes Bett gestanden hatten, hatte Julian schon alles für die Operation vorbereitet. Tia hatte ihm geholfen, obwohl sie die ganze Angelegenheit doch sehr aufregte. Julians Instrumente lagen nun ordentlich aufgereiht da – und waren peinlichst sauber, wie Rhiannon überrascht feststellte.

»Tia, Tupfer«, sagte Julian, als er und David damit begannen, die Mullbinden abzunehmen, mit denen man Jeromes Arm verbunden hatte. Tia nickte zwar, leistete seiner Aufforderung aber keine Folge. Wie gebannt starrte sie einfach nur auf ihren Vetter.

Nachdem der Verband entfernt worden war, trat Rhiannon näher ans Bett heran, um sich die Wunde genauer anzusehen. Dann sagte sie: »Eine Minié-Kugel«, und der

Rebell, den die anderen David nannten, warf ihr einen anerkennenden Blick zu. Die Wunde war sehr gefährlich. Minié-Kugeln hatten die Form eines kleinen Kegels und flogen üblicherweise mit relativ geringer Geschwindigkeit. Dadurch drangen sie auch nur verhältnismäßig langsam in den Körper ein, verursachten aber äußerst unangenehme und gefährliche Verletzungen, weil sie dabei Gewebe, Knochen und Blutgefäße regelrecht in Fetzen rissen. Wenn man Glück hatte, schlug die Patrone glatt durch, aber bei Jerome war dies nicht der Fall gewesen. Sie hatte sich direkt vor einer größeren Arterie verkeilt.

»Du siehst mein Problem«, sagte David. »Er könnte verbluten, wenn man ihm die Kugel einfach so herauszieht.«

»Nimm den Arm ab! Du mußt ihm den Arm abnehmen, um sein Leben zu retten«, rief Tia entsetzt.

»Tia, er könnte dann immer noch verbluten«, entgegnete Julian ruhig.

Rhiannon erkannte, daß es nicht ausreichen würde, nur den Arm zu amputieren. So wie die Kugel saß, müßte Julian auch ein gutes Stück der Schulter wegschneiden. Wirklich eine gefährliche Angelegenheit!

Man hatte sie zwar nicht darum gebeten, aber nun stellte sie sich ans Kopfende des Bettes, um von dort aus Jeromes Wunde noch genauer betrachten zu können. Der Arm war saubergehalten worden, und die Wunde hatte sich nicht entzündet, da David Kompressen verwendet hatte, um Infektionserreger abzuhalten.

In diesem Augenblick erlangte Jerome das Bewußtsein wieder und sah zu ihr hoch. Er war ein außerordentlich attraktiver Mann – etwas ganz Besonderes – und überhaupt nicht daran gewöhnt, selbst auf dem Operationstisch zu liegen. Seine Augen waren Julians ziemlich ähnlich und sein Blick ruhte auch weiterhin auf ihr, als er sagte: »Sie kriegen das schon hin. Sie sind die Hexe. Retten Sie meinen Arm!«

Rhiannon legte ihm beruhigend eine Hand auf die gesunde Schulter und entgegnete: »Julian ist der Chirurg, und denken Sie daran, daß es vor allem darauf ankommt, Ihr Leben zu retten.«

»Julian, du kriegst das hin. Du kannst mir meinen Arm

erhalten. Das weiß ich. Ich brauche ihn. Ich muß doch weiter segeln können. Vertrau der Hexe! Sie weiß, was zu tun ist. Sie werden mir doch helfen, nicht wahr, Yankee-Hexe?«

Unwillkürlich biß sie sich auf die Unterlippe, als sie daran dachte, daß den Anstrengungen der Unionstruppen besser geholfen wäre, wenn dieser Mann starb. Aller Augen waren auf sie gerichtet, und sie blickte nun wieder zu Julian, der sie höflich fragte: »Was halten Sie davon?«

»Ich weiß nicht, was Sie meinen ...«

»Doch, das wissen Sie. Ich kann die Arterie nicht klammern, und ich würde auch nicht darauf vertrauen, daß es hält. Glauben Sie, Sie könnten die Ader zudrücken, während ich operiere, damit er nicht verblutet?«

Erstaunt hielt sie den Atem an. Sie hatte nicht damit gerechnet, daß er sie darum bitten würde. Er mußte ja ungeheures Vertrauen in sie setzen. Sie schluckte und zuckte mit den Schultern, bevor sie ihm antwortete: »Wenn der Schiffsarzt und Ihr Mann ihn ruhig halten können, glaube ich, daß ich das mit der Ader hinkriege – ich habe lange, dünne Finger, so daß ich ganz gut an das Blutgefäß herankomme, während Sie die Kugel rausholen.«

Wenn ihr die Ader zwischen den Fingern wegrutschte oder Julian beim Herausziehen der Kugel mit seinem Arm an ihren stieß, würde Jerome wahrscheinlich verbluten. Sie gingen ein ziemlich großes Risiko ein. Aber entweder mußte die Kugel entfernt oder der Arm abgenommen werden. Wenn sie noch etwas länger warteten, könnte es sein, daß sich die Kugel in die Arterie vorarbeitete, und auch das würde ihn töten.

»O Gott«, stieß Tia verzweifelt hervor.

»Tupfer!« sagte Julian zu ihr. »Tia, Tupfer!«

Jetzt bewegte sie sich endlich und tat wie geheißen.

»Ich bin soweit«, sagte Julian dann, sah zu David und dem Mann am Kopfende und noch einmal zu seinem Vetter.

»Jerome?«

»Ja?«

»Gut, du kannst mich also hören. Ich werde die Kugel

jetzt rausholen, und es wird höllisch weh tun. Ich werde dir etwas Äther verabreichen. Du mußt einfach nur ruhig weiteratmen, wenn ich dir das Tuch auf den Mund drükke …«

»Keinen Äther!« brachte Jerome gerade noch heraus. »Spare es für die Männer auf, die ihn wirklich nötig haben. Ich … ich habe genug Whiskey getrunken … Fang jetzt an!«

Tia war immer noch dabei, die Tupfer und Mullbinden vorzubereiten, und drehte dabei dem provisorischen Operationstisch den Rücken zu. Rhiannon griff instinktiv nach dem Skalpell, das Julian als erstes brauchen würde, und nach der Zange, mit der er die Kugel herausholen könnte, nachdem er einen geraden Schnitt über der Einschußstelle gemacht hatte.

Als sie ihm die Instrumente reichte, trafen sich ihre Augen, und er sagte zu Tia gewandt: »Du mußt wieder herkommen. David muß Jerome stabilisieren, Malcolm sorgt dafür, daß er sich nicht aufbäumt, und Rhiannon kümmert sich um die Arterie. Wenn ich die Stelle vorbereitet habe, mußt du das Blut wegtupfen und das Skalpell nehmen. Danach gibst du mir so schnell wie möglich die Zange. Hast du das verstanden?«

»Ja, Julian.«

Er wandte sich einen Moment von dem Verletzten ab, und Rhiannon sah, daß Jeromes Augen wieder auf ihr ruhten. Sein schönes, sonnengebräuntes Gesicht glänzte schweißnaß vom Fieber und war schmerzverzerrt, aber er war bei Bewußtsein und bekam alles mit.

Wehmütig lächelte er zu ihr hoch und stammelte dann: »Wenn … wenn irgend etwas schiefgeht … bitte sagen Sie meiner Frau, daß ich sie liebe.«

Rhiannon nickte mechanisch und versuchte verzweifelt, die Tränen zurückzuhalten.

»Los jetzt«, sagte Julian.

Beherzt faßte Rhiannon in die Wunde und spürte das zitternde Fleisch des Mannes, sein Blut, sein Leben – all das lag nun in ihren Händen.

10.

Corporal Anderson hätte sich bestimmt nicht träumen lassen, daß Rhiannon das Plätzchen am Bach so sehr lieben würde.

Am selben Abend saß sie wieder dort in der Dämmerung, beobachtete den Sonnenuntergang und dachte, daß nirgendwo auf der Welt dieses Himmelsereignis schöner anzuschauen wäre und deutlicher bewies, welch ein Wunder Gott damit vollbrachte. Die Sonne war riesengroß und glühte rotorange, während sie mit erstaunlicher Geschwindigkeit vor dem blauen Himmel versank. Dabei warf sie einen Regenbogen über das Wasser, der in allen Pastelltönen leuchtete – darunter ein sanftes Rosa, das über Purpur ins Blau verlief, um dann von einem ins Goldene spielenden Hellgelb abgelöst zu werden.

Rhiannon genoß die letzten wärmenden Sonnenstrahlen des Tages, die, durch die Blätter der Bäume fallend, leicht zu vibrieren schienen. Dann hob sie das Kinn, schloß die Augen und stellte sich vor, daß die Natur sie streichelte. Und als ob das noch nicht genug wäre, hatte sie plötzlich das Gefühl, daß sie nicht mehr allein war. Sie öffnete die Augen, sah sich suchend um und erblickte Julian, der an einer moosbewachsenen Eiche stand und sie beobachtete.

»Wie geht es ihm?« fragte sie.

»Gut, zäh wie ein alter Alligator – bis jetzt.«

»Dann hat er die Operation gut überstanden?«

»Wie ich schon sagte, zäh wie eine Echse«, wiederholte er, stieß sich von der Eiche ab und kam zu ihr hinüber, um sich neben sie auf den Baumstamm zu setzen, der beim Ufer im Gras lag.

Sie blickte über den Bach, spürte aber, wie Julian sie ansah, und wünschte, sich seiner Gegenwart nicht immer so bewußt zu sein. Da sie ihm nicht in die Augen sehen wollte, hielt sie ihren Blick weiterhin aufs Wasser gerichtet. Dennoch hatte sie das merkwürdige Gefühl, als ob sie diesem Mann nicht mehr würde entrinnen können, und sie hätte ihr Leben gegeben, um zu verstehen, warum.

»Sie waren ganz außerordentlich«, sagte er zu ihr.

Mit einer abwehrenden Geste entgegnete sie: »Sie sind der Chirurg.«

»Ja, und ich bin gut, aber ohne Sie hätte ich diese Operation nicht vornehmen können. Sie haben unglaublich ruhige Hände. Man könnte meinen, daß Sie das gelernt hätten. Sie wissen ganz genau, wie Sie Ihre Finger halten müssen, selbst wenn Sie nicht sehen können, was Sie da tun.«

»Vielleicht hatte ich einfach nur Glück.«

»Nein, Sie haben begnadete Hände«, sagte er, ohne den Blick von ihr zu wenden. »Nur wenige Ärzte können das von sich behaupten.«

»Dafür wissen sie mehr …«

»Hm, mein Bruder Ian wollte einmal Klavierspieler werden. Er hatte sehr gute Lehrer und lernte eine Menge – und trotzdem ist er immer ein ganz miserabler Spieler geblieben. Musik muß man in der Seele fühlen, und entweder wurde man mit dieser Fähigkeit gesegnet oder nicht. Mit der Medizin verhält es sich ganz ähnlich. Sie haben eine Begabung, ein echtes Talent, und das kann Ihnen keine Universität der Welt beibringen.«

»Wenn ich tatsächlich ein Talent haben sollte, Leute zu heilen, wäre ich schon zufrieden. Wenn es nur nicht …«

»Wenn es nur nicht, was?«

»Mit diesen Träumen verbunden wäre«, fuhr sie kopfschüttelnd fort.

»Was für Träume?«

Rhiannon verfolgte die sich kreisförmig ausdehnenden Wellen, die von der Berührung eines Wasserläufers herrührten, und sagte dann: »Sie werden mir wahrscheinlich nicht glauben, aber in meinen Träumen sehe ich Gegenstände, Leute, Plätze und Dinge, die sich ereignet haben oder noch ereignen werden.«

Er sagte nichts dazu, sondern blickte nun wie sie aufs Wasser hinaus.

»Sie glauben mir nicht, nicht wahr? Kaum einer tut das.«

»Ich weiß nicht, was ich glauben soll. Sie wußten immerhin, daß Jerome kommt.« Er wandte seinen Blick Rhiannon wieder zu und wollte dann von ihr wissen: »Sagen Sie, sehen Sie ein Ende dieses Krieges?«

Rhiannon schüttelte den Kopf. »Ich kann mir leider nicht aussuchen, was ich sehe. Manchmal habe ich einfach nur Visionen.«

»Hatten Sie das immer schon?«

Lächelnd schlang sie die Arme um die Beine und legte das Kinn auf die Knie.

»Ob ich das immer schon hatte ... Ich bin nicht sicher. Vor dem Krieg dachte ich, daß meine Visionen etwas Gutes wären. Einmal war ein kleines Mädchen in St. Augustine seinen Eltern davongelaufen ... Sie hatte sich in irgendeinem alten Fischernetz am Strand verheddert. Ihre Eltern sind vor Angst fast verrückt geworden. Aber ihre Mutter hatte gehört, daß ich dort einmal einem Arzt geholfen hatte, und irgendwie war sie davon überzeugt, daß ich ihr Kind finden könnte. Und dem war auch so. Es war ein wunderbares Gefühl. Aber seitdem wir Krieg haben ... sehe ich nur noch Tod und Zerstörung.«

»Nicht immer. Sie haben doch meinen Vetter gesehen.«

Unsicher zuckte sie mit den Achseln.

»Sie haben ihn sofort erkannt, als Sie ihn sahen«, beharrte Julian.

»Das war nicht schwer. Er sieht genauso aus wie Sie.«

»Nein, nicht wie ich.«

Sie lächelte und verbesserte sich: »Nein, wie Ihr Bruder, und Sie sehen aus wie er.«

»Nur daß er stärker ist, nicht wahr?« Julian lächelte verschmitzt.

Jetzt wurde sie rot. Hatte sie tatsächlich so etwas zu ihm gesagt? Julian war schlank, äußerst muskulös und sehnig, aber nicht wirklich dünn. Sein Gesicht war scharf geschnitten, vielleicht ein wenig hohlwangig, aber sehr gutaussehend. Seine Augen blickten einen immer direkt an, waren von diesem ungewöhnlichen Kobaltblau und hatten etwas Forderndes. Keine einzige seiner Bewegungen war überflüssig. Seine Hände waren faszinierend schlank und fest und genauso schön geformt wie sein Körper. Die langgliedrigen Finger bewegten sich stark und geschickt beim Operieren und so verführerisch, wenn sie einen berührten …

Um das Thema zu wechseln, sagte sie: »Rachel scheint an Ihrem Paddy ja einen wahren Narren gefressen zu haben. Sie ist wohl zu dem Schluß gekommen, daß er unterhalten werden muß, während er gesund wird, und deshalb liest sie ihm die Canterbury-Erzählungen von Chaucer vor.«

»Das habe ich gesehen«, entgegnete Julian lächelnd. »Sie ist eine wunderbare kleine Krankenschwester und überhaupt ein wundervoller Mensch. Sie dient treu ihrer Überzeugung, aber hegt doch viel zuviel Sympathie für ihre Mitmenschen, als daß sie denen, die Hilfe bräuchten, nicht zur Seite stünde, auch wenn diese eine andere Meinung haben als sie. Und sie trägt uns auch unser Täuschungsmanöver nicht nach.«

Rhiannon sah wieder ins Wasser und glaubte, sich verteidigen zu müssen. »Sie haben uns belogen, und deshalb habe ich die Yankees gerufen. Sie können es meinem oder Ihrem Glück zuschreiben, daß Ihr Bruder aufgekreuzt ist, Colonel.«

Julian lächelte in Erinnerung daran, was sein Bruder ihm von seiner Begegnung mit Rhiannon erzählt hatte, und sagte: »Sie sind in Ohnmacht gefallen.«

»Ich war erschöpft.«

»War das der Grund?«

»Bitte fangen Sie nicht schon wieder an, mich damit zu quälen. Ich bin wirklich zu erledigt für so was!«

»Eines Tages werden Sie wohl zugeben müssen …«

»Ich werde nie irgend etwas zugeben, Colonel McKenzie.«

»Doch, das werden Sie.«

»Niemals!«

»Vielleicht halte ich Sie einfach solange gefangen, bis Sie es zugeben.«

Sie erschrak bei dem Gefühl, das der heisere Tonfall seiner Stimme in ihr hervorrief. Ihr Ehemann war noch nicht lange tot … aber es war schon so lange her, daß sie ihn gesehen und berührt hatte … anders als in ihren Träumen. Und dieser McKenzie wirkte trotz seiner Fehler – oder vielleicht gerade deswegen – sehr anziehend auf sie. Er war ein wenig barsch, geradeheraus und viel zu männlich. Allein seine Reibeisenstimme erzeugte bei ihr ein Gefühl, als strichen seine Finger über ihre nackte Haut.

»Hören Sie auf damit!«

»Womit?«

»Mich so anzusehen.«

»Wollen Sie, daß ich gehe?«

»Ja. Nein. Natürlich nicht, aber Sie müssen doch von den Anstrengungen der Operation völlig erledigt sein. Ich ... Erzählen Sie mir doch etwas von Ihrer Familie.«

Als sie seinen leicht irritierten Blick erwiderte, stellte sie fest, daß sie tatsächlich gerne mehr über seine Familie erfahren hätte. Diese McKenzies waren irgendwie alle etwas Besonderes. Sie sahen sich so ähnlich, und jeder war doch wieder ganz anders.

»Er hat indianisches Blut, nicht wahr – Jerome meine ich«, sagte sie dann.

»Seminolenblut«, entgegnete Julian lächelnd.

»Dann ist Ihr Onkel – oder Ihre Tante – indianischer Herkunft?«

Immer noch lächelnd antwortete er: »Teela ist glaube ich Irin, wie meine Mutter. Ihr rotes Haar beweist es. Mein Großvater Sean war zweimal verheiratet, einmal mit meiner Großmutter Geneva und dann mit Jeromes Großmutter Mary, deren Mutter eine halbe Indianerin war. Das Blut unserer Vorfahren hat sich bei uns allen ziemlich stark durchgesetzt.« Er pflückte einen Grashalm, begann nachdenklich darauf herumzukauen und sagte schließlich: »Der Unionsgeneral Sherman hat seine ersten Kriegserfahrungen hier unten im Süden gemacht. Die Unionsarmee hat die Seminolen gejagt wie Vieh und viele von ihnen regelrecht abgeschlachtet. Auch den wenigen Überlebenden gewährte man keine Gnade. Aber die Bundestruppen kämpften nie lange oder hart genug, um eine Schlacht wirklich zu gewinnen. Und da ihnen das nicht gelang, haben sie das Volk einfach ausgerottet.«

Er klang sehr verbittert, und Rhiannon sah ihn nur an, ohne etwas darauf zu erwidern.

Nach einem Augenblick fuhr er leichthin fort: »Das ist einer der Gründe, warum mein Onkel oder mein Vetter sich niemals einem mit Unionsuniform unterordnen würden.«

»Aber, Julian«, protestierte Rhiannon, »es gibt auf beiden Seiten Männer und Frauen, die Angst vor den Indianern haben. Einige der Soldaten, die die Seminolen verfolgt haben, tragen nun das Grau der Konföderierten ...«

»Nicht nur einige, wahrscheinlich eine ganze Menge«, gestand er ihr nach einem Augenblick des Überlegens ein. »Aber zeigen Sie sich mal mit einer blauen Uniform unten in den Everglades, und ich verspreche Ihnen, der nackte Haß schlägt Ihnen entgegen.«

»Können Sie deshalb so gut schwimmen und einen Pfad auch im Dunkeln finden? Weil Sie indianische Verwandte haben, meine ich.«

»Das ist der Grund dafür, warum wir uns alle in den unterschiedlichsten Gegenden von Florida so gut auskennen«, entgegnete er und fügte dann lächelnd hinzu: »Ian ist der älteste, Jerome und ich sind gleichaltrig. Wir haben noch einen Vetter, Brent. Er ist nur ein bißchen jünger als ich. Dann ist da noch Tia, die Sie schon kennengelernt haben, und Sydney, Jeromes kleine Schwester. Natürlich haben wir, als wir klein waren, Indianer gespielt und immer versucht, zu beweisen, daß wir uns genauso leise anschleichen, ebenso tapfer, stark und edel sein können wie unsere indianischen Vorfahren.

Tante Teela und Mutter haben viel mit uns geschimpft, und ab und zu haben wir uns natürlich auch gestritten, aber eigentlich waren wir wie die Mitglieder eines Stammes, die bereit sind, für die anderen einzutreten und sie zu verteidigen, ob es sich nun um den Bruder, die Schwester, den Vetter oder die Cousine handelte. Wir standen uns alle sehr nahe. Und dann kam der Krieg.«

»Der Krieg scheint nichts daran geändert zu haben«, entgegnete Rhiannon freundlich.

»Er hat eine Menge verändert, glauben Sie mir«, versicherte ihr Julian.

»Aber Ihnen und Ihrem Bruder ist es immerhin gelungen, sich gegen mich zu verschwören!« konterte sie.

»Mein Bruder ist ein Yankee. Warum sollte er sich gegen Sie verschwören?«

»Weil Blut dicker ist als Wasser.«

»Wenn dem so wäre, gäbe es keinen Krieg«, murmelte er.

Er klang verbittert, müde und enttäuscht, und sie war versucht, ihm tröstend eine Hand auf den Arm zu legen. Aber das wäre bestimmt ein Fehler gewesen, und sie kam zu dem Schluß, daß sie es besser nicht tun sollte, weil sie es nicht tun durfte. Bevor sie sich zu etwas hinreißen ließ, das sie später bereute, stand sie lieber auf.

Entschlossen blickte sie noch einmal übers Wasser, in dessen bewegter Oberfläche sich die untergehende Sonne spiegelte, und sagte dann entschuldigend: »Ich sollte mal nach Rachel ...«

Aber bevor sie noch weitersprechen konnte, hatte sich auch Julian erhoben und drehte sich zu dem Pfad um, auf dem sie zum Bach gekommen waren. Eine blonde Frau kam dort geradewegs auf sie zugeeilt und rief aufgeregt: »Julian!«

Sie war klein und zierlich, und ihr Haar glänzte golden im Sonnenlicht, während sie auf Julian zurannte und sich ihm in die Arme warf. Er drückte sie fest an sich, und Rhiannon, der die Situation unangenehm war, weil sie sich wie das fünfte Rad am Wagen vorkam, trat ein paar Schritte zurück. Es gab wirklich furchtbar viele Frauen in seinem Leben. Seine Schwester hatte sie ja schon getroffen, und die hier war bestimmt keine Cousine – diese schöne Blonde hatte mit Sicherheit keinen einzigen Tropfen indianischen Blutes in den Adern.

»Julian, es ist wie ein Wunder. Er sieht gut aus. Er wird es schaffen, oder?«

»Wir werden sehen.«

»Er wird nicht sterben, nicht wahr, Julian? Und bestimmt nicht jetzt, wo Risa auch hier ist. Gott sei Dank hatte er dich ...«

»Er hätte es ohne Dr. Stewart nicht überlebt, Alaina. – Es ist so schön, dich zu sehen, aber wie konntest du so schnell herkommen?«

»Wir wußten, daß er verletzt ist«, sagte sie sanft.

»Ian hat euch erzählt, was er gehört hat?«

»Ja, natürlich. Risa war ganz außer sich, sie wollte unbedingt hierher, da sie wußte, daß Jerome herkommen würde. Und nun hat Ian furchtbare Angst um Jerome, aber er mußte heute früh zurück nach Norden. Selbst ihm ist es nicht gelungen, noch einen Aufschub zu erwirken. Es wird sicher bald irgendwo eine ganz furchtbare Schlacht geben. Ich glaube ...«, sagte sie noch und brach dann mitten im Satz ab, als sie Rhiannon erblickte, die etwas von ihnen entfernt im Schatten einer Eiche stand, bisher kein Wort gesagt hatte und in der Abenddämmerung kaum zu erkennen war.

»Oh, es tut mir leid!« rief die blonde Frau aus.

»Eigentlich ist es mein Fehler«, murmelte Julian schuldbewußt und rückte etwas von ihr ab. »Alaina, das ist Mrs. Rhiannon Tremaine. Rhiannon, darf ich Ihnen meine Schwägerin Alaina vorstellen?«

»Rhiannon«, stieß Alaina hervor, »die Yankee-Hex...« Sich an ihre gute Erziehung erinnernd, hielt sie abrupt inne und sagte: »Oh, es tut mir wirklich leid. Man hat uns gerade erzählt, wie sehr Sie Jerome geholfen haben, und natürlich habe ich auch schon über meinen Mann von Ihnen gehört. Eigentlich hat er mir schon eine ganze Menge von Ihnen erzählt, und es ist mir eine Ehre, Sie kennenzulernen.«

»Ganz meinerseits, Mrs. McKenzie«, entgegnete Rhiannon und überlegte sich, was Ian ihr wohl über sie erzählt haben mochte.

»Ist Risa denn auch hier?« fragte Julian.

»Natürlich. Sie ist bei Jerome. Sie möchte Sie unbedingt sehen, Mrs. Tremaine, um Ihnen zu danken.«

»Das ist doch nicht nötig«, murmelte Rhiannon.

»Aber sie glaubt, daß es ihre Pflicht sei. Ihr Vater ist General in der Union, und sie weiß ganz genau, wie schwer diese Situation für Sie sein muß. Natürlich bin auch ich Ihnen dankbar, daß Sie dazu beigetragen haben, Jeromes Leben zu retten. Allerdings bin ich selbst im Süden geboren und aufgewachsen, und mein Herz gehört der Sache der Rebellen. Deshalb ist es für mich jedesmal wieder eine Zerreißprobe, dafür zu beten, daß mein Mann den Krieg heil übersteht, während ich gleichzeitig darum bitte, daß die Seite, für die er kämpft, verliert.«

Rhiannon hätte nichts darauf zu erwidern brauchen und hätte es besser auch nicht getan. Aber sie konnte nicht umhin, zu sagen: »Die Union wird nicht verlieren, Mrs. McKenzie ...«

Ians kleine blonde Frau lächelte und zog dabei kaum merklich, aber amüsiert eine Augenbraue hoch, als sie Rhiannon entgegnete: »Sie scheinen sich da ja ganz sicher zu sein, Mrs. Tremaine. Aber da Sie der Feind sind, ist eine derart bedingungslose Loyalität sicherlich rühmlich.«

»Meine Loyalität ist in der Tat bedingungslos«, entgegnete Rhiannon, »aber nicht blind.« Sie zuckte mit den Schultern, hob das Kinn, sah Julian an und fügte ein wenig boshaft hinzu: »Sie brauchen doch nur mal Ihren Schwager mit Ihrem Ehemann zu vergleichen, Mrs. McKenzie. Der eine sieht total abgerissen aus, der andere nicht.«

»Ich danke Gott«, schaltete sich Julian schnell ein, »daß Sie nicht wieder erwähnt haben, daß mein Bruder auch stärker ist als ich. Er sieht nur kräftiger aus, weil ich ein paar Zentimeter größer bin. Sie finden wirklich, daß ich abgerissen aussehe? Nun, damit kann ich leben.«

Er schien das richtig amüsant zu finden. Auch Alaina gelang es, gute Miene zum bösen Spiel zu machen. Aber dann wandte sie sich doch wieder an Rhiannon: »Es gab eine Zeit, Mrs. Tremaine, da hätten mich Ihre Worte wirklich sehr beleidigt. Aber Sie sind ja nur ehrlich und sagen, was Sie denken. Ich wünsche mir einfach, daß das Kämpfen endlich aufhört, obwohl es nicht so aussieht, als ob das bald der Fall sein würde.«

Darauf erwiderten weder Julian noch Rhiannon etwas, da jetzt noch eine Frau den Weg zum Bach heruntergelaufen kam.

»Julian! Julian!« drang ihr Rufen in die Stille, während sie ohne Umschweife direkt auf Julian zurannte und sich ihm in die Arme warf. Er fing sie auf und wirbelte sie herum, während sie ihn weinend und lachend auf die Wangen küßte. Sie war größer als Alaina, hatte kastanienbraunes Haar, wasserblaue Augen und eine außergewöhnlich reizvolle Gesichtsform.

»O Julian!« rief sie erneut aus, während sie ihren Kopf an seine Brust lehnte. »Er wird es doch schaffen, nicht wahr? Bitte, bitte sag mir, daß er durchkommt ...«

»Er hat die Operation sehr gut überstanden, Risa«, war alles, was Julian ihr im Augenblick mit gutem Gewissen sagen konnte.

»Ich könnte es nicht ertragen, ihn zu verlieren. Ich hatte noch niemals solche Angst, Julian. Wenn er stirbt ...« Ihre Stimme versagte ihr den Dienst, als ihr bewußt wurde, daß Rhiannon auch noch da war. In Risa McKenzies Blick offenbarte sich, daß sie alles über Rhiannon wußte, und ganz besonders die Tatsache, daß ihr Ehemann gefallen war.

Vor Schreck leichenblaß, machte sie sich von Julian los, sah von ihm zu Rhiannon und murmelte entschuldigend: »O Gott, es tut mir so leid. Wie unverzeihlich von mir, so etwas zu sagen, wo ich Ihnen doch eigentlich dafür danken wollte, daß Sie meinem Mann geholfen haben.«

»Es ist schon in Ordnung«, murmelte Rhiannon, die spürte, daß Julian sie beobachtete. »Wirklich«, bestätigte sie zähneknirschend und preßte dann hervor: »Ich ... ich bin mittlerweile nicht mehr der Meinung, daß auch andere Männer sterben sollten, nur weil mein Mann tot ist. Ich bin froh, daß es Ihrem Mann wieder so gutgeht.«

Dankbar und ohne Vorbehalte lächelte Risa sie an, und Rhiannon dachte, daß das das erste Mal war, daß ihr das bei einer dieser McKenzie-Frauen passierte.

Dann kam Risa auf sie zu, ergriff ihre Hand, schüttelte sie heftig und sagte: »Danke ... vielen Dank. Er schläft jetzt ... und man hat mir gesagt, daß das Morphium, das es ihm ermöglicht, ein wenig Ruhe zu finden, auch von Ihnen kommt. Das muß für Sie bestimmt alles sehr schwer sein, die reinste Folter. Ehrlich, ich weiß, was Sie durchmachen ...«

»Sie ist auch eine Yankee«, erklärte Julian zu Rhiannon gewandt.

»Ihr Vater ist General Magee«, ergänzte Alaina.

»*Der* General Magee?« fragte Rhiannon.

»Ja, *der* General Magee«, bestätigte Risa. »Das macht den Krieg noch schlimmer, als er ohnehin schon ist, nicht wahr? Oder noch trauriger.« Als sie den Blick senkte, stellte sie fest, daß sie immer noch Rhiannons Hand hielt, und fuhr fort: »Es ist noch nicht so lange her, da mußten wir Julian nach St. Augustine hineinschmuggeln, damit er den Fuß meines Vaters behandelte – und mein Vater ist ziemlich froh, daß es Julian und auch meinen Ehemann gibt. Wir beten alle nicht nur darum, daß keiner von unserer Familie getötet wird, sondern auch, daß sie sich nicht eines Tages gegenseitig umbringen. Natürlich haben wir immer noch Krieg, und diese Rebellen sind so mißtrauisch! Es war furchtbar, einfach furchtbar. Keiner von ihnen hatte ein gutes Wort für mich, bevor ich endlich einem kleinen McKenzie das Leben schenkte. Und so eine Geburt ist ja nun wirklich kein Vergnügen. Ich hoffe nicht, daß es Ihnen hier auch so geht ...«

»O Risa, wie kannst du nur so etwas zu ihr sagen. Und außerdem waren wir schon befreundet, bevor du überhaupt wußtest, daß du schwanger bist!« protestierte Alaina und betonte dabei jedes einzelne Wort. Zu Rhiannon gewandt, fuhr sie fort: »Wir sind überhaupt nicht so schlecht, Mrs. Tremaine. Wir waren heute abend vielleicht ein wenig unhöflich, aber wir hatten solche Angst um Jerome ... das werden Sie doch sicher verstehen?«

»Natürlich«, entgegnete Rhiannon.

Selbstverständlich verstand sie ihre Gefühle, aber das alles war ihr mit einemmal zuviel. Diese Beziehung zwischen Julian und den beiden Frauen ... Sie standen sich alle so nahe, hatten einen kleinen privaten Kreis gebildet, und sie gehörte nicht dazu.

»Wenn Sie mich jetzt bitte entschuldigen würden«, sagte Rhiannon denn auch, »ich lasse Sie nun mit Julian allein. Bestimmt haben Sie noch eine Menge Fragen an ihn. Es war mir ein Vergnügen, Sie beide kennenzulernen ...«

»Nein, bitte gehen Sie nicht«, sagte Risa. »Wir sind hier einfach so reingeplatzt und haben Sie unterbrochen ...«

»Das geht schon in Ordnung. Ihr Ehemann hat doch gerade eine furchtbare Operation hinter sich, und bestimmt wollen Sie nun ein bißchen unter sich sein ...«

»Überhaupt nicht«, sagte Alaina. »Wir haben eine Menge frischen Fisch mitgebracht, den der junge Gefreite Llewellyn gerade zubereitet.«

»Bleiben Sie doch bitte bei uns. Wir werden in Julians Zelt ein bißchen unter uns sein und hätten gern, daß Sie dabei sind«, erklärte Risa.

Rhiannon hatte das Gefühl, in der Falle zu sitzen. Julian und die beiden Frauen sahen sie an und warteten auf ihre Antwort. Sie war sich wie eine Außenseiterin vorgekommen, und nun wollten sie sie integrieren. Aber sie war sich nicht sicher, ob ihr das nun lieber war.

»Das ist sehr freundlich von Ihnen, aber ich muß mich um mein Mündel kümmern ...«

»Meinen Sie Rachel? Sie ist ein so liebes Mädchen!« rief Risa aus. »Sie vertritt mich an Jeromes Bett, während er schläft. Bitte schließen Sie sich uns doch an. Julian, sag doch auch mal was! Alaina, komm, wir wollen sehen, ob wir Tia finden und den Tisch ein bißchen nett decken können ... Ich habe nichts mehr gegessen, seit ich hörte, daß Jerome verwundet wurde. Julian, du mußt sie davon überzeugen, daß sie mit uns kommt.«

Mit diesen Worten hakte sich Risa bei ihrer Schwägerin unter, und sie gingen den Pfad zurück zum Camp.

Es war unübersehbar, daß Julian sich ein Lächeln verbeißen mußte, als er zu Rhiannon sagte: »Nun, kommen Sie schon! Es sind ja nicht nur Rebellen dabei, wie Sie gerade gesehen haben. Wir werden auch bestimmt keine Kriegsgeheimnisse ausplaudern.«

»Ich möchte wirklich nicht stören. Sie sind alle so vertraut miteinander ...«

»Ich kenne Alaina schon, seitdem sie ein kleines Mädchen war, und sowohl sie als auch Risa haben mir häufig assistiert. Wir sind sehr gute Freunde.«

Rhiannon mußte unwillkürlich daran denken, was wohl passieren würde, wenn Ian oder Jerome im Krieg umkämen. Ob die jeweilige Witwe dann bei Julian Trost suchen würde?

Aber sie sagte nur: »Wie schön, wenn man so gute Freunde hat.«

»Die sich einmal spinnefeind waren«, entgegnete er achselzuckend. »Risa war schon mal so gut wie mit Ian verlobt, müssen Sie wissen. Aber das ist eine lange Geschichte und wohl nicht an mir, sie Ihnen zu erzählen ...«

»Dann ist da noch Ihre Schwester, die mich ...«

»Ach ja, Tia ...«, murmelte er, stellte einen Fuß auf den Baumstamm, auf dem sie zuvor gesessen hatten, und stützte seinen Ellbogen aufs Knie. »In ihr schlägt das wahre Herz der Konföderation. Sie hat Risa keinen Millimeter über den Weg getraut, bis Jamie Anfang des Jahres geboren wurde. Da haben Sie's! Risa mußte erst einen McKenzie zur Welt bringen, bevor man sie in den Kreis der Familie aufnahm! Rebellen haben es da natürlich leichter. Alaina mochten alle von Anfang an. Nun ja, die Yankees in der Familie hatten natürlich ein Problem mit ...«

»Da ich nun mal auch eine Yankee bin, sollte ich Sie lieber allein lassen«, fiel ihm Rhiannon ins Wort und drehte sich um, um ins Lager zurückzugehen.

»Nun ja, eine Yankee mögen Sie ja sein, aber vielleicht ...«, hörte sie Julian hinter sich sagen.

Sie hatte schon mit etwas in dieser Art gerechnet. *Wenn sie bloß wüßte, was in jener Nacht genau passiert war; was Wirklichkeit gewesen war und was sie nur geträumt hatte ...*

Abrupt blieb sie stehen, rührte sich für einen Augenblick nicht vom Fleck, drehte sich dann ruckartig zu ihm um und fragte herausfordernd: »Eine Yankee, aber vielleicht was ..., Colonel?«

Er lächelte selbstsicher und schien sie nur ein ganz klein wenig spöttisch anzusehen, als er achselzuckend antwortete: »Vielleicht bekommen Sie ja auch bald einen McKenzie.«

Sie hielt seinem Blick stand und wünschte plötzlich, sie würde es wagen, sich ihm auch so in die Arme zu werfen wie die beiden anderen Frauen. Sie wollte lachen und weinen und mit den Fäusten gegen seinen Oberkörper trommeln und von ihm verlangen, daß er ihr ganz genau erzählte, was passiert war. Aber das konnte sie natürlich nicht tun. Sie fühlte sich auch so schon viel zu sehr zu ihm hingezogen, war geradezu fasziniert von ihm. Allein seine

Stimme ließ ihr Inneres erbeben, und sie brauchte ihn nur anzusehen, nur zu berühren, um sich ihm so nah zu fühlen, daß sie … Aber sie konnte doch nicht noch einmal für einen Mann empfinden, was sie für Richard empfunden hatte. Sie durfte Richard nicht betrügen.

Deshalb sagte sie schließlich: »Colonel, ich heiße Tremaine, und wenn ich ein Kind bekomme, wird es bestimmt kein McKenzie sein.«

Aber ihre Worte schienen ihn überhaupt nicht zu interessieren. Unbeirrt nahm er seinen Fuß vom Stamm, kam auf sie zu und erklärte, immer noch mit leicht belustigtem Lächeln: »Sie sagten doch, daß Sie Richard bestimmt schon ein Jahr lang nicht mehr gesehen hätten. Kein Toter erscheint einem im Traum und zeugt ein Kind, Mrs. Tremaine. Das lernt man schon ganz am Anfang, wenn man sich ein bißchen näher mit der Medizin beschäftigt. Es tut mir leid, daß Sie sich uns nicht anschließen möchten, aber ich für meinen Teil und mein abgerissener, dürrer, mitleiderregender Körper sterben beinah vor Hunger. Und da uns ein wunderbares Abendessen versprochen wurde, überlasse ich Sie Ihrem Selbstmitleid.«

Daraufhin verneigte er sich äußerst korrekt vor ihr und ließ sie stehen.

11.

Rhiannon kehrte allein zu ihrem Zelt zurück und blieb dort. Wenig überrascht stellte sie bald fest, daß sie keine Ruhe finden konnte. Trotzdem machte sie sich bettfertig und versuchte dabei, sich einzureden, daß sie wirklich müde sei und Schlaf brauchte. Auch wenn sie sich für kurze Momente nicht besonders gut fühlte, da sich die Entzugserscheinungen natürlich immer noch bemerkbar machten, wußte sie genau, daß das nicht der wahre Grund für ihre Rastlosigkeit war. Am liebsten wäre sie doch noch zu den McKenzies hinübergegangen, um zu sehen, was sie taten und worüber sie sprachen.

Rachel hatte darin kein Problem gesehen, und als sie spät in der Nacht in ihr gemeinsames Zelt zurückkehrte, sagte sie, daß sie sehr müde sei, weil sie so lange an Captain Jerome McKenzies Bett gewacht habe. Danach habe sie im Zelt von Colonel Julian McKenzie zu Abend gegessen. Die McKenzies seien ganz reizende Leute, und nicht nur nett und freundlich zu ihr gewesen, sondern geradezu herzlich und so dankbar für ihre Hilfe.

»Natürlich sind sie Rebellen«, beendete Rachel ihren kurzen Bericht mit einem traurigen Seufzer, »aber so viele Menschen in diesem Staat sind Rebellen und waren alte Freunde deines Vaters, Rhiannon, alles gute und anständige Menschen.«

»Ja, das weiß ich, Rachel. Aber nun haben wir Krieg. Außerdem habe ich nie behauptet, daß alle Rebellen schlechte Menschen seien. Aber das heißt noch lange nicht, daß wir uns mit dem Feind verbrüdern müssen.«

»Ich habe nur mit ihnen zu Abend gegessen«, entgegnete Rachel empört, drehte Rhiannon den Rücken zu und murmelte ein »Gute Nacht«.

Rhiannon lag noch lange wach, fühlte sich elend und überlegte, warum die Welt nur so verkehrt war …

Und in dieser Nacht kam niemand zu ihr.

Jerome war nicht gerade ein Musterbeispiel eines Patienten. Obwohl er ganz genau wußte – auch ohne daß David und Julian es mehrmals betonten –, daß sich die Wunde immer noch entzünden und er an einer Infektion sterben konnte, wollte er nach nicht ganz zwei Tagen nach der Operation unbedingt aufstehen und sich nützlich machen.

Rhiannon hatte sich bewußt von seinem Krankenlager und der Familie McKenzie ferngehalten. Der junge Liam brachte ihr das Essen ins Zelt, und sie wechselte Paddys Verband und kümmerte sich auch noch um ein paar andere Kranke im Lazarettzelt. Aber sie nahm auch weiterhin an keinem Familientreffen der McKenzies teil, sondern machte sich so unsichtbar wie möglich. Eigentlich hatte sie damit gerechnet, daß Julian irgendwann auf sie zukommen würde, um sie zu bitten, doch ein bißchen geselliger zu sein und sich ihnen anzuschließen; Yankee hin oder her. Aber er war nicht mal in ihre Nähe gekommen.

Am Nachmittag des zweiten Tages saß sie in ihrem Zelt und war dabei, einen Haufen kaputter Kleider und Unterwäsche zu flicken, die zwar alle ganz sauber am Bach gewaschen worden, aber, wie alles im Camp, ziemlich abgenutzt waren. Sie wollte dem Gegner natürlich nicht wirklich helfen oder ihn sonstwie unterstützen, aber da sie die Männer nicht in diesen Sachen herumlaufen sehen konnte – am Ende würde noch ihr bestes Stück herausfallen –, flickte sie sie eben.

Sie war immer noch damit beschäftigt, als Rachel ins Zelt kam und aufgeregt hervorstieß: »Also wirklich, Rhiannon, dieser Mann ist ein Dämon! Er will die ganze Zeit aus dem Bett raus und behauptet, daß er sich auch auf seinem Schiff wunderbar auskurieren könne. Die arme Risa versucht unentwegt, ihm klarzumachen, daß er nicht das Recht habe, sein Leben derart aufs Spiel zu setzen, wo er doch jetzt einen Jungen hat – von ihr selbst ganz zu schweigen. Julian hat schon damit gedroht, den gesamten Bestand an Beruhigungsmitteln der Konföderation zu plündern und in ihn hineinzupumpen, damit er endlich still ist und sich nicht aufführt wie ein …« Hier machte sie eine kleine

Pause und kicherte, bevor sie fortfuhr: »Julian hat wirklich dieses Wort benutzt, ehrlich.«

»Was hat er denn gesagt?«

»Arschloch!«

»Rachel!«

Rhiannons Entrüstung über diesen Kraftausdruck ernüchterte Rachel ein wenig, die dann meinte: »Ich glaube, Jerome sollte sich wirklich ein bißchen beruhigen. Was denkst du?«

»Ja, der Ansicht bin ich auch. Aber gib acht, du gewöhnst dir unmögliche Ausdrücke bei diesen Rebellen an!«

»Hm, denkst du etwa, die Yankees benutzen solche Wörter nicht?«

»Werd bloß nicht frech«, sagte Rhiannon streng, legte ihre Näharbeit beiseite und erhob sich.

»Wohin willst du?« rief Rachel erstaunt.

»Zu dem Patienten.«

Rhiannon verließ das Zelt und durchquerte das Lager, wo die Soldaten mit allen möglichen Arbeiten beschäftigt waren. Als sie an ihnen vorbeikam, hielten sie mit ihrer Schnitzerei oder dem Gewehrsäubern inne und sahen auf. Alle nickten ihr höflich zu, und auch sie erwiderte den Gruß mit einem Kopfnicken, während sie unbeirrt dem Zelt zustrebte, in dem Jerome McKenzie lag. Dort angekommen, wartete sie einen Augenblick, bevor sie hineinging. Sie hörte Julian mit ärgerlicher Stimme zu Jerome sagen, daß er wenigstens noch ein paar Tage im Bett bleiben müsse. Auch Risas aufgebrachte Stimme war zu vernehmen, die dann aber in ein Schluchzen überging. David versuchte, vernünftig mit Jerome zu reden, und erklärte ihm, welches Risiko er einginge, wenn er jetzt schon aufstand, und daß eine Infektion fast sicher sei, falls die Wunde wieder zu bluten anfinge.

Dann betrat Rhiannon das Zelt. Jerome sah fiebrig aus, aber sie hatte sich schon so etwas gedacht, denn sonst wäre er bestimmt nicht so streitsüchtig gewesen, wo es die Menschen um ihn herum doch nur gut mit ihm meinten und sich seinetwegen Sorgen machten. Er war gerade dabei, so richtig loszulegen, als er sie sah und verstummte.

Die anderen, die ihr den Rücken zugekehrt hatten, drehten sich nun zu ihr um, und Julian sagte gereizt: »Ah, da ist ja auch unsere schwarze Witwe!«

Rhiannon reagierte nicht auf seine spitze Bemerkung, sondern ging direkt an ihm vorbei zu Jerome, blickte dem Patienten kopfschüttelnd in die Augen und sagte: »Sie brauchen gar nicht erst daran zu denken, aufzustehen.«

Erstaunt stellte sie fest, daß er ihr nicht postwendend, sondern erst nach einem Augenblick entgegnete: »Und warum nicht?«

»Sie haben doch sicher davon gehört, daß ich ... hellsehen kann? Und ich sage Ihnen, gehen Sie nicht. Nicht jetzt.«

»Und wenn ich es doch tue?«

»Wenn Sie jetzt gehen ...«, setzte sie an, hielt dann aber inne, bevor sie achselzuckend fortfuhr: »Na gut, Sie haben es nicht anders gewollt! Ich will Ihnen sagen, was Sie dann erwartet. Es wird bald ein Sturm aufkommen, und Sie geraten ...«

»Ich bin ein ausgezeichneter Seemann«, entgegnete Jerome herausfordernd.

»Das sind Sie, aber diesmal würde Ihr Schiff von einem großen Brecher getroffen werden.«

»Wie heißt mein Schiff denn überhaupt? Können Sie das auch sehen?«

»Lady Varina.«

»Ganz Florida kennt den Namen deines Schiffes, Jerome«, schnaubte Julian verächtlich.

»Sei bitte ruhig, Julian, sie versucht doch nur, ihm klarzumachen, daß es besser ist, noch liegenzubleiben!« sagte Risa aufgeregt.

»Tatsächlich! Na dann, Mrs. Tremaine, fahren Sie bitte fort.«

Rhiannon biß die Zähne zusammen, ließ sich aber durch Julians Bemerkung nicht aus dem Konzept bringen. »Eine riesige Woge wird Ihr Schiff ergreifen, und Sie werden stürzen. Dadurch bricht die Wunde wieder auf, sie wird stark bluten, und Sie verlieren das Bewußtsein.«

»Werde ich sterben?«

»Ohne Sie am Steuer wird Ihr Schiff dem Sturm nicht

standhalten können. Es wird untergehen und mit ihm die gesamte Besatzung.«

»Ich bin noch sehr jung, Jerome«, schaltete sich nun David Stewart ein, »ich will noch nicht sterben, und schon gar nicht wegen so eines blöden Unwetters!«

Jerome lächelte verschmitzt, sah erst zu David und dann wieder zu Rhiannon. »Und was, wenn ich nicht segle?«

Rhiannon hatte gedankenverloren Jeromes wunderschöne Frau angesehen, deren Augen voller Hoffnung auf ihr ruhten. Auch Risa war eine Yankee und mit diesem Kerl verheiratet – dem Schrecken der sieben Weltmeere. Eigentlich hätte Rhiannon ihn sterben lassen sollen. Aber sie fühlte die Wärme in Risas Blick, ihre Dankbarkeit, und dann dachte sie, daß sie ja niemanden verraten würde, wenn sie dieser Frau half – immerhin war sie die Tochter eines Unionsgenerals.

Deshalb sagte sie schließlich: »Sie werden nächstes Jahr noch ein Kind bekommen.«

»Oh!« entfuhr es Risa, und sie wurde ganz rot, daß alle sie anstarrten.

Ihr Ehemann fragte breit grinsend und sichtlich amüsiert: »Junge oder Mädchen?«

»Noch einen Jungen.«

»Werde ich überleben, um ihn zu sehen?«

»Ja, Sie werden leben«, entgegnete Rhiannon sanft.

Jerome musterte sie aufmerksam, und seine Lippen kräuselten sich ein wenig, als er fragte: »Werde ich auch den Krieg überleben?«

»Ich denke schon.«

Dann lehnte er sich wieder in die Kissen zurück, und seine Frau, die am Kopfende des Bettes stand, legte ihm fürsorglich eine Hand auf die Schulter. Ohne den Blick von Rhiannon zu nehmen, sagte er achselzuckend, aber zärtlich die Hand seiner Frau berührend: »Nun, dann werde ich wohl doch noch ein paar Tage im Bett aushalten müssen, denke ich.«

»Das ist ja mal wieder typisch!« brummte Julian entrüstet. »Wir geben uns alle Mühe und erklären dir stundenlang die Risiken einer Infektion oder daß du vielleicht verbluten könntest, und dann kommt eine Yankee hier rein und überzeugt dich mal eben.« Zu Risa gewandt, sagte er dann etwas freundlicher: »Er braucht …«

»Ja, ich weiß, Julian, kalte Umschläge. Ich hab' schon gemerkt, daß er ein bißchen fiebrig ist.«

»Verdammt, Julian, jetzt sei doch nicht gleich beleidigt«, meldete sich nun wieder Jerome zu Wort. »Ich meine, ich dachte, ich würde sterben, wenn ich nichts tue. Und da wäre es doch besser gewesen, aufzustehen und mich vorher noch ein bißchen nützlich zu machen. Aber dann kam sie hier rein und hat mir klargemacht …« Er hielt inne, sah wieder zu Rhiannon, ergriff ihre Hand und zog sie etwas näher zu sich heran: »Ich habe schon eine Menge von Ihnen gehört, Mrs. Tremaine. Schon vor dem Krieg.« Dann sah er zu Julian hinüber und fragte: »Erinnerst du dich noch an Rede Corley?«

»Ja, er gehörte zu den Jungs, die man gleich der Artillerie zugeteilt hat, als die ersten Kämpfe entbrannten«, entgegnete Julian.

»Sie hat ihn davon abgehalten, ein wurmzerfressenes altes Beiboot zu benutzen, als er eines Tages unbedingt zum Fischen gehen wollte«, erklärte Jerome. »Er hat damals für ihren Vater gearbeitet.«

Zu Julian gewandt, warf Rhiannon schnell ein: »Ich habe ihn natürlich vor dem Krieg gerettet. Damals war er noch nicht der Feind.«

»Aber ich bin es jetzt«, entgegnete Jerome. »Vielleicht versuchen Sie ja nur, mich von einem für die Rebellen wichtigen strategischen Schachzug fernzuhalten.«

Rhiannon zögerte, bevor sie kaltschnäuzig konterte: »Vielleicht versuche ich aber auch nur, Sie am Leben zu erhalten, damit Ihre Frau die Gelegenheit hat, Ihnen irgendwann genug Vernunft beizubringen. Wenn Sie mich jetzt entschuldigen wollen.«

Mit diesen Worten drehte sie sich auf dem Absatz um und verließ das Zelt. Am ganzen Körper zitternd, lief sie so schnell sie konnte zurück zu ihrer Behausung. Bestürzt stellte sie fest, daß jemand hinter ihr herkam und ihr nachrief: »Noch einmal vielen Dank!«

Abrupt blieb Rhiannon stehen und drehte sich um. Es war Risa McKenzie. Auch sie war stehengeblieben und stemmte nun kopfschüttelnd die Hände in die Hüften, bevor sie mit gedämpfter Stimme fortfuhr: »Sie sind wirklich ganz erstaunlich, Mrs. Tremaine. Und wie Sie das alles vorhergesehen haben …«

Rhiannon zögerte, entschied sich dann aber doch, die Wahrheit zu sagen. »Wenn ich ehrlich bin, Mrs. McKenzie, habe ich überhaupt nichts gesehen. Aber ich dachte, wenn die anderen Leute glauben, daß ich …«

Da fing Jeromes Frau an zu lachen, streckte die Arme nach Rhiannon aus, umarmte und drückte sie ganz fest, während Rhiannon stocksteif dastand.

»Danke, vielen Dank! Wenn ich irgend etwas für Sie tun kann …«

Etwas unangenehm berührt, machte sich Rhiannon von ihr los und sagte: »Wenn Sie vielleicht nicht herumerzählen würden, daß ich gelogen habe.«

»Bestimmt nicht! Niemals!« versprach Risa. »Also ich kann nur wiederholen, wenn ich irgend etwas für Sie tun kann …«

»Vielleicht können Sie das wirklich. Wenn Sie nach St. Augustine zurückkehren, würde ich gerne mit Ihnen kommen.«

»Ja, das habe ich schon gehört.«

»Ich möchte mich im Norden um die Verwundeten kümmern. Auf dem Schlachtfeld. Vielleicht können Sie das für mich arrangieren, wenn Sie Ihren Vater darum bitten?«

Lächelnd entgegnete Risa: »Mein Vater wird sehr froh sein, daß Sie sich um seine Verletzten kümmern wollen. Er denkt bestimmt, daß Gott ihm einen Engel geschickt hat.«

»Oder eine Hexe.«

»Frauen müssen doch manchmal ein bißchen von beidem haben, finden Sie nicht auch?« entgegnete Risa sanft.

»Ja, vielleicht. Und da wäre noch etwas!«

»Was?«

»Bitte sagen Sie Dr. McKenzie nicht, was ich vorhabe.«

»Warum denn nicht?« fragte Risa sichtlich überrascht.

»Sie wissen doch, wie Männer sind. Er denkt dann bestimmt, daß ich das Schicksal leichtfertig herausfordere, wenn ich mich mitten aufs Schlachtfeld begebe.«

»Ah ... ja, ich weiß, was Sie meinen. Die Männer ziehen einfach in den Krieg und kämpfen, und wir sitzen zu Hause und wissen vor Angst nicht aus noch ein. Aber wir selbst sollen ja nichts tun, was gefährlich sein könnte! Ich verspreche Ihnen, daß Ihr Geheimnis bei mir gut aufgehoben ist«, fügte sie noch hinzu, bevor sie sich umdrehte, um zu ihrem Ehemann zurückzueilen.

Rhiannon sah ihr noch nach, bis sie wieder im Zelt verschwunden war.

Jedesmal, wenn Fremde zum Basislager der Rebellen in Florida kamen, herrschte schon lange vorher helle Aufregung. Mehrere Kilometer auf dem Weg dorthin am St. Johns entlang saßen Späher in Rufweite voneinander entfernt in den Bäumen, die alles, was sich zu Land oder zu Wasser dem Lager näherte, rechtzeitig auskundschafteten und die Botschaft getarnt als Vogelschrei weiterleiteten. Das war die einzige Möglichkeit, das Camp vor Angreifern zu schützen. Denn es lag in einem relativ leicht zugänglichen Teil der Sümpfe. Die Yankees in St. Augustine wußten, daß das Lager dort war. Aber bevor nicht irgendein General auftauchte, der wild entschlossen war, eine unverantwortlich hohe Zahl an Unionssoldaten zu opfern, würde man nicht versuchen, das Camp hochzunehmen.

Es gab eine merkwürdige Übereinkunft derer, die sich am Fluß aufhielten: Gefangene wurden ausgetauscht, Meldungen kamen und gingen. Häufig tauschte man sogar Tabak, Kaffee und Salz und andere Dinge des täglichen Bedarfs.

Kurz nachdem Rhiannon Jerome davon überzeugt hatte, daß es besser sei, noch etwas länger im Bett zu bleiben, wurden Männer gesichtet, die sich auf dem schmalen Zugangspfad dem Lager näherten. Die Yankees befanden sich derzeit nicht in Jacksonville, und als Julian und Paddy – der mit Krücken neben ihm stand – darauf warteten, daß die Reiter das Lager erreichten, meinte Paddy, die Yankees würden möglicherweise doch von Jacksonville aus weiter nach Süden vordringen. Aber es handelte sich um drei Soldaten der regulären konföderierten Armee, wie die Späher wenig später berichteten. Sie gehörten scheinbar zu einer Einheit aus Georgia, obwohl man das immer schwerer beurteilen konnte. Julian hatte zwei Männern befohlen, ihnen entgegenzureiten und sie den Rest des Weges zu eskortieren.

Nun stand er auf dem Pfad, der zwischen den Kiefern hindurchführte, und beobachtete, wie die Männer ihre mitleiderregenden Klepper ins Camp führten. Er salutierte vor dem Offizier, einem hageren, alten Mann mit dichtem grauem Haar und einem ebensolchen Bart. Der Soldat erwiderte den Gruß, saß ab und zog seine abgetragenen, senffarbenen Reithandschuhe aus, um Julian die Hand zu geben.

»Ich bin Captain Christopher Rogers, von der regulären Armee in Georgia, Doktor. Corporal Evan Haines und Gefreiter Justin Ewell begleiten mich. Ich fürchte, ich habe offizielle Meldungen der Konföderierten von der Front.«

»Werden wir hier abgezogen?« fragte Julian, der höflich den Händedruck des Mannes erwiderte, während er sich überlegte, wie sein Bruder so genau Bescheid wissen konnte, was im feindlichen Lager geplant wurde.

Erstaunt zog Captain Rogers eine Augenbraue in die Höhe und sagte: »Eigentlich wollte ich Ihnen das ganz schonend beibringen, da die Befehlshabenden genau wissen, welche Probleme es hier in Ihrem Heimatstaat gibt.«

»Natürlich«, murmelte Julian, »und wir kämpfen ja für die Selbstbestimmungsrechte der Südstaaten, nicht wahr?«

Als er die Verbitterung in Julians Stimme vernahm, zog Rogers seine Augenbraue noch ein bißchen höher.

Daraufhin schüttelte Julian bedauernd den Kopf und fügte hinzu: »Es tut mir leid, Captain, aber darf ich Sie jetzt vielleicht in mein Zelt bitten? Ich habe zufällig noch ein bißchen Brandy da, der nicht unmittelbar für medizinische Zwecke gebraucht wird.«

»Ja, gern, Dr. McKenzie.«

Julian wies dem Hauptmann die Richtung zu seinem Quartier und sagte zu Paddy: »Kümmerst du dich bitte um seine Männer?«

»Jawohl, Sir.«

Im Zelt angekommen, hieß Julian den Hauptmann Platz zu nehmen und goß ihm und sich erst einmal ein ordentliches Glas Brandy ein. Als er Rogers Gesichtsausdruck sah, während dieser fast ehrfürchtig an dem Getränk nippte, fühlte sich Julian beinah schuldig, weil es ihm wohl noch verhältnismäßig gutging. Rogers hatte offensichtlich schon seit Ewigkeiten keinen Brandy mehr getrunken. Der Hauptmann war noch von altem Schrot und Korn und nach wie vor bereit, jedwede Strapaze auf sich zu nehmen und sich in Enthaltsamkeit zu üben; wie er sicher auch jedem Befehl ohne Widerrede Folge leistete.

Dadurch wurde sich Julian erst richtig bewußt, wieviel Glück er selbst bisher gehabt hatte. Zwar waren beinah alle Truppen aus Florida abgezogen worden, und er konnte auch von der konföderierten Regierung keinerlei Unterstützung mehr erwarten, aber er hatte immerhin Jerome, der sich darum kümmerte, daß er und seine Jungs mit dem Notwendigsten versorgt wurden. Oft genug gelang es auch seiner Mutter – obwohl sein Vater der Union nach wie vor treu ergeben war –, ihm Schinken und Trockenfleisch von ihrer Plantage in Tampa zu schicken. Auch von seinem Onkel James, der weiter unten im Süden wohnte, erhielt er häufig Verpflegungssendungen. Denn nach wie vor waren viele Gebiete in Florida auf dem Seeweg relativ leicht zugänglich, da es sich bei dem Staat um eine Halbinsel handelte. Aber wenn er nun abkommandiert würde, wären diese Zeiten vorbei.

Captain Rogers seufzte regelrecht vor Begeisterung, als er den zweiten Schluck nahm, und sagte: »Ich bin Ihnen dafür wirklich zu Dank verpflichtet, Dr. McKenzie.«

»Und ich bin sehr froh darüber, daß er ihnen so gut schmeckt, und denke, wir können noch ein bißchen mehr davon entbehren.«

Lächelnd schob Rogers ihm sein Glas hin.

»Ich habe gehört, daß Ihr Vetter angeschossen wurde und sein Schiff hier vor Anker liegt. Das wissen die Yankees auch, da können Sie sicher sein. Sie müssen aufpassen!«

»Ja, das ist den Yankees bestimmt bekannt«, pflichtete Julian ihm bei und wartete, was Rogers ihm noch zu berichten hatte.

»Gut, kommen wir zur Sache. Ich soll Ihnen mitteilen, daß Sie sich in fünf Tagen südlich von Jacksonville im Hauptquartier zu melden haben. Man wird Sie in die reguläre Armee versetzen und nach Norden schicken, wo Sie im Chirurgenteam der Armee von Nordvirginia arbeiten sollen.«

»Mit meiner ganzen Kompanie?«

»O nein, Sir. Man wird einen jungen Arzt herbeordern, aber natürlich können Sie Ihre Assistenten mitnehmen.«

»Warum wurde ich dazu ausgewählt?«

Achselzuckend erwiderte Rogers: »Sie haben gewissen Leuten in geradezu aussichtsloser Situation das Leben gerettet und Briefe geschrieben, die sich mit den hygienischen Verhältnissen ...«

»Diese Briefe waren an meinen Vetter gerichtet«, unterbrach Julian ihn stirnrunzelnd.

»Ja, und Ihr Vetter Captain Brent McKenzie hat einige Passagen daraus in seinen Ersuchen zitiert, wenn er um Nachschub bat, der die Bedingungen bei Operationen auf dem Schlachtfeld verbessern sollte. Die ranghöchsten medizinischen Offiziere der Konföderation bitten Sie um Ihre Hilfe, Doktor.«

Julian trommelte nervös mit den Fingern auf die Tischplatte. »Werde ich mit meinem Vetter zusammenarbeiten?«

Natürlich wäre er gerne wieder mit Brent zusammengewesen, obwohl er ihm im Augenblick am liebsten den Hals umgedreht hätte. Wie konnte er anderen nur ihre private Korrespondenz zeigen? Aber sie wußten beide, daß die unhygienischen Verhältnisse in den Unterkünften und das verseuchte Trinkwasser mehr Opfer unter den Soldaten forderten als Kugeln und Bajonette zusammen. Brent hatte nur getan, wozu er sich verpflichtet fühlte. Er hatte sicher nicht mit derartigen Konsequenzen gerechnet.

»Ich fürchte«, riß ihn Rogers aus seinen Gedanken, »daß Brent McKenzie selbst auch zu keiner leichten Aufgabe abkommandiert wurde.«

»So?« Erstaunt stellte Julian fest, daß der alte Rogers rot wurde.

Dann lehnte er sich zu Julian hinüber, als ob noch jemand anderes im Zelt wäre, der nicht hören sollte, worüber sie sich unterhielten, und raunte ihm zu: »Prostituierte!«

»Bitte?« fragte Julian, der den Zusammenhang nicht sah.

»Nun, Sir, es ist mittlerweile regelrecht zu einer Epidemie geworden. Dort, wo Männer kämpfen, sind auch diese Frauen nicht weit. Wir haben schon so viele Soldaten, die wegen ... äh ... wissen Sie, Krankheiten des Fleisches darniederliegen ...«

Julian senkte ein wenig den Kopf, um den Hauptmann nicht merken zu lassen, daß ihn seine unbeholfene Art amüsierte. Aber dann konnte er doch nicht umhin, ihn zu fragen: »Meinen Sie etwa Filzläuse?« Woraufhin Rogers geradezu bemitleidenswert dunkelrot wurde, so daß Julian dachte, daß es jetzt wohl an der Zeit sei, ihm ein bißchen entgegenzukommen.

»Tut mir leid, Sir.«

»Nicht nur Ungeziefer, viel schlimmer. Da sind Frauen ... so viele Frauen. Nun, Dr. Brent McKenzie erhält einen Spezialauftrag, einige dieser furchtbaren Krankheiten in Schach zu halten und dafür zu sorgen, daß unsere Männer wieder kämpfen können.«

Julian, dem selbst das Herz schwer wurde bei dem Gedanken, Florida verlassen zu müssen, konnte Brent nun nicht mehr länger böse sein. Es war fast zu seinem Lebensinhalt geworden, den Männern auf dem Feld zu helfen, und nun schickte man ihn weg, um Prostituierte zu behandeln. Der Arme, er war wirklich nicht zu beneiden.

»Ich bin sicher, daß mein Vetter seinem Berufsstand alle Ehre macht und die vor ihm liegende Aufgabe mit Bravour bewältigt«, sagte Julian schließlich.

Rogers nickte düster: »Die wichtigen Männer im medizinischen Korps sind auf Sie aufmerksam geworden und sehr zufrieden mit Ihren Erfolgsraten.«

»Ich mußte aber auch nicht unter solch schlechten Bedingungen arbeiten wie die meisten anderen Ärzte inmitten der großen Schlachten.«

»Sie haben doch auch Männer auf dem Feld behandelt!«

»Wir hatten hier einige Scharmützel, und ich hatte mit den gleichen Krankheiten und Verletzungen zu tun, aber niemals unter so grauenerregenden Umständen, wie in manchen Berichten zu lesen ist. Die Zahlen der Verwundeten, Gefallenen und Vermißten bei Antietam waren ja geradezu erschreckend.«

»Ja, da haben Sie wohl recht«, stimmte Rogers ihm zu. »Deshalb werden Sie ja auch so dringend gebraucht, Doktor. Sie sollten sich durch diese Abkommandierung nicht zurückgesetzt fühlen. Der Gouverneur von Florida verbringt Stunden damit, der konföderierten Regierung zu schreiben und sich darüber zu beklagen, in welchem Maß man seinen Staat bereits entvölkert hat, und daß ihm nur noch so wenig Männer bleiben, um ihn zu verteidigen. Die Konföderation weiß ganz genau, wie es um Florida bestellt ist, und wenn die Sommerkampagnen vorüber sind, haben Sie gute Chancen, aus der nationalen Pflicht entlassen zu werden und nach Hause zurückzukehren. Das ist natürlich kein Versprechen oder gar eine Garantie, Sir. Sie wissen ja, daß ich Ihnen das nicht geben kann. Wir müssen eben alle dorthin gehen, wo man uns hinschickt.«

»Auf die gemeinsame Sache«, murmelte Julian und prostete Rogers mit seinem Brandyglas zu.

»Auf die Selbstbestimmung!« bekräftigte Rogers leidenschaftlich.

»Sagen Sie mir doch bitte, Sir, wieso man gerade Sie beauftragt hat, mir diese frohe Botschaft zu überbringen, und wie Sie mich in diesem gottverfluchten kleinen Wäldchen mitten im Sumpf gefunden haben?«

»Nun, mich hat man auch versetzt, und ich bin gerade auf dem Weg zu meiner neuen Einsatzstelle, Sir. Und da ich aus Georgia stamme und mich im Norden Floridas ganz gut auskenne, hat man mich bei Ihnen vorbeigeschickt.«

»Warum wurden Sie versetzt?«

Rogers fuhr wehmütig lächelnd mit einem Finger über den Rand seines Brandyglases, bevor er Julian diese Frage beantwortete. »Die beiden Männer, die mit mir hergekommen sind, und ich sind die einzigen Überlebenden einer zu

Beginn des Krieges fünfzig Mann starken Kompanie – meiner Kompanie. Ich habe sie finanziert, und man hat mich zum Hauptmann gewählt. Am Anfang gehörten wir auch zur Miliz, und dann kämpften wir bei Chancellorsville. Aber zu dem Zeitpunkt waren wir schon nur noch fünfundzwanzig, und danach ... Nun, nur wir drei sind übriggeblieben, Sir.«

Julian nickte bedächtig und sagte dann: »Das tut mir sehr leid für Sie, Sir.«

»Mir auch, Doktor, das können Sie mir glauben.«

»Es scheint mir, als hätten Sie Ihren Beitrag zum Krieg nun wirklich geleistet, und bestimmt hatten Sie schwere Zeiten. Vielleicht sollten Sie versuchen, nach Georgia zurückzukehren, um dort das Ende des Krieges abzuwarten.«

»Das hört sich wirklich gut an. Aber es ist schon komisch, Colonel, wenn man einmal dabei ist, kommt man da nicht mehr raus.«

»Da haben Sie wohl recht«, pflichtete Julian ihm bei.

»Nun, Doktor, denken Sie daran: Immer schön den Kopf unten halten, wenn Sie auf dem Schlachtfeld arbeiten!«

»Das werde ich, passen Sie auch gut auf sich auf, Captain.«

»Darauf trinke ich, Sir! Das heißt, wenn Sie noch ein wenig von Ihrem Brandy erübrigen können.«

Und Julian schenkte Rogers und sich noch einmal nach.

Es war schon spät am Nachmittag des folgenden Tages, als Rhiannon sich wieder einmal zum Bach hinunterwagte. Es war heiß und schwül, und sie fühlte sich ganz klebrig und unwohl. Corporal Lyle hielt an der Stelle Wache, die vom Lager zum Bach hinunterführte, und hatte ihr versichert, daß er noch mehrere Stunden dort seine Pflicht tun und schon dafür sorgen würde, daß sie niemand störte. Natürlich hatte sie diese Worte schon einmal gehört, aber allmählich waren ihr einige Dinge nicht mehr so wichtig oder gar gleichgültig. Ihr war bewußt geworden, daß sie ihre kleinen Streitereien mit Julian regelrecht vermißte. Seit der Operation von Jerome hatte er peinlichst genau darauf geachtet, auf Distanz zu ihr zu bleiben.

Am Bachlauf angekommen, zögerte Rhiannon einen Augenblick, bevor sie Schuhe und Strümpfe, Unterröcke und Spitzenunterhose und schließlich auch ihr Trauergewand auszog. Nur mit ihrem dünnen Leinenunterhemd bekleidet, stieg sie in den Bach und war entzückt darüber, wie frisch und angenehm sich das Wasser auf der Haut anfühlte. Sie bewegte sich auf die Stelle zu, wo es allmählich tiefer wurde, legte sich dann auf den Rücken und spürte sogleich, wie das kühle Naß durch ihr Haar auf die Kopfhaut vordrang und die Hitze des Tages und den Staub, der sich dort angesammelt hatte, mit sich nahm. Das Wasser war herrlich erfrischend, beruhigend und ganz weich. Sie genoß es, sich auf dem Rücken treiben zu lassen, während sie das lichtdurchflutete Blätterdach über sich betrachtete.

Sie hatte ihn nicht kommen sehen, wußte mit einemmal einfach nur, daß er da war und in der Nähe des Bachs an einer alten Eiche lehnte und sie beobachtete. Sogleich hob sie den Kopf und versuchte, die Beine an der Oberfläche zu halten, damit ihre Füße nicht mit dem schlammigen Grund in Berührung kamen.

»Haben Sie auf mich gewartet?« hörte sie ihn fragen.

»Selbstverständlich nicht. Corporal Lyle hat mir hoch und heilig versprochen, daß er den Pfad bewachen würde.«

»Ich verstehe, und Sie sind wohl auch nicht auf die Idee gekommen, daß jemand, der sich in diesem Wald auskennt, auch einen anderen Weg benutzen könnte, mh?«

»Man hat mir gesagt, es gäbe nur diesen einen.«

Julian stieß sich vom Stamm ab und kam ans Ufer. Ganz in ihrer Nähe kniete er sich hin, durchzog mit den Fingern das Wasser und entgegnete: »Corporal Lyle kennt auch nur diesen einen Weg.« Immer noch mit den Händen im Wasser, murmelte er dann: »Wie schön kühl das ist ... Obwohl die Sonne doch durch die Blätter scheint, ist das Wasser immer noch herrlich angenehm. Wenn der Sommer aber erst mal richtig da ist, sinkt die Wasseroberfläche, und es wird warm wie in einer Badewanne.«

Dann richtete er sich wieder auf und zog sein Baumwollhemd aus. Er war bereits barfuß und kam, die Hosen anbehaltend, mit den Worten: »Es macht Ihnen doch nichts aus, wenn ich mich Ihnen anschließe?« zu ihr ins Wasser.

»Nun, eigentlich ...«, setzte sie an, verstummte dann aber, da er sie ohnehin nicht mehr hören konnte. Mit großen Schritten war er direkt ins Tiefe gegangen und für einen Moment untergetaucht. Sie trat weiter das Wasser und sah sich schon bald nervös nach ihm um: Er war schon viel zu lange unter Wasser. Dann endlich sah sie seinen Kopf in einer gewissen Entfernung von ihr wieder auftauchen, an der Stelle, wo der Bach in den Flußzulauf überging.

»Es macht mir schon etwas aus«, rief sie ihm spöttisch zu, »aber lassen Sie sich dadurch nicht stören, springen Sie einfach hinein.«

Mit kräftigen, sicheren Zügen kam er nun auf sie zugeschwommen. Sie wollte noch zurückweichen, aber es war zu spät. Schon war er direkt vor ihr, faßte sie bei den Händen und sagte: »Es macht Ihnen *gar nichts* aus, denn sonst wären Sie ja schon aus dem Wasser.«

»Seien Sie doch nicht albern«, entgegnete Rhiannon, die sich in ihrem Unterhemd noch nie so unangezogen gefühlt hatte. »Man hat mir versichert ...«

»Daß ich hierherkommen würde, um mich mit Ihnen zu treffen?«

»Ich bin hergekommen, um zu schwimmen, McKenzie, und im kühlen, sauberen Wasser ...«

»Die Erinnerungen an all die Rebellen abzuwaschen, die Sie berührt haben?« neckte er sie.

Anstelle einer Antwort riß sie sich von ihm los und wollte gerade zurück zum Ufer schwimmen, als sich seine Hände um ihre Taille legten und sie festhielten.

Dann drehte er sie wieder zu sich herum, sah ihr direkt in die Augen und sagte, wobei sie die Berührung seiner Hände auf ihren Hüften gegen die Kühle des Wassers als brennend heiß empfand: »Mrs. Tremaine, Sie sind die schamloseste Lügnerin, die mir je untergekommen ist.«

Wütend krallte sie ihre Hände in seine, versuchte sich loszumachen und giftete ihn dabei an: »Ich weiß überhaupt nicht, wovon Sie reden. Lassen Sie mich endlich los!«

»Machen Sie sich nichts vor! Sie sind doch nur hergekommen, um mich zu treffen. Sie wußten doch, daß ich kommen würde.«

»Nun, Colonel, wer macht sich denn hier etwas vor?«

»Haben Sie was getrunken, Mrs. Tremaine?«

»Bitte? Etwa während ich mich um die Verletzten kümmere?«

»Ja oder nein?«

»Natürlich nicht!«

»Haben Sie Morphium genommen?«

»Nein!«

»Sind Sie da ganz sicher?«

»Ja, natürlich ...«

»Gut!« sagte er. Dann zog er sie ganz an sich, hielt ihren Kopf fest und gab ihr einen Kuß – hart und erschreckend leidenschaftlich.

Instinktiv wehrte sie sich dagegen und versuchte, ihn von sich wegzuschieben. Aber gleichzeitig wurde sie sich seines nackten und geschmeidigen Oberkörpers bewußt. Ihre Hände, die nun auf seiner dunklen Brustbehaarung lagen, fühlten die gestraffte Muskulatur, die sich über den Oberbauch ins Wasser hinein fortsetzte, und sie hatte das Gefühl, als stiege vom Untergrund des Bachs eine erregende Wärme zu ihr empor, die ihr den Atem nahm ...

Genau das war es! Ihr fehlte der Sauerstoff. Sie bekam keine Luft mehr und verlor allmählich das Bewußtsein, den Verstand, die Besinnung und den Bezug zur Realität. Sie nahm nur noch die wollüstigen Bewegungen seiner Zunge und seiner Lippen wahr, die sich so verführerisch über ihren Mund hermachten. Sie spürte seine Hände überall auf ihrem Körper, und ihr dünnes Hemdchen schien das erotische Prickeln nur noch zu verstärken, als ob er sie auf nackter Haut berührte ...

Sie räusperte sich ... preßte wieder die Hände gegen seine Brust und versuchte noch einmal, ihn von sich wegzuschieben. Aber ... ihre Kräfte ließen nach und auch ihr Wille, sich zu befreien. Noch nie hatte ein Mann sie so schnell erregt. Sie spürte nur noch die feuchte Hitze seiner Küsse und das Feuer, das von seinen Händen ausging. Verbunden mit der Kühle des Wassers, lief es ihr abwechselnd heiß und kalt den Rücken herunter. Ihre Handflächen lagen immer noch auf seinem muskulösen Oberkörper, aber nun gab sie bereitwillig den wilden Bewegungen seiner Zunge nach und genoß die heiße, schwere Süße des Kusses, der sie völlig vereinnahmte.

Dann bog er ihr den Kopf noch ein wenig weiter nach hinten und ließ seine Lippen an ihrem Hals hinunterwandern. Seine Hände streichelten erst sanft ihren Busen und wurden dann immer fordernder. Während er ihre Brustwarzen unter dem dünnen Leinenstoff rieb, gab sie sich ganz diesem wunderbaren Gefühl hin, das sich nun von ihren Brüsten über ihren Bauch zu den Schenkeln hinunter ausbreitete und sie vor Verlangen erbeben ließ …

Dann hob er plötzlich ganz leicht den Kopf, wobei seine Lippen immer noch dicht über ihren schwebten, und fragte: »Sie sind also nicht betrunken?«

»Was? Nein …«

»Und haben keine Drogen genommen?«

»Nein.«

»Gut, dann werden Sie sich diesmal wohl an mich erinnern.« Mit diesen Worten ließ er sie unvermittelt los und nickte ihr höflich zu.

Völlig verständnislos starrte sie ihn an, während sie auf ihrer Haut immer noch spürte, wo seine Lippen und Hände sie zuvor berührt hatten. Aber nun wirkte sich die Kälte des Wassers um sie herum aus wie eine kalte Dusche.

Wütend rief sie: »Warum haben Sie das getan, Sie Rebellenschwein?«

Die unvermeidliche Ohrfeige, die nun folgen mußte, hatte er natürlich kommen sehen.

Als sie zum Schlag ausholte, ergriff er ihr Handgelenk, zog sie noch einmal an sich und sagte: »Wenn Sie irgendwann einmal erfahren möchten, was in jener Nacht passiert ist, Mrs. Tremaine, schauen Sie bei mir rein! Jetzt werden Sie sich zumindest an meinen Namen und mein Gesicht erinnern. Wenn Sie zu dem Schluß kommen sollten, daß Sie mich brauchen, sagen Sie mir Bescheid.«

»Warum sollte ich Sie brauchen!« stieß sie wütend hervor.

»Man kann nie wissen, nicht wahr, Mrs. Tremaine? Vielleicht kann ich Ihnen einmal etwas geben, was Sie sich heute noch gar nicht vorstellen können.«

»Ich werde Sie niemals brauchen ...«

»Vielleicht doch.«

Sein Blick aus tiefblauen Augen ruhte unverwandt auf ihr – durchdringend und auch ein wenig amüsiert. Oder lag darin noch ein anderer Ausdruck? Er hielt sie jetzt wieder so fest an sich gepreßt, daß sie seinen sehnigen, muskulösen Körper am ganzen Leib spürte und auch die Stärke, die von ihm ausging. So sehr sie sich auch bemühte, aber sie konnte sich Richards Gesicht nicht mehr vorstellen und sah nur noch *sein* Gesicht – Julians. Genau das hatte er erreichen wollen. Sie horchte in sich hinein und fühlte ihre Schwäche: die Dunkelheit in ihrem Herzen, die Verlangen zuließ, wo die Liebe gestorben war – hingemetzelt auf dem sogenannten Feld der Ehre.

»Wissen Sie was, Sie könnten mir wirklich einen Gefallen tun, Colonel?«

»Und welchen?«

»Ich kenne Ihr Gesicht nun ganz genau – das können Sie mir glauben! Geben Sie mir die Möglichkeit, eine ordentliche Ohrfeige auf Ihrer selbstgefälligen Visage zu landen!«

Lächelnd ließ er sie los. Dann musterte er sie mit wachem Blick und sagte: »Gut, die Chance sei Ihnen gewährt. Dann mal los!«

Wieder holte sie aus und versuchte in diesen Schlag ihre ganze Kraft und Wut zu legen. Fast dachte sie schon, ihn diesmal richtig zu erwischen, als er in letzter Sekunde wie ein Akrobat herumwirbelte, abtauchte und sie beim Hochkommen erneut packte und an sich drückte.

»Wie ich schon sagte ...«, setzte er dann an.

»Sie sind ein ganz ungehobelter Klotz!«

»Aber ein aufrichtiger.«

»Aufrichtigkeit und Ehre gibt es nicht mehr. Man hat sie genauso abgeschlachtet wie die Männer, die diese Tugenden besessen haben, Colonel.«

»Das Leben geht weiter, Madam. Es bahnt sich seinen Weg, ungeachtet aller Widrigkeiten.«

»Der Tag, an dem ich Sie brauche, wird niemals kommen!« wiederholte sie leise, aber so, daß er es noch verstehen konnte.

»Dessenungeachtet, meine Liebe, würde ich Himmel und Hölle in Bewegung setzen, um Ihnen zu Hilfe zu eilen, wenn Sie mich jemals darum bitten sollten. Mein Name ist McKenzie. Julian. Denken Sie daran.«

»Lassen Sie mich jetzt sofort los, McKenzie!«

»Genau, jetzt haben Sie's!«

»Julian ...«

»Denk an mich!«

Nach wie vor hielt er sie fest an sich gedrückt, und nun berührten seine Lippen noch einmal die ihren; diemal jedoch ganz sacht wie das Züngeln einer Flamme an ihrer Seele. Es kam ihr kaum zu Bewußtsein, als er sie schließlich losließ. Sie senkte den Kopf, und fühlte sich plötzlich so schwach. Aber als sie den Blick wieder hob ... war er nicht mehr da.

Sie sollte ihn erst in ihren Träumen wiedersehen.

12.

Hallo und willkommen, Miß Sydney! Wie geht es Ihnen heute abend?«

»Sehr gut, danke der Nachfrage, Sergeant Granger«, antwortete Sydney McKenzie dem diensthabenden Offizier im Alten Kapitol – einem der Gefängnisse von Washington – und schenkte ihm ein freundliches Lächeln. Dann strich sie sich eine vorwitzige Locke ihres dunklen Haares zurück, das im Schein der Öllampe einen leicht kupferfarbenen Stich hatte, und sagte: »Ich bin natürlich gekommen, um den Jungs einen Besuch abzustatten.«

»Natürlich, Miß Sydney, machen Sie sich keine Sorgen, den Männern geht es gut. Wir Yankees wünschten manchmal, daß Sie unseretwegen kämen, aber wir wissen natürlich, daß Sie zu Ihren Landsleuten wollen.«

Sergeant Granger war ein älterer Mann, der sich freiwillig in die Armee gemeldet hatte. Er war schon ziemlich grau und sah ein bißchen abgearbeitet aus, aber er war bestimmt ein guter Ehemann und Vater; einer von denen, die ihr hin und wieder ins Bewußtsein riefen, daß sie in diesem Krieg gegen ihre ehemaligen Bundesgenossen kämpften. Aber obwohl ihr Granger irgendwie sympathisch war und auch einige der anderen Yankees, die sie in der Bundeshauptstadt kennengelernt hatte, ging ihre Zuneigung für sie doch nicht so weit, als daß sie nicht alles in ihrer Macht Liegende tat, um ihren Jungs aus dem Süden zu helfen, die Freiheit wiederzuerlangen und nach Hause zurückzukehren. Gleiches galt für die Beförderung wichtiger Nachrichten, zu welcher Tages- und Nachtzeit und welchem Bestimmungsort auch immer.

Sydney war anfänglich in den Norden gegangen, um dabei zu helfen, ihren Bruder Jerome zu befreien, als der sich im Alten Kapitol in Kriegsgefangenschaft befunden hatte. Er sollte ursprünglich gegen einen gewissen Captain Jesse Halston ausgetauscht werden, einen schneidigen jungen Kavalleristen der Union, der im Süden verwundet und gefangengenommen worden war. Sydney war seine Krankenschwester gewesen, als er im Krankenhaus von Richmond gelegen hatte. Er war ein wichtiger Gefangener, einer, bei dem der Süden ganz sicher sein konnte, daß man einen eigenen Offizier gegen ihn eintauschen konnte, der der konföderierten Sache besonders gut diente.

Aber der Austausch war immer wieder verschoben worden, was hauptsächlich an Jeromes Schwiegervater, dem Unionsgeneral Magee, gelegen hatte. Der war nämlich der Meinung gewesen, daß sein Schwiegersohn größere Chancen hätte, den Krieg zu überleben, wenn er im Gefängnis blieb. Obwohl sich der Norden beharrlich geweigert hatte, ihren Bruder auszutauschen, war Jesse Halston schließlich gegen einen konföderierten General freigekommen. Jesse war ein vorbildlicher Patient gewesen, sah gut aus und war ein unbekümmerter, wagemutiger junger Mann. Sydney und er hatten bald Freundschaft geschlossen, zumal sie zusammen nach Washington gereist waren und sich dort auch öfter trafen.

Ihr freundschaftliches Verhältnis hatte allerdings sehr gelitten, als er sie davon abhielt, mit Jerome zu fliehen. Der war nämlich fest entschlossen gewesen, das Gefängnis in jedem Fall zu verlassen, und da es auf dem regulären Weg nicht funktionierte, hatte er eben einen anderen gewählt und war dabei ganz raffiniert vorgegangen. Als die musikalisch veranlagte Großmutter eines anderen Gefangenen ihren Enkel mit ein paar Freundinnen – durch die Bank von Sydney ausgewählte Südstaatensympathisantinnen – besucht hatte, konnten einige der Männer als Mitglieder des irischen Frauenchors verkleidet aus dem Gefängnis entkommen.

Aber Jesse hatte von dem Plan erfahren, und als die Konföderierten gerade dabei waren zu fliehen, war er zu Sydney gegangen und hatte ihr gedroht, die ganze Sache auffliegen zu lassen, wenn sie vorhaben sollte, ihren Bruder zu begleiten. Er war unnachgiebig geblieben, und Sydney mußte Jerome eine richtige Komödie vorspielen, um ihn glauben zu machen, daß sie von Anfang an vorgehabt hätte, in Washington zu bleiben.

Natürlich war sich auch Jerome bewußt gewesen, daß es für Sydney gefährlich werden könnte, mit ihm zu reisen. Und da er Jesse Halston noch von einem Besuch im Krankenhaus in Richmond kannte, bei dem Sydney die beiden einander vorgestellt hatte, glaubte er ihr die Geschichte. Letztlich war er sogar erleichtert, daß sie dadurch außer Gefahr war.

Unmittelbar danach hatte sich Jesse mit ihr im Salon des schmucken Washingtoner Stadthäuschens, das er von seinem Vater geerbt hatte, eingeschlossen, um zu verhindern, daß sie ihrem Bruder nachjagte. Obwohl er ihr erklärt hatte, daß es nur zu ihrem Besten sei, damit sie nicht mit einer Kugel im Kopf endete, hatte sie ihn eine halbe Ewigkeit wütend angeschwiegen und war schließlich auf dem Sofa eingeschlafen. Nach all der Aufregung war sie so erschöpft gewesen, daß sie zehn Stunden durchschlief. Aber als sie erwachte, saß er immer noch da und beobachtete sie.

»Sie können mich Präsident Lincoln höchstpersönlich ausliefern, das ist mir völlig egal«, hatte sie ihm da entgegengeschleudert. »Jerome ist nun weg, und ich bleibe keine Minute länger in diesem Raum, es sei denn, Sie erschießen mich ...«

Daraufhin hatte er ihr anstandslos die Tür aufgesperrt und gesagt, sie könne gehen.

Im Alten Kapitol wurde der irische Damenchor natürlich nicht wieder vorgelassen, aber Sydney, die man mit der Flucht nicht in Verbindung brachte, durfte die Gefangenen nach wie vor besuchen und ihnen Essen, Kleidung und andere Kleinigkeiten bringen. Ihre Brüder waren zwar bei den Rebellen, aber ihr Cousin Ian war ein Offizier und Held der Nordstaatenkavallerie – ähnlich wie Jesse Halston. Deshalb genoß sie gewisse Privilegien, und man vertraute ihr.

Da man Jesse wieder in den Krieg geschickt hatte, stand ihren Aktivitäten nun nichts mehr im Wege. Seit Jeromes Flucht war es ihr schon zweimal gelungen, Informationen von den Gefangenen nach draußen zu schmuggeln. Sie wußte, daß es ein Spiel mit dem Feuer war – auch andere Mitglieder ihrer Familie hatten sich schon daran verbrannt.

Aber sie war sehr vorsichtig, besonders charmant und spielte ihre Rolle hervorragend. Außerdem beging sie niemals den Fehler, etwas schriftlich zu machen. Sie überbrachte ihre Nachrichten entweder höchstpersönlich oder mit Hilfe von Marla Kelly, einem jungen Mädchen aus Irland, das sie bei der Vorbereitung zu Jeromes Flucht kennengelernt hatte.

Marla, die mit ihrem Bruder nach Amerika gekommen war, hatte ihn bei der Schlacht um Sharpsburg verloren, und auch der junge Mann, den sie kurz vor Ausbruch des Krieges geheiratet hatte, war während des Virginiafeldzuges von McClellan bei der Schlacht um Richmond gefallen. So ganz auf sich allein gestellt und weit weg von zu Hause, wollte Marla nur eins: Rache! Sie war eine Bekannte von Rose Greenhow, der verführerischen Washingtoner Witwe, die die gesellschaftlichen Kreise der Hauptstadt in ihren Bann geschlagen hatte und Südstaatengeneräle über Militäraktionen des Bundes informierte. Aber Rose war aufgeflogen, und man hatte sie ebenfalls ins Alte Kapitol gesteckt und schließlich in den Süden verfrachtet – wo sie nach wie vor für die Konföderation arbeitete.

Vielen Frauen gelang es, der Konföderation auf die eine oder andere Weise behilflich zu sein. Auch Alaina, die Frau von Sydneys Vetter Ian – einem der überzeugtesten Yankees überhaupt! –, hatte für die Konföderierten spioniert und dabei mit Rose zusammengearbeitet. Schließlich war sie dabei erwischt worden, allerdings von Ian selbst, und hatte ihm bei ihrer Ehre schwören müssen, nicht mehr zu spionieren.

Sydneys ältere Halbschwester Jennifer hatte sich, nachdem ihr Mann gefallen war, ebenfalls als Agentin betätigt. Aber der Schmerz über den Verlust ihres Mannes und ihre Verbitterung hatten sie jede Vorsicht vergessen lassen. Bald wurde sie gefaßt und an einem Baum aufgeknüpft. Glücklicherweise hatte Ian sie noch rechtzeitig gefunden, bevor das Seil sie erdrosselte. Nach diesem Erlebnis hatte Jennifer ihre viel zu gefährlichen Aktivitäten gänzlich eingestellt und kümmerte sich jetzt nur noch um ihren kleinen Sohn Anthony.

Sydney selbst hatte noch nie das Gefühl gehabt, in Gefahr zu sein. Sie war nicht in Trauer und verbittert wie Jennifer, sondern wollte nur für ihre Überzeugungen eintreten. Deshalb war sie immer vorsichtig und achtete darauf, daß man ihr nichts nachweisen konnte. Da sie sowohl in Richmond als auch in Washington gelebt hatte, wußte sie nicht nur, wofür die Herzen der Bewohner beider Staaten schlugen, sondern nannte auch eine ganze Menge Geheimnisse von beiden Seiten.

Sie war der Sache der Konföderierten zwar treu ergeben, kannte aber sowohl die Schwächen als auch die Stärken des Südens. Ihr war klar, daß die Konföderierten nicht in der Lage waren, den Krieg zu gewinnen, so famos ihre Generäle und Kavalleristen auch sein mochten. Auch die Tatsache, daß die jungen Männer aus den Südstaaten mit aller Inbrunst ihr Heimatland und ihren Lebensstil verteidigten, änderte auf lange Sicht nichts an der zahlenmäßigen Überlegenheit und technologischen Übermacht des Nordens. Dort standen die Fabriken; und nur die Nordstaaten hatten die Möglichkeit, ihre Verluste immer wieder auszugleichen. Gefallene Unionssoldaten wurden einfach durch Zuwanderer aus Europa ersetzt – manche von ihnen starben, bevor sie noch ein Wort Englisch gelernt hatten.

Die einzige Chance des Südens bestand darin, daß sich die Stimmung im Volk änderte. Irgendwann mußten die Leute im Norden diesen Krieg doch einmal leid sein und ihre abtrünnigen, ehemaligen Schwesterstaaten im Süden ziehen lassen, um dem Blutvergießen ein Ende zu machen. Schon jetzt wurden die Stimmen immer lauter, die sich dafür aussprachen. Der Süden konnte nur darauf hoffen, daß das politische Klima vollends zu seinem Vorteil umschlug. Die Aussichten darauf wurden immer besser, je öfter nach einer Schlacht die Gefallenenlisten auf Unionsseite verlesen wurden.

Sydney wußte, was die Leute bewegte. Auch sie hatte es satt, ständig Angst haben zu müssen, daß ihren Brüdern, Vettern oder Freunden etwas zustoßen könnte. Auch sie wollte endlich nach Hause, zurück zu ihrer Familie. Ihre Mutter hatte noch ein Kind bekommen – ein Mädchen –, das Sydney überhaupt noch nicht gesehen hatte. Sie hatte lange Zeit bei ihrem anderen Bruder Brent in Richmond verbracht und vermißte ihn sehr. Hier lebte sie allein im Feindesland und wäre schon längst zu Hause gewesen, wenn sie nicht genau gewußte hätte, daß sie ihrer Sache in Washington nützlicher sein konnte als dort.

Sie betete zu Gott, daß das Gerücht, das sie bei den Yankee-Soldaten und den gefangenen Südstaatlern aufgeschnappt hatte, wonach Lee den Krieg nach Norden verlegen wollte, wahr sei. Wenn der große Südstaatengeneral seine Schlachten erst einmal auf dem Grund und Boden des Nordens gewänne, würden die Leute hier am eigenen Leib erfahren, wie es war, von feindlichen Truppen heimgesucht, ausgeplündert und gebrandschatzt zu werden. Wenn auch im Norden alles in Schutt und Asche läge, so wie in weiten Landstrichen ihres Heimatstaates, würde der Krieg schon ein Ende nehmen.

Glücklicherweise war der tiefe Süden Floridas, wo sie geboren worden war, von den Schrecken der militärischen Auseinandersetzungen bisher verschont geblieben. Aber den weiter im Norden gelegenen Gebieten war übel mitgespielt worden. Städte wie Jacksonville mußten eine Horde von Yankees nach der anderen über sich ergehen lassen. Auch St. Augustine hatte man eingenommen. Aber die Bewohner waren so wankelmütig! Man konnte fast meinen, die Stadt könnte ohne die Yankee-Dollar nicht überleben! Sämtliche Meeresbuchten und Flußarme hatte man leergefischt oder die Anlegeplätze in die Luft gejagt. Alle Salzvorräte und das meiste Vieh war abgegeben worden, wo doch die eigenen Truppen jedes bißchen an Verpflegung so dringend nötig hatten. Jeden Tag sahen sie noch etwas abgerissener und schlechter ernährt aus. Es wurde Zeit, daß sich der Süden nun auch einmal an den Viehbeständen des Nordens verging, dessen Saaten niedertrampelte und das Korn stahl.

»Sie sind heute abend aber spät dran?« riß Granger sie aus ihren trüben Gedanken.

»Ja, da haben Sie wohl recht. Darf ich trotzdem reinkommen?«

»Die Jungs sind im Aufenthaltsraum und haben gerade ihr Abendessen eingenommen. Ich denke, ich kann Sie noch mal kurz reinlassen. Aber ich muß mir vorher ansehen, was Sie da in Ihrem Korb haben, Miß Sydney, das wissen Sie ja«, sagte Granger.

»Aber natürlich«, entgegnete Sydney und reichte ihm ohne zu zögern den Korb, den sie mitgebracht hatte. Es war nichts Verfängliches darin, nur ein paar Lebensmittel: Fleischpasteten, Süßigkeiten, frisches Brot, Äpfel und Kirschmarmelade.

Granger sah sich alles ganz genau an und sagte dann zu ihr: »Wissen Sie, was mich immer wieder erstaunt? Daß hier so viele Frauen leben – immerhin in unserer Hauptstadt! –, die so bereitwillig den Männern Nahrungsmittel schicken, die draußen womöglich auf ihre Söhne und Ehemänner geschossen haben!«

»Ach, wissen Sie, Sergeant, Sie verstehen einfach nicht, worum es den Damen der Konvention geht«, entgegnete Sydney und erklärte, was die Gruppe der Frauen, die ihr half, zu ihrem Tun veranlaßte. »Die Damen glauben alle an die Union, und ich versichere Ihnen, daß sie auch ihre Söhne und Ehemänner lieben, genauso wie alle anderen Frauen auch. Aber sie wollen, daß die Soldaten wieder nach Hause kommen und der Krieg endlich vorbei ist. Sie verstehen einfach nicht, warum man die Südstaaten zwingt, in der Union zu bleiben, wenn sie das nun partout nicht wollen.«

»Hm«, machte Granger, der sämtliche Lebensmittel auf dem Tisch vor sich ausgebreitet hatte und sich nun daranmachte, auch den Korb sorgfältig unter die Lupe zu nehmen.

»Geben Sie es doch zu«, neckte Sydney ihn, »daß Sie einige der Jungs hier drin auch ganz gern haben.«

»Einige mag ich sogar sehr, junge Dame. Manchmal wird jemand hierher überführt, den ich von früher kenne – ein Freund oder ein Bekannter. Sie müssen nämlich wissen, daß ich vor dem Krieg Kutschen verkauft habe – natürlich nur die besten –, und eine ganze Menge davon in den Süden.«

Sie lächelte ihm freundlich zu, während er die Sachen wieder in den Korb packte, und nahm sich vor, ihn niemals zu unterschätzen. Obwohl er sie mochte, blieb er doch ein mißtrauischer alter Kauz.

»Darf ich jetzt zu den Jungs rein?« fragte sie dann. »Nun, da Sie sich davon überzeugt haben, daß ich weder ein Gewehr noch ein Messer oder gar eine Kanone mitgebracht habe?«

»Ja, gehen Sie nur, Miß Sydney«, entgegnete Granger freundlich und nickte einem der beiden Wachleute zu, die gewartet hatten, um sie zu den Gefangenen zu begleiten. Als sie schon im Vorzimmer angelangt waren, rief Granger ihr noch nach: »Miß Sydney!«

»Ja, Sergeant, ist noch etwas?«

»Passen Sie auf sich auf, junge Dame. Sie sind ein sehr adrettes Persönchen, das könnte Ihnen leicht zum Verhängnis werden.«

»O danke, Sergeant, aber ich bin immer vorsichtig.«

»Genau das macht mir Sorgen«, murmelte Granger so leise, daß sie es nicht verstehen konnte.

Die Wache eskortierte sie durch das Gebäude bis in den hinteren Teil. Es war ein merkwürdiges Gefängnis. Man nannte es das Alte Kapitol, da es eine Zeitlang als Regierungssitz gedient hatte. Es war auch schon einmal eine Pension gewesen, bevor die aktuellen Insassen hier eingezogen waren. Aber wie Sydney gehört hatte, gab es schlimmere Gefängnisse, wozu übrigens auch die im Süden zählten. Die Union war über die Bedingungen dort empört – besonders was das Essen anging. Aber man schien nicht begreifen zu wollen, daß es in den meisten Fällen nicht daran lag, daß die Behörden die Gefangenen absichtlich so schlecht behandeln ließen, sondern daß es einfach keine bessere Verpflegung gab. Die eigenen Soldaten erhielten die gleichen kärglichen, meist bereits schon verdorbenen Rationen wie die Gefangenen. Was die Lebensmittelversorgung allgemein anging, verschärfte man von seiten der Union das Embargo gegen den Süden immer mehr, so daß Tod durch Verhungern weder im Feld noch im Gefängnis eine Seltenheit war.

Die etwa fünfundzwanzig Männer, denen Sydneys Besuch galt, saßen in einer kargen Halle an langen Tischen und auf einfachen Stühlen. Im Winter wurde in diesem Raum Sport getrieben, im Sommer benutzte man ihn als Aufenthaltsraum. Als Sydney mit ihrem Korb hereinkam, wurde sie sogleich von den wartenden Männern umringt, die sie höflich begrüßten und begierig waren, zu sehen, was sie ihnen mitgebracht hatte. Obwohl sie in diesem Gefängnis ordentlich behandelt wurden, waren alle viel zu dünn und sahen ziemlich mitgenommen aus.

Das also war aus den stolzen Jungs geworden, die vor gut zwei Jahren in den Krieg gezogen waren und damals so schneidig ausgesehen hatten. Ihr Stolz war ihnen wohl geblieben, aber es war unübersehbar, daß sie nun von all dem genug hatten.

»Liebe Miß McKenzie!« kam Leutnant Aaron Anderson, ein Artillerist aus Alabama, durch die wartenden Männer auf sie zu und nahm ihre Hände in seine. »Miß McKenzie, Sie sind eine wahre Augenweide für uns. Die Jungs und ich sind Ihnen so dankbar für Ihre Besuche! Was haben Sie uns denn heute abend wieder Schönes mitgebracht?«

»Lauter Leckereien, Gentlemen. Nehmen Sie doch einfach den Korb und sehen Sie selbst nach!«

»Gern, mir läuft jetzt schon das Wasser im Munde zusammen«, rief ein Gefreiter aus Mississippi.

»Thomson, nehmen Sie ihr bitte den Korb ab, und verteilen Sie den Inhalt«, sagte Anderson zu ihm.

Das war ein Trick! Denn während Thomson die Nahrungsmittel verteilte, konnten Sydney und der Leutnant – nach wie vor von den Männern umringt – ein paar Worte miteinander wechseln, ohne daß die Wachen, die sich ebenfalls im Raum befanden, etwas davon mitbekamen.

»Hören Sie gut zu«, sagte Anderson, der nun nicht mehr lächelte und sich beeilte, seine Mitteilung an Sydney weiterzugeben. »Ein General Pratt der Union ist gerade dabei, einen Versorgungszug zu organisieren, der in der Nähe der alten Zollstation an der Straße nach Harper's Ferry im ehemaligen Virginia vorbeikommen wird.«

Obwohl die Männer um ihn herum eine Menge Aufhebens und Lärm machten, war für Sydney unüberhörbar, welche Verachtung der Leutnant der Union entgegenbrachte. Gegen Ende des Jahres 1862 war Virginia in zwei Teile aufgesplittet worden. Die Südstaatler waren davon überzeugt gewesen, daß man die Leute von Westvirginia mit Waffengewalt dazu gezwungen hatte, sich vom übrigen Virginia loszusagen. Nun sollte Westvirginia in die Union aufgenommen werden, und damit hätte man zwei ganz klar getrennte Landesteile: einmal das alte Virginia und dann das neue, *unionsgetreue* Westvirginia. Eine traurige Sache!

»Pratt«, heißt der General, sagten Sie?« fragte Sydney sicherheitshalber noch einmal nach.

»Ja, und haben Sie den Namen der Straße behalten?«

»Ja, Sir.«

»Überbringen Sie diese Mitteilung einem Jeffrey Watts von der Watts Handelsgesellschaft unten bei den Lagerhäusern am Fluß; er wird dafür sorgen, daß diese Information zu den Leuten gelangt, die was damit anfangen können. Der Zug wird nur von ein paar Männern begleitet, da er vorwiegend medizinische Versorgungsgüter enthält. Für die Yankees sind die nicht so wichtig – nur Äther, Verbandsmaterial, Morphium und Chinin – aber einige von unseren Jungs könnten damit überleben. Den Transport werden nicht mehr als fünfzehn Männer begleiten: drei Kutscher und eine Eskorte von zehn bis zwölf Reitern. Oh, fast hätte ich's vergessen! Es soll auch eine Ladung Schuhe dabeisein. Das ist auch so etwas, was die Armee von Nordvirginia dringend brauchen kann, wie Sie sicher schon gehört haben. Ich kann Ihnen ein Lied davon singen, wie schwer es ist, regulär an so etwas Einfaches wie Schuhe heranzukommen! Die Hälfte unserer Jungs trägt Stiefel aus dem Norden, die sie den gefallenen Yankees ausgezogen haben – natürlich nicht, ohne sich vielmals bei den Toten zu entschuldigen. Also die alte Zollstation an der Straße nach Harper's Ferry. Beide Armeen bewegen sich nun schon aufeinander zu, und der Süden kann die Sachen sicher gut gebrauchen. Haben Sie alles verstanden, Sydney?«

»Ja, natürlich.«

Anderson erhob nun wieder die Stimme und sagte ganz unbefangen: »Also wirklich, Miß Sydney, Sie bringen uns immer die besten, schmackhaftesten Köstlichkeiten. Gott segne Sie, meine Liebe!«

»Gott segne Sie, Miß Sydney!« wiederholten die Männer um sie herum im Chor.

Ein gutes Gefühl, dachte Sydney und erwiderte: »Es ist mir ein Vergnügen, Leutnant Anderson! Männer! Wie geht es Ihnen denn so?«

»Mein Fuß ist verletzt, Miß Sydney«, sagte da ein Gefreiter. Sydney blickte auf seinen bandagierten Fuß und stellte stirnrunzelnd fest, daß der Verband ziemlich übel aussah – blutverschmiert und mehr schwarz als weiß. Der Mann bewegte sich auf roh behauenen Holzkrücken, die für seine Größe viel zu kurz waren.

»Lassen Sie mich den Fuß einmal genauer ansehen«, sagte Sydney zu ihm.

»O nein, Ma'am«, rief er entsetzt aus und wurde rot. »Ich lasse bestimmt keine Lady an diesen Fuß!«

»Sie haben es mit einer Dame zu tun, die in den Krankenhäusern von Richmond gearbeitet hat, Gefreiter. Lassen Sie mich jetzt den Fuß sehen!«

»Ich wollte Sie eigentlich gar nicht damit behelligen, Miß Sydney«, entgegnete der Mann mit einem schüchternen, jungenhaften Lächeln, »es ist mir einfach so rausgerutscht. Es wird schon besser, und ich verspreche Ihnen, daß ich Ihnen Bescheid sage, falls er nicht heilt.«

Sydney warf Leutnant Anderson einen bekümmerten Blick zu, aber der zuckte nur mit den Schultern und sagte: »Ich hoffe, daß wir Sie morgen wiedersehen, Miß McKenzie. Dann werden wir uns Lawtons Fuß einmal genauer ansehen.«

»In Ordnung«, sagte Sydney zu dem Mann mit den Krücken und fügte ernst hinzu: »Kann ich das als Versprechen ansehen, Gefreiter?«

Lawton lächelte und erwiderte, während er sich vor ihr verneigte: »Ja, es wird mir eine Ehre sein, Ma'am. Ich habe bisher noch nie einer Lady versprechen müssen, ihr meinen nackten Fuß zu zeigen.«

Die umstehenden Männer schmunzelten über seine Bemerkung, und auch Sydney mußte unwillkürlich lächeln; aber ihr gefiel überhaupt nicht, wie Lawton aussah.

Leichthin und mit erhobener Stimme sagte sie dann: »Nun, Jungs, ich werde jetzt wieder gehen«, und zu Anderson gewandt, fügte sie noch hinzu: »Und ich komme morgen wieder.«

Granger selbst war mittlerweile in den Gemeinschaftsraum gekommen, um sie hinauszubegleiten.

Beim Hinausgehen fragte sie ihn: »Sergeant Granger, wenn ich einen Chirurgen bräuchte, könnten Sie mir sagen, wo ich hier einen finde?«

»Die Armee ist voll davon, Miß Sydney.«

Sie schüttelte den Kopf: »Ich meine einen guten Chirurgen.«

Er zögerte, bevor er ihr zur Antwort gab: »Das ist ja interessant. Ich habe gerade gehört, daß ... eine Witwe in der Stadt ...«

»Ich brauche keine Witwe, Sir. Der Mann stirbt nicht daran, daß er lange keine weibliche Gesellschaft mehr hatte. Er braucht einen Arzt!«

Erschrocken sah Granger sie an, da er davon ausgehen mußte, daß Sydney geglaubt hatte, er habe von der Witwe gesprochen, weil sie eine Prostituierte sei.

»Miß Sydney! Dieser Krieg fordert sowohl den Männern als auch den Frauen einiges ab. Ich habe Ihnen von dieser Frau erzählt, weil sie im Moment in Washington das Hauptgesprächsthema bildet. Man sagt, sie könne durch Handauflegen heilen.« Nachdenklich die Stirn runzelnd fuhr er fort: »Da fällt mir ein, daß ihr Aufenthalt hier irgendwie etwas mit einem McKenzie zu tun hat.«

»Bitte? Was wollen Sie denn damit sagen?«

»Sie wird bald zu den Chirurgen von General Magee hinausreiten, um sie bei der Behandlung unserer Jungs in den Feldlazaretten zu unterstützen. Sie ist eine Yankee aus Florida, müssen Sie wissen!«

»Ja, gibt's denn so was auch?« murmelte Sydney, bemüht, nicht allzu sarkastisch zu klingen, weil sie Granger ganz gern hatte.

»Jetzt fällt's mir wieder ein!« sagte er dann. »Es hat nicht nur irgendwie etwas mit Ihrer Familie zu tun. Es war Ihre Schwägerin, die die Dame hergeschickt hat. Ich kann Mrs. Tremaine – so heißt sie – herkommen lassen, wenn Sie möchten und mir vorher genau sagen, was mit welchem Gefangenen nicht stimmt.«

Sydney zögerte. Sie mußte den Fuß des Mannes erst einmal selbst begutachten. Wenn der arme Gefreite in schlechter Verfassung war, würde er eine Operation brauchen und keine Magie. Allerdings wollten die Soldaten oft lieber sterben, als einen Chirurgen der gegnerischen Seite an sich heranzulassen.

»Wenn ich Hilfe brauche, Sergeant, sage ich Ihnen morgen Bescheid.«

»Nun, wir sind keine Unmenschen, Miß Sydney, aber das werden Sie ja wohl wissen.«

»Ja, natürlich weiß ich das, Sergeant Granger.«

»Sie kommen morgen also wieder her?«

»Ja, Sergeant. Ich versuche, die Jungs hier bei Laune zu halten.«

»Kehren Sie deshalb nicht nach Richmond zurück, um dort im Krankenhaus zu helfen?«

»Ja«, entgegnete Sydney. Dann fragte sie ihn verwundert: »Welchen Grund sollte ich denn sonst haben?«

»Sie werden mir doch nicht spionieren und Nachrichten hin- und herschmuggeln?«

»Von eingesperrten Männern? Sergeant! Was sollten die schon wissen, was es wert wäre, hinausgetragen zu werden?«

»Passen Sie auf sich auf, Miß Sydney!«

»Oh, das werde ich, Sergeant.«

Der Schweiß rann Julian in die Augen.

In dem Lazarettzelt war es so heiß, daß er das Gefühl hatte, als ob sich die Luft verflüssigt hätte und nun um ihn herumwaberte, um die furchtbaren Verletzungen, die sich die Männer in der Schlacht zugezogen hatten, noch schlimmer erscheinen zu lassen. Alle behaupteten immer, daß es in Florida unerträglich heiß sei und einen die Moskitos plagten, aber ihm war in seinem Heimatstaat noch nie so warm gewesen wie hier in Virginia.

Es war noch keine Woche her, daß er sein Basislager verlassen hatte, um sich der regulären Armee anzuschließen. Mit dem Zug war er zu seinem neuen Einsatzort gefahren, und die letzten paar Kilometer bis zum Lager, das sich etwas außerhalb des Bahnhofs von Brandy befand, hatte er zu Fuß zurückgelegt. Gott mochte ihm verzeihen, aber es hatte ihm wirklich gefallen, der ranghöchste Offizier der Miliz zu sein – der, der die Befehle gab. Nun war er nur noch ein Hauptmann in der Armee von Nordvirginia. Er wurde zwar nach wie vor respektiert, hatte die Verantwortung für das Feldlazarett, und die ihm unterstellten rangniederen Offiziere fügten sich auch seinen Anweisungen. Aber es gab jetzt so viele Bereiche, auf die er keinen Einfluß mehr hatte.

Es war erst zwei Tage her, daß der bekannte Konföderiertengeneral Jeb Stuart – dem seine Studienkollegen von West Point wegen seines braven Gesichts, das mittlerweile hinter einem dichten Vollbart viel verwegener aussah, den Beinamen Schönling verpaßt hatten – in Brandy eine Inspektion seiner Truppen abgehalten hatte. Aber er war von einer Kavallerieeinheit der Union überrascht worden, die sich ein Bild davon machen wollten, wie weit Lees Truppenbewegungen schon gediehen waren.

Daraus hatte sich eine Schlacht mit zwanzigtausend Berittenen entwickelt.

Brent hatte bis kurz vor der Schlacht gewartet, um Julian noch zu treffen, aber als dieser ankam, teilte man ihm mit, daß sein Vetter schließlich den Befehl erhalten hatte, umgehend nach Richmond zu reisen, um dort sofort die Leitung der Lazaretteinrichtungen außerhalb der Stadt zu übernehmen.

Wieder sammelte sich der Schweiß in Julians Augenwinkeln. Er konnte schon fast nichts mehr sehen, als sein Assistent es endlich bemerkte und ihm die Stirn abwischte. Eigentlich war er ein guter, verläßlicher junger Mann, aber eben keiner von seinen eigenen Leuten. Die waren gerade dabei, noch mehr Verletzte vom Schlachtfeld zu holen …

Julian hätte weinen mögen, doch es blieb ihm einfach nicht genug Zeit, sich um alle zu kümmern. Der Mann, der nun vor ihm lag, hatte Glück gehabt. Sein Bein war gebrochen, aber die Kugel war ziemlich sauber durchgegangen und fast wieder ausgetreten.

»Sir, sehen Sie nur, wo die Kugel sitzt«, rief da Julians junger Assistent.

»Ja, Thomas, ich hab's schon gesehen. Geben Sie mir bitte die Pinzette.«

»Haben Sie denn Zeit dazu?«

»Ja, geben Sie mir jetzt die Pinzette, Mann!«

Zeit ... Riskierte er womöglich das Leben eines anderen, während er sich bei diesem hier die Zeit nahm, ihn zu operieren, damit er später wieder laufen konnte? O Gott, er mußte so furchtbar schnell arbeiten. Plötzlich erschauerte er. Inmitten dieses Wahnsinns überkam ihn ein merkwürdiges Gefühl, und eine ungeahnte Sehnsucht, die ihn ganz nervös machte, bemächtigte sich seiner: *Wenn Rhiannon nur hier bei ihm sein könnte. Schon komisch, sie behauptete zwar, daß sie ihn verabscheute, aber wenn sie ihm assistierte und sich ihre Augen trafen, zweifelte er niemals an seinen Fähigkeiten. Vielleicht war es umgekehrt genauso. Möglicherweise kam es nur auf das gegenseitige Zutrauen an. Sie glaubte, daß er Wunder bewirken konnte, und er glaubte, daß sie heilende Hände hatte. Wenn sie doch bloß auch an die Wahrheit glauben könnte ...*

»Sir, die Wunde ist gesäubert, wir können ihn nun auf den Tisch legen und sein Bein schienen.«

»Sie sind ein guter Mann, Thomas.«

»Nein, Sir, Sie sind ein guter Arzt«, entgegnete Thomas. Dann rief er jemanden zu Hilfe, und der Verwundete wurde von Julians Operationstisch gehoben. Sobald er weg war, brachte man ihm auch schon den nächsten.

»Ein Bauchschuß, Sir!« schrie der Assistenzarzt.

Warum bringt ihr ihn dann zu mir? hätte Julian beinah zurückgeschrien.

Der Mann, der sich nun stöhnend vor ihm auf dem Tisch wälzte, hielt die Hände auf den Bauch gepreßt, zwischen denen seine zerfetzten Eingeweide hervorquollen, und jammerte laut: »Ich sterbe, es ist aus mit mir. Gnädiger Gott, ich sterbe!«

Er war noch sehr jung – vielleicht achtzehn Jahre alt –, aber er hatte recht.

»Halt noch ein wenig aus, Junge, wir sehen uns das mal an ...«, sagte Julian beruhigend.

»Nein, Doktor ...«, entgegnete der Soldat und versuchte, sich aufzurichten.

Er hatte sandfarbenes Haar, die unreine Haut eines Heranwachsenden, einen leichten Flaum am Kinn und walnußbraune Augen, die er plötzlich weit aufriß, während er Julian ansah. Dann sank er zurück auf den Tisch. Er war tot.

»Entschuldigen Sie, Sir, wir haben nicht gesehen, wie schwer ...«

»Bringen Sie sie mir auch rein, wenn es so aussieht, als gäbe es keine Hoffnung mehr!« sagte Julian, von der Verschwendung dieses jungen Lebens aufgebracht, seinen ursprünglichen Vorbehalt vergessend. »Vielleicht kann ich nichts mehr für sie tun. Aber wie soll ich das feststellen, wenn ich sie nicht vorher gesehen habe?«

So ging es den ganzen Tag weiter. Er konnte ein paar Leben retten – zumindest fürs erste. Andere starben ihm unter den Händen weg, und er wußte nicht einmal, wie sie hießen, kaum daß er ihre Gesichter erinnerte. Als er an diesem Abend völlig erschöpft auf sein Feldbett sank, konnte er sich nur noch daran erinnern, wie ihm die ganze Zeit der Schweiß in die Augen gelaufen war ...

Er hatte auch früher schon Kriegsverletzungen behandelt, aber seit er mit Rhiannon gearbeitet hatte, hatte er ohne sie immer ein ungutes Gefühl dabei. An ihren Augen konnte er ablesen, daß sie genau wußte, was er als nächstes vorhatte; und sie hatte ihm immer das richtige Instrument gereicht. Er erinnerte sich gerne an ihre helfenden Hände, ihre sanften, kundigen Handgriffe. Sie hatte irgendwie seine Seele berührt. Er wünschte sich so sehr, sie jetzt in seiner Nähe zu haben.

Ja, sie war eine Hexe, eine wunderschöne Hexe der Erde oder der See, und manchmal machte sie ihn auch rasend.

Aber er wollte sie bei sich haben, und zwar hier und jetzt inmitten dieses furchtbaren Chaos eines Feldlazaretts.

»Vielleicht sollte lieber ich gehen«, schlug Marla vor, als sie Sydney dabei beobachtete, wie sie ihr Kleid gegen Rock und Bluse tauschte, um zu der Handelsgesellschaft am Fluß zu reiten.

Irgendwie schien Marla beunruhigt. Sie war eine sehr hübsche junge Frau – klein und zierlich, mit ebenholzfarbenem Haar und strahlendblauen Augen. Und sie konnte mit den Wimpern klimpern, daß es eine wahre Pracht war. Diese Fähigkeit hatte sie in der Vergangenheit schon an manchem verwirrten jungen Wachtposten vorbeikommen lassen.

Sydney sah zu ihr hinüber und fragte: »Warum um alles in der Welt solltest du das tun?«

»Weil du einen langen Tag hattest …«

»Nein, nein, ich muß selbst gehen. Ich habe es Anderson versprochen. Ich bin auch schon fertig.«

»Ich bin Witwe. Es geziemt sich viel eher für mich als für dich, mitten in der Nacht noch auszureiten.«

»Es geziemt sich für keine von uns beiden«, entgegnete Sydney trocken und fügte, als ihr bewußt wurde, daß es sich wirklich nicht gehörte, hinzu: »Ich werde nicht allein reiten, ich nehme Sissy mit.«

Sissy war ihr junges schwarzes Hausmädchen. Kurz nachdem Marla und Sydney zusammen eine Wohnung genommen hatten, hatte sie bei ihnen vorgesprochen und um Arbeit gebeten. Sie war sehr zurückhaltend, tüchtig und äußerst diskret, so daß Sydney und Marla manchmal ganz vergaßen, daß sie überhaupt da war. Als Sydney sich jetzt dazu entschloß, Sissy mitzunehmen, erinnerte sie sich wieder daran, daß sie vorsichtiger mit dem sein mußte, was sie tat und sagte, wenn das Mädchen im Zimmer war.

Zu Marla gewandt, fügte sie noch hinzu: »Bist du nun beruhigt?«

Marla nickte, sah aber immer noch bekümmert drein.

»Was ist denn noch?«

»Nichts«, entgegnete Marla achselzuckend, fuhr dann

aber fort: »Ich weiß nicht, das ist wohl meine irische Intuition. Meine Großmutter hat immer gesagt, daß die Todesengel unterwegs sind, wenn man ein solches Gefühl hat wie ich jetzt. Das bedeutet, daß man dann besonders gut auf sich achtgeben muß.«

Sydney lächelte, obwohl auch sie irische Vorfahren hatte und selbst ein bißchen über Marlas Vorahnungen beunruhigt war. Aber sie konnte nichts daran ändern. Die Nachricht mußte überbracht werden.

»Ich habe keine andere Wahl«, sagte sie schließlich. »Es mag sein, daß ich es nicht schaffe ... aber wenn ich es überhaupt nicht erst versuche, haben wir gar keine Chance. Richtig?«

Marla zuckte nur mit den Schultern.

»Sissy!« rief Sydney, und sogleich erschien eine junge schwarze Frau in der Tür.

Sie war mittelgroß und hielt ihren Blick meist gesenkt. Aber nun sah sie Sydney direkt in die Augen, und Sydney bemerkte zum erstenmal, daß ihr Hausmädchen eine wahre Schönheit war. Ihre Haut war so schwarz und samten wie der Nachthimmel, und das Weiße ihrer großen Augen umgab die dunkle Iris wie eine leuchtende Korona. Sie war schlank und behende, bewegte sich anmutig wie eine Gazelle und hatte ein wunderbares Lächeln.

Obwohl Sissy eine freie Frau war, die in Washington lebte, konnte sich Sydney des Gefühls nicht erwehren, daß sie früher einmal eine Sklavin gewesen sein mußte. Das lag an der Art, wie sie immer rasch den Blick senkte, sobald man sie ansprach. Ob sie wohl einen bösartigen Master gehabt hatte oder einen, der sie mißbraucht hatte?

Weder Sydney noch sonst jemand in ihrer Familie hatte jemals Sklaven besessen. Ihr Großvater hatte nichts von der Sklaverei gehalten und diese Ansicht auch seinen beiden Söhnen, Jarrett und James, vermittelt.

»Sissy, ich muß zu einem Lagerhaus am Fluß reiten. Ich weiß, daß es schon spät ist, aber ich will mir unbedingt ein paar Sachen ansehen ... und außerdem – wenn ich ehrlich bin – ist mir langweilig, und ich kann nicht schlafen.«

»Ja, Ma'am?« sagte Sissy und sah Sydney überrascht an.

Sydney erinnerte sich nun wieder daran, daß sie einer Hausangestellten in keinster Weise Rechenschaft über ihr Tun oder ihre Beweggründe schuldete, und sagte nur knapp: »Du wirst mich begleiten.«

»Ja, Ma'am, selbstverständlich, Ma'am.«

»Wir werden dorthin reiten. Kannst du überhaupt reiten?«

»Ja, Ma'am.«

»Wenn du willst, kannst du dich noch umziehen. Ich erwarte dich dann in zehn Minuten draußen bei den Pferden.«

»Ja, Ma'am.«

Nachdem Sissy das Zimmer verlassen hatte, sagte Marla noch einmal warnend: »Paß auf dich auf!« Dann fügte sie hinzu: »Komm noch mal her und laß dich umarmen.«

Sydney tat wie ihr geheißen.

»Ich wünschte, du würdest nicht gerade heute nacht dorthin reiten«, konnte Marla nicht umhin, ihrer Besorgnis noch ein letztes Mal Ausdruck zu verleihen.

»Es muß heute sein«, entgegnete Sydney knapp, bevor sie sich von Marla losmachte und hinausging, um Tim – dem Mann, der sich um ihre Pferde kümmerte – Bescheid zu sagen, daß er sie fertigmachen und vors Haus bringen sollte.

Sie wartete an dem kleinen Tor des weißen, halbhohen Lattenzauns, der den kleinen Vorplatz des Stadthauses umgab, in dem Marla und sie sich eingemietet hatten. Es war eine wunderschöne Nacht; die Temperatur war leicht gesunken und nun geradezu ideal für einen Mitternachtsritt. Glücklicherweise hatten sie für ihren kleinen Ausflug gute Tiere zur Verfügung. Mittlerweile konnte man in Washington nämlich bessere Pferde kaufen als in Virginia. Einst war der Süden berühmt für seine Pferdezucht gewesen, aber der Krieg hatte ihrem Bestand arg zugesetzt.

Sydneys Vater – ein überzeugter Konföderierter – schickte ihr das Geld, das sie zum Leben brauchte. Aber natürlich glaubte er, daß sie hier in Washington Petitionen schrieb, Bücher las, Kuchen backte und sich um die Bedürftigen kümmerte. James respektierte seine Kinder und erwartete von ihnen, daß sie gemäß ihren Überzeugungen handelten. Aber er war auch ein gestrenger Vater, und das bekamen seine Töchter noch mehr zu spüren als seine Söhne.

Wenn er also herausbekommen hätte, was sie wirklich in Washington tat, insbesondere nach dem, was ihrer Halbschwester Jennifer zugestoßen war, wäre er höchstpersönlich angereist, um sie mit der Peitsche nach Hause zu jagen. In Gedanken an das hitzige Temperament ihres Vaters mußte sie lächeln und überlegte, was wohl schlimmer wäre: von ihm oder von den Yankees erwischt zu werden. Aber sie konnte sich nun nicht länger mit diesen Gedanken aufhalten, denn Tim brachte schon die Pferde aus dem Stall – zwei gesunde Füchse, die wenigstens ein Stockmaß von einem Meter sechzig hatten, schlank und schnell waren.

Außerdem wäre ja Sissy bei ihr, und es würde schon alles gutgehen. Sie ritt doch nur zu einem Lagerhaus von Watts, um ein paar Einkäufe zu machen, und sonst nichts. Sie hatte auch kein verfängliches Schriftstück bei sich. Was sollte also schon groß passieren oder schiefgehen? *Nichts, nichts, gar nichts!* versuchte sie sich einzureden. Marlas abergläubisches Gerede hatte wirklich ein wenig an ihren Nerven gezerrt.

Und doch hätte sie es sich eine Warnung sein lassen sollen.

13.

Die Existenz des Krankenhauses für besondere Fälle außerhalb von Richmond war kein Militärgeheimnis, und Brent McKenzie hatte die Soldaten schon vorher davon reden und es ironisch als »Platz der Gerechten« bezeichnen hören.

Nun war er also hier – und hatte seinen Dienst aufgenommen. Es war mittlerweile dunkel geworden, und Corporal Rugby leuchtete ihnen den Weg mit einer Öllampe, bis sie auch beim letzten Krankenzimmer angelangt waren. Den Tag über hatte er Dutzende von Patienten untersucht. Häufig war es besser, einen verstümmelten, blutenden Mann vor sich zu haben, als einen, bei dem sich gerade das letzte Stadium der Syphilis ankündigte. Der Verwundete hatte immerhin noch eine Chance, aber der an Syphilis Erkrankte nicht mehr.

»Den hier hat es am schlimmsten erwischt. Ein gewisser Hauptmann Henderson, Artillerie, schon ziemlich betagt. Er hätte eigentlich gar nicht mehr zum Militärdienst zugelassen werden sollen, wissen Sie … Aber er war ein guter, loyaler Südstaatler, und so akzeptierte man ihn doch.«

Der Mann vor ihnen auf dem Bett litt offensichtlich schon seit mehreren Jahren an der Krankheit. In den ersten Stadien traten in der Regel Geschwüre auf, die dann aber irgendwann nicht weiterwucherten – was häufig dazu führte, daß der Patient sich als geheilt betrachtete. Aber die Krankheit verließ den Körper nicht, harrte nur ein wenig aus, um sich schließlich daranzumachen, Körper *und* Geist zu zerfressen. Und am Ende …

Der Mann stöhnte und sah Brent mit flehendem Blick an. Er wollte keine medizinische Hilfe, da er wußte, daß er verloren war. Er wollte erschossen werden, damit sein Leiden ein Ende hatte.

»Diesen Mann hat man in die Armee gelassen?« fragte Brent ungläubig.

»Nun, Sir, Sie wissen doch, daß die Männer zwar vorher von Ärzten untersucht werden. Aber seien wir doch mal ehrlich: Wir können schon lange nicht mehr so wählerisch sein. Heutzutage nimmt man auch kleine Jungs und alte Männer ...«

»Aber dieser Mann muß schon lange vor dem Krieg krank gewesen sein, sonst hätte sich die Krankheit jetzt nicht so ausgeweitet!«

»Ja, Sir. Aber er war Hauptmann einer Einheit der Miliz von Virginia. Er hat seine Kompanie selbst finanziert: Pferde, Ausrüstung, Uniformen ... und als seine Truppe in die reguläre Armee überführt wurde, ist er einfach mitgekommen, hat tapfer gekämpft und sein Bestes gegeben ... und dann kam er vor einiger Zeit hierher.«

Dieser Mann lag offensichtlich schon seit längerem im Sterben. Es gab ein paar Behandlungsmethoden, die die Entwicklung der Krankheit ein wenig verzögerten, so daß die Betroffenen – Männer wie Frauen – oft jahrelang mit der Syphilis lebten und sie weiter verbreiteten, bevor die Krankheit sie endgültig zerstörte.

»Ich kann nichts mehr für ihn tun«, sagte Brent seufzend, »außer vielleicht seine Schmerzen zu lindern, damit er etwas würdevoller sterben kann.«

»Das haben wir uns auch schon gedacht, Sir. Aber die Leute sagen, daß Sie sich sehr gut mit solchen Krankheiten auskennen.«

»Aber Wunder kann auch ich nicht vollbringen. Der arme Kerl hier braucht ein paar starke Dosen Morphium. Wir werden alles tun, damit er nicht so leiden muß. Ich werde ihm auch ein paar Kräuterbäder verordnen, die seine Ekzeme lindern. Natürlich haben wir hier nur beschränkte Möglichkeiten. Ich kann auch keinen meiner beiden Assistenzärzte entbehren; wir kommen schon so kaum rum. Was wir hier brauchen, ist ein Pfleger oder eine Krankenschwester mit einem starken Magen ...«

»Oh, er hat die aufopferungswilligste Krankenschwester, die man sich nur vorstellen kann. Miß Mary ist mit ihm hierhergekommen«, entgegnete Corporal Rugby.

»Miß Mary?« fragte Brent erstaunt.

»Da ist sie auch schon!« sagte Rugby erfreut.

Brent, der sah, wie Rugby jemandem zulächelte, drehte sich um, als eine junge Frau zu ihnen ans Krankenbett trat. Eine von den Huren, dachte Brent. Hier wimmelt es ja geradezu von ihnen: alte, junge, hübsche, verbrauchte, niedliche und dreiste und solche, die man nicht einmal mit der Kneifzange anfassen wollte.

Diese hier gehörte zu den jungen, hübschen. Sie war klein und schlank, hatte eine üppige Oberweite und eine winzige Taille – geradezu ideale Proportionen. Ihr goldblondes Haar, das im Nacken mit einem einfachen Band zusammengehalten wurde, umspielte ein klassisch ovales, leicht herzförmig geschnittenes Gesicht, mit großen grauen Augen. Sie trug ein schlichtes graues Tageskleid aus Baumwolle, das züchtig bis zum Hals hochgeknöpft war und mit einem kleinen blitzsauberen weißen Kragen abschloß, der sie noch unschuldiger aussehen ließ. Sie erwiderte Corporal Rugbys Lächeln, bevor sie sich Brent zuwandte und ihm sogleich die Hand reichte.

»Ich habe schon gehört, daß Sie herkommen würden. Ich bin …«

»Mary, ich weiß. Sie kümmern sich um den Hauptmann hier.«

»Ja, können Sie irgend etwas für ihn tun?«

Sie schien den Kranken tatsächlich zu mögen, denn ihre Stimme hatte ängstlich und besorgt geklungen. Sie war jung, vielleicht achtzehn Jahre alt, was allerdings in einer Gesellschaft, in der fünfzehn- und sechzehnjährige Mädchen schon verheiratet wurden, nicht mehr allzu jung war. Aber im Vergleich zu dem Mann auf dem Bett war sie fast noch ein Baby.

»Ich kann ihm helfen, eines leichteren Todes zu sterben«, sagte Brent, ohne viel Federlesen um das Schicksal des Kranken zu machen.

Einen Moment sah es so aus, als ob sie in Tränen ausbrechen würde, aber dann schien sie sich wieder zu fangen und sagte: »Wir dachten, daß Sie vielleicht …«

Meinte sie, er könne zaubern? Alle schienen das zu glauben und hofften, er könnte doch noch ein Wunder bewirken, auch wenn es eigentlich keine Hoffnung mehr gab. Er fühlte sich oft so hilflos gegenüber der Macht der Natur. Aber jetzt wurde er auch noch ärgerlich, weil er sich überlegte, ob das Mädchen wohl wußte, daß die Syphilis während des Geschlechtsverkehrs übertragen wurde. Viele von diesen dummen Dingern hatten ja keine Ahnung.

Aber Sie machte nicht gerade den Eindruck, als ob sie dieses Gewerbe ausüben müßte, um nicht zu verhungern. Außerdem sprach sie sehr akzentuiert, als ob sie eine gute Ausbildung genossen hätte. Was brachte diese Mädchen bloß dazu, sich einem solchen Leben zuzuwenden?

»Ich kann ihm helfen, würdevoll zu sterben«, wiederholte Brent schließlich, »das ist aber auch schon alles. Es tut mir leid.«

Ihre Mundwinkel zogen sich ein wenig nach unten, und wieder rang sie mit den Tränen, als sie erklärte: »Ich arbeite sehr hart hier, oft stundenlang, bis spät in die Nacht. Ich springe ein, wo ich kann. Ich helfe jedem Mann, ich schrecke vor keiner Aufgabe zurück. Und alles, um was ich dafür als Gegenleistung bitte, ist ein wenig Morphium für ihn hier ...«

»Er bekommt, was ich erübrigen kann.«

»Wenn wir mehr Geld brauchen ...«

»Nein«, schnauzte er sie an, »wir brauchen kein Geld!«

Geld! Das war ja wohl die Krönung, sie bot ihm ihre Dienste an, wo er doch alles daransetzte, die Verbreitung von Geschlechtskrankheiten in der Armee einzuschränken.

»Mit Geld kann man nicht alles kaufen. Und Morphium in diesen Zeiten schon gar nicht! Was wir erübrigen können, werden wir ihm geben. Ich werde dafür sorgen, daß er so wenig wie möglich leiden muß. Ich habe gerade schon zu Corporal Rugby gesagt, daß ich ihm Bäder verschreiben werde, die seine Ekzeme ein wenig lindern. Morgen früh können Sie mich auf meiner Visite begleiten, und dann werde ich Ihnen zeigen, wie er behandelt werden muß. Sie können auch gern bei der Behandlung der anderen Männer helfen, aber ... Sie werden nicht mit ihnen anbändeln. Habe ich mich klar ausgedrückt?«

Ihre Lippen kräuselten sich, und ihren Augen sah man die Verärgerung an, als sie hervorpreßte: »Ganz klar, Sir.«

»Gut.«

Erschöpft und etwas schuldbewußt, wandte sich Brent von ihr ab. Er war wohl doch ein wenig hart mit ihr umgesprungen, aber er hatte es hier mit Dutzenden von Prostituierten zu tun, die man einfach so behandeln mußte, damit sie gehorchten. Seufzend dachte er daran, daß er am morgigen Nachmittag die weiblichen Bewohner und Patientinnen des Krankenhauses zusammenrufen wollte, um ihnen den Gebrauch des Kondoms zu erklären. Englische Überzieher, wie die Franzosen sie zu nennen pflegten, oder französische Verhüterli, wie sie im englischen und amerikanischen Sprachgebrauch hießen. Kein einfaches Thema, egal, bei welchem Namen man das Kind nannte.

Im Weggehen hörte er Mary ruhig mit Corporal Rubgy sprechen. Wieder spürte er in sich Ärger darüber aufsteigen, daß eine so perfekte junge Schönheit sich einem so gräßlichen Gewerbe zugewandt hatte. Ob sie wohl das gleiche Schicksal ereilen würde wie ihren Captain? Was bliebe dann noch von ihrer Schönheit, wenn sie blutend, von Ekzemen übersät, die inneren Organe fast völlig zerfressen, einem menschenunwürdigen Tod entgegensah?

Wenn sie sich erst einmal die Syphilis zugezogen hatten, starben die meisten Prostituierten ganz genau so. Und seine Aufgabe war es, dafür zu sorgen, daß sie nicht immer noch mehr Männer mit sich ins Grab nahmen ...

»Ein unmöglicher Mensch!« sagte Mary wütend, als Brent außer Hörweite und sie kurz davor war, in Tränen auszubrechen. Natürlich war es dumm von ihr gewesen, auf ein Wunder zu hoffen.

Rugby sah sie mitfühlend an, räusperte sich ein wenig verlegen und erwiderte: »Ich glaube gar nicht, daß er so ein schlechter Kerl ist. Wahrscheinlich ist er im Augenblick nur völlig überfordert. Es sind so viele Prostituierte hier, die Hilfe brauchen. Und dann all die Männer – vor allem die, die im Sterben liegen! Diejenigen, denen er helfen kann, muß er zurück in den Krieg schicken und die ganz hoffnungslosen Fälle nach Hause ... Das ist keine leichte Aufgabe und eine große Verantwortung.«

»Er ist nur böse, weil man ihn hierhergeschickt hat«, entgegnete Mary. »Er ist jung, sieht gut aus und denkt bestimmt, daß er in Richmond sein sollte, wo er mit den Debütantinnen tanzen könnte! Na, ist ja auch egal. Auf jeden Fall werde ich ihm die beste Krankenschwester sein, die er jemals gehabt hat.«

»Es kommt schon alles wieder in Ordnung, Miß Mary«, versuchte Rugby etwas unbeholfen, sie zu trösten.

»Ja, natürlich ...«, entgegnete Mary und rang sich ein Lächeln ab. »Ich komme schon zurecht. Gehen Sie ihm nur schnell nach. Sonst reißt er Ihnen noch den Kopf ab, wenn er merkt, daß Sie nicht mehr bei ihm sind.«

»Aber Sie scheinen so ... niedergeschlagen.«

»Mir geht es gut. Jetzt machen Sie schon.«

Rugby nickte, zögerte noch einen Augenblick, doch dann verließ er sie. Mary sah ihm nach, bis er verschwunden war, bevor sie sich über das Bett des Hauptmanns beugte und zärtlich seine Wange berührte.

»Mein armer, armer Captain!« flüsterte sie, und eine Träne, die sie nicht mehr hatte zurückhalten können, rollte ihr über die Wange und fiel auf seine. Da öffnete er für einen kurzen Moment die Augen und schien sie auch tatsächlich zu erkennen. Der Anflug eines Lächelns huschte über sein Gesicht, das aber genauso schnell wieder verschwand, wie es gekommen war.

General Angus Magee betrachtete aufmerksam seinen wunderschönen weiblichen Gast, der ihm da auf der anderen Seite des Tisches gegenübersaß.

Sie sagte nicht viel, sondern hörte zu – eine Tugend, die bei jungen Leuten immer seltener anzutreffen war, dachte er. Sie hatte etwas Entrücktes und blieb irgendwie unnahbar. Manche behaupteten, sie sei eine verführerische Hexe. Das schien insoweit zu stimmen, als er schon jetzt kaum noch seine Augen von ihr wenden konnte.

Er wußte, daß ihr Ehemann gefallen war – Risa hatte das in ihren Briefen mehrfach erwähnt – und daß sie deshalb mit den Verwundeten arbeiten wollte. Sie wäre eine willkommene Ergänzung seines medizinischen Stabs. Man hatte ihn nach Washington ins Kapitol beordert, da einige Vorgehensweisen in den Feldlazaretten besprochen werden sollten. Da traf es sich ganz ausgezeichnet, daß er die Dame höchstpersönlich zum Lager zurückbegleiten konnte.

Sie saßen in einem hübschen Speiselokal, ganz in der Nähe des Weißen Hauses. Schneeweiße Damastdecken lagen auf allen Tischen, und das Tafelsilber war auf Hochglanz poliert. Im Hintergrund spielte eine Geige, während weiß behandschuhte Kellner ihnen Wein nachschenkten. Ja, sie paßte sehr gut hierher. Selbst in ihrem einfachen schwarzen Kleid wirkte sie äußerst elegant und vornehm.

Er nahm einen kleinen Schluck von dem Wein und lehnte sich dann ein wenig zu ihr hinüber, um sie zu fragen: »Sind Sie sicher, daß Sie mich begleiten wollen? Die Leute im Süden glauben, daß die politische Großwetterlage hier im Norden die Union schon bald zwingen wird, die Forderungen der Konföderation anzuerkennen. Aber das wird nicht passieren. Ich kenne Mr. Lincoln. Ich habe in meinem ganzen Leben noch keinen Menschen gesehen, der sich einer Sache derart verschrieben hat. Dieser Krieg ist noch lange nicht vorbei.«

»Das weiß ich, Sir«, entgegnete die junge Frau mit einem bezaubernden Lächeln. »Wenn nicht mehr gekämpft würde, Sir, bräuchten Sie mich auch nicht.«

»Wollen Sie damit sagen, daß ich *Sie* brauche – Sie im Speziellen, meine ich?«

Ihr Lächeln breitete sich nun auf ihrem ganzen Gesicht aus und brachte das schimmernde Grün ihrer Augen noch besser zur Geltung. »Ja, Sir, Sie brauchen gerade mich. Ich kann hervorragend mit kranken und verletzten Männern umgehen. Wie Sie wissen, habe ich bis vor kurzem einem Südstaatenchirurgen bei der Arbeit geholfen. Dabei haben wir auch Ihren Schwiegersohn behandelt.«

»Dieser Junge bringt mich noch mal ins Grab!« stieß Magee seufzend hervor und ließ sich in seinen Stuhl zurückfallen.

Sie senkte die Wimpern, lächelte aber immer noch, als sie ihm erwiderte: »General Magee, ich kann mir gut vorstellen, wie hart es für Sie sein muß, daß Ihre Tochter mit einem Rebellen verheiratet ist, aber … Nun, es ist ziemlich offensichtlich, daß sich die beiden sehr lieben. Ich hoffe, daß Sie das ein wenig tröstet.«

»Ja, gewiß. Er ist ja auch ein aufrechter junger Mann. Aber er sitzt mir wie ein Dorn im Fleisch!« Offensichtlich gehörte sein Schwiegersohn nicht zu seinen Lieblingsthemen, denn nun fragte er schnell: »Sie haben also Julian McKenzie assistiert, mh?«

»Ja.«

»Wenn dieser Krieg erst mal vorüber ist, bin ich diesem Mann noch was schuldig. Falls er ihn überlebt, heißt das. Er ist ein verdammt draufgängerischer, unvorsichtiger Kerl. Das scheint in der Familie zu liegen!«

»Sie sind Julian etwas schuldig? Wie darf ich denn das verstehen«, fragte sie erstaunt.

»Ich kann heute noch gehen, weil Julian mir geholfen hat«, klärte er sie auf. »Risa bestand darauf, daß ich ihn aufsuchte, besser gesagt er mich. Mein Schwiegersohn ist Julians Vetter. Aber das wissen Sie ja. Julian hatte eine Praxis in St. Augustine, bevor die Stadt von den Yankees eingenommen wurde. Man hat ihn wieder hineingeschmuggelt, damit er meinen Fuß operieren konnte. Ein derartiger kleiner Grenzverkehr ist in diesem Krieg übrigens gar nicht so selten, wie man meinen könnte.«

Erstaunt stellte Magee fest, welchen Einfluß seine Worte auf die sonst so gefaßten Züge der jungen Frau gehabt hatten.

»Was ist denn los?« wollte er wissen.

»Ach, nichts … Ich, äh … Ich glaube, daß ich ihm auch noch etwas schuldig bin.« Sie lächelte nun wieder und fuhr fort: »Nur was genau, da bin ich mir noch nicht ganz so sicher.«

Magee lehnte sich zurück und fragte verwundert: »Waren Sie verletzt oder krank?«

Ihr Blick schweifte ab und sie zögerte mit der Antwort, sah ihm dann aber direkt in die Augen und sagte: »Ich war abhängig – von Morphium. Nach dem Tod meines Mannes …« Ihr versagte die Stimme, aber dann fuhr sie rückblickend über sich selbst den Kopf schüttelnd fort: »Ich hab' mehr und mehr von dem Zeug genommen, und

Julian – Dr. McKenzie – hat mir gezeigt, daß das der falsche Weg ist.«

Magee nickte freundlich und überlegte, ob Mrs. Rhiannon Tremaine Julian McKenzie gegenüber wohl noch etwas mehr als nur Dankbarkeit empfand. Froh darüber, daß sie hier bei ihm saß, hob er dann sein Glas, um mit ihr anzustoßen. »Willkommen bei der Armee vom Potomac, Mrs. Tremaine. Wissen Sie übrigens, daß Julian McKenzie in die reguläre Armee beordert wurde? Er war schon bei der letzten Aktion im Süden Virginias dabei.«

»Ja, ich habe davon gehört, daß man ihn versetzt hat.«

Wieder lehnte sich Magee etwas näher zu ihr hinüber: »Sie wissen doch, Mrs. Tremaine, wenn Sie mich begleiten, könnte es durchaus geschehen, daß wir eines Tages in einen Kampf mit seiner Truppe verwickelt werden.«

Sie nickte, nippte noch einmal an ihrem Wein und sagte: »Er ist Arzt. Er wird beim medizinischen Stab sein.«

»Er wird im Feldlazarett arbeiten, quasi das gleiche tun wie Sie, nur auf der gegnerischen Seite.«

»Aber es ist nicht das gleiche, als ob sich zwei feindliche Truppen der Infanterie gegenüberstehen …«, widersprach sie ihm beinah vehement, und er mußte feststellen, daß sie sich richtig Sorgen machte. Sie schien mit einemmal so aufgebracht, daß sie sogar zitterte, und Magee überlegte, was wohl der Grund dafür sein mochte. Ob sie Angst davor hatte, Julian wiederzusehen? Oder davor, ihn womöglich eines Tages vor sich auf dem Operationstisch zu haben?

Sissy machte einen nervösen Eindruck, als sie sich mit Sydney vor dem Haus traf und auf einem der Pferde aufsaß.

»Mach dir keine Sorgen, Sissy. Es wird uns unterwegs schon nichts passieren«, versuchte Sydney sie zu beruhigen.

»Es geht mir gut, Miß Sydney.«

»Du siehst aus, als hättest du soeben einen Geist gesehen.«

»Nein, Ma'am, es geht mir gut.«

»Also, wenn du wirklich Angst hast, kannst du auch …«

»Nein, nein, Miß Sydney, ich würde Sie in so einer Nacht nicht allein reiten lassen. Das gehört sich doch nicht für eine anständige junge Dame.«

Sydney war sich nicht so sicher, ob sie jemals als anständige junge Dame gegolten hatte. Die McKenzies waren zwar vor dem Krieg in Florida eine angesehene Familie gewesen, aber da gab es ein paar Leute, die sie immer schon wie eine Aussätzige behandelt hatten, weil in ihren Adern indianisches Blut floß. Bei vielen anderen war sie zwar wohlgelitten, aber kaum eine der Familien hätte sie gern als Schwiegertochter gesehen.

»In Ordnung, Sissy«, sagte Sydney schließlich, »dann reiten wir jetzt los.«

Sie ritt voraus. Obwohl es schon mitten in der Nacht war, herrschte auf den Straßen der Hauptstadt immer noch reges Treiben. Kuriere kamen und gingen, und die großen, eisenbeschlagenen Wagenräder der Kutschen klapperten über das Kopfsteinpflaster. Es war ein heißer Sommertag gewesen, und viele Männer und Frauen saßen draußen auf der Veranda, um vor dem Schlafengehen noch ein wenig die etwas kühlere Nachtluft zu genießen. Gesprächsfetzen drangen an Sydneys Ohr, während die Pferde die Wohnhäuser entlang gemächlich Richtung Fluß trabten.

»Sie sollten mit dem Kämpfen aufhören«, ereiferte sich ein älterer Mann und schlug mit der Faust auf das Geländer seiner Veranda. »Ich habe läuten hören, daß es Unstimmigkeiten bei den Konföderierten gibt, zwischen Jeff Davis und seinen Leuten. Diese Rebellen haben gedacht, daß sie für die Selbstbestimmung ihrer Staaten kämpfen, und jetzt beschneidet die Konföderation mehr von den Rechten des einzelnen, als es der Norden jemals getan hat!«

»Wir haben unsere eigenen Probleme, Vater«, hörte Sydney die niedergeschlagen klingende Stimme einer Frau. »Meuternde Rekruten, Generäle, die nicht mehr kämpfen wollen.«

»Wir brauchen einen Sieg, einen richtigen Sieg«, warf ein junger Mann ein.

»Erinnere dich doch bitte an die Schlacht bei Antietam Creek«, widersprach ihm der Ältere.

»O ja, Sharpsburg! Beide Seiten haben behauptet, daß sie die Schlacht gewonnen hätten.«

»Das einzige, was die beiden Armeen wirklich mit Fug und Recht behaupten können, ist, daß sie einen unverzeihlichen Brudermord begangen haben!« sagte die Frau.

Sydney dachte, daß sie damit wohl nicht so ganz unrecht hatte. Eine Weile achtete sie nicht mehr auf die Unterhaltungen, sondern ritt ganz in Gedanken versunken dahin, bis Sissy, die auch weiterhin hinter ihr geblieben war, rief: »Miß Sydney, wissen Sie denn, wie wir dahin kommen?«

»Ja, natürlich«, entgegnete Sydney etwas kurz angebunden, und Sissy schwieg.

Sydney wußte ganz genau, wo Watts' Lagerhaus lag, und sie hatte auch schon von Jeff Watts selbst gehört. Er war lange Zeit Spion gewesen, der seine Lage am Fluß dazu genutzt hatte, Informationen so schnell wie möglich nach Süden zu transportieren.

Sie ließen allmählich die hübschen Wohngegenden hinter sich, und es standen mehr und mehr Lagerhäuser, Fabriken, Baracken und ärmliche Hütten am Wegesrand. Langsam wurde es richtig unheimlich. Um sich Mut zu machen, sagte sie zu Sissy: »Wir sind gleich da.«

»Wenn wir überhaupt ankommen!« hörte sie die ängstliche Stimme ihres schwarzen Hausmädchens hinter sich.

Sydney zögerte nur einen winzigen Augenblick, bevor sie ihr entgegnete: »Na gut, beeilen wir uns.«

Dann gab sie ihrem Pferd die Sporen. Während sie so dahingaloppierten, hätte sie schwören können, daß sie Pferde hinter sich hörte. Rasch zog sie ihrem Fuchs die Zügel an und riß ihn herum. Aber auf der dunklen Straße schien weit und breit kein Mensch zu sein.

»Was ist denn los?« fragte Sissy erschrocken, die ebenfalls angehalten hatte und nun mit Sydney aufschloß.

»Ich habe Hufschlag hinter uns gehört.«

»Ich kann überhaupt nichts sehen.«

»Komm, laß uns schnell weiterreiten.«

»Ja, gut.«

Eiligst machten sie sich wieder auf den Weg und ließen ihre Pferde nun in vollen Galopp fallen, da sie ohnehin schon fast da waren. Als sie beim Lagerhaus ankamen, stieg Sydney rasch vom Pferd und band es an der großen Laderampe am Ufer fest.

Erleichtert lächelnd sagte sie dann zu Sissy: »Wir haben's geschafft!«

»Gott sei Dank«, entgegnete das Mädchen. »Weshalb sind wir noch mal hergekommen?«

»Zum Einkaufen, natürlich. Ich spreche mit Mr. Watts, während du ein paar Grundnahrungsmittel zusammensuchst. Wir brauchen Salz, Zucker, Mehl, Kaffee, Tee und ein bißchen Fleisch. Und falls sie haben, auch einen guten Schinken.«

»Sehr wohl, Ma'am.«

Irgend etwas an ihrem Ton kam Sydney merkwürdig vor ... Aber Sissy senkte rasch die Augen und ging ihr voran in den Laden, und Sydney dachte nicht weiter darüber nach. Hinter dem Ladentisch stand ein Mann in einem Flanellhemd und einem blauen Overall. Er hatte einen ganz schön dicken Bauch und das behaarteste Gesicht, das Sydney jemals gesehen hatte: buschige rote Augenbrauen und einen dichten Vollbart mit einem langen Schnurbart. Bei den vielen Haaren konnte man kaum seine Augen und seine Nase erkennen.

»Mr. Watts?«

»Genau der bin ich«, sagte er lächelnd. »Was kann ich für Sie tun, junge Dame? Es kommt nicht häufig vor, daß ein so hübsches Fräulein zu so später Stunde noch bei mir reinschaut!«

Sydney trat ein wenig näher an die Theke heran und sagte mit gedämpfter Stimme: »Ich komme vom Alten Kapitol. Unionsgeneral Pratt hat einen Versorgungszug organisiert, der an der alten Zollstation an der Handelsstraße nach Harper's Ferry vorbeikommt.«

»Ist das alles?« entgegnete Watts dümmlich.

»Die Union weiß, daß Lees Armee sich Richtung Norden und Westen bewegt und daß sie vorhaben, weiter bis zum Shenandoahtal vorzudringen. Dieser Versorgungszug ...« Sie hielt inne, da sie etwas hinter sich gehört hatte. Als sie sich vorsichtig umdrehte, sah sie zwei Männer in einfachen schwarzen Jacken hinter sich. Verwundert drehte sie sich wieder zu Watts um, der nun mit völlig veränderter, sanfter Stimme sagte: »Es tut mir leid, Sydney.«

Erst jetzt erkannte sie die Stimme wieder, und ihr wurde bewußt, daß sie sich zum Narren hatte halten lassen. Das war nicht Jeff Watts, sondern Jesse Halston, ihr schneidiger junger Kavallerieoffizier, den sie gesund gepflegt hatte. Der elende Wicht, der sie davon abgehalten hatte, sich Jerome anzuschließen, als er aus dem Alten Kapitol in den Süden geflohen war ...

»Sie Schwein!« schrie sie wütend und rannte um die Theke herum, um ihn mit ihren Fäusten zu bearbeiten. Aber er erwischte sie bei den Handgelenken, obgleich er sichtlich Mühe hatte, ihr Einhalt zu gebieten. Sofort waren auch die Männer in Zivil hinter ihr.

»Nein!« sagte Jesse heftig atmend zu den Männern, als er sie endlich unter Kontrolle hatte. Er wollte Sydney allein zur Vernunft bringen, aber sie bekam doch eine Hand frei und gab ihm eine schallende Ohrfeige. Wieder machte einer der Männer einen Schritt auf Sydney zu, aber Jesse stoppte ihn abermals. Es gelang ihm schließlich, sie wieder beim Handgelenk zu packen.

»Verdammt noch mal, Sydney, muß ich Sie erst fesseln?«

Sie tat so, als ob sie sich seinem Griff ergab, und er ließ sie los. Wieder verpaßte sie ihm eine ordentliche Ohrfeige. Laut fluchend legte er ihr nun, nachdem er sie wieder zu fassen gekriegt und ihr den Arm auf den Rücken gedreht hatte, Handschellen an. Tränen traten ihr in die Augen, die sie aber wütend wegblinzelte, und mit hoch erhobenem Kinn und funkelnden Augen sah sie ihn an.

»Das ist ja eine schöne Bescherung«, bemerkte Jesse, sich die Perücke vom Kopf nehmend. Als er sich die falschen Augenbrauen und den Bart abriß, verzog er ein wenig das Gesicht. Dann faßte er in seinen Overall und nahm ein großes Kopfkissen heraus, das ihm den Anschein gegeben hatte, wohlbeleibt zu sein. Und da stand er nun wieder vor ihr, der Jesse, den sie so gut kannte, daß sie ihn rechtzeitig hätte erkennen sollen – mit seinem schlanken, athletischen

Körper und dem dichten, dunklen Haar. Seine Augen hätten ihn ihr eigentlich verraten müssen: haselnußbraun, so offen und manchmal richtig gefühlvoll, daß sie sich einst dummerweise in ihn verliebt hatte.

»Wo bringen Sie mich hin?« wollte Sydney von ihm wissen.

»Ins Alte Kapitol«, entgegnete er ihr freundlich, »wohin sonst?«

Ruckartig drehte sie sich um und sah Sissy an, die in keiner Weise erschrocken über den Vorfall gewesen war. »Du hast das alles eingefädelt.«

»Ja«, entgegnete das Mädchen ohne Umschweife.

»Du hast für mich gearbeitet; ich habe dir vertraut.«

»Ich war für Sie doch nur irgendeine Schwarze, Miß McKenzie.«

Sydney schüttelte den Kopf: »Wir haben niemals Sklaven gehalten, Sissy.«

»Ach, wirklich«, entgegnete Sissy spöttisch und hob das Kinn. »Und warum setzen Sie sich dann für Leute ein, die Sklaven besitzen?«

»Ich kämpfe für das Recht der ...«

»Das Recht der Südstaaten, Sklaven halten zu dürfen. Und das ist falsch.«

»Da irrst du dich! Männer wie General Lee hatten schon Pläne ausgearbeitet, wie sie ihre Sklaven entlassen könnten, damit diese danach nicht ohne einen roten Heller auf der Straße stehen und betteln gehen müssen ...«

»Miß McKenzie, es ist falsch, einen anderen Menschen zu besitzen. Das weiß ich ganz genau. Ich wurde als freier Mensch geboren, aber Männer, die nur auf ihre Fangprämie aus waren, haben mich aufgegriffen und zu einem Mann nach Nordcarolina gebracht, der mich auspeitschen ließ ...«

»Nicht alle Menschen sind so grausam!«

»Aber viele«, entgegnete Sissy. »Und ich trage immer noch die Narben davon mit mir herum. Sie können sich gern einmal meinen Rücken ansehen.« Etwas ruhiger fügte sie dann hinzu: »Wenn ich Sie enttäuscht haben sollte, tut es mir leid. Aber ich will einfach nicht, daß die Südstaaten weiter das Recht haben, Männer und Frauen meines Volkes zu besitzen.«

Darauf wußte Sydney ihr nichts zu erwidern, und als Jesse wissen wollte: »Können wir jetzt gehen?« stürmte Sydney ohne ein weiteres Wort aus dem Laden. Unterwegs drehte sie sich dann aber noch einmal zu ihm um und fragte: »Wo ist der echte Jeff Watts?«

»Er ist entkommen«, antwortete Jesse und fügte, als draußen ein Wagen vorfuhr, hinzu: »Wir müssen jetzt los, Sydney.«

Als sie einsteigen wollte, nahm Jesse sie am Ellbogen, um ihr behilflich zu sein. Aber sie schüttelte wütend seine Hand ab.

»Zur Hölle, Sydney, ich ...«, entfuhr es ihm, aber da wirbelte sie auch schon zu ihm herum und schrie ihn wutentbrannt an: »Nein, zur Hölle mit Ihnen!« und stieg ohne seine Hilfe in die Kutsche.

14.

Bald nach der Schlacht bei Brandy Station war Julian schon wieder unterwegs. Die Armee von Nordvirginia, der er nun angehörte, zog Richtung Norden. Das war an sich keine große Überraschung, da jeder wußte, daß Lee vorhatte, auf dem Boden der Nordstaaten zu kämpfen. Lee war der Meinung, daß er den Norden vielleicht dazu bewegen konnte, das Kämpfen aufzugeben, wenn er ihm den Krieg vor die Haustür brachte.

An der Front im Westen bildete der Mississippi eine natürliche Barriere für die Truppen. Vicksburg stand unter Belagerung, und den Osten des Landes hatte die Nachricht erreicht, daß die Bewohner mittlerweile schon Ratten aßen und keine Taube mehr den Flug über die Stadt überlebte. Die Menschen hatten sich in Höhlen zwischen den Klippen versteckt, während die Bomben ringsum explodiert waren. Der Süden war schon viel zu sehr in Mitleidenschaft gezogen worden. Was sie jetzt brauchten, war ein Sieg im Norden gegen den Norden.

Julian befand sich gerade mit seiner Truppe im Shenandoahtal, ganz in der Nähe der ehemaligen Zollstation bei Harper's Ferry. Er wartete auf die Arzneien und das Verbandsmaterial, das er angefordert hatte, als Dan LeBlanc – einer seiner neuen Assistenzärzte – zusammen mit Corporal Lyle zu ihm kam.

Lyle und Liam Murphy waren die einzigen seiner ehemaligen Truppe, die ihn begleitet hatten. LeBlanc kam frisch von der Universität und war ein aufgeweckter, intelligenter junger Mann. Julian war ganz zufrieden mit ihm, zumal er für alles offen und davon überzeugt war, daß es für einen Arzt noch viel mehr in Sachen Medizin zu erfahren gab als das, was man einem auf der Hochschule beibrachte.

Julian saß in seinem Zelt aus Leinentuch, mit einem provisorischen Schreibtisch, Klappstühlen und einem

Feldbett – also gerade so wie in Florida –, als die Männer hereinkamen.

»Was ist denn los?« fragte er, als er den unglücklichen Ausdruck auf LeBlancs jungem Gesicht bemerkte.

LeBlanc legte ihm die Liste mit den angeforderten Materialien vor und sagte: »Sie können uns nur die Hälfte von all dem liefern, was Sie bestellt haben, Sir.«

Fluchend lehnte sich Julian in seinem Stuhl zurück.

»Nun, Sie haben ja auch wirklich eine ganze Menge aufgeschrieben«, versuchte LeBlanc ihn zu beschwichtigen.

»Ja, das habe ich. Schließlich bin ich auch Arzt und kein Metzger.«

»Wir können wohl nichts dagegen tun, Captain«, versuchte LeBlanc es wieder.

»Diesmal vielleicht doch«, wandte Henry Lyle ein.

»Sie bringen uns noch alle vors Kriegsgericht«, beeilte sich LeBlanc zu sagen.

»He, he, was ist denn jetzt schon wieder los?« wollte Julian wissen.

»Nun, einer der Jungs hat von einem gefangenen Yankee eine Information erhalten. Angeblich kommt hier ein Versorgungszug der Union vorbei, der die Truppenteile der Yankees weiter unten treffen soll. Der Zug soll südlich der alten Zollstation bei Harper's Ferry vorbeiziehen und …«

»Dann wird doch bestimmt jemand aus dieser Armee sich darum kümmern«, unterbrach ihn Julian.

»Nein, eben nicht«, entgegnete LeBlanc.

»Was?«

»Weil wir keine verläßlichen Informationen haben. Vielleicht ist das wirklich alles nur ein Gerücht«, erklärte sein junger Assistent, »möglicherweise auch eine Falle. Und die Truppe hat den Befehl erhalten, weiter nach Norden zu ziehen und sich dabei westlich von diesem Versorgungszug zu halten …«

Julian erhob sich nun von seinem Klappstuhl, zog eine Karte der Region hervor und sagte zu LeBlanc: »Zeigen Sie mir das mal auf der Karte.«

»Sir …«

»Machen Sie schon, Mann!«

LeBlanc zeigte ihm schließlich, wo der Weg mit der Zollstation an Harper's Ferry vorbeiführte, und Julian starrte einen Augenblick wie gebannt auf diese Stelle. Er mochte zum medizinischen Stab gehören und neu in dieser Armee sein, und es gab eine Menge Chirurgen, die ranghöher waren als er; aber er war hier auf Wunsch des Oberstabsarztes. Und wenn er durchzog, was er vorhatte, müßte er sich am Ende nur vor Longstreet und vielleicht noch vor Lee rechtfertigen. Wenn er vorher offiziell um Erlaubnis bat, die Lage auszukundschaften, würde man ihn bestimmt abweisen. Bis morgen abend wären sie nah genug an der bezeichneten Stelle, so daß es kein Problem darstellte, dem angeblichen Versorgungszug den Weg abzuschneiden. Wenn nicht zu viele Männer zur Bewachung dabei waren, konnten sie es vielleicht mit ein paar Mann riskieren.

Julian sah Henry Lyle an und fragte: »Wachen oder Truppenteile?«

»Nur ein paar Männer, nach dem, was ich gehört habe.«

»Nun, was denkst du, Lyle?«

»Ich bin dabei, Sir.«

»Worüber reden Sie da eigentlich«, brummelte LeBlanc. »Ist das irgendein Code, den nur die Floridarebellen verstehen?« Dann ging ihm scheinbar ein Licht auf: »Oh, jetzt weiß ich! Nein, nein, Dr. McKenzie, das können Sie nicht tun. In der regulären Armee gelten andere Spielregeln. Ich will Ihnen nicht zu nahe treten, aber Sie sind hier nicht mehr bei der Miliz und können die Dinge nicht mal eben selbst in die Hand nehmen. Hier gibt es eine Organisation ...«

»Ich werde Sie da nicht mit reinziehen, LeBlanc, also brauchen Sie sich auch keine Sorgen zu machen. Und wenn es rauskommt, streite ich ab, daß Sie etwas davon gewußt haben.«

»Aber, Sir, Sie brauchen Soldaten, um einen Versorgungszug einzunehmen ...«

»Nicht immer, Dan, nicht immer«, sagte Julian und blickte zu Henry Lyle hinüber, der ganz seiner Meinung war. Sie bräuchten nur noch Liam und drei gute Pferde.

»Sie sind sehr unvorsichtig, Sir. Sie, als einer der wenigen Ärzte hier, dürfen Ihr Leben nicht einfach so aufs Spiel setzen ...«

»Ich tue es, *weil* ich Arzt bin, LeBlanc. Und ich glaube, daß es das Risiko wert ist, wenn wir dadurch endlich wieder Morphium für unsere Verwundeten bekommen ...«

Im Alten Kapitol bekam Sydney eine eigene Zelle, und die Yankees, die sie bewachten, konnten es kaum erwarten, ihr mitzuteilen, daß auch die Spionin Rose Greenhow schon einmal darin untergebracht worden war. Es war nicht gerade komfortabel, und Sydney fühlte sich schlecht, weil sie gefaßt worden war. Außerdem machte sie sich furchtbare Sorgen darüber, was passieren würde, wenn ihre Familie davon erfuhr. Und Jesse – dieser Mistkerl! – hatte sie einfach nur bis zum Gefängnis begleitet, für ihre Gefangennahme unterzeichnet und sie dann allein gelassen. Bis zum Schluß war er unnachgiebig geblieben – und eiskalt.

Bei dem Gedanken, daß man sie hier womöglich für den Rest des Krieges festhalten würde, bis sie vermodert war, hätte sie ihm am liebsten die Augen ausgekratzt. Dann überlegte sie, daß ihr Vater und ihre Brüder niemals zulassen würden, daß sie so lange gefangengehalten wurde, sondern versuchen würden, sie hier rauszuholen; auch wenn sie dabei ihr Leben riskierten. Eine Lösung des Dilemmas könnte nur Ian erreichen, aber der war ja an der Front. Von dieser Seite war also keine Hilfe zu erwarten. Ihr einziger Trost waren die Soldaten im Alten Kapitol.

Aber an sich ging es ihr ganz gut, sie ertrug nur das Eingesperrtsein schlecht. Sergeant Granger hatte dafür gesorgt, daß sie regelmäßig frische Bettwäsche und anständiges Essen bekam.

In der ersten Nacht hatte sie natürlich niemanden mehr sehen dürfen, aber am folgenden Nachmittag hatte man ihr gestattet, sich mit den anderen Gefangenen zu treffen. Anderson entschuldigte sich tausendmal dafür, daß er sie in diese mißliche Lage gebracht hatte, und sagte ihr immer wieder, sie solle ihn der Gefängnisleitung als denjenigen melden, der sie angestiftet hatte – vielleicht könnte sie aushandeln, für diese Information zurück in den Süden geschickt zu werden.

Aber sie wollte ihn unter keinen Umständen verraten, und ihr war klar, daß auch ihre Familie nicht gutgeheißen hätte, jemanden anders ans Messer zu liefern, nur um selbst freizukommen. Schließlich gelang es ihr, Anderson so weit zu beruhigen, daß er nicht ständig wieder davon anfing.

Am zweiten Tag ihres Gefängnisaufenthalts saß sie gerade an einem Tisch im Innenhof, während die Männer ihre Runden drehten, als sie sich an Lawtons Fuß erinnerte.

»Junger Mann«, sagte sie zu ihm, als er mit seinen Krükken bei ihr vorbeikam, »Sie hinken ja immer noch. Und da ich heute nichts anderes vorhabe, werde ich mir Ihren Fuß jetzt mal etwas genauer ansehen.« Als sie merkte, wie erschrocken er zurückwich, fügte sie aufmunternd lächelnd hinzu: »Zeigt her eure Füßchen!«

»O nein, Ma'am ...«

»Nicht schon wieder diese Tour!« protestierte Sydney.

»Aber ...«

»Ihr Fuß, Gefreiter Lawton, bitte!«

»Sie haben doch gehört, was die Lady gesagt hat«, schaltete sich nun Leutnant Anderson ein, und es klang wie ein Befehl.

Mit unglücklichem Gesichtsausdruck hinkte der Gefreite Lawton näher an ihren Tisch heran und stellte seinen verletzten Fuß mit einem Stöhnen auf einen Stuhl. Einer seiner Freunde half ihm, den Verband zu entfernen. Als Sydney den Fuß sah, würgte es sie regelrecht, und sie bezweifelte, daß selbst ihr Bruder Brent oder ihr Vetter Julian ihn noch hätten retten können. Die Kugel war glatt durchgegangen, aber winzige Kleidungsfetzen, Schmutz und Lederreste waren dabei in die Wunde geraten. Die Verletzung war nun eitrig und stank fürchterlich.

Als Lawton ihren Gesichtsausdruck sah, beeilte er sich zu sagen: »Es tut schon gar nicht mehr so weh wie am Anfang. Es wird schon besser, Miß Sydney.«

Kopfschüttelnd über so viel Unvernunft entgegnete sie ihm: »Gefreiter Lawton, sind Sie verheiratet?«

»Wieso? Ja, Miß Sydney, meine Frau ist das süßeste Mädchen, das man sich nur vorstellen kann.«

»Möchten Sie sie nicht ganz gern mal wiedersehen?«

Lawton wurde ganz rot und sagte: »Ich liebe meine Frau, Miß Sydney. Natürlich will ich sie wiedersehen.«

»Wahrscheinlich muß man Ihnen den Fuß abnehmen.«

»Nein«, sagte er erschrocken und schüttelte vehement den Kopf, »nein, Ma'am, nur das nicht!«

»Machen Sie sich keine Sorgen, ich weiß da jemanden, der sich hervorragend damit auskennt. Ich werde bei Ihnen bleiben, wenn man den Fuß amputiert.«

Wieder schüttelte Lawton den Kopf, und man sah ihm an, daß er am liebsten schnell davongelaufen wäre. Aber das war ja nun mal nicht möglich. Dann erklärte er: »Bitte, Miß Sydney, ich bin kein reicher Mann. Ich besitze nur ein kleines Stück Land und eine winzige Farm – die habe ich von meinen Eltern geerbt. Ich bearbeite selbst die Äcker, ich brauche meinen Fuß.«

»Und Ihre Frau braucht Sie. Wenn Sie noch etwas länger mit diesem Fuß herumlaufen, werden Sie sterben.«

Es dauerte eine ganze Weile, bis er ihr darauf zur Antwort gab: »Was, wenn meine Frau mich ohne den Fuß nicht mehr will?«

»Gefreiter Lawton, ich habe zwei Brüder und zwei Vettern, die in diesen Krieg gezogen sind, und ich will sie einfach nur wiederhaben. Ich liebe sie wegen ihrer Persönlichkeit. Zwar hoffe ich, daß der Fall nicht eintritt, aber ich würde sie lieber ohne einen Arm oder ein Bein wiedersehen als gar nicht. Verstehen Sie, was ich meine?«

Beschämt sah er zu Boden, bevor er ihr antwortete, und auch dann tat er es nur mit einem Flüstern: »Ich habe einfach Angst, Miß Sydney. Kein Mann gibt das gerne zu. Aber ich habe solche Angst.«

Daraufhin ging sie auf ihn zu, nahm sein Gesicht in beide Hände, hob seinen Kopf an und sah ihm direkt in die Augen. »Aber, Gefreiter Lawton, Sie sind ein sehr tapferer Mann, das haben Sie draußen im Feld bestimmt schon tausendfach bewiesen. Und ich bin ganz sicher, daß Ihre Frau Sie auch ohne Fuß lieben wird und nur darum betet, daß

Sie lebend zu ihr zurückkommen! Ich sorge schon dafür, daß sich der beste Arzt um Sie kümmert, den wir hier auftreiben können.«

Sie wußte zwar nicht, wer das sein sollte, aber da vertraute sie voll und ganz auf Sergeant Granger. Unvermittelt rief sie dann einem der Wachhabenden zu: »Bitte, können Sie Sergeant Granger bestellen, daß ich ihn sofort sprechen muß?«

»Nun, Miß McKenzie, das ist nicht mehr so einfach. Sie sind hier kein Gast mehr, sondern eine Gefangene ...«

»Ich muß Granger unbedingt sprechen«, wiederholte sie stirnrunzelnd und ging auf den Mann zu. »Und er wird sehr böse sein, wenn er erfährt, daß ich ihn gebraucht habe und Sie sich weigerten, ihm Bescheid zu sagen.«

»In Ordnung, in Ordnung, Ma'am!« sagte der Mann und schloß die Tür, die vom Hof in den Bürotrakt führte, auf, wobei ihm deutlich anzusehen war, daß ihm das überhaupt nicht paßte. Mit dem Kinn bedeutete er Sydney hineinzugehen. Sie drehte sich an der Tür noch einmal zu Lawton um und sah ihn aufmunternd an, bevor sie den Gang entlang zum Büro des Sergeants eilte.

Granger lächelte traurig, als er sie durch das Aquariumfenster seines Büros kommen sah. Er stand auf, öffnete ihr die Tür und sagte: »Ich kann Ihnen gar nicht sagen, Miß Sydney, wie weh es mir tut, Sie hier so zu sehen – eingesperrt hinter Gefängnismauern. Aber bitte nehmen Sie doch Platz.«

Ja, das änderte die Situation, da mußte sie ihm recht geben. Sie war so oft hier gewesen und hatte dabei nie den Eindruck gehabt, als würden sie diese Mauern erdrücken. Aber das hatte wohl daran gelegen, daß sie kommen und gehen konnte, wie es ihr gerade einfiel. Mit einemmal dachte sie an Sissy und senkte den Kopf. *Freiheit. Guter Gott, jetzt wußte sie ganz genau, welche Beweggründe Sissy gehabt hatte, sie zu verraten. Solange man nichts anderes kannte, erachtete man die Freiheit als etwas Selbstverständliches.*

»Sergeant, erinnern Sie sich daran, daß einer der Gefangenen ...«

»Medizinische Hilfe braucht«, ergänzte er freundlich.

»Sie werden mir doch helfen, einen guten Arzt zu finden, nicht wahr?«

Stirnrunzelnd blickte er sie an, und Sydney wurde bewußt, daß es nur allzu verständlich wäre, wenn er ihr diesen Wunsch abschlüge. Immerhin hatte sie ihn hintergegangen. Seufzend sagte sie: »Der Gefreite Lawton ist ein guter Mann, das ist Ihnen bestimmt schon aufgefallen, und er hat furchtbare Angst, seinen Fuß zu verlieren ...«

»Ich kann dafür sorgen, daß die Witwe herkommt, von der ich Ihnen schon erzählt habe«, entgegnete Sergeant Granger mit gesenkter Stimme. »Aber es müßte bald geschehen. In weniger als zwei Tagen wird sie die Stadt verlassen, um mit General Magee zu seiner Truppe zu reiten.«

Enttäuscht ließ Sydney sich in den Stuhl fallen, den Granger ihr angeboten hatte. Nur diese Yankee-Witwe, keinen Chirurgen! Aber dann dachte sie daran, daß auch ihre Mutter eine weise Frau war, der man heilende Kräfte nachsagte. Vielleicht war das bei dieser Witwe auch so. Möglicherweise gab es ja doch noch einen Weg, Lawtons Fuß zu retten ...

»Nun, wie sieht's aus, Miß Sydney?«

Sie war noch unschlüssig, überlegte dann aber, daß Risa diese Frau niemals nach Norden zu ihrem Vater geschickt hätte, damit sie bei ihm arbeitete, wenn sie kein anständiger Mensch wäre und sich nicht sehr gut mit Verletzungen auskennen würde.

»Bis wann könnten Sie sie herbringen?« fragte sie ihn dann schließlich.

»Sofort.«

Rhiannon war erst etwas beunruhigt gewesen, als der Soldat bei ihr vorsprach, um sie ins Alte Kapitol zu eskortieren. Doch dann war sie ganz froh über die Abwechslung. Sie hatte schon gepackt, ein bißchen was von Washington gesehen – das ihr aber nicht besonders gefallen hatte – und wartete nun eigentlich nur noch darauf, daß es endlich losging.

Von Anfang an hatte sie gewußt, daß der Krieg ein schmutziges Geschäft war. Aber seitdem sie sich hier in

Washington aufhielt, war ihr klargeworden, daß es sich mit der Politik auch nicht viel anders verhielt. Nun war sie nur allzu bereit, an die Front zu gehen, wo sie wirklich gebraucht wurde. Aber bis es endlich losging, konnte sie nur untätig herumsitzen oder im Zimmer auf- und abmarschieren und dabei ihren Gedanken nachhängen ...

In letzter Zeit war ihr manchmal so schlecht, und sie hatte ein ungutes Gefühl dabei. Denn mittlerweile glaubte sie zu wissen, was in besagter Nacht zwischen ihr und Julian vorgefallen war. Und doch war das so unglaublich, daß sie es sich selbst nicht eingestehen wollte. Aber sie hatte zu zählen begonnen – seit kurzem erst, denn so viele Tage war sie nun auch nicht drüber.

Deshalb war sie eigentlich ziemlich froh, als der Soldat bei ihr auftauchte, um sie mit ins Kapitol zu nehmen. Sie war gespannt, was sie dort erwartete. In jedem Fall stellte es eine willkommene Ablenkung dar. Eine Kutsche brachte sie zum Gefängnis, und man eskortierte sie zu den Verwaltungsräumen, wo sie von einem grauhaarigen älteren Mann empfangen wurde.

»Sie sind bestimmt Sergeant Granger?« sagte sie höflich.

»Ja, der bin ich, und ich bin Ihnen sehr dankbar dafür, daß Sie sich bereit erklärt haben, herzukommen«, entgegnete er ihr freundlich.

»Warum hat man mich herbestellt? Gibt es in der Union keine Ärzte mehr?« fragte sie leichthin.

Granger schüttelte lächelnd den Kopf und erklärte ihr dann: »Unter den Gefangenen befindet sich eine ganz spezielle Person, die mich um einen außergewöhnlichen Gefallen gebeten hat.«

»Wer denn?« fragte sie erstaunt und hoffte beinah, daß es sich um Julian handeln könnte, aber das hätte ihr Magee bestimmt erzählt.

»Kommen Sie doch bitte erst mal mit.«

Der Sergeant führte sie durch einen Raum, in dem viele ziemlich zerlumpt aussehende konföderierte Soldaten um einen Tisch saßen. Die Männer beobachteten sie eingehend, als sie vorbeiging, aber jeder nickte ihr höflich zu. Dann stieß Granger eine Tür auf, die in einen kleinen, stickigen Raum führte. Da lag ein Mann auf einem Feldbett, und neben ihm saß eine Frau, die sich zu ihnen umdrehte. Rhiannon erschrak, denn sie sah Julian unheimlich ähnlich.

Aber als der Mann auf dem Lager stöhnte, wandte sich Rhiannon sogleich ihm zu. Er hatte nur einen Schuh an, und die Hose am anderen Bein hatte man an der Seite aufgeschlitzt, so daß der Fuß vom Knöchel an bloßlag. Sein Fuß sah schlimm aus – ganz eitrig und so dick geschwollen, daß er fast doppelt so groß schien wie normalerweise. Während Rhiannon auf den Gefangenen zuging, dachte sie daran, daß es sich bei ihm um einen Rebellen handelte, der ihren Mann getötet haben könnte. Aber er war noch so jung, und seine grünen Augen blickten sie ernst und schmerzerfüllt an.

Ihr war klar, daß es nichts brachte, Vorbehalte zu hegen, nur weil er ein Rebell war. Sie war schon bei den Rebellen gewesen und hatte mit eigenen Augen gesehen, daß sie genauso an Gott glaubten, ihre Frauen und Kinder liebten und auch ebenso wie die Yankees tapfer kämpften – und starben. Das war ihr natürlich vorher auch schon bewußt gewesen. Die meisten ihrer Nachbarn gehörten den Rebellen an: all die Menschen, mit denen sie aufgewachsen war, und die Freunde ihres Vaters und seine Geschäftspartner ... Sie mußte sich das manchmal nur einfach wieder ins Gedächtnis rufen.

Und so setzte sie sich nun bei dem Gefreiten ans Bett und schenkte ihm ein aufmunterndes Lächeln, bevor sie seinen Fuß vorsichtig anhob und auf ihren Schoß legte, um ihn besser untersuchen zu können.

»O Ma'am, Sie dürfen ihn nicht anfassen ...«, protestierte der Soldat auf seinem Lager.

»Sir, ich muß ihn anfassen, wenn Sie wollen, daß ich ihn heile.«

»Man hat mir gesagt, daß man ihn abhauen muß, weil ich sonst sterbe.« Der Mann hatte bestimmt riesengroße Angst und versuchte so tapfer, sie zu verbergen.

»Möglicherweise«, gestand Rhiannon ein, während sie seinen Fuß abtastete und sich auch den Knöchel ganz genau ansah. Obwohl der Fuß selbst furchtbar aussah, hatte sie nicht den Eindruck, als ob sich die Infektion darüber hinaus ausgebreitet hätte. Vielleicht war doch noch etwas zu machen.

Rhiannon sah zu Granger hoch und sagte: »Sergeant, ich brauche einen Eimer mit klarem, sehr salzigem Wasser.«

»Salz!« rief Lawton erschrocken aus, »wollen Sie mich umbringen, Ma'am.«

»Nein, das habe ich nun wirklich nicht vor«, entgegnete sie, und dabei spielte ein wehmütiges Lächeln um ihre Lippen. Da sie bemerkt hatte, daß die andere Frau sie beobachtete, drehte sie sich zu ihr um und betrachtete sie nun ihrerseits eingehender. Dann fragte sie sie: »Sind Sie Julian McKenzies Cousine?«

Die Angesprochene schien zunächst überrascht, entgegnete dann aber: »Ja, ich bin Sydney McKenzie.« Und zu dem jungen Mann gewandt, bestätigte sie: »Nein, sie hat wirklich nicht vor, Sie zu quälen. Ich hätte selbst daran denken können – Salzwasser ist eines der besten Heilmittel, die Mutter Natur zum Reinigen von Wunden erdacht hat.«

Da kamen auch schon zwei Männer mit einem großen Zuber voll Salzwasser herein, und Rhiannon fragte den verletzten Rebellen: »Können Sie aufstehen, Soldat?«

»Ja, Ma'am.«

Sydney stützte ihn, während Rhiannon ihn anwies, seinen Fuß in das Wasser zu tauchen. Bestimmt brannte es höllisch, denn er biß sich auf die Unterlippe – wohl um einen Schrei zu unterdrücken.

»Soldat, Sie müssen Ihren Fuß im Wasser lassen, bis ich wiederkomme«, erklärte ihm Rhiannon, die sich nun ebenfalls erhoben hatte. »Ich werde ihnen eine Salbe zubereiten. Danach müssen Sie den Fuß wenigstens dreimal täglich in Salzwasser tauchen und hinterher dick mit der Salbe einstreichen und bandagieren.«

Sie sah zu Sydney hinüber – da diese sich anscheinend um den Mann kümmern würde –, um sich zu vergewissern, ob sie wußte, wozu die Behandlung gut war. Sydney nickte bestätigend; dadurch sollte versucht werden, die Infektion herauszuholen.

»Werde ich meinen Fuß behalten können?« fragte Lawton ängstlich.

Rhiannon lächelte und hoffte, ihre Aussage dadurch ein bißchen positiver klingen zu lassen: »Das weiß ich nicht. Vielleicht nicht. Aber das Gift der Infektion hat sich noch nicht weiter ausgebreitet. Sie haben diese Verletzung bestimmt schon eine ganze Weile, und es sieht nicht so aus, als ob das Bein in Mitleidenschaft gezogen worden wäre. Deshalb können wir es erst einmal mit meinen Mitteln versuchen. Ich kann nichts garantieren, aber einen Versuch ist es wert.«

Er ergriff ihre Hand und bedankte sich überschwenglich.

»Es ist noch zu früh, mir zu danken. Noch haben wir Ihren Fuß nicht gerettet. Ich werde jetzt gehen, bin aber bald mit der Salbe wieder da.«

Am frühen Abend kam Rhiannon zurück. Scheinbar hatte bereits dieses erste Tauchbad in Salzwasser eine Verbesserung gebracht. Vielleicht war es Einbildung, aber sie hatte den Eindruck, als sei die Schwellung schon etwas zurückgegangen. Sie bestrich Lawtons Fuß mit der Salbe und bandagierte ihn dann. Sydney, die die ganze Zeit über im Zimmer geblieben war, half ihr dabei. Rhiannon war erstaunt gewesen, daß Sydney sich nicht erschrocken gezeigt hatte, als sie ihr erzählte, daß sie die Salbe unter anderem aus schimmeligen Brotresten angerührt hatte.

»Das hat schon anderen geholfen«, sagte Rhiannon, »obwohl es …«

»Obwohl was?« fragte Sydney.

»Nun, ich meine, das ist keine Garantie dafür, daß er es überleben wird. Wenn man, was das angeht, einigermaßen sichergehen wollte, müßte man ihm den Fuß sofort abnehmen.«

Sydney sah sie eindringlich an: »Sie wollen ihn doch nicht etwa umbringen, indem Sie es so lange hinausziehen, bis er keine Chance mehr hat?«

Rhiannon erwiderte Sydneys Blick und überlegte, bevor sie ihr antwortete, daß deren Frage vielleicht nicht nur daher rührte, daß sie ihr feindlich gesonnen war, sondern auch dadurch begründet sein könnte, daß sie sich richtig Sorgen um den Mann machte.

»Nein, ich will ihn nicht umbringen«, sagte sie schließlich. »Entschuldigen Sie bitte, aber gehe ich recht in der Annahme, daß Sie mich kommen ließen?«

»Ja, das stimmt – auf Sergeant Grangers Vorschlag hin. Er hat die Leute darüber reden hören, daß Sie eine Hexe seien. Bitte nehmen Sie das nicht persönlich.«

»Ich bin deshalb nicht beleidigt. Ich wünschte manchmal, wirklich magische Kräfte zu haben. Aber alles, was ich kann, habe ich mir angeeignet, indem ich zugesehen habe, wie andere es machen. Nun ja, das meiste davon. Und dann lese ich viel darüber und ...«

»Und?«

»Und ich habe mit Ihrem Vetter Julian gearbeitet.«

»Aha«, sagte Sydney mit einem merkwürdigen Unterton in der Stimme.

»Was soll denn das nun wieder heißen?« fragte Rhiannon.

»Nun, Sie sind schon etwas ganz Außergewöhnliches. Man hat mir erzählt, daß Sie auch Verbindungen zu General Magee haben – durch meine Schwägerin Risa. Außerdem sind Sie hier reingekommen und haben sofort meine Ähnlichkeit mit Julian festgestellt – nicht etwa mit Ian oder Jerome.«

Rhiannon hoffte, nicht knallrot zu werden, bei dem Hitzeschub, den Sydneys Worte in ihr auslösten. Sydney ahnte etwas.

»Ich habe Julian einfach als ersten kennengelernt.«

»Aber Sie sind doch eine Unionsgetreue.«

»Na und?«

»Was hatten Sie dann mit Julian zu tun?«

»Wissen Sie, meine Liebe, für eine wohlerzogene junge Dame stellen Sie reichlich viele Fragen.«

»Ich habe nie behauptet, daß ich eine wohlerzogene junge Dame bin. Also, wie haben Sie ihn kennengelernt?«

»Er hat in meinem Haus Schutz gesucht.«

»Und Sie haben ihn reingelassen?«

»Nun, ich hatte keine andere Wahl. Einer seiner Männer behauptete, daß sie Yankees seien.«

»Aber Sie wußten, daß das nicht stimmte.«

»Um ehrlich zu sein, ja.«

»Und Sie haben sie trotzdem reingelassen.«

»Sie sind einfach reingekommen. Ich hatte nicht die Macht, sie abzuweisen.«

»Aha. Und wo haben Sie Jerome getroffen? Bei Risa?«

Jetzt wurde Rhiannon aber wirklich ärgerlich und antwortete stirnrunzelnd: »Nein, nicht in St. Augustine. Man hat mich mit Gewalt in Julians Lager gebracht.« Sie zögerte, bevor sie fortfuhr, da sie nicht sicher war, ob Sydney überhaupt wußte, was mit Jerome passiert war. »Ihr Bruder war verwundet worden ...«

»Was?« entfuhr es Sydney, die bisher ganz kühl und zurückhaltend geblieben war, als ob sie das alles eigentlich nicht betraf: Aber nun ballte sie die Hände zu Fäusten, und ihre Augenlider zuckten nervös und ängstlich.

Obwohl sich Sydney Rhiannon gegenüber richtig feindselig benommen hatte, hatte Rhiannon nun doch Mitleid mit ihr und beeilte sich zu sagen: »Es wird ihm bald wieder gutgehen. Eine Kugel steckte in seiner linken Schulter, aber Julian konnte sie herausnehmen.«

»Gab es eine Infektion?« fragte Sydney ganz aufgelöst.

»Es ging ihm ziemlich gut, als ich das Camp verließ.«

»Was hatten Sie eigentlich mit seiner Verletzung zu tun?«

Rhiannon mußte unwillkürlich lächeln, auch wenn ihr nicht danach zumute war.

»Ich habe ihn nicht angeschossen, wenn Sie das meinen, sondern bei der Operation assistiert.«

»Waren seine Frau, meine Cousine und meine Schwägerin auch dabei?«

»Nur Tia hat bei der Operation assistiert. Alaina und Risa konnten nicht so schnell zum Camp kommen. Sie trafen erst danach ein. Und nun wollen wir das Verhör beenden, denn ich denke nicht, daß Sie das Recht haben, mir all diese Fragen zu stellen oder mir wie auch immer geartete Vorwürfe zu machen. Ich bin Ihnen keinerlei Erklärung schuldig. Ich ...« Rhiannon hielt plötzlich inne. »Wieso sind Sie überhaupt hier im Gefängnis?«

Sydney klimperte verlegen mit ihren dicht bewimperten Lidern, bevor sie beinah hauchte: »Ich … bin eine Gefangene.«

»Was?«

Sydney sah Rhiannon nun ganz streng an und entgegnete forsch: »Wagen Sie bloß nicht, irgend jemandem davon zu erzählen!«

»Wie soll ich denn das verstehen?«

»Bitte! Das ist doch nicht so schwer! Ich hoffe, daß meine Familie nicht herausbekommt, in welcher Lage ich mich befinde, bevor … Nun, bevor ich hier nicht wieder draußen bin. Sonst wird womöglich noch jemand bei dem Versuch getötet, mich zu befreien.«

Eine ganze Weile sah Rhiannon sie an, ohne etwas darauf zu erwidern. Aber dann gab sie ihr doch ihr Wort: »In Ordnung, ich werde niemandem davon erzählen. *Wie auch?* Aber, Sydney, mal ehrlich, über kurz oder lang wird nach außen dringen, daß man Sie hier festhält. Früher oder später wird auch Ihre Familie erfahren, was passiert ist.«

»Mag sein. Aber was das angeht, ist es mir später lieber. Bis dahin bin ich vielleicht schon entlassen, oder man hat mich zurück nach Virginia geschickt. Irgend etwas wird sich schon ergeben … Vielleicht geschieht etwas *Gutes,* bevor etwas *Schreckliches* passiert.«

»Möglicherweise«, murmelte Rhiannon plötzlich ganz kurz angebunden, »ich komme morgen früh noch einmal her, um zu sehen, wie es dem Gefreiten Lawton geht. Danach wird er Ihr Patient sein, und Sie sind für seinen Fuß verantwortlich. Ich verlasse Washington schon morgen.«

»Etwa um mit der Armee vom Potomac herumzuziehen?« fragte Sydney belustigt.

»Ja.«

»Nun, da brauchen Sie sich nicht allzu viele Sorgen zu machen. Die Yankee-Generäle verbringen mehr Zeit damit, Lee aus dem Weg zu gehen, als ihn zu verfolgen. Wahrscheinlich haben Sie einen netten, ruhigen Sommer vor sich.«

»Vielleicht«, entgegnete Rhiannon und wandte sich zum Gehen.

»Kümmern Sie sich gut um Julian!« rief Sydney ihr nach.

Rhiannon wirbelte herum und sah Sydney durchdringend an, um festzustellen, was sie damit hatte andeuten wollen.

Aber Sydney erwiderte nur: »Wenn die Yankees auf Lee treffen, treffen Sie auf meinen Vetter. Sein Quartier ist das Zelt, das dem Kampfgeschehen am nächsten liegt.«

Rhiannon hatte das Gefühl, als lege sich eine eiskalte Hand um ihr Herz, und sie erschauerte. »Ich werde versuchen, auf ihn achtzugeben«, sagte sie dann kalt, »und Sie sollten sich besser um Ihren eigenen Kram kümmern. Mit Spionage ist nicht zu spaßen.«

»Bisher haben sie hier noch keine Frau gehängt!«

»Einmal ist immer das erste Mal«, gab ihr Rhiannon noch als Warnung mit auf den Weg.

»Sie könnten doch versuchen, mich hier rauszubekommen.«

»Warum sollte ich?«

Sydney zuckte die Achseln und sagte: »Zum Beispiel Jerome zuliebe. Seine Frau hat immerhin dafür gesorgt, daß Sie hierherkommen konnten. Und wenn Sie es nicht ihr zuliebe tun wollen, dann vielleicht für Julian.«

»Für Julian?«

Wieder zuckte Sydney mit den Achseln: »Dann um meinetwillen.«

»Das steht nicht in meiner Macht.«

»Vielleicht unterschätzen Sie Ihre Möglichkeiten.«

Rhiannon zögerte und wollte dann von Sydney wissen: »Angenommen, Sie kämen frei. Würden Sie dann nach Hause gehen und ...«

»Mich benehmen?« vollendete Sydney spöttisch ihren Satz und zog abschätzig eine Augenbraue hoch, so daß es nun an Rhiannon war, mit den Achseln zu zucken. Aber wider Erwarten fuhr Sydney fort: »Wenn ich hier rauskäme, würde ich weggehen und niemals wiederkommen. Das schwöre ich Ihnen.«

»Wenn ich irgend etwas für Sie tun kann, will ich es versuchen«, entgegnete Rhiannon beinah gegen ihren Willen, denn was hatte sie mit dieser Frau eigentlich zu schaffen?

»Sie sind doch eine Hexe – Ihnen wird schon was einfallen«, sagte Sydney unvermittelt.

Rhiannon starrte sie an und überlegte, ob Sydney ihre Hilfe wirklich so nötig hatte oder ob sie es nur genoß, sich über sie lustig zu machen. Sie schuldete Sydney McKenzie überhaupt nichts, oder etwa doch?

Plötzlich hatte sie ein ganz ungutes Gefühl, ein Zittern durchlief ihren Körper, und dabei wurde ihr deutlich, daß es Blutvergießen geben würde, wenn Sydney nicht bald freikäme. Sie hatte nicht die Bilder verletzter und toter Soldaten vor Augen, wie ihr das sonst schon öfter in ihren Visionen passiert war. Sie hatte einfach nur ein furchtbar ungutes Gefühl. Irgend jemand würde sterben, wenn sie nichts unternahm. Aber sie wußte nicht, wer.

»Ich will sehen, was ich tun kann«, sagte sie schließlich.

15.

Gegen Mitternacht kehrte endlich Ruhe im Lager ein. Glücklicherweise lagen die Zelte des Lazaretts von der Front abgewandt und etwas außerhalb des eigentlichen Camps. So schaffte man eine natürliche Barriere gegen eine allzu schnelle Verbreitung von Infektionen. Während ihres Vormarsches gen Norden waren zwanzig der Jungs von Masern befallen worden. Es handelte sich ausnahmslos um Farmerssöhne, die in Südcarolina aufgewachsen waren und ihre Heimat bis zum Ausbruch des Krieges noch nie verlassen hatten. Dadurch hatten sie viele der üblichen Kinderkrankheiten noch nicht mitgemacht, die die Soldaten, die aus dichter besiedelten Gegenden kamen, allesamt schon lange hinter sich hatten. Julian hatte die kranken Soldaten von den anderen isoliert, behandelt und dann der Obhut eines Sanitäters übergeben.

Der Tag war zu Ende, und sie waren bereit, ihren Coup zu landen. Dan LeBlanc ging bereits aufgeregt in Julians Zelt auf und ab, als auch der junge Liam und Henry Lyle auftauchten. Wie zu ihrer Zeit bei der Miliz in Florida, warteten die beiden auf Julians Anweisungen.

»Es wird Zeit«, sagte Julian schließlich und nahm seinen Hut.

»Ich kann euch nicht gehenlassen«, sagte Dan.

Julian hielt inne und sah ihn erstaunt an. »Wie wollen Sie uns denn aufhalten?«

Dan zögerte, hob dann die Hände, als gäbe er sich geschlagen und blickte zum Zelteingang. Julian, der selbst gehört hatte, daß sich vor dem Zelt etwas tat und jemand flüsterte, fuhr herum. Ein junger Mann mit einem hellen Vollbart und langen blonden Haaren stand da. Seinen federbesetzten Kavalleriehut in der Hand, fragte er: »Sind Sie Colonel McKenzie?«

»In der regulären Armee nur Hauptmann«, entgegnete Julian.

Lächelnd sagte der Kavallerist darauf: »Colonel, wir gestatten unseren Leuten, ihren Rang zu behalten, ob sie nun vorübergehend zum Colonel ernannt worden sind oder von der Miliz.«

»Was führt Sie zu mir?« wollte Julian wissen, der allmählich ungeduldig wurde.

»Ich habe läuten hören, daß Sie sich die Gegend hier ein wenig näher ansehen wollen.«

»So?« sagte Julian nur, verschränkte die Arme vor der Brust und lehnte sich gegen seinen behelfsmäßigen Schreibtisch.

»Ich bin Hauptmann Elijah Henley und kenne mich hier ziemlich gut aus. Man sollte nachts nicht mit zu vielen Leuten unterwegs sein, aber vielleicht treibt sich da draußen ein Yankee herum, oder auch zwei oder mehr. Drei Männer ist keine so gute Zahl. Sechs sind da vielleicht gerade recht.«

Julian zögerte und wählte seine Worte mit Bedacht, als er ihm antwortete: »Was veranlaßt Sie anzunehmen, daß ich einen Nachtritt unternehmen könnte?«

Wieder lächelte Henley: »Weil ich schon mal mit Ihrem Bruder unterwegs war – vor dem Krieg, versteht sich. Wenn da draußen etwas zu holen ist, werden Sie sich das nicht entgehen lassen.« Als er fortfuhr, verschwand sein Lächeln: »Ich mußte mal mit ansehen, welche Auswirkungen es haben kann, wenn einem Chirurgen die Betäubungsmittel ausgehen. Das war bei der Schlacht um Sharpsburg, Sir, auf einem entlegenen Feld. Es gab so viele Verwundete, daß mit einemmal auch kein Whiskey mehr da war. Ein Freund von mir lag gerade auf dem Operationstisch und starb. Ich denke, es waren die unmenschlichen Schmerzen, die er auszuhalten hatte, und der Schock darüber, halb zerfetzt zu sein. Wenn Sie sich also Äther und Morphium besorgen wollen, Sir, wäre es mir eine große Ehre, Ihnen den Weg zu weisen.«

»Sie gehen da aber ein hohes Risiko ein. Sie wissen, daß die Heeresleitung offiziell dagegen ist.«

»So groß ist das Risiko auch wieder nicht. Offiziell bin ich General Jeb Stuart unterstellt, der sich derzeit nicht im

Camp befindet, wie Sie sicher wissen. Man hat mich angewiesen, das Umfeld abzureiten und die Augen offenzuhalten, damit uns der Feind nicht unversehens auf den Pelz rückt. Das tue ich ja dann, wenn ich Sie begleite.«

Julian wurde schnell klar, daß Henley es ernst meinte. »Gut«, sagte er dann einfach, »gehen wir.«

»Ich habe mir gestattet, schon ein paar Pferde mitzubringen«, entgegnete Henley.

Daraufhin bedeutete Julian Liam Murphy und Henry Lyle, ihm zu folgen. Als sie aus dem Zelt heraustraten, warteten draußen schon zwei Männer, die sechs Pferde am Zügel hielten – für die Verhältnisse der Rebellenmiliz waren es sehr gut aussehende Tiere: wohlgenährt und ausgeruht. Henley stellte seine beiden Männer als Abe Jansen und Alistair Adair vor. Alle nickten sich zur Begrüßung zu, saßen auf und ließen das Camp sogleich in raschem Trab hinter sich. Nach etwa dreißig Minuten verlangsamten sie ihr Tempo, und Elijah Henley lenkte sein Pferd neben Julians, um ihm zu sagen: »Wissen Sie eigentlich, daß Sie das absolute Ebenbild Ihres Bruders sind?«

»Das habe ich schon öfter gehört.«

»Schade, daß er sich dazu entschlossen hat, ein Yankee zu bleiben«, sagte Henley ohne Verbitterung. »Wir hätten ihn bestimmt gut gebrauchen können.«

»Nun, der Krieg muß für ihn die Hölle sein. Er kämpft für die gerechte Sache – so glaubt er –, aber damit bekämpft er seine eigene Familie.«

»Es ist ein Trauerspiel, egal, von welcher Warte man es auch betrachtet. Ich habe gehört, daß auch Mrs. Lincoln einen Bruder im Krieg verloren hat, der für den Süden kämpfte. Und das einzige, was sie dazu sagen durfte, war, daß er nicht hätte kämpfen sollen. Die Yankees wären ihr bestimmt direkt an die Kehle gegangen, wenn sie auch nur eine Träne um ihn vergossen hätte! General Jeb Stuart, mein Vorgesetzter, liebt es, seinem Schwiegervater irgendwelche Notizen unter den Teller zu schmuggeln, wenn der in der Hauptstadt mit anderen Yankees zu Tisch sitzt, nur um dem alten Kerl einen Streich zu spielen und zu beweisen, daß die Kavallerie der Konföderierten so schnell ist, daß ihr alles gelingt. Das hoffe ich zumindest. Jeb ist jetzt bestimmt auch wieder bei den Yankees und versucht herauszufinden, wo sich die Unionsarmee befindet. Wir haben verteufeltes Glück, daß sie so langsam sind, sonst hätten sie uns schon längst im Sack!«

»Soll das heißen, daß uns eine größere Schlacht bevorsteht?«

»Nun, wir wissen, daß die große Armee der Yankees in der Nähe ist, und sie wissen, daß wir in der Nähe sind. Ja, ich denke, wir werden bald granatenmäßig aufeinandertreffen.« Plötzlich verstummte er und sagte dann: »Da ist Ihre Straße, Dr. McKenzie. Nun ja, eher ein Hohlweg, direkt unter uns. Haben Sie schon einen Plan?«

»Ja, das muß ich wohl. Alle Mann absitzen, Pferde verstecken und ins Gebüsch!«

Die Männer beeilten sich, seinem Befehl nachzukommen, wobei Elijah Henleys Männer ihm genauso schnell, behende und ruhig Folge leisteten wie Henry Lyle und Liam Murphy. Julian selbst war der letzte. Die Wagen würden direkt unter ihnen vorbeifahren; dann bräuchten sie einfach nur hinunterzuspringen, die Wachen ergreifen – wobei ihnen sicher das Überraschungsmoment zugute kam, um den Widerstand so gering wie möglich zu halten, damit es nicht in ein Scharmützel ausartete.

Nun begann die Zeit zu laufen …

Es war eine warme Nacht, aber hin und wieder wehte ein Lüftchen, und man hatte dabei fast das Gefühl, als berühre einen ein Stück des Himmels. Julian mußte sich am Knie kratzen und hoffte, daß das Unterholz nicht voller Zecken war. Dann hörte er Liam, der sich unterhalb von ihm im Gebüsch versteckt hatte, leise vor sich in fluchen.

»Liam?«

»Tut mir leid, Sir. Aber hier krabbelt irgendein Getier herum. Ich bin mir noch nicht sicher, was es ist.«

»Wir müssen uns ruhig verhalten, das weißt du doch.«

»Zum Teufel, ja, Sir.«

Die Zeit verging, und Julian fragte sich schon, ob es nicht alles doch nur ein Gerücht gewesen war, als er Lyle, der sich dem Hohlweg am nächsten befand, einen leisen Vogellaut ausstoßen hörte, was soviel bedeutete wie: Ein einzelner Reiter nähert sich. Nur ein Mann? Etwa ein Späher, der nach Rebellen Ausschau hielt? Angespannt wartete Julian, bis er Hufschlag vernahm und den Reiter gewahrte, der eine adrette blaue Uniform trug, die nagelneu und noch ganz sauber war. Sein Pferd stand so gut im Futter, als ob es gerade von der Weide käme, und bewegte sich mit Leichtigkeit. Der Junge trällerte ein Liedchen – bestimmt, weil er Angst hatte, dachte Julian. Aber so konnte er natürlich selbst kaum etwas hören, während er immer näher herankam.

Sie warteten, bis er richtig in der Falle saß, bevor sie sprangen. Als er sich direkt unterhalb Julians befand, ließ der sich fallen, um ihn vom Pferd zu reißen. Augenblicklich verstummte das Pfeifen. Das Ganze hatte nicht einmal eine Sekunde gedauert, und Julian, der den sich wehrenden Jungen am Boden festhielt, flüsterte ihm zu: »Verhalt dich ganz ruhig …«

»Rebellen, Rebellen, o mein Gott, Rebellen«, war genau die Antwort, die Julian hatte vermeiden wollen.

»Stopfen Sie ihm das Maul«, rief Henley. »Die Wagen kommen!«

»Halt den Mund, mein Junge«, warnte Julian den immer noch zappelnden Unionssoldaten.

Aber der junge Mann hatte solche Angst, daß er gar nicht aufhören konnte, zu lamentieren: »Rebellen, Herr im Himmel hilf …«

»McKenzie, die anderen biegen jetzt um die Kurve«, zischte Henley. »Töten Sie ihn!«

»Was?« entgegnete Julian erschrocken.

»Wir brauchen Sie dabei. Die sind uns zahlenmäßig überlegen. Das wissen Sie doch. Wir haben Krieg, Julian, töten Sie den Waschlappen, sonst gefährdet er die ganze Aktion.«

Julian starrte auf den Jungen, der unter ihm am Boden lag und ihn mit schreckgeweiteten Augen ansah. Ihn töten? Das sagte sich so leicht und war eigentlich auch leicht getan. Er brauchte nur sein Messer zu nehmen und es ihm ins Herz zu rammen. Er wußte, wie man den Tod schnell herbeiführte. Aber trotzdem konnte er den Jungen nicht töten. Wenn er es doch tat, würde seine ganze Lebensphilosophie ad absurdum geführt: Alles, wofür er bisher eingetreten war, käme dann einer Lüge gleich.

Es war eine Sache, sich mit dem Gewehr zu verteidigen, wenn man verfolgt wurde – was ihm in der Miliz von Florida häufig genug passiert war; man hatte auf ihn geschossen, und er hatte das Feuer erwidert. Aber das hier wäre Mord.

Der junge Yankee unter ihm war jetzt starr vor Angst und sah ihn immer noch ganz verzweifelt an.

»McKenzie, blasen Sie ihm endlich das Licht aus!« hörte Julian wieder Henley hinter sich.

Wenn er den Jungen tötete, hatte er nicht einmal den Hauch einer Chance, aus diesem Krieg einigermaßen integer hervorzugehen.

»Julian, sie kommen ...«

»Es tut mir leid, mein Junge«, sagte Julian schließlich bedauernd zu dem Unionssoldaten.

Rhiannon hatte alles versucht, was in ihrer Macht stand, um Sydney aus dem Gefängnis zu bekommen.

Von General Magee hatte sie eine Mitteilung erreicht, daß er sein möglichstes tun wolle. Aber natürlich müßte er dazu den Dienstweg einhalten und die zuständigen Behörden konsultieren, und das würde Zeit brauchen. Sie hatte an Granger appelliert und außerdem versucht, herauszufinden, wo sich Ian McKenzie aufhielt, aber der war irgendwo an der Front. Bis man ihn gefunden hatte, würde auch eine Menge Zeit vergehen. Schließlich hatte ihr Granger von Jesse Halston erzählt, der sich immer noch in der Stadt aufhielt und wohl auch noch eine weitere Woche dasein würde. Nachdem er wieder einmal verwundet worden war, hatte ihn seine Kompanie zurück in die Hauptstadt geschickt, wo er mit den Leuten vom Geheimdienst zusammenarbeiten sollte, um dafür zu sorgen, daß Militärgeheimnisse auch geheim blieben.

Rhiannon hatte erfahren, daß Jesse Halston damals von Jeromes Vorbereitungen zur Flucht Wind bekommen hatte und wohl auch derjenige gewesen war, der dafür gesorgt hatte, daß man Sydney überführt und gefangengenommen hatte. Da ihr kaum etwas anderes übrigblieb, schickte Rhiannon ihm eine Notiz, in der sie ihm ihren Namen nannte und daß sie ihn dringend sprechen müsse. Als Antwort darauf sprach ein junger Soldat bei ihr vor, der sie einlud, mit ihm zu Halstons Büro zu kommen, das noch hinter dem Weißen Haus lag.

Als sie dort ankamen, war es schon fast dunkel. Jesse Halston war ein gutaussehender junger Mann mit vertrauenerweckenden, haselnußbraunen Augen und einem gewinnenden Lächeln.

»Sir, ich brauche Ihre Hilfe«, begann Rhiannon ohne Umschweife.

»Kein Problem, Mrs. Tremaine, ich helfe Ihnen gern, wenn es in meiner Macht steht«, entgegnete er freundlich. »Worum geht es denn?«

»Um Sydney McKenzie. Sie haben dafür gesorgt, daß man sie verhaftet hat, vielleicht könnten Sie sie auch wieder befreien.«

»Ma'am, wenn mir daran gelegen wäre, sie frei zu sehen, warum hätte ich sie dann überhaupt gefangennehmen lassen sollen?« fragte er. Sein Blick war nicht mehr so offen wie am Anfang. »Und wieso sind Sie überhaupt an ihrer Freilassung interessiert?«

»Sie ist eine McKenzie, und ich bin mit der Familie gut bekannt«, entgegnete Rhiannon.

Halston lehnte sich an seinen Schreibtisch, verschränkte die Arme vor der Brust und sagte dann entschieden: »Man kann ihr nicht trauen.«

»Ich denke schon. Sie könnte schwören, daß sie keine Probleme mehr macht. Ich weiß, daß man schon Leute freigelassen hat, nachdem sie eine entsprechende Erklärung unterzeichnet ha ...«

»Glauben Sie wirklich, Mrs. Tremaine, daß Sydney McKenzie einen Treueid gegenüber den Vereinigten Staaten von Amerika leisten würde?«

Rhiannon senkte den Blick und strich etwas verlegen eine Falte ihres Rockes glatt, bevor sie ihm antwortete: »Um ehrlich zu sein, nein. Aber ich glaube, daß sie schwören wird, daß sie Washington verläßt und ihre Spionagetätigkeit aufgibt.«

»Und Sie verlangen von mir, daß ich ihr traue?«

»Ja.«

Kopfschüttelnd sah Halston sie an und sagte dann: »Wenn Sie besorgt darüber sind, daß Jerome womöglich hier auftaucht, um sie da rauszuholen, kann ich das verstehen. Aber falls Sie in ihn verliebt sein sollten, lassen Sie sich ...«

»Das bin ich nicht!« entgegnete Rhiannon scharf.

»Gut«, sagte Halston grinsend. »Er ist nämlich verheiratet, und als ich Sie sah ...«

»Was war, als Sie mich sahen?« fuhr ihn Rhiannon stirnrunzelnd an.

»Es tut mir leid, Mrs. Tremaine, ich wollte nichts andeuten. Sie sind einfach nur eine wunderschöne Frau und scheinen so aufrichtig besorgt um die McKenzies.«

»Hauptmann Halston, ich sorge mich allgemein um das Leben der Menschen, und ich will nicht, daß es so sinnlos aufs Spiel gesetzt wird, wo ohnehin allerorten ein grauenhaftes Gemetzel stattfindet!«

»Ich kann mich nur noch einmal entschuldigen, Mrs. Tremaine! Aber wie kommen Sie zu der Annahme, daß sich Sydney überhaupt von mir helfen lassen wird, da ich doch derjenige war, der sie in diese Lage gebracht hat?«

»Sie hat mir gesagt, daß sie fast alles tun würde, um da rauszukommen. Ich glaube, daß sie wirklich Angst davor hat, daß irgendeiner ihrer männlichen Familienangehörigen auf die Idee kommen könnte, jegliche Vorsicht außer acht zu lassen, um sie da rauszuholen.«

Halston sah sie mit einemmal mit einem merkwürdigen Lächeln an und sagte dann: »Man erzählt sich, Sie seien eine Hexe.«

»Nicht das schon wieder ...«, seufzte Rhiannon.

»Doch, genau das. Stimmt es? Sind Sie eine Hexe?«

»Das liegt ganz im Auge des Betrachters, oder meinen Sie nicht?«

»Nun, ich denke, wir können Gott dafür danken, daß Sie

so ungewöhnliche Kräfte besitzen. Auf jeden Fall haben Sie es geschafft, mich dazu zu bringen, Ihrem Willen nachzugeben. Ich hätte nie gedacht, daß Ihnen das gelingen würde. Ich werde Sydney da rausholen, Mrs. Tremaine.«

Rhiannon war so überrascht über seinen plötzlichen Sinneswandel, daß sie erst gar nichts sagen und dann nur leicht errötend stammeln konnte: »Ich danke Ihnen, vielen Dank!«

»Es ist mir ein Vergnügen, Ihnen behilflich zu sein, Ma'am.«

»Aber wie wollen Sie das anstellen, und wann ...?«

»Ich hole sie morgen da raus. Darauf können Sie sich verlassen«, entgegnete Halston nur.

»Aber Sie haben mir immer noch nicht gesagt, wie.«

»Sie wollen doch, daß ich Sydney vertraue, nicht wahr? Nun, was das hier angeht, müssen Sie mir vertrauen, Mrs. Tremaine. Es wird Ihnen nichts anderes übrigbleiben.«

Julian ballte die Hand zur Faust, holte weit aus und versetzte dem Jungen einen Kinnhaken. Er stöhnte kurz auf, und wie erwartet fiel sein Kopf zur Seite, und er blieb reglos liegen. Julian sprang sofort auf und zog den Soldaten von der Straße. Danach gab er dessen Pferd einen ordentlichen Klaps auf die Flanke, so daß es in gestrecktem Galopp davonlief. Als er sich den Abhang wieder hochgehangelt hatte, nahm er schnell wieder seine Position in dem Baum gegenüber von Elijah Henley ein. Genau in diesem Augenblick tauchte der erste Wagen auf. Das war gerade noch einmal gutgegangen! Zwei Männer saßen auf dem Kutschbock, und zwei ritten zur Bewachung nebenher.

Als sie sich genau unter ihnen befanden, vergewisserte sich Julian, daß Henley bereit war. Dann stieß er als Zeichen einen lauten Vogelschrei aus. Beide rissen sie eine der Wachen vom Pferd, die überhaupt nicht damit gerechnet hatten, daß ihnen aus den Bäumen Gefahr drohen könnte. Der eine war sogar so erstaunt, daß er vor Schreck sein Gewehr fallen ließ. Julian brüllte den Kutschern und der Nachhut zu, daß sie umzingelt seien und nur eine Chance hätten, und zwar, sich zu ergeben.

»Ja, bei Gott«, schrie einer der Männer, »wir ergeben uns.«

»Ich ergebe mich auch«, rief ein anderer, der noch viel weiter von ihnen entfernt war, während er gleichzeitig sein Spencer-Repetiergewehr von sich warf.

Henley sah Julian an und tippte sich an die Hutkrempe: »Da haben Sie mir ja ein ausgezeichnetes Gewehr besorgt, Doc.«

Julian bedeutete ihm daraufhin stirnrunzelnd, daß sie erst einmal alle Yankees zusammenpferchen müßten, bevor sie sich daranmachen konnten, die Beute zu inspizieren. Dabei zielte er mit seinem Colt und dem Gewehr der einen Wache auf die aufgescheuchten Yankees, während Liam, Henry und die beiden Männer von Elijah die Kavalleristen zusammentrieben.

»Liam! Henry! Nehmt ihnen die Waffen ab!« befahl Julian forsch. Insgesamt hatten fünfzehn Männer den Zug begleitet, inklusive des Jungen, der immer noch reglos in den Büschen lag. Sie drängten sich nun alle in der Mitte des mondbeschienenen Hohlwegs, während man ihnen die Waffen abnahm.

Dann sagte Julian: »Wenn Sie nun in den letzten Wagen steigen würden, meine Herren ...«

»Wo bringen Sie uns hin«, wollte einer der Yankees wissen.

»Erst einmal in diesen Wagen«, entgegnete Julian. »Behaltet sie im Auge«, befahl er dann seinen Leuten, während er zunächst selbst in den Wagen stieg, um zu sehen, was er geladen hatte. Wie erwartet, handelte es sich um den Proviantwagen. Als er wieder herauskam, sagte er zu den Yankees: »Ihr könnt zu Fuß gehen oder den Wagen hier nehmen. In jedem Fall habt ihr noch ein ganz schönes Stück vor euch, Jungs. Und jetzt rein mit euch!«

Maulend stiegen die Männer in den Proviantwagen, bewacht von Henry und Liam und den beiden Henley-Leuten.

Nachdem Julian auch die anderen Wagen inspiziert hatte, erhob er die Hände zum Himmel und sagte: »Danke, Gott!«

Da waren Unmengen von Äther, Morphium und Verbandszeug. Außerdem Chinin, Wurzel- und Pflanzenextrakte, Schwefel, Quecksilber und Jod ... Das war besser als eine Diamantmine. Als er bemerkte, daß Henley hinter ihm stand, drehte er sich um. Der Kavallerist salutierte grinsend vor ihm und sagte: »Die Yankees haben gerade eben mitbekommen, daß sie gar nicht umzingelt sind, Doktor.«

»Na, irgendwann mußten sie es ja mal merken.«

»Aber mit den Messern im Proviantwagen können Sie gegen unsere Gewehre wohl kaum etwas ausrichten. Sie sind mir vielleicht einer, Sir. Ich wäre überhaupt nicht auf die Idee gekommen, den Jungen einfach k. o. zu schlagen, und ich hätte auch nicht daran gedacht, den Yankees einfach so zu sagen, sie sollen sich ergeben. Ich hätte wohl die Hälfte von ihnen getötet, und dabei wahrscheinlich auch ein oder zwei unserer Leute verloren.«

»Lassen Sie uns die Sachen ins Camp bringen, Henley«, erwiderte Julian nur, und wieder salutierte der Hauptmann vor ihm.

Gegen Mittag hatte Rhiannon mit dem General und den anderen freiwilligen Krankenschwestern Washington verlassen. Man hatte ihr angeboten, in einem der Krankenwagen mitzureisen. Aber nach einem Tag Geschaukel auf den vier großen Rädern fühlte sie sich so hundeelend, daß sie beschloß, am nächsten Tag die Erlaubnis einzuholen, neben dem General reiten zu dürfen. Selbstverständlich hatte er nichts dagegen, da der Feind noch mehrere hundert Kilometer entfernt sein mußte. Man gab ihr einen schwarzen Wallach, der bestens gepflegt war und einen angenehmen Schritt hatte; und es ging ihr gleich viel besser. Unterwegs war Magee äußerst charmant und erzählte ihr Anekdoten über seine Zeit beim Militär, und als er danach auf seine Tochter zu sprechen kam, wurde er beinah herzlich.

»Ich vermisse sie«, sagte er. »Ich kann Ihnen gar nicht sagen, wie sehr. Ich muß gestehen, daß ich für meinen Teil am zufriedensten war, als Jerome McKenzie sich im Gefängnis und meine Tochter sich bei mir in Washington befand.« Dann fuhr er seufzend fort: »Nein, das ist eigentlich nicht wahr. Sie war nicht glücklich über die Situation, und er auch nicht ... Aber es war schön, meinen Enkel bei mir zu haben. Er ist ein so süßes Kind, Ma'am.«

»Ja, da haben Sie recht, Sir.«

»Haben Sie den kleinen Jamie schon einmal gesehen?« fragte er, und seine Stimme bekam einen erstaunlich sanften Klang für einen Mann, der es gewohnt war, Befehle zu brüllen.

»Ja, Sir, in St. Augustine, als ich dort mit Ihrer Tochter und Alaina McKenzie eintraf.«

»Und wie geht es Alainas Kindern?«

»Sie sind gesund und munter, Sir.«

»Ah, gut, gut. Ich bin immer froh, wenn ein Mann das Glück hatte, seine Kinder schon vor dem Krieg zu bekommen. Sonst ist es noch schlimmer, wenn er im Feld bleibt, weil seine Witwe dann nicht einmal ein Baby hat, dem sie ihre Liebe schenken kann. Und für einen Mann ist es auch ganz wichtig zu wissen, daß er einen Erben hinterläßt.«

Rhiannon senkte betrübt den Blick, während sie gleichzeitig wieder dieses Unwohlsein überkam. Ein Kind zu haben, war wirklich eine wichtige Sache. Sie wünschte, daß ihr und Richard dieses Glück vergönnt gewesen wäre. Sie biß sich auf die Unterlippe und hob wieder den Kopf. Nun, sie und Richard hatten zwar keine Kinder gehabt, aber jetzt ...

»Ist alles in Ordnung, Mrs. Tremaine?« erkundigte sich der General besorgt. »Sie sehen ziemlich blaß aus.«

»Mir geht's gut«, sagte sie und lächelte ihm zu.

»Wenn Sie mal irgendein Problem haben sollten, Mrs. Tremaine, dürfen Sie ruhig zu mir kommen. Ich helfe Ihnen, wo ich kann.«

»Vielen Dank, Sir.«

»Ah, da sind wir schon!« sagte der General und zog seinem Pferd die Zügel an.

Rhiannon blickte nach vorn und stieß einen Laut des Erstaunens aus. Dort vor ihr lagerte die Armee vom Potomac: Da waren Männer, Zelte, Waffen, Kochstellen, Lagerfeuer und Pferde so weit das Auge reichte, und es war unübersehbar, daß sich alle für einen großen Kampf rüsteten. Rhiannon glaubte den Schwarzpulvergeruch der Gewehre und den leicht süßlichen Geruch des Blutes schon in der Nase zu haben. Der Vorgeschmack des Todes formte sich vor ihrem geistigen Auge zu Bildern, die immer stärker wurden und sie erst recht nicht mehr losließen, als die Dunkelheit hereinbrach. Das Raunen der Männer in den Zelten verwandelte sich für Rhiannon in ein Schreien, das der Wind zum eisigen Mond emporzutragen schien, der die ganze Szenerie gespenstisch beleuchtete.

16.

Während der großangelegten Truppenbewegung der Yankees, bei der die Kavallerie versuchen sollte, herauszufinden, wohin sich Lees Truppen bewegten, war Magees Kompanie gerade dabei, nach Maryland vorzudringen. Der General selbst war mit ein paar hundert Mann einen alten Paß entlang vorausgeritten, um nach dem Feind Ausschau zu halten. Rhiannon begleitete den Trupp als eine der Krankenschwestern.

Mit der Armee unterwegs zu sein, erwies sich als eine harte Prüfung. Selbst hier im Norden wurde es im Sommer so heiß, daß viele Männer unter der Hitze und den Krankheiten, die sie sich durch die teilweise verdorbenen Lebensmittel zugezogen hatten, litten. So gab es schon jetzt im Lazarettzelt viel zu tun, obwohl sie bisher noch keine Feindberührung gehabt hatten. Aber alle wußten, daß es nicht mehr lange dauern konnte.

Die Nacht über hatten sie an einem größeren Gebirgsbach kampiert, und als Rhiannon erwacht war, hatte sie eine merkwürdige Vorahnung – keine Vision, nur eine Vorahnung – gehabt. Sofort war sie aus dem Bett gesprungen, hatte sich rasch gewaschen und in aller Eile angezogen, um noch zu Magees Zelt zu gelangen, bevor sie wieder aufbrachen.

Seine Adjutanten versuchten alles, um sie davon abzuhalten, einfach so in sein Zelt zu stürmen. Leutnant Garby, Magees persönlicher Assistent, probierte es mit den Worten: »Mrs. Tremaine, der General ist sehr beschäftigt, Sie können jetzt nicht zu ihm …«

»Ich muß ihn unbedingt sprechen.«

Daraufhin vertrat ihr einer der anderen Adjutanten den Weg, ein Gewehr in der Hand. »Mrs. Tremaine, wir haben Krieg, Sie können da nicht einfach so …«

»Was wollen Sie denn dagegen tun, mich erschießen?« schnitt sie ihm das Wort ab.

»Nein, Ma'am, aber ich werde …«
»Sie werden was?«
»Jetzt reicht's aber, Mrs. Tremaine, ich kann Sie einfach nicht vorbeilassen.«
»Ich muß aber da rein!« Und mit diesen Worten schob sie die beiden Männer auseinander, darauf vertrauend, daß keiner von ihnen wagen würde, handgreiflich zu werden.
Damit sollte sie recht behalten, aber statt dessen blieben sie ihr dicht auf den Fersen, als sie ins Zelt des Generals stürmte, der sich gerade mit den Colonels Wheaton und Willoughby besprach – ihres Zeichens Späher.
»Sir!« sagte Garby entschuldigend, »wir haben wirklich alles versucht, um sie aufzuhalten. Aber sie ist doch eine Lady!«
»Ja, ja, schon gut, Männer. Gehen Sie zurück auf Ihre Posten!« sagte Magee ungeduldig und wandte sich dann stirnrunzelnd an Rhiannon: »Nun, Mrs. Tremaine, was haben Sie für ein Problem?«
Anstatt ihm gleich auf seine Frage zu antworten, ging Rhiannon erst einmal direkt zum Tisch, auf dem eine große Landkarte ausgebreitet lag, wies dann mit dem Finger auf eine gestrichelte Linie, die man bereits eingezeichnet hatte, und sagte: »Sie dürfen da nicht lang!«
Erstaunt zog Magee eine Augenbraue hoch und entgegnete: »Genau das ist aber unsere Marschroute, junge Frau.«
Aufgebracht schüttelte sie den Kopf und fragte: »Folgen Sie dieser Route etwa mit der Truppenstärke, wie wir sie jetzt hier haben – den paar hundert Mann? Das sollten Sie nicht tun! Es werden dort Rebellenstreitkräfte auf uns lauern …«
»Mrs. Tremaine, darf ich Sie daran erinnern, daß wir auf der Suche nach den Rebellen sind?« schaltete sich nun Colonel Wheaton in ihr Gespräch ein, bemüht, dabei freundlich zu klingen.
»Ich wette, Sir«, entgegnete ihm Rhiannon, »daß Sie dort mehr finden werden, als Ihnen lieb ist.« Und wieder zum General gewandt, fuhr sie fort: »Ich schwöre Ihnen bei Gott, Sir, daß Sie mehr als die Hälfte dieser Kompanie verlieren, wenn Sie tatsächlich dieser Route in südöstlicher Richtung

folgen. In diesem Fall sind Ihnen die Konföderierten überlegen. Bitte, Herr General, schicken Sie einen dieser Männer voraus, damit er sich davon überzeugen kann, daß ich recht habe.«

»Das wäre nur Zeitverschwendung«, sagte Wheaton ungehalten.

»Bitte, ich flehe Sie an!« beschwor Rhiannon den General.

»Woher wollen Sie das eigentlich wissen, Mrs. Tremaine?« fragte nun Willoughby, der sich bisher herausgehalten hatte.

»Intuition«, murmelte Rhiannon, der so schnell keine bessere Antwort einfiel.

»Soll das etwa heißen, daß wir unsere Pläne wegen der Intuition einer Frau ändern sollen?« fragte Wheaton, kurz davor, die Fassung zu verlieren.

Magee sagte erst einmal nichts und blickte nur zu Rhiannon hinüber, die ihn ihrerseits ansah.

»Sir, es kostet Sie vielleicht ein paar Stunden, wenn Sie meinen Vorschlag akzeptieren«, sagte sie dann sanft zu ihm und fuhr beschwörend fort: »General, Sie haben hier nur Ihre Aufklärungseinheit. Der Hauptteil der Armee ist so weit entfernt, daß es mehrere Stunden dauern würde, bis er zu uns aufgeschlossen hätte. Bitte korrigieren Sie mich, falls ich mich da täuschen sollte.«

Nach einem kurzen Zögern nickte Magee zustimmend und erklärte zu seinen Männern gewandt: »Meine Herren, Sie werden vorausreiten und sich ruhig verhalten. Wenn Sie tatsächlich auf so viele feindliche Soldaten stoßen, wie Mrs. Tremaine annimmt, kommen Sie, Willoughby, wieder hierher zum Camp, und Sie, Wheaton, reiten mit der Information so schnell wie möglich zur Haupttruppe.«

Wheaton und Willoughby akzeptierten den Befehl des Generals ohne Widerworte und salutierten. Aber als sie das Zelt verließen, warfen sie Rhiannon einen derart vernichtenden Blick zu, daß sie sich fragte, wer in Zukunft wohl ihr Feind sein würde.

»Danke«, sagte sie dann zum General, »Sie werden es nicht bedauern, auf mich gehört zu haben.«

»Woher wissen Sie all diese Dinge, und wie können Sie sich so sicher sein?« fragte der General neugierig.

»Vertrauen Sie mir einfach, Sir.« Mit dem Kopf nickend fügte sie hinzu: »Eins können Sie mir glauben, es wäre mir lieber, wenn ich diese Eingebungen nicht hätte.«

Und dann verließ sie sein Zelt. Im Camp herrschte bereits reges Treiben. Schon zu dieser frühen Stunde war es recht warm, und es würde sicher wieder ein heißer Tag werden. Die Männer, die mit Fieber oder anderen Krankheiten im Lazarettzelt lagen, beklagten sich und waren ziemlich reizbar. Rhiannon und die anderen drei Krankenschwestern, die mit dem Aufklärungstrupp unterwegs waren, mußten sich ganz schön beeilen, um alle Kranken mit frischem Wasser und kalten Umschlägen zu versorgen. Einigen wenigen mußten auch noch alte Verbände gewechselt werden.

Als Rhiannon schließlich nach Stunden in ihr Zelt zurückgekehrt war, um sich ein wenig frisch zu machen und ihr Haar in Ordnung zu bringen, schrak sie zusammen, als sie Magee ihren Namen rufen hörte. Schnell lief sie aus dem Zelt, und da saß er, hoch zu Roß auf seinem Apfelschimmel – einer besonders großen Stute –, und rief ihr zu: »Sie hatten recht. Die Streitkräfte der Rebellen waren dreimal so zahlreich wie unsere Truppe. Wir wären da in einen ganz schönen Schlamassel geraten.«

Erleichtert atmete Rhiannon auf, aber bevor sie noch etwas dazu sagen konnte, fuhr Magee fort: »Sie glauben, daß das ein Fluch ist – diese Visionen, meine ich?«

»Ja, Sir, der Meinung bin ich.«

»Nun, dieser sogenannte Fluch hat gerade ein paar hundert Männern das Leben gerettet. Was mich betrifft, bin ich Ihnen sehr dankbar dafür. Wenn Sie wieder mal was auf dem Herzen haben, zögern Sie nicht, zu mir zu kommen.«

Rhiannon ging auf Magees Pferd zu, tätschelte dem Tier den Hals und sagte zu Magee: »Auch beim nächstenmal werde ich bestimmt zu Ihnen kommen, Sir.«

Sydney ging ungeduldig in ihrer kleinen Einzelzelle auf und ab. Wieder lag eine lange Nacht vor ihr. Wenn sie doch bloß schlafen könnte …

Während des Tages waren noch mehr Gefangene eingeliefert worden. Sie hatten erschöpft ausgesehen und waren ziemlich niedergeschlagen; sie hatten während der Belagerung von Vicksburg versucht, die Stadt zu halten. Jeden Tag wurde die Situation der Konföderierten schlechter. Lee versuchte, die Unionssoldaten dazu zu zwingen, sich nach Osten zurückzuziehen, indem er die großen Städte der Yankees bedrohte; aber das schien nicht viel zu nützen.

Sydneys einziger Trost war, daß einer der neuen Gefangenen ihren Bruder Brent gesehen hatte. Da er in einem Krankenhaus außerhalb von Richmond arbeitete – einem für »besondere Krankheiten« –, hatte er nichts von der mißlichen Lage erfahren, in der sich seine Schwester befand. Der Soldat hatte auch gehört, daß es Jerome ganz gutging und dieser bereits wieder auf See war. Julian war mit der Armee von Nordvirginia unterwegs und Ian mit der vom Potomac. Nun könnte es also täglich passieren, daß Julian bei der Inspektion der Verletzten und dem Aussondern der Toten auf seinen eigenen Bruder stieß.

Als es an der Tür klopfte, zuckte Sydney erschrocken zusammen. Es war schon spät; um diese Uhrzeit kam sonst keiner mehr zu ihr. Erstaunt ging sie zur Tür, da die Gefängniswärter üblicherweise nicht klopften.

»Ja, wer ist da?« fragte sie zaghaft.

»Sind Sie präsentierbar, Miß Sydney?«

Sie mußte lächeln und entgegnete: »Ja, Sergeant Granger, ich bin noch angezogen.«

Daraufhin öffnete sich die Tür, und Granger sagte: »Sie haben Besuch, Ma'am.«

Halb hoffnungsvoll und halb besorgt zog sie eine Augenbraue hoch. Aber als Granger zurücktrat und Jesse Halston ins Zimmer ließ, der nun wieder seine blaue Kavallerieuniform trug, ging sie erschrocken ein paar Schritte zurück. Sie hatte den Eindruck, als ob der ganze Mief des Gefängnisses sich mit einemmal über sie legte. Als ob auch sie, wie die Soldaten, völlig erledigt sei und abgerissen und schmutzig aussähe. Und ihr gegenüber stand Jesse, schneidig und gutaussehend wie immer.

»Was um alles in der Welt wollen *Sie* denn von mir?« herrschte sie ihn dann aufgebracht an.

»Ich lass' Sie sich dann mal in Ruhe unterhalten«, sagte Granger, bevor Jesse noch auf ihre Frage antworten konnte.

»Nein«, schrie Sydney, »lassen Sie mich bloß nicht mit diesem Kerl allein!« Aber die Tür fiel unerbittlich ins Schloß.

Wütend wandte sie sich nun wieder Jesse zu, der mittlerweile an der Wand beim Fenster lehnte, durch das man auf die nächtlichen Straßen von Washington sah. Es war ein ganz kleines Fenster, aber immerhin ein Fenster. Sydney hätte es auch viel schlechter treffen können. Rose Greenhow hatte es benutzt, als sie hier im Gefängnis gewesen war, um weiterhin Nachrichten an kleine Reitergruppen zu leiten, die unten auf der Straße gewartet hatten.

Jesse, der langsam etwas ungehalten über Sydneys übertriebenes Verhalten wurde, sagte nun: »Sydney, wovor haben Sie eigentlich Angst? Habe ich Ihnen denn jemals etwas getan? Ich bin nicht hergekommen, um Sie in irgendeiner Form zu belästigen.«

Sydney, die sich gegen die Tür gelehnt hatte, fauchte ihn an: »Sie Mistkerl sind der Grund dafür, daß ich hier bin!«

»Nein, Sydney, das haben Sie sich selbst zuzuschreiben.«

»Wenn der Krieg vorüber ist, wird der Sieger festlegen, wie es war, und entscheiden, wer von uns recht hatte und wer nicht.«

»Es gibt Dinge, die moralisch verwerflich sind, Sydney; und Ihr Vergehen kann nicht einmal die Geschichtsschreibung ändern.«

»Also, warum sind Sie hier? Ich habe es satt, mich über den Krieg zu unterhalten. Wenn Sie nur gekommen sind, um mich damit zu quälen, können Sie gleich wieder gehen.«

»Ich bin nicht gekommen, um Ihnen mit meiner Unterhaltung auf die Nerven zu fallen.«

»Nun, ich empfinde es bereits als Qual, Sie nur hier zu haben. Wenn Sie nicht hergekommen sind, um mich hier rauszuholen, dann gehen Sie in Gottes Namen wieder.«

»Hm! Nun, ich bin tatsächlich gekommen, um Sie rauszuholen.«

»Wie bitte?« japste Sydney, der vor Erstaunen die Luft wegblieb.

»Ich sagte, daß ich hergekommen bin, um Sie hier rauszuholen.«

Sydneys Herz begann wie wild zu hämmern. Sie hatte solche Angst gehabt, daß ihre Familie versuchen könnte, sie mit Gewalt zu befreien. Ja, wenn einer der Jungs im Gefängnis gelandet wäre, wäre das etwas ganz anderes gewesen! Aber sie war eine Frau, und die Männer in ihrer Familie hätten es bei ihrer Ehre als Südstaaten-Gentlemen nicht auf sich sitzenlassen, daß sie hier drin blieb. Ohne zu überlegen, hätten sie ihr Leben riskiert, um sie zu befreien. Deshalb wollte Sydney unbedingt aus dem Gefängnis raus, bevor ihre Familie Wind davon bekam. Und um dieses Ziel zu erreichen, war sie zu fast allem bereit …

»Aber wieso«, flüsterte sie nun, »Sie haben mich doch hier reingebracht!«

»Eine Ihrer Freundinnen kam zu mir und hat mir dargelegt, wie gefährlich es sei, Sie hier drin zu lassen.«

Stirnrunzelnd entgegnete Sydney: »Sie meinen doch nicht etwa Rhiannon Tremaine?« *Die Hexe* – hätte sie fast noch hinzugefügt, aber nicht, weil sie es böse meinte. Gefreiter Lawton war wie durch ein Wunder auf dem Weg der Besserung. Tag für Tag ging die Schwellung seines Fußes mehr zurück, und er konnte schon fast wieder auftreten.

»Genau die«, erwiderte Jesse.

Nervös benetzte sich Sydney die Lippen, bevor sie ihn fragte: »Und wie wollen Sie das anstellen?«

»Ich habe da so eine Idee!«

»Oh, wie darf ich denn das verstehen?«

»Nun, es wird Ihnen nicht gefallen«, sagte er, etwas verlegen mit den Schultern zuckend. »Aber Mrs. Tremaine hat mir gesagt, daß Sie zu fast allem bereit wären, um hier rauszukommen.«

»Zu *fast* allem, ja«, stimmte ihm Sydney zu. Dann zog sie die Brauen zusammen und sagte: »Jetzt mal raus mit der Sprache, Hauptmann Halston, was genau schwebt Ihnen denn vor?«

»Ich werde es Ihnen auseinandersetzen, Sydney, und dann haben Sie genau fünf Minuten, um sich die Sache zu überlegen.«

»Wieso nur fünf Minuten?«

»Ich habe einen neuerlichen Marschbefehl erhalten: Ich soll mich heute nacht noch zurückmelden und auf den Weg zu meiner Truppe machen. Im Augenblick braucht man eine ganze Menge berittener Späher; und mir geht der Ruf voraus, ein ausgezeichneter Offizier zu sein.«

Das letzte war zynisch gemeint gewesen, und Sydney, die von all seinen Verwundungen wußte, hatte fast – aber nur fast – Mitleid mit ihm. Aber dann schalt sie sich eine dumme Gans und schwor sich, nicht ein Fünkchen Sympathie für ihn aufzubringen. Laut sagte sie zu Jesse: »Also, Sir, wie sieht Ihr Plan aus?«

Er erzählte es ihr, und sie schrie entsetzt auf.

»Niemals!«

Entschuldigend hob er die Hand und sagte dann achselzuckend: »Das war die einzige Möglichkeit, die ich hatte, Sie hier rauszuholen. Aber wie Sie wollen, es ist Ihre Entscheidung.«

Mit diesen Worten begab er sich zur Tür. Sydney gelang es gerade noch, sich wenigstens so weit zu sammeln, daß sie ihm nachlief, bevor die Tür hinter ihm ins Schloß fiel. Denn wenn er nun ging, um wieder in den Krieg zu ziehen, dann wäre sie ganz allein und müßte womöglich im Gefängnis bleiben, bis der Krieg vorüber war oder bis ihr Vater beschloß, sie in einer schon im voraus zum Scheitern verurteilten Mission zu befreien.

Deshalb rief sie ihm nach: »Warten Sie noch, Jesse!«

Er hielt inne, drehte sich zu ihr um und blickte sie mit seinen haselnußbraunen Augen amüsiert an: »Welch ein Sinneswandel!«

»Sie sind ein schreckliches Stück Yankee-Scheiße!« entgegnete sie ihm hochmütig, wenn auch nicht gerade damenhaft.

»Lieber Gott, mit einer so höflichen Bekundung Ihrer

Sympathie mir gegenüber werde ich mit Freude im Herzen in den Krieg ziehen!«

»Wann bringen wir die Sache hinter uns?« fragte sie ungeduldig.

»Jetzt gleich«, entgegnete er.

»Was, jetzt?«

»Ja, sofort.«

Merkwürdigerweise fand die Schlacht, die sich als die verheerendste des ganzen Krieges erweisen sollte, an einem Ort statt, der an sich gar nicht dafür vorgesehen war.

Nachdem General Lee im Mai 1863 bei Chancellorsville seinen spektakulären Sieg gegen zahlenmäßig weit überlegene Streitkräfte der Union errungen hatte, befand sich seine Armee nun wieder weiter auf dem Weg nach Norden. Er war wild entschlossen, den Yankees den Krieg zu bringen. Allerdings hatte er nicht vorgehabt, die große Schlacht bei dem kleinen verschlafenen Provinznest Gettysburg in Südpennsylvania auszutragen. Und doch stießen die beiden riesigen Armeen durch einen dummen Zufall genau dort aufeinander.

Während sich Lee gen Norden bewegte, hatte Unionsgeneral Hooker seine Truppen etwa parallel zu dessen Armee geführt, um rechtzeitig dazusein, falls Lee Washington oder Baltimore in Maryland angreifen sollte. Ursprünglich hatte Lee vorgehabt, Harrisburg in Pennsylvania anzugehen, aber ein paar personelle Veränderungen in der Führungsriege der Unionsarmee wirkten sich auch auf Lees militärische Ziele aus.

Hooker trat als Oberbefehlshaber der Armee vom Pontomac zurück, und Lincoln ersetzte ihn durch General George G. Meade. Lees Armee hatte schon fast den Fluß Susquehanna oberhalb von Baltimore erreicht, als er seinen Truppen befahl, zurück nach Cashtown zu ziehen. Es war reiner Zufall, daß Einheiten beider Armeen in Gettysburg aufeinandertrafen. Natürlich sandten beide Seiten um Verstärkung, als die Scharmützel zu eskalieren drohten.

Dieses zufällige Treffen fand am dreißigsten Juni 1863 statt. Am darauffolgenden Tag bezogen die Konföderierten Position und schlugen die Truppenteile der Bundesarmee zurück, die sich damit auch aus Gettysburg zurückziehen mußten; woraufhin die Konföderierten die Stadt besetzten. Die Unionstruppen sammelten sich am Fuße der die Stadt im Süden umgebenden Hügel und formierten ihre Linien neu. Lee plazierte seine Truppen in einem Bogen nordsüdlich der Stadt, entlang eines Höhenzuges. Auf beiden Seiten kamen immer mehr Soldaten hinzu, und Lee wollte den Yankee-Ansturm zurückgeschlagen haben, bevor auch Meades restliche Truppenteile Gettysburg erreicht hätten. Aber am zweiten Juli trafen immer noch weitere Einheiten auf dem Schlachtfeld ein.

Julian hatte sein Feldlazarett südlich von Lees Bogen aufgebaut. Longstreet sollte die Flanke decken, aber er und seine Männer waren noch nicht da. Erst um vier Uhr nachmittags hörte man die Kanonenschüsse seiner Kompanie. So zogen sich die Kämpfe bis in die Abendstunden hin.

Waren am Anfang nur vereinzelt Verwundete ins Lazarett gebracht worden, kamen sie nun zuhauf. Julian hatte fast den Eindruck, als bräche eine Sintflut über ihn herein, so viele Verletzte und Sterbende übergab man seiner Obhut. Vor lauter Schießen und Kanonendonner war bald nichts mehr vom Himmel zu sehen, aber der Lärm der Geschosse dröhnte unaufhörlich weiter. Julians Hände waren schon ganz rot von dem Blut der Verwundeten, und bald war auch er selbst von Kopf bis Fuß mit Blut beschmiert: Und immer noch kamen weitere Verletzte herein.

Als eine Kanonenkugel ganz in ihrer Nähe explodierte, schrie ein Mann: »Jesus, Maria!« Und zehn Minuten später kam einer der Sanitäter ins Lazarettzelt gestürzt und rief entsetzt: »Captain, sie sind gleich auf dem nächsten Hügel … unsere Leute sind einfach so niedergemäht worden. Da draußen ist eine ganze Kompanie vom Feuer eingeschlossen … o mein Gott, aber sie sind nicht tot, jedenfalls nicht alle, einige leben … und schreien wie am Spieß.«

»Wir bringen sie hier rein!« sagte Julian.

»Es gibt keine Truppen mehr, die sie vom Feld holen könnten, sie sind schon weiter auf dem Vormarsch.«

Julian zögerte nur einen winzigen Augenblick, dann sah er zu Dan LeBlanc hinüber und sagte: »Sie übernehmen hier das Kommando!«

»McKenzie, Sir, was haben Sie denn vor? Wir haben auch so schon genug Verletzte hier …«

»Wenn wir etwas dagegen tun können, LeBlanc, werden wir unsere Verletzten nicht da draußen liegenlassen!« fuhr Julian ihn an und verließ gefolgt von dem Sanitäter das Lazarettzelt.

Der Zeltvorplatz war von Männern nur so übersät – einige warteten darauf, daß ein Arzt für sie Zeit hatte, andere auf eine Ambulanz, die sie von der Front wegbringen sollte. Aber nicht alle waren so schwer verletzt, daß sie nicht noch hätten helfen können. Julian blieb vor ihnen stehen. Er wußte, daß die meisten von unterschiedlichen Einheiten stammten: Da waren Männer aus Georgia, Nord- und Südcarolina, aus Texas und sogar aus Florida, die alle weit, weit von der Heimat entfernt kämpften.

»Da sind noch Verletzte auf dem Schlachtfeld!« richtete Julian das Wort an sie. »Wir gehen jetzt da rein und holen sie raus. Irgendwelche Freiwilligen?«

Zuerst bekam er überhaupt keine Antwort, bis sich ein Mann mit einer Schlinge um den linken Arm erhob und sagte: »Ich hab' mir zwar eine Kugel eingefangen, Doktor, aber ich denke, ich kann ein paar von meinen Landsleuten mit dem anderen Arm herausziehen.«

»Gut, sehr gut, noch jemand?«

Zu diesem Zeitpunkt hatten sich bereits etwa ein Dutzend Männer erhoben.

»Wenn ich noch laufen könnte, Doc, wäre ich dabei«, sagte ein Soldat, der am Boden lag.

Julian blickte zu ihm hinunter und erkannte in ihm den Mann, dem er zwei Stunden zuvor den linken Unterschenkel amputiert hatte. Er hatte noch Glück gehabt, daß nicht auch das Knie in Mitleidenschaft gezogen worden war, denn so würde er mit einer Prothese später ganz gut zurechtkommen.

»Sie haben Ihre Pflicht getan, Soldat«, sagte Julian lächelnd zu ihm.

»Aber ich lebe noch!« entgegnete der Mann ganz leise, als ob er deshalb ein schlechtes Gewissen habe.

Julian erwiderte rasch: »Wir schaffen das schon, und Sie bleiben, wo Sie sind.« Zu den anderen gewandt, sagte er dann: »Los jetzt, Männer!« Daraufhin drehte er sich zu dem Sanitäter um, der ihn geholt hatte, um ihn zu fragen: »Wie heißen Sie, Mann?«

»Evans, Sir.«

»Gut, Evans, besorgen Sie mir einen Krankenwagen, und bringen Sie ihn so nah wie möglich ans Schlachtfeld, ohne daß man ihn mir in die Luft jagt. Der Rest greift sich irgendein Pferd und folgt mir.«

Als sie bei besagtem Hügel ankamen – ursprünglich friedliches Ackerland, auf dem Weizen angebaut wurde, der sonst goldgelb in der Sonne glänzte –, war dieser nun durch das Schwarzpulver der Geschütze verdunkelt und der Weizen von Schrapnellgeschossen und Kugeln niedergemäht. Nichts schimmerte mehr golden. Die vorherrschende Farbe dieses Tages war Rot: Überall lagen tote und sterbende Soldaten in ihrem Blut – Rebellen und Yankees gleichermaßen.

Nach wie vor schlugen Kanonenkugeln auf dem Feld ein, und hier und da sirrte ihnen auch noch eine Kugel um den Kopf, weil sich das Kampfgeschehen nur ein wenig weiter nach Süden verlagert hatte. Aber Julian und seine freiwilligen Helfer bewegten sich rasch. Als die Verwundeten, die noch bei Bewußtsein waren, sie erkannten, schrien sie laut um Hilfe. Sie rauszuholen war relativ leicht. Aber dann blieb Julian und seinen Helfern nur, die bewußtlosen Überlebenden durch das Fühlen des Pulses unter all den reglosen Körpern zu finden.

Julian hatte sich gerade über einen Rebellen gebeugt, als sich eine Hand um seinen Knöchel schloß. Er blickte zur Seite und sah die blaue Uniform eines Yankees. Das Herz schlug ihm bis zum Hals. An sich waren keine Kavalleristen an dem Kampf beteiligt gewesen, und doch erschrak er jedesmal, wenn er eine blaue Uniform sah. Er hatte solche Angst, daß sein Bruder unter den Toten oder Verletzten sein könnte.

Es war nicht Ian, aber der Mann war sehr schwer verletzt. »Bitte helfen Sie mir«, flüsterte er.

Julian rief den Freiwilligen, der ihm am nächsten stand, zu sich. Aber der spuckte nur verächtlich auf den Boden und sagte: »Es gibt vielleicht noch mehr Rebellen hier draußen, da werd' ich 'n Teufel tun, so 'nem Yankee-Arsch zu helfen.«

»Doch, das werden Sie, und das ist ein gottverdammter Befehl!« donnerte Julian, womit der Widerstand des Soldaten gebrochen war.

Gemeinsam trugen sie den verletzten Yankee zum Krankenwagen. Dort sagte Evans zu Julian: »Ich will Ihnen da bestimmt nicht vorgreifen, Sir, aber Sie werden dringend im Lazarettzelt gebraucht. Wir kümmern uns schon um die Männer hier draußen.«

Der Mann mit dem Arm in der Schlinge hatte neben Evans gestanden und sagte nun: »Ich bin Captain Bentley, Artillerie, Sir. Ich sorge dafür, daß *alle,* die noch leben, zu Ihnen gebracht werden – Rebellen und Yankees gleichermaßen.« Dann sah er Julian direkt in die Augen und erklärte ruhig: »Mein Vater kämpft drüben bei den Yankees.«

Julian nickte: »Gut, Captain, ich danke Ihnen. Dann will ich mal zurück an den Operationstisch.«

Als er wieder im Lazarettzelt war, brachte man ihm einen Mann nach dem anderen und schließlich auch den Yankee, den er gerettet hatte. Als er vor ihm lag, lächelte er zu Julian hoch und sagte: »Gütiger Gott, Sie müssen Colonel McKenzies Bruder sein!«

»Ja, Ian ist mein Bruder.«

Der Mann war an drei Stellen getroffen, lächelte aber immer noch, als er hinzufügte: »Sie sind ihm wie aus dem Gesicht geschnitten, Doktor. Hat Ihnen das schon mal jemand gesagt?«

»Das höre ich dauernd. Haben Sie meinen Bruder in letzter Zeit gesehen? Ist er ...«

»Ja, Sir, er war lebendig wie ein Fisch im Wasser, als ich ihn getroffen habe. Das ist gerade mal ein paar Tage her. Ich bin ehrlich froh, hier bei Ihnen gelandet zu sein, auch wenn mich das zu einem Kriegsgefangenen macht. Ihr Bruder hält große Stücke auf Sie und sagt, Sie seien der beste Chirurg, den man finden kann.«

»Ich tue mein möglichstes.«

Das linke Knie des Mannes, dessen Name Walter Smith war, war völlig zerschmettert. Es sah so übel aus, daß Julian amputieren mußte.

»Ich wünschte, ich hätte eine bessere Mitteilung für Sie«, sagte er zu dem Yankee, »aber ich muß Ihnen das Bein oberhalb des Knies abnehmen. Es gibt keine andere Möglichkeit.«

Der Mann starrte ihn erschrocken an, nickte dann aber, sein Schicksal akzeptierend, und sagte: »Ich weiß, daß Sie nicht amputieren würden, wenn es eine andere Möglichkeit gäbe. Ich habe gehört, daß Sie schon Gliedmaßen gerettet haben, die jeder andere Arzt aufgegeben hatte.«

»Hat Ihnen das mein Bruder erzählt?«

»Nein, ... aber der Engel.«

»Ein Engel?«

»Nein, Sir, ich sagte, *der* Engel: Mrs. Tremaine. Sie ist auch von Florida. Kennen Sie sie vielleicht?«

»O ja, und ob ich sie kenne!«

Nachdem Julian das gesagt hatte, nahm er mit einemmal die Geräusche um sich herum gar nicht mehr wahr, und er erschauerte, obwohl es in dem Zelt brütendheiß war. *Er hatte Angst um sie, große Angst. Die Feldlazarette lagen viel zu nah an der Schußlinie, meist kaum ein paar Meter von der Front entfernt, wo ohne weiteres Kanonenkugeln einschlagen oder sich eine Kugel hin verirren konnte ... und die Geschosse machten nun mal keinen Unterschied zwischen Freund und Feind, guten und schlechten Menschen, Krankenschwestern oder Soldaten. Sie erkannten Lazarettzelte nicht, um dann einen Bogen darum zu machen. Und sie töteten Männer und Frauen gleichermaßen ...*

Julian fragte sich, wie viele Nächte er wohl schon wach gelegen hatte, wo er sich doch eigentlich vor Erschöpfung kaum noch auf den Beinen halten konnte und trotzdem keinen Schlaf fand, weil er sich Sorgen um sie machte. Verdammt noch mal, warum hatte sie auch nicht in St. Augustine bleiben können, wo sie in Sicherheit gewesen wäre? Auch dort hätte sie genug zu tun gehabt.

»Ist sie hier in Gettysburg?« wollte er dann von Smith wissen, wobei er sich bemühte, möglichst ruhig zu klingen.

»Ja, Sir.«

»Mit welcher Truppe?«

»Mit den Streitkräften von Magee, Sir.«

Mit Magee! Julian hätte sich verfluchen mögen. Er selbst hatte Rhiannon Magees Tochter Risa vorgestellt, und bestimmt hatte die dafür gesorgt, daß Rhiannon nun hier im Feld bei ihrem Vater war.

»Oh, wir sind so dankbar, daß wir sie haben«, hörte Julian Smith sagen. »Sie hat Grimley – unseren Chirurgen – gestern dazu gebracht, daß er einem Jungen das Bein ließ, als er schon drauf und dran war, es abzunehmen. Sie ist etwas ganz Besonderes, Sir, so schön und eine echte Dame, aber auch so *entschlossen*! Sie hat zu Grimley gesagt, daß Sie schon Dutzende von Gliedmaßen gerettet hätten, die andere aufgegeben haben. Und daß sie Sie dabei beobachtet hätte und sich selbst um den Jungen kümmern wollte. Deshalb weiß ich ganz genau, Sir, daß Sie mir mein Bein lassen würden, wenn es eine Chance gäbe. Ehrlich gesagt, wäre ich schon dankbar, wenn ich nur am Leben bliebe.«

»Ich werde mein Bestes tun, Soldat«, versprach Julian, und als er dann einem Sanitäter zunickte, damit er dem Verletzten Äther verabreichte, schloß Smith die Augen und sagte seufzend: »Wenn doch bloß der Engel auch hier wäre …«

Nun, sie ist nun mal nicht hier, dachte Julian, sondern verdammt noch mal bei Magees Truppe. Wie konnte Magee es zulassen, daß sie sich so nah an der Front aufhielt. *Engel* – was für eine Bezeichnung! Sie hatte Männern das Leben gerettet und dafür gesorgt, daß sie alle Gliedmaßen behielten. *Wunderheilerin* oder *raffinierte Hexe* wäre vielleicht ein treffenderer Ausdruck gewesen. Ob Magee mittlerweile wohl auch ihren merkwürdigen Eingebungen vertraute?

Aber er durfte jetzt nicht länger an sie denken, konnte sich nicht erlauben, sich dadurch ablenken zu lassen, da man ihm immer noch mehr Verwundete brachte. Aber heute abend, wenn das Schießen endlich aufhörte …

17.

Der zweite Juli war ein furchtbarer Tag. Rhiannon hatte noch nie so große Flächen der Zerstörung gesehen und auch nicht so viele Tote. Vielleicht war es ganz normal, daß sie später davon träumte.

Der Tag hatte ganz früh mit dem Eintreffen der ersten neuen Truppenteile auf beiden Seiten begonnen. Als der Zustrom der Soldaten gar nicht mehr abriß, begannen die gegnerischen Lager zu erkennen, welches ungeheure Ausmaß einer Schlacht ihnen bevorstand. General George Meade, der auf Unionsseite den »Kämpfenden Joe«, also General Hooker, ersetzte, führte eine Defensivschlacht und bemühte sich lediglich, die Reihen aufrechtzuerhalten.

Vom Morgengrauen an bis zum Einbruch der Dunkelheit wurden ohne Unterlaß Verletzte gebracht, und Rhiannon arbeitete ohne Pause in einem der Lazarettzelte, die östlich des Kampfgeschehens lagen. Hier und da erfuhr sie von den Verwundeten, wie es draußen aussah: Unionssoldaten waren von den Konföderierten an Plätzen mit so poetisch klingenden Namen wie *Devil's Den,* Teufelsloch, und *Peach Orchard,* Pfirsichhain, gestellt worden. Am *Little Roundtop,* einem kleinen runden Hügel, hatte ein gewisser Colonel Joshua Chamberlain aus Maine ein wahres Heldenstück vollbracht, indem er und seine Männer die angreifenden Konföderierten allein mit ihren Bajonetten in die Flucht schlugen, nachdem ihnen zuvor die Munition ausgegangen war. Diese verzweifelte Attacke hatte die Rebelleneinheit dermaßen verwirrt, daß sie das Feuer eingestellt hatten und vom Schlachtfeld gerannt waren.

Es wurde sehr lange gekämpft. Als es schon dunkel zu werden begann, hatten die Konföderierten noch einmal am *Cemetry Hill,* dem Friedhofshügel, zum Angriff gegen die Yankees geblasen. Dort kämpfte man den ganzen Abend, bis es schon fast zehn Uhr und einfach zu dunkel geworden war. Aber auch danach fiel hier und da noch ein Schuß.

Bald brannten überall auf dem Schlachtfeld, das vom Blut der Gefallenen getränkt war, Lagerfeuer. Konföderierte und Unionsgetreue beendeten den Tag, ohne daß einer Seite der Sieg sicher gewesen wäre.

Mit den Verletzten kamen alle möglichen Geschichten in den Operationssaal: Einige erzählten von Heldentaten, andere von Feigheit vor dem Feind, Erfolg oder Niederlage, Freude über einen Sieg im kleinen oder Verzweiflung. Und so bekam Rhiannon auch die Berichte aus erster Hand über einen Chirurgen der Rebellen, der, obwohl noch geschossen wurde und man den entsprechenden Teil des Schlachtfeldes nach wie vor mit Kugeln bedachte, mit seinen Helfern aus seinem Lazarettzelt gekommen war, um die Verwundeten zu bergen. Der Mann hieß McKenzie. Und er hatte Männern geholfen, egal, ob sie Grau oder Blau trugen, und solchen, die so blutüberströmt und mit Matsch beschmiert waren, daß man die Farbe der Uniform kaum noch erkennen konnte.

Vielleicht war es ganz normal, daß Rhiannon schließlich davon träumte, als sie endlich eingeschlafen war …

Zuerst spielten sich wieder die Bilder von Richards Tod vor ihrem inneren Auge ab. Sie wußte, daß sie jetzt all diese schrecklichen Momentaufnahmen wieder durchleben mußte, konnte aber doch nicht verhindern, daß der Traum die Oberhand behielt. Sie hörte das Schreien der Männer und die Befehle, wie sie sie den ganzen Tag über gehört hatte, nur daß das, was sie nun sah, an einem anderen Ort und zu einer anderen Zeit passiert war.

Dort waren einst Maisfelder gewesen, mit großen grüngoldenen Stauden, die von weitem wie ein grünes Meer ausgesehen haben mußten, als sie sich noch sacht im Sommerwind wiegten. Aber nun waren sie abgeknickt und verwüstet, von den Tausenden von Kugeln, die auf sie herniedergegangen waren …

Rhiannon warf sich auf ihrem Feldbett hin und her, wollte schreien, sich abwenden, aber es gelang ihr nicht. Sie wollte den Männern etwas zurufen, sie vor dem Tod bewahren, aber sie brachte kein Wort heraus. Dann sah sie Richard, der einen Trupp anführte.

O Gott, warum mußte sie das alles noch einmal durchmachen.

Die Männer gerieten in einen furchtbaren Kugelhagel, und einige von ihnen stürzten zu Boden. Sie wollte laut schreien und Richard davon abhalten, umzukehren. Aber da traf ihn schon der tödliche Schuß. Für einen Augenblick schien die Zeit stillzustehen. Der Wunsch weiterzuleben war ihm von den Augen abzulesen, und auch das Bedauern und der Schmerz darüber, daß er all die Dinge, die das Leben schön machten, nun nicht mehr würde sehen oder berühren können. Seine Lippen formten ihren Namen ... Und so wie das Leben aus seinen Augen wich, verdunkelte sich auch der Himmel, nur damit sich alles noch einmal wiederholte.

Dann sah sie einen anderen Hügel. Und in ihrem Traum war Rhiannon plötzlich hier in Gettysburg, diesem kleinen Städtchen in Südpennsylvania. Die Männer kamen Reihe an Reihe, und das Schlachtfeld wurde beherrscht von Rauch- und Schwarzpulverfahnen, ohrenbetäubendem Kanonendonner, dem kreischenden Geräusch der Kugeln, dem kläglichen Wiehern verendender Pferde – und dem Schreien sterbender Soldaten. Und doch marschierten immer noch mehr auf und kamen über den Hügel ...

Obwohl sie furchtbare Angst hatte und von dem Chaos ringsum fast völlig vereinnahmt war, hörte sie zwischen all dem Lärm noch ein anderes Geräusch, und bald erkannte sie, daß es der Schlachtruf der Rebellen war. Der Süden starb hier vor ihren Augen, während er mutig, tapfer und verzweifelt den Norden angriff.

Plötzlich wirbelten die Bilder ihres Traumes durcheinander, wobei sich der alte Traum mit einem neuen vermischte. Richard starb noch einmal und starrte sie im Tod mit weit aufgerissenen Augen an ... dann fiel er zu Boden, rollte herum und war nicht mehr ihr Richard.

Es war *Julian*.

Auch er lag am Boden. Die Explosion einer Kanonenkugel hatte ihn vom Pferd gerissen, das in einiger Entfernung von ihm ebenfalls am Boden lag – verletzt und jämmerlich wiehernd. Aber Julian blieb nicht liegen, sondern erhob sich und rief denen, die ihm nachgefolgt waren, etwas zu und befahl ihnen, die Toten und Verletzten vom Feld zu bringen. Er rannte durch die Sperrfeuer um ihn herum, legte einem Mann eine Aderpresse an, sorgte dafür, daß man einen anderen in Sicherheit brachte – und erklärte einen dritten für tot.

Er war sehr nah, viel zu nah an der Front. Man konnte Metall klirren hören, als Fußsoldaten auf den Feind trafen und ein Kampf Mann gegen Mann entbrannte. Und Julian war da mittendrin.

Sie sah, wie ihn die Kugel traf, und dann den Ausdruck in seinen Augen. Als Arzt war ihm augenblicklich klar, daß er tödlich getroffen war … und dann sank auch er zu Boden …

Plötzlich wurde das Feld von farbigem Licht überflutet, das sich gegen den dunklen Rauch abhob. Goldene Sonnenstrahlen, die leicht verschwommen ins Violette und Blutrote spielten, beherrschten jetzt die Szenerie: Farben der untergehenden Sonne – eines Tages, der sich dem Ende neigte. Vielleicht war auch das Leben mit einem Tagesverlauf zu vergleichen, an dessen Ende der Sonnenuntergang noch einmal all die Glorie der vergangenen Stunden hervorrief, um dann ins Dunkel der Nacht überzugehen …

Erschrocken wachte sie auf. Die Sonne versank nun nicht mehr hinter blutgetränkten Hügeln und Feldern, sondern erhob sich am östlichen Horizont. Die ersten Strahlen erreichten bereits das weiße Linnen ihres Feldbetts, spielten auf ihrem Nachthemd und der leinenen Zeltplane und überzogen alles mit einem blaßrosa Schimmer: dem Widerschein des Todes.

Sie setzte sich auf, atmete tief durch und blickte um sich. Sie war nicht mehr auf dem Schlachtfeld, wußte aber, daß sich der erste Traum genauso zugetragen hatte, wie sie ihn geträumt hatte. Er lag nun schon einige Zeit zurück und war Realität geworden, kurz nachdem sie den Traum zum erstenmal gehabt hatte. Und auch damals war sie von ihrem eigenen Entsetzensschrei aufgewacht und hatte dann zitternd vor Angst und laut schluchzend die Kissen zerwühlt. Denn sie konnte sich genau an das Gesicht des Hauptmanns erinnern und an seine Augen. Darin hatten sich der Mut, die Ehre und Nächstenliebe dieses Mannes widergespiegelt. Und sie hatte mit ansehen müssen, wie das Lebenslicht aus diesen Augen gewichen war, während er vornüberfiel und sich sein Blut mit dem der anderen Toten auf dem Feld vermischte.

Sie hatte damals gewußt, daß es passieren würde, und in jener Nacht war auch ein Teil von ihr selbst gestorben.

Aber nun war da noch ein neuer Traum, dem ersten so ähnlich. Und darin hatte sie *Julian* gesehen und wußte, daß auch diese schrecklichen Bilder Wirklichkeit werden würden, wenn …

Ihr Magen revoltierte, und sie biß sich auf die Unterlippe und legte beruhigend eine Hand auf ihren Leib.

… wenn sie dem nicht Einhalt gebot.

Aber wie? Wie sollte sie diese riesige, tödliche Woge stoppen, mit der der Krieg alles unter sich zu begraben drohte? Sie konnte nichts dagegen tun. Es war unmöglich und lag außerhalb ihrer Macht …

Aber vielleicht könnte sie wenigstens *seinen* Tod verhindern. Vielleicht könnte sie ihn warnen und zurückhalten. Julian zurückhalten? Mit seinem unbändigen Stolz, seiner Loyalität und Entschlossenheit – seinem Starrsinn? *Sie mußte ihn einfach aufhalten. Sie war nicht bereit, diesen Schmerz noch einmal zu ertragen.*

Schnell stand sie auf, wusch sich, kleidete sich an und trat dann aus ihrem Zelt, das in der Nähe des Feldlazaretts des Yankee-Camps gelegen war. Draußen im Freien goß sich Corporal Watkins, den man im Augenblick zu ihrem Schutz abgestellt hatte, gerade einen Becher Kaffee ein.

»Warum sind Sie schon so früh auf, Mrs. Rhiannon? Es dauert bestimmt noch ein paar Stunden, bis wieder geschossen wird, schätze ich.« Mit diesen Worten reichte er ihr seinen Kaffeebecher und fuhr kopfschüttelnd fort: »Das muß für Sie ganz schön hart sein, und nicht nur für Sie, könnte ich mir vorstellen. Ich meine, einige von uns aus dem Norden denken, nur ein toter Rebell sei ein guter Rebell. Aber ihr aus dem Süden, die ihr gegen die Sezession seid, wißt doch ganz genau, daß auch ein paar gute Menschen in dieser haselnußbraunen und grauen Rebellenkluft stecken. Und Kanonenkugeln machen nun mal keinen Unterschied zwischen einem guten und einem schlechten Menschen. Nicht wahr, Ma'am?«

Ihre Hand zitterte, als sie den Becher nahm, den er ihr hinhielt, und sie wußte, daß sie leichenblaß im Gesicht war, als sie sagte: »Ich muß General Magee sprechen, Corporal Watkins.«

»Warum denn, Ma'am, er ist bestimmt ganz furchtbar beschäftigt und plant eine neue Strategie ...«

»Es muß sein, Corporal. Sagen Sie ihm, daß ich ihn sofort sprechen muß. Er wird mich empfangen, das weiß ich genau.«

General Magee hielt große Stücke auf sie, und er würde ihr diesen Wunsch bestimmt nicht abschlagen. Sie war ihm schon ein paarmal behilflich gewesen, indem sie ihn rechtzeitig vorgewarnt hatte, so daß er noch ein Ausweichmanöver fahren konnte. Ja, er würde sie bestimmt zu sich lassen. Aber was dann?

Was, wenn sie Julian McKenzie erst einmal angelockt, überlistet und verraten hatte? Dann würde er sie sicher verabscheuen; aber er wäre immerhin noch am Leben. Und eines Tages, in ferner Zukunft, hätte dieses Kind, das sie unter dem Herzen trug, vielleicht auch einen Vater.

Julian lag auf seinem Feldbett und versuchte, wieder einzuschlafen. Es gab so viele Verletzte, daß er erst zu Bett gegangen war, als es absolut nicht mehr anders ging. Und doch war er schon wieder so früh wach. Der neue Tag war noch nicht richtig angebrochen, aber über dem Horizont wurde es schon langsam hell.

Da er wohl doch keinen Schlaf mehr finden würde, setzte er sich schließlich hinaus ins Freie. Er mußte sich wenigstens noch ein bißchen ausruhen, bevor er sich wieder ans Operieren machte.

Er war froh, daß die Nacht ein wenig Abkühlung gebracht hatte. Er hätte nicht gedacht, daß die Sommer hier oben im Norden – so weit weg von seinem geliebten Florida – auch so heiß wurden. Die Luft war ganz klar und rein und kam ihm herrlich vor. Manchmal hatte er das Gefühl, daß er niemals mehr würde atmen können, ohne dabei nicht auch den Geruch von Blut und Verwesung mit einzuziehen.

Er hatte befürchtet, daß er von *ihr* träumen könnte. Hexe oder Zauberin nannte man sie, und es schien ihm tatsächlich so, als habe sie einen Zauber über ihn gelegt. Verdammt sollte sie sein, aber er konnte sie einfach nicht vergessen!

In dem Moment, als er sie zum erstenmal gesehen hatte, wie sie da auf der Treppe stand, hatte sie ihn tief im Innersten berührt. Und dann hatten sie diese wunderbare Liebesnacht gehabt, obwohl das gar nicht seine Absicht gewesen war. Aber jedesmal, wenn er sich auf dem Bett umgedreht hatte, war sie nur noch näher gerückt, und als er sich ganz von ihr abwenden wollte, hatte sie ihn zurückgehalten.

Danach bestritt sie alles, was zwischen ihnen vorgefallen war. Sie hatte ganz nah am Abgrund gestanden und sich doch geweigert, die Hand des Feindes zu akzeptieren. Auch nachdem er ihr seinen Willen aufgezwungen hatte, was bei ihrem Sturschädel gar nicht so einfach gewesen war, konnte er den Panzer aus Eis nicht knacken, der ihr Herz gefangenhielt. Er würde nie den Platz dieses anderen Mannes einnehmen können, aber er würde ihr auch nie wieder gestatten, ihm etwas vorzuspielen und ihn zu benutzen ...

Du lieber Himmel! Inmitten dieses Chaos aus Tod und Verwüstung dachte er über sie und ihre Beweggründe nach. Sie war eine Hexe – zudem hochnäsig, stur, viel zu stolz und lächerlich streitsüchtig. Sie konnte einen wirklich auf die Palme bringen, war total eigensinnig, unvernünftig und gefährlich.

Und doch wünschte er sich nichts mehr, als daß sie nun bei ihm wäre. Keine Frau hatte ihn je so berührt. Wenn sie in einen Raum kam, glaubte man, ein Engel schwebe durchs Zimmer. Er hatte noch nie mit jemandem gearbeitet, der mehr Leben gerettet hatte. *Sie heilte die anderen und schien ihn zu verfolgen.* Und er hatte große Angst um sie, weil sie nun hier bei den Yankees auf dem Schlachtfeld war und nicht in Sicherheit. Wenn der Morgen dämmerte, würden die Gewehre wieder sprechen und selbst denen den Tod bringen, die versuchten, anderer Leben zu retten …

»Captain! Captain McKenzie!«

Von dem dringend klingenden Rufen aufgeschreckt, kam Julian schnell auf die Beine. Dabney Crane, einer der zivilen Späher, kam auf ihn zugeritten, blickte sich ängstlich um und saß hastig ab. Und da wußte Julian, daß Dabney eine Nachricht für ihn hatte. Angst machte sich in seinem Herzen breit: Zu viele seiner Familienmitglieder waren in diesen Krieg verwickelt.

»Was gibt's, Dabney?«

»Ich bringe eine Nachricht von den feindlichen Linien, Sir. Einer ihrer Reiter ist zu mir gekommen.«

Dieser Krieg war ein trauriges und merkwürdiges Wirrwarr von Zugehörigkeiten, manchmal sogar ein regelrechtes Vabanquespiel. Am Tag tobte der Kampf und äußerte sich in einem schwarzen, todbringenden Kanonen- und Kugelhagel oder durch blutige Bajonettspitzen. Aber in den Gefechtspausen wurden häufig persönliche Nachrichten zwischen den feindlichen Linien ausgetauscht, und die, die die Reiter hätten stoppen sollen, sahen beiseite, weil der Tag kommen könnte, da die eigenen Angehörigen versuchen würden, sie zu erreichen.

»Ist etwas mit meinem Bruder …«, setzte Julian an, konnte aber nicht weitersprechen, da ihm die Kehle plötzlich wie zugeschnürt war. Befand sich Ian etwa hinter den feindlichen Linien? Julian wußte nie genau, wo sein Bruder gerade kämpfte.

»Nein, Sir, ich bringe keine Nachrichten von Ihrem Bruder drüben bei den Yankees. Es hat mit einer Dame zu tun.«

»Ist etwas mit meiner Schwester, meiner Cousine …«

»Nein, Sir, die Nachricht kommt von einer anderen Lady. Einer Mrs. Tremaine. Sie arbeitet als Krankenschwester beim Gegner, Sir. Der Reiter, mit dem ich mich hin und wieder treffe, hat mir diesen Umschlag und strikte Anweisung gegeben, ihn direkt an Sie weiterzureichen. Und er hat gesagt, daß alles streng vertraulich bleiben muß. Aber ich soll Sie jetzt gleich mitnehmen, bevor das Kämpfen wieder losgeht. Die Lady muß unbedingt mit Ihnen sprechen, Sir, und zwar in der alten Episkopalkirche unten am Hügel.«

»Sie will mich sprechen?« fragte Julian verwundert und fühlte, wie sich sein Magen zusammenkrampfte. Bestimmt wollte sie ihn warnen, oder es war ein Trick. Er hatte nicht vor, den Umschlag zu öffnen, und gedachte, ihn Dabney zurückzugeben.

»Teilen Sie ihr mit, daß ich nicht kommen kann.«

»Sie hat aber gesagt, es sei dringend, und Sie müßten unbedingt erscheinen, Sir.«

»Wie kommt diese Dame eigentlich dazu, mich zu sich zu beordern, wo ich anderswo viel dringender gebraucht werde?«

»Sir, das weiß ich wirklich nicht. Vielleicht sollten Sie den Umschlag doch öffnen.«

Das hatte er ja gerade vermeiden wollen! Er blickte auf das elfenbeinfarbene Pergament in seiner Hand und hätte es am liebsten zerknüllt, aber dann konnte er doch nicht umhin, den Brief zu öffnen, und er begann zu lesen:

»Captain McKenzie, ich weiß, wie ungern Sie meiner Aufforderung nachkommen werden, aber ich muß Sie unbedingt sprechen. Ich verlasse mich darauf, daß Sie sich wie ein Gentleman verhalten und mich nicht einem schambeladenen Schicksal überlassen; selbst wenn wir in Zeiten leben, da der Tod an jeder Ecke lauert. Sicher wollen Sie auch nicht, daß einem unschuldigen Wesen die Zukunft verbaut wird. Deshalb flehe ich Sie an, sich mit mir zu treffen. Unten auf dem Hügel steht eine kleine Episkopalkirche. Bitte kommen Sie sofort dorthin. Ich werde Sie auch bestimmt nicht lange von Ihren Kriegspflichten abhalten.«

Dabney Crane sagte kein Wort, betrachtete Julian aber mit unverhohlener Neugier. Der blickte, fest entschlossen, Desinteresse zu bekunden, von dem Schreiben auf und zu Dabney. Trotzdem raste ihm plötzlich der Puls, während er noch überlegte, was er von der Mitteilung halten sollte: Stritt sie nun endlich nicht mehr ab, was zwischen ihnen vorgefallen war – weil die Wahrheit Früchte getragen hatte? Er wußte gar nicht, was er bei dem Gedanken fühlen sollte. Aber bei der Vorstellung, daß sie die Wahrheit schrieb, erfüllte ihn eine wunderbare Wärme – trotz der Antipathie, die sie ihm entgegenbrachte, und der Tatsache, daß sie ihn manchmal richtig wütend machen konnte, verlangte es ihn nach ihr.

»Captain«, riß Dabney, der langsam unruhig wurde, ihn aus seinen Gedanken.

»Ich kann aber nur ein paar Minuten opfern. Hier sterben Menschen.«

Dabney schüttelte traurig den Kopf und sagte: »Das ist wohl wahr, Sir. Aber ich schlage vor, Sir, daß Sie – falls Sie diese Dame überhaupt sehen wollen – sich jetzt sofort ein paar Minuten freinehmen. Colonel Joe Clinton aus Georgia hatte sich auch einverstanden erklärt, letzte Nacht seinen Neffen Captain Zach Clinton aus Maine unten am Fluß zu treffen. Captain Zach ist auch erschienen, aber Colonel Joe war während des Tages gefallen.«

In Julian McKenzie spannte sich jeder Muskel. *Was, wenn er sich weigerte, sie zu sehen, und er im Laufe des Tages starb? Und was, wenn sie tatsächlich ein Kind von ihm erwartete? Würde sie es dann mit dem Erbe und der Erinnerung an einen anderen Mann großziehen – und auch mit dessen Namen?*

»Sir?«

»Ich brauche mein Pferd ...«

Was Stolz doch aus einem Mann machen konnte!

»Nehmen Sie den alten Ben, Sir. Er ist ein gesundes Tier und schnell wie der Wind. Aber, Sir, Sie müssen jetzt sofort losreiten, bevor die Truppen munter werden.«

Und ehe ich mich's versehe, bin ich ein Deserteur, dachte Julian und verzog das Gesicht.

»Sir, es ist jetzt wirklich höchste Zeit«, trieb Dabney ihn zur Eile.

Julian zögerte noch. Er traute Rhiannon nicht, und das aus gutem Grund. Was, wenn das, was sie ihm geschrieben hatte, gelogen und nur dazu gedacht war, ihn zu sich zu locken? Vielleicht war alles doch nur ein Trick. Nun, dann würde sie ihm dafür bezahlen: Sie sollte bekommen, was sie haben wollte!

»Ich gehe sofort, Dabney. Wecken Sie schnell Pater Vickery, und sagen Sie ihm, er soll mir nachkommen, und zwar schleunigst.«

»Jawohl, Sir.« Dabney lächelte, entzückt darüber, dazu beigetragen zu haben, eine heimliche Romanze voranzubringen.

Julian nutzte Dabneys Angebot, dessen Pferd zu nehmen, und saß mit einem Satz im Sattel. Als er an die Umfriedung des Lagers kam, gab er sich den Wachen zu erkennen, durchbrach dann die eigenen Linien und lenkte das Tier ins Niemandsland zwischen Rebellen- und Yankee-Lager. Fast bei der Kirche angekommen, zog er dem Pferd die Zügel an und beobachtete von einer leichten Anhöhe aus, auf der noch ein paar wenige Bäume standen – die Überbleibsel eines kleinen Wäldchens, das vom Kanonenfeuer vernichtet worden war.

Die Kirche selbst befand sich jetzt mehr oder weniger auf freier Flur. Die Bäume und Büsche und die bewachsenen Äcker, die sie einst umgeben hatten, waren fast ausnahmslos während der Kämpfe des Vortages niedergemäht worden. Hätten Yankees die Kirche umstellt, hätte er sie sehen müssen. Im Schutz der Bäume stieg er vom Pferd und ließ seinen Blick noch eine Weile über das Terrain um die Kirche schweifen. Dann kauerte er nieder und arbeitete sich mit den Ellbogen Zentimeter für Zentimeter voran, bis er die Freifläche zwischen der Anhöhe und der kleinen Kirche hinter sich gebracht hatte. Als er das Portal erreichte, schob er die Tür einen Spalt weit auf und schlüpfte hinein, darauf achtend, dicht am Boden zu bleiben. In der Kirche verharrte er noch einen Moment in gebückter Haltung.

Rhiannon stand mit dem Rücken zu ihm und gebeugtem Kopf vor dem Altar – immer noch ganz in Schwarz. Ein Jahr war die übliche Trauerzeit – und Gott wußte, wie sehr sie den Tod ihres Richard beweint hatte! Aber für ihre Heirat mit einem anderen Mann war diese Bekleidung wohl kaum angemessen. Wenn sie wirklich mit ihm die Ehe eingehen wollte, dann doch nur, weil es die Umstände erforderten. Für sie bedeuteten es nur Worte und der Anstand, den er ihr schuldete. Innerlich trug sie noch immer

Trauer. Ein schwarzer Schleier hatte sich um ihr Herz gelegt, und er hatte nicht die Kraft, ihn zu lüften.

Immerhin schien sie allein gekommen zu sein, und mit einemmal schlug sein Herz schneller. Wieder ließ er sich Zeit und erhob sich aus seiner gebückten Haltung, ohne ein Geräusch zu verursachen. Da er ihr nicht zeigen wollte, wie aufgewühlt er war, lehnte er sich lässig an den Türrahmen und verschränkte die Arme vor der Brust.

»Sie haben mich herkommen lassen?« fragte er schließlich, so daß sie erschrocken herumfuhr und sich mit der Hand an den Hals griff.

Einen winzigen Moment lang vermeinte er im flackernden Schein der Kerzen eine Art Gefühlsregung in ihren teuflisch grünen Augen zu erkennen. Aber dann gewann sie wieder die Kontrolle über sich und verbarg, was auch immer sie quälen mochte.

»Sie sind also gekommen!« sagte sie schließlich.

Er zuckte mit den Achseln, rührte sich aber nicht vom Fleck.

Erstaunlich, aber sie schien alles tragen zu können. Ihr Trauergewand war einfach und der Arbeit in den Feldlazaretten angemessen. Sie war noch schlanker als sonst, schien übermüdet und erschöpft, wirkte jedoch immer noch majestätisch, würdevoll und wunderschön. Ihr Haar hatte sie sorgsam zurückgekämmt und in einem Knoten im Nacken zusammengenommen, den ein Netz zusammenhielt, es schimmerte blauschwarz im sanften Licht der Kerzen. Ihr Hals war lang und schön geschwungen, genauso wie ihre Finger, die immer noch an ihrem Hals lagen.

»Ich wiederhole: Sie haben mich herbestellt.«

Sie nickte und blickte dann zu Boden. »Ich habe Sie nicht kommen hören«, murmelte sie. »Sind Sie schon lange da?«

»Lang genug. Hatten Sie eine Unterredung mit Gott oder mit Richard?«

Ruckartig hob sie den Kopf und sah ihn wutentbrannt an. Sein sarkastischer Ton verletzte sie. »Diese Situation ist äußerst unangenehm für mich«, sagte sie dann mit schmerzerfüllter Stimme.

»Das kann ich mir vorstellen. Immerhin müssen Sie sich

nun eingestehen, daß doch etwas zwischen uns vorgefallen ist, sonst würden Sie mich wohl kaum bitten, mich wie ein Ehrenmann zu verhalten.«

»Ich befürchte leider … daß das nötig sein wird!« flüsterte sie.

»Und Richard ist wohl gerade ein bißchen zu lange tot, mh?«

»Wie können Sie es wagen, sich über ihn lustig zu machen?«

»Ich mache mich nicht über Tote lustig, Rhiannon, ich zähle nur eins und eins zusammen.«

»Wie gemein!«

»Wir haben Krieg, Rhiannon. Ich schätze, daß einige der Höflichkeitsfloskeln des normalen gesellschaftlichen Lebens nun nicht mehr angebracht sind. Sie haben mich hierherbeordert, weil Sie etwas von mir wollen. Also bitte, reden Sie.«

»Was wollen Sie denn hören?« entgegnete sie aufgebracht.

»Nun, sagen wir ein Eingeständnis, daß doch etwas passiert ist.«

Sie wurde weiß wie die Wand, und für einen Augenblick schimmerten ihre Augen ganz feucht, als sie seinen Blick erwidernd sagte: »O mein Gott, können Sie das denn nicht verstehen? Ich wollte es nicht wahrhaben, daß irgend etwas zwischen uns gewesen ist. Ich kann es immer noch nicht fassen, daß ich … daß ich …«

»Daß Sie einen Mann aus Fleisch und Blut für Richards Geist gehalten haben?«

Noch immer standen sie sich an den entgegengesetzten Enden des Ganges gegenüber, der von der Tür zum Altar führte. Julian war überzeugt davon, daß sie ihn ansonsten geohrfeigt hätte. Vielleicht hatte er das auch verdient. Möglicherweise war er einfach nur verletzend und grausam. Aber er konnte sich eben nur schwer damit abfinden, erst als Ersatz mißbraucht und dann aus gesellschaftlicher Gepflogenheit einbestellt zu werden. Aber wenn sie wirklich schwanger war …

Abwehrend hob er die Hand und sagte: »Vergessen

Sie's! Wie Sie schon in Ihrem Brief erwähnten, ist dies ein besonders blutrünstiger Krieg. Ich will, daß mein Kind auch mit meinem Namen geboren wird. Es ist doch mein Kind?«

Jetzt sah sie ihn mit offener Verachtung an, und bei jedem Atemzug war ihre Wut hörbar. Dann kam sie erhobenen Hauptes den Gang entlang, entschlossen, die Kirche zu verlassen.

Im Vorbeigehen sagte sie hitzig zu ihm: »Sie sollten das alles hier vergessen!«

Aber er wollte sie nicht gehenlassen, sondern hielt sie am Arm fest und zwang sie, ihm in die Augen zu sehen.

»Wo ist der Priester, Rhiannon?«

»Was?«

»Du hast mich doch hergebeten, damit ich dich heirate. Also, wo ist der Priester?«

Sie bekam große Augen. »Er ist ... er ist unterwegs. Ich ... ich wollte ein bißchen Zeit, um mit dir allein zu sprechen. Natürlich wollte ich dich erst einmal fragen, ob ...«

»Ob ich dich heiraten will, während du mich gleichzeitig so wütend machst, daß ich gar nicht daran denke?« warf er ihr sanft vor.

»Nein! Ich ... ich ...«, stammelte sie, senkte den Blick und sagte dann: »Verdammt noch mal, du mußt mich heiraten!« Dann sah sie ihn wieder mit feurigen Augen an. »Willst du nun, oder nicht?«

Er zögerte, und ein Lächeln begann sich auf seinem Gesicht auszubreiten.

»Wenn du nur gekommen bist, um mich zu quälen, dann laß mich bitte los ...«

»Ich soll dich also heiraten? Natürlich, mit dem größten Vergnügen. Wie könnte ich dir nur einen solchen Herzenswunsch abschlagen?«

Ein Geräusch an der Tür ließ ihn herumfahren. Verdammt sollte er sein! So einfach hatte sie ihn alle Vorsicht vergessen lassen. Aber es war nur Pater Vickery, der junge Episkopalpriester aus Georgia.

»Es tut mir leid, daß ich so lange gebraucht habe«, sagte er entschuldigend und strich sich nervös sein strohblondes

Haar zurück, während er sich beeilte, ins Innere der Kirche zu gelangen. »Aber ich wollte nur sichergehen, daß ich den Spruch für die Trauung auch richtig aufsagen kann, damit alles legal ist.«

»Natürlich!« sagte Rhiannon freundlich. »Man hat Sie bestimmt hergeschickt, damit Sie uns helfen, nicht wahr?« erkundigte sie sich dann.

Julian beobachtete sie. Hatte sie damit gerechnet, daß ein Priester auftauchen würde? Oder nahm sie an, daß Vickery von ihren Yankee-Kohorten geschickt worden war?

Der junge Priester räusperte sich und sagte dann: »Wir brauchen auch Zeugen.« Mit diesen Worten öffnete er die Tür noch ein paar Zentimeter weiter und ließ zwei junge Frauen herein. »Ich habe mir wirklich Mühe gegeben, diese beiden Damen so schnell wie möglich aufzutreiben!« Die Mädchen lächelten.

»Das ist alles so romantisch!« sagte die etwas Rundlichere von beiden. »Ich bin Emma Darrow, und das ist meine Schwester Lucy.«

»Es ist einfach wunderbar, so wunderbar!« pflichtete ihr die andere bei.

»Danke, daß Sie gekommen sind«, murmelte Rhiannon.

»Wir fühlen uns geehrt«, warf Emma ein und kicherte.

»Es ist einfach wunderbar!« sagte Lucy wieder.

»Wir müssen uns beeilen, damit wir schleunigst zurückkönnen. Die Sonne geht bald auf!« stieß Pater Vickery hervor, während er Rhiannon bei der Hand faßte und mit ihr in Richtung Altar hastete. »Sie stellen sich dorthin. Ich werde Sie selbst zum Altar geleiten. Sie sind doch die Dame, die sich trauen lassen will, oder?«

»Ja, das muß sie wohl sein, Pater«, entgegnete Julian trocken, da Rhiannon neben den Trauzeuginnen doch die einzige Frau war, die sich noch in der Kirche befand. Wenn das Ganze nicht so traurig gewesen wäre, hätte ihn die unbeholfene Art des Paters wirklich amüsiert.

Vickery, der tatsächlich ziemlich nervös zu sein schien, hatte sich schließlich soweit gesammelt, daß er mit dem Zeremoniell beginnen konnte. Er redete sehr schnell, aber deutlich.

Als Rhiannon an der Reihe war, Julian ihr Jawort zu geben, starrte sie ihn bloß an und sagte nichts.

Natürlich nicht! Das alles mußte ihr ja wie ein Déjà-vu-Erlebnis vorkommen. Sie hatte schon einmal geheiratet, und die Erinnerung daran war sicherlich sehr schmerzlich. Bestimmt hatte sie damals nicht vorgehabt, das alles zu wiederholen.

Julian drückte ihre Hand nun so fest, daß ihr ein Schrei entfuhr, aber dann sprach sie die Worte, die ihr zuvor im Halse steckengeblieben waren, laut und deutlich aus. Julian, der ihre Hand weiterhin fest umklammert hielt, versprach seinerseits, sie zu lieben und zu ehren, solange sie beide lebten – und besonders das letztere betonte er äußerst feierlich. Dann steckte er ihr seinen Siegelring mit dem Familienwappen als Trauring an den Finger.

»Hiermit erkläre ich euch zu Mann und Frau. Küssen Sie Ihre Braut!« sagte Pater Vickery noch und machte sich dann eiligst auf den Weg zur Kirchentür. Er konnte es gar nicht erwarten, endlich aus der Kirche zu verschwinden, und rief den beiden Trauzeuginnen ungeduldig zu: »Emma, Lucy, kommt schon!« Und zu Julian gewandt: »Sie müssen sich beeilen. Küssen Sie jetzt endlich Ihre Frau und kommen Sie mit uns!« Das war seine letzte Warnung, bevor er regelrecht aus der Kirche floh.

Aber Julian wagte nicht einmal, den Arm um seine Braut zu legen. »Das wolltest du doch, oder nicht?« fragte er Rhiannon schließlich, die aussah, als ob sie jeden Moment ohnmächtig würde. »So oder so ist nun nichts mehr daran zu ändern«, fügte er kurz angebunden hinzu. »Trotzdem mußt du mich jetzt entschuldigen, Rhiannon, ich kann mich hier wirklich nicht noch länger aufhalten. Aber ich warne dich und bete zu Gott, daß du vernünftig genug bist, dich nicht in Gefahr zu bringen.« Dann wandte er sich von ihr ab.

»Warte!« rief sie ihm nach, und er drehte sich noch einmal zu ihr um.

»Bitte, bleib! Nur noch eine Minute …«, flüsterte sie.

Er schüttelte den Kopf. »Ich kann nicht.«

Ganz unvermittelt warf sie sich ihm da in die Arme, und

er roch wieder ihren dezenten, verführerischen Rosenduft und spürte ihre Finger an seinem Haaransatz im Nacken. Dann stellte sie sich auf die Zehenspitzen, und ihr Mund berührte seine Lippen, während ihre Zunge sich gegen seine Zähne drängte, bis er sich ihr schließlich öffnete. Erstaunt registrierte er noch, wie bereitwillig sie plötzlich auf ihn zukam. Aber all die Wochen der Enthaltsamkeit hatten seiner Beherrschung derart zugesetzt, daß ihn der Hunger nach ihr jetzt zu zerreißen drohte und sein Herz und seinen Verstand völlig vereinnahmte. Leidenschaftlich erwiderte er ihren Kuß, wobei er sie fest an sich gedrückt hielt und seine Lippen auf ihre preßte. Sie regelrecht verkostend, bewegte er seine Zunge in ihrem Mund und ließ seine Hände über ihren Körper wandern – in Erinnerung an diese kurze wunderbare Zeit in jener Nacht, die es bis zu diesem Augenblick gar nicht hatte geben dürfen …

Allmählich drangen Geräusche zu ihm durch, die jenseits der Kirchenmauern näher zu kommen schienen, und er realisierte, daß Rhiannon sich ihm gleichzeitig zu entziehen begann. Ihre Lippen waren nur einen Zentimeter von seinen entfernt und immer noch feucht von der Leidenschaft ihres Kusses, als sie ihm zuraunte: »Es tut mir leid, Julian. Aber du wärst sonst gestorben.«

Ihre plötzliche Hingabe – alles nur ein *Trick*!

Er hatte doch recht behalten und sich zum größten Trottel der gesamten Südstaaten gemacht. Sie hatte ihn hergelockt, genau den richtigen Zeitpunkt abgepaßt und die Yankees zunächst auf Distanz gehalten, da sie wußte, daß er mit einer Falle rechnen würde. Aber jetzt war es zu spät. Nun standen sie draußen vor der Tür, bereit hereinzustürmen, um ihn zu ergreifen.

Er trug einen Colt am Gürtel, obwohl er eigentlich keine Waffe brauchte. Er war Arzt – Chirurg –, kein Soldat, und damit nicht die übliche Yankee-Beute. Es war sinnlos, den Colt gegen die Männer zu ziehen, die ihn ergreifen sollten. Bevor er damit hätte etwas ausrichten können, wäre er selbst – zwar ehrenvoll –, aber in einem Kugelhagel ums Leben gekommen.

Aber er wollte leben! Dieses Kind war auch sein Kind.

Er machte sich von Rhiannon los und starrte ihr in die Augen. Da stand die ganze Wahrheit. Jede kleine Kleinigkeit. Sie hatte das alles geplant, damit er gefangengenommen wurde. Sie hatte ihn am Ende nur geküßt, damit er die Kirche nicht zu schnell verließ.

»Du Schlange!« zischte er ihr zu.

»Ich hatte einen Traum, in dem du ums Leben kamst!«

Noch einmal nahm er sie bei der Taille und sah sie mit eisigem Blick an. Dabei hielt er sie so fest, daß ihr der Rükken weh tat und ihr der Kopf nach hinten fiel. Dann preßte er zwischen zusammengebissenen Zähnen hervor: »Mein geliebtes Eheweib, eins kann ich dir versprechen, ich sorge dafür, daß dir das noch einmal sehr, sehr leid tun wird.«

Sie schüttelte den Kopf, aufgebracht darüber, daß er sie so grob festhielt und sie nicht stark genug war, sich von ihm loszumachen. »Du willst es einfach nicht verstehen, du Rebell! Ich bin nicht deine Frau, und du wirst mich nicht dazu bringen, daß es mir leid tut! Dieser Priester war genausowenig real wie meine Geschichte.«

Auch wenn sie ihn überlistet hatte, hatte sie sich in einem Punkt geirrt. Er lachte höhnisch, als er sagte: »Verzeihung, da bin ich anderer Ansicht, meine Liebe. Das war Pater Vickery aus Atlanta, der seinen Jungs aus Georgia im Feld zur Seite steht. Unsere Nachbarn springen gern ein, wo sie können, wenn in Florida Not am Mann ist, und der gute Pater Vickery war nun einmal der einzige Priester, den ich auftreiben konnte, als ich mich fertigmachte, um hierherzureiten. Du magst vielleicht nicht mein Kind unter dem Herzen tragen, aber ich fürchte, du bist jetzt meine Frau.«

Ungläubig starrte sie ihn an, als die Tür zur Kirche aufgestoßen wurde.

»Captain McKenzie! Julian!«

Julian erkannte die Stimme wieder und war nicht überrascht, abgesehen vielleicht von der Tatsache, daß sich ein General so kurz vor einer Schlacht erlauben konnte, bei einer Gefangennahme zugegen zu sein.

»General Magee, Sir!« erwiderte er dann auch beinah erfreut, sah aber immer noch Rhiannon an.

»Julian, treten Sie von Mrs. Tremaine zurück, und werfen Sie Ihre Waffe auf den Boden, Sir!«

Julian wich ein paar Schritte von Rhiannon zurück, ohne sie dabei jedoch aus den Augen zu lassen. Dann lächelte er ihr zu, griff nach dem Colt und ließ ihn fallen. Starr hielt er weiter seinen Blick auf sie gerichtet und zuckte mit keiner Wimper, als die Soldaten hereingestürmt kamen, um ihn zu ergreifen.

Schon fast bei ihm angekommen, wagten sie allerdings nicht, ihn anzufassen, sondern postierten sich in gehörigem Abstand um ihn herum. Schließlich wandte Julian den Blick von Rhiannons bedrückt blickenden grünen Augen und sagte: »Guten Abend, meine Herren. Nein, ich fürchte, es ist mittlerweile Morgen. Wo ist nur die Zeit geblieben? Sie scheint nur so dahinzufliegen, wenn so viele Menschen sterben müssen!«

Einer der Männer räusperte sich und wollte auf ihn zugehen. Aber Julian schüttelte den Kopf und fügte lächelnd hinzu: »Es gibt überhaupt keinen Grund, handgreiflich zu werden, mein Lieber. Zeigen Sie mir, wohin ich gehen soll, und ich folge Ihrer Anweisung.«

»Kommen Sie einfach mit, Julian«, entgegnete General Magee, der unter dem Torbogen zur Kirche stehengeblieben war. Seine vom Alter gezeichneten Züge hatten einen stolzen Ausdruck und zeugten von Charakterstärke. Er war immer noch eine stattliche Erscheinung und faszinierend anzusehen. Allerdings lag an diesem Morgen ein Bedauern in seinem Ausdruck, und er schien sehr, sehr müde.

»Sehr wohl, Sir, wenn Sie es wünschen, Sir«, sagte Julian höflich. »Aber bitte sagen Sie mir doch – wo uns das Schicksal hier nun schon einmal zusammengeführt hat –, ob es meinem Bruder gutgeht.«

»Ja, Julian, Ian geht es gut. Aber er hat nichts damit zu tun. Er weiß nicht einmal etwas davon …«

»Das glaube ich wohl, Sir, mein Bruder würde sich an einer solch heimtückischen Hinterlist niemals beteiligen.«

Magee erstarrte und sah zu Rhiannon hinüber, um festzustellen, wie sie Julians Bemerkung aufgenommen hatte: »Mrs. Tremaine?«

»Lassen Sie nur, General!« Und zu Julian gewandt, fügte sie hinzu: »Du bist in meinem Traum gestorben!«

Julian war mittlerweile bei Magee angelangt, der immer noch im Eingang stand. Er wußte Rhiannon direkt hinter sich, ging an dem General vorbei und trat allein hinaus auf die Lichtung. Zehn Meter von ihm entfernt standen berittene Yankees und bildeten eine Art Mauer. Er drehte sich um. Auch Magee hatte unterdessen, gefolgt von Rhiannon, die Kirche verlassen.

Julian lächelte den beiden zu und sagte: »Ach übrigens, General – wenn Sie gestatten –, aber Mrs. Tremaine heißt nun Mrs. McKenzie.« Und beinah entschuldigend fügte er noch hinzu: »Ich fürchte, Sie und Ihre Männer sind ein bißchen zu spät gekommen.«

Magee drehte sich erstaunt zu Rhiannon um und fragte: »Mein liebes Kind, ist das wahr?«

»Nein!« flüsterte sie erschrocken.

»General, ich schwöre Ihnen, daß das die Wahrheit ist. Pater Vickery wird es Ihnen vor Gott bezeugen. Die junge Dame hier ist über einundzwanzig und ich auch. Damit ist die Ehe legal und bindend. In Anwesenheit von Zeugen geschlossen. Ach, ja! Und unter uns, Sir!« sagte Julian laut und deutlich, senkte dann aber die Stimme, so daß nur der General und Rhiannon ihn noch verstehen konnten. »Da ich nur getan habe, was man von einem Ehrenmann erwarten kann, und hier auf Wunsch der Dame erschienen bin – was mich zu Ihrem Gefangenen macht, Herr General –, bitte ich Sie um einen Gefallen, als Offizier und Gentleman.« Freundlich fuhr er fort: »Rhiannon ist doch in Ihrem medizinischen Stab beschäftigt. Bitte seien Sie so gut und haben Sie ein Auge auf sie. Sie neigt nämlich dazu, von ihrem geliebten, aber leider verschiedenen ersten Ehemann Richard zu träumen, um sich dann dem Nächstbesten an den Hals zu werf...«

Weiter kam er nicht, denn Rhiannon hatte einen raschen Schritt auf ihn zu getan und ihm eine so schallende Ohrfeige verpaßt, daß es richtig weh tat. Sich die Wange haltend, verneigte er sich tief vor ihr, drehte sich dann um und ging auf das Pferd zu, das die Yankees offensichtlich für ihn bereithielten. Das Tier war wohlgenährt und hatte ein glänzendes Fell. Schnell saß er auf, da er die Gelegenheit gekommen sah, auf die er gewartet hatte: eine Lücke in den Linien der Yankees, direkt vor ihm. Er drückte sich mit dem Oberkörper flach an den Hals des Pferdes und gab ihm die Sporen. Das agile Tier reagierte augenblicklich und preschte auf die Lücke zu.

»Haltet ihn!« donnerte Magee.

Zwei Reitern gelang es, die Lücke zu schließen, aber das machte auch keinen Unterschied. Julian brauchte nur sein Pferd herumzureißen und auf direktem Weg zurück und nach links zu reiten, um ihnen zu entkommen. Aber als er sein Pferd gewendet hatte, verstellte Rhiannon ihm den Weg und sah ihn herausfordernd an. Groß, aufrecht und unbeweglich wie eine Statue, stand sie da. Aber es war kein wirkliches Risiko für sie, da sie ganz genau wußte, daß er anhalten würde.

Er nahm die Zügel kurz, und sofort waren die Soldaten bei ihm, um ihn vom Pferd zu reißen. Er versuchte, sich zu befreien, aber die Yankees hatte nun die Nase voll, und einer der Männer hieb mit seinem Gewehrkolben auf ihn ein. Ein harter Schlag traf Julian am Hinterkopf, so daß er glaubte, der Schädel würde ihm zerspringen. Heftig genug wäre der Schlag gewesen. Er flehte zu Gott, daß der Mann ihm nicht wirklich den Schädel gespalten hatte. Sein Kopf dröhnte, und ihm begannen die Sinne zu schwinden.

Im Fallen sah er noch Rhiannons wunderschöne grüne Augen auf sich gerichtet und streckte eine Hand nach ihr aus. Entsetzt schrie sie auf, konnte aber nicht schnell genug vor ihm zurückweichen, und so riß er sie mit sich zu Boden, während die Welt um ihn herum immer mehr verschwamm. Egal! Mit letzter Kraft gelang ihm ein Lächeln, und er raunte ihr zu: »Ich schwöre dir, mein geliebtes *Eheweib*, das wird dir noch leid tun.«

»Er ist ohnmächtig, Ma'am. Wenn ich Ihnen die Hand reichen darf ...«, bot ihr einer der jungen Reiter an.

Rhiannon sah zu dem Mann hoch und nickte. Dann blickte sie noch einmal zu Julian, der mit geschlossenen Augen neben ihr lag. Die schwarze Locke über seiner Stirn hätte sie ihm am liebsten zurückgestrichen. Gerne hätte sie auch sein Gesicht gestreichelt und wäre bei ihm geblieben, bis er wieder zu sich kam, um sich zu vergewissern, daß er nicht ernsthaft verletzt war. Bestürzt darüber, zu welcher Erkenntnis sie gerade gekommen war, biß sie sich auf die Unterlippe – auch wenn sie sich diese neue Wahrheit nur selbst eingestehen mußte.

Dann flüsterte sie ihm zärtlich zu: »Du wirst nie erfahren, mir niemals glauben, daß ich das alles nur getan habe, weil … ich dich liebe!« Dabei wußte sie genau, daß weder er noch sonst irgend jemand sie hatte verstehen können. Danach ließ sie sich von dem Soldaten aufhelfen.

Plötzlich hörten sie Kanonenfeuer, das in unmittelbarer Nähe zu sein schien.

»Hebt den Gefangenen hoch und bringt ihn ins Feldlazarett!« befahl Magee. »Der Tag hat begonnen, meine Herren, und darf ich Sie daran erinnern, daß hier und heute das Schicksal unserer Nation entschieden wird!«

Das Schicksal der Nation! Was würde mit den vielen Menschen hier geschehen? Aber sie konnte das Töten und die Zerstörung nicht aufhalten. Niemand konnte das. Und doch fragte sie sich, ob sie wenigstens Julians Schicksal einen anderen Lauf gegeben hatte. Hatte sie wirklich die Kraft dazu? Sie war bereit gewesen, alles aufs Spiel zu setzen, um den Ausgang ihres Traumes zu ändern. Aber was hatte sie denn nun damit erreicht? Sie hatte Julian getäuscht und betrogen, obwohl sie ihn doch nur hatte retten wollen – so wie er sie gerettet hatte –, um jetzt Gefahr zu laufen, daß …

Sie hatten sich gegenseitig ausgetrickst und waren nun, wenn Julian, was den Pater anging, die Wahrheit gesagt hatte, nur noch tiefer in dieses heillose Durcheinander geraten. Besonders, da auch sie in einem Punkt nicht gelogen hatte.

Schicksal! War das etwa alles vorherbestimmt gewesen, von diesem ersten Abend an, da er durch die Wildnis zu ihrem abgelegenen Haus geritten und in ihr Leben getreten war?

18.

Es gab wohl kaum etwas Schlimmeres als das Lärmen einer Schlacht, dachte Julian.

Zusammen mit anderen Gefangenen, meist Soldaten der Infanterie und Artillerie, die man während des Kampfes gefangengenommen hatte, saß er eng gedrängt auf einem Holzstamm hinter dem Feldlazarett der Yankees und hörte dem Kanonendonner zu, der gar nicht mehr aufhören zu wollen schien. Dabei war genau zu unterscheiden, daß abwechselnd die eine und dann die andere Seite schoß.

Aus dem ersten Gefechtstag waren die Konföderierten mit einem Vorteil hervorgegangen: Sie hatten die Stadt eingenommen und die Yankees gezwungen, sich zurückzuziehen. Am zweiten Tag waren die Kämpfe um so schlimmer geworden, und es war nicht zu sagen, wer die Oberhand behalten hatte. Am dritten Juli kämpften die Armeen wieder gegeneinander, obwohl die Toten des Vortages noch überall herumlagen, die Zahl der Verwundeten erschreckend hoch und das Schlachtfeld blutgetränkt war.

Julian war es müde – nein, mehr als das –, er war es leid, noch länger so nutzlos herumzusitzen, während so viele Männer verwundet wurden und starben, weil sich keiner um sie kümmern konnte. Während er die Gewehrsalven, das Schreien der Männer und Wiehern der Pferde hörte, verfluchte er immer wieder seine Dummheit. Nicht so sehr um seiner selbst willen, sondern um der Männer willen, die ihn brauchten.

Das Schlachtfeld war riesengroß und erstreckte sich über Hügel, Felder, Obstgärten, Straßen und einen Friedhof. Er wußte nicht, wo sich seine eigene Truppe befand, und was noch schlimmer war, er wußte nicht, wo sich Rhiannon aufhielt. Sie war irgendwo inmitten des Geschehens, und er war völlig machtlos.

Er fühlte eine gewisse Genugtuung, da es ihm gelungen war, auch sie hinters Licht zu führen. Aber dieser Triumph hatte einen schalen Beigeschmack. Sie war nun zwar seine rechtmäßige Frau, aber das brachte ihn im Augenblick auch nicht weiter: Denn nun saß er hier als Kriegsgefangener und stand unter Bewachung.

Mit einemmal wurde seine Aufmerksamkeit von einem näher kommenden Rufen in Anspruch genommen. Er erhob sich und sah, daß gerade ein Krankenwagen ankam. Das Fahrzeug hielt direkt vor den Yankee-Zelten.

Der Mann auf dem Kutschbock sprang herunter und schrie: »Zu Hilfe, wir brauchen unbedingt mehr Leute hier draußen, Dr. McManus ...«

Daraufhin kam ein Arzt mit einer blutverschmierten Uniform aus dem Lazarettzelt heraus und erwiderte: »Die Männer müssen warten, bis sie dran sind.« Dann verschwand er wieder.

»Gütiger Gott, die Männer hier sterben mir weg ... einige brauchen vielleicht nur ein bißchen Wasser, um durchzuhalten ... Lieber Gott, warum kann mir denn keiner helfen?« sagte der Mann und sah flehentlich zu den etwa zwanzig Gefangenen und ihren Wärtern hinüber.

Die gefangenen Rebellen und die beiden Yankees starrten sich einen Augenblick lang wortlos an. Dann sagte einer der Wächter, dem man anmerkte, daß ihm seine Worte unangenehm waren: »Wir müssen hier die Rebellen bewachen.«

»Verdammt noch mal!« ließ sich da Julian vernehmen, während er mit großen Schritten auf den Krankenwagen zuging. »Wir sind vielleicht Rebellen, aber bei Gott keine Unmenschen! Wenn mir jemand hilft, schaffen wir die Männer vom Wagen und sehen, was wir tun können ...«

»Ich helfe Ihnen, Doc!« sagte einer der Rebellen und stand seinerseits von dem Baumstamm auf. Aber ein anderer, ein großer Kerl in einer Infanterieuniform, die auch schon mal bessere Tage gesehen hatte, verstellte Julian den Weg. »Wenn sie am Leben bleiben, kommen sie zurück und töten uns!«

»Vielleicht«, entgegnete Julian, die Hände in die Hüften gestemmt, und sah den Mann ungerührt an, »vielleicht aber auch nicht. Ich werde Ihnen jetzt mal erklären, wie das alles zusammenhängt. Ich bin ein Rebell, weil ich in erster Linie Floridianer bin, und was noch wichtiger ist, Soldat, ich bin ein gottesfürchtiger Mensch, und wir wollen gar nicht davon reden, daß ich außerdem Arzt bin, der einen Eid geschworen hat, Leben zu bewahren. Sie können nun also versuchen, mich aufzuhalten oder mir aus dem Weg gehen!«

Der Kerl runzelte die Stirn, machte dann aber doch einen Schritt zur Seite und fluchte: »Zur Hölle, Doc, ich kann auch nicht länger hier sitzen und mir das Geschrei der verletzten Yankees anhören. Sagen Sie mir, was ich tun soll!«

Julian sah daraufhin zu dem Soldaten, der die Verwundeten gebracht hatte, und fragte: »Dürfen wir?«

»Ich bitte darum, Doc!«

Julian fing an, Befehle zu geben, und zog die Männer vorsichtig vom Ambulanzwagen. Drei der verletzten Soldaten auf dem Wagen waren bereits tot. Unter den zwanzig noch lebenden befanden sich drei Rebellen. Julian tat sein Bestes, um die schwer mitgenommenen Soldaten vor der unbarmherzig niederbrennenden Sommersonne zu schützen. Ein paar Eichen warfen notdürftig Schatten, aber da man das Feldlazarett an einem kleinen Bach errichtet hatte, war wenigstens die Versorgung der Verwundeten mit Wasser kein Problem. Julian hatte zwar keine Instrumente zum Operieren, aber da sogar die Yankees – die Wachen und der Kutscher – seinen Anweisungen Folge leisteten, gelang es ihm, einige gebrochene Gliedmaßen zu schienen, Blutungen zu stillen und den Sterbenden den Tod ein wenig zu erleichtern.

Er war gerade dabei, eine notdürftige Aderpresse neu anzulegen, als der Yankee-Arzt wieder aus dem Lazarettzelt kam. Einen Augenblick lang betrachtete er die Szenerie mit Erstaunen, gewahrte aber schnell den sich für ihn daraus ergebenden Vorteil.

»Sind Sie Arzt?« sprach er Julian an, hielt einen Augenblick inne und sagte dann: »Sie sind ein McKenzie. Verdammt soll ich sein, wenn Sie nicht aussehen wie Colonel Ian. Sind Sie sein Zwilling?«

»Nur der jüngere Bruder«, entgegnete Julian.

»Sie sind Chirurg, richtig?« Einen Augenblick lang sah er ihn an und schien zu überlegen, ob er ihn überhaupt fragen durfte, was er ihn fragen wollte, dann sagte er: »Nun, ich kann Ihnen gar nicht sagen, wie dringend wir Ihre Hilfe brauchen könnten. Wären Sie bereit, in einem Yankee-Lazarett zu arbeiten?«

Ohne zu zögern, entgegnete Julian: »Ja.« Dann drehte er sich zu den Rebellen um, die ihm mit den Verwundeten geholfen hatten, und sagte: »Keiner der Männer hier ist ein Unmensch. Wir kämpfen einfach nur auf der anderen Seite.«

Dr. McManus sah nun seinerseits in die Runde und sagte: »Vielen Dank, Jungs, ich bin euch für eure Hilfe wirklich sehr dankbar. Dr. McKenzie, wenn Sie mir jetzt folgen wollen?«

Als Julian mit dem Arzt ins Zelt kam, waren dort fünf Operationstische, auf dem jeweils schon ein Mann lag und ein anderer daneben wartete. Drei Ärzte gingen von Tisch zu Tisch.

Einer der Verletzten, der sich ganz nah am Eingang befand, fing an zu lamentieren, als er Julian sah: »Um Gottes willen, Doc, bringen Sie die Rebs jetzt auch noch hier herein?«

»Er ist Arzt, kein Soldat …«

»Ich lasse doch den Feind nicht an mir rumschnippeln!« protestierte der Mann lautstark.

»Er würde uns bestimmt am liebsten umbringen«, gab ein anderer zu bedenken.

»Genau, Doc«, schaltete sich nun auch einer der Sanitäter ein, »bringen Sie ihn hier raus!«

»Julian!«

Erstaunt, daß ihn jemand beim Vornamen nannte, ging Julian zu dem Tisch, von dem die Stimme gekommen war. Zuerst wußte er nicht, wer der Mann war. Aber dann erkannte er ihn als den Yankee-Kavalleristen, der ihn wegen General Magees Fuß nach St. Augustine hineingeschleust und später auch wieder zum Fluß zurückgebracht hatte.

»George Hill?«

»Julian … mein Bein. Wadenschuß. Ich kann nichts mehr

fühlen, aber ich glaube, der Knochen ist nicht verletzt. Kannst du …«

»Das weiß ich nicht, ich muß mir die Wunde erst einmal ansehen.«

»Lassen Sie ihn etwa an sich ran, Captain Hill?« fragte einer der anderen Verletzten erstaunt.

»Da können Sie Gift drauf nehmen«, entgegnete Hill und lehnte sich mit einem subtilen Lächeln zurück. »Dieser Mann hat General Magees Fuß operiert!«

Zum Zeichen für die anderen Ärzte, daß er keine Instrumente hatte, hob Julian die leeren Hände, und einer der Sanitäter kam mit einer schwarzen Tasche auf ihn zu. Er gab sie ihm mit den Worten: »Gehörte Captain Naismith, 44. Maine. Er ist gestern morgen gestorben.« Da Julian zögerte, die Tasche an sich zu nehmen, fügte er noch hinzu: »Dr. Naismith würde es Ihnen nicht übelnehmen, wenn Sie seine Sachen benutzen, Sir. Er hat diesen Krieg nie gutgeheißen. Immer wieder hat er gesagt, daß wir hier nur eine ganze Generation von Amerikanern töten, die in der Blüte ihres Lebens stehen. Nehmen Sie die Sachen nur, Sir. Er wäre sehr stolz darauf, daß Sie damit Leben retten.«

Julian nickte und nahm den Arztkoffer. Der Name des Sanitäters war Robert Roser, und er bot sich ihm als sein Assistent an.

Zu seiner großen Erleichterung stellte Julian fest, daß er das Bein von Hauptmann Hill retten konnte. Die Kugel war glatt durchgegangen. Danach hatte er allerdings einen zertrümmerten Ellbogen vor sich, und der Unterarm mußte abgenommen werden. Dann entfernte er eine Kugel aus dem Bauch des nächsten Verwundeten, daraufhin kam ein verletzter Fuß, ein Bajonettstich an der Schulter, eine Kugel im Rücken, eine Schrapnellsplitterverletzung, ein gebrochener Kiefer …

Und so verging der Tag.

Er arbeitete, so schnell er konnte. Später stellte er fest, daß man ihm mehr und mehr Rebellen brachte. Er erschrak, als er einen Leutnant vor sich hatte, den er erst vor kurzem wegen Windpocken behandelt hatte und der zu Picketts Truppe gehörte, die sich mit Longstreet zusammengetan hatte.

»Aber, Captain McKenzie, was machen Sie denn hier?« stammelte der schwerverletzte Leutnant, als er Julian erkannte.

»Man hat mich zwar gefangengenommen, aber ich bin immer noch Arzt«, erwiderte Julian ungerührt, während er stirnrunzelnd die Wunden des Mannes begutachtete. Ihm saß eine Kugel im Arm, eine im Bein und zwei, drei … Es gab keine Hoffnung mehr für ihn.

»Wir werden Ihnen einfach etwas gegen die Schmerzen geben …«, sagte Julian schließlich.

Aber der Leutnant ergriff wehmütig lächelnd seine Hand und sagte: »Sir, ich bin kein Idiot. Sie sind ein hervorragender Chirurg, aber ich weiß überhaupt nicht, was ich auf diesem Tisch verloren habe. Das ist doch reine Zeitverschwendung. Da draußen sind noch genug andere Männer, die echte Überlebenschancen haben. Ich kann überhaupt nicht glauben, daß ich noch sprechen kann, ich fühle nämlich schon, daß es bald vorüber ist, Sir! Aber ich habe keine Angst, Sir. Wir sind alle keine Engel, aber ich habe immer getan, was ich für richtig hielt. Es ist nur so schade … Ich habe gehört, daß mein Vetter Joe genau da kämpft, wo man uns reingeschickt hat. Er kämpft mit der Truppe von Hancock. Sie haben uns erwischt, als wir da reinkamen … Wenn Sie ihn sehen Sir, Joe O'Riley, Hauptmann Joe O'Riley, würden Sie ihm dann bitte einen letzten Gruß von seinem Vetter Adam sagen? Werden Sie das für mich tun, Sir?«

»Natürlich, Leutnant, aber Sie werden nicht …«

»Verarschen Sie mich nicht, Sir … Entschuldigung!«

»Es ist schon in Ordnung. Sie haben recht, ich sollte Ihnen keine falschen Hoffnungen machen.«

»Es ist so kalt. Bitte halten Sie meine Hand.«

Julian nahm O'Rileys Hand, sie war eiskalt … Dann bewegte sie sich mit einemmal nicht mehr. Julian atmete tief durch und befreite sich aus dem Griff des toten Soldaten. Er hatte schon sehr lange nicht mehr geweint, aber nun hätte er heulen können.

»Ist der Mann tot, Doktor Reb?« fragte ihn Robert Roser, bevor er noch Julians Gesichtsausdruck gesehen hatte.

Dann fügte er entschuldigend hinzu: »Es tut mir leid, Sir, aber da draußen sind noch mehr Männer ... Hunderte.« Julian starrte ihn nur an, und Roser dachte, ihm eine Erklärung schuldig zu sein: »Sie haben einen Angriff gegen die Linien der Union gefahren. Eine dieser verdammt überflüssigen, sinnlosen Aktionen ... Für die Rebellen verlief es sehr schlecht. Sie wurden einfach ...«

Er hielt inne, da ihm bewußt wurde, wie weh Julian tun mußte, was er ihm da berichtete.

»Fahren Sie fort«, sagte Julian.

»Es war ein einziges Gemetzel, Sir. Die Männer wurden abgeschlachtet wie Vieh.«

Julian schloß die Augen.

»Vielleicht sollten Sie sich ein wenig ausruhen, Sir. Auch Doktor McManus macht gerade eine Pause.«

»Nein, nein, es geht mir gut. Bringen Sie mir den nächsten.«

Mit den verwundeten Männern kamen auch weitere Neuigkeiten vom Schlachtfeld. Wie Roser gesagt hatte, war es ein regelrechtes Abschlachten gewesen. Picketts Männern war die vermeintliche Ehre zuteil geworden, gegen die Front der Union zu marschieren.

In der Vergangenheit hatten ähnliche Bravourstücke der Rebellen dem Süden häufig Siege über zahlenmäßig überlegene Einheiten der Unionstruppen beschert. Der Schlachtruf der Rebellen ging den meisten Yankees denn auch durch Mark und Bein, und es war durchaus richtig, daß den Konföderierten ihr Wagemut und ihre draufgängerische Art viele Vorteile verschafft hatten.

Aber an diesem Tag waren Picketts Männer gegen die Front Sturm gelaufen. Man hatte unablässig mit Kanonenkugeln auf sie geschossen, und sie waren gestorben wie die Fliegen. Und doch hatte man immer noch mehr in den Kampf geschickt. Schließlich war es ein paar von ihnen – den wenigen, die dem unerbittlichen Kugelhagel entkommen waren – sogar gelungen, die feindlichen Linien zu erreichen. Aber an der Linie der Unionstruppen hatte man auch sie gestoppt, und die, die nicht schon vorher gefallen waren, wurden nun von den wartenden Yankees mit Bajonettstichen und Schüssen aus nächster Nähe bedacht.

Die Yankees jubilierten über diesen Sieg, und das wohl auch mit gutem Recht: Sie hatten die Rebellen aufgehalten, und der Wagemut des Südens hatte einen Dämpfer bekommen. Aber als die Nacht hereinbrach, gab es nur ganz wenige, die den Sieg ohne ein Gefühl des Bedauerns feiern konnten. Die Toten lagen noch überall herum, und beide Seiten versuchten, ihre Gefallenen zu bergen, während es anfing zu regnen.

Irgendwann gegen Mitternacht begannen Julian die Hände zu zittern, und er konnte auch nicht mehr klar sehen. Wenn er weiterarbeitete, würde er den Verwundeten mehr schaden als nützen, weil er selbst so erschöpft war. Als man den Mann, der gerade auf seinem Operationstisch gelegen hatte, wegbrachte, verschränkte er die Arme auf dem Tisch und legte den Kopf darauf. Er schloß die Augen und schlief auf der Stelle ein, blutüberströmt, wie er war.

Bei Anbruch des nächsten Tages hatten die Konföderierten bereits damit begonnen, sich langsam, aber stetig gen Süden zurückzuziehen.

Julian war erstaunt, daß der Unionsgeneral Meade, der noch am Tag zuvor die Rebellen mit allen Mitteln bekämpft hatte und so das Feld bei Gettysburg behaupten konnte, keinen Versuch unternahm, die feindlichen Truppen zu verfolgen. Es war nicht nur Picketts Angriff gestoppt worden; es hatten sich daraus noch ganz andere Niederlagen ergeben, wie Julian später erfuhr: Lee, der große Kommandeur, dessen Name im Süden wie im Norden mit Ehrfurcht ausgesprochen wurde, hatte vor aller Augen geweint und den umstehenden Männern erklärt: »Das war alles nur meine Schuld, meine Schuld.« Damit lag die Moral der konföderierten Armee natürlich endgültig am Boden.

Die Bundestruppen hatten nicht nur in Gettysburg den Sieg davongetragen. Kuriere hatten gemeldet, daß Vicksburg, das schon seit Monaten von General Grants Leuten belagert wurde, ebenfalls gefallen war. Die Bewohner der Stadt hatten vor der Entscheidung gestanden, sich zu ergeben oder aber zu verhungern. Da man die letzte Ratte bereits verspeist hatte, wie sich ein Mann ausdrückte, blieb nur, sich zu ergeben.

Für die Bundestruppen war es ein großer Tag, und zu allem Überfluß auch noch der vierte Juli – der Tag, an dem normalerweise die Unabhängigkeit von der britischen Krone gefeiert wurde. Wenn nur das Problem mit all den Toten und Verwundeten nicht gewesen wäre. Als sich die Südstaatler zurückzogen, waren sie nicht in der Lage gewesen, all ihre Verwundeten unter den Toten zu finden und mitzunehmen.

Trotz allem hatte Lee Glück gehabt, daß Meade, wie so viele seiner Vorgänger, darauf verzichtete, ihm nachzusetzen. Das lag einfach daran, daß auch der Unionsgeneral mit den Verwundeten, die man hätte auf Karren laden müssen, nur sehr langsam vorangekommen wäre. Außerdem wären unterwegs womöglich Hunderte, vielleicht sogar Tausende ihren Verletzungen erlegen, und man hätte sie am Wegesrand beisetzen müssen – ohne Grabstein. So hätten vielleicht einige der Männer eine Chance, wenn die Unionstruppen für eine Weile in Gettysburg ihr Lager aufschlugen.

Einigen Soldaten paßte das allerdings überhaupt nicht, und sie murrten, daß man es doch nun ein für allemal hinter sich bringen könnte. Sie wollten Lee hinterher und ihn angreifen, solange seine Armee noch so geschwächt war. Sie glaubten, daß sie damit endlich den vermaledeiten Krieg beenden könnten. O Gott, wie sehr sie sich das alle wünschten!

Aber Meade entschied sich dagegen.

Julian ertappte sich dabei, daß er selbst hoffte, der Unionsgeneral würde Lee folgen. So verräterisch dieser Gedanke auch sein mochte, aber er hatte während des ganzen Krieges bisher noch nie ein derart überwältigendes Gefühl der Sinnlosigkeit gehabt. Seit zwei Jahren starben nun die Männer, und so viele Verletzte lagen immer noch draußen auf dem blutgetränkten Schlachtfeld. Es war quasi unmöglich, die Lebenden von den Toten zu unterscheiden. Einige der Leichname begannen bereits zu verwesen, und die ersten Aasgeier stellten sich ein.

Und es war der vierte Juli … Ein merkwürdiger Tag! Bei den Yankees herrschte Hochstimmung. Das lag nicht nur an den beiden Siegen von Gettysburg und Vicksburg, sondern auch daran, daß man nun gesehen hatte, daß gegen Lees Truppen etwas auszurichten war: Man konnte sie nicht nur aufhalten, sondern auch bezwingen. Diese Erkenntnis in Verbindung mit dem geschichtsträchtigen Datum sahen viele als gutes Omen für einen letztlichen Sieg der Union. Doch während man zur Feier des Tages Gewehrsalven abschoß, lagen noch immer bedrohlich viele Tote auf dem Feld. Die Verletzten mußten so schnell wie möglich geborgen und die Toten beerdigt werden. Die Unmenge von Leichen könnte sonst nur allzu schnell zu tödlichen Krankheiten bei den Überlebenden führen.

Julian versuchte die Festivitäten ringsum zu ignorieren und sich auf die Verwundeten zu konzentrieren, die man ihm nach wie vor brachte. Die meisten der Männer, die nun auf dem Operationstisch vor ihm lagen, konnten gerettet werden. Die mit den tödlichen Verletzungen waren bereits auf dem Schlachtfeld gestorben. Julian fragte sich, wie viele von ihnen wohl noch zu retten gewesen wären, hätte man sie nur rechtzeitig gefunden und schleunigst vom Schlachtfeld gebracht.

Als er an diesem Nachmittag – immer noch im Lazarettzelt – eine Pause einlegte, bot McManus ihm einen Kaffee an, den er dankbar annahm. Während sie beisammenstanden und an ihren Blechtassen nippten, fragte Julian McManus: »Haben Sie irgend etwas von General Magees Truppe gehört?«

»Magees Truppe ist ganz gut davongekommen.«

»Und mein Bruder?«

»Gegen Ende des Debakels hat er mit seinen Männern Jeb Stuarts Truppe eingeschlossen und heute morgen ganz früh das Lager verlassen, um Washington Meldung vom Ausgang der Schlacht zu machen.« McManus hielt kurz inne, bevor er fortfuhr: »Soweit mir bekannt ist, wurde er nicht davon unterrichtet, daß man Sie gefangengenommen hat.«

Julian nickte, erleichtert darüber, daß sein Bruder den Kampf überlebt hatte und noch nicht einmal verletzt worden war. Hätte Ian gewußt, daß er sich hier befand, wäre er sicher vorbeigekommen. »Und meine Frau?« wollte Julian dann wissen.

Verwundert wiederholte McManus: »Ihre Frau?«

»Rhiannon Tremaine«, erklärte ihm Julian mit einem gezwungenen Lächeln. »Es war eine Blitzhochzeit – vor ein paar Tagen erst. Sie ist Krankenschwester in Ihren Reihen. Und was ich so von den Soldaten gehört habe, betrachtet man sie als Geschenk des Himmels.«

»Soweit mir bekannt ist, wurde keine unserer Krankenschwestern verletzt, Dr. McKenzie.« Dann fügte er noch hinzu: »Man kann sie wirklich als Geschenk des Himmels bezeichnen. Ich habe schon darum gebeten, daß sie mir zugeteilt wird, aber ich gehöre nicht zu General Magees Stab, deshalb arbeitet sie weiterhin mit seinen Chirurgen.«

»Könnten Sie für mich in Erfahrung bringen, ob es ihr wirklich gutgeht, Sir? Dafür wäre ich Ihnen sehr dankbar.«

McManus, der Julian aufmerksam zugehört hatte, nickte nun und sagte: »Ich bin derjenige, der *Ihnen* zu Dank verpflichtet ist. Sie haben hier bewiesen, daß Sie Ihren hippokratischen Eid wirklich ernst nehmen. Ich werde mich nach dem Befinden der Dame erkundigen. Möchten Sie sie vielleicht sehen?«

Ob er sie treffen wollte? Er war unrasiert, verschwitzt und von Kopf bis Fuß mit Blut und Matsch vom Schlachtfeld beschmiert, deshalb entgegnete er: »Nein, Sir. Ich möchte nur wissen, wie es ihr geht.«

McManus nickte. »Ich kümmere mich darum. So wie es aussieht, werden Sie mir auch die nächsten Tage noch erhalten bleiben. Gibt es sonst noch etwas, was ich für Sie tun kann?«

»Ich würde liebend gern ein Bad nehmen. Ich dachte vielleicht in dem Bach hinterm Lazarettzelt?«

»Ich denke, das läßt sich machen.«

Eine Stunde später kam McManus zu Julian, um ihm mitzuteilen, daß er einen Boten von Lazarettzelt zu Lazarettzelt geschickt hätte, der mit der Nachricht zurückgekommen wäre, daß es Rhiannon gutginge. Während des Kampfes war sie in einem Zelt südöstlich des Schlachtfeldes gewesen, wo sie frisch operierte Männer verbunden hatte, die zurück nach Washington in die dortigen Lazarette und Krankenhäuser geschickt werden sollten.

Als es schon beinah dunkel war und Julian und McManus ihrerseits gerade dabei waren, transportfähige Verwundete für den anstrengenden, langen Ritt in die Hauptstadt vorzubereiten, kam ein Mann ins Zelt, der unbedingt McManus sprechen wollte. Den ganzen Tag waren Reiter in dem Zelt ein- und ausgegangen, und so schenkte Julian dem Mann keinerlei Beachtung. Aus Erfahrung wußte er, daß McManus ihm die Neuigkeiten später mitteilen würde, falls sie auch für ihn von Interesse waren. Diesmal kam er allerdings sofort zu ihm, dicht gefolgt von dem Boten.

»Captain McKenzie, Sie werden im Lazarett von Magee verlangt. Scheinbar ist dort ein Patient mit einer Verletzung an der Schulter, die sich als ziemlich heimtückisch erweisen könnte.«

»Und da will der Mann einen Rebellendoktor?« fragte Julian skeptisch.

»Es scheint ein Verwandter von Ihnen zu sein.«

Erschrocken zog Julian die Augenbrauen hoch und sagte: »Aber Sie sagten doch, daß mein Bruder …«

»Es ist nicht Ihr Bruder. Der Mann heißt Jesse Halston. Hauptmann Jesse Halston, U. S. Kavallerie.«

»Ich habe keinen Verwandten, der so heißt …«

»Nun, scheinbar schon. Die Nachricht hier, mit der Bitte, daß Sie sofort dorthinkommen möchten, ist von Ihrer Frau. Sie kennt den Mann und schreibt, daß er erst kürzlich Ihre Cousine Sydney geheiratet hat.«

»Sydney soll einen Kavallerieoffzier der Unionstruppen geheiratet haben?« fragte Julian ungläubig und merkte, wie ihm das Blut zu kochen begann.

»Erst kürzlich. So wie es aussieht, habt ihr McKenzies einen Hang zu raschen Eheschließungen, Sir.«

Da Julian noch über das Wann und Warum der Hochzeit seiner Cousine nachdachte und keine Anstalten machte, das Zelt zu verlassen, fragte McManus ungeduldig: »Was ist jetzt?«

Hilflos hob Julian die Hände. Verbitterung machte sich in ihm breit. Wenn seine Cousine einen Yankee heiratete, mußte die Welt wirklich völlig aus den Angeln geraten sein. Die McKenzies hatten immer aufeinander aufgepaßt, und die männlichen Mitglieder der Familie hatten die Mädchen und Frauen beschützt: Jennifer, Tia und Sydney. Und jetzt ...

Dann entgegnete Julian schließlich: »Natürlich komme ich.«

»Ich werde Sie begleiten. Ich will sehen, wie Sie das machen.«

Der Ritt zu Magees Lazarett führte sie quer über das ehemalige Schlachtfeld; über die Hügel und durch die Täler, wo die heftigsten Kämpfe getobt hatten. Überall liefen Soldaten herum, die versuchten, noch Überlebende zwischen den Toten zu finden. Der Regen hatte den Untergrund an den meisten Stellen in eine einzige Schlammpfütze verwandelt. Die Soldaten hatten sich Taschentücher vor Mund und Nase gebunden, da es mehr und mehr nach Verwesung roch. Es war ein furchtbarer Anblick, überall reglose Körper. Die Überlebenden, die noch bei Bewußtsein waren, konnte man nur bedauern! Seit einem Tag lagen sie nun schon zwischen den Toten und fragten sich bestimmt, ob wohl jemals Hilfe kommen würde.

Magees Lazarett lag sehr weit vom ehemaligen Kampfgeschehen entfernt – genauso wie McManus gesagt hatte. Der Operationssaal war in einem alten Bauernhaus eingerichtet worden, worüber Julian sehr froh war; da drin konnte der Regen wenigstens nicht den Untergrund durchnässen. Als man ihn hineinführte, stellte er fest, daß sein Patient sogar in einem richtigen Bett lag, das sich in einem echten Schlafzimmer befand.

Ein gewisser Reginald Flowers hatte den Oberbefehl über das Lazarett und hieß Julian höflich willkommen. Er informierte ihn sogleich darüber, daß er ursprünglich vorgehabt hatte, den Arm abzunehmen, um die Schulter zu retten, da die Kugel zwischen mehreren großen Blutbahnen festsaß. Aber seine Krankenschwester, der er mittlerweile großes Vertrauen entgegenbrachte, habe beharrlich die Meinung vertreten, daß er – also Julian – eine derartige Verletzung behandeln könne, ohne den Arm amputieren zu müssen.

»Es ist ein großes Risiko …«, fuhr Flowers fort, »aber Rhiannon hat auch schon bei vielen anderen Sachen recht behalten … und sie hat gesagt, daß Hauptmann Halston nun zu Ihrer Familie gehört – als Mann Ihrer Cousine – und daß Sie diese Operation vornehmen könnten … und sie Ihnen schon früher bei ähnlichen Operationen assistiert hat.«

»Das stimmt.«

»Und der Mann ist tatsächlich mit Ihrer Cousine verheiratet?«

»Soweit ich gehört habe, ja.«

Daraufhin wies Flowers mit den Worten: »Ihr Patient, Doktor!« auf Halston, als ob die Tatsache, daß dieser mit Julians Cousine verheiratet war, eine Garantie dafür sei, daß Julian sein Bestes gab. »Wenn Sie ihn nun bitte untersuchen würden und mir dann sagen, ob der Arm tatsächlich zu retten ist«, fügte Flowers noch hinzu. Und zu Dr. McManus gewandt sagte er: »Vielleicht würden Sie einen Moment mit mir kommen, ich will Ihnen ein paar andere Patienten zeigen …«

Die beiden verließen den Raum, und Julian trat ans Bett des Verletzten. Der Mann, der dort vor ihm lag, war jung und gutaussehend, mit dunklem, lockigem Haar und besonders ausgeprägten Gesichtszügen. Aber er war sehr blaß, und seine Haut hatte schon einen gräulichen Ton angenommen – ein untrügliches Zeichen dafür, daß er bereits viel Blut verloren hatte. Glücklicherweise war er noch bei Bewußtsein und sah Julian mit seinen haselnußbraunen Augen unbeirrt an.

Obwohl er wahnsinnige Schmerzen haben mußte, gelang ihm ein kleines Lächeln, als er zu Julian sagte: »Sie sind also der jüngere Bruder – der Arzt. Wenn man mir

Alkohol gegeben hätte, würde ich glauben, Sie seien Ian, der hier ein bißchen den Doktor spielt.«

»Ich bin Julian, und ich bin tatsächlich Mediziner. Tut es sehr weh?«

Halstons Oberkörper war frei, aber man hatte die Schulter und den Arm bandagiert, wobei das Blut bereits durch den Verband sickerte. Vorsichtig begann Julian die Mullbinden zu entfernen.

»Ob es weh tut? Ja, wie der Teufel«, sagte Halston, der unter Julians Berührung zurückzuckte.

»Sie haben also meine Cousine geheiratet?« fragte Julian, während er sich das Gewebe um die Wunde herum genauer ansah.

»Ja.«

»Wie kam es denn dazu?«

Halston sah ihn fragend an und sagte dann: »Soll ich Ihnen jetzt darauf antworten oder lieber erst, wenn Sie mir die Kugel rausgenommen haben?«

Julian lächelte grimmig und sagte: »Lieber jetzt.«

Halston zuckte mit der gesunden Schulter und begann mit seiner Erklärung: »Sie hat militärische Informationen weitergeleitet, wurde dabei aufgegriffen und ins Alte Kapitol in Washington gesteckt – in das Gefängnis, wissen Sie. Sie hatte furchtbare Angst, daß einer von euch unerschrokkenen McKenzies kommen würde und Kopf und Kragen riskierte, um sie da rauszuholen. Vielleicht hatte sie auch Angst vor ihrem Vater, ich meine, wie er darauf reagieren würde. Aber da bin ich mir nicht so sicher. Auf jeden Fall wollte sie da raus.«

Julian war überrascht über die Aufrichtigkeit des Mannes, sah aber den Zusammenhang nicht und fragte verwundert: »Und deshalb hat sie Sie geheiratet?«

Halston senkte beinah verschämt den Kopf und entgegnete: »Rhiannon kam zu mir. Ich war eine Zeitlang mit Pinkerton – dem Mann, der den militärischen Geheimdienst organisiert – in der Stadt und gebe zu, daß ich dafür verantwortlich war, daß Sydney im Gefängnis gelandet ist.«

»Und *meine* Frau hatte auch etwas damit zu tun?«

»Nicht mit Sydneys Gefangennahme. Sie war ins Alte

Kapitol gegangen, um sich einen Mann mit einem entzündeten Fuß anzusehen, und da hat Sydney sie gebeten, ihr zu helfen. Danach ist Rhiannon zu mir gekommen, weil Ian bereits wieder auf dem Weg zu seiner Truppe war und Magee unter den gegebenen Umständen nichts tun konnte ...«

»Und Sydney hat Sie geheiratet und ist daraufhin freigekommen?«

»Sie hat außerdem schwören müssen, von ihrer Spionagetätigkeit Abstand zu nehmen.«

»Wollen Sie, daß meine Cousine in Washington bleibt?«

Halston lächelte gezwungen. »Captain, ich glaube, ich blute auch so schon genug, ohne daß Sie mir derart auf die Wunde drücken.«

»Es tut mir leid«, sagte Julian und zog die Hände zurück, als habe er sich verbrannt.

»Ich wünschte, sie bliebe dort«, nahm Halston den Faden wieder auf. »Nun, sagen wir, ich hoffe, das hier zu überleben, und dann ist es mir egal, wo ich mit ihr zusammensein kann. Aber eins sollten Sie wissen: Ich liebe sie und glaube, daß auch sie mich liebt. Sie ist nur so davon beseelt, auf der Seite der Rebellen zu kämpfen, daß sie es niemals zugeben würde.«

»Und Sie haben sie tatsächlich geheiratet?«

»Ja«, sagte Halston und sah Julian ganz offen an. Dann fragte er leise: »Sagen Sie mir jetzt, was Sie mit mir vorhaben?«

Julian lächelte wehmütig und sagte: »Ich werde versuchen, Ihren Arm – und Ihr Leben – zu retten.«

Die Kugel hatte das Schultergelenk gestreift und sich vor einer großen Arterie verkeilt. Der Oberarm war gebrochen. Aber da der Arm nicht sonderlich geschwollen war, konnte man davon ausgehen, daß es sich um einen glatten Bruch handelte. Die Verletzung war der von Jerome ziemlich ähnlich. Rhiannon wußte wirklich, wovon sie sprach. Die Einschußstelle machte das Herausnehmen der Kugel genauso gefährlich wie eine Amputation.

»Ich zähle auf Sie«, entgegnete Halston.

Als Julian im Augenwinkel sah, daß jemand in die Tür

trat, blickte er auf. Da stand Rhiannon, müde und erschöpft, hielt sich aber immer noch ganz gerade und war majestätisch schön – in ihrer elenden Witwentracht; wo sie doch gar keine Witwe mehr war, sondern seine Frau. Sein Herz begann zu rasen. Am liebsten hätte er sie gepackt und geschüttelt und gefragt, warum sie ihn verraten hatte. Aber er durfte sich jetzt nicht aufregen, er brauchte ruhige Hände.

Deshalb setzte er sich nur ganz aufrecht hin und fragte scharf: »Was willst du denn hier?«

Mit erhobenem Kinn antwortete sie: »Ich arbeite hier, seit Jesse eingeliefert wurde, und bin froh, daß ich nicht mehr draußen in einem der Lazarettzelte stehen muß. Ich werde dir assistieren ...«

»Nein.«

»Aber, Julian ...«, entgegnete sie völlig entgeistert.

»Ich will nicht mit dir arbeiten!«

»Ist das hier schon der erste Ehekrach?« ließ sich Jesse von seinem Bett aus vernehmen. Aber die beiden reagierten gar nicht darauf.

»Raus mit dir, Rhiannon, das ist mein Ernst«, sagte Julian wütend.

»Julian, verdammt noch mal ...«

»Ja, verdammt, ich bin vielleicht ein Kriegsgefangener, aber das heißt noch lange nicht, daß ich mit dir arbeiten muß, wenn ich es nicht will.«

»Julian, ich gehe nirgends hin, ich ...«

»Gut, aber ich arbeite nicht mit dir.«

»Julian, du verstehst das nicht ...«

»Doch, das tue ich. Du bist eine verräterische Hexe. Man hat mich gleich vor dir gewarnt.«

»Julian, bitte!«

»Wenn ihr beiden nichts dagegen habt, aber ... Doc, das tut wirklich höllisch weh. Ich meine, es tut richtig weh.«

Julian wurde klar, daß er sich nun wohl zusammenreißen mußte. Halston brauchte dringend Hilfe, denn er hatte schon zuviel Blut verloren. Sie mußten sofort operieren, und wenn er ehrlich war, brauchte er Rhiannon dazu. Niemand hatte eine so ruhige Hand wie sie. Also schluckte er seinen Zorn hinunter und preßte zähneknirschend hervor:

»Hol zwei Sanitäter und bring Äther mit. Ich gehe davon aus, daß die Unionsarmee hier über Äther verfügt.«

»Es ist schon alles vorbereitet. Die Männer warten draußen«, entgegnete Rhiannon. »Da vorne auf dem Tisch findest du, was du brauchst.«

»Schön.«

»Ich will kein Betäubungsmittel ...«, ließ sich nun wieder Halston vernehmen.

»Glauben Sie mir, Sir, Sie werden es brauchen!« sagte Julian, als zwei kräftige Sanitäter hereinkamen, um den Patienten festzuhalten. Dr. McManus und Dr. Flowers, die ihre kurze Visite beendet hatten, folgten ihnen, um der Operation beizuwohnen. McManus narkotisierte Halston mit dem Äther. Julian bat Rhiannon, ihm die jeweils benötigten Instrumente zu reichen, sagte ihr wo und wann sie Druck ausüben und wann sie mit ihren grazilen, ruhigen Fingern eine Ader zuhalten sollte. Sie arbeitete schnell, und jeder Griff saß. Sie wußte ganz genau, was er als nächstes brauchte. Es war einfach zu schön, um wahr zu sein, daß er wieder mit ihr arbeiten durfte. Manchmal berührten sich ihre Finger, und die ganze Zeit hatte er ihr liebliches Rosenparfüm in der Nase.

Die Operation war ziemlich langwierig. Als Julian die Patrone schließlich aus Halstons Arm entfernt hatte, wunderte er sich, daß der Knochen nicht noch mehr in Mitleidenschaft gezogen worden war – derart deformiert war die Kugel. Auch die Blutung konnte schließlich gestoppt werden. Die Wunde wurde vernäht und der Arm geschient.

Als das Schlimmste hinter ihnen lag, wurde sich Julian plötzlich seines schäbigen Äußeren bewußt: Seine Uniform war kaum noch mehr als ein Fetzen, seine Haare brauchten dringend einen Haarschnitt, und er war immer noch nicht rasiert. Er wünschte, daß all die anderen Leute nun endlich gingen, weil er mit Rhiannon allein sein wollte, um ihr klarzumachen, daß sie ihn zwar ausgetrickst, aber dennoch geheiratet hatte und es sich dabei nicht um eine Angelegenheit handelte, aus der man einfach wieder herauskam ... Aber er war jetzt nun mal nicht mit seiner Frau allein, sondern von Yankees umzingelt.

Als man Jesse verbunden hatte, schlief dieser immer noch, da McManus ihm wirklich eine ordentliche Portion Äther verabreicht hatte.

»Interessante Vorgehensweise«, sagte McManus zu Julian, als dieser sich die Hände wusch, »aber man kann es nur machen, wenn die Blutgefäße richtig gehalten und abgedrückt werden.«

»Das stimmt«, entgegnete Julian und sah dabei anerkennend zu Rhiannon.

»Sie haben auch nach einem frischen Schwamm verlangt.«

»Ja, ich bin davon überzeugt, daß die Infektionen sich durch mehrmals benutztes Material von Patient zu Patient ausbreiten.«

»Aber wie kriegen Sie es hin, ständig frisches Verbandsmaterial und Schwämme zu ...«

»Ich glaube wirklich, daß es Leben rettet.«

»Nehmen Sie einen Drink, Sir?« fragte Flowers und wies auf den Flur vor dem Schlafzimmer.

Das Angebot ablehnend, schüttelte Julian den Kopf und sah Rhiannon an, als er sagte: »Dr. Flowers, ich möchte lieber gleich zu Dr. McManus' Feldlazarett zurückkehren. Es gibt dort noch so viel zu tun. Sie bringen nach wie vor Verwundete vom Schlachtfeld, und ich kann den Yankees noch nicht einmal einen Vorwurf daraus machen, daß sie die Rebellen zum Schluß bringen.«

Flowers nickte und entgegnete: »Wie Sie wünschen, ich verstehe Ihre Beweggründe durchaus.«

Julian sah noch einmal seiner Frau in die Augen und wandte sich dann zum Gehen.

Da rief sie ihm mit fester Stimme nach: »Julian!«

Als er sich zu ihr umdrehte und sah, daß sie ihm gefolgt war, mußte er ein Höchstmaß an Selbstbeherrschung aufbringen, um dem Bedürfnis zu widerstehen, die Arme nach ihr auszustrecken, sie zu packen und zu schütteln, im Arm zu halten, sie auszuschimpfen, um dann hier auf der Stelle, direkt auf dem Fußboden, mit ihr zu schlafen.

»Julian, du bist wirklich ziemlich dickköpfig, sogar für jemanden, von dem man Sturheit gewohnt ist ...«

»Ich bin ein starrköpfiger Kriegsgefangener, wenn du nichts dagegen hast.«

»Verdammt, Julian. Ich mußte es tun!«

Was für eine Frau! In ihr pulsierte das Leben, ihre smaragdgrünen Augen sprühten Funken, und aus ihrer Stimme klang so viel Leidenschaft; und in jeder ihrer Bewegung lag eine ungeheuere Grazie. Am liebsten wäre er mit seinen Fingern zärtlich die Konturen ihres Gesichts nachgefahren. Wenn er noch einen Schritt auf sie zuginge, könnte er wieder den aufregenden, ganz eigenen Duft ihrer Haut riechen ...

Doch nicht hier und nicht jetzt. Flowers und McManus hatten sich zwar so weit wie möglich in den hinteren Teil des Schlafzimmers zurückgezogen, damit er und Rhiannon ein paar Sätze unter vier Augen wechseln konnten, aber sie waren doch nicht allein.

»Julian, ich hatte wirklich keine andere Wahl!«

»Das sagt sich so leicht. Aber wärst du auch bereit, mit mir die Gefängniszelle zu teilen?«

»Hier wartet noch Arbeit auf mich.«

»Wie sagtest du noch gleich in der Kirche? Du wolltest mich lieben, ehren und mir gehorsam sein? Nun, ich verbiete dir, hierzubleiben!«

»Ich muß hier noch arbeiten, Julian. Aber du könntest doch bei Dr. Flowers bleiben ...«

»Damit wir tagsüber zusammenarbeiten, und man mich nachts in Ketten abführt? Oder hattest du vor, hier einen Haushalt einzurichten? Vielleicht in einem kleinen ausgebombten Bauernhaus am Rande der Stadt, wohin sich der Doktor und sein liebendes Eheweib jeden Abend zurückziehen können?«

»Julian, wir haben nun einmal Krieg ...«

»Ja, das habe ich auch schon mitbekommen«, entgegnete er und sah sie einen Moment lang durchdringend an, bevor er fragte: »Also, bekommst du nun ein Kind oder nicht?«

Sie erstarrte und als sie ihm antwortete, verdeckten ihre langen Wimpern ihre immergrünen Augen. »Mir ist durchaus bewußt, Julian, daß ich nicht deinem Idealbild einer Ehefrau entspreche. Aber ich habe vorgestern morgen nur versucht, an deine Südstaatenehre zu appellieren, um dich zu retten – und da war mir jedes Mittel recht.«

»Ah, schade aber auch, daß du dabei selbst in die Falle gegangen bist, und das ganz umsonst.«

»Ich sitze nicht in der Falle …«

»Doch. Ich bin ein Gefangener, und du hast mich geheiratet – wenn auch gegen deinen Willen.«

»Julian, das ist ein ganz lächerlicher Streit. Du bist Arzt und rettest Leben, und wir arbeiten außerordentlich gut zusammen, und das hat überhaupt …«

»Doch.«

»Julian …«

»Ich behaupte nicht, daß ich hellsehen kann, aber ich sehe nichts Gutes darin, mit dir zusammenzuarbeiten. Wenn du also nichts dagegen hast, gehe ich jetzt.«

Und mit diesen Worten ließ er sie stehen – schon nicht mehr ganz so sicher, ob er vernünftig gehandelt hatte. Womöglich würde er sich später tausendmal dafür schelten, nicht jede noch so geringe Chance ergriffen zu haben, um mit ihr zusammenzusein. Aber, nein, er konnte nicht mit ihr arbeiten, jedenfalls nicht hier und unter diesen Bedingungen. So verließ er das Bauernhaus, und Rhiannon versuchte auch nicht mehr, ihn aufzuhalten.

Die folgenden beiden Tage verbrachte Julian damit, zusammen mit einigen Yankee-Soldaten die Schlachtfelder abzugehen und nach Überlebenden zu suchen. Am Anfang fanden sie noch relativ viele. Sie wurden von ihm vor Ort so gut wie möglich versorgt und dann ins Feldlazarett gebracht. Gegen Ende des zweiten Tages lagen auf dem sogenannten Feld der Ehre aber fast nur noch Tote. Während sie von Körper zu Körper gingen und schon gar nicht mehr überrascht waren, bei keinem mehr den Puls zu fühlen, entdeckte Julian die Männer mit den Kameras.

»Was machen die denn da?« fragte er Robert Roser, der ihm als Bewacher zugeteilt worden war. Roser war ein guter Mann, und Julian mochte ihn irgendwie. Außerdem war er mehr als ein Meter achtzig groß und so breitschultrig wie ein Bär.

»Oh, die da sind von *Harpers*. Sie wissen schon, das Zeitschriftenmagazin.«

Julian blieb stehen und beobachtete die Männer, die Aufnahmen von den Toten machten – meist von getöteten Rebellen.

»Doc«, hörte er da Roser hinter sich. »Das ist nun mal so, wenn eine Seite gesiegt hat. So viele erfolgreiche Schlachten hatten wir bisher auch nicht. Die Leute daheim wollen das sehen.«

Ja, die Zeitungen im Norden würden sich bestimmt darum reißen, Fotos von Gettysburg abzudrucken. Aber hielten sie es wirklich für angebracht, Frauen und Kindern diese schrecklichen Bilder vor Augen zu führen? Angewidert wandte sich Julian ab, hielt dann aber inne, als er hörte, wie der Fotograf zu seinem Assistenten sagte, er solle die Leichname anders arrangieren, damit es noch grotesker aussähe.

Als Julian sich wieder zu den beiden umdrehte, hatte der Assistent gerade damit begonnen, die toten Soldaten herumzuzerren.

»Man sollte sie davon abhalten«, sagte Julian, und einer der Männer, die ihm halfen, ein gewisser Jim Brandt aus Neuengland, spuckte verächtlich auf den schlammigen Boden, bevor er ihm entgegnete: »Ja, eigentlich schon, aber, zum Teufel, die kommen von *Harpers*. Man erwartet von uns, daß wir sie machen lassen.«

»Sie entehren die Toten!«

Plötzlich hörten sie ein Stöhnen.

»Verdammt, da lebt noch einer!« entfuhr es Julian. Dicht gefolgt von Roser, ging er mit großen Schritten dorthin, wo der Assistent mit den Leichen beschäftigt war. Der Fotograf, ein etwa dreißigjähriger Mann mit breiten Koteletten und einem schmierigen Grinsen, beachtete das Stöhnen überhaupt nicht. Statt dessen hob er den Vorhang seiner Kamera und blickte durch den Sucher, während er seinem Assistenten die Anweisung gab, einen der Soldaten etwas weiter nach rechts zu bewegen.

»Nein, nein, nein!« schrie er dann wütend und kam hinter der Kamera hervor. »So krieg ich sein Gesicht nie drauf, und gerade auf den Ausdruck seiner Augen kommt es doch an!«

Die Toten konnten sich nicht mehr wehren, aber auch der Verletzte nicht – wo immer er auch sein mochte. Wieder war das Stöhnen zu hören, aber der Fotograf ignorierte es auch weiterhin. Und so plazierte sich Julian direkt vor der Kamera des Mannes, als der gerade wieder eifrig hindurchsah. Abermals kam dieser hinter dem Vorhang hervor und richtete sich auf. Dann ließ er mit erhobener Augenbraue seinen Blick über Julians abgetragene, schlammbeschmierte Konföderiertenuniform gleiten und sagte: »Gehen Sie mir aus dem Weg, Mann!«

»Hier liegt irgendwo noch ein Verletzter, und Sie gehen mir jetzt besser aus dem Weg.«

Der Fotograf lachte laut auf und fragte die umstehenden Yankees: »Laßt ihr hier etwa einen Rebellen die Befehle geben, Jungs?«

»Nehmen Sie jetzt Ihre Leute und verschwinden Sie«, entgegnete statt dessen Julian. »Hier liegt noch ein Verletzter, den wir finden müssen.«

Wieder war das Stöhnen zu hören. Julian, der diesmal ungefähr lokalisieren konnte, woher der Laut kam, drehte sich um und stellte fest, daß es einer der vermeintlichen Toten sein mußte, die der Assistent des Fotografen für die perfekte Aufnahme in Position bringen sollte.

»Da, dieser Mann lebt noch«, sagte Julian, wies mit dem Finger auf einen Soldaten und sah dabei Robert Roser an.

»Lassen Sie ihn bloß, wo er ist. Er ist der Feind und in einer Stunde sowieso tot!«

Diese Worte kamen vom Fotografen und entfesselten in Julian einen wahren Sturm der Entrüstung. Er kam mit einer derart bedrohlichen Haltung auf den Fotografen zu, daß dieser wachsweiß im Gesicht wurde und erschrocken zurückwich. Aber nicht schnell genug.

Schon stand Julian vor ihm, fest wie ein Fels, und der Fotograf holte weit aus, um ihm eine zu verpassen. Julian duckte sich kurz, richtete sich sofort wieder auf und versetzte dem Fotografen nun seinerseits einen kräftigen Kinnhaken. Da kam auch schon der Assistent des Fotografen herbeigeeilt und stürzte sich auf Julian. Während Julian sich mit ihm prügelte, rappelte sich der Fotograf wieder auf und versuchte abermals, Julian eine zu verpassen. Aber in dem Augenblick drehte sich Julian weg, und der Fotograf erwischte seinen eigenen Assistenten.

Blitzartig drehte sich Julian wieder zu den beiden um, packte den etwas benommenen Assistenten am Kragen und stieß ihn in den Matsch. Noch einmal versuchte der Fotograf sein Glück, aber Julian wich ihm geschickt aus, und der Mann ging durch die Schwungkraft seines eigenen Schlages zu Boden. Mittlerweile war der Assistent wieder auf die Beine gekommen und half seinem Chef aufzustehen; woraufhin sie gemeinsam auf Julian losgingen. Eine geballte Faust traf ihn im Gesicht, aber das nahm er kaum wahr. Statt dessen verpaßte er dem Assistenten noch einmal eine so schwungvolle Rechte, daß dieser schreiend zu Boden ging. Mit dem Mut der Verzweiflung sprang der Fotograf Julian nun von hinten an und schrie: »Ich bringe Sie dazu, daß Sie Scheiße fressen!«

Beide stürzten sie rückwärts in den Schlamm, aber Julian rollte sich rasch ab und war sogleich wieder auf den Beinen. Blitzschnell drehte er sich zum Fotografen um und nahm ihn, als der gerade wieder aufstehen wollte, in den Schwitzkasten. Im Schlamm kniend drückte Julian ihm rasend vor Wut den Unterarm an die Kehle, so daß der Fotograf Mühe hatte, Luft zu bekommen. Julian war so außer sich, daß er den Kerl am liebsten erwürgt hätte.

»Julian, Julian ... Doc!« hörte er da jemand entsetzt hinter sich rufen und lockerte den Griff. Es war Robert Roser, der nun hinter ihm stand, ihm aufhalf und rasch zurückzog.

Langsam erhob sich auch der Fotograf, wobei er den Yankees zuschrie: »Was ist eigentlich mit euch los, Jungs? Ihr seid ein Haufen elender Feiglinge! Wie könnt ihr es zulassen, daß mich dieses Rebellenschwein einfach so angreift?«

»Hier sind keine Feiglinge«, entgegnete da Jim Brandt kalt. »*Wir* haben hier gekämpft, und viele von *uns* sind hier gestorben. Und *du* läßt jetzt deine dreckigen Finger von den Toten, ist das klar?«

»Ich hab' doch die gefallenen Yankees überhaupt nicht angerührt ...«

»Und mit den Rebellen machst du das auch nicht!« schnitt Brandt ihm das Wort ab. »Das waren keine Aasgeier so wie du.«

Ohne Brandt etwas darauf zu erwidern, drehte sich der Fotograf zu seinem Assistenten um, der sich gerade umständlich den Schmutz von den Kleidern wischte, und sagte zu ihm: »Komm, laß uns hier verschwinden, wir finden schon noch ein anderes Motiv – ein besseres!« Dann drehte er sich wieder zu Brandt um, erhob drohend einen Finger gegen ihn und schrie: »Das werde ich melden. Darauf können Sie Gift nehmen!«

Als der Fotograf wutentbrannt davonstapfte, spuckte Brandt wieder verächtlich in den Schmutz und rief ihm nach: »Schweinehund, es wird dir noch leid tun, daß du den Verletzten ignoriert hast!«

Julian sah zuerst ihn und dann Roser und die anderen Yankees, die hinter den beiden standen, erstaunt an. Das mußte die Allgegenwärtigkeit des Todes bewirkt haben, dachte er. Wahrscheinlich hatten sie alle schon zuviel gesehen, daß es ihnen egal war, ob dieser Fotograf ihnen schaden konnte. Schließlich sagte Julian, der nun wieder Herr seiner selbst war, schlicht: »Danke.«

Brandt grinste: »Wissen Sie, am liebsten hätte ich ihm selbst eine verpaßt!«

»Das hat sicher noch ein Nachspiel«, bemerkte Roser. »Bestimmt rennt er zu den Offizieren, und dann wird er in seinem Artikel davon berichten, daß wir unsere Rebellengefangenen mit Glacéhandschuhen anfassen.«

»McKenzie, ich schwöre Ihnen, wir sind nicht alle so wie dieser Kerl«, sagte Brandt.

»Das weiß ich. Machen Sie sich darum mal keinen Kopf, es gibt auf beiden Seiten schlechte Menschen«, entgegnete Julian wehmütig.

»Er hat eine Abreibung verdient«, erklärte Roser aufgebracht.

Dann hörten sie abermals das Stöhnen, und Julian sagte: »Roser, Brandt ... kommen Sie her und helfen Sie mir.«

Mit diesen Worten ging er zu den übereinanderliegenden toten Soldaten, deren Uniformen samt und sonders von oben bis unten mit Schlamm verschmiert waren. Schnell fühlte er allen den Puls und fand schließlich einen, der noch lebte.

»Nach diesen beiden Tagen ist das ein wahres Wunder!« sagte er zu Roser und Brandt und den anderen, die mittlerweile herbeigeeilt waren.

»Wir holen die Tragbahre«, erboten sich zwei Gefreite.

Man konnte sich nur ganz langsam über das ehemalige Schlachtfeld bewegen, zum einen, weil man bei jedem Schritt im Schlamm steckenblieb, zum anderen, weil man ständig toten Soldaten und verendeten Tieren ausweichen mußte. Die Union hatte zwar schon damit begonnen, die Toten aufzunehmen und wegzuschaffen, aber es waren ihrer so viele, daß es sicher noch einige Zeit dauern würde, bis das Feld geräumt war. Die Bundesregierung hatte Anweisung gegeben, die Daten der Verstorbenen peinlichst genau aufzuzeichnen, um festzustellen, wer von ihnen einen entsprechend hohen Dienstgrad innegehabt hatte, so daß man seinen Leichnam nach Hause transportieren mußte, damit er im Kreise der Familie beigesetzt werden konnte. Die Mannschaftsdienstgrade und niederen Offiziere wurden vor Ort beerdigt, und diejenigen, deren Identität nicht mehr festzustellen war, verscharrte man in Massengräbern.

Nur wenige hatten diese Schlacht überlebt ... so wie der arme Kerl, den sie nun bargen. Julian versuchte, seine Verletzungen festzustellen, und obwohl der Mann kaum mehr bei Bewußtsein war, war er nicht besonders schwer verletzt: eine Platzwunde am Hinterkopf, wahrscheinlich von einem Gewehrkolben, als dem Gegner die Kugeln ausgegangen waren. Dann hatte er sich aufgrund der verheerenden Zustände auf dem Schlachtfeld noch Fieber zugezogen.

Roser, der neben Julian stand, sagte: »Wie sieht's aus, Sir, ist es nun ein Rebell?«

Julian blickte zu ihm hoch und entgegnete: »Nein, kein Rebell. Er ist überhaupt nicht, wofür wir ihn gehalten haben.«

»Was meinen Sie denn damit? Sollten wir die Jungs von *Harpers* wieder herholen, um ihnen zu zeigen, daß sie einen Yankee hätten krepieren lassen?«

»Ja, zum einen das und weil sie die eigentliche Story verpaßt haben.«

»Wie bitte?«

»Es ist kein Rebell und auch kein Er, sondern eine Sie.«

19.

Neben der Verletzung am Kopf hatte die Frau sich auch noch fünf Kugeln zugezogen. Erstaunlicherweise hatte keine ein lebenswichtiges Organ getroffen, und es war kein Knochen gebrochen. Obwohl sie nicht mehr bei Bewußtsein gewesen war, als man sie ins Lazarett brachte, erwachte sie kurz nachdem Julian ihr die letzte Kugel – eine in der Wade – herausgeholt hatte. Eiskalte Kompressen und das Chinin, das er ihr verabreichte, senkten bald das Fieber.

Nach der Operation hatte eine der Krankenschwestern – eine rundliche, gemütliche Frau – sie mit einem Waschlappen abgerieben, ihr ein sauberes Nachthemd angezogen und dann ihr Haar gewaschen. Jetzt sah man, daß sie sehr jung und hübsch war, und als Julian später nach ihr sah, überschüttete sie ihn mit Dankbarkeit.

»Sie haben mich einfach allein gelassen! Alle rannten nur weg. Aber Sie ... Sie sind doch ein Rebell, nicht wahr?« fragte sie erstaunt.

Er lächelte und befühlte ihre Stirn. Das Fieber war deutlich gesunken. Manchmal waren Jugend und der Wille zu leben viel wichtiger als sonst irgendwelche Faktoren.

»Ich bin ein Rebell«, antwortete er dann, »und Sie haben ganz schön viel Glück gehabt, junges Fräulein. Es ist ein Wunder, daß Sie noch am Leben sind. Was haben Sie eigentlich in Uniform gemacht?«

»Gekämpft.«

»Hassen Sie die Rebellen denn so sehr?«

Sie schüttelte den Kopf und lächelte ihn ganz lieb an, während ihre großen blauen Augen auf seinem Gesicht ruhten. »Ich hatte nur nichts mehr zu verlieren. Das ist alles. Meine Mutter starb, als ich drei Jahre alt war. Mein Vater fiel im Krieg, und dann erhielt auch mein Bruder seinen Einberufungsbescheid ... Da wir unsere Rechnungen schon vorher nicht mehr zahlen konnten, verloren wir die

Farm, und da bin ich eben mit Hank – das war mein Bruder – zur Armee gegangen. Er wurde in Virginia getötet. Ich weiß nicht einmal mehr, wie die Schlacht hieß. Aber bis dahin hatten mich die Männer akzeptiert ... einige wußten, daß ich eine Frau bin, aber sie haben sich um mich gekümmert und auf mich aufgepaßt, weil ich Hanks Schwester war und er so ein anständiger Kerl gewesen ist.«

»Jetzt wird aber nicht mehr gekämpft«, sagte Julian zu ihr.

»Was soll ich denn sonst machen?« fragte sie mit großen, unschuldigen Augen. »Brauchen Sie vielleicht eine Krankenschwester? Ich könnte doch mit Ihnen arbeiten, Sir.«

»Ich bin als Gefangener hier und, wie Sie schon ganz richtig bemerkt haben, ein Rebell. Aber Sie können trotzdem mit den Kranken arbeiten. Ich werde Dr. McManus bitten, Ihnen einen Aufgabe zuzuteilen, wenn Sie wieder auf dem Damm sind.«

»Und wo werden Sie sein?«

»Im Gefängnis.«

Sie lächelte, weil sie seine Worte wohl für einen Scherz hielt. Dann erklärte sie: »Ich bin Sam Miller, das heißt Samantha Miller. Ich denke, ich kann mich jetzt wieder so nennen.«

»Und ich bin ...«

»Dr. Julian McKenzie. Ich habe nach Ihrem Namen gefragt. Außerdem reden jetzt alle von Ihnen.«

Julian, dem es unangenehm war, daß er mit seiner Aktion so viel Wirbel verursacht hatte, sagte schnell: »Ich muß jetzt gehen, Samantha.«

»Ich weiß. Man will nicht, daß dieser Kerl von *Harpers* irgendwelche Strafverfolgungsmaßnahmen gegen Sie einleitet und Sie sich womöglich in irgendeiner Gefängniszelle aufhängen. Aber, Sir, Sie haben mir das Leben gerettet, und ich werde Sie schon wiederfinden.«

»Sam, das ist nicht nötig ...«

»Doch, ich denke schon.« Ihre Augen nahmen einen traurigen Ausdruck an, als sie sagte: »Ich liebe Sie.«

Julian war sehr verwundert und zögerte mit der Antwort, da er ihre Gefühle nicht verletzten wollte, obwohl er ihre Reaktion den besonderen Umständen zuschrieb. Schließlich sagte er: »Sam, das ist ja wirklich reizend. Und wenn ich gewußt hätte, daß sich jemals ein Soldat in mich verliebt, hätte ich darum gebetet, daß Sie es sind. Aber, wissen Sie, ich habe schon eine Frau.«

Sam schnaubte verächtlich: »Das hab' ich auch schon gehört, und sie hat Ihnen eine Falle gestellt. Diese Hexe hat Sie gar nicht verdient. Ich würde alles für Sie tun!«

»Wenn Sie etwas für mich tun wollen, Sam«, entgegnete Julian nun ganz ernst, »dann überleben Sie diesen Krieg! Okay? Und wenn Ihnen das gelingt, kommen Sie uns doch besuchen. Wir haben eine große Plantage außerhalb von Tampa, in Florida!«

»Ich werde Sie schon finden«, sagte sie jetzt wieder lächelnd.

»Passen Sie gut auf sich auf, Sam«, sagte Julian und gab ihr zum Abschied die Hand. Dann erhob er sich von der Kante ihres Bettes und sah noch schnell nach einigen anderen Patienten. Erstaunt stellte er dabei fest, daß es ihm ein wenig leid tat, weggehen zu müssen. Aber da kam auch schon Roser zu ihm.

»Sie können sich nun ein wenig am Bach frisch machen. Brandt und ich eskortieren Sie danach zu einer anderen Unterkunft.«

»Ich danke Ihnen, Roser«, sagte Julian.

»Schade, daß Sie uns verlassen, Sir.«

»Ob Sie's nun glauben oder nicht, mir tut es auch leid.«

»Zum Teufel, wer hätte ihn denn sonst stoppen sollen?« schimpfte einer der Verwundeten, die gerade von Rhiannon betreut wurden. »Sie haben erzählt, daß dieser Kerl die Toten rumgeschleppt hat, um das Schlachtfeld noch grausiger aussehen zu lassen. *Noch grausiger,* das muß man sich mal vorstellen! Als ob es nicht so schon schlimm genug gewesen wäre! Es heißt, daß der Rebellendoktor ihm beinah den Unterkiefer gebrochen hätte.«

Als der Begriff »Rebellendoktor« fiel, richtete sich Rhiannon, die gerade den Verband des Soldaten überprüfte, der eine Bajonettverletzung davongetragen hatte, auf und fragte: »»Und was ist mit dem Rebellendoktor passiert?«

Der Name des Soldaten war Axel Smith. Er war noch jung und gehörte der zwanzigsten Kompanie von Maine an. Als er nicht gleich antwortete, insistierte Rhiannon: »Was ist mit dem Arzt passiert?«

Der Soldat grinste breit und entgegnete: »Nun, Ma'am, das weiß ich auch nicht, ich bin doch die ganze Zeit hier gewesen.«

Mit einem harschen »Corporal Smith!« versuchte Rhiannon sein Gedächtnis wieder aufzufrischen beziehungsweise ihm klarzumachen, daß sie an seinen Spielchen nicht interessiert war.

Das zeigte Wirkung, und der Soldat fuhr fort: »Scheinbar haben er und ein paar andere auf dem Schlachtfeld nach Überlebenden gesucht, als sie auf die Fotografen trafen, die gerade dabei waren, die Toten herumzuzerren.« An dieser Stelle hielt der junge Mann inne, um ihre Reaktion abzuwarten.

Derartige Geschichten breiteten sich nach einer Schlacht meist aus wie ein Lauffeuer. Die Männer, die Rhiannon behandelt hatte, wußten, wer sie war und auch, daß sie es gewesen war, die den Rebellendoktor in die Falle und damit in die Gefangenschaft gelockt hatte, wobei sie ihn heiraten mußte. Daß sich die beiden vorher schon gekannt hatten und beide aus Florida stammten, machte die Geschichte nur noch interessanter.

»Bitte erzählen Sie weiter«, sagte Rhiannon, die ihre Ungeduld kaum bezähmen konnte.

»McKenzie vertrat diesem Fotografen den Weg, sagt man. Außerdem hat mir jemand erzählt, daß der Fotograf zuerst gegen ihn ausholte. Aber dann hat Ihr Ehemann in plattgemacht, Ma'am, und es gab keinen einzigen Yankee-Soldaten, der dabei war und dem es um den Fotografen leid getan hätte. Schließlich stellte sich heraus, daß einer der Soldaten, die sie da hin- und hergedreht haben, noch am Leben war und daß es sich um eine junge Frau handelte.«

»Eine Frau!« entfuhr es Rhiannon.

»Das wäre nicht das erste Mal, Ma'am, daß sich eine Frau verkleidet hat, um in diesem Krieg mitzukämpfen. Ehefrauen und sogar Geliebte haben Uniformen angezogen, um bei ihren Männern zu sein, Schwestern haben ihre Brüder begleitet, und dann gab es auch hier und da ein richtig wütendes Fräulein, das der gegnerischen Seite selbst eins auf die Mütze geben wollte. Manchmal sehen Sie ja auch ganz junge Bürschchen, bei denen jeder weiß, daß sie bestimmt noch nicht achtzehn sind, obwohl man ja mindestens so alt sein muß, bevor man in die Armee aufgenommen wird. Die schreiben dann einfach die Zahl achtzehn auf ein kleines Stück Papier, stecken es sich in den Schuh und können dann behaupten, sie seien *über achtzehn*. Viele Leute haben sich eine ganze Menge einfallen lassen, um an diesem Krieg teilzunehmen. Sie wollen einfach irgendwie helfen. Nun, da brauchen Sie doch nur mal sich selbst anzusehen.«

»Ich könnte einfach nicht ...«, fing Rhiannon an, brach dann aber mitten im Satz ab – schließlich gingen den jungen Mann ihre Beweggründe gar nichts an.

»Sie könnten einfach keinen Südstaatler erschießen, Ma'am, weil Sie eine von ihnen sind«, erklärte ihr Axel Smith mit seiner einfachen Logik.

»Vielleicht.«

»Sie bringen Dr. McKenzie hier weg, wissen Sie. Denn es wird einen Riesenwirbel geben, weil ein Kriegsgefangener es gewagt hat, einem Typ von *Harpers* eins auf die Glokke zu geben.«

»Was soll das heißen? Ich meine, was geschieht nun mit Dr. McKenzie?«

»Er kann auf jeden Fall nicht mehr hierbleiben.«

Das überlaß mal lieber Julian, dachte Rhiannon und tat einen Moment lang so, als sei sie ganz besonders mit dem Verband beschäftigt, der aber eigentlich auch so schon perfekt saß. Aber sie hatte große Angst um Julian und wollte das durch ihre übertriebene Aktivität vor dem Soldaten verbergen. Was hatte Julian denn nun wirklich getan, wie schlimm würde man das aufnehmen, was würden sie mit ihm machen? Und warum machte sie sich eigentlich Gedanken darüber? Obwohl er Himmel und Hölle in Bewegung gesetzt hatte, um sie zu heiraten, war seine ablehnende Haltung ihr gegenüber ja wohl überdeutlich geworden – und sehr schmerzhaft für sie. Er wollte sie nicht, noch nicht einmal mit ihr arbeiten, sondern nur so schnell wie möglich weg von ihr.

Aber dennoch hatte er noch einmal betont, daß sie rechtmäßige Eheleute seien, und es stimmte auch, daß …

»Mrs. McKenzie«, riß Axel Smith sie aus ihren trüben Gedanken, sah ihr freundlich in die Augen und fuhr fort: »Wenn Sie ihn noch sehen wollen, sollten Sie sich jetzt aber beeilen, bevor man ihn hier wegbringt.«

Rhiannon richtete sich auf, nickte nur und eilte den Flur entlang und die Treppen hinunter. Vor der Eingangstür legte sie schnell ihren Krankenhauskittel ab, strich ihr Haar glatt und stürzte hinaus.

Wie immer war der mittlerweile völlig niedergetrampelte Rasen vor dem Haus mit verletzten Soldaten bevölkert, die darauf warteten, weggebracht zu werden oder neue Befehle zu erhalten. Überall brannten kleine Herdfeuer, und einige Männer spielten auf Instrumenten. Sanitäter und Krankenschwestern brachten ihnen Wasser oder Kaffee und versuchten damit, durch die vielen Menschen zu gelangen, die auf dem Boden lagerten.

Rhiannon war froh, daß sich auch Hauptmann Jesse Halston bei den Leuten dort draußen befand. Den geschienten Arm in einer Schlinge tragend, lehnte er am Stamm einer großen Eiche.

»Jesse!« rief sie und rannte auf ihn zu. »Jesse, ich habe gehört …«

»Julian hat es diesem Mistkerl von *Harpers* aber richtig gezeigt.«

Sie hielt inne, als sie bemerkte, daß Jesses haselnußbraune Augen vor Freude darüber leuchteten, und hoffte inständig, daß es so schlimm nicht sein konnte, was Julian nun bevorstand. »Jesse …«

»Mach dir keine Sorgen, Rhiannon«, sagte er und lächelte zuversichtlich. »Auch unsere eigenen Leute hätten diesem Kerl am liebsten eine Abreibung verpaßt. Glaubst du etwa, daß den Generälen gefallen hätte, was die von *Harpers* da veranstaltet haben? Sie werden es bestimmt nicht zulassen, daß Julian gehängt oder erschossen wird ...«

»Gehängt oder erschossen!« rief Rhiannon entsetzt.

»Sie bringen ihn in Sicherheit, Rhiannon«, sagte Jesse beschwichtigend.

»Wohin?«

»Wohin wohl? Sie bringen ihn natürlich ins Alte Kapitol. Wenn du ihn vorher noch einmal sehen willst, solltest du dich beeilen. Kannst du reiten? Dann nimm Talisman, den Wallach da drüben. Er ist mein Pferd und wirklich ein braves Tier. Er bringt dich zu Julian, falls er nicht schon weg ist.«

»Dank dir, Jesse.« Mit diesen Worten drehte sie sich auf dem Absatz um und zwang sich zunächst, mit Würde auf das Pferd zuzugehen, fing dann aber doch an zu rennen.

»Du mußtest dich natürlich mit ihm anlegen!« hörte Julian eine amüsiert klingende, tiefe männliche Stimme, als er in triefnassen Unterhosen am Bach beim Feldlazarett stand, nachdem er sich gerade im flachen Wasser ein wenig Erfrischung gegönnt hatte. Aber nun spürte er auf der bloßen, nassen Haut deutlich die Abendkühle, die die sommerliche Hitze des Tages vertrieb.

Er hatte die Stimme gleich erkannt und drehte sich nun grinsend zu Ian um. Dann ging er mit großen Schritten auf seinen Bruder zu, um ihn zu umarmen. Einen Augenblick drückten sie einander ganz fest, bevor Ian Julian ein wenig von sich weghielt und ihm in die Augen blickend sagte: »Es ist ein verdammt gutes Gefühl, zu wissen, daß wir beide noch am Leben sind.«

»Du hast mitgekämpft, nicht wahr?«

»Ja, aber nur noch ganz am Schluß. Man hatte uns ausgeschickt, um Jeb Stuart aufzuspüren.«

Julian ließ seinen Blick nachdenklich über die bewegte Wasseroberfläche schweifen und sagte dann: »Ich habe so hier und da was aufgeschnappt. Man erzählt sich, daß Jeb Lee schwer enttäuscht hat.«

»Nun, er hat nicht wie sonst Meldung von ihm bekommen, und dann war das auch noch Lees erste größere Schlacht ohne Stonewall Jackson.«

»Aber Meade hat Lee schließlich nicht nachsetzen lassen«, sagte Julian.

»Ja, ich weiß«, entgegnete Ian, und es war unüberhörbar, daß er die Entscheidung des Generals nicht nachvollziehen konnte. Ohne daß sie noch ein Wort darüber verlieren mußten, wußte Julian, daß Ian genau wie er einfach nur wollte, daß dieser Krieg endlich ein Ende nahm.

»Einen netten blauen Fleck hast du da«, sagte Ian dann und berührte die Stelle in Julians Gesicht, an der der Fotograf ihn erwischt hatte.

»Du solltest mal sehen, wie der andere aussieht!«

»Ich hab' schon davon gehört«, sagte Ian und atmete geräuschvoll aus. »Wir können einen Austausch arrangieren, weil du Arzt bist, aber es wird ein bißchen dauern.«

»Ian, du mußt mir nicht …«

»Doch, das muß ich. Wir haben die gleichen Eltern, erinnerst du dich? Vater und Mutter kommen sonst nach Norden und walken mich so richtig durch, wenn ich meinem kleinen Bruder nicht helfe.«

»Ian, sie haben uns noch nie verprügelt.«

»Das ist richtig, aber sie fangen bestimmt damit an, wenn sie herauskriegen, daß ich nicht mein möglichstes getan habe, um dich zu befreien – auch wenn deine neue Frau dich in diese Lage gebracht hat.«

»Das weißt du also auch schon!«

»Natürlich!«

»Hinters Licht geführt … von einer Frau. Das ist ziemlich demütigend, findest du nicht?«

»Julian …«, setzte Ian an, der Julians Meinung diesbezüglich nicht teilte, hielt dann aber einen Moment inne, da er nicht wußte, wie er ihm schonend beibringen sollte, was er darüber dachte. Schließlich sagte er einfach: »Sie hat dir damit wahrscheinlich das Leben gerettet. Magee hat mir von ein paar ganz erstaunlichen Dingen berichtet, die sich ereignet haben, während sie hierher unterwegs waren. Rhiannon kann wohl nicht wirklich hellsehen, aber manchmal hat sie so eine Art Eingebung. Und wenn sie so überzeugt davon war …«

»Egal, es ist nun mal passiert.«

Ian nickte und sagte, wieder auf das eigentliche Thema zurückkommend: »McManus tut es richtig leid, daß er dich verliert.«

»Ich habe auch sehr gut mit ihm zusammengearbeitet.«

»Sie bringen dich heute nacht zu einem Bauernhof, und morgen geht's los nach Washington. Sie wollen, daß dieser Kerl von *Harpers* denkt, daß sie dich heute schon abtransportieren.«

»Ich weiß.«

Ian grinste und sagte: »Ich hab' dir auch ein frisches Hemd mitgebracht.«

»Ian, ich bin ein Kriegsgefangener, keiner erwartet von dir …«

»Julian, jetzt schluck mal ein bißchen von deinem Stolz herunter. Es ist ein ganz simples weißes Baumwollhemd von zu Hause. Du kannst ja deine abgetragene Uniformjakke drüber anziehen.«

Julian nickte, nahm das Hemd und zog es über. »Danke«, sagte er dann mit etwas belegter Stimme zu Ian. »Ich habe versucht, mein altes zu waschen, aber ein paar von den Blutflecken gehen einfach nicht raus. Da war soviel Blut, Ian, so viele Tote. Lieber Gott, du kannst dir gar nicht vorstellen, wie sehr ich mir wünschte, daß dies die letzte Schlacht gewesen wäre.«

»Doch«, entgegnete Ian, »das geht uns allen so.«

Sie hörten Hufschlag, der sich näherte, und als sie in die Richtung blickten, aus der die Reiter zu kommen schienen, sahen sie Robert Roser und Jim Brandt mit einem dritten Pferd am Zügel auf sich zukommen. »Colonel, Sir!« salutierten die beiden vor Ian, der ihren Gruß erwiderte und dann zu Julian gewandt sagte: »Ich komme morgen früh noch mal vorbei, bevor du dich auf den Weg nach Washington machst. Versuch ein wenig zu schlafen. Die Politiker scheinen zwar außer sich über diese Angelegenheit, aber die Soldaten hier sehen in dir einen Helden, deshalb kriegst du heut' nacht auch ein richtig kuscheliges Bett.«

»Schön, Ian, dann bis morgen früh«, entgegnete Julian und ging auf das Pferd zu, das Jim Brandt für ihn mitgebracht hatte. Aber dann drehte er sich doch noch einmal zu Ian um und umarmte ihn. Er mochte ihn ja am nächsten Morgen sehen, aber dieser Krieg war trotzdem noch nicht zu Ende. Wer wußte schon, was bis dahin passierte? Dann stieg er aufs Pferd, da es Zeit wurde loszureiten, bevor es zu dunkel war.

Schnell hatte Rhiannon das Feldlazarett von McManus erreicht, saß ab und ging, sich nach Julian umsehend, über den mit Zeltplanen vor Regen und Sonne geschützten Vorplatz. Mit beiden Armen bahnte sie sich einen Weg durch die verletzten Männer, die dort warteten. Aber Julian schien nicht dazusein. Bestürzung ergriff ihr Herz, als sie ihn auch innerhalb des Zeltes nicht finden konnte. Am Ende befand sich ein mit Vorhängen abgeteilter Bereich.

Sie ging dorthin, hob den Vorhang und schlüpfte hindurch. Dahinter stand ein einzelnes Bett – ein richtiges Bett und nicht nur eine Pritsche, auf der die meisten Soldaten nach der Operation gepflegt wurden. Und in diesem Bett lag eine Frau – ein hübsches junges Mädchen, das einen harten Kontrast zu all den dreckigen und abgerissenen Soldaten bildete. In ihrem weißen Nachthemd und mit den rosigen Wangen sah sie richtig jungfräulich aus. Ihr kurzgeschnittenes, strohblondes Haar und ihre himmelblauen Augen unterstrichen diesen Eindruck nur noch.

Zu Rhiannons Erstaunen starrte das Mädchen sie regelrecht feindselig an, obwohl sich Rhiannon ziemlich sicher war, daß sie einander noch nie begegnet waren. Sie wußte natürlich, daß es sich bei dem Mädchen um den vermeintlichen Soldaten handelte, den Julian auf dem Schlachtfeld lebend geborgen hatte.

»Hallo, es scheint Ihnen ja schon wieder ganz gutzugehen«, sagte Rhiannon, den Blick des Mädchens ignorierend. »Haben Sie vielleicht Dr. McKenzie gesehen?«

»Sind Sie seine Frau?«

»Ich, äh, ja. Wissen Sie, wo er ist?«

»Nein, und wenn ich es wüßte, würde ich es *Ihnen* bestimmt nicht sagen.«

»Oh, wie darf ich denn das verstehen?«

»Sie wollten, daß er umgebracht wird.«

»Wie bitte?«

»Wenn ich wieder auf den Beinen bin, werde ich nach ihm suchen. Er sollte mit jemandem zusammensein, der sich um ihn kümmert«, sagte das Mädchen und strich sich über das Haar – wohl eine Verlegenheitsgeste, denn ihre streichholzkurzen Stoppeln konnten sie ja wohl kaum stören. »Dann werde *ich* mit ihm leben«, fuhr sie fort, »und es ist mir völlig egal, ob Sie sich von ihm scheiden lassen oder nicht. Er haßt Sie sowieso, hat er mir gesagt.«

Erstaunt sah Rhiannon die junge Frau an, die fast noch ein Kind war – und sich wohl deshalb so unmöglich benahm. Julian würde so etwas niemals zu einer Fremden sagen – dachte Rhiannon zumindest. Trotzdem machte sich Frucht in ihrem Herzen breit. Egal ob Julian das tatsächlich gesagt hatte oder nicht, letzten Endes war es womöglich die Wahrheit.

»Entschuldigen Sie mich bitte«, sagte Rhiannon dann zu dem Mädchen, schlüpfte wieder durch den Vorhang und lief eiligst die Reihen der Verwundeten ab, bis sie Dr. McManus gefunden hatte.

»Ah, Sie sind es, Rhiannon, mein Kind! Ich fürchte, er ist schon weg. Aber vielleicht erwischen Sie ihn noch am Bach. Er wollte ein Bad nehmen, bevor ihn die Jungs wegbringen.«

»Geht es ihm gut …«, fragte Rhiannon ängstlich.

»Ja, Rhiannon, unsere Leute sorgen schon dafür, daß ihm nichts passiert.«

Sie nickte, rannte hinaus und sah sich suchend nach dem Weg zum Bach um. Einer der Männer, dessen rechter Arm nur noch ein verbundener Stumpf war, wies ihr den Weg. Sie eilte den Trampelpfad, der zum Wasser hinunterführte, entlang und hielt erleichtert aufatmend inne, als sie Julian dort stehen sah. Er war allein. Irgend jemand hatte ihm einen neuen Uniformrock – natürlich eine Yankee-Uniform – und einen federbesetzten Hut gegeben. Mit gesenktem Kopf blickte er aufs Wasser.

Ihr klopfte das Herz bis zum Hals. Dann eilte sie auf ihn zu, rief seinen Namen: »Julian!« Sollte er sie doch von sich fortstoßen. »Julian!«

Als sich der Angerufene umdrehte, schlang sie ihre Arme um seinen Hals, stockte und stieß peinlich berührt, einen kleinen Schrei des Erstaunens aus, während sich ihre Finger in den Stoff seines Uniformrocks krallten.

»Ian!« entfuhr es ihr erschrocken.

»Rhiannon!« entgegnete der nicht minder überraschte Ian.

»Oh, es tut mir leid! Bitte entschuldigen Sie!« murmelte sie, während sie ihn losließ und von ihrer Zehenspitzenhaltung wieder auf die Füße kam.

Er hatte ihr die Hände auf die Schultern gelegt und blickte sie beinah liebevoll an, als er sagte: »Das war wirklich ein gutes Gefühl. Ich vermisse meine Frau sehr und bin sicher, daß sie nichts dagegen hätte, wenn mich meine neue Schwägerin umarmt.«

Rhiannon, die spürte, wie ihr das Blut in die Wangen schoß, entgegnete: »Ich wollte ihn damit nicht beleidigen.«

»Das weiß ich. Ich habe mit General Magee gesprochen.«

»Ian, was ist mit Julian?«

»Ich würde niemals zulassen, daß er für die Sache mit dem Fotografen bestraft wird. Er ist doch mein Bruder! Aber in diesem Fall braucht er meine Hilfe oder meinen Schutz gar nicht. Jeder der Männer, die mit ihm da draußen waren, hätte es am liebsten selbst getan. Alle Yankees sind auf seiner Seite. Aber machen Sie sich keine Sorgen, man hat ihn schon weggebracht. Der Fotograf kann sich ruhig ereifern und aufführen, wie er will, aber an Julian kommt er nicht mehr ran. Sie bringen ihn nach Washington. Dort wird es ihm gutgehen.«

»Und Sie sorgen dafür, daß er ausgetauscht wird? Ach, bitte!«

»Ich werde tun, was ich kann.«

Enttäuscht ließ sie den Kopf hängen. Aber er faßte ihr mit zwei Fingern unters Kinn und brachte sie dazu, daß sie ihn ansah, als er sagte: »Wenn er weiß, daß ich ihn raushole, wird er sich noch ein wenig gedulden. Wenn er aber davon ausgeht, daß er sich selbst überlassen ist, fällt ihm bestimmt irgendeine dumme Idee ein, um zu entkommen.«

»Eben«, entgegnete Rhiannon und richtete sich wieder gerade auf. »Ich gehe davon aus, daß ich selbst bald wieder in Washington bin. Dann will ich versuchen, ihn im Gefängnis zu besuchen.«

Ian sah sie forschend an und sagte: »Er ist ziemlich böse auf Sie.«

Rhiannon entgegnete achselzuckend: »Ich mußte es tun.«

»Hm, General Magee hat mir erzählt, daß Sie wie von Sinnen waren, als Sie ihn baten, Ihnen dabei zu helfen. Aber ich bin neugierig, wie Sie es fertiggebracht haben, Julian dorthin zu locken. Wie um alles in der Welt haben Sie das geschafft? Ich dachte eigentlich, daß Sie beide sich nicht gerade gut verstehen, nachdem Sie damals in Ohnmacht gefallen sind, als Sie mich sahen und dachten, er sei zurückgekommen. Also, was haben Sie ihm gesagt, um ihn dazu zu bringen, Sie dort zu treffen – und zu *heiraten*?«

Rhiannon zögerte mit der Antwort, ließ dann wieder den Kopf sinken und flüsterte beinah: »Ich habe ihm geschrieben, daß ich ein Kind von ihm erwarte.«

Die Überraschung, die sich nun auf Ians Gesicht abzeichnete, ließ ihn Julian noch ähnlicher sehen. Nachdem er sich wieder gefangen hatte, fragte er: »Und, war das eine Lüge?«

Abermals zögerte sie zunächst, zu antworten: »Nein, ich … aber dann wollte ich nicht, daß er sich verpflichtet fühlt, sein Eheversprechen zu halten, und da habe ich ihm später gesagt, daß ich ihn angelogen hätte. Das hat ihn erst richtig wütend gemacht. Aber … es ist die Wahrheit, ich bin von ihm schwanger.« Und als müsse sie sich dafür entschuldigen, fuhr sie ganz leise fort: »Ich … stand unter Drogen. Ich … Nun er war da, und ich glaube, ich habe mir in dieser Nacht alles so zurechtgelegt, als würde Richard noch leben. Und dann, oh, ich kann gar nicht glauben, daß …«

»Schon gut, Sie müssen mir nicht alles erzählen«, entgegnete Ian. »Und jetzt kommen Sie mal her«, fügte er hinzu, nahm sie tröstend in die Arme und strich ihr das Haar aus der Stirn.

Zu ihrem großen Entsetzten kamen ihr nun die Tränen, und dann weinte sie an seiner Brust, und er fuhr ihr beruhigend über den Rücken. Schließlich gewann sie ihre Fassung wieder, aber nur, um sich erneut für ihr Verhalten zu schämen.

»Es geht mir schon wieder gut«, stammelte sie. »Und es tut mir leid. Es ist nur, weil ... die letzten Tage ...«

Ian richtete ihr Gesicht zu sich auf, sah ihr in die Augen und sagte: »Wenn Sie es ausgehalten hätten, all diese Verletzten und Toten zu sehen, ohne zu weinen, hätte es mir um meinen Bruder auch ziemlich leid getan.«

Jetzt lächelte sie endlich und sagte: »Es geht mir schon wieder gut, und ich bin beruhigt, wenn ich weiß, daß Sie sich um ihn kümmern. Und nur darauf kommt es an. Ich ...«

»Aber Sie haben ihn doch geheiratet!«

»Das ist doch keine gültige Eheschließung gewesen. Ich würde niemals erwarten, daß er sich daran hält. Jetzt muß ich aber zurück zu Dr. Flowers.«

»Ist das der Arzt, für den Sie arbeiten?«

»Ja, Sie wissen doch, daß er General Magees Chefchirurg ist.«

»Und wo hat man Sie untergebracht? Man mutet Ihnen doch nicht etwa weiterhin zu, in einem Zelt auf dem Schlachtfeld zu übernachten?«

»Nein, nein. Ich teile mir ein Zimmer mit ein paar anderen Schwestern, in einem alten Bauernhaus, unterm Dach. Die MacIntoshs lebten früher dort. Es geht mir gut. Ich befinde mich in guten Händen. Vielen Dank, Ian.«

Dann stellte sie sich noch einmal auf die Zehenspitzen, küßte ihn auf die Wange, drehte sich dann blitzschnell um und rannte davon, als müsse sie vor ihm die Flucht ergreifen.

In dem Bauernhaus, in das man Julian gebracht hatte, bevor es am nächsten Morgen weiter nach Washington ging, hatte er sich gerade hingelegt, als er ein Klopfen an der Tür vernahm und dann eine Stimme, die seinen Namen rief. Es war Ian.

Schnell stand er auf, ging stirnrunzelnd zur Tür und

fragte: »Was willst du denn hier, mitten in der Nacht. Ich dachte, wir sehen uns morgen früh?«

»Wolltest du etwa schon schlafen?«

»Natürlich, Ian«, entgegnete Julian und fügte mit empört hochgezogener Augenbraue hinzu: »Ich arbeite immerhin von früh bis spät ...«

»Ja, schon gut. Aber schlafen kannst du später. Wir müssen jetzt erst mal wohin reiten.«

Erstaunt hielt Julian die Luft an und fragte dann geräuschvoll ausatmend: »Soll das heißen, daß du mir zur Flucht verhilfst?«

»Leider kann ich das nicht für dich tun. Aber ... die Jungs und ich ...«, an dieser Stelle hielt er inne, wandte sich um und wies auf Jim Brandt und Robert Roser, die hinter ihm im dunklen Flur standen, und die Julian jetzt erst bemerkte. »Nun, wir sind der Ansicht, daß dir noch eine Hochzeitsnacht zusteht.«

Julian zog die Augenbraue noch höher und sagte beinah vorwurfsvoll: »Ian, der Krieg mag einem einsamen Mann manchmal ziemlich zusetzen, aber ich bin doch lieber allein, als mich in Gegenwart des Feindes mit meiner Frau zu treffen; besonders unter den Bedingungen meiner Eheschließung.«

Seufzend entgegnete ihm Ian: »Mein alter Junge, ich kann dir nicht helfen, wenn du dir nicht selbst hilfst. Es gibt keine Zuschauer, deine Frau ist allein.«

»Allein?« fragte Julian verwundert. »Wie soll das denn gehen? Weiß sie das?«

»Nicht wirklich. Es sind mittlerweile schon so viele Krankenschwestern mit den Verwundeten nach Washington zurückgeschickt worden, daß sie nicht überrascht war, als ihr General Magee eine eigene Unterkunft zuwies – eine Art Verwalterhaus, das hinter dem großen Farmhaus steht, in dem Magee sein Lazarett hat einrichten lassen.«

Julians Herz begann wie wild zu schlagen. Und nicht nur sein Herz, sein ganzer Körper war in Aufruhr. Er fühlte, wie ihm der Puls in den Ohren pochte, sah dann an Ian vorbei zu Roser und Brandt und fragte: »Wie sieht es mit Ihnen aus? Geht das in Ordnung?«

Bevor sie noch antworten konnten, entgegnete Ian: »Ich hab' ihnen gesagt, daß du ihnen dein Wort darauf gibst, die Nacht nicht dazu zu nutzen, um Reißaus zu nehmen. Und daß ein McKenzie sein Wort hält.«

Julian nickte zustimmend und fragte dann: »Was ist mit ...«

»Den Yankees, denen du das Leben gerettet hast? Ich denke, die können damit leben«, sagte Ian.

»Aber Rhiannon ...«

»Nun, das hängt ganz von dir ab. Nein, sie weiß nicht, daß du kommst. Aber, wenn du die Gelegenheit nicht nutzen willst ...«

»Gehen wir«, fiel ihm Julian da ins Wort.

Sie hatten ihm ein schnelles Pferd mitgebracht und begleiteten ihn noch durch eine Flußniederung und über ein Feld, bis sie zu dem Weg kamen, der von hinten an das alte Farmhaus mit seinen Nebengebäuden heranführte.

»Da ist es«, sagte Ian, dessen Pferd sich nervös aufbäumte, und wies auf ein kleines Steinhaus. »Und schlaf nicht ein! Du mußt da vor dem Morgengrauen wieder raus sein.«

»Ich hatte nicht vor, zu schlafen.«

»Da ist noch etwas, was du wissen solltest.«

»Und das wäre?«

»Sie erwartet ein Kind.«

Julian nickte und sagte nur: »Danke.« Dann saß er ab, band sein Pferd an einen Baum und ging rasch zu dem kleinen Cottage.

Mit einem Schlag war Rhiannon hellwach. Da war etwas! Sie hatte doch was gehört. Erschrocken setzte sie sich im Bett auf.

Es war ein ganz kleines Cottage, mit zwei Schlafzimmern, einer Waschküche und einem Wohnzimmer, an das sich die Küche anschloß. Dort gab es eine große Feuerstelle zum Kochen und Heizen des kleinen Hauses. Rhiannon hatte die Tür des Schlafzimmers zum Wohnraum hin offenstehen lassen und sah jetzt, daß das Feuer in der Esse beinah verloschen war. Bevor sie sich hingelegt hatte, hatte sie sämtliche Fenster geöffnet, damit es ein wenig durchlüften konnte. Vielleicht war einfach etwas umgefallen oder ein Fenster zugeschlagen.

Aber dann zog sie erschrocken ihre Zudecke bis zum Hals. Hatte sich da nicht gerade etwas im Wohnraum bewegt? Nachdem General Magee das große Farmhaus und die umstehenden Gebäude requiriert hatte, wurden die Bewohner ihrer Häuser verwiesen. Vielleicht war einer zurückgekommen, um etwas zu holen, was bei dem plötzlichen Auszug vergessen worden war.

Vielleicht war es aber auch ein Deserteur oder sonst jemand, der ihr Böses wollte. Normalerweise stand sie unter Magees Schutz, und die Offiziere hatten sich ihr gegenüber äußerst respektvoll verhalten und waren auch immer so zuvorkommend und rücksichtsvoll gewesen, daß sie ganz vergessen hatte, wie es war, auf der Hut sein zu müssen. Aber nun war sie allein.

Entschlossen griff sie nach einem schweren Kerzenleuchter aus Messing, der auf ihrem Nachttisch stand, und stieg aus dem Bett. Auf Zehenspitzen schlich sie zur Tür, ging vorsichtig über die Schwelle in den Wohnbereich und wollte sich gerade zur Eingangstür wenden, als sie hinter sich ein Geräusch vernahm. Erschrocken wirbelte sie herum, aber noch geistesgegenwärtig genug, um mit dem Kerzenständer auszuholen. Aber da ergriff jemand ergriff ihr Handgelenk, eine andere Hand legte sich über ihren Mund und eine harsche Stimme sagte: »Na, na, Ma'am, das würde ich aber nicht tun.« Dann entrang ihr der Angreifer den Kerzenhalter, der polternd zu Boden fiel, und hob sie, ihr immer noch den Mund zuhaltend, hoch. Wie wild strampelte sie um sich, um ihm zu entkommen. Und als sie versuchte, ihm in die Finger zu beißen, sagte der Angreifer: »Rhiannon, du bist und bleibst eine verdammte Hexe!«

Rhiannon ... Er kannte ihren Namen!

Auf einen Schlag war ihre Panik wie weggewischt, dafür wurde sie jetzt unheimlich wütend. Julian war gerade dabei, sie durch die Tür ins Schlafzimmer zu tragen, aus dem sie zuvor gekommen war, aber sie zitterte derart, daß sie ihn nicht mal hätte ohrfeigen können. Wie in Gottes Namen war er bloß hierhergekommen? Und warum hatte er sich nicht vorher bemerkbar gemacht, sondern sie beinah zu Tode erschreckt?

Er ließ sie aufs Bett fallen und setzte sich rittlings auf sie. Nun wieder Herrin ihrer selbst, versuchte sie, ihn von sich zu schieben, um sich aufzusetzen. Sie hatte sich so sehr gewünscht, ihn zu sehen, ihn zu berühren, um zu wissen, daß alles mit ihm in Ordnung war. Und dann kam er einfach heimlich in ihre Unterkunft und jagte ihr solchen Schrecken ein!

»Verdammt, hör jetzt damit auf!« fuhr er sie an. »Ich habe schon genug auf mich nehmen müssen, um herzukommen. Und verdammt soll ich sein, wenn du meine Absichten mit einem Fußtritt zunichte machst.«

»Was für Absichten?«

»Du hast mich geheiratet, weißt du noch?«

»Julian, wir sind im Krieg!«

»Nein, wir sind in einem Cottage, auf einem Bett. Ein ausgezeichneter Platz für mein Vorhaben, soweit ich das sehe.«

Sie bekam kaum noch Luft, so sehr verlangte es sie nach ihm. Sie wollte ihn mehr denn je – viel mehr als in jener Nacht, die schon so unendlich weit zurückzuliegen schien, als sie so einsam gewesen und im Opiumrausch Vergessen gesucht hatte. Heute nacht konnte sie sich nicht einmal mehr an Richards Gesicht erinnern, aber das war nicht so schlimm, denn er hätte es verstanden. Sie sehnte sich so verzweifelt nach Julian, nach der Berührung seiner schwieligen Hände, seinem Duft, der Festigkeit seines muskulösen Körpers, der Berührung seiner Lippen und seinem liebevollen Blick …

Aber er war ja so böse auf sie. Und vielleicht hatte er recht damit. Es gab genug Frauen, die sich nicht so anstellten, sondern leidenschaftlich seinem Zauber verfielen, so wie diese junge Soldatin, mit ihren riesigen himmelblauen Augen, die er vom Schlachtfeld und vor dem Tod gerettet hatte …

»Nein, Julian, das sollten wir nicht tun!« sagte sie schließlich fest entschlossen.

»So?« meinte er. Dann rollte er sich von ihr herunter,

stützte sich auf einen Ellbogen und sah sie mit erhobener Augenbraue fragend an.

Rhiannon mußte sich regelrecht zwingen, ihm nicht sanft über die Stelle mit dem blauen Fleck am Kinn zu fahren, wo ihn der Fotograf erwischt haben mußte. »Nein, es wäre nicht richtig«, bekräftigte sie statt dessen noch einmal ihre Aussage, stand auf und wünschte, sie hätte ein Kleid an und nicht nur dieses halbdurchsichtige Nachthemd, dessen Träger ihr ständig von den Schultern rutschten und ihr jede Würde nahmen. Sie ging ans Fußende des Bettes, sah Julian von dort aus an und sagte: »Du bist ein Gefangener, Julian. Sie werden dich verfolgen und hier finden. Du mußt unbedingt zurück.«

»Meinst du?« fragte er, der nun seinerseits aufstand und auf sie zukam.

Vor ihm zurückweichend, entgegnete sie: »Ja, du bist in Gefahr!«

»Bin ich das? Kann irgend etwas gefährlicher sein als du?«

»Julian, wenn sie dich kriegen …«

»Was dann?«

»Du bist ein entflohener Kriegsgefangener. Sie könnten dich töten.«

»Was, wenn ich der Meinung wäre, daß das eine Nacht mit dir wert wäre?«

»Dann würde ich dich einen Lügner nennen!«

»Ich gehe trotzdem nicht.«

»Du weißt, daß ich um Hilfe schreien könnte, damit die Yankees herkommen.«

»Ja, das hast du schon mal gemacht.«

»Genau.«

»Aber ich bin ihnen entkommen.«

»Hier würde dir das nicht gelingen!«

»Versuchen könnte ich's.«

»Julian, ich weiß doch, was du eigentlich mir gegenüber empfindest. Das heißt, das Mädchen, das du auf dem Schlachtfeld aufgelesen hast, hat mir heute unmißverständlich zu verstehen gegeben, daß du mich haßt.«

Ein Lächeln begann sich auf seinem Gesicht abzuzeichnen, bevor er ihr darauf entgegnete: »Das hat sie dir also gesagt?«

Rhiannon schlug die Augen nieder und erwiderte ganz leise: »Du hättest es ja nicht gleich herumerzählen müssen ...«

»Ich habe ihr nur gesagt, daß du meine Frau bist.«

»Du mußt jetzt gehen, Julian, du hast keine richtige Frau.«

»Was ich bestimmt nicht habe, ist besonders viel Zeit!« stellte er klar und nahm sie dann so plötzlich und ungestüm in die Arme, daß ihr ein kleiner Schrei entfuhr. Geschwind hob er sie hoch, und bevor sie sich noch rühren konnte, preßte sich sein Mund auf ihre Lippen. Hart und fordernd küßte er sie und legte in diesen Kuß all die Leidenschaft und Liebe, deren er fähig war.

Sie wollte sich ihm entziehen – was ihn nur noch mehr anstachelte –, kam aber nicht gegen ihn an, wollte es dann auch nicht mehr, da sie ihm nicht widerstehen konnte. Und so ließ sie ihre Lippen seinem ungestümen Angriff nachgeben, öffnete sich ihm, und die lustvollen Bewegungen seiner Zunge schürten ihre Begierde nur noch mehr. Zuerst hatte sie versucht, ihn von sich zu stoßen, aber nun zog sie ihn nur noch enger an sich. Er trug sie zurück zum Bett, wo er sich abermals rittlings auf sie setzte und versuchte, die Knöpfe ihres feinen Musselinnachthemdes zu öffnen.

Wieder war sein Mund auf ihrem – wild, fordernd, leidenschaftlich. Nachdem er vergeblich versucht hatte, ihr Nachthemd zu öffnen, gab er auf und riß es ihr mit einem ungeduldigen Fluchen einfach herunter. Der Chirurg, der sonst die kniffligsten Operationen durchführen konnte, kam mit den winzigen Knöpfen nicht klar. Aber es war ihr egal, denn nun waren seine talentierten, gefühlvollen Hände überall auf ihrer nackten Haut. Seine Daumen umkreisten ihre Brustwarzen, seine Handflächen streichelten sie ...

Und das Gefühl, das er in ihr hervorrief, brannte sich wie geschmolzenes Silber direkt zum Zentrum ihrer Lust zwischen ihren Schenkeln hindurch. Sie stöhnte wollüstig auf, als seine Lippen nun die Stellen an ihrem Körper liebkosten, die seine Hände zuvor gestreichelt hatten, wobei seine Zunge kreisend über ihre Brüste fuhr und er seine Finger allmählich zu ihren Hüften hinuntergleiten ließ. Sie krallte ihre Finger in sein dichtes Haupthaar und wollte ihn wieder zu sich hochziehen.

Seine Hände waren nun auf ihren Schenkeln, und er küßte sie dazwischen, um sich dann wieder zu ihr hochzuschieben und ihren Mund zu küssen. Diesmal erwiderte sie seinen Kuß sofort mit einer ungekannten, leidenschaftlichen Begierde. Ihre Fingerspitzen strichen sanft über seinen Hals und seine Schultern, und er rückte nur so weit von ihr ab wie unbedingt nötig, um sein Hemd, seine Stiefel und Hosen abzustreifen. Dann zog er auch ihr die Reste ihres Nachthemds aus, und während der seidenweiche Musselin zu Boden schwebte, berührte sein nackter Körper ihren. Als sie seine stahlharten Muskeln auf ihrer samtenen Haut spürte, durchlief es sie heiß, und die Vorfreuden der Lust entfalteten sich in ihrem Unterleib. Eng umschlungen lagen sie auf dem Bett, und seine vollerblühte Männlichkeit preßte sich gegen ihre Schenkel, so daß das Verlangen und die Erregung in ihr sie erröten ließen, obwohl es dunkel im Raum war und sie beide doch ganz allein waren.

Sogar ihre Finger hatten sie ineinandergeschlungen, als sie sich wieder und wieder küßten, bis sein Mund erneut langsam an ihrem Hals hinunter zu der Wölbung ihrer Brüste wanderte. Sein Körper rieb sich gegen ihren, bis er zwischen ihren Schenkeln zu liegen kam und sie die Augen schloß, ihre Finger immer noch eng in seinen verschlungen. Sie stöhnte wollüstig, als seine Zunge und der Daumen der anderen Hand sie an ihrer intimsten Stelle berührten, und wieder war es ihr fast peinlich, welches Hochgefühl er in ihr hervorzurufen vermochte. Sie wand und drehte sich, hob ihm wieder und wieder beinah ekstatisch ihr Becken entgegen und konnte gar nicht genug bekommen, kämpfte aber doch dagegen an, sich schon jetzt von den höchsten Gefühlen der Lust überwältigen zu lassen, die, nur noch wenige Bewegungen entfernt, ihr ganzes Empfinden zu vereinnahmen drohten. Jetzt noch nicht ...

Und plötzlich war er in ihr, bewegte sich in ihr, wurde

immer schneller. Sie lockerte ihre Umarmung und ließ die Finger über seine Schultern gleiten, massierte sie, klammerte sich dann wieder an ihn und umarmte ihn mit all ihrer Kraft. Seine Lippen fuhren suchend über ihr Gesicht, fanden ihren Mund, während er jetzt ganz tief in sie eindrang, um sich gleich darauf wieder zurückzuziehen – was sie nur noch mehr erregte.

Und dann existierte die Welt um sie herum nicht mehr – all der Schmerz war wie weggeblasen. Für wenige, strahlende Augenblicke gab es für sie nun nur noch die Freude, in seinen Armen zu liegen, und die ekstatische Wollust zu genießen, die sie durchzuckte wie Wetterleuchten an einem schwarzsamtenen Himmel. Sie hielt ihn ganz fest an sich gedrückt, zitternd vor Erregung und Freude bewegte sie ihr Becken rhythmisch gegen seines und barg dabei ihr Gesicht an seiner glatten, muskulösen Schulter.

Schließlich lagen sie ganz still, eng aneinandergekuschelt im Dunkel der Nacht. Nach ein paar Minuten fühlte sie seine Hand sanft ihre Wange streicheln und hörte ihn flüstern: »Das war wirklich jedes Risiko wert.« Dann rückte er ein wenig von ihr ab, zog die Vorhänge am Fenster neben dem Bett auseinander und blickte hinaus in die Nacht, oder das bevorstehende Morgengrauen – mit Bestimmtheit hätte sie das nicht sagen können, da ihr jegliches Zeitgefühl abhanden gekommen war. Noch hatte sie die Augen geschlossen und genoß die befriedigende Erschöpfung, als sie spürte, daß er sie ansah.

»Ist es mein Kind, Rhiannon?«

»Kind ...«, murmelte sie, während sie sich fragte, warum ihr diese Frage so unangenehm war. »Aber ... Ich hab' dir doch gesagt ...«

»Es muß mein Kind sein, Rhiannon!«

»Ja ...«, setzte sie an, sprach aber nicht weiter. Natürlich, er hatte Ian getroffen, und Ian hatte die Sache mit der Unterbringung organisiert und war jetzt bestimmt auch irgendwo da draußen. Sie kämpften zwar auf unterschiedlichen Seiten, waren aber doch Brüder.

»Ich dachte, daß ihr euch lange nicht mehr gesehen hättet«, sagte sie dann aufgebracht und blickte Julian nun ihrerseits an, während sie Unmut in sich aufsteigen fühlte. »Jedes Risiko wert, mh, Sir? Wartet dein Bruder jetzt etwa auch da draußen vor der Tür?«

»Er wäre niemals so taktlos.«

»Aber er ist doch hier in der Nähe?«

»Ja.«

Jetzt richtig wütend geworden, versuchte sie, sich von ihm loszumachen und schrie beinah: »Verdammt, Julian …«

Aber er setzte sich wieder rittlings auf sie, bekam sie bei den Handgelenken zu fassen und erwiderte nur: »Ah, das ist Musik in meinen Ohren, sag's noch mal!«

»Verdammt, Julian, laß mich aufstehen …«

»Nein.« Sein Ton klang sehr bestimmend, aber so wie er sie dabei ansah, wurde sie wieder zu Wachs in seinen Händen. Dann beugte er sich zu ihr hinunter und flüsterte: »Noch nicht!«

»Julian …«

Diesmal küßte er sie ganz langsam, als ob er jede Faser ihres Körpers spüren wollte. Und als er schließlich von ihren Lippen abließ, war sie wieder erfüllt vom brennenden Feuer der Leidenschaft – nur sachter diesmal, aber mit einer Lust nach ihm, die um so drängender wurde, je schneller die Zeit dahinrann. Sie mußte ihn einfach anfassen, küssen, spüren. Langsam schob sie ihn von sich und bedeutete ihm, sich neben sie zu legen. Dann glitten ihre Lippen über seine Schultern, an seiner Brust entlang, wobei ihre Finger sanft jeden Muskel nachfuhren, die unter ihrer Berührung erbebten. Ihr Haar folgte ihren Bewegungen und bedeckte bald seinen noch von der Liebe feuchten Oberkörper. Mit einemmal wurde sie sich, viel mehr noch als er, bewußt, daß ihnen die Zeit davonlief.

Und so berührte sie ihn, wo er es am liebsten hatte, liebkoste seine neu erblühende Männlichkeit und nahm ihn schließlich in den Mund. Die Welt um sie herum schien sich zu glückseligen Höhenflügen aufzuschwingen, während er ihr heiser ins Ohr flüsterte, daß ihm gefiele, was sie da tat; bis ihn wieder die geballte Macht der Lust ergriff, und er sie zu sich hochzog, leidenschaftlich umarmte und mit ihr übers Bett rollte, so daß sie glaubte zu tanzen. Sie genoß es, die alles versengende Glut seines gestählten, liebesfeuchten Körpers zu spüren und die Kraft seiner rhythmischen Bewegungen ... Sie vermeinte im Himmel zu sein und wünschte nichts mehr, als immer so in seinen Armen liegen zu können. Dann spannte sich jeder Muskel in ihm, während ihn ein Zittern überlief, als auch er zum Höhepunkt kam.

Immer noch eng an ihn geschmiegt, erschien es ihr wie ein Wunder, erleben zu dürfen, wie sich ihre Körper dann wieder entspannten und die Leidenschaft – wenigstens für wenige Augenblicke – gestillt zu sein schien. Leider dauerte dieser romantische Moment nicht an, da Julian augenblicklich auf den Beinen war und wieder zwischen den Vorhängen hindurchlugte.

Instinktiv zog sie die Decke über sich und fragte beinah erschrocken: »Du hast doch nicht etwa vor, zu fliehen?«

Kopfschüttelnd drehte er sich zu ihr um und schlüpfte in seine Kleider. »Nein«, sagte er dann nur, »ich habe ihnen mein Wort gegeben.« Er kleidete sich an und kam noch einmal zu ihr ans Bett, setzte sich neben sie und fragte leise: »Das Kind, das du bekommst, ist doch meines, nicht wahr?« Dabei richtete er sacht ihr Gesicht zu sich auf.

»Ja.«

»Gib acht auf das Kleine und auf dich: Bitte halt dich fern von den Schlachtfeldern.«

»Aber ...«

»Arbeite meinetwegen in einem Krankenhaus in Washington, wenn es unbedingt sein muß. Aber bitte bleib weg von der Front.«

»Julian ...«

Sein Kuß hinderte sie, ihm zu widersprechen, und dann sagte er: »Bis wir uns wiedersehen!«

»Aber Julian, du bist ein Gefangener ...«

»Ja, und in mehrerlei Hinsicht als du annimmst, meine Geliebte. Aber so lange wird das nicht mehr der Fall sein. Das kann ich dir versprechen.«

Noch einmal gab er ihr einen flüchtigen Kuß, und dann war er verschwunden.

20.

Als die Nachricht über den furchtbaren Zusammenstoß der beiden verfeindeten Armeen bei Gettysburg Brent erreichte, konnte er nicht umhin, sich mitschuldig zu fühlen. Männer starben dort. Männer mußten zurückgelassen werden. Viele Verwundete erlagen ihren Verletzungen noch auf dem Schlachtfeld, weil es nicht genügend Ärzte gab, oder sie hauchten ihr Leben auf dem Krankenwagen aus, der sie nach Hause bringen sollte. Die Männer litten Todesqualen und starben schließlich doch.

Und er war hier … bei den Damen.

Es war schon spät am Abend, und Brent saß noch an seinem Schreibtisch, um die Depeschen durchzugehen, die von der Front eingetroffen waren. Mit jedem weiteren Wort, das er las, fühlte er sich machtloser und schlechter. So viele Gefallene! Aber der Krieg würde trotzdem weitergehen, denn Unionsgeneral Meade hatte Lees Truppen nicht verfolgen lassen.

In den Depeschen stand auch, daß Lee tief bestürzt wäre und bereit sei, von seinem Posten zurückzutreten. Er nahm die Schuld für das Geschehene auf sich, und doch war er nach wie vor hochgeschätzt. Immerhin hatte er es fertiggebracht, aus einem bunt zusammengewürfelten Haufen eine Armee zu machen und Siege zu erringen, wo es kaum einer für möglich gehalten hätte. Brent war sich sicher, daß man Lee nicht gehenlassen würde, sondern bis zum bitteren Ende an ihm festhielt.

»Doktor!« hörte er da eine weibliche Stimme.

Als er aufsah, stand Letty Canby, eine hübsche junge Frau von ungefähr zwanzig Jahren, in der Tür zu seinem Büro. Letty war ins Krankenhaus eingeliefert worden, weil sie Filzläuse gehabt hatte. Sie war ein wenig mollig, hatte ein sonniges Gemüt und große Brüste, eine winzige Taille und ausladende Hüften. Sie trug niemals ein Korsett oder einen Unterrock oder sonst irgend etwas, das von ihren natürlichen Reizen hätte ablenken können. Bei den Männern war sie sehr beliebt, selbst bei denen, die bereits an einer Krankheit litten, die sie sich durch den Umgang mit den Damen der Halbwelt zugezogen hatten.

»Hallo, Letty. Was gibt's denn um diese Uhrzeit noch?«

»Ich weiß, daß es schon spät ist, Doc, aber ich habe Sie hier noch arbeiten sehen – mit einem so traurigen Gesicht!« Während sie das sagte, kam sie ins Büro hinein und setzte sich auf die Kante von Brents Schreibtisch. »Na, jetzt lächeln Sie ja schon fast wieder!« sagte sie dann glücklich.

»Letty, ich muß zugeben, daß ich gerade daran dachte, daß Sie wirklich die ideale Persönlichkeit für Ihr Gewerbe haben.«

Schmollend schob sie die Unterlippe vor und fragte: »Was soll denn das heißen?«

»Ich wollte Sie nicht beleidigen, Letty«, entgegnete Brent rasch. »Ich meinte damit nur, daß Sie ein ganz liebreizendes Geschöpf sind, und so voller Lebensfreude. Und es tut mir einfach nur leid, daß Ihnen Ihr Beruf irgendwann zum Verhängnis werden wird.«

Lachend warf Letty den Kopf in den Nacken und entgegnete: »Machen Sie sich da mal keine Sorgen, Dr. McKenzie, ich habe in diesem Krieg ein Vermögen verdient. Zuerst arbeitete ich für die Unionstruppen.« Grinsend fügte sie hinzu: »Es gibt da einen General Hooker, der war so glücklich darüber, daß er sich und seinen Männern ein paar Frauen zur Unterhaltung bieten konnte, daß man uns schon bald nur noch »Hookers Mädchen« nannte. Es gab bei ihm guten Wein, Champagner und Seidenstrümpfe aus Paris! Es ging mir dort sehr gut ...«

»Und dann?«

Stirnrunzelnd fuhr sie fort: »Nun, dann überkam mich dieser lächerliche Patriotismus, und ich mußte nach Hause gehen.«

»Wo ist das bei Ihnen – zu Hause?«

»In Richmond, Virginia. Vor dem Krieg war es für eine junge Frau, die in meinem Job arbeiten wollte, ein ganz anständiger Ort: Gute Kundschaft – Männer, die in Virginias Politik eine Rolle spielten, wissen Sie. Reiche Kerle mit großen Plantagen, vielen Sklaven und manchmal fetten, aufsässigen Ehefrauen, die vergessen hatten, daß man eine Unterhose auch ausziehen kann! Ich meine, all diese Dinge in Sachen Anstand, die sie den wohlhabenden Töchtern beibringen ... wie auch immer, das brachte einem unternehmerisch orientierten Geist wie meinem gute Geschäfte ein.«

Brent verschränkte die Hände im Nacken, lehnte sich lächelnd zurück und sagte: »Und dann haben Sie sich dazu entschlossen, Ihren Beruf in den Dienst Ihres Landes zu stellen.«

Sie nickte. »Es war eine Zeitlang wirklich toll. Ich habe da so meine Spezialität für die Soldaten aus dem Süden. Ich nenne sie den Schlachtruf der Rebellen.«

»Ganz schön schlau.«

»Wollen Sie mal sehen, wie schlau?« fragte Letty und schlug in gespielt verschämter Manier die Augen auf und nieder.

»Danke für das Angebot, Letty, aber ...«

»Natürlich umsonst, Dr. McKenzie. Sie haben für uns alle hier so viel getan ... Und dann muß ich noch gestehen, daß wir in diesen Zeiten nicht mehr oft die Chance haben, an einen Mann wie Sie zu geraten ...«

»Danke, Letty. Das nehme ich als Kompliment. Aber Sie sind meine Patientin.«

»Ich kann noch viel mehr für Sie sein.«

»Letty!«

Kichernd fügte sie hinzu: »Sie fangen sich schon nichts ein! Ich bin jetzt wieder allein in meinen Spitzenhöschen. Und davon abgesehen, haben Sie uns doch allen beigebracht, wie wir mit diesen kleinen französischen Dingern umgehen sollen.« Sie zog ein Gesicht und sagte: »Wir können ja ein Kondom benutzen.«

»Letty, Sie sind meine Patientin, und ich bin Ihr Arzt.«

»Und Sie wollen wirklich wieder zurück in den Krieg, stimmt's?« fragte sie, mit einemmal ganz traurig.

Er nickte. »Ja ..., ich denke schon, Letty. Es sind so viele Männer bei Gettysburg verletzt worden.«

»Dr. McKenzie!«

Als Brent seinen Namen hörte, sah er auf und erblickte Mary, die, wie zuvor Letty, nun in der Tür zu seinem Büro stand. Jedesmal, wenn er sie sah, war er wieder erstaunt darüber, daß sie so jung und unschuldig wirkte. Seit ihrer Ankunft war sie seine größte Stütze geworden. Sie war viel fleißiger als alle Sanitäter oder all die ehrenamtlichen Matronen, die aus moralischen oder religiösen Gründen im Krankenhaus Dienst taten, um diesen armen Kreaturen, die doch immer noch Gottes Kinder waren, zu helfen. Mary war eine ausgezeichnete Krankenschwester, vorsichtig mit den Patienten und auch mit sich selbst. Wenn er Visite machte, begleitete sie ihn und führte – übrigens ganz ausgezeichnet – die Krankenblätter. »O ja«, hatte sie einmal gesagt, als sie ihm das erste Mal dabei ihre Hilfe angeboten und er ganz ungläubig dreingeschaut hatte – allerdings aus einem anderen Grund, »einige von uns können auch lesen und schreiben.« Zuerst hatte er sie abweisen wollen, denn sie war ja eigentlich nur wegen Hauptmann Henderson im Krankenhaus. Aber warum sollte er ihre Hilfe nicht in Anspruch nehmen, wo sie nun schon einmal da war. Und je öfter sie mit ihm arbeitete, desto mehr verließ er sich auf sie.

Er war immer noch etwas barsch zu ihr, aber eigentlich nur, weil er das Gefühl hatte, daß sie dabei war, ihr Leben wegzuwerfen, das eigentlich schon verloren war. Es war einfach eine so furchtbare Verschwendung: Sie war so jung, erstaunlich schön, intelligent, mitfühlend … und natürlich total unvernünftig.

»Was gibt's, Mary?«

»Wenn Sie bitte mit mir kommen würden … Ich glaube, es geht zu Ende.«

Schnell stand Brent auf. Anfänglich konnte er ihre Hingabe und Ergebenheit Hauptmann Henderson gegenüber gar nicht nachvollziehen. Aber mittlerweile hatte er sich nicht nur zähneknirschend damit abgefunden, sondern begann auch, sie zu verstehen. Henderson war ein guter Mensch, und für seine Soldaten war er ein Held. Er hatte niemals von ihnen verlangt, vor ihm dem Gegner entgegenzutreten. Wenn Gefahr im Verzug war, dann hatte er die Führung übernommen. Er kannte jeden seiner Männer mit Namen und hatte persönlich den Witwen der Gefallenen geschrieben und ihnen immer auch geldliche Mittel aus seinem Vermögen angeboten, damit sie die erste Zeit überbrücken konnten. Seine Männer hatten ihm aus Respekt und nicht aus Furcht gehorcht.

Beinah jeden Tag hatte Brent etwas Neues über Hauptmann Henderson gehört, von Männern, die ebenfalls im Krankenhaus behandelt wurden. Aber keiner hatte jemals Hendersons Beziehung zu Mary erwähnt.

»Entschuldigen Sie mich, Letty«, sagte er zu der jungen Frau und wandte sich zum Gehen. »Selbstverständlich« entgegnete diese, und zu Mary sagte sie: »Es tut mir so leid!« Wieder zu Brent gewandt, fügte sie noch hinzu: »He, Dr. McKenzie, denken Sie über mein Angebot nach!«

»Das mach' ich, Letty.« Als er das sagte, spürte er Marys graue Augen auf sich und vermeinte einen leisen, empörten Ausruf von ihr vernommen zu haben. Als sie dann gemeinsam den Korridor entlanggingen, fragte sie: »Was für ein Angebot, Sir?«

Erstaunt sah er sie an, weil er sich gar nicht erklären konnte, wieso sie das überhaupt interessierte. Sie half ihm zwar bei seiner Arbeit, bewahrte aber sonst immer eine deutliche Distanz zu ihm. Sie hatte sich sogar geweigert, seine Patientin zu werden; selbst nachdem er ihr erklärt hatte, wie groß die Wahrscheinlichkeit war, daß sie sich ebenfalls angesteckt hatte. Schließlich antwortete Brent: »Wissen Sie, Mary, Letty kann sich einfach nicht vorstellen, daß irgendein Mann ihren Reizen widerstehen könnte.«

»Ah, aber *Sie* können ihr wohl widerstehen, mh?«

Daraufhin blickte er sie verwundert an und sagte nur: »Sie ist meine Patientin.«

»Aber ich nicht. Könnten Sie mir widerstehen?«

Jetzt starrte Brent sie völlig perplex an und stellte überrascht fest, daß sich bei dieser Frage jeder Muskel in seinem Körper spannte und er mit einemmal einen Kloß im Hals hatte. Sich räuspernd brachte er schließlich nur heraus: »Ich beabsichtige, diesen Krieg zu überleben.«

Lächelnd entgegnete sie ihm: »Machen Sie sich keine Sorgen. Sie verletzen meine Gefühle dadurch nicht. Ich wollte nur wissen, ob Sie tatsächlich rechtschaffen genug sind, jedes Angebot auszuschlagen.«

Abrupt blieb er stehen, packte Mary bei den Schultern, und da er ihr wohl kaum sagen konnte, daß er sich bei ihr nicht anstecken wollte, sagte er: »Ich verstehe Sie nicht, Mary. Sie haben doch alle Reize, die sich eine Frau nur wünschen kann: Schönheit, Jugend und Intelligenz. Und Sie haben Ihr Leben einfach so weggeworfen. Nein, ich würde Ihr Angebot niemals annehmen. Verstehen Sie das denn nicht? Und solange Sie Ihren Lebenswandel nicht ändern, werden Sie auch nie ein gutes Angebot bekommen. Es wird für Sie keine Heirat geben, keine Familie, kein Heim ...«

»Ich glaube eher, daß *Sie* nicht verstehen«, unterbrach Mary ihn wütend. »Nach diesem Krieg gibt es da draußen überhaupt nichts mehr, was normal wäre! Haben Sie denn nicht gehört, daß der Süden den Krieg verliert? Gettysburg war ein absolutes Desaster für uns. Die Männer sind tot, und wir können sie nicht zurückholen. Ich habe die neuen Zahlen gelesen und die Fotos gesehen. Ganze Felder lagen voll mit toten Männern. Wenn nur ein paar dieser jungen Burschen vor ihrem Tod eine Hure wie Letty im Bett hatten, dann bei Gott, haben sie wenigstens einmal gelebt, bevor sie sterben mußten. Wofür halten Sie sich eigentlich, Dr. McKenzie? Wer gibt Ihnen das Recht, andere zu verurteilen?«

Unfreiwillig berührt, aber auch ein wenig beschämt – was er ihr gegenüber niemals zugegeben hätte –, schüttelte er den Kopf.

Sie waren mittlerweile bei Hendersons Krankenzimmer angelangt, und Brent fragte nun mit ganz sanfter Stimme: »Hauptmann Henderson?« Da er nicht reagierte, fuhr Brent zu Mary gewandt fort: »Jetzt sehen Sie ihn sich doch mal an, und dann frage ich Sie, habe ich wirklich kein Recht, diese Krankheit zu hassen?«

Das schien ihr den Wind aus den Segeln zu nehmen, und ihre Augen glitzerten wie leuchtende Sterne, während sie sich mit Tränen füllten, die ihr bald die Wangen hinunterzulaufen drohten.

Henderson konnte kaum noch atmen und röchelte nur noch. Bei jedem Atemzug ließ sich ein leises Pfeifen hören, als habe man seine Lunge mit Tausenden von Nadelstichen durchbohrt. Er war nicht richtig bei Bewußtsein, aber trotzdem stiegen auch ihm Tränen in die Augen, die ihm unter seinen halbgeschlossenen Lidern hervortraten. Es war schrecklich, mit ansehen zu müssen, wie er sich quälte. Brent ging zu seinem Bett und setzte sich neben ihn.

»Können Sie denn nicht irgend etwas für ihn tun?« fragte Mary verzweifelt.

»Ich kann ihm noch mehr Morphium geben.«

»Können Sie denn noch etwas davon erübrigen?« fragte sie besorgt.

Ruckartig wandte er sich ihr zu und sagte mit einem bitteren Unterton in der Stimme: »Nein, eigentlich haben wir nicht genug davon. Gott gebe, daß wir uns von irgendwoher mehr beschaffen können.«

Als er sich erhob, um das Morphium zu holen, berührte sie sacht seinen Arm, sah ihm in die Augen und sagte: »Das werde ich Ihnen nie vergessen, Dr. McKenzie. Ich bin Ihnen was schuldig.«

Unwillig schüttelte er ihre Hand ab und preßte zähneknirschend hervor: »Sie sollen mir was schuldig sein?«

Aufgebracht wich so von ihm zurück und zischte: »Ja, Sie selbstgefälliger Mistkerl, ich bin Ihnen etwas schuldig.«

Er wußte nicht, welcher Teufel ihn daraufhin ritt, aber er ergriff ihre Hand, zog sie ganz dicht an sich und raunte ihr zu: »Schön, Fräulein, Sie schulden mir also etwas. Vielleicht bin ich genauso geil wie jeder andere verdammte Mann in diesem Krieg und bereit, mit einem französischen Überzieher ein bißchen was zu riskieren. Sie schulden mir also etwas, wunderbar! Ich erwarte nicht, daß Sie mir sofort zu Willen sind, denn immerhin werden wir wohl den Hauptmann morgen früh begraben müssen. Aber danach, zum Teufel, Lady, ja, da können Sie Ihre Schulden bezahlen! Kann ich das als Versprechen ansehen?«

Mit riesengroßen Augen starrte sie ihn nur ungläubig an, und er wiederholte: »Ist das ein Versprechen?«

»Ja!« zischte sie, erstaunt über ihre eigene Antwort.

Dann stürmte er aus dem Zimmer, um das Morphium zu holen.

Am gleichen Abend noch, etwa um Mitternacht, starb Hauptmann Henderson. Mary berührte noch einmal ganz zärtlich sein schmerzverzerrtes Gesicht und zog ihm dann das Laken über den Kopf.

Brent, der sie dabei beobachtete, konnte nicht umhin, echtes Mitleid mit ihr zu empfinden, und sagte: »Es tut mir leid, so leid.«

Sie blickte zu ihm auf, und Tränen glitzerten wieder in ihren Augen, aber ihre Stimme klang erstaunlich gefaßt, als sie sagte: »Ich bin froh, daß sein Leiden nun ein Ende hat.«

»Ich konnte wirklich nichts mehr ...«

»Ich weiß.«

»Ich lasse Sie nun ein bißchen mit ihm allein.«

Daraufhin verließ Brent das Zimmer und lehnte sich, nachdem er die Tür geschlossen hatte, von außen dagegen. Henderson war eines furchtbaren Todes gestorben. Das Leben war so unberechenbar und konnte manchmal so grausam sein. Dieser Mann hatte nicht verdient, so zu sterben. Hinter der Tür hörte Brent Mary herzzerreißend schluchzen und wünschte, daß er sie irgendwie trösten könnte.

Dann ging er langsam den Korridor entlang zurück in sein Büro. Unterwegs rief er einen Sanitäter herbei, um ihm mitzuteilen, daß sie einen Sarg für Hauptmann Henderson bräuchten. Nachdem er seinen Bericht für den Tag beendet hatte, erhob er sich, um noch einmal zu Hendersons Zimmer zu gehen. Im Krankenhaus war es jetzt ganz ruhig.

Mary saß immer noch an seiner Seite, aber ihre Tränen waren versiegt.

»Es tut mir leid«, sagte Brent noch einmal, und Mary entgegnete abermals: »Ich bin froh, daß er nun nicht mehr leiden muß.«

Dann sah sie zu Brent hoch, und ihr gelang sogar ein winziges Lächeln, als sie fortfuhr: »Ich hab' ja gewußt, daß es so kommen würde. Er war auch gar nicht mehr er selbst und lag schon so lange im Sterben ... daß es nun auch für mich eine Erleichterung ist, obwohl ich ihn sehr vermissen werde. Aber er hat so furchtbar gelitten, daß ich richtig froh bin, daß es endlich vorbei ist.«

Brent, der im Türrahmen stehengeblieben war, nickte nur. Dann stand sie auf, um das Zimmer zu verlassen. Als er ihr nicht gleich auswich, zog sie verwundert eine Augenbraue hoch und fragte: »Würden Sie mich bitte durchlassen, Dr. McKenzie?«

»Ja, natürlich, Mary. Ich hab' schon um einen Sarg gebeten. Wir werden ihn aufbahren, damit die Trauernden ihm die letzte Ehre erweisen können, aber wir sollten den Sarg geschlossen halten. Morgen wird dann auch ein Gottesdienst für ihn stattfinden.«

»Ich danke Ihnen.«

»Die Männer hier haben Captain Henderson sehr bewundert. Ich habe nur Gutes über ihn gehört.«

»Er war ein guter Mensch und ein wundervoller Mann, freundlich und großzügig, loyal und verläßlich. Seine einzige Sünde war die Einsamkeit.«

»Das ist keine Sünde, Mary«, sagte Brent, der zur Seite getreten war und ihr nun die Tür aufhielt.

Sie war schon im Gehen begriffen, drehte sich aber dann noch einmal zu ihm um und sagte: »Übrigens, Dr. McKenzie, ich habe niemals mit Hauptmann Henderson geschlafen.«

Dann lächelte sie zufrieden darüber, ihn verwirrt zu haben und ihn mit seinen Zweifeln zurückzulassen. Aber er hielt sie am Arm fest. Immerhin hatte sie dieses Thema angeschnitten, so konnte er sich auch erlauben, näher darauf einzugehen und fragte: »Wie bitte?«

»Ich habe nie mit ihm geschlafen«, fauchte sie jetzt. Er war noch ganz erstaunt über ihren plötzlichen Zorn, als sie wütend hinzufügte: »Er war mein Vater. Sie Dummkopf!«

Zähneknirschend gelang Brent so etwas wie ein Lächeln. Sie hatte es darauf angelegt, ihn hinters Licht zu führen. Wochenlang war sie darauf bedacht gewesen, ihm diese Information vorzuenthalten, und hatte zugelassen, daß er sich immer wieder über ihren vermeintlichen Beruf ausließ.

Dann erinnerte er sich wieder daran, daß sie gerade einen geliebten Menschen verloren hatte, und wollte schon nachgeben. Aber immerhin hatte sie davon angefangen! Deshalb glaubte er sich schließlich berechtigt, ihr zu antworten: »Um so besser, meine Liebe. Dann fühle ich mich auch nicht mehr halb so unwohl, wenn Sie Ihre Schulden begleichen.«

Entrüstet starrte sie ihn an, während ihr die Farbe aus dem Gesicht wich, und dann rannte sie den Korridor hinunter.

»Mary!« rief er ihr noch nach.

Aber es war zu spät. Sie war schon weg, und er allein mit dem toten Mann, den sie aufrichtig geliebt hatte.

»Es sieht ja fast so aus, als ob hier immer einer von unserer Familie die Stellung halten soll.«

Julian stand am Fenster seiner kleinen Zelle und sah auf die Straßen und Bürgersteige von Washington hinunter, wo sich die Menschen zu dieser späten Nachmittagsstunde drängten, um noch schnell ein paar Einkäufe zu erledigen. Es war ein interessantes Gefängnis. Er wußte, daß Rose Greenhow, die bekannte Spionin der Konföderierten, hier ihre Nachrichten empfangen und weitergesandt hatte.

Als er die Stimme seiner Cousine hörte, drehte er sich lächelnd zur Tür, und sah Sydney schon auf sich zukommen, um ihn zu umarmen. Er erwiderte ihre Umarmung erfreut und recht lange. Als er sie schließlich wieder losließ, mußte er wieder einmal feststellen, daß sie umwerfend gut aussah – vielleicht noch besser als vor dem Krieg, da ihr die in den beiden vergangenen Jahren gewonnene Reife ausgezeichnet zu Gesicht stand. Ihr leicht exotisches Aussehen, das sie geheimnisvoll und unwiderstehlich machte, verdankte sie ihren indianischen Wurzeln. Von ihrer irischen Mutter hatte sie die grünen Augen geerbt, und ihr unglaublich dichtes, schweres, dunkles Haar verdankte sie den seminolischen Vorfahren ihres Vaters.

»Man hat mir gesagt, daß ich dein Zimmer bekommen habe«, sagte Julian.

»Ja, es ist der gleiche Raum. Sie müssen ihn für die

McKenzies reserviert haben. Wir sind nämlich privilegiert, weißt du. Nicht jeder verdient soviel Privatsphäre.«

»Hm!« machte er und verschränkte die Arme vor der Brust, bevor er Sydney die Frage stellte, die ihm schon die ganze Zeit auf der Zunge lag: »Außerdem habe ich gehört, daß es dir gelungen ist, hier rauszukommen, indem du einen Yankee geheiratet hast.«

Lächelnd sah sie ihn an und konterte: »Immerhin habe ich dadurch meine *Freilassung* erwirkt, wohingegen du mit deiner Yankee-Heirat nur deine *Gefangennahme* erreicht hast.«

»Treffer für dich, Cousine«, murmelte Julian.

Aber das Lächeln auf Sydneys Gesicht verschwand schnell, als sie sagte: »Ich habe gehört, daß Jesse schon wieder verwundet wurde. Und daß es diesmal eine besonders ernste Verletzung war, die du operiert haben sollst.«

»Ich denke, er kommt wieder in Ordnung.«

»Es stimmt also, daß du ihn operiert hast?«

»Ja«, antwortete Julian und zögerte einen Moment, da er nicht wußte, wie er die Frage seiner Cousine einordnen sollte. Schließlich sagte er: »Sydney, du wolltest doch nicht etwa, daß er stirbt?«

»Um Gottes willen, natürlich nicht!« entfuhr es ihr. Dann fügte sie kopfschüttelnd hinzu: »Er war ein Freund ... mehr als das. Er ist früher schon mal verwundet worden, in Virginia. Er wurde gefangengenommen, und ich war seine Krankenschwester, als man ihn nach Richmond ins Krankenhaus brachte. Er kennt Ian.«

»Ich weiß, sie sind beide bei der regulären Kavallerie.«

»Jesse war für die Rebellen ein wichtiger Gefangener, und er sollte gegen Jerome ausgetauscht werden, als der von der Bundesarmee hier im Kapitol festgehalten wurde. Aber irgend jemand hat in letzter Minute das Arrangement platzen lassen, und so wurde Jesse gegen einen anderen ausgetauscht. Aber Jerome hatte natürlich nicht die Absicht, hierzubleiben – wie du dir sicher vorstellen kannst. Und während der Flucht, kurz bevor Jerome mich abholen wollte, kam Jesse, der irgendwie Wind davon bekommen hatte, zu mir und sagte, wenn ich mit Jerome die Stadt verließe, würde er Alarm schlagen. Weil ... er gedacht hat, ich sei in Gefahr, wenn ich mit Jerome unterwegs wäre. Ich war natürlich total außer mir, aber was blieb mir denn sonst übrig. Jesse mußte schließlich zurück in den Krieg. Nun, ja, und dann ... hatte ich mich wegen Jerome ja schon ziemlich an das Gefängnis gewöhnt, und als sie auch noch eine neue Wachmannschaft schickten, die viel anständiger war als Jeromes Wärter, fing ich an, regelmäßig herzukommen, um die gefangenen Rebellen zu besuchen. Und dabei habe ich natürlich alle möglichen Informationen mitbekommen, die den Krieg betrafen ...«

»Und du hast sie weitergeleitet!« ergänzte Julian.

»Nun, das macht man doch gewöhnlich mit Informationen«, sagte Sydney.

»Nachdem Jennifer beinah gehängt worden wäre und all dem, was bei Alaina schiefgelaufen ist?«

Verwundert starrte Sydney ihn an, bevor sie ihm darauf antwortete: »Jeden Tag werden Männer erschossen, und trotzdem ziehen immer noch mehr in den Krieg.«

»Nun, als Mann hat man da auch kaum eine andere Wahl«, erklärte Julian.

»Das ist nicht wahr. Als Frau hast du keine Wahl.«

»Sydney ...«

»Nun, genau darum geht es doch. Du, Ian, Jerome, Brent, mein Vater, dein Vater – ihr hättet es alle als eure heilige Pflicht angesehen, mich aus dem Schlamassel herauszuholen, in den ich mich selbst gebracht hatte. Das habe ich Rhiannon auch gesagt, als sie hier war, und sie deshalb um Hilfe gebeten.«

»Und dann ist sie zu Hauptmann Jesse Halston gegangen.«

Sydney nickte. »Nun, so wie es aussieht, glaubt General Magee immer noch, daß es für uns alle besser ist, wenn wir im Gefängnis bleiben. Obwohl ich es nicht gerne zugebe – da Jesse derjenige war, der mich hier reingebracht hat –, war er immerhin anständig genug, mich auch wieder rauszuholen. Viele Möglichkeiten hatte er da nicht. Er kam her, wir wurden getraut, er warnte mich noch, mich nicht wieder auf irgendwelche Spionagetätigkeiten einzulassen, und dann ritt er davon, um sich erneut seiner Einheit anzuschließen.« Verbittert fügte sie hinzu: »Er ist noch gerade rechtzeitig dort angekommen, um an der Schlacht von Gettysburg teilzunehmen.« Beinah ängstlich sagte sie dann: »Julian, ich habe gehört, daß er in die Schulter getroffen wurde und es eine sehr ernste Verletzung war.«

»Er hat die Operation gut überstanden.«

Sydney biß sich auf die Unterlippe: »War Rhiannon dabei, als du operiert hast?«

»Ja.«

»Nun, dann hat er vielleicht eine Chance.«

Julian senkte den Blick und überlegte, ob er gekränkt darüber sein sollte, daß jetzt sogar schon seine eigene Verwandtschaft nur noch an seine Fähigkeiten glaubte, wenn sie wußten, daß Rhiannon ihm assistiert hatte. Aber er sprach dieses Thema nicht an, sondern fragte Sydney stattdessen: »Ich bin neugierig, wie du Rhiannon überhaupt kennengelernt und herausbekommen hast, daß sie diese besonderen Fähigkeiten im Umgang mit Kranken hat?«

»Hat sie dir das denn nicht erzählt?« entgegnete Sydney ehrlich erstaunt.

»Wir hatten nie viel Zeit, um uns zu unterhalten.«

»Wie auch? Ich kenne ja das ungestüme Temperament der McKenzie-Männer ...«

»Na, hör mal, warum betonst du so das Temperament von uns Männern?«

»Hab' ich vielleicht dem Fotografen von *Harpers* eine runtergehauen?«

»Wenn du dabeigewesen wärst, hättest du ihm jedes Haar einzeln ausgerissen«, versicherte ihr Julian.

Sydney lächelte und kam auf Julians Frage, wie sie und Rhiannon sich kennengelernt hatten, zurück: »Es gibt hier einen jungen Gefreiten, der eine ernste Fußverletzung hatte. Ich dachte, daß man den Fuß womöglich abnehmen müßte. Aber Sergeant Granger schlug vor, daß wir erst mal Rhiannon holen sollten ... und sie hat wirklich Wunder gewirkt. Sie hat so eine Fähigkeit – ein Talent, mit Verletzungen umzugehen –, fast könnte man sagen, sie besitzt *heilende Hände*.«

»Hm, sie hat auch noch ganz andere Talente, das muß ich zugeben«, murmelte Julian, mehr zu sich selbst.

»Risa hat dafür gesorgt, daß sie herkommen konnte, und da dachte ich, wenn meine Schwägerin eine so hohe Meinung von ihr hat, daß sie sie ihrem Vater als Krankenschwester empfiehlt ... Wie auch immer: Rhiannon hat am Gefreiten Lawton ein wahres Wunder vollbracht. Ich kenne auch deine Fähigkeiten, Julian. Deshalb weiß ich auch, daß, falls Jesse überhaupt eine Chance hatte ... es am besten für ihn war, wenn ihr zusammen die Operation vornehmen konntet. Nun sollten wir aber darüber sprechen, wie wir dich hier wieder rauskriegen ...«

»Moment mal, Sydney«, sagte Julian freundlich.

»Wie bitte?« fragte sie und sah ihn mit ihren wunderschönen, jetzt vor Erstaunen weit aufgerissenen Augen an.

»Sydney, du darfst dich da nicht einmischen.«

»Aber ...«

»Du hast Jesse geschworen, daß du nie mehr etwas mit Spionage zu tun haben wolltest.«

»Ja, schon, aber das hier ist doch was anderes.«

Julian nahm ihre Hände in seine und sagte beschwörend: »Nein, das ist es nicht.« Kopfschüttelnd fuhr er dann fort: »Außerdem werden sie mich nicht so lange hierbehalten. Ich werde bestimmt bald ausgetauscht.«

Nun war es an Sydney, den Kopf über Julians Unvernunft zu schütteln. »Julian, nach Gettysburg gibt es unendlich viele verletzte Rebellen, die hier gefangengehalten werden. Die Unionsgetreuen sind der Meinung, daß die Schlacht bei Gettysburg der Wendepunkt des Krieges war und daß sie nun eine Möglichkeit gefunden hätten, uns zu schlagen, weil wir Rebellen gar nicht die zahlenmäßige Stärke haben, um eine echte Gefahr für den Norden darzustellen. Außerdem ist auch Vicksburg gefallen. So siegessicher wie jetzt waren die Yankees noch nie! Sie könnten uns nun öffentlich im Mississippi ertränken, wenn sie wollten. Julian ...«

»Ich will nicht, daß du da mitreingezogen wirst.«

»Wenn Jesse wütend darüber wird ...«, setzte Sydney an und warf verächtlich den Kopf in den Nacken.

»Es geht dabei nicht so sehr um seinen Zorn«, versuchte Julian ihr klarzumachen. »Er ist wahrscheinlich verantwortlich für dich. Und wenn du ihn hintergehst, muß er womöglich die Suppe auslöffeln.«

»Er hätte mich ja nicht festnehmen lassen müssen.«

»Was hätte er denn sonst tun sollen? Er ist ein Yankee. Du hast Informationen, die den Kriegszielen des Nordens zuwiderliefen, weitergereicht.«

»Aber wenn er mich gelie…«

»Wenn er was?«

Sydney wurde rot und beeilte sich zu sagen: »Wenn er mich gern gehabt hätte, hätte er mich nicht festnehmen lassen.«

Aufgebracht riß Julian die Arme in die Höhe. Er konnte einfach nicht verstehen, daß Sydney nicht begreifen wollte, was doch so offensichtlich war.

»Sydney, wir haben Krieg! Er ist ein Nordstaatler.« Kopfschüttelnd fuhr er fort: »Du weißt doch, was der Krieg einer Familie antun kann. Du kannst nicht erwarten, daß ein Mann gegen seine Überzeugung handelt.«

»Ich will endlich nach Hause, Julian.«

»Aber du hast ihn geheiratet.«

»Ich habe geschworen, daß ich nicht spionieren würde, ich habe niemals gesagt, daß ich nicht nach Hause ginge. Und wenn ich dir helfe zu entkommen, kann ich mit dir zurück nach Florida.«

»Sydney, das wäre genauso gefährlich wie bei Jeromes Flucht.«

Aber sie schüttelte eigensinnig den Kopf und entgegnete dann: »Jerome ist ein Schmuggler. Die Yankees hassen ihn; er hat sie immer wieder zum Narren gehalten. Aber dich hassen sie nicht – du hast viel zu vielen von ihnen das Leben gerettet!«

»Ich kann dir versichern, Sydney, daß es auch Yankees gibt, die mich hassen. Aber Ian weiß ja, daß ich hier bin. Er kann sicher etwas arrangieren«

»Oh, tatsächlich? Und wie soll das gehen? Soll er vielleicht sagen: ›Mein Bruder arbeitet beim medizinischen Stab, lassen Sie ihn bitte frei‹?«

Julian zuckte die Achseln. »Ja, vielleicht reicht das schon. Man kann nie wissen.«

»Nun, *ich* habe einen Plan.«

»Ja?«

»Und zwar einen, der schon einmal funktioniert hat.«

»Soll ich mich vielleicht als eine der singenden irischen Damen verkleiden, so wie Jerome?«

Empört zog Sydney eine Augenbraue hoch und entgegnete: »Sei doch nicht blöd, das würden sie doch sofort rauskriegen.«

»Was soll mir sonst hier raushelfen?«

»Ein Sarg«, entgegnete sie verschwörerisch.

»Ein Sarg?«

»Wenn die Toten hinausgebracht werden ... krabbelst du bei einem mit rein. Es hat schon bei anderen Gelegenheiten wunderbar funktioniert. Und Gott weiß, daß noch viele der Verwundeten von Gettysburg, die man hier eingeliefert hat, ihren Verletzungen erliegen werden.«

Er wollte gerade den Mund aufmachen, um zu protestieren, hielt dann aber inne. Sydney hatte vielleicht gar nicht so unrecht. So viele Männer waren schon tot ... und würden noch sterben. Ian würde sicher tun, was in seiner Macht stand. Aber das konnte noch dauern. Särge gab es allerdings in Hülle und Fülle.

Während er darüber nachdachte, ertönten Kirchenglokken. Sie hatten schon sehr oft außer der Reihe geläutet: immer dann, wenn ein bekannter Yankee-Offizier, der in der Schlacht von Gettysburg verwundet worden war, in einem der Washingtoner Krankenhäuser seinen Verletzungen erlegen war.

Um die verstorbenen Rebellen machte man hier in der Hauptstadt der Yankees natürlich nicht so viel Aufhebens. Alles was sie erwartete, war ... ein Sarg und der Transport in den Süden – nach Hause!

In den Tagen, die auf die große Schlacht von Gettysburg folgten, unternahm die Unionsarmee einige kleinere Feldzüge, um die Südstaatler aufzuhalten. Rhiannon wußte, was man damit beabsichtigte – und was nicht. General Magee hatte ihr davon erzählt.

Anfänglich schien der Zustrom der Verwundeten, die

noch Tage nach der Schlacht vor den Lazaretten ausharrten und auf ihre Behandlung warteten, nicht abzureißen. Aber nun nahmen die langen, ermüdenden Stunden, die sich nur dadurch unterschieden, daß es mal Tag und mal Nacht war, allmählich ein Ende. Schließlich hatte man alle Verletzten versorgt, und wenn sie transportfähig waren, schickte man sie weiter in andere Krankenhäuser oder zur Genesung nach Hause. Die verwundeten Rebellen kamen ebenfalls in Krankenhäuser im Norden – oder ins Gefängnis.

Auch jetzt starben noch sehr viele an den Folgen der Schlacht. Man setzte sie in hastig ausgehobenen Gräbern bei, nicht weit von den Feldlazaretten entfernt, in denen sie ihren Verletzungen erlegen waren.

Schließlich war der Großteil der Transportfähigen auf dem Weg zu ihrem Bestimmungsort, und die Behandlung derer, die man noch vor Ort betreuen mußte, wurde viel leichter. Außerdem verteilte man die Verbliebenen auch noch auf die einzelnen Lazarette. Viele von ihnen würden noch lange unter der Obhut patriotisch gesonnener Yankees in Gettysburg bleiben müssen. Einige brachte man auch nach Harrisburg, und manche – Rebellen und Yankees gleichermaßen – starben unterwegs und wurden eiligst beerdigt.

Erst später würde man richtige Gräber schaffen können. Aber im Augenblick wurden die Yankees und ihre Rebellenbrüder, im Tod wieder vereint, auch gemeinsam begraben. Die Zahl der Toten war so unvorstellbar groß, daß man ihrer anders nicht Herr werden konnte. Außerdem war die Bedrohung, die von den Zehntausenden von Leichen ausging, Grund genug, den Gefallenen diese Behandlung zuzumuten.

Das Lazarett auf dem Gehöft, in dem Rhiannon arbeitete, bekam allmählich wieder so etwas wie geregelte Arbeitszeiten. General Magee ließ für die Bediensteten nun auch gemeinsame Mahlzeiten auftragen und gönnte sich jeden Abend ein paar Stunden der Muße, in denen er die Füße hochlegte, um sich ein wenig auszuruhen, Briefe zu schreiben – oder sich mit Rhiannon zu unterhalten.

Da er sehr festgefügte Ansichten über den Stand der Dinge hatte und sie jemandem mitteilen wollte, war Rhiannon ganz gut informiert. Seiner Meinung nach hätte man Lee gleich verfolgen sollen. Der Südstaatengeneral habe bestimmt nur mit dem Kopf schütteln können, als er sah, was die Unionsarmee tat beziehungsweise unterließ. Kein Wunder, daß die Rebellen immer noch der Meinung waren, diesen Krieg gewinnen zu können, obwohl der Norden ihnen zahlenmäßig, und auch was die Ausstattung anging, weit überlegen war. Magees Ansicht nach waren die Yankees nicht in der Lage, auch nur einen einzigen Mann zu rekrutieren, der tatsächlich Mumm genug hatte, um richtig zu kämpfen.

Lincoln sei natürlich begeistert über den Ausgang der Schlacht gewesen – aber außer sich darüber, was seitdem passiert war. Man habe die Rebellen einfach so davonkommen lassen, weil Meade wohl der Ansicht gewesen war, daß seine Truppen einfach zu erschöpft seien, um sich jetzt gleich noch einmal eine Schlacht mit Lees Leuten zu liefern. Die unzähligen Verwundeten schien der Politiker bei seiner Betrachtung der Lage zu vergessen. Aber schließlich arbeitete Meade doch einen neuen Angriff aus, stellte ihn dem Rat der Generäle vor, und einige der Herren legten ihr Veto ein.

Lincoln reagierte prompt und sehr verärgert: Meade habe nicht seine Generäle einzuberufen, um mit ihnen irgend etwas auszudiskutieren. Er solle Befehle geben! Außerdem verlangte er, daß die Unionsarmee die besiegten und sich zurückziehenden Konföderierten verfolgte, die mittlerweile schon bei Boonsborough oder Williamsport in Maryland angelangt waren. Aber Meade gab erst einmal keinen Befehl, die Unionsarmee auf die Fährte der Rebellen anzusetzen.

Es war schon Mitte Juli, als er sich endlich dazu entschloß, Lee eine Einheit nachzusenden. Zu diesem Zeitpunkt erreichten Magees Truppe Meldungen aus New York, daß es dort gewalttätige Auseinandersetzungen gegeben habe, bei denen wenigstens einhundert Menschen verletzt oder getötet worden seien. Man hatte Kirchen niedergebrannt, und auch darüber hinaus hatte es erhebliche Verwüstungen gegeben. Trotz des Erfolges von Gettysburg, der einem Wendepunkt des Krieges gleichkam, gab es Nordstaatler, die den Krieg sofort beenden wollten.

Ende Juli befand sich auch Rhiannon wieder mit General Magees Kräften unterwegs in Richtung Süden, nach Virginia. Magees Kavallerie wurde dabei immer wieder in Scharmützel verwickelt, wenn versprengte Rebellen sie angriffen, sich dann aber meist schnell wieder zurückzogen.

Nachts lag Rhiannon häufig wach, weil sie Angst davor hatte einzuschlafen … und zu träumen.

Jesse war von Gettysburg aus direkt nach Harrisburg verlegt worden, um sich dort richtig auszukurieren, bevor man ihn zu einer ruhigeren Pflichterfüllung nach Washington oder wieder zu seiner Kavallerieeinheit abkommandieren würde. Rhiannon hatte Sydney darüber in einem Brief informiert und auch darüber, daß es Jesse wieder ganz gutginge. Sie hatte ihrerseits nach Julians Befinden gefragt, aber noch keine Antwort erhalten. Soweit sie wußte, war er immer noch im Alten Kapitol, und damit in Sicherheit. Es gab dort viele Gefangene, die er behandeln konnte, so daß er – dachte sie – nicht auf den Gedanken käme, Fluchtpläne zu schmieden. Ian war noch einmal zu ihr gekommen und hatte ihr mitgeteilt, daß es wohl bis zum Ende des Sommers oder bis Anfang Herbst dauern würde, bis man einen offiziellen Austausch arrangieren konnte. Sie brauchte sich also keine Sorgen zu machen: Julian wußte, daß er einfach nur abwarten mußte, und er würde bestimmt nichts Unvernünftiges tun.

Meade schlug schließlich sein Lager in der Nähe von Warrenton, Virginia, auf. Der September brachte tagsüber heißes Wetter, aber nachts wurde es schon recht kalt. Rhiannon hatte genug zu tun. Zwar ließ Meade seine Armee im Augenblick nicht weiter vordringen, aber seine Leute mußten sich trotzdem ihrer Haut wehren, weil Milizeinheiten, die von Süden her vorgedrungen waren, sie angriffen, um an ihre Vorräte zu kommen.

Die Tage zogen sich endlos dahin, manchmal angefüllt von Geschäftigkeit und manchmal furchtbar langweilig, aber immer noch – viel zu oft – tragisch. Eines Nachmittags hielt Rhiannon einen ganz jungen Soldaten im Arm, der bei einem Scharmützel einen Bauchschuß davongetragen hatte und für den man nichts mehr tun konnte. Es waren nur zwei kleine Einheiten aufeinandergetroffen. Aber was machte es schon für einen Unterschied, dachte Rhiannon, ob ein Mann nun während einer großen Schlacht fiel oder weil ihn irgendwo auf weiter Flur eine einzige Kugel erwischte.

Mitte September wurde sie immer wieder von Alptraumsequenzen gepeinigt, in denen auch ein Kind vorkam. Es war ein kleiner Junge, beinah noch im Krabbelalter. Aber sie konnte sein Gesicht nie genau erkennen. Er hangelte sich noch etwas unbeholfen an einem Zaun entlang, während die Sonne unterging und sich dunkelgelbe Schatten über die Landschaft legten. Als die Sonne dann den Horizont berührte, tauchte sie die ganze Szenerie in ein grelles Rotorange. Plötzlich hörte Rhiannon eine Explosion, die hinter dem kleinen Kind stattgefunden haben mußte. Männer schrien, Pferde wieherten, und sie sah, wie Julian über das Feld rannte, auf dem all die Toten und Sterbenden lagen …

Eines Nachts erwachte sie schweißgebadet aus diesem Traum, und war sehr froh darüber, daß er nun endlich vorbei war. Sie verstand nicht, was er bedeuten sollte. Er vermittelte ihr nichts, das sie in Bezug zur Realität hätte bringen oder nutzen können, um jemandem zu helfen. Außerdem war Julian immer noch im Alten Kapitol.

Dann spürte sie plötzlich eine sachte Bewegung in ihrem Bauch. Zuerst wußte sie gar nicht, was es sein könnte, aber dann wurde ihr klar, daß es das Kind sein mußte. War es nicht noch zu früh dafür? Sie atmete tief durch und setzte sich im Bett auf. Wahrscheinlich hatte sie es sich nur eingebildet. Aber dann bewegte es sich wieder, und sie mußte unwillkürlich lachen, während ihr Freudentränen über das Gesicht liefen. Überall war sie von Tod und Zerstörung umgeben und wußte nicht, was die Zukunft ihr bringen würde, aber das Leben, das sie in sich trug, wuchs und gedieh. Es war wie ein Wunder!

Julian war ihr so böse gewesen, weil sie ihn durch ihren Trick in Gefangenschaft gebracht hatte, aber er war wenigstens noch am Leben. Und was er auch immer für sie empfand, dieses Kind würde einen Vater haben. Rhiannon wollte, daß er im Gefängnis blieb, weil er da am besten aufgehoben war.

Aber am nächsten Morgen, als sie beim Kaffee eine Unterhaltung einiger Soldaten mitbekam, konnte sie nicht umhin, sich doch Sorgen zu machen.

»Jetzt sitzen wir schon bald einen Monat hier rum, während Lee seine Truppen neu zusammenzieht«, beklagte sich aufgebracht ein Sergeant.

»Wenn die Generäle uns damals hätten weiterkämpfen lassen, läge dieser vermaledeite Krieg schon lange hinter uns«, entgegnete ein ziemlich mitgenommen aussehender Gefreiter.

»Gettysburg, Vicksburg ... und habt ihr schon davon gehört, daß sie diese *Belle Boyd* schon wieder ins Alte Kapitol gesperrt haben?«

»Na, lang wird sie da nicht drin bleiben! Habt ihr die Frau mal gesehen? Sie hat sich schon einmal aus der Gefangenschaft geflirtet und wird es wieder tun! Und nun ist sogar ein Gentleman aus dem Süden da, um ihr Gesellschaft zu leisten.«

»Nun, die beiden werden auf jeden Fall für ein paar Schlagzeilen in den Washingtoner Zeitungen sorgen.«

»Die beiden?« fragte nun einer, der gerade erst dazugekommen war.

»Der Rebellendoktor McKenzie und sie. Sie ist mit Fieber eingeliefert worden, und er hat sie behandelt.«

Die Männer lachten, und Rhiannon zog sich rasch in ihr Zelt zurück, setzte sich aufs Feldbett und versuchte, ein Zittern zu unterdrücken, das sie vor Wut zu überkommen drohte. Mit geballten Fäusten saß sie da, während die Eifersucht von ihr Besitz ergriff. Sie hatte *Belle Boyd* noch nie gesehen, aber man sagte, daß die Südstaatenspionin eine außergewöhnliche Schönheit sei. Und jetzt war diese Frau zusammen mit Julian eingesperrt, der sie – Rhiannon – zwar geheiratet, aber doch auch verflucht hatte. Und ihre zweite Liebesnacht lag nun schon wieder so lang zurück, daß sie kaum noch wahr zu sein schien. Vielleicht war Julian damals in Gettysburg nur zu ihr gekommen, weil es ihm zustand und er lange keine Frau mehr gehabt hatte. Wer weiß, wie er nun von ihr dachte: Möglicherweise erwiderte er ihre Liebe gar nicht; wahrscheinlich haßte er sie immer noch dafür, daß sie ihn in diese Lage gebracht hatte.

Aber das war jetzt egal, solange er nur am Leben blieb! versuchte Rhiannon sich einzureden. Aber es tat so weh, o Gott, wie sie die Vorstellung schmerzte, daß er sich einer anderen Frau zuwenden könnte. Als sie mit Richard verheiratet gewesen war, hatte sie sich über dessen Treue nie Gedanken machen müssen. Dabei hatte sie sich ja gar nicht in Julian verlieben wollen. Er war einfach so in ihrem Leben aufgetaucht ... Und dann hatte sie ihn näher kennengelernt, und er hatte sie nicht mehr losgelassen ...

Wenn auch er starb, hätte sie das wohl kaum noch einmal ertragen. Aber er war nun ein Gefangener und in Sicherheit. Das versuchte sie sich immer wieder klarzumachen. Aber in der folgenden Nacht träumte sie erneut von ihm, und diesmal sah sie ihn in einem Sarg ...

21.

Sydney ging zur Haustür, drehte sich dann aber abrupt um, und wie sie erwartet hatte, stand Sissy auch schon hinter ihr. Daß ihr ehemaliges Hausmädchen nun auf sie aufpaßte, gehörte zu der Abmachung, durch die sie ihre Freiheit wiedererlangt hatte.

Sydney wohnte immer noch mit Marla in dem kleinen Haus – nur daß Sissy nun auch bei ihnen eingezogen war. Sydney war nicht in das Haus ihres neuen Gatten gezogen, da er ohnehin nicht da war. Außerdem hatte Jesse ihr ziemlich leidenschaftslos erklärt, daß sie relativ leicht eine Annullierung der Ehe erwirken könne, falls er im Feld bleiben sollte. Wenn sie in jener Nacht nicht so unendlich wütend und außer sich gewesen wäre, hätte sie ihm gesagt, daß Gott es niemals zulassen würde, daß ein so netter Mann wie er sein Leben lassen müßte. Aber jetzt hatte sie einfach nur Angst vor dem, was noch alles geschehen könnte. Der liebe Gott hatte auch schon zugelassen, daß so viele andere feine Männer starben. Sie konnte nur dafür beten, daß Jesse – wo immer er auch sein mochte – nach seiner letzten Verwundung wieder ganz auf die Beine kam.

Sydney hatte den Eindruck, daß Marla ganz froh war, daß es nun mit ihren Spionagetätigkeiten ein Ende hatte. Am Anfang war Marla leidenschaftlich bei der Sache gewesen und auch sehr wagemutig. Aber dann hatte sie ein immer schlechteres Gefühl dabei gehabt, und seit jener Nacht, in der man Sydney gefaßt und sie diese Vorahnung gehabt hatte, war Marla regelrecht ängstlich geworden.

Jesse war in der Nacht, in der er Sydney geheiratet hatte, um sie so zu befreien, zuvor zu Marla gegangen. Er hatte ihr erklärt, daß Sydney nun einmal aufgeflogen sei und sie nichts mehr in diese Richtung unternehmen dürften und daß ihnen Sissy als Aufsicht zugeteilt würde, bis er nach Washington zurückkäme, um neue Regelungen für seine Frau zu treffen.

Marla akzeptierte nur allzu bereitwillig die Situation. Natürlich waren sie seitdem Sissy gegenüber beide ziemlich kalt und abweisend, aber die schöne junge schwarze Frau sah einfach darüber hinweg. Sie begleitete Sydney fast überall hin. Aber wenigstens beharrte sie nicht darauf, mit in die Zelle von Julian gelassen zu werden. Sissy wartete dann draußen, bis Sydney das Gefängnis wieder verließ.

»Na, Sissy, bist du fertig?«

»Natürlich, Mrs. Halston.«

Sydney senkte den Blick und dachte, daß Sissy es irgendwie immer hinkriegte, zwar höflich zu sein, sich aber auch gleichzeitig über sie lustig zu machen.

»Wir gehen ins Alte Kapitol ...«

»Ich weiß.«

Erstaunt taxierte sie ihre ehemalige Hausangestellte und fragte dann: »Hast du denn gar nichts dagegen einzuwenden? Keine Ermahnungen oder Warnungen? Wie etwa: Helfen Sie keinem Rebellen zur Flucht, Ma'am, sonst werden Sie gehängt, und ich sorge dafür, daß die Schlinge sich auch richtig fest zuzieht?«

Sissy erwiderte ihren Blick und entgegnete unbeirrt: »Miß Sydney, Ihr Vetter ist Chirurg, er hat viel zuviel dort zu tun, um an Flucht zu denken. Und falls dem nicht so sein sollte, wird sich schon sein Bruder darum kümmern, daß er ausgetauscht wird. Wenn ich richtig informiert bin, wurde Dr. McKenzie gefangengenommen, weil er einst General Magees Fuß gerettet hat und weil ...«

»Weil ihn seine jetzige Frau in die Falle gelockt hat«, beendete Sydney trocken Sissys Satz.

»Sie wollte nur, daß er am Leben bleibt.«

»Nun, Sissy, gerade du müßtest doch wissen, daß es Dinge gibt, die schlimmer sind als der Tod. Das ist doch genau das, was die Gegner der Sklaverei immer behaupten: daß die Sklaverei schlimmer sei als der Tod.«

»Bezweifeln Sie das etwa?«

Sydney zögerte mit der Antwort, da sie sich nun wieder daran erinnerte, wie es war, der Freiheit beraubt zu sein. »Meine Familie hat niemals Sklaven gehalten, Sissy. Ganz im Gegenteil, das Volk, dem meine Urgroßmutter entstammt – die Seminolen –, hat den entflohenen Sklaven immer geholfen.«

»Dann hat das Volk ihrer Urgroßmutter aber ein dickes Lob verdient, Mrs. Halston.«

»Du warst doch überhaupt keine Sklavin«, entgegnete ihr Sydney.

»Ich wurde nicht als Sklavin geboren, das stimmt«, sagte Sissy plötzlich richtig wütend und begann, sich zu Sydneys großem Erstaunen, das Kleid aufzuknöpfen, um ihr dann den bloßen Rücken zuzukehren.

Entsetzt über die schrecklichen Narben, die sich dort befanden, verschlug es Sydney die Sprache.

»Ich bin nicht als Sklavin geboren, Miß Sydney, aber mich haben ein paar Männer aufgegriffen, um mich meinem angeblichen Herrn zurückzubringen, einem Plantagenbesitzer in Alabama. Man hat Papiere gefälscht, und ruck, zuck war ich eine Sklavin. Wer hört schon auf einen Nigger, wenn ein reicher weißer Mann etwas anderes behauptet? Sie wissen, daß das so ist. Und als ich ihm nicht bei allem zu Willen sein wollte, schlug er mich.«

»Sissy, die meisten Herren sind nicht so. Sie kennen den Wert ihrer Sklaven, häufig mögen sie sie sogar ...«

»So etwas Lächerliches habe ich ja wohl überhaupt noch nie gehört. Sie verstehen auch gar nichts! Einige Menschen sind gute Menschen, das mag wohl so sein. Ja, ich selbst habe sogar einige wirklich anständige Weiße kennengelernt, sowohl hier im Norden als auch im Süden. Aber es gibt viel mehr schlechte Menschen, die ihre Sklaven prügeln und völlig rücksichtslos mit ihrem ach so wertvollen Eigentum umgehen. Ein Sklave ist kein freier Mensch, begreifen Sie das denn nicht? Die Sklaverei erlaubt den Weißen, andere Menschen auszupeitschen, zu schlagen und sonstwie zu quälen. Sklaverei erlaubt dem weißen Mann, schwarze Frauen zu vergewaltigen und ihre Kinder zu verkaufen.«

»Ja, vielleicht, aber ...«

»Bei Gott, Miß Sydney, ich weiß doch, daß Sie meine Ansicht nur nicht akzeptieren können, weil Sie eine Südstaatlerin sind. Sie ...«

»Sissy, das hat etwas mit dem Recht zu tun, das im jeweiligen Staat Gültigkeit hat!«

»Aber das wichtigste sogenannte Recht für den Süden ist es doch, Sklaven zu halten!«

Mit einem kleinen Seufzer entgegnete ihr Sydney: »Ja, die Sklaverei ist falsch. Aber Sissy, überleg doch mal: Was passiert denn mit all den Sklaven, wenn sie so plötzlich freikommen? Viele werden Hungers sterben, sie haben kein Zuhause mehr und werden nur schrecklich leiden. Die Sklaverei sollte geplant abgeschafft werden. Man muß die Leute unterrichten und ...«

»Ja, das wäre besser. Aber die Eigentümer werden ihrem sogenannten Eigentum niemals von allein die Freiheit geben, weil es für sie zu wertvoll ist. Man muß dazu Gewalt anwenden, und wie schon John Brown sagte, kann unser Land nicht ohne Blutvergießen gereinigt werden.«

»John Brown war ein Mörder«, entgegnete Sydney.

»Ja, das war er. Er dachte, er sei Gott, Richter und Geschworener zugleich. Es hat bereits großes Blutvergießen gegeben, und das ist einfach furchtbar.«

Sydney ging nun auf Sissy zu, berührte sacht deren Schulter, darauf bedacht, an keine Narbe zu kommen, und sagte: »Es tut mir leid, so leid.«

Sissy entgegnete lächelnd: »Das weiß ich, und mir tut es leid, daß ich Sie verraten mußte. Wissen Sie, warum?«

Anstelle einer Antwort nahm Sydney Sissy in den Arm, und Sissy erwiderte ihre Umarmung. Sie waren zwei einsame Seelen, die sich gefunden hatten.

»Sind Sie immer noch eine Rebellin«, fragte Sissy schließlich.

»Ich bin immer noch eine Südstaatlerin«, entgegnete Sydney, wobei sie ihre Worte mit Bedacht wählte. Sissy direkt in die Augen blickend, fuhr sie dann fort: »Aber du hast mich zum Nachdenken gebracht.«

»Lassen Sie uns jetzt zu Ihrem Vetter gehen«, schlug Sissy vor.

»Es könnte gefährlich für mich werden, zu ihm zu gehen – mit dir im Schlepptau. Julian will unbedingt aus dem

Gefängnis fliehen, damit er seinen Landsleuten an der Front wieder helfen kann.«

»Ich habe gehört, daß er Hauptmann Halston das Leben gerettet hat.«

Sydney zögerte einen Augenblick, bevor sie Sissy fragte: »Bist du gut mit Jesse befreundet?«

»Ja, und ich bewundere ihn«, sagte Sissy beinah feierlich.

»Nun, dann ist es gut zu wissen«, murmelte Sydney, »daß du hier bist, um dich um ihn zu kümmern, wenn ...«

»Wenn?«

Sydney senkte den Blick und schüttelte den Kopf, als ob sie nicht darauf antworten wollte. Schließlich erwiderte sie: »Wenn ich zufällig nicht dasein sollte, wenn er zurückkommt.«

Nun war es an Sissy, zu zögern. Sie war sich nicht sicher, ob sie es wagen durfte, ihre persönliche Meinung zum Ausdruck zu bringen, sagte dann aber doch: »Er liebt Sie, wissen Sie.«

Sydneys Herz tat einen Freudensprung. Es hatte eine Zeit gegeben, da hatte nur ein Lächeln von ihm genügt, um in ihrem Inneren ein angenehmes Kribbeln zu erzeugen. Damals ... und heute immer noch. Wenn er sie ansah, ließ das ihr Herz einfach höher schlagen. Sie hatte sich in ihn verliebt, als sie ihn zum ersten Mal auf seinem Krankenhausbett in Richmond gesehen hatte. Und dann war sie immer ganz aufgeregt gewesen – egal, ob bei ihrem täglichen Rundgang oder später in Washington –, wenn sie ihn wiedertraf, und er jedesmal ein bißchen mehr von sich preisgab. Aber dann ...

»Er hat mich gefangennehmen lassen und ins Gefängnis gesteckt.«

»Sie haben ja auch spioniert.«

»Das ist es ja. Alles ist verkehrt. Er ist ein Nordstaatler und ich bin eine Südstaatlerin; er kommt aus der Kälte, und ich brauche die Sonne, um zu überleben. Es ist einfach alles verkehrt – alles verkehrt!«

»Die Sklaverei ist verkehrt.«

»O mein Gott, Sissy. Hast du überhaupt eine Ahnung,

wie viele Südstaatler gegen die Sklaverei sind? Viele, sehr viele waren gegen die Sezession und gegen den Krieg. Aber der große Trennstrich wurde nun einmal gezogen. Und Jesse ist ein Yankee, und ich bleibe eine Rebellin.«

»Sie haben ihn geheiratet.«

»Ja, das habe ich. Und du hast vielleicht auch mit allem anderen recht, aber ...«

»Aber was?«

»Wir haben immer noch Krieg, das ist ja die Crux an der Sache. *Wir haben immer noch Krieg.*«

Nach wie vor wurden immer noch Verletzte in die Krankenhäuser von Washington und ins Alte Kapitol eingeliefert. Julian, der sich um die verwundeten Rebellen kümmerte, stellte bald fest, daß man ihm in der Gefangenschaft mehr Medizin und andere dringend benötigte Versorgungsmittel – wie etwa Opiumderivate und medizinische Nähseide – zur Verfügung stellte, als er in der Freiheit gehabt hatte. Es war gar kein so übles Leben. Sydney besuchte ihn relativ häufig und half ihm oft mit den verletzten Soldaten. Jedesmal wenn sie sich sahen, fragte er sie nach Rhiannon und Jesse Halston, die beide immer noch an der Front waren. Und je mehr Zeit verging, desto trübsinniger wurde Julian.

»Was hast du denn erwartet?« fragte Sydney ihn eines Tages, »daß Rhiannon sofort nach Washington zurückkehrt, weil du hier im Gefängnis sitzt?« Und mit einem bitterbösen Lächeln fügte sie hinzu: »Auch was das angeht, bist du ihr aufgesessen.«

Julian warf seiner Cousine einen finsteren Blick zu. »Ich habe ihr gesagt, sie soll von der Front weggehen! Wer weiß, wann's wieder losgeht!«

Sydney gab ihm nicht gleich eine Antwort darauf, sagte dann aber: »Sie weiß vielleicht, wann's gefährlich wird.«

Kopfschüttelnd entgegnete er ihr: »Das verstehst du nicht. Sie macht nicht einfach die Augen zu und sieht dann die Zukunft voraus. Sie hat Träume, lichte Momente, in denen sie eine Eingebung hat. Sie kann sich selbst nicht vor allem Übel dieser Welt schützen.«

»Sie ist eine erwachsene Frau, Julian.«
»Die mein Kind unter dem Herzen trägt.«
»Oho …«, machte Sydney, »ich verstehe!« Jetzt sah sie ihn beinah mitleidig an. Wem wollte er damit wohl etwas vormachen? Ihr oder sich selbst?
»Nein, du verstehst es nicht«, sagte er aufgebracht. »Sie gehört nach Hause.«
»Aber du bist ein Gefangener.«
»Nicht mehr lang.«
»Julian, du solltest nichts Unvorsichtiges tun. Ich bin sicher, daß Ian mit den richtigen Leuten gesprochen hat.«
»Das glaube ich auch, Sydney.«
»Begib dich nicht unnötig in Gefahr! Beherzige den Rat, den du mir selbst gegeben hast.«
»Ich werd' sehr, sehr vorsichtig sein.«

Seine Chance kam noch am selben Abend, und zwar ganz unerwartet, als der letzte Patient des Tages, den er hatte behandeln sollen, im Hof des Gefängnisses starb, bevor Julian ihn noch richtig untersucht hatte. Es waren nur noch wenige Gefangene draußen und die Wärter mit all den Neuzugängen ziemlich beschäftigt. Die Kranken und Verletzten, die tagsüber gestorben waren, hatte man an der Mauer aufgereiht, und die meisten Wärter halfen den vom Staat beauftragten Sargmachern, schlichte, roh behauene Holzkisten für die toten Rebellen hereinzubringen.

Während Julian noch traurig auf den Jungen hinuntersah, der gestorben war, bevor er noch hatte herausfinden können, woran er litt, berührte ihn jemand tröstend an der Schulter und sagte: »Es sind schon so viele gestorben, Julian. Sie dürfen sich nicht jeden Toten so zu Herzen nehmen, als seien Sie selbst daran schuld.«
»Ich weiß«, entgegnete er leise. »Es ist nur, daß jetzt …«
»Sie müssen sich darüber klarwerden, daß Sie hier gute Arbeit leisten und Leben retten, wo Sie können.«
Belle war eine hübsche Frau, die einen ganz schutzbedürftigen Eindruck machte, aber vor nichts zurückschreckte. Sie waren schnell Freunde geworden – nicht mehr und nicht weniger; auch wenn die Zeitungen der

Nordstaaten in ihre Beziehung gerne noch etwas hineininterpretierten.

»Ja, aber ...«, setzte Julian an, für den es hier nun kaum noch etwas zu tun gab. Seine Augen ruhten eine Zeitlang auf einem der Särge, und dann sah er *Belle* in die schönen Augen, woraufhin sie ihn lächelnd fragte: »Brauchen Sie ein wenig frische Luft, Colonel McKenzie?«

»Hauptmann McKenzie, Ma'am, nur Hauptmann.«

»Sie verdienen alle Titel, die Sie jemals innehatten, Sir!« erwiderte sie und machte einen formvollendeten Knicks vor ihm.

»Wissen Sie, *Belle,* Sie sollten Schauspielerin werden.«

»Vielleicht werde ich das eines Tages auch. Vertrauen Sie mir, Colonel, und ich lege schon jetzt eine bühnenreife Vorstellung für Sie hin!« Mit diesen Worten ließ sie ihn stehen und ging zum Hauptgebäude, wo sie sich an einen der zur allgemeinen Verfügung stehenden Tische setzte. Er konnte sie durchs Fenster gut beobachten und sah auch, daß sie bald von Männern umringt war.

Schnell blickte Julian sich im Hof um. Nur ein paar Männer bewegten die Särge und hoben die Toten hinein; eine Arbeit, die den meisten zuwider war, während *Belle Boyd* im Aufenthaltsraum hofhielt und dabei beinahe schon zügellos mit Gefangenen und Wärtern gleichermaßen flirtete. Julian hörte, wie ihre Stimme dramatisch laut wurde, als sie den Männern von einem ihrer wilden Nachtritte erzählte und daß sie nie lange irgendwo gefangengehalten worden war. Beim Erzählen sah sie mal den einen, mal den anderen Mann direkt an, wobei ihre braunen Ringellöckchen lustig um ihr Gesicht wippten. Mit der prallen Lebensfreude, die sie ausstrahlte, und ihrer charmanten Art schlug sie die Männer in ihren Bann – raffiniert genug, aller Aufmerksamkeit auch für längere Zeit auf sich zu lenken.

Julian blickte noch einmal auf den jungen Mann, der soeben verstorben war. Die Sonne ging schon unter, und ein gelangweilter Wärter ließ geräuschvoll einen Sarg in der Nähe von Julians provisorischem Untersuchungstisch zu Boden.

»Es ist noch einer im Wagen. Wie mir scheint, haben wir ausreichend Platz für die Toten. Ich seh' mal nach, ob das der letzte Rebell war, Doktor«, sagte die Wache zu Julian und schlenderte davon.

Julian wußte, daß der Tote für heute sein letzter Patient gewesen war. Es gab also noch einen Sarg, der übrig war ... Sydney hatte es selbst vorgeschlagen. Man war schon dabei, die Toten einzuladen. Bald würden die Wachen feststellen, daß eine Nadelholzkiste zuviel da war. Er mußte sich beeilen. Rasch sah er sich um. Die wenigen verbliebenen Wachen standen entweder in der Nähe des Eingangs oder hievten Särge in den Wagen. Der noch freie Sarg stand direkt vor ihm, neben seinem provisorischen Diagnosetisch. Und der Deckel war offen ...

Noch einmal vergewisserte sich Julian, daß ihn auch niemand beobachtete. Die, die ihn hätten im Auge behalten sollen, waren viel zu sehr damit beschäftigt, *Belles* Erzählungen zu lauschen. Und so krabbelte er in den Sarg hinein. Er mußte sich den Sarg nicht einmal mit einem Toten teilen. Die Wachen hatten sich beim Zählen der Toten und Sterbenden um einen vertan.

Er hatte gerade den aus billigem Holz dürftig zusammengefügten Deckel über sich geschlossen, als er Schritte näher kommen hörte. Das waren die Männer, die den letzten Sarg brachten. Sie luden den Toten vom Tisch ein und machten sich dann daran, die restlichen Särge zum Wagen zu bringen. Kurz darauf merkte er, wie zwei Männer sich seine Kiste auf die Schultern hoben, und hörte, wie sie sich darüber beschwerten, daß er ein verdammt schwerer toter Rebell sei. Er wurde ziemlich durchgerüttelt; beinahe wäre die Kiste den Männern auch noch aus den Händen gerutscht, aber schließlich schob man ihn auf den Wagen.

Es war viel dunkler in dem Sarg als in der dunkelsten Nacht und schrecklich eng. Es mochte jetzt ein wenig kühler sein als tagsüber, aber es war immer noch ziemlich schwül und die Luft in der Kiste geradezu zum Ersticken. Julian wäre beinahe in Panik geraten und mußte sich schwer zusammennehmen, nicht mit den Fäusten gegen den Deckel zu trommeln – besser ein lebendiger Gefangener als ein toter Rebell …

Aber, nein, befahl er sich, *halt aus!*

Er bemühte sich redlich, sich zu beherrschen, und gewann den Kampf gegen die aufsteigende Platzangst. Und so fuhr er bald in seinem dunklen, beengenden Verhau aus dem Gefängnis hinaus in die Nacht …

Der Traum mit dem Sarg setzte Rhiannon auch weiterhin zu: Es war dunkel und mitten in der Nacht. Sie ging spazieren, und da lag er, im Unterholz zwischen den Bäumen, in einem Wald. Sie wollte nicht hingehen, tat es dann aber doch. Sie wollte auch nicht hineinsehen, konnte aber nicht umhin. So streckte sie den Arm aus und berührte den Sargdeckel. Er war festgenagelt, und sie konnte ihn erst nicht öffnen. Aber dann gaben die Nägel nach, und sie hatte furchtbare Angst und wollte wegsehen.

Eines Nachts saß Rhiannon ganz allein am Ufer eines Flusses im nördlichen Teil Virginias und wünschte nichts sehnlicher, als zu Hause zu sein. Von irgendwoher ertönte Grillengezirp, aber es war nicht mehr so warm. Am Tag war es brütendheiß gewesen. Die Temperaturen kletterten im Sommer in Virginia viel höher als auf ihrer geliebten Heimathalbinsel Florida.

Sie hielt ein Blatt Papier mit einer kurzen Mitteilung in der Hand, die Sissy Warden, das Mädchen, das mit Jesse Halston arbeitete, ihr geschickt hatte. Es war ein ganz kurzes Schreiben, eine freundliche Geste von Sissy und auch von dem Reiter, der, von Washington kommend, an persönlichen Schreiben mitgenommen hatte, was in seine Satteltaschen paßte.

»Beiden McKenzies geht es gut«, schrieb Sissy, »Sydney kann ich von Tag zu Tag besser leiden. Julian arbeitet sehr hart im Alten Kapitol und hat sich scheinbar an seinen Aufenthalt dort gewöhnt. Meine besten Wünsche für Sie. Ich hoffe, daß wir uns einmal wiedersehen, wenn – wie die meisten Leute nun zu sagen pflegen – dieser furchtbare Krieg vorbei ist.«

Rhiannon zog die Knie an die Brust und dachte wieder an ihren Traum. Es kam ein Sarg darin vor, aber Sissy hatte geschrieben, daß es Julian gutginge. Wahrscheinlich narrten sie ihre Träume nur.

Sie saß immer noch so da, als sie ein Geräusch hörte. Sofort drehte sie sich um und war erstaunt, General Magee direkt hinter sich stehen zu sehen, der auf sie niederblickte. Schnell sprang sie auf, um ihn zu begrüßen: »General, Sir.« Beinah hätte sie noch salutiert, so wie die Soldaten.

»Mein liebes Kind, kommen Sie mal her zu mir.« Und mit diesen Worten hielt er ihr die Arme entgegen.

Rhiannon hatte schon die ganze Zeit befürchtet, daß irgend etwas passieren könnte: mit Risa, die als Nordstaatlerin in Florida kaum sicher war, oder daß man Jerome getötet haben könnte – oder sonst irgendeine schreckliche Nachricht, die sowohl sie als auch den General betraf. Vielleicht war auch Ian McKenzie verletzt worden. Aber nein, so wie der General sie ansah und ihr die Arme entgegenstreckte, war es etwas anderes. Sie bekam vor Schreck einen ganz trockenen Mund und brachte nur mit Mühe heraus: »Ist etwas mit Julian …?«

»Rhiannon, bitte kommen Sie erst mal her zu mir. Es gibt da so ein Gerücht, daß er …«

»Daß er was?«

»Er ist nicht mehr da. Er wird vermißt.«

»Vermißt? Im Alten Kapitol?« Sie spürte, wie ihr Herz bei diesem Gedanken wie wild zu hämmern begann, und fügte entschieden hinzu: »Dann ist er geflohen!«

General Magee schüttelte bedächtig den Kopf und sagte: »Sie haben sehr viele Tote aus dem Gefängnis geschafft. Und man hat erst festgestellt, daß er nicht mehr da war, nachdem man die toten Rebellen fortgebracht hatte. Ich fürchte, daß …«

Rhiannon dachte wieder an ihren Traum mit den Särgen und fiel in Ohnmacht.

Da waren sie wieder, die Särge in ihrem Traum – eine ganze Parade. Sie bewegten sich einer neben dem anderen und in endlosen Reihen hintereinander. Sie wurden nicht von

Soldaten getragen, sondern von verhüllten Gestalten mit einer Sense – einer ganzen Armee von Schnittern, die gekommen waren, um die Toten zu holen. Die vermummten Gestalten stießen ein irres Gelächter aus, während ihre knochigen Hände sich um die Nadelholzkisten krallten. Nur der Tod konnte sich am Krieg weiden. Er war der eigentliche Sieger.

Der Marsch ging weiter, und Rhiannon befand sich zwischen den Sensenmännern und rannte und rannte. Aber sie konnte das Ende des Zuges einfach nicht erreichen. Sie war auch nicht in der Lage, nachzusehen, ob sich vielleicht noch Lebende unter den Toten befanden, da die skelettierten Hände sich dann auch nach ihr ausstreckten.

Erschrocken fuhr sie aus dem Schlaf hoch. Es war dunkel, und sie befand sich in einem der Zelte des Armeelagers, und da war jemand neben ihr, der ihr beruhigend übers Haar strich. Jetzt konnte sie erkennen, daß blaue Augen sie aus einem ihr wohlbekannten, schön geschnittenen Gesicht ansahen, das dicht über ihrem schwebte. Ihr Herz begann vor freudiger Erregung wie wild zu schlagen und setzte beinah wieder aus, als sie erkannte, daß es gar nicht Julian war.

»Rhiannon, ich werde ihn finden«, sagte eine Stimme.

»Ian?« Trotz allem war sie froh, ihn zu sehen. Seit der Schlacht bei Gettysburg hatte sie nichts mehr von ihm gehört und wußte auch nicht, wohin er abkommandiert worden war, nachdem er in Washington Meldung gemacht hatte. Ohnehin war es in diesen Zeiten ein gutes Gefühl, ein bekanntes Gesicht lebend wiederzusehen. Aber es war der falsche Bruder, und sie hatte solche Angst um Julian.

»Ich finde ihn, mach dir keine Sorgen. Ich werde versuchen, den Leichenzug einzuholen, der nach Süden geführt wird, wo man die Toten einer Einheit von Rebellen übergibt, die dem Zug entgegenreiten, um ihre toten Kameraden zu übernehmen. So oder so werden wir bald herausbekommen, was mit Julian geschehen ist. Aber ich kenne ihn, Rhiannon, mein Bruder ist nicht ... Ich habe zwar nicht deine Fähigkeiten, aber ich wüßte, wenn er tot wäre. Ich könnte es spüren.«

»Ian ...«

Anstelle einer Antwort gab er ihr sacht einen Kuß auf die Stirn, erhob sich dann von dem Faltstuhl, auf dem er an ihrem Bett gesessen hatte, und verließ das Zelt.

Verdutzt sah ihm Rhiannon nach. Dann erinnerte sie sich an die Szene mit Magee und daß sie wohl in Ohnmacht gefallen war. Schon wieder! Man erzählte ihr eine unerwartete Neuigkeit, und sie fiel einfach um. Beschämt sprang sie aus dem Bett und schlüpfte nun ihrerseits aus dem Zelt. Sie sah gerade noch, wie Ians Gestalt sich mit dem Dunkel der Büsche und Bäume zu verbinden schien, während er auf eine Gruppe angepflockter Pferde zuging.

Sie hörte, wie er mit einem der Soldaten sprach, die dort Wache standen. Zaumzeug klapperte, und Ian trat mit einem kräftigen Wallach – einem besonders schönen Tier – wieder aus dem Schatten der Bäume. Sie wollte auf ihn zurennen, hielt dann aber inne. Er würde niemals erlauben, daß sie ihn begleitete, sondern versuchen, sie zu beschützen, und darauf bestehen, daß sie im Lager blieb, wo sie in Sicherheit war.

Sie strich sich das schwarze Haar aus der Stirn und ging langsam den Pfad entlang, der zu den Pferden führte. Dort wartete sie im Schatten eines Busches, bis Ian aufsaß und dem nächststehenden Späher Bescheid gab, daß er nun das Lager verlassen würde. Als er außer Sichtweite war, ging sie weiter und rannte schließlich zu den Pferden der Kavallerie.

»He, Sie da, Misses Rhiannon!« rief die Wache ihr zu. »Wo wollen Sie denn mitten in der Nacht hin?«

Vor dem Krieg war der Wächter Farmer gewesen – ein Mann mittleren Alters, ein wenig einfach und langsam, aber ehern in seiner Pflichterfüllung. Trotzdem sprach er sehr freundlich mit ihr, als befürchtete er, daß sie wieder ohnmächtig werden könnte, wenn er zu harsch mit ihr umsprang. Rhiannon glaubte, daß die Soldaten von Magee wohl schon alle der Meinung waren, daß ihr neuer Rebellenehemann mittlerweile genauso mausetot war wie ihr Richard. Magee war vor dem Krieg jahrelang Ians vorgesetzter Offizier gewesen, und so kannten Magees Männer die McKenzies.

»Ich muß Ian einholen«, war das einzige, was ihr in der Eile einfiel.

»Misses Rhiannon, Sie können aber jetzt nicht einfach so weglaufen.«

»Sir, ich muß meinen Schwager noch erreichen.«

»Nein, Ma'am, ich darf Sie nicht gehenlassen ...«, protestierte er entschieden und überlegte, wie er sie eigentlich aufhalten könnte, da sie bereits dabei war, einen rotbraunen Wallach loszumachen. Ehe er sich's versah, war Rhiannon aufgesessen und wendete das Pferd.

»Wollen Sie mich etwa erschießen?« fragte sie dann.

»Nun, nein, natürlich nicht, Ma'am. Sie wissen doch genau, daß ich Sie nicht erschießen ...«

»Sehr gut. Das wäre nämlich die einzige Möglichkeit, mich aufzuhalten.« Mit diesen Worten drückte sie ihrem Pferd die Fersen in die Weichen, und das Tier trabte gehorsam den Weg aus dem Lager hinaus. Sobald sie die Zelte hinter sich gelassen hatte, ließ sie das Pferd galoppieren, wurde aber sehr bald schon von einer Stimme angerufen, die schrie: »Halt oder ich schieße!«

Die Stimme kam aus den Ästen einer alten Eiche über ihr. Rasch zog sie dem Pferd die Zügel an und antwortete, bemüht, ihrer Stimme einen tiefen Klang zu geben: »Ich begleite Colonel McKenzie!«

»Beeilen Sie sich, Mann, er ist auf dem Weg in Richtung Höhenzug. Da wo die Rebellenlager sind.«

»Aye, Sir!« sagte sie, beugte sich dicht über den Hals ihres Tieres und ließ ihm wieder die Zügel frei.

Julian mußte wohl eingenickt sein. Als er wieder erwachte, wurde er sich augenblicklich der furchtbaren Enge bewußt, der er ausgesetzt war, und auch die Luft war nach wie vor unerträglich stickig. *Immer noch in dem Sarg, immer noch unterwegs. Jede Unebenheit des Bodens, die die großen Wagenräder ohne Federung direkt zu ihm durchgaben, verstärkten das ungute Gefühl im Magen ...*

Plötzlich fiel ein Schuß. Ein Aufschrei, dann lautes Rufen, und die Bewegungen des Wagens steigerten sich zu einem unsäglichen Schaukeln, als die Pferde durchgingen.

Julian wurde auf dem kleinen Raum nun so heftig durchgeschüttelt, daß er – als er wieder einen halbwegs klaren Gedanken fassen konnte – fürchtete, sich jeden Augenblick übergeben zu müssen. Auf einmal tat es einen furchtbaren Schlag, ein reibendes Geräusch drang zu ihm durch, und unmittelbar danach wurde sein Sarg durch die Luft geschleudert. Wieder fielen Schüsse, gefolgt von Schreien und Rufen, und dann knallte der Sarg so heftig auf den Boden, daß Julians Kopf gegen das Holz geschleudert wurde und der Deckel zerbarst.

»Nicht schießen, nicht schießen«, schrie jemand, »wir bringen doch nur die Toten zurück ...« Erneut fiel ein Schuß, und die flehentliche Stimme verstummte.

Noch ganz benommen, versuchte Julian seine Kräfte zu sammeln. Er hörte jemanden murren, und dann rief einer: »Virgil, beeil dich! Beide verdammten Armeen sind hier in der Nähe!«

»Halt's Maul, Billy, und laß mir etwas Zeit«, antwortete ein anderer, wahrscheinlich dieser Virgil. »Die Deckel sind festgenagelt!«

»Dann benutz das Brecheisen!«

Scheinbar war Virgil dem Rat gefolgt, denn nun sagte er: »Nichts! Der Kerl hier hat überhaupt nichts mehr in den Taschen.«

»Zum Teufel, der hier hat auch nur einen Stoß Spielkarten!« schnaubte verächtlich der Mann, der Billy sein mußte.

»Das sind tote Rebellen aus dem Gefängnis! Hast du vielleicht gedacht, daß sie in Washington noch mal eben eine Bank überfallen haben, bevor sie abgekratzt sind?«

»Halt's Maul, verdammt, und mach dich an die Arbeit! – Oh, der Rebell hier hat Opas goldene Taschenuhr geerbt. Ein schönes Stück. – Glotz nich' so und mach weiter! – Er hat auch einen breiten goldenen Ehering.«

Mit dröhnendem Kopf lag Julian immer noch in seinem Sarg und hörte den beiden zu. Wer auch immer diese Kerle waren, sie hatten auf jeden Fall die beiden Yankee-Kutscher getötet, um sich an dem bißchen zu bereichern, das den Gefallenen noch geblieben war; und es war ihnen völlig egal, ob es sich um Rebellen oder Yankees handelte.

Die Toten hatten im Leben für etwas gekämpft, an das sie glaubten, und waren bereit gewesen, dafür zu sterben. Und nun – im Tod – kippte man ihre Leichen einfach aus den Särgen, durchwühlte ihnen die Taschen und hieb ihnen die Finger ab, nur um ihnen diese letzten Erinnerungsstücke zu nehmen, die sie diese furchtbaren Strapazen bis zum Kampf bei Gettysburg hatten aushalten lassen.

Plötzlich waren die Fußtritte ganz nah bei ihm. Dann hörte er, wie man ein Brecheisen an seinem Sargdeckel ansetzte. Holz splitterte, und einer der beiden Kerle starrte auf ihn hinunter. Er war häßlich und hatte lauter gelbliche, verfaulte Zähne im Mund. Er trug einen Uniformrock, den er wohl einem Kavallerieoffizier der Union gestohlen hatte, dazu die Schärpe eines Konföderierten. Der Mann hatte langes, fettiges Haar und winzige, braune Augen, in denen die Gier glitzerte.

Als er sah, daß Julians Lider sich bewegten, schrie er plötzlich gellend: »Zum Teufel, der hier ist von den Toten auferstanden!« Er zog ein Messer, das er am Gürtel getragen hatte.

Er wollte schon zustoßen, aber Julian erwischte ihn am Handgelenk, und es gelang ihm gerade noch rechtzeitig, die Klinge von sich abzuwenden. Die beiden kämpften miteinander, soweit das Julian aus seinem engen Verhau heraus überhaupt möglich war. In der einen Hand hielt der Angreifer immer noch das Messer, während er versuchte, mit der anderen seinen Colt zu ziehen. In dem Augenblick, da er den Griff zu fassen bekam, richtete sich Julian im Sarg auf, das Handgelenk des Mannes mit dem Messer immer noch umklammernd, und hieb ihm das eigene Messer bis zum Heft in die Brust – direkt ins Herz. Polternd fiel der tote Dieb quer über Julians Sarg.

»Virgil, Virgil!« schrie nun der andere und kam auf den Sarg zugerannt. Er hatte ein Gewehr im Anschlag, das er auf Julian gerichtet hielt. Julian saß in der Falle. Mit dem toten Virgil quer über sich, hatte er keine andere Wahl, als nach dessen Colt zu greifen.

Er erwischte Billy als erster, aber der konnte noch einen Schuß abfeuern. Die Kugel traf Julian seitlich an der Stirn und schlug dann neben ihm im Holz ein. Das verursachte einen ohrenbetäubenden Lärm, und Julian verspürte an der Einschußstelle einen stechenden Schmerz.

Er versuchte noch, den Oberkörper anzuheben, fiel aber zurück, und es wurde wieder dunkel um ihn … ganz dunkel, viel dunkler als jemals zuvor.

22.

Rhiannon glaubte, Ian nun bestimmt schon eine ganze Stunde gefolgt zu sein, als sie – zunächst zu ihrem Schrecken – Hufschlag hinter sich vernahm, der schnell näher zu kommen schien. Sogleich ahnte sie, was das sein könnte, und zog ihrem Tier genervt die Zügel an. Das wohltrainierte Kavalleriepferd blieb auch sogleich folgsam stehen und ließ sich rasch wenden. Wie vermutet, hatte Ian sie in einem Bogen umrundet und kam nun seinerseits hinter ihr hergeritten.

Bei ihr angelangt, rief er wütend: »Was in Gottes Namen machst du denn hier?«

»Ich komme mit dir.«

»Aber das ist gefährlich.«

»Der Krieg ist nun mal gefährlich, Ian. Wenn ich im Lazarett arbeite, könnte eine Bombe aufs Zelt fallen, wenn ich zu Hause wäre, könnten Deserteure in mein Haus eindringen und mir die Kehle durchschneiden, nur um mich zu bestehlen.«

»Eigentlich solltest du ja auch in St. Augustine sein.«

»Wo die Rebellen sich dann irgendwann dazu entschließen, die Stadt zurückzuerobern. Dann würde womöglich in den Straßen gekämpft, und es könnte jeden treffen.«

»Sogar in Gettysburg ...«, wollte Ian fortfahren, wurde aber von Rhiannon unterbrochen. »Selbst in Gettysburg ist ein junges Mädchen von einem Irrläufer getroffen worden. Bitte, Ian, laß mich mit dir kommen«, bat Rhiannon ihn.

»Na, gut. Aber dann reite auch mit mir und schleich nicht hinter mir her!«

Es gelang ihr ein winziges Lächeln, während sie sich etwas verlegen eine Locke aus der Stirn strich, bevor sie ihm entgegnete: »Es wird mir ein Vergnügen sein, mit Ihnen zu reiten, Colonel McKenzie, Sir.«

Als sie schon ein Stück des Weges schweigend nebeneinander hergeritten waren, sagte Ian schließlich kleinlaut:

»Und ich hatte gerade einen Austausch für ihn arrangiert.«

Erschrocken blickte Rhiannon zu ihm hinüber: »Du hast doch gesagt, daß es ihm gutginge. Daß du fühlen könntest, wenn ihm etwas passiert wäre.«

»Ich habe gelogen«, gab Ian zu.

Sie wußte, daß er nun von ihr erwartete, daß sie ihm mehr von ihren Ahnungen erzählte. Da sie sich aber immer noch keinen Reim auf ihren Traum machen konnte, sagte sie nur kopfschüttelnd: »Ich weiß auch nicht, ich träume immer nur von ...«

»Von was?«

»Von Särgen.«

Genau in dem Moment, da sie die Worte ausgesprochen hatte, zog Ian seinem Pferd scharf die Zügel an und bedeutete ihr mit der Hand, ebenfalls anzuhalten.

»Was ist denn?« flüsterte sie.

»Dort vorne liegt ein Wagenrad. Halt dich dicht hinter mir. Wenn irgendwas passiert, reitest du wie der Teufel direkt zurück zum Camp. Verstanden?«

»Ja, natürlich.«

Im Schrittempo ließ er nun sein Pferd weitergehen, und Rhiannon hielt sich wie befohlen dicht hinter ihm. Ein paar Meter weiter lag mitten auf der Straße die Leiche eines Mannes. Wenige Minuten später kamen sie zu einem kleinen Wäldchen, und Rhiannon hielt erschrocken den Atem an ...

Dort im Unterholz lehnte ein Wagen, dem ein Rad fehlte, schief an einem Baum. Und um den Wagen herum lagen ... lauter Särge. Einige waren scheinbar noch völlig intakt, andere zerborsten, und die Leichen hingen halb heraus. Manche Tote sahen fast aus, als ob sie schliefen, andere trugen blutverkrustete Kleider, einige waren schon dabei zu verwesen, und in manchen Särgen waren nur noch Knochen ...

»Rhiannon, bleib da weg!« warnte sie Ian.

Aber sie war schon abgesessen. Nicht weit von ihr entfernt lag ein Mann mit einer Schußverletzung im Oberkörper, aus dessen Wunde noch Blut quoll. Daneben stand ein offener Sarg, quer darüber lag noch ein Mann, und darin ...

Mit ganz weichen Knien ging Rhiannon etwas näher an den Sarg heran.

Da war er! Sein Gesicht war kreideweiß, so daß sein dunkles Haar einen noch härteren Kontrast dazu bildete. Er trug ein verschlissenes Baumwollhemd und einen grauen Uniformrock …

»Julian!« schrie sie entsetzt, »Julian!« Das Herz schlug ihr bis zum Hals, der Wind schien sich heulend um sie herum zu erheben. Sie konnte es nicht ertragen. Sie wollte ihn aus dem Sarg zerren und so lange schütteln, bis das Leben in ihn zurückkehrte …

Da war Rhiannons Stimme. Aus unendlicher Entfernung hatte er sie seinen Namen rufen hören. Sie rief nach ihm, und er mußte ihr antworten. Er schlug die Augen auf. War er tot oder träumte er nur? Er zwinkerte wie wild, fühlte einen stechenden Schmerz an der Schläfe, das Gewicht eines Menschen, der auf ihm zu liegen schien, und das harte Holz unter sich. Nein, er war nicht tot.

Dann nahm er alle Kraft zusammen …

Langsam setzte sich Julian auf, und sie blieb – zu Tode erschrocken – wie angewurzelt stehen. Sie beobachtete, wie er den toten Mann von sich schob.

Wieder blinzelte er. Er wollte seinen Augen nicht trauen, denn da stand sie, direkt vor ihm: Rhiannon mit ihrem ebenholzfarbenen Haar, das nun wild zerzaust ihr klassisch schönes Gesicht umrahmte, und ihren katzenhaften Augen, die im Mondlicht funkelten. Groß, elegant und wie ein Engel erhob sie sich da über ihm – trotz ihres schwarzen Haares und der ewig schwarzen Kleidung …

»Rhiannon«, flüsterte er und dachte gleichzeitig, daß es unmöglich sein könne, daß sie hier war. Und doch …

Da waren ihre Augen, in denen er so viele Dinge zu sehen glaubte. Große Angst und Sorge, aber auch Mitgefühl.

Gar Liebe?

Mit den Händen stützte er sich auf die äußeren Latten des Sarges und drückte sich hoch, und da sah er, daß sein Bruder hinter Rhiannon stand.

»Lieber Gott, du lebst!« rief Ian erleichtert aus.

»Gerade noch«, gab Julian zurück und schenkte ihm ein etwas unbeholfenes Lächeln. Dann stieg er aus dem Sarg und schüttelte den Kopf, als ob er sich vergewissern wollte, daß er nicht träumte.

»Was, zum Teufel, ist denn passiert?« wollte Ian wissen.

»Räuber, die scheinbar davon gelebt haben, die Leichenzüge gen Süden – oder Norden – anzugreifen.«

Ian ging an Rhiannon vorbei und sah sich die beiden Banditen an. »Sie sind beide tot«, kommentierte er schließlich seine Beobachtung.

»Ich weiß«, entgegnete Julian seinem Bruder, der nun auf ihn zukam und ihn an der Stirn berührte.

»Sie hätten dich beinah richtig erwischt«, sagte Ian dann lakonisch, aber aus seinen Augen sprach echte Besorgnis.

»Es ist nur ein Kratzer.«

»Ein ziemlich tiefer Kratzer.«

»Nun, in dem Sarg hatte ich nicht gerade viel Platz, und dann eskalierte hier die Situation«, versuchte Julian die Angelegenheit herunterzuspielen, obwohl er nur eins im Kopf hatte, nämlich endlich seine Frau in die Arme zu schließen und nie mehr loszulassen. Aber er dachte, wenn er sie jetzt berührte, würde sie in Myriaden kleiner Funken zerstieben, die sich dann in Wohlgefallen auflösten. Außerdem trug sie immer noch Schwarz. Da wuchs nun sein Kind unter ihrem Herzen heran, und sie betrauerte immer noch den Tod eines anderen.

Um von seinen wahren Gefühlen abzulenken, fragte er sie schließlich barsch: »Was machst du denn hier?«

»Ich dachte, du seist tot«, antwortete sie aufgebracht.

»Oh, wolltest du schon feiern?« Als er die Worte ausgesprochen hatte, wußte er, daß er zu weit gegangen war. Aber es war zu spät, und er hatte sie doch eigentlich nur in den Arm nehmen wollen. Warum mußte sie auch noch immer dieses verdammte schwarze Kleid tragen?

Nachdem sich Rhiannon wieder gefangen hatte, kam sie, die Röcke raffend, wütend auf ihn zu und holte weit aus, um ihm eine Ohrfeige zu verpassen. Sie erwischte ihn am Kinn, und wieder klangen in seinem Kopf alle Glocken.

Aber bevor sie zurückweichen konnte, gelang es ihm, sie beim Handgelenk zu packen und an sich zu ziehen.

»Ich habe dir doch gesagt, du sollst das Schlachtfeld verlassen! Was machst du dann hier?« herrschte er sie an. »Warum bist du nicht nach Washington gegangen oder nach St. Augustine? Irgendwohin, wo es sicher ist?«

»Laß mich sofort los, du Saukerl. Du hast uns allen einen furchtbaren Schrecken eingejagt!«

»Verdammt, ich hab' dich was gefragt.«

»Du hast kein Recht, mir irgendwelche Fragen zu stellen!«

»Ich wurde deinetwegen gefangengehalten. Es war mein gutes Recht zu fliehen!«

»Pferde!« fiel ihnen Ian plötzlich ins Wort. »Hört doch nur. Natürlich, daran hätten wir auch gleich denken können. Jeder, der mitgekriegt hat, was hier los war, hat bestimmt sofort die Armee verständigt – welche auch immer!«

Julian stellte sich sofort schützend vor seine Frau und bewegte sich mit ihr rückwärts zum Sarg, um nach dem Colt zu suchen, den er benutzt hatte, um Billys Angriff abzuwehren. Ian blieb dicht neben ihm, und als die Pferde in das kleine Wäldchen preschten, standen sie Seite an Seite vor Rhiannon.

Rebellen oder Yankees? In diesem Gebiet war das immer schwer vorauszusagen.

Es war Magee höchstpersönlich, gefolgt von zwei Kavallerieoffizieren. Der General sah sich um und wußte sogleich, was passiert war.

»Als ob der Krieg nicht schon schlimm genug wäre«, sagte er dann angewidert. »Nein, es muß auch noch diese Aasgeier geben! Hallo, übrigens Dr. McKenzie, ich bin froh, daß Sie außerhalb des Sarges sind und nicht darinnen.«

Julian spürte, wie sich Rhiannons Fingernägel in seinen Rücken krallten, und er biß die Zähne zusammen. Offensichtlich befürchtete sie, daß er den Colt gegen Magee ziehen könnte, nur um seine Freiheit zu verteidigen. Aber das war überhaupt nicht seine Absicht. Statt dessen erwiderte er: »Sir, der Sarg war nicht gerade ein angenehmes Transportmittel, um in den Süden zu gelangen, aber ...«

»Wir sollten ein Sonderkommando herkommen lassen«, fiel ihm einer von Magees Offizieren ins Wort, »das gewohnt ist, mit Leichen umzugehen.«

»*Wir* werden die Jungs wieder in ihre Särge legen«, erwiderte Magee, »und dann so schnell wie möglich hier verschwinden. Wir befinden uns im Rebellengebiet und sind viel zu weit vom Basislager entfernt.« Dann lehnte er sich von seinem Sattel aus ein wenig zu Julian und Ian hinunter und sagte: »Ein paar von Longstreets Kompanien lagern wenige Kilometer weiter die Straße hinunter. Übrigens Dr. McKenzie, wissen Sie eigentlich, daß man Sie gerade austauschen wollte, als Sie in die Kiste hüpften?«

»Ich wünschte, ich hätte rechtzeitig etwas davon erfahren«, sagte Julian und sah dabei halb amüsiert, halb aufgebracht zu seinem Bruder hinüber. »Ian war irgendwie ein bißchen zu langsam, wissen Sie.«

»Wahrscheinlich wollte man Sie nicht gehenlassen«, erwiderte Magee.

»Ich wußte nicht, daß man mich für so gefährlich hält.«

»Pferde!« meldete sich nun wieder Ian.

»Was?« murmelte Rhiannon, und Julian, der die Angst in ihrer Stimme vernommen hatte, bekam sie gerade noch am Arm zu fassen, als sie an ihm vorbeirennen wollte.

Rebellen. Jetzt kamen die Rebellen!

Und da waren sie auch schon. Julian spürte, wie sich in seinem Bruder, der immer noch direkt neben ihm stand, jeder Muskel spannte und er sich auf einen Kampf vorbereitete.

Aber der Rebellenhauptmann, der da auf einer klapprigen, grauen Mähre auf die Lichtung getrabt kam, erhob sogleich beschwichtigend die Hand. Auch er hatte nur ein paar Leute bei sich. Julian kannte den Mann. Es war Trenton Malden aus Georgia, einer der wenigen Überlebenden von George Picketts Einheit. Malden war noch jung, und vor nicht allzu langer Zeit war sein schulterlanges Haar blond und lockig gewesen. Aber jetzt wurde es schon grau und hing strähnig herab. Er brachte sein Pferd zum Stehen, und die vier Männer hinter ihm taten es ihm gleich. Keiner zog eine Waffe oder tastete danach, während sie die Szenerie in dem kleinen Wäldchen in Augenschein nahmen.

»Sir!« sagte Malden schließlich zu Magee gewandt. »Ich kann mir nicht vorstellen, daß Sie dafür verantwortlich sind!«

»Natürlich nicht, Trent!« entgegnete Magee ungeduldig, und als er sah, daß Julian ihn erstaunt anblickte, weil er den Namen des Mannes kannte, fügte er erklärend hinzu: »Trenton befand sich vor dem Krieg in meinen Diensten.«

»Trent, du bist das!« ließ sich da plötzlich auch Ian vernehmen.

Der konföderierte Hauptmann lächelte und sagte: »Schön, dich heil und gesund wiederzusehen, Ian.«

»Ganz meinerseits, Trent.«

»Was, zum Teufel, ist denn hier geschehen?«

»Räuber«, erklärte Julian.

»Das hier sind bestimmt die Jungs, die man uns vom Alten Kapitol schicken wollte, mh?« fragte Malden.

»Ja«, entgegnete Julian.

Mit hochgezogener Augenbraue sah Malden ihn an. »Dr. McKenzie, wir wissen ja alle, daß Sie Wunder wirken können, aber sind Sie jetzt auch schon in der Lage, Tote ins Leben zurückzuholen?«

»Nein, nur mich selbst.«

»Ah …«, murmelte Malden und fuhr zu Magee gewandt fort: »Nun, Sir, ich möchte bestimmt nicht auf Sie, Ian oder Ihre Männer schießen müssen, und ich hoffe, daß Sie, was uns betrifft, gleicher Meinung sind. Wir sollten einfach wieder auseinandergehen, als wäre nichts geschehen.«

»Der Ansicht bin ich auch, Hauptmann«, stimmte ihm Magee zu. »Falls Sie bei den Toten Hilfe brauchen …«

»Das sind unsere Jungs«, unterbrach ihn Malden traurig. »Wir kümmern uns schon um sie.«

»Wie Sie meinen. Ian, Rhiannon …«

Aber Julian hielt Rhiannon fest und sagte zu Magee: »Nein, Sir, meine Frau kommt mit mir.«

Magee zögerte. Offensichtlich wußte er nicht, wie er darauf reagieren sollte. Schließlich sagte er: »Aber, Sir, ich habe mich dazu verpflichtet, auf die Lady aufzupassen …«

»Sie ist meine Frau, Sir, durch ihre eigene …«, er hielt inne und betrachtete eingehend Rhiannons grüne Augen, aus denen ihm Funken entgegenzuschlagen schienen, da sie es nun war, die sich in einer unangenehmen Lage befand. Schließlich vollendete er seinen Satz mit den Worten: »… durch ihre eigene freie Entscheidung.«

»Aber, Sir«, widersprach ihm Magee, »sie steht doch auf seiten der Union!«

»Aber ihr noch lebender Ehemann ist ein Konföderierter, Sir, und deshalb kommt sie mit mir mit«, sagte er fest entschlossen.

»Julian …«, versuchte Ian seinen Bruder umzustimmen.

Aber Julian ließ es nicht so weit kommen, sondern warf ihm nur einen unmißverständlichen Blick zu. Er wollte nicht, daß es hier zu einer Schießerei und noch mehr Blutvergießen kam, aber er würde seine Frau auch nicht zu einem Armeelager der Union zurückkehren lassen.

»Rhiannon«, sagte Magee freundlich, »was soll ich Ihrer Meinung nach tun?«

An seinem Gesichtsausdruck konnte sie erkennen, daß er bereit war, bis zum Letzten zu gehen. Die Entscheidung über Tod oder Leben aller Anwesenden lag in ihrer Hand. Sie hatte keine andere Wahl. Nun befand sie sich in der gleichen Situation wie Julian damals vor der Kirche. Sich ihrem Schicksal ergebend, entgegnete sie schließlich: »So wie es aussieht, werde ich wohl meinen Ehemann begleiten.«

»Sind Sie sicher, daß Sie das auch wollen?« fragte Magee.

Sie antwortete ihm nicht sogleich, sondern schlug die Augen nieder, wobei ihre langen Wimpern ihre Wangen berührten. Die Stimmung in dem kleinen Wäldchen war zum Zerreißen gespannt. Aber dann sah sie wieder zu Magee auf und sagte: »Natürlich, Sir.«

»Gott mit Ihnen, mein Kind. Kommen Sie, Ian, wir wollen uns vom Feindesland zurückziehen.«

Ian ging rasch auf Julian zu, und die beiden umarmten sich kurz, aber herzlich. Nur Gott wußte, wann sie sich wiedersehen würden.

»Wir holen Ihnen ein Pferd, Dr. McKenzie«, setzte Malden an. Aber Magee erwiderte sogleich: »Nur keine Umstände, Mrs. McKenzie kann das Tier behalten, auf dem sie herkam.«

»Ein gesundes Tier!« sagte Malden erfreut.

»Das ist das mindeste, was wir ihr für ihre Dienste anbieten können.« Mit diesen Worten wendete er sein Pferd, drehte sich aber noch einmal halb zu Malden um und rief ihm zu: »Passen Sie auf sich auf!«

Daraufhin verließ er mit seinen Männern den kleinen Wald. Zum Abschied nickte Julian Ian noch einmal zu, der mittlerweile auch aufgesessen war und Magee dann nachsetzte.

»Willkommen, Mrs. McKenzie, wir sind entzückt, Sie bei uns zu haben«, wandte sich Malden nun freundlich an Rhiannon.

Aber sie behandelte ihn, als sei er Luft, und ging gefolgt von Julian zu ihrem Pferd. Sie saß auf, aber hatte nicht damit gerechnet, daß sich Julian so schnell hinter sie schwingen würde. Bevor sie noch protestieren konnte, schlang er seine Arme um sie, drückte sie warnend an sich und nahm dann die Zügel in die Hand. Daraufhin sagte er zu Trenton gewandt: »Sie ist ebenfalls entzückt, bei uns sein zu dürfen – ja geradezu begeistert.«

Und dann ritten sie zum Lager der Rebellen.

Aufgebracht ging Rhiannon in dem winzigen weißen Zelt auf und ab, in dem man sie und Julian untergebracht hatte. Seitdem sie im Lager angekommen waren, hatte sie ihn nicht mehr gesehen. Es gab so viele Verwundete! Und sie waren wirklich zu bedauern, denn die Zahl der Verletzten war viel zu groß, als daß die Ärzte des Südens damit hätten fertig werden können. Und viele, denen man hätte helfen können, starben nun. Sie wußte, daß man Julian dringend brauchte, aber sie wünschte doch, daß er sie nicht allein gelassen hätte. Sie hätte ihm doch helfen können! Statt dessen hatte man sie bis zum Zelt eskortiert, und Julian war danach zum behelfsmäßigen Lazarett gebracht worden.

Es waren seitdem schon Stunden vergangen. Sie hätte sich eigentlich hinlegen sollen, aber sie konnte nicht schlafen. Schließlich legte sie sich doch auf eines der Feldbetten und dachte darüber nach, welch ein Glück sie gehabt hatte, selbst noch am Leben zu sein, obwohl sie über die Situation, in die sie sich selbst hineinmanövriert hatte, aufgebracht war. Er war immer noch böse mit ihr! Jetzt konnte sie sich wieder an jeden Augenblick der letzten gemeinsamen Nacht erinnern, aber dann mußte sie immer wieder daran denken, wie er sie in dem kleinen Wäldchen angesehen hatte, als sie ihn schlug, und wie schlecht sie sich danach gefühlt hatte …

Das war wohl nicht gerade der richtige Weg gewesen, seinem Mann zu zeigen, wie froh man darüber war, daß er noch lebte, und daß man ihn liebte und begehrte. Aber als sie ihn da gesehen hatte, wie er im Sarg lag und mit all dem Blut …

Wieder erhob sie sich und ging im Zelt auf und ab. Es war ein Offizierszelt mit zwei Klappbetten, Stühlen, einem Schreib- und einem Rasiertisch. Erstaunlich, was man alles auf so wenig Platz unterbringen konnte!

Draußen brannten Lagerfeuer, und der Mond stand hoch am Himmel. Trotzdem war es ziemlich ruhig. Nur die Späher und Wachen waren unterwegs. Bald würde es hell werden, und die Männer würden sich wieder ihrem Krieg widmen. Aber jetzt, in diesem Augenblick, war alles friedlich.

Ganz friedlich …

Sie hatte ihn nicht kommen hören, spürte nur, daß er da war und hinter ihr stand. Sie wirbelte herum. Er hatte gebadet und war rasiert. Man hatte ihm etwas Frisches zum Anziehen gegeben, das aber auch nicht weniger zerschlissen war als die Sachen, die er vorher getragen hatte. Trotzdem stand er nun drahtig, schmuck und so anziehend vor ihr. Schnell schlug sie die Augen nieder, da er nicht merken sollte, daß sie sich in ihn verliebt hatte. Dann sagte sie ganz leise: »So kann es gehen, jetzt bist du frei und ich gefangen.«

Abwehrend hob er die Hände. »Du bist keine Gefangene.«

»Du hast darauf bestanden, daß ich mit hierherkomme. Das ist doch wohl das gleiche, oder nicht?«

Lächelnd schüttelte er den Kopf und entgegnete ihr: »Nein, du bist meine Frau. *Meine* Frau, nicht Magees und auch nicht Ians. Und Richard Tremaine ist tot. Du hast *mich* geheiratet. Ich weiß, das war nicht ganz deine Absicht, aber du hast es getan. Deshalb bist du hier.«

»Ich bin eine Gefangene«, wiederholte sie ganz leise, »und wenn du mich anfaßt …« Dann brach sie den Satz ab. Was tat sie da überhaupt? Stolz war eine Sache, aber das, was sie hier fabrizierte, grenzte regelrecht an Dummheit. Beide waren sie noch am Leben, und es ging ihnen gut. Sie liebte ihn und war jetzt hier bei ihm …

Aber ihre Einsicht kam zu spät. Bei ihren Worten war er ganz nah an sie herangekommen und fragte nun, sein Gesicht direkt vor ihrem, mit eiskalter Stimme: »Was ist, wenn ich dich anfasse? Weißt du was, meine Liebe, ich glaube, genau das werde ich jetzt tun. Ich denke, ich werde mich jetzt wie ein unkultivierter Südstaatler aufführen und dir die Kleider vom Leibe reißen!«

»Julian!« rief sie erschrocken aus, wich vor ihm zurück und versuchte ihm zu entkommen, aber schon hatte er sie erwischt und an sich gezogen.

»Ich hab' die Schnauze voll von diesem ewigen Schwarz!« fuhr er sie an und riß ihr Kleid auf, zog mit aller Gewalt an einem Ärmel und riß dann auch den Rock herunter.

»Julian, hör auf damit, oder ich schreie …«

»Bitte! Wir sind hier in einem Rebellenlager, wie du vielleicht noch weißt!«

»Ja! Und hier schlafen die letzten Kavaliere, oder etwa nicht?« konterte sie.

»Hab keine Angst, ich will heut nacht überhaupt nichts von dir, meine geliebte Hexe, außer, daß du endlich mit diesen schwarzen Klamotten aufhörst!«

Seine tiefblauen, wenn auch jetzt dunkel verhangenen Augen waren immer noch auf sie gerichtet, als wolle er sie mit seinem Blick aufspießen, dabei hielt er sie fest um die Taille gepackt: Sein Griff war heißblütig und hart wie Stahl.

Verzweifelt hämmerte sie mit ihren Fäusten gegen seinen Oberkörper. Aber plötzlich schnappte sie nach Luft und hielt inne.

Augenblicklich änderte sich die Art, wie er sie ansah, und er fragte erschrocken: »Rhiannon, was ist dir? Was ist denn los? Habe ich dir weh getan? Rhiannon …«

»Julian …«

»Was?« Er hob sie hoch und trug sie behutsam zum Bett.

»Julian …« Ihre Finger umschlossen seine, und dann führte sie seine Hand auf ihren Bauch. »Du kannst es fühlen. Es ist wie ein Wunder, wo es um uns herum so viel Tod gibt …« Sie hielt inne und merkte, wie sie rot wurde. »Bestimmt hast du schon viele Babys ertastet«, murmelte sie dann.

Seine großen Hände mit den langen Fingern bedeckten ihren Bauch, und das Baby bewegte sich weiter und strampelte so energisch, daß sie sicher war, Julian könne es genauso fühlen wie sie selbst.

»Mein eigenes noch nie!« sagte er dann liebevoll. »Noch nie.«

Entspannt und glücklich legte sie sich zurück auf die Kissen und sagte nichts mehr, um diesen zauberhaften Moment zwischen ihnen beiden nicht zu zerstören. Ganz zart streichelten seine Hände ihren Bauch … so liebevoll, daß sie die Augen schloß und einfach nur seine Nähe genoß. Alles war gut.

Es herrschte Krieg, sie lag in einem Rebellenlager, und doch war dies eine wunderbare Nacht …

Und schon bald schlief sie ein.

Als sie erwachte, war Julian schon aufgestanden. Aber ein neues Kleid – ein einfaches baumwollenes Tageskleid in Marineblau – lag am Fußende des Bettes. Vielleicht war es nun wirklich an der Zeit, daß sie die Trauerkleidung ablegte.

Sie stand auf und stellte fest, daß er ihr Wasser dagelassen hatte, mit dem sie sich ein wenig frisch machen konnte. Und als sie ihren Kopf aus dem Zelt steckte, stand da draußen ein junger Trommler, der den Auftrag hatte, sich um sie zu kümmern. Sobald er sie sah, war er auch schon bei ihr und fragte, ob er ihr Kaffee bringen solle.

Anstatt ihm darauf zu antworten, wollte Rhiannon lieber erst einmal wissen, wo Julian war.

»Er ist ausgeritten, Ma'am«, antwortete der Junge, der höchstens zwölf Jahre alt sein mochte, strohblondes, glattes Haar, ein keckes Lächeln und lustige Grübchen hatte. Er war viel zu dürr, aber ein aufgewecktes Kerlchen.

»Und wohin ist er geritten?«

»Es gab ein Scharmützel da draußen, und er wollte die Verwundeten versorgen. Ich hole Ihnen jetzt einen Kaffee und etwas zu essen, Ma'am. Ich fürchte allerdings, daß unser Essen nicht so gut ist. Aber wir haben noch ein paar frische Eier – ich hab' sie selbst besorgt –, und ich bin ein sehr guter Koch.«

»Da bin ich ganz sicher ... und wie heißt du?«

»Josiah, Ma'am. Josiah. Lassen Sie mich Ihnen jetzt Kaffee bringen.« Mit diesen Worten ging er zu einer der Kochstellen und kam mit einem Becher für sie zurück. Als Rhiannon vorsichtig daran nippte, fragte er besorgt: »Schmeckt er denn nicht?«

»Doch, köstlich.«

Achselzuckend erklärte er dann: »Wir haben ihn gerade eingetauscht. Da sind ein paar Yankees flußabwärts. Corporal Reilly hat ihnen ein bißchen von dem besten Tabak seines Vaters geschickt. Ich hab' gehofft, daß wir damit ein gutes Geschäft machen würden.«

»Der Kaffee schmeckt wunderbar.«

»Ich koche Ihnen jetzt ein paar Eier.«

»Das brauchst du nicht ...«

»Dr. McKenzie hat gesagt, daß Sie bald ein Baby bekommen, Ma'am. Wir müssen auf das Kleine aufpassen. Schließlich wird Ihr Baby einmal die Zukunft unseres Volkes sein, stimmt's?«

Sie zögerte und mußte dann unwillkürlich lächeln. »Ja, natürlich.«

Der Junge ging davon und kam eine Weile später mit Eiern und frischem Brot zurück – wie er das Brot organisiert hatte, blieb sein Geheimnis. Während sie aß, setzte er sich zu ihr, und sie unterhielten sich ein bißchen. Seine Mutter war vor dem Krieg gestorben, und er glaubte, daß sein Vater mittlerweile auch tot sei, da er schon seit langem vermißt wurde. Als Rhiannon fertig war, bat sie ihn, sie zu den Verwundeten zu bringen.

Ihr taten die Männer so leid, die da Reihe an Reihe in ihren Feldbetten lagen, weil es ihnen immer noch so schlechtging, daß man sie nicht nach Hause transportieren konnte, und es gab auch keine freien Plätze mehr in einem regulären Krankenhaus. Sie brachte den Männern zu trinken, las ihnen vor, wechselte ihre Verbände, und der Tag verging wie jeder andere.

Sie erschrak allerdings, als sie auf Liam Murphy stieß, einen der jungen Männer, die bei Julian gewesen waren, als er ihr Haus als Zufluchtsort benutzt hatte.

»Liam!«

»Mrs. Tremaine, äh, McKenzie!« sagte er lächelnd. »Es stimmt doch, daß Sie Colonel McKenzie geheiratet haben? Ist eine wunderbare Geschichte, wissen Sie. Sie macht überall die Runde.«

»Da bin ich mir sicher«, murmelte Rhiannon. »Wie geht es Ihnen, und wo sind Sie verletzt?«

Anstelle einer Antwort hob er das Laken, und sie sah den freien Platz, an dem normalerweise sein linker Unterschenkel sein sollte.

»O Liam, es tut mir so leid!«

»Ich bin noch am Leben.«

»Gott sei Dank.«

»Und ich komme bald heim.«

»Das ist ja noch besser.«

»Um wieder zu kämpfen.«

»Nein!«

»Doch. Die Yankees scheinen sich wieder mehr für Florida zu interessieren. Sie haben schon alle möglichen Treffen deshalb abgehalten. Florida ist die Kornkammer für die Konföderierten. Die Yankees denken, daß wir schwach sind und sie uns einfach so angreifen können. Aber unsere Kommandeure sind ja nicht blöd. Sie werden die Yankees schon aufhalten«, sagte er stolz und fuhr dann mit gesenkter Stimme fort: »Ich hab' Julian heute morgen gesehen, Mrs. McKenzie. Es war schön, ihn wiederzusehen, aber er hat auch Angst. Er will nach Hause. Er hat gesagt, daß Sie was Kleines bekommen und daß er will, daß sein Kind in Florida zur Welt kommt. Er hat schon einen Antrag gestellt, daß man ihn wieder nach Hause versetzt, jetzt wo man weiß, daß es dort wieder losgeht!«

»Nun, warten wir es erst mal ab.«

»Würden Sie das wollen – nach Hause gehen, meine ich?«

Lange blickte sie ihm in die Augen und erwiderte dann: »Ja, ich würde sehr gerne wieder zu Hause sein.«

Sacht berührte er da ihre Hand und sagte: »Es tut mir leid, daß ich Sie eine Hexe genannt habe. Es tut mir mächtig leid, Ma'am, ehrlich!«

»Das ist schon in Ordnung. Ich hoffe, daß wir alle recht bald nach Hause kommen.«

Plötzlich brummte Liam mißmutig: »Passen Sie bloß auf, da kommt er!«

»Wer?«

»Der Prediger: Colonel Sheer.«

Als sie sich umdrehte, sah sie einen großen, schlanken Mann mit eisgrauen Haaren und einem grauen Bart das Lazarettzelt betreten. Interessiert beobachtete sie ihn, wie er stehenblieb, um einen der Sanitäter etwas zu fragen. Es ging bestimmt um sie. Da wandte er sich auch schon von dem Sanitäter ab und kam direkt auf sie zu. Gefolgt von zwei Adjutanten ging er durch die Feldbettreihen, bis er bei ihr angelangt war. Er hatte dunkle, schmale Augen und einen stechenden Blick – den Blick eines religiösen Fanatikers. Sofort hatte sie ein ungutes Gefühl.

»Mrs. McKenzie!« konstatierte er dann.

Sie nickte nur.

»Sie kommen mit mir!«

»Wohin?« wollte sie wissen.

»In mein Büro.«

»Wieso?«

»Ich muß Ihnen ein paar Fragen stellen.«

»Aber ...«, widersprach sie kopfschüttelnd.

»Junge Frau, Sie waren bis gestern im Yankee-Lager!«

»Aber, Sir, ich weiß überhaupt nichts von den militärischen Vorhaben der Yankees. Ich habe dort im Feldlazarett gearbeitet.«

»Sie kommen mit mir!«

»Ich bin hier keine Gefangene, Sir!«

»Sie kommen entweder freiwillig mit, Ma'am, oder ich lasse Sie hintragen.«

Wütend stand sie von Liams Bett auf, um dem Colonel voranzugehen, als ihr plötzlich ein Wassereimer vor die Füße rollte. Joshia hatte ihn absichtlich fallen lassen und raunte ihr, als er sich danach bückte, schnell zu: »Machen Sie sich keine Sorgen, wir holen Dr. McKenzie!«

Sie nickte, fragte sich aber doch mit sinkendem Mut, was hier eigentlich vor sich ging und ob Julian überhaupt etwas dagegen ausrichten konnte. Dieser Mann war ein Colonel – so wie Julian bei der Miliz. Aber jetzt war Julian in der regulären Armee, und sein Dienstrang war nicht so hoch wie der dieses Mannes.

Sheer war schnell bei ihr und nahm sie am Ellbogen. Sie machte sich mit einer unwilligen Bewegung frei. Aber er blieb trotzdem an ihrer Seite und führte sie hinaus. Als sie an ein großes Zelt kamen, hielt er ihr die Plane auf. Drinnen stand ein Stuhl neben einem behelfsmäßigen Schreibtisch, und er bedeutete ihr, sich zu setzen, was sie auch tat.

Dann baute er sich vor ihr auf und sagte: »Sie können jetzt mit Ihrer Feindseligkeit aufhören, Madam.«

»Was wollen Sie, ich bin nicht beim Militär.«

»Aber Ihr Ruf eilt Ihnen voraus.«

»Mein Ruf? Was immer Sie auch gehört haben mögen: Ich bin keine Hexe.«

»Ich will wissen, was die Yankees vorhaben, wohin ihre Truppen als nächstes ziehen. Was hat Meade jetzt vor? Wo wird er das nächstemal angreifen?«

»Das weiß ich nicht!«

»Ich verlange ...«, wollte Sheer fortfahren, aber Rhiannon fiel ihm ins Wort. »Es sieht so aus, als ob Meade einfach nur so dasitzt, so wie schon die ganze ...« Weiter kam sie nicht, denn Sheer hatte sie ins Gesicht geschlagen.

Rhiannon war wie vom Donner gerührt. Nach Luft schnappend, wollte sie vom Stuhl aufspringen, aber er drückte sie zurück auf den Sitz.

»Wie können Sie es wagen!« schrie sie ihn an.

»Sie werden mir jetzt Antworten auf meine Fragen geben.«

»Ich habe keine Antworten, und ich bin nicht Ihre Gefangene!«

»Sie sind zwar mit Ihrem Gatten hergekommen, aber Sie sind auch eine Yankee, und um der Sicherheit des Südens willen erkläre ich Sie hiermit als gefangengenommen.«

»Das können Sie nicht tun!«

»Ich kann und ich werde. Sie bleiben hier, bis Sie mir gesagt haben, was ich hören will. Sie können doch die Zukunft voraussagen. Sie wissen, was passieren wird. Nun sind Sie meine Gefangene, Mrs. McKenzie. Sie haben den Süden – Ihr eigenes Land! – verraten.«

Er war geradezu fanatisch – ein Verrückter. Mit Mühe rang Rhiannon um ihre Beherrschung und erwiderte: »Sir, Sie verstehen das nicht, ich kann die Zukunft nicht voraussagen, wenn es mir gerade einfällt! Nur manchmal und ganz zufällig habe ich gewisse Träume und Eingebungen. Ich kann die Zukunft nicht weissagen wie eine Zigeunerin mit einer Kristallkugel. Ich ...«

Plötzlich stand er ganz dicht vor ihr, preßte die Hände auf ihre Schultern und fauchte: »Nicht wie eine Zigeunerin, aber wie eine Hexe. Sie konnten Magee dabei helfen, seine Truppen aus der Gefahrenzone zu führen. Sie haben dafür gesorgt, daß die Yankees in Gettysburg erfolgreich waren.«

»Ich habe nichts von dem vorhergesehen, was sich in Gettysburg ereignet hat. Ich teilte nur die Angst und den Schrecken aller Beteiligten!« widersprach sie ihm.

»Ich wiederhole noch einmal: Sie sind eine Vaterlandsverräterin. Sie kommen aus Florida und kämpfen für die Yankees und haben ihnen einen unfairen Vorteil verschafft. Sie sollten erschossen werden, wie jeder andere Verräter auch; nein, besser noch auf dem Scheiterhaufen verbrannt, wie eine Hexe!«

Dieser Mann war offensichtlich nicht mehr ganz bei sich. Schlimme Dinge konnten passieren, wenn man dem Feind in die Hände fiel, und zwar auf beiden Seiten. Man hatte wehrlose Frauen belästigt, beraubt, vergewaltigt und manchmal sogar umgebracht. Spione waren gefangengenommen und meist ins Gefängnis gesteckt worden. Aber niemand wurde mehr auf dem Scheiterhaufen verbrannt. Und dieser Mann war ein Führungsoffizier, der Truppen auf dem Schlachtfeld befehligte!

»Sir, ich wiederhole noch einmal, daß ich Ihnen jetzt nicht helfen könnte, selbst wenn ich es wollte.«

»Bestreiten Sie etwa, besondere Fähigkeiten zu haben?«

Sie schüttelte seine Hände ab, und es gelang ihr, sich zu erheben und rasch außerhalb seiner unmittelbaren Reichweite zu bringen. Dann entgegnete sie: »Ja, ich streite ab, besondere Fähigkeiten zu haben! Manchmal werde ich von Träumen verfolgt und geplagt. Das sind Alpträume, und ich will sie nicht haben.«

»Setzen Sie sich wieder hin!« donnerte er und kam entschlossenen Schrittes auf sie zu. Sie konnte nirgendwohin ausweichen. Wieder hatte er seine Hände auf ihren Schultern, bugsierte sie zurück zum Stuhl und stieß sie unsanft hinein.

Wo blieb bloß Julian? überlegte sie verzweifelt. Wenn er immer noch draußen auf dem Feld war, wußte er bestimmt noch nichts davon, daß Sheer sie mitgenommen hatte. Und was, wenn er herausfand, was passiert war? Sheer war ranghöher! Julian hatte keine Macht über einen Colonel, der dem Wahnsinn nahe war.

»Ich will Ihnen jetzt mal was über Gettysburg erzählen, Mrs. McKenzie.«

»Sie brauchen mir nichts davon zu erzählen, ich war dort!« antwortete sie wütend.

Aber er schien sie gar nicht zu hören und fuhr fort: »Ich hatte fünf Söhne, als dieser Krieg begann. Stramme Jungs, auf die ich sehr stolz war. Sie zogen für ihr Land in den Krieg, Mrs. McKenzie, hören Sie? Für dieses Land, für die

Konföderierten Staaten von Amerika. Keiner von ihnen drückte sich vor seiner Pflicht. Den ersten habe ich bei Sharpsburg verloren, Mrs. McKenzie, und die anderen vier in Gettysburg. Vier Söhne an einem Tag ...«

»Das tut mir leid, Sir, ich kann Ihnen gar nicht sagen, wie sehr. Für jeden von uns sind derartige Verluste nur schwer zu ertragen.«

»Der Norden soll dafür leiden! Die Politiker der Union haben diesen Krieg aus reiner Aggressionslust vom Zaun gebrochen. Wir haben sie darum gebeten, uns in Ruhe unser Leben leben zu lassen, aber sie wollten nicht hören. Und meine Jungs sind nicht umsonst gestorben, Mrs. McKenzie. Wir werden das Ruder wieder herumreißen!«

Rhiannon bemühte sich, ruhig zu bleiben und ihre Stimme unter Kontrolle zu halten, als sie ihm entgegnete: »Vielleicht gelingt Ihnen das.«

»*Sie* werden uns dabei helfen.«

»Sie haben immer noch nicht verstanden, daß ...«

»Nein, Mrs. McKenzie, ich verstehe auch nicht, daß Sie mir nicht helfen wollen. Ich werde Sie schlagen, wenn ich muß. Ich foltere Sie, verbrenne Sie, ich ...«

Plötzlich hielt er inne und starrte unvermittelt an die Decke. Dann richtete er sich ganz gerade auf und fragte: »Werden Sie jetzt meine Fragen beantworten?«

»Ich habe Ihnen nichts zu sagen.«

Brutal riß er sie aus dem Stuhl und schlug ihr wieder und wieder ins Gesicht, während er wütend schrie: »Wenn Sie mir nicht antworten, lasse ich Sie erschießen! Erschießen, verstehen Sie *das?*«

Rhiannon versuchte, sich zu wehren und seinen Schlägen auszuweichen, aber da erwischte er sie mit einer solchen Härte am Kinn, daß sie mitten im Zelt auf die Knie sank. Wieder holte er aus, aber bevor seine Hand auf sie herunterfahren konnte, hielt ihn jemand am Arm fest. Er wurde herumgedreht, und dann verpaßte ihm jemand mit ungeheurer Wucht einen Kinnhaken.

Noch ganz benommen und mit Tränen in den Augen sah Rhiannon hoch und erkannte Julian. Er war zurückgekommen!

Aber da hatte sich Sheer auch schon wieder so weit gefaßt, daß er nun seinerseits nach Julian ausholte. Er war ein kräftiger Mann, und Julian mußte einen harten Treffer einstecken und schwankte zurück. Aber dann kam er abermals auf Sheer zu und versetzte ihm schnell und mit geballter Kraft drei Fausthiebe, so daß Sheer auf die Knie ging. Wütend schnaubte der Colonel dann: »Sie lasse ich auch erschießen! Wegen Mißachtung eines Vorgesetzten. Sie werden bei Sonnenuntergang füsiliert, zusammen mit dieser Satansbraut, die den Yankees jetzt immer noch dabei hilft, unsere Positionen auszukundschaften.«

Ungläubig starrte Julian auf den Mann, der da vor ihm am Boden kniete. Während dessen griff Sheer nach der Waffe, die er in einem Halfter am Gürtel trug. Wieder verpaßte Julian ihm eine, diesmal direkt aufs Kinn, und Sheer ging ganz zu Boden.

»O mein Gott!« schrie Rhiannon. »Julian, Julian ...«

Er legte tröstend die Arme um sie und sah sie nun mit seinen blauen Augen an, aus denen große Besorgnis sprach. »Hat er dir sehr weh getan?«

Kopfschüttelnd entgegnete sie ihm: »Aber er wird dir bald sehr weh tun, Julian. Er ist ein Colonel.«

»Das krieg' ich schon hin. Bringen wir dich erst mal hier raus. Ist mit dem Baby ...?«

»Es geht mir gut, es geht mir gut«, flüsterte sie.

Aber er hob sie trotzdem hoch und trug sie aus dem Zelt. Draußen machten die Soldaten, die, durch den Lärm aufmerksam geworden, sich vor dem Zelt versammelt hatten, eine Gasse frei, und Julian trug Rhiannon zurück zu ihrem Zelt. Er hatte sie noch nicht ganz aufs Bett gelegt, als auch schon zwei Offiziere erschienen, um ihn unter Arrest zu nehmen.

»Es kommt alles wieder in Ordnung«, sagte er zu ihr.

Aber sie hatte trotzdem Angst. »Julian ...«

»Es wird alles gut.«

Und dann war er verschwunden.

Ein paar Stunden später hörte Rhiannon draußen vor dem Zelt einen Mann sich räuspern und ihren Namen sagen:

»Mrs. McKenzie.« Sie eilte hinaus, wo schon zwei Soldaten auf sie warteten. »General Longstreet will Sie sprechen. Jetzt!«

»General Longstreet ...?«

»Wenn Sie bitte mit uns kommen würden?«

Niedergeschlagen ging sie hinter den beiden her. Es war ein ziemlich langer Weg, aber schließlich gelangten sie an ein kleines Haus. Die Soldaten öffneten ihr die Tür und ließen sie vorgehen. Rhiannon stellte fest, daß man sie zum Hauptquartier von Longstreets Division der Armee von Nordvirginia gebracht hatte. Sie sah sich ängstlich nach Julian um, aber er war nirgends zu sehen.

Die Soldaten folgten ihr und führten sie in ein Eßzimmer, das man zu einem Büro umfunktioniert hatte. Überall lagen Landkarten – am Boden und auf dem ehemaligen Eßtisch. Als sie eintrat, erhob sich der große, bärtige Mann, der am Tisch mit den Karten gesessen hatte. Das tat er sehr langsam, als ob es für ihn eine große Anstrengung bedeutete oder als ob er sehr, sehr müde wäre.

»General Longstreet, bitte«, fing Rhiannon an, »ich weiß, daß Sie ein sehr beschäftigter Mann sind und ich kaum ein Geheimnis darum gemacht habe, daß ich eine Unionsgetreue bin. Aber bitte sagen Sie mir doch, wo Julian ist! Lassen Sie ihn nicht dafür büßen. Man sagt doch, Sie seien einer der letzten Kavaliere, und dieser Mann hat mich geschlagen. Er hat gesagt, daß man mich erschießen solle. Sie müssen doch verstehen, daß Julian nur wie jeder wohlerzogene Südstaatler gehandelt hat – als ein Verfechter des Lebensstils, für dessen Aufrechterhaltung Sie doch gerade kämpfen. Er ist mir nur zu Hilfe gekommen ...«

»Mrs. McKenzie, Mrs. McKenzie«, murmelte der Mann und nahm ihre Hände in seine. »Ihrem Mann geht es gut.«

Für einen Soldaten, der so viele Schlachten und so viele Verluste hatte hinnehmen müssen, hatte er einen angenehmen Händedruck und ein freundliches Lächeln.

»Aber er steht doch unter Arrest!« sagte Rhiannon verwirrt.

»Nein, er bekommt neue Befehle, Mrs. McKenzie.«

»Wie bitte?«

»Kann ich Ihnen einen Brandy oder etwas anderes anbieten?«

»Nein, danke!« Sie schüttelte den Kopf. »Aber bitte ...«

»Ich habe Sie hergebeten, um Ihnen mein aufrichtiges Bedauern mitzuteilen und mich für Colonel Sheers Verhalten zu entschuldigen. Er war einmal ein sehr guter Militär und ein gottesfürchtiger Mann.« Longstreet sprach mit dem langsamen, schleppenden Akzent des Südens, wodurch seine Worte noch viel tröstlicher klangen. »Mrs. McKenzie, jeder Mann und jede Frau hat in einem Krieg das Recht, sich zu entscheiden, für welche Seite er oder sie eintreten will. Und Sie sind nur ehrlich, wenn Sie zugeben, daß Sie an die Union glauben. Gott weiß, daß ich nicht nur einen Tag darüber getrauert habe, daß es zu dieser schwerwiegenden Trennung gekommen ist! Colonel Sheer hatte kein Recht, tätlich zu werden, und Ihr Gatte hatte nur allzu recht, Sie zu verteidigen. Trotzdem gibt es noch mehr Fanatiker in unseren Reihen, deshalb werden wir dafür sorgen, daß Sie und Ihr Mann so schnell wie möglich nach Hause geschickt werden.«

»Wie bitte?« flüsterte sie. »Julian steht wirklich nicht unter Arrest?«

Er lächelte und machte eine Bewegung mit dem Kinn, die sie dazu veranlassen sollte, sich umzusehen. Sie wirbelte herum, und da stand Julian und hielt irgendwelche Papiere in Händen.

»Ist alles komplett, Dr. McKenzie?«

»Ja, Sir«, sagte Julian und ging auf den General zu. Die beiden Männer schüttelten sich die Hand, und Longstreet wünschte ihm viel Glück. »Ihnen auch«, entgegnete Julian, »und Gott beschütze Sie! Es war mir eine Ehre, unter Ihnen zu dienen, Sir.«

»Nun, Sie sind immer noch ein Militär der Konföderierten, Julian, aber eben wieder bei der Miliz.« Dann salutierte der General mit den Worten »Colonel McKenzie« vor Julian, und Julian erwiderte den Gruß militärisch korrekt mit »General Longstreet, Sir!«

»Nehmen Sie Ihre Frau und gehen Sie heim«, sagte Longstreet daraufhin.

»Jawohl, Sir!«

Rhiannon und Julian drehten sich um, und Julian führte sie aus dem Haus. Draußen wartete eine Kutsche, die sie beide zum Bahnhof bringen sollte. Erst jetzt wurde sich Rhiannon bewußt, daß es tatsächlich nach Hause ging.

23.

Es war gar nicht so leicht, nach Florida zu gelangen. Sie traten ihre Heimreise zwar mit dem Zug an, aber an einigen Stellen waren die Schienen zerstört worden, oder der Feind war in unmittelbarer Nähe, oder sie wurden umgeleitet, weil der Feind den Bahnhof besetzt hielt. Manchmal mußten sie auf Planwagen wechseln, und ständig waren andere Reisende um sie herum: Flüchtlinge aus Städten, die in die Hände der Nordstaatler gefallen waren; Soldaten auf Fronturlaub; Gefangene, die auf ihr Ehrenwort hin, nichts mehr gegen den Norden zu unternehmen, entlassen worden waren, und Waisenkinder.

Es war eine merkwürdige Zeit für Rhiannon und Julian. Beide waren zuvor so wütend aufeinander gewesen, und dann hatte sich alles geändert, nachdem sie dieses schreckliche Erlebnis mit Colonel Sheer gehabt hatten. Aber es gab kaum eine Möglichkeit, sich wirklich zu unterhalten, da sie fast nie allein waren.

Schließlich erreichten sie Jacksonville; allerdings wieder mit einem Planwagen. Diesmal war es nicht der Feind gewesen, der sich der Schienen bemächtigt hatte, sondern die Konföderation selbst, da man die Schienenteile dringend an anderer Stelle brauchte.

Die Stadt machte den Eindruck einer Geisterstadt. So oft hatten Truppen sie eingenommen und wieder verlassen, daß die meisten Familien es vorgezogen hatten zu fliehen.

Rhiannon war hundemüde. Die Nacht zuvor hatte sie nicht geschlafen, da sie bis zur letzten Minute – als sie noch einen Platz in dem Planwagen ergatterten – nicht wußten, ob sie weiterkämen. In Jacksonville nahmen sie dann ein Zimmer, und eigentlich hätten sie nun das erstemal allein sein sollen. Rhiannon freute sich schon sehr darauf. Aber als sie gerade den Speisesaal des kleinen Hotels betraten, um noch etwas zu sich zu nehmen, bevor sie sich zurückzogen, kam ein Kavallerist in einer abgetragenen, schmutzigen Uniform auf Julian zu.

»Sir! Colonel McKenzie, Sir! Wir sind hocherfreut, Sie wieder bei uns zu haben!« Der Mann salutierte vor Julian und fuhr dann fort: »Wir haben Meldung bekommen, daß die Yankees beabsichtigen, eine neue Offensive gegen uns zu starten. Sie sind gerade dabei, ihre Pläne auszuarbeiten. Natürlich gibt es unentwegt irgendwelche Scharmützel, und die Übergriffe an der Küste hören nie auf ... Aber jetzt denken sie wohl, daß wir ein wichtiges militärisches Ziel darstellen, weil wir angeblich die gesamte Konföderation mit Nahrungsmitteln versorgen und so erheblich dazu beitragen, daß weitergekämpft wird. Ist das nicht der helle Wahnsinn, Sir? Nun sind wir tatsächlich im Krieg!«

»Wir waren die ganze Zeit schon im Krieg, Sir. Sehen Sie sich doch bloß mal um«, entgegnete Julian trocken.

»Ja, natürlich, aber ... Nun könnte es passieren, daß sich hier bald eine größere Schlacht ereignet, so wie die in Virginia und Tennessee!«

»Wahrscheinlich wird dabei der halbe Staat draufgehen«, murmelte Julian, dem die Kriegsbegeisterung des Mannes allmählich auf die Nerven ging. »Sir, ich möchte nicht unhöflich sein, aber wir waren wirklich ziemlich lang unterwegs. Meine Frau ist müde ...«

»Natürlich, entschuldigen Sie bitte. Aber, Sir, Sie werden sofort gebraucht. Es gab heute eine Schießerei auf halbem Weg zwischen Jacksonville und St. Augustine, auf der alten Indianerstraße. Ich heiße Sie wirklich herzlich willkommen, Sir, aber ich fürchte, ich bin auch hier, um Sie daran zu erinnern, daß Sie ein Colonel der Miliz von Florida sind – und daß die Pflicht ruft, Sir. Ich muß darauf bestehen, daß Sie mich jetzt begleiten.«

»Ich bin immer froh, wenn ich helfen kann, aber ich bin gerade erst angekommen, und meine Frau ...«

»Wir organisieren eine Eskorte, Sir, die Ihre Frau ins Lager begleitet.«

Julian sah fragend zu Rhiannon, die nur sagte: »Du mußt wohl gehen. Ich werde im Lager auf dich warten.«

Und so reiste er noch in dieser Nacht allein weiter.

Am nächsten Morgen wartete auf sie schon die versprochene Eskorte, darunter einige der Männer, die sie zu Beginn des Sommers im Rebellenlager kennengelernt hatte. Sie begrüßten sie ganz herzlich, und Rhiannon war sehr froh darüber und gleichzeitig auch überrascht, wie sehr sie sich gleich wieder zu Hause fühlte. Sie war entzückt zu hören, daß Rachel schon erfahren hatte, daß sie zurückkäme und St. Augustine bereits verlassen hatte, um sie im Lager im Wald zu treffen.

Ihr Mündel war genauso ausgelassen wie immer, redete wie ein Wasserfall und erzählte von den McKenzie-Kindern und wie es war, mit Alaina und Risa in einer von der Union eingenommenen Stadt zu leben.

»Was für ein Ort!« rief sie aus. »Und einige Frauen sind so eigenartig. Sie sind den Rebellen bis in die letzte Faser ihres Herzens treu ergeben, aber wenn die Yankees mit ihren Lebensmittelspenden durch die Straßen fahren, schwenken sie auf einmal die Unionsflagge!«

Und so erzählte Rachel immer weiter, und Rhiannon war sehr froh, sie zu sehen. Es waren so viele der Rebellen in die reguläre Armee abgeordert worden, daß das Lager beinah so anmutete wie das verwaiste Jacksonville – nur noch ein Schatten seiner selbst.

Rhiannon war schon seit einer Woche zurück, als sie das erstemal wieder zu dem kleinen Bach ging, der in den Fluß mündete. Liam Murphy war zwei Tage nach ihr ebenfalls im Lager eingetroffen und hatte sich von sich aus bereit erklärt, sie zu beschützen – wofür sie ihm sehr dankbar war. Am Ufer angelangt, zog sie sich bis auf ihr dünnes Unterkleid aus und tauchte ins kühle Naß. Nach der Hitze des Tages war das Wasser einfach göttlich. Sie ließ sich auf dem Rücken treiben und betrachtete die Moosschleier an den Ästen der Eichen, die an manchen Stellen fast bis auf die Wasseroberfläche reichten. Ein Kranich flog über sie hinweg, und eine sanfte Brise kam auf, die die Blätter der umstehenden Bäume sanft aneinanderrieb. Sie schloß die Augen und genoß die friedliche Szenerie in all dem Chaos des Krieges ringsum.

Als sie ihre Augen wieder aufschlug, war er da. Bevor

sie ihn noch gesehen hatte, konnte sie ihn fühlen. Er stand am Ufer und beobachtete sie. Sie stellte sich auf, wobei sie den matschigen Untergrund des Baches ignorierte, der ihr zwischen den Zehen hindurchquoll, und ging dann zu einer Stelle, die nur wenige Meter von seinem Platz am Ufer entfernt lag.

Es wurde allmählich dunkel, und während die Sonne hinter dem Bach unterzugehen schien, überspannte ein herrlicher Regenbogen den Himmel, der sich in der Wasseroberfläche spiegelte. Julian stand groß, kräftig und sehnig da, seinen Uniformrock, an einem Finger festhaltend, über die Schulter geworfen. Sie zögerte einen Moment, bevor sie aus dem Wasser stieg, um dann auch noch die letzten Schritte bis zu ihm zu gehen und ihm die Arme um den Hals zu schlingen.

Er drückte sie ganz fest an sich, und dann sanken sie gemeinsam auf die Knie. Wasser tropfte von seiner Uniform, aber das war nicht wichtig; die Sachen würde er ohnehin ausziehen. Er ergriff den Saum ihres Unterkleides, und ehe sie sich's versah, lag es auf der Uferbefestigung. Ihre Finger eng ineinandergeschlungen, bettete er sie sanft auf dem weichen, moosigen Untergrund, und dann kam sein Körper über sie, der im Schein der Abendsonne in allen Regenbogenfarben glänzte.

Sanft berührte sie sein Gesicht und wollte etwas sagen, aber es gab so viel, was sie ihm gerne gesagt hätte, daß sie schließlich kein Wort herausbrachte. Er küßte sie – ganz vorsichtig erst, dann aber immer fordernder. Seine Zunge bahnte sich einen Weg in ihren Mund und wurde immer wilder. Dann lösten sich seine Lippen einen kurzen Augenblick von ihren, nur um sie gleich wieder mit Beschlag zu belegen. Er schien sie ganz in sich aufsaugen zu wollen. Jeder Kuß rief ein noch drängenderes Gefühl in ihr wach, und dann schob er sich mit einer solchen Sehnsucht auf sie, die jedes bisher gekannte Bedürfnis übertraf. Sein Körper war wie Feuer, im Gegensatz zum kühlen Naß des Flusses. Sein Kuß blieb nicht auf ihre Lippen beschränkt. Zärtlich biß er ihr in die Schulter und liebkoste sie dann mit der Zunge. Seine Hände streichelten ihre vollen Brüste, die mittlerweile sehr empfindlich geworden waren und doch begierig nach seiner zärtlichen Berührung.

Die Luft um sie herum schwirrte und streichelte ihre nackte Haut, schien der Berührung seiner Lippen und dem flüssigen Feuer seiner Zunge zu folgen, die erotische Muster auf ihren Oberkörper malte. Seine Hände bewegten sich nun weiter über ihre Hüften und ruhten einen Moment auf ihren Pobacken, um sie dann noch enger an sein erigiertes Glied zu ziehen. Sie dachte, daß sie sterben müßte, wenn er nicht sofort in sie eindrang; aber er verführte sie immer noch weiter.

Sie stöhnte, wand sich und bewegte ihr Becken auf und ab, drückte es gegen seins, um ihn noch mehr zu locken. Sie liebkoste seine Schultern, seine Brust, streichelte ihn, wiegte ihn in der Hand, und schließlich, als sie vor Verlangen schon beinah von Sinnen war, kam er endlich zu ihr. Mit einem einzigen Stoß war er in ihr, füllte sie ganz aus, bewegte sich ekstatisch und erregte sie damit bis auf Äußerste – und kam dann in ihr. Sie hatte das Gefühl, für eine lange Zeit auf einem nicht mehr enden wollenden Höhepunkt der Lust zu treiben …

Die Sonne versank allmählich ganz hinter dem Horizont, ein Vogel schrie über ihnen, und der Wind brachte die Blätter der Bäume zum Rauschen. Und das Feuer zwischen ihnen loderte weiter. Das Zwielicht verschwand, und auch die Farben der untergehenden Sonne, während sich der Mond langsam im Schatten des ausklingenden Tages erhob. Es hatte den Anschein, als ob das ganze Leben sich in einem Augenblick fantastischer Schönheit vor und in ihnen entfaltete. Daß es diese unbeschreibliche Schönheit der Natur inmitten all dieser furchtbaren Ereignisse und all der Zerstörung überhaupt geben konnte!

Aber auch diese Momente mußten unweigerlich einmal zu Ende gehen. Warm fühlte sie Julian in sich, während sich ihre Körper allmählich ein wenig abkühlten und die Nacht sich wie eine weiche Decke über sie legte. Trotzdem machte sie keine Anstalten, sich zu bewegen. Als er sich schließlich aus ihr zurückzog und sich ihre Blicke trafen, sah sie ihn freimütig an.

»Ich hatte Angst«, sagte er mit belegter Stimme.

»*Du* hattest Angst?« flüsterte sie und strich ihm eine dunkle Locke aus der Stirn.

Er nickte und lächelte ein wenig unbeholfen, bevor er ihr zur Antwort gab: »Angst davor, daß ich heute abend herkommen würde, und du wärst nicht mehr da, verschwunden nach St. Augustine ... oder irgendwo anders hin. Oder daß du zwar hier wärst, wir uns aber wieder ... im Krieg befänden.«

»Wir haben immer noch Krieg«, sagte sie sanft.

»Meinst du«, murmelte er, rollte sich neben sie und stützte sich dann auf einen Ellbogen. Ein Schatten huschte über sein Gesicht, während er zärtlich mit den Fingern über ihren Arm und ihre Hüften fuhr, als wolle er Muster darauf zeichnen. »Ich kann nicht sagen, daß ich mich im Krieg befände. Ich weiß nicht mehr so genau, wofür ich eigentlich kämpfe, manchmal scheinen es Dinge zu sein, an die ich einfach nicht glaube ...«

»Ist es meinetwegen?« flüsterte sie schuldbewußt.

Er schüttelte den Kopf, und wieder umspielte dieses merkwürdige Lächeln seine Lippen. »Es war auch nicht deine Schuld, daß ein Mann durch den übermächtigen Einfluß des Todes auf sein Leben die Nerven verlor.« Julian klang sehr erbost, als er mit heiserer Stimme fortfuhr: »Wie konnte er es wagen, dich zu schlagen?«

»Man hätte dich erschießen können, weil du die Hand gegen einen Offizier erhoben hast.«

»Ah! Ein Tod, dem ich natürlich wie ein Gentleman entgegengetreten wäre. Kein Mann tut meiner Frau ungestraft Gewalt an. Selbst wenn er dich nicht angerührt hätte, hatte er nicht das Recht, so mit dir umzuspringen. Es liegt auch viel Gutes in unserem Lebensstil. Was er getan hat, widersprach in jeder Beziehung unserem Ehrbegriff.«

»Du bist eben doch einer der letzten großen Kavaliere!« murmelte sie.

»Ja und nein. Ich kenne keinen Yankee, der nicht genauso reagiert hätte wie ich«, mußte Julian eingestehen.

Lächelnd streckte sie die Hand nach ihm aus, um ihm

über die Wange zu streicheln. Dabei ergriff er die Hand und küßte die Innenfläche.

»Ich wollte nach Hause kommen«, sagte er dann sanft.

»Ich auch.«

»Du bist noch nicht wirklich zu Hause.«

»Wir werden sicher bald bei Angus und Mammy Nor sein«, entgegnete Rhiannon.

»Du bist wieder in einem Rebellenlager, mein Schatz.«

»Ich bin, wo ich sein will.«

»Oh?« In gespielter Verwunderung zog er eine Augenbraue hoch und ihren nackten Körper wieder näher an sich heran. »Ist es hier – genau hier –, wo du sein willst?« fragte er dann.

Sie nickte feierlich, sah ihm tief in die Augen und sagte: »Julian, ich liebe dich!«

»Mein Gott, Rhiannon ...«

»Warte ... laß mich aussprechen. Es gab eine Zeit, da wollte ich sterben. Ich haßte die Welt, und ich haßte mich, und ich konnte den Schmerz nicht ertragen. Dann kamst du angeritten und hast mir die Augen geöffnet und ... mir wieder gezeigt, was Liebe ist, Julian. Und Selbstachtung. Du schenktest mir deine Liebe und noch mehr. Viel mehr: Leben! Und dafür liebe ich dich mehr als irgendeine Überzeugung. Du bist mir wichtiger als irgendein Krieg oder eine Schlacht. Wenn ich dir in die Augen sehe, erkenne ich darin, daß du dich wirklich um die anderen sorgst, und auch darum liebe ich dich. Wir sind keine Feinde. Wir wissen beide, daß der Krieg der falsche Weg ist. Du hast mir alles zurückgegeben, sogar das Vertrauen in meine Mitmenschen. Wo immer du auch bist, da will ich sein.«

Der Mond stand nun schon hoch am Himmel, und die Wasseroberfläche glänzte silbrig. Die Reflexionen des Nachtlichts spielten in Julians Augen, und er sah sie lange an, bevor er sich über sie beugte und küßte. Dann flüsterte er mit den Lippen ganz nah über ihren: »Ich kann es noch gar nicht fassen. Niemals hätte ich gedacht, daß es mir gelingen würde, Richards Geist zu vertreiben. Es war die Hölle. Vom ersten Moment an, als ich dich sah, stand ich in deinem Bann. Ich begehrte dich so sehr, war einfach hingerissen von dir – denn du bist eine betörende Hexe, mein Schatz. Jede Minute, die ich nicht bei dir sein konnte, ließ mich nur noch mehr ins Netz deines Zaubers geraten, bis ich schon dachte, ich müßte sterben, weil ich dich so sehr liebte und nicht haben konnte ...«

Darauf antwortete sie ihm nicht mit Worten. Ihre Seele schien vom Licht des Mondes belebt, das auf der Wasseroberfläche glitzerte. Sie legte die Arme um ihn, fuhr ihm sanft über den Rücken, fühlte die Bewegungen seiner Muskulatur, als sie seine Schultern liebkoste, drängte sich an ihn, küßte, berührte, streichelte ihn, bis seine Männlichkeit wieder erblühte ...

Dann konnte auch er die Hände nicht mehr von ihr lassen. Die Berührung seiner Zunge hinterließ eine feuchte Spur alles versengender Lust auf ihrem Körper. Er verführte sie nun seinerseits, berührte sie überall, wurde immer fordernder und machte auch vor ihrer intimsten Stelle nicht halt. Dann war er wieder in ihr, und die Welt um sie herum war erfüllt von Magie. Sie war überglücklich, diesen wilden, verruchten Himmel auf Erden genießen zu dürfen, während ringsum der Sturm des Lebens tobte. Und mit einemmal wußte Rhiannon, daß Liebe und Frieden etwas waren, das von der Seele ausging. Auch wenn sie die Welt, wie sie war, nicht ändern konnte, hatte sie doch sich selbst verändert.

Julian und sie liebten sich bis in die frühen Morgenstunden. Als sie sich schließlich anzogen und vom Wasser weggingen, war es, als seien sie noch einmal getauft worden, um nun neuerlich gereinigt ihr gemeinsames Leben zu begehen.

Es folgten ein paar ruhige Tage, während deren das Lagerleben wiederaufgenommen wurde. Hin und wieder brachte man Verwundete ins Camp, aber sonst vergingen die Tage ohne nennenswerte Zwischenfälle.

Ein gewisser Hauptmann Dixie, eigentlich Jonathan Dickinson, der Anführer der Miliz, der es ohne größere Schwierigkeiten geschafft hatte, einen Großteil von Florida unter Kontrolle der Rebellen zu halten, kam mit einigen Verwundeten vorbei und berichtete davon, was sich in letzter Zeit im Staat zugetragen hatte. Es stimmte, daß Informationen darüber existierten, wonach die Yankees einen größeren Feldzug gegen Florida planten. Sie beabsichtigten damit, die Konföderation von ihrem Nachschub abzuschneiden. Florida galt als Brotkorb der Südstaaten, und die langgezogene, verwinkelte Küste der Halbinsel hatte es den Yankees bisher unmöglich gemacht zu verhindern, daß Lebensmittel ausgeführt wurden.

Dann hatte Rhiannon wieder einen Traum: Am Ufer des St. Johns wurde geschossen. Ein Schiff war die Mündung hinaufgesegelt und hatte die Salzgewinnungsanlagen unter Beschuß genommen. Es gab eine Explosion, und Körperteile flogen durch die Luft, während die ganze Traumsequenz in ein Blutrot getaucht war. Auch Julian kam in ihrem Traum vor. Er führte die Männer an, die nach den Gefallenen und Verwundeten suchen sollten. Dann gab es wieder eine Explosion, und ein grellweißes Licht überstrahlte alles. Die Vision verblaßte, und Rhiannon wußte … daß Julian tot war.

Erschrocken fuhr sie aus dem Schlaf hoch. Er war nicht mehr neben ihr. Schnell erhob sie sich, zog ihr Kleid über und rannte aus dem Zelt. Zu ihrem großen Entsetzen mußte sie feststellen, daß Julian und eine Handvoll Männer – all die, die noch im Lager lebten – gerade dabei waren, ihre mitleiderregenden Tiere zu satteln. Julian war schon aufgesessen.

Rhiannon rannte zu ihm und sagte: »Du darfst nicht gehen!«

»Aber Rhiannon!« erwiderte er ein wenig entrüstet, da die Männer sie aufmerksam beobachteten. Er saß wieder ab, nahm sie bei den Händen und erklärte: »Ich muß gehen. Uns hat die Meldung erreicht, daß ein Yankee-Schiff den St. John hinaufkommt.«

»Geh nicht!«

»Ich muß.«

»Glaub mir, du darfst nicht gehen!«

»Ich kann mich nicht vor meiner Pflicht drücken und hinter deinen Röcken verstecken«, sagte er kopfschüttelnd.

»Ich hatte wieder einen Traum!«

Ungeduldig erwiderte er: »Ich werde nicht kämpfen, mein Liebling. Aber wenn es Verletzte geben sollte, liegt dieses Lager viel zu weit weg, als daß ich rechtzeitig bei ihnen sein könnte.«

»Julian!« herrschte sie ihn in ihrer Angst an, und seine Züge verhärteten sich. Daraufhin wurde ihr klar, daß sie gerade dabei war, ihm vor aller Augen eine Szene zu machen. Auch wenn er die Gefahr erkannte, in die er sich begab, weil er auf ihre Visionen vertraute, würde er doch vor seinen Leuten keinen Rückzieher machen. Er würde dorthin reiten, und sie hatte nicht die Macht, ihn aufzuhalten. Oder vielleicht doch?

Sie trat ein paar Schritte zurück, aber er kam ihr kopfschüttelnd nach, faßte sie wieder bei den Händen und gab ihr einen Kuß, den sie plötzlich sehr leidenschaftlich erwiderte. Dann machte er sich aus ihrer Umarmung los und saß wieder auf.

Als die Männer das Lager verlassen hatten, ging Rhiannon ebenfalls ein Pferd satteln. Liam beobachtete sie mit Sorge und sagte: »Rhiannon ...«

»Keine Fragen, Liam!«

»Ich kann Sie nicht gehenlassen.«

»Ich bin schon weg!«

Sie hatte gerade den Pfad erreicht, der am Fluß entlangführte, als sie hörte, daß ein Reiter hinter ihr war. Sie versuchte, ihr Tier zur Eile anzutreiben, aber es war viel zu schwach, um das Tempo lange durchzuhalten. Kurz bevor der Reiter sie eingeholt hatte, drehte sie sich um und stellte fest, daß es Julian war. Er hatte damit gerechnet, daß sie das Lager verlassen würde, und unter den Bäumen auf sie gewartet.

Rasch packte er die Zügel ihres Pferdes, zog sie an, saß selber ab und zerrte Rhiannon aus dem Sattel.

»Du wolltest mich also wieder verraten!« fuhr er sie wütend an.

»Ich wollte, daß du lebst!« konterte sie.

»Nun, diesmal gehst du mir nicht zu den Yankees!« sagte er aufgebracht. Sie wirbelte herum, nur um festzustellen, daß sich seine Männer bereits hinter ihr aufgebaut hatten. Auch Liam war da.

»Liam, bring sie zurück«, sagte Julian, »und fessle sie an Händen und Füßen, wenn es sein muß. Laß sie bloß nicht nach St. Augustine entwischen, um unser Vorhaben zu vereiteln!« Dann stieß er sie Liam in die Arme, der überhaupt nicht glücklich über seinen Auftrag war.

»Sir, man kann sie nur sehr schwer bändigen ...«

»Wie ich bereits gesagt habe«, bekräftigte Julian entschieden, »wenn's sein muß, binde sie fest!« Daraufhin ließ er sie stehen, saß auf ... und war verschwunden.

Liam ließ Rhiannon nicht gehen, so sehr sie auch bat und bettelte. Sie beschrieb ihm ihren Traum, und als sie die Augen schloß, und der Traum zurückkehrte, fing sie bitterlich an zu weinen.

Nachdem der folgende Tag vergangen und die Nacht hereingebrochen war, ohne daß Julian zurückkehrte, war Rhiannon überzeugt davon, daß er tot war. Sie hatte noch nie einen solchen Traum gehabt, der sich dann nicht bewahrheitet hätte, und sie weinte die ganze Nacht in ihr Kissen.

Als der Morgen anbrach, ging sie zum Bach und sah dem Sonnenaufgang zu. Sie dachte daran, wie sie sich am Anfang als Feinde gegenübergestanden hatten, und dann an all das, was sie geteilt und gemeinsam erlebt hatten. Beide hatten sie diesen Ort geliebt. Den von Kiefernnadeln bedeckten Waldboden, die Farben des Wassers, der Vögel, des Tages, der Nacht, des Sonnenauf- und -untergangs ...

Das Baby bewegte sich in ihr, aber auch das konnte ihr nicht geben, wonach sie sich sehnte – den Wunsch, weiterleben zu wollen. Julian war es gewesen, der ihr die Lust am Leben zurückgegeben hatte.

Aber ohne ihn ...

Doch dann wurde ihr mit einemmal warm ums Herz, und sie blickte sich um. Da stand er, lässig an einen Baum gelehnt, die Arme vor der Brust verschränkt, und beobachtete sie. Reine Einbildung, dachte Rhiannon zuerst: ein

Trugbild, das ihr der Schein der aufgehenden Sonne vorgaukelte, weil nur Julian Leben und Tag für sie sein konnte.

Aber er war keine bloße Illusion, denn nun kam er auf sie zu und rief ihren Namen: »Rhiannon!«

Erstaunt, daß er tatsächlich noch am Leben war, drehte sie sich nun ganz zu ihm um und rannte ihm entgegen. Und als sie bei ihm angelangt war, fing er sie auf, wirbelte sie herum und drehte sich wieder und wieder mit ihr im Kreis. Sie berührte sein Gesicht und seinen Körper, um sich zu vergewissern, daß er auch wirklich da war und lebte.

Als er ihr über die Wange streichelte, sagte sie: »Ich habe den Traum wieder gehabt und die Explosionen gesehen ... und wie du gestorben bist! O Gott, Julian! Ich kann diese Träume nicht mehr ertragen. Warum müssen sie mich so quälen?«

Beruhigend streichelte er ihr weiter über die Wange. »Vielleicht sind deine Träume gar kein so großes Übel, sondern ganz besondere Eingebungen – Warnungen. Du bist begnadet, Rhiannon. Das, was du gesehen hast, hätte sich durchaus ereignen können. Aber ich bin nicht wirklich dorthin gegangen, das heißt, wir sind nie dort angekommen, wo die Explosionen stattfanden«, erklärte er und sah ihr ernst in die Augen. »Als mir aufging, wie verzweifelt du warst, bin ich zwar mit den Männern mitgeritten, aber als wir in die Nähe des Schiffes kamen, befahl ich ihnen, zurückzubleiben. Die Yankees jagten eine Salzgewinnungsanlage in die Luft, aber keiner wurde getötet. Rhiannon, du hast unser aller Leben gerettet!« Er tastete nach ihrem Kinn, richtete ihr Gesicht zu sich auf und sagte: »Meine Geliebte, ich verspreche dir, daß ich von heute an auf dich hören werde.«

»O Julian, aber wir haben immer noch Krieg!«

»Mein Krieg wird sich hier abspielen, Rhiannon. Jetzt weiß ich, wofür ich kämpfe: Ich will leben. Für uns, für das Baby und für die, die hier bei uns sind. Ich werde versuchen, niemals wieder an deinen Worten zu zweifeln, und dich auch nicht mehr allein lassen.«

»Julian ...« Überglücklich schlang Rhiannon ihm die Arme um den Hals und küßte ihn lange und hingebungsvoll. Dann lösten sich ihre Lippen von seinen, und sie sagte: »Wir haben immer noch Krieg.«

»Aber wir werden ihn überleben.«

Mittlerweile hatte sich die Sonne bereits hoch über dem Wasser erhoben. Gemeinsam betrachteten sie die wunderbare Natur, und Rhiannon murmelte mit dem Rücken an Julian gelehnt: »Was uns die Zukunft wohl bringen mag?«

»Kannst du sie uns nicht voraussagen?« fragte er halb scherzhaft und halb im Ernst.

Kopfschüttelnd entgegnete sie: »Ich wünschte, ich könnte es. Ich weiß nicht, wann dieses Debakel ein Ende nimmt oder wie es ausgeht, und ich habe solche Angst, daß es einfach immer weitergeht ... Aber ich kann die Zukunft nicht sehen. Ehrlich, ich kann es nicht.«

»Aber ich!«

»So?« entgegnete sie skeptisch und drehte sich ihm wieder zu.

»Ganz bestimmt sogar«, sagte er, und dann raunte er ihr ins Ohr: »Wir werden gleich miteinander schlafen und dann allen erzählen, wie sehr wir uns lieben.«

»Ah!« murmelte sie.

»Nun, was hältst du davon?«

»Das ist mir Zukunft genug«, sagte sie liebevoll, stellte sich auf die Zehenspitzen und küßte ihn auf den Mund – nur allzu bereit, seiner Zukunft entgegenzutreten.

FLORIDA-CHRONIK

1492: Christoph Kolumbus entdeckt die sogenannte Neue Welt.

1513: Ponce de Leon entdeckt Florida. Am 27. März sichtet Ponce de Leon erstmalig die floridianische Küste. Zu Beginn des Monats April geht er dort an Land, wo sich heute die Stadt St. Augustine befindet.

1539: Hernando de Soto landet an der Westküste der Halbinsel, in der Nähe des heutigen Tampa.

1564: Die Franzosen treffen in Florida ein und gründen Fort Caroline an den Ufern des St. Johns. Unmittelbar nach der Errichtung des französischen Forts entsendet Spanien Pedro Menendez de Aviles, um die französischen Eindringlinge, sogenannte »Piraten und Störenfriede der öffentlichen Ordnung«, loszuwerden. De Aviles erfüllt seine Pflicht, nimmt die französische Feste ein und meuchelt oder versklavt deren Bewohner.

1565: Pedro Menendez de Aviles gründet St. Augustine, die erste ständige Niederlassung europäischer Siedler in dem Hoheitsgebiet der heutigen Vereinigten Staaten von Amerika und damit die älteste Stadt der USA.

1586: Sir Francis Drake greift St. Augustine an, plündert und brandschatzt die Siedlung.

1698: Pensacola, im äußerten Nordwesten des heutigen Florida gelegen, wird gegründet.

1740: Der britische General James Oglethorpe marschiert von Georgia aus in Florida ein.

1763: Am Ende des Siebenjährigen Krieges zwischen Großbritannien und Frankreich werden die floridianischen Gebiete an Großbritannien abgetreten.

1763–1783: Der östliche und westliche Teil Floridas steht unter britischer Herrschaft.

1774: Der »Schuß, den man um die ganze Welt hört« und der die Unabhängigkeitsbewegung einläutet, wird in

Concord, in der britischen Kolonie von Massachusetts abgefeuert.

1776: Der Unabhängigkeitskrieg beginnt, und viele Getreue der britischen Krone fliehen nach Florida.

1783: Im Rahmen des Pariser Friedens wird Florida den Spaniern zurückgegeben.

1812–1815: Der Krieg von 1812, während dem die USA Westflorida annektieren.

1813–1814: Die Creek-Kriege, bei denen die überlebenden Creek aus der Gegend um das heutige Baton Rouge (jetzt Louisiana) vertrieben werden. Zahlreiche Indianer suchen neuen Lebensraum im Süden Floridas bei den »Seminolen«.

1814: General Andrew Jackson nimmt Pensacola ein.

1815: Die Schlacht von New Orleans.

1817–1818: Erster Seminolenkrieg. Die Amerikaner beschuldigen die Spanier, daß sie den Indianern dabei behilflich sind, Raubzüge jenseits der Grenzen des sich in spanischer Hand befindlichen floridianischen Hoheitsgebiets zu unternehmen. Hungrig nach mehr Land, versuchen Siedler Spanien dazu zu zwingen, daß es die beiden Teile Floridas an die Vereinigten Staaten von Amerika abtritt, indem sie behaupten, daß Spanien nicht in der Lage sei, die Situation in den Territorien in den Griff zu bekommen.

1819: Don Luis de Onis, für Florida zuständiger spanischer Minister, und John Quincy Adams, amerikanischer Außenminister, unterzeichnen ein Abkommen, wodurch die beiden Floridas Teil der Vereinigten Staaten werden.

1821: Das Onis-Adams-Abkommen wird ratifiziert. Per Kongreßbeschluß werden die beiden Floridas zu einem Territorium zusammengefaßt. Jackson wird militärischer Gouverneur, gibt den Posten aber nach einigen Monaten auf.

1822: Die erste gesetzgebende Versammlung tritt in Pensacola zusammen. Mitglieder, die aus St. Augustine kommen, sind neunundfünfzig Tage mit dem Schiff unterwegs, um teilnehmen zu können.

1823: Die zweite gesetzgebende Versammlung tritt in St.

Augustine zusammen; die Delegierten aus dem Westteil des Staates erleiden auf dem Weg dorthin Schiffbruch und entkommen nur mit knapper Not dem Tod.

1824: Die dritte Sitzung wird in Tallahassee abgehalten, worauf man sich während der zweiten Sitzung geeinigt hatte, da die Stadt auf halbem Weg zwischen Pensacola und St. Augustine liegt. Tallahassee wird die erste territoriale Hauptstadt.

1825: Der Vertrag von Moultrie Creek wird von den wichtigsten Häuptlingen der Seminolen und der Bundesregierung ratifiziert. Aber die Tinte, mit der man den Vertrag unterzeichnet hat, ist kaum getrocknet, als sich die Indianer darüber beklagen, daß das ihnen zugewiesene Land viel zu klein sei, und weiße Siedler Petitionsschriften an die Regierung schicken, in der sie um eine Politik bitten, die die Indianer zum Rückzug veranlassen soll.

1832: Payne's Landing: Zahlreiche Häuptlinge unterzeichnen ein Abkommen, in dem sie sich einverstanden erklären, mit ihren Stämmen westwärts Richtung Arkansas zu ziehen, wenn sieben von ihnen vorher gestattet wird, das vorgesehene Gebiet in Augenschein zu nehmen, und es gutheißen. Der Vertrag wird in Fort Gibson, Arkansas, ratifiziert. Allerdings protestieren zahlreiche andere Häuptlinge gegen diese Vereinbarung.

1835: Sommer: Der Indianerbeauftragte der Bundesregierung Wiley Thompson behauptet, daß der Seminolenhäuptling Osceola ihn wiederholt in seinem Büro beschimpft hat, und ordnet seine Gefangennahme an. Osceola wird in Handschellen abgeführt und eingekerkert.

November: Charlie Emathala wird ermordet, nachdem er zugestimmt hat, mit seinem Stamm nach Westen zu ziehen. Die meisten Geschichtswissenschaftler sind der Ansicht, daß Osceola den Trupp anführte, der Charlie Emathala exekutiert hat. Einige glauben, daß es sich bei dem Mord um einen persönlichen Racheakt handelte; andere sind überzeugt davon, daß der Mord von mehreren Häuptlingen betrieben wurde, da sie der Meinung waren, daß ein Indianer, der sein Volk im Stich läßt, um den Weißen zu helfen, sein Leben verwirkt hat.

28. Dezember: Major Francis Dade und seine Truppe werden von Indianern massakriert, als sie auf dem Weg von Fort Brooke nach Fort King sind. Wiley Thompson und ein Begleiter werden außerhalb der Mauern von Fort King getötet. Der Marketender Erastus Rogers und seine beiden Mitarbeiter werden ebenfalls von den Mitgliedern des von Osceola angeführten Überfallkommandos getötet.

31. Dezember: Die erste Schlacht am Withlacoochee – Osceola führt die Seminolen an.

1836: Januar: Generalmajor Winfield Scott erhält vom Kriegsminister den Befehl, das Kommando in Florida zu übernehmen.

4. Februar: Der Verwaltungsbezirk Dade County wird in Erinnerung an Francis Langhorne Dade gegründet.

16. März: Der Senat bestätigt Richard Keith Call als Gouverneur des floridianischen Territoriums.

21. Juni: Call, bei dem es sich um einen Zivilisten handelt, erhält den Oberbefehl über die Streitkräfte in Florida, nachdem Scotts Strategien zum Scheitern verurteilt waren und es heftige Auseinandersetzungen zwischen Scott und General Gaines gegeben hat. Call organisiert einen sogenannten Sommerfeldzug und scheitert mit seinen Bemühungen genauso wie sein Vorgänger.

1837: 2. Juni: Osceola und Sam Jones befreien oder besser gesagt entführen beinah siebenhundert Indianer, die darauf warten, in den Westen von Tampa gebracht zu werden.

27. Oktober: Osceola wird von General Jesup gefangengenommen und nach Fort Marion gebracht, obwohl Waffenstillstand vereinbart wurde; Weiße und Indianer gleichermaßen verurteilen Jesup für diese Aktion.

29. November: Stammesführer Coacoochee (Wildcat), Cowaya, sechzehn Krieger und zwei Frauen flüchten aus Fort Marion.

Weihnachten: Jesup hat die größte Truppe zusammengestellt, die es während der Auseinandersetzungen mit den Indianern bisher gegeben hat – etwa neuntausend

Mann. Unter seinem Oberbefehl führt Colonel Zachary Taylor die Schlacht vom Okeechobee. Die Seminolen sind entschlossen, ihr Land zu verteidigen, und kämpfen. Dabei werden den Weißen größere Verluste zugefügt, obwohl die Indianer zahlenmäßig deutlich unterlegen sind.

1838: 31. Januar: Osceola stirbt in Fort Moultrie, Süd-Carolina, wohin man ihn zuvor verlegt hatte, nachdem er krank geworden war.

Mai: Zachary Taylor übernimmt den militärischen Oberbefehl in Florida, nachdem man Jesups Bitte, ihn von diesem Posten zu entheben, am 29. April schließlich stattgegeben hat. Die gesetzgebende Versammlung von Florida berät über die Eigenstaatlichkeit.

1839: Dezember: Richard Keith Call wird aufgrund seiner gegenüber den Bundesbehörden abweichenden Meinung in Sachen Seminolenkrieg als Gouverneur entlassen und Robert Raymond Reid an seiner Statt eingesetzt.

1840: 24. April: Zachary Taylor erhält die Erlaubnis, das Kommando über die Bundesstreitkräfte abzugeben. Dieser Posten gilt als schwierigster militärischer Einsatzort im ganzen Land. Walker Keith Armistead übernimmt das Kommando.

Dezember 1840/Januar 1841: John T. MacLaughlin führt eine Flottille von Männern an, die sich in Einbäumen von Ost nach West durch die Everglades bewegen. Bei seiner Truppe handelt es sich um die erste Gruppe weißer Männer, die sich durch die Sümpfe Floridas wagen.

September: William Henry Harrison wird zum Präsidenten der Vereinigten Staaten gewählt; man geht davon aus, daß der Floridakrieg den vorherigen Präsidenten Martin Van Buren die Wiederwahl gekostet hat. John Bell löst Joel Poinsett als Kriegsminister ab. Robert Reid wird seines Amtes als Gouverneur des floridianischen Territoriums enthoben und Richard Keith Call an seiner Statt eingesetzt.

1841: 4. April: Präsident William Henry Harrison stirbt während seiner Amtszeit an einer Lungenentzündung, und John Tyler wird Präsident der Vereinigten Staaten.

1. Mai: Coacoochee beschließt, sich zu stellen. Er wird von einem Mann begleitet, der später zu einem der bekanntesten Unionsbefehlshaber werden soll: Leutnant William Tecumseh Sherman.

31. Mai: Walker Keith Armistead wird seines Postens enthoben, und Colonel William Jenkins Worth übernimmt das Kommando.

1842: 10. Mai: General Winfield Scott wird darüber in Kenntnis gesetzt, daß die Verwaltung beschlossen hat, daß den Feindseligkeiten mit den Indianern so schnell wie möglich ein Ende gesetzt werden muß.

14. August: Sich darüber im klaren, daß er die Feindseligkeiten nicht beenden und alle Indianer nach Westen schikken kann, schlägt er den verbleibenden Seminolen vor, das Land zu verlassen oder die bestehenden Grenzen zu akzeptieren. Außerdem erklärt er den Krieg für beendet.

Dieser Krieg hat eine aufstrebende junge Nation dreißig bis vierzig Millionen Dollar und vierundsiebzig Offizieren, von den Soldaten ganz zu schweigen, das Leben gekostet. Ehemals lebten in Florida mehrere zehntausend Seminolen. Nach diesem Krieg waren nur noch ein paar hundert übriggeblieben, die nun in kleinen Gruppen über die Everglades verstreut waren. Die Seminolen (worunter in diesem Zusammenhang auch all die anderen Indianer verstanden werden, die sich nach Florida geflüchtet hatten, so wie dies auch während des Krieges gesehen wurde) haben trotzdem ihren Platz auf der Halbinsel behauptet. Diejenigen, die die Kämpfe überlebt haben, galten als unbesiegbar.

Außerdem hat die Armee während dieses Krieges neue Taktiken entwickelt, besonders was die Partisanen- beziehungsweise Guerilla-Kriegsführung anbelangt. Männer, die bald an der größten kriegerischen Auseinandersetzung teilnehmen sollen, die die Nation je erlebt hat und entzweireißen wird, haben in Florida die Kriegskunst erlernt: William T. Sherman, Braxton Bragg, George Gordon Meade, Joseph E. Johnston und andere sowie auch der zukünftige US-Präsident Zachary Taylor.

1845: 3. März: Präsident John Tyler unterzeichnet den Gesetzentwurf, der Florida zum 27. Staat der Vereinigten Staaten von Amerika macht.

1855–58: Der Konflikt, der als Dritter Seminolenkrieg in die Geschichte eingeht, hat ähnlich verheerende Folgen wie die ersten beiden größeren militärischen Auseinandersetzungen zwischen den Weißen und den Indianern in Florida: viele sterben, Unsummen werden verschleudert und die Indianer noch weiter in die Everglades hineingetrieben.

1859: Robert E. Lee wird nach Florida entsandt, um John Brown gefangenzunehmen, der bei seinem Versuch, einen Sklavenaufstand herbeizuführen, den Ort Harper's Ferry, Virginia (später Westvirginia), überfallen hatte. Der Zwischenfall eskaliert und hat eine Verschlechterung des Klimas zwischen dem Süden und dem Norden der Vereinigten Staaten zur Folge. Brown wird am 2. Dezember exekutiert.

1860: Die erste Eisenbahnlinie, die quer durch Florida führt, wird in Dienst genommen.

6. November: Abraham Lincoln wird ins Präsidentenamt gewählt, und viele Südstaaten fordern, daß man sich mit ihren Belangen in speziell darauf ausgerichteten Sitzungen berät. Obwohl es sehr viele Unionsgetreue in Florida gibt, drängen die floridianischen Politiker darauf, sich von der Union loszusagen. Kleine und große Städte und ganze Countys stellen eiligst eigene Milizeinheiten auf. Noch bevor sich die Politiker des Staates zu einer Sondersitzung zusammenfinden können, planen zivile und militärische Führungspersönlichkeiten, die Militärposten der Bundesregierung einzunehmen und für ihre Interessen zu verwenden.

1861: 10. Januar: Die Bewohner Floridas stimmen darüber ab, sich von der Union loszusagen; damit ist Florida der dritte Staat, der sich für eine Sezession ausspricht und entsprechend handelt.

Februar: Florida tritt den Konföderierten Staaten von Amerika bei.

In den letzten Wintermonaten und zu Beginn des Frühlings bemüht sich die Konföderation, eine Regierung zu bilden und eine funktionsfähige Streitmacht aufzustellen, während die zugehörigen Staaten dabei sind, Soldaten zu rekrutieren. Jefferson Davis wird Präsident des neu gegründeten Staatenbundes. Stephen Mallory von Florida wird Marineminister der Konföderierten Staaten von Amerika.

21.–14. April: Konföderierte Streitkräfte beschießen Fort Sumter, Südcarolina, und zum ersten Mal fließt Blut in der Auseinandersetzung zwischen der Union und den Konföderierten, als eine unvorhergesehene Explosion den Gefreiten Samuel Hough das Leben kostet, der damit als erster getöteter Soldat auf seiten der Union in die Geschichte eingeht.

Die Bundestruppen fürchten einen ähnlichen Angriff auf Fort Pickens in der Bucht von Pensacola, Florida. Drei Forts bewachten damals die Bucht – Fort McRee und Fort Barrancas auf der Landseite und Fort Pickens an der Spitze der vierundsechzig Kilometer langen Insel Santa Rosa. Adam J. Slemmer, Leutnant der Bundesarmee, läßt die Kanonen in Fort Barrancas durchbohren und damit untauglich machen und jagt die Munition in Fort McRee in die Luft, um sich dann mit seinen paar Mann nach Fort Pickens zurückzuziehen, wo sie schließlich durch fünfhundert weitere Unionssoldaten verstärkt werden. Obwohl konföderierte Truppen die Marinewerft einnehmen, ist die Werft, die damals als wichtigste Marinewerft jenseits von Norfolk galt, für die Rebellen trotzdem unbrauchbar, da das angrenzende Fort weiterhin in Händen der Union bleibt.

21. Juli: Erste Schlacht von Manassas, Virginia, bei der beide Seiten einen »Vorgeschmack« auf den Krieg bekommen. Konföderierte Truppenteile werden im gesamten Süden zusammengezogen, selbstverständlich auch in Florida. Schon zu diesem frühen Zeitpunkt des Bürgerkrieges muß der Staat, der es kaum erwarten konnte, sich von der Union loszusagen, mitansehen, wie seine Söhne nach Norden abgezogen werden, um dort zu kämpfen. Dadurch bleiben die eigenen Küstenstriche quasi unbewacht, und die verbleibenden Zivilisten sind auf sich selbst gestellt, um sich zu schützen, da die Regierung der Konföderierten Staaten von Amerika andere Prioritäten setzt.

November: General Robert E. Lee inspiziert die Verteidigungsbasen an der Ostküste der Konföderation und kommt dabei sogar bis nach Fernandina, das im Norden Floridas, gleich an der Grenze zu Georgia liegt. Er beschließt, daß die größeren Häfen wie Charleston, Savannah und Brunswick in Georgia verteidigt werden sollen. Später gesteht er ein, daß die winzige Streitmacht, die in St. Augustine, Florida, stationiert war, geradezu dazu einlud, die Stadt anzugreifen.

1862: Februar: Floridas Gouverneur Milton erklärt öffentlich, daß es ihm leid für die Bürger Floridas täte, da noch mehr Truppenteile des Staates abgezogen und nach Norden beordert werden müßten, nachdem Unionsgeneral Grant zwei wichtige konföderierte Festungen in Tennessee eingenommen hätte.

28. Februar: Eine Flotte mit sechsundzwanzig Schiffen der Bundesmarine setzt Segel, um Fernandina, Jacksonville und St. Augustine, alle in Florida gelegen, zu okkupieren.

8. März: St. Augustine kapituliert, und obwohl Jacksonville und andere Orte, nördlich und südlich die Ostküste entlang, während des Bürgerkrieges mal in konföderierter, mal in bundesstaatlicher Hand sind, bleibt St. Augustine die ganze Zeit über unter Besatzung der Nordstaaten. Der St. Johns wird zur Hauptschlagader der Guerillabewegungen beider Seiten. Viele Floridianer beginnen, »Ostflorida« aufzugeben, da sie befürchten, daß die wankelmütige Bevölkerung sich auf die Seite der Union geschlagen hat.

8. März: Unter dem Oberbefehl von Franklin Buchanan segelt die *CSS Virginia,* ehemals das gesunkene Unionsschiff *Merrimac,* in den Kanal von Hampton Roads, um die Unionsschiffe anzugreifen, die den Kanal blockieren. Die *Virginia* zerstört einige Bundesschiffe, bis die schlecht ausgestattete und leckende *USS Monitor* in die Auseinandersetzung eingreift. Daraus entwickelt sich die als »Battle of the Ironclads«, die *Schlacht der Panzerschiffe,* in die Geschichte eingegangene Wasserschlacht. Keines der Schiffe erringt einen eindeutigen Sieg; allerdings kann gesagt werden, daß langfristig gesehen die Union mit einem Vorteil aus dieser Auseinandersetzung hervorging, da die Konföderation danach nicht mehr in der Lage war, die Blockade zu brechen, obwohl es zunächst so ausgesehen hatte, als ob die *Virginia* den weiten Weg nach Washington segeln wollte, um die Unionshauptstadt anzugreifen.

2. April: Apalachicola, an der Golfküste gelegen, wird von einem Landekorps der Bundesarmee angegriffen. Während des gesamten Bürgerkrieges bleibt die Stadt Niemandsland.

6.–8. April: Streitkräfte der Union und der Konföderation liefern sich die Schlacht von Shiloh. Beide Seiten behaupten, siegreich daraus hervorgegangen zu sein, müssen aber furchtbare Verluste hinnehmen: zwanzigtausend Mann kommen um, werden verwundet oder vermißt.

25. April: New Orleans fällt in die Hände der Union, und der Zugriff der Bundesregierung auf den Süden nimmt immer unangenehmere Formen an.

Frühling: Die Blockade der Union gegen den Süden beginnt zu greifen, und ein Großteil Floridas wird zum Niemandsland. Trotz des in weiten Teilen des Landes schwer zugänglichen Geländes bieten die langgezogenen Küstenstriche und die zahlreichen Wasserwege Schmugglern viele Möglichkeiten, weil die Union nicht alle Küstenstriche überwachen kann. Floridas weitere Beteiligung am Bürgerkrieg sieht mehr und mehr so aus, daß es zum Brotkorb der Konföderierten Nation wird, indem der Staat fast alle Salzerträge, Fleischbestände, geschmuggelte Waren und verfügbare Arbeitskraft der Konföderation zur Verfügung stellt.

9. Mai: Die Rebellen evakuieren Pensacola, das daraufhin von Bundesstreitkräften okkupiert wird.

20. Mai: Anlandende Unionstruppen werden in der Nähe von St. Marks von der Konföderation erfolgreich zurückgeschlagen.

22. Mai: Der Unionsoffizier DuPont schreibt seinen Vorgesetzten, daß sich der Staat Florida in zwei Teile gespalten hätte, hätte die Union Jacksonville nicht verlassen, und daß Ostflorida auf seiten der Union in den Krieg gezogen wäre.

Im Verlauf der Sommermonate: Zahlreiche militärische Auseinandersetzungen finden in Virginia statt: 31. Mai: Die Schlacht von Fair Oaks oder Seven Pines; 25. Mai–7. Juni: Die Siebentageschlacht; 26. Juni, die Schlacht von Mechanicsville; 27. Juni: die Schlacht von Gaines Mill oder auch Cold Harbor. Weitere Truppen aus Florida verlassen den Staat, um die Gefallenen dieser Schlachten und anderer Auseinandersetzungen in Alabama, Louisiana und entlang des Mississippi zu ersetzen. Salz wird immer wichtiger: Florida besitzt zahlreiche Salzgewinnungsanlagen entlang des Golfs von Mexiko. Unionsschiffe versuchen diese zu finden, um alles Salz zu konfiszieren und danach die Anlagen zu zerstören.

30. August: Zweite Schlacht von Manassas.

16./17. September: Schlacht von Antietam beziehungsweise Sharpsburg in Maryland, während der der sogenannte ›blutigste Tag der Kämpfe‹ stattfindet.

23. September: Der vorläufige Text der Emanzipationsproklamation wird veröffentlicht, in der noch einmal bekräftigt wird, daß alle Sklaven per sofort freizulassen sind und daß dieses Recht zur Not mit Waffengewalt seitens der Union durchgesetzt wird. Die Proklamation soll am 1. Januar 1863 in Kraft treten. Lincoln hatte das Dokument schon vorher unterzeichnet, wartete aber auf eine für die Union siegreiche Schlacht, bevor er es veröffentlichen ließ. Beide Seiten behaupten, in Antietam den Sieg davongetragen zu haben; allerdings wurden die Rebellen gezwungen, sich nach Virginia zurückzuziehen.

5. Oktober: Die Bundesarmee erobert Jacksonville zurück.

11.–15. Dezember: Die Schlacht von Fredericksburg.

31. Dezember: Die Schlacht von Murfeesborough beziehungsweise Stones River, Tennessee.

1863: 20. März: Eine Landeeinheit der Union wird in der Bucht von St. Andrews, Florida, angegriffen und die meisten Bundessoldaten gefangengenommen oder getötet.

31. März: Die Unionstruppen verlassen wieder einmal Jacksonville.

1.–4. Mai: Die Schlacht von Chancellorsville. Konföderiertengeneral Lee gewinnt die Schlacht eindeutig, Unionsgeneral Hooker hat das Nachsehen. Aber am 2. Mai wird Konföderationsgeneral Stonewall Jackson versehentlich von seinen eigenen Leuten angeschossen und tödlich verwundet. Er stirbt am Zehnten des Monats.

Juni: Befehlshaber der konföderierten Truppen beschließen, den Krieg nach Norden zu verlagern. Ein Feldzug beginnt, bei dem die Armee von Nordvirginia die Staaten Virginia und Maryland durchquert und bis nach Pennsylvania vordringt. Im Westen wird der Feldzug der Unionstruppen entlang des Mississippi fortgesetzt und Vicksburg unter Belagerung genommen. In Florida kommt es, abgesehen von kleineren Scharmützeln und Übergriffen entlang der Küste, kaum noch zu militärischen Auseinandersetzungen. Immer noch mehr junge Männer aus Florida werden in die reguläre Armee überführt. Der Staat produziert weiterhin Rindfleisch und Salz, um die Konföderation zu unterstützen.

1. Juli: Konföderierte Truppenteile bewegen sich entlang des Chamberburg Pike (Höhenzug) in Richtung Gettysburg. Gut sechs Kilometer außerhalb der Stadt treffen sie auf die Unionskavalleristen von John Buford.

2. Juli: In Gettysburg werden Plätze wie »Peach Orchard – Pfirsichhain« und »Devil's Den – Teufelsloch« zu Hauptkriegsschauplätzen, die in die Geschichte eingehen.

3. Juli: Angriff des konföderierten Befehlshabers Pickett, der verheerende Folgen für seine Männer hat.

4. Juli: Lee entschließt sich, sich nach Virginia zurückzuziehen; Vicksburg gibt sich geschlagen.

Im weiteren Verlauf des Monats Juli: Die Unionssoldaten lassen sich viel Zeit, bevor sie Lee verfolgen. Die Chance, den Krieg schnell zu beenden, wird dadurch verschenkt.

13. Juli: Antikriegsdemonstrationen mit gewalttätigen Ausschreitungen in New York.

8. August: Lee versucht, den Oberbefehl abzugeben. Aber Präsident Jefferson Davis lehnt sein Gesuch ab.

August und Herbstanfang: Die Union interessiert sich allmählich wieder für Florida, da Angriffe auf Charleston und Forts in Südcarolina dem Norden in Erinnerung bringen, daß Florida die Brutstätte für Schmuggler ist, die die Blockade der Union gegen die Südstaaten durchbrechen, und der Staat außerdem den Süden mit Fleisch und Salz versorgt. Unionsbefehlshaber beginnen damit, einen Floridafeldzug zu planen.